JANE FEATHER

Herzen im Fegefeuer

Buch

Portugal, 1812. Die Nachricht verbreitet sich wie ein Lauffeuer: »La Violette«, die schöne Partisanin, ist in die Hände der Franzosen gefallen! Und es ist die Aufgabe von Julian St. Simon, sie zu befreien, um ihr dann jene Geheimnisse zu entlocken, die sie so interessant für die Franzosen machen. Ein einfacher Auftrag, denkt der stolze britische Offizier. Nicht schwieriger, als ein Veilchen zu pflücken ... Aber schnell wird der eingebildete junge Lord eines Besseren belehrt, denn die blutjunge Tamsyn mit den veilchenblauen Augen ist kein zartes, hilfloses Pflänzchen, sondern eine beherzte und trickreiche Kämpferin. Aufreizend schön wie ihre britische Mutter und stolz wie ihr spanischer Vater, ist sie durchaus bereit, Julians wildesten Wünschen nachzugeben – aber das hat seinen Preis! Denn Tamsyn sinnt auf Rache an jenem englischen Adelsgeschlecht, das ihre Mutter einst verstieß und ihre eigene Familie tötete. Ein leidenschaftliches Duell beginnt, im Verlauf dessen Tamsyn und Julian nicht nur ihr Leben, sondern auch ihre lodernde Liebe aufs Spiel setzen ...

Autorin

Jane Feather, geboren in Kairo und aufgewachsen in Südengland, siedelte 1978 mit ihrer Familie nach New Jersey um. Sie war als Psychologin in der Sozialarbeit tätig, bevor sie 1981 ihren ersten Roman veröffentlichte. Mit mehr als zehn Büchern hat sie sich mittlerweile in die Spitzenränge der Bestsellerautorinnen emporgeschrieben. Heute lebt sie in Washington, D. C.

Bereits bei Goldmann erschienen:

Bleib ungezähmt, mein Herz. Roman 42847
Jade-Augen. Roman 42837
Silbernächte. Roman 42827
Zärtlicher Eroberer. Roman 42859
Im Schatten der Leidenschaft. Roman 42860

JANE FEATHER

Herzen im Fegefeuer

Roman

Aus dem Amerikanischen
von Elke Iheukumere

GOLDMANN

Originaltitel: Violet
Originalverlag: Bantam Books, a division of Bantam Doubleday
Dell Publishing Group, Inc., New York

Umwelthinweis:
Alle bedruckten Materialien dieses Taschenbuches
sind chlorfrei und umweltschonend.
Das Papier enhält Recycling-Anteile

Der Goldmann Verlag
ist ein Unternehmen der Verlagsgruppe Bertelsmann

Deutsche Erstveröffentlichung März 1997

Umschlaggestaltung: Design Team München
Umschlagillustration: Daeni/Schlück, Garbsen
Satz: Uhl + Massopust, Aalen
Druck: Elsnerdruck, Berlin
Verlagsnummer: 43526
Lektorat: SK
Redaktion: Janka Panskus
Herstellung: Heidrun Nawrot
Made in Germany
ISBN 3-442-43526-9

1 3 5 7 9 10 8 6 4 2

Für Kate und Jo:

»Wie ich sehe, ist dies von einer Frau geschrieben, und ich möchte ein Buch, das ich auch meinen Töchtern zu lesen geben kann. Zeigen Sie mir etwas anderes.«

PUNCH, 1867

Prolog

Die Pyrenäen, Juli 1792

Die kleine Gruppe erklomm langsam den steilen Bergpfad. Sie war auf dem Weg in die spanische Bergstadt Roncesvalles, hinter ihr lag die französische Grenze. Breitkrempige Hüte schützten die Reiter vor der brütenden Nachmittagshitze. In der schwerfälligen, rumpelnden Kutsche war die Hitze erstickend. Die Luft war so dick, als läge eine alles erdrückende Decke über den Menschen, sie machte jeden Atemzug zu einer Anstrengung.

Die beiden Frauen lehnten sich in den ledernen Sitzen zurück. Die ältere der beiden war verschleiert und trug trotz der Hitze Handschuhe. Sie fächelte sich Luft zu und stöhnte leise. Ab und zu betupfte sie die Lippen mit einem nach Lavendel duftenden Taschentuch. Ihrer Begleiterin, die zusammengesunken in einer Ecke der Kutsche saß, klebte das dunkle Taftkleid am Rücken. Ihr Hut lag auf dem Sitz neben ihr, ihren Schleier hatte sie schon vor langer Zeit abgenommen. Ihr Gesicht war gerötet, kleine Schweißtropfen standen auf ihrer Stirn und liefen an ihrer Nase hinab. Das Haar, das die Farbe von Weizen im Sommer hatte, klebte feucht an ihrem Kopf, und ihre veilchenblauen Augen waren halb geschlossen.

»O mein lieber Gott, wird denn diese Reise nie zu Ende gehen?« murmelte die ältere der beiden Frauen.

Die junge Frau antwortete nicht, sie wußte, daß die Frage nur rhetorisch gemeint war. Seit sie an diesem Morgen in die Kutsche gestiegen waren, hatte sie sie alle paar Minuten zu hören bekommen. Sie betrachtete ihre Begleiterin voller Verachtung. Sicher, es war heiß und ungemütlich in der Kutsche, aber Miss Henderson hatte sich standhaft geweigert, die ledernen Gardinen vor den Fenstern der Kutsche zurückzuziehen. Aus Gründen der Schicklichkeit hatte sie sie beide in diesem Glutofen eingesperrt, als gäbe es auf diesem Bergpaß mehr als nur einen Ziegenhirten, der sie sehen könnte. Deshalb fühlte Cecile Penhallan auch kein Mitleid für den Zustand ihrer Begleiterin.

Wenn ihre Anstandsdame etwas weniger Gewicht mit sich herumtrüge, dann würde sie diese Situation auch erträglicher finden, dachte das junge Mädchen und ergötzte sich an der Vorstellung, wie Marianne Hendersons weißes, speckiges Fleisch in der Hitze schmolz wie Butter in einer Pfanne.

Doch das war wohl kaum ein erhebendes Bild, deshalb schloß sie die Augen. Außerdem kostete es sowieso viel zuviel Mühe, sie offenzuhalten.

Der Knall eines Gewehrschusses und das abrupte Anhalten der Kutsche ließen sie hochfahren. Cecile schob die lederne Gardine beiseite. Ihre Anstandsdame hatte zu schreien begonnen.

»Oh, es sind Straßenräuber! Ich weiß es. Wir werden überfallen! Angegriffen! Sie werden uns unsere Keuschheit rauben… oh, meine liebe Miss Penhallan, was wird nur Euer Bruder sagen…?«

»Nun, Ma'am, ich denke, Cedric glaubt wohl kaum, daß ich sie noch besitze«, meinte Cecile und blickte aus dem Fenster. »Und wer könnte sagen, daß er unrecht hat«, fügte sie mit einem schelmischen Blick hinzu. Ihre Augen leuchteten, ihre Mattigkeit war wie weggeblasen. Über den aufgeregten Rufen der Vorreiter und den Flüchen des Kutschers hörte man eine schneidende Stimme, die alle anderen zum Schweigen brachte.

»Oh, Miss Penhallan, wie…« Doch was auch immer die Lady sagen wollte, es ging unter in einem Ohnmachtsanfall. Langsam sank sie auf den Boden der Kutsche, ihr gestärktes Taftkleid knisterte leise.

Die Tür der Kutsche wurde aufgerissen. »*Señorita,* es betrübt mich außerordentlich, Euch Unannehmlichkeiten zu bereiten, aber ich muß Euch bitten, auszusteigen«, ertönte jetzt die gleiche Stimme wie zuvor, diesmal ausgesprochen höflich, doch das Englisch hatte einen deutlichen Akzent. Eine Hand erschien, ohne Handschuh, mit einem großen, viereckig geschliffenen Rubin am kleinen Finger.

Cecile legte ihre schmale weiße Hand in diese Hand. Sie fühlte die Schwielen in der Handfläche vom Gebrauch des Schwertes. Die kräftigen braunen Finger schlossen sich um ihre Hand und zogen sie aus der Kutsche in den blendend hellen Sonnenschein.

Sie blickte in ein bronzefarbenes Gesicht, in dunkle Augen, die so wachsam waren wie die eines Falken. Sie sah den einschüchternden Zug um den kräftigen Mund, das lange schwarze Haar war im Nacken mit einem Band zusammengebunden.

»Wer seid Ihr?«

»Man nennt mich *El Baron.*« Er verbeugte sich gespielt spöttisch.

»Oh«, hauchte Cecile. Dies war der Räuberbaron – der Mann, dessen Namen die Mütter nannten, wenn sie ihre Kinder einschüchtern und sie zum Gehorsam zwingen wollten. Er war der unbestrittene Herrscher der Bergpässe zwischen Spanien und Frankreich. Und er war der herrlichste Mann, den Cecile Penhallan in ihren siebzehn Lebensjahren je gesehen hatte.

Sie blickte zu ihm auf und verlor sich in seinen schwarzen Augen. Und plötzlich begriff sie, daß sie auf diese Begegnung gewartet hatte, seit sie die ersten eigenartigen Regungen ihres Körpers gefühlt hatte, die beunruhigende Energie, die sie dazu getrieben hatte, sich ihrem Bruder zu widersetzen, eine Tat, die zu ihrer augenblicklichen Verbannung geführt hatte.

Der Baron gab ihre prüfenden Blicke zurück. Etwas blitzte in seinen Augen auf, und dann schien eine Flamme darin zu flackern. Cecile wußte, daß auch in ihren Augen diese Flamme zu sehen war. Sie trat einen Schritt näher, als würde sie von einem unsichtbaren Band zu ihm hingezogen. Alles um sie herum versank. Sie achtete nicht auf die verschreckten Reiter, die ihre Kutsche begleitet hatten, auch nicht auf die Räuber, dic lässig auf ihren Pferden saßen, ihre Patronengurte über den Schultern und die Gewehre auf dem Sattelknauf. Sie machten sich gar nicht erst die Mühe, die Begleiter der Kutsche einzuschüchtern, das war nicht nötig. Ihre bloße Anwesenheit genügte, um das zu bewirken.

»Kommt«, sagte *El Baron.* Es war Befehl und schlichte Aufforderung zugleich.

Er legte einen Arm um ihre Taille und hob sie auf den Rücken eines kräftigen Braunen mit einer weißen Blesse auf der Stirn, dann schwang er sich hinter ihr in den Sattel.

»Lehnt Euch zurück«, sagte er. »Ihr braucht nichts zu befürchten, *querida.*«

»Ich weiß«, antwortete Cecile, dann lehnte sie sich an seine breite Brust, während er die Arme um sie legte und die Zügel in die Hand nahm. »Wohin bringt Ihr mich?«

»Nach Hause«, sagte er.

Cecile warf noch einen Blick zurück, während das Pferd mit sicheren Schritten den schmalen Pfad entlangging. Marianne hatte sich von ihrer Ohnmacht erholt. Sie lehnte aus dem Fenster und winkte verzweifelt mit ihrer behandschuhten Hand hinter der sich entfernenden Gruppe her, eigenartig unzusammenhängende Worte des Protestes drangen dabei unter dem Schleier hervor.

Cecile lachte leise. »Arme Marianne.« Sie hob die Hand zu einem spöttischen Gruß. Es war das letzte, was Marianne Henderson jemals von ihr sehen sollte, es war das letzte, was alle, die Cecile Penhallan gekannt hatten von ihr sahen, nachdem sie *El Baron* begegnet war.

Die Bande der Straßenräuber rückte ab von der Kutsche, als das Pferd ihres Führers zu traben begann. Mit einem spöttischen Salut zu den verängstigten Begleitern der Kutsche wandten sie sich um und folgten ihrem Führer und seiner Gefangenen. Miss Henderson zu schänden interessierte sie ebensowenig wie der lederne Sack mit Geld, der unter dem Sitz der Kutsche versteckt war.

Dies war kein gewöhnlicher Überfall gewesen, doch hatten sie das bekommen, was sie haben wollten.

I

Portugal, März 1812

Die Stiefel des Adjutanten dröhnten laut auf den hölzernen Treppenstufen, als er mit schnellen Schritten zum Privatgemach seines Oberbefehlshabers im Hauptquartier der Stadt Elvas eilte. Vor der Tür wurden seine Schritte jedoch langsamer. Er zog die Jacke gerade und strich sich über das Haar. Der Peer liebte keine Nachlässigkeit, und wenn er wollte, besaß er eine scharfe Zunge.

»Herein!« Der Befehl ertönte, als er an die Tür geklopft hatte, und er stieß die Tür auf. Drei Männer befanden sich in dem großen Zimmer – ein Oberst, ein Major und der Oberbefehlshaber, der am Kamin stand. Ein Feuer loderte hell darin, um die feuchte Kälte zu vertreiben. Seit fünf Tagen regnete es bereits, ein unablässiger, alles durchnässender Strom. Er machte das Leben für die Infanterie zur Hölle, die gerade dabei war, Gräben um die belagerte Stadt Badajos gleich hinter der spanischen Grenze zu ziehen.

Der Adjutant salutierte. »Botschaften vom Nachrichtendienst, Sir.« Er legte einige Papiere auf den Tisch.

Wellington brummte, dann kam er vom Kamin zum Tisch und sah sich die Papiere an. Seine lange Nase kräuselte sich voller Abscheu. Er blickte zu den beiden anderen Offizieren, die am Feuer standen. »Die Franzosen haben *La Violette* gefangen.«

»Wann, Sir?« Oberst Lord Julian St. Simon streckte die Hand aus und nahm das Papier entgegen, das Wellington ihm reichte.

»Offensichtlich gestern. Cornichets Männer haben ihre Räuberbande außerhalb von Olivenza umzingelt. Laut der Nachricht halten sie *La Violette* in einem Militärlager außerhalb der Stadt gefangen.«

»Wie verläßlich ist diese Nachricht?« Der Oberst überflog die Botschaft.

Wellington zuckte mit den Schultern und warf dem Adjutanten einen fragenden Blick zu.

»Der Agent ist einer unserer besten Männer, Sir«, versicherte ihm dieser. »Und die Information ist so frisch, ich würde schwören, daß sie stimmt.«

»Verdammt«, murmelte Wellington. »Wenn die Franzosen sie in ihrer Gewalt haben, dann werden sie jede Information aus ihr herauspressen, bis in die letzte Einzelheit. Sie kennt jeden verdammten Paß in dem ganzen Gebirge von hier bis Bayonne, und es gibt nichts, was sie nicht über die Partisanen in dem Gebiet weiß.«

»Dann holen wir sie da besser raus«, sagte der Oberst, als wäre es bereits beschlossene Sache. Er legte die Nachricht auf den Tisch zurück. »Wir können nicht zulassen, daß die Franzosen Informationen bekommen, die wir nicht haben.«

»Nein.« Wellington strich sich über das Kinn. »Und wenn *La*

Violette ihr Wissen den Franzosen bereits verraten hat, sind wir jetzt im Hintertreffen. Dann müssen wir sie irgendwie davon überzeugen, es uns auch zu verraten.«

»Warum nennen die Franzosen sie eigentlich so?« wollte der Major wissen. »Die Spanier nennen sie auch *Violeta.*«

»Soweit ich weiß, hat es etwas damit zu tun, wie sie arbeitet«, sagte Oberst St. Simon, und in seiner Stimme schwang Sarkasmus mit. »Oder vielleicht, wie sie spielt... wie das sprichwörtliche Veilchen im verborgenen. Immer wieder stellt sich heraus, daß sie sich hinter den Machenschaften der großen Partisanenbanden versteckt. Während die französische Armee sich auf Guerillaaktivitäten beschränkt, blüht das kleine Veilchen und ihre Bande im Hintergrund und schlägt dort zu, wo man es am wenigsten erwartet.«

»Und dabei polstert sie auch noch ihr eigenes Nest aus«, berichtete Wellington. »Man sagt, für die Armeen beider Seiten hat sie nichts übrig. Und wenn sie den spanischen Partisanen hilft, läßt sie sich für ihre Arbeit bezahlen... oder wenigstens sorgt sie dafür, daß ihre Männer einige ertragreiche Plünderungen durchführen können.«

»Mit anderen Worten: Sie führt eine bezahlte Söldnertruppe«, sagte der Major und verzog verächtlich das Gesicht.

»Genau. Aber ich würde denken, daß die Franzosen in ihren Augen weniger Gnade finden als wir. Zumindest hat sie den Franzosen nie angeboten, ihnen zu helfen, für welchen Preis auch immer.« Der Oberbefehlshaber schob mit dem Fuß einen Holzscheit in den Kamin zurück.

»Bis jetzt«, wandte der Oberst ein. »Vielleicht bieten sie ihr gerade in diesem Augenblick den richtigen Preis an für ihre Informationen.« Er war ein großer Mann, mit breiten Schultern und einem kräftigen Oberkörper. Unter buschigen rotgoldenen Augenbrauen leuchteten ein Paar strahlend blaue Augen. Sein dichtes Haar hatte die gleiche Farbe wie die Augenbrauen, eine Locke fiel ihm in die breite Stirn. Er strahlte die natürliche Autorität eines Mannes aus, der in Wohlstand und Privilegien hineingeboren war, ein Mann, der die herrschende Ordnung nicht in Frage stellte. Über seine rote Tunika hatte er nachlässig den Umhang eines Kavallerieoffiziers gelegt, an der Hüfte trug er ein massives, verziertes Schwert in einem breiten, mit Nägeln beschlagenen Gürtel. Er strahlte eine ruhelose Energie aus. Der beengte Raum schien viel zu klein für ihn.

»Ich habe gehört, der Name beruhe auch auf dem Aussehen von *La Violette,* Sir«, meldete sich jetzt der Adjutant zu Wort. »Sie soll einem Veilchen gleichen.«

»Guter Gott, Mann!« Das verächtliche Lachen des Obersts klang laut in dem schäbigen Zimmer. »Sie ist eine rücksichtslose, mörderische Banditin, die ihre zweifelhaften Dienste den Partisanen zur Verfügung stellt, für den richtigen Preis natürlich.«

Der Adjutant trat eingeschüchtert von einem Fuß auf den anderen, doch der Major erklärte schroff: »Nein, St. Simon, der Mann hat recht. Ich habe das auch gehört. Ich denke, sie ist eine unscheinbare Person, die aussieht, als würde ein Windstoß sie umblasen können.«

»Dann wird sie nicht lange durchhalten, wenn Major Cornichet erst einmal seine sanfte Überredungskunst anwendet«, erklärte Wellington. »Er ist ein böser, arroganter, brutaler Kerl, und er liebt solche Verhöre. Wir haben keine Zeit zu verlieren. Julian, wollt Ihr die Sache übernehmen?«

»Mit Vergnügen. Es wird mir eine Freude sein, Cornichet seine Beute abzujagen.« Dem Oberst gelang es kaum, seine Begeisterung für diese Aufgabe zu verbergen. Er knallte die Hacken zusammen, und seine Sporen klirrten. »Und es wird mir eine Befriedigung sein, die Spiele dieses verborgenen Veilchens ein für allemal zu beenden. Sie hat schon viel zu lange gespielt und sich auf unsere Kosten bereichert.« Ein Anflug von Verachtung huschte über das aristokratisch geschnittene Gesicht. Für gedungene Söldner hatte Julian St. Simon nichts übrig. »Ich werde zwanzig Männer mitnehmen.«

»Wird das denn genügen, um den gesamten Vorposten zu stürmen, St. Simon?« wollte der Major wissen.

»Oh, ich habe nicht die Absicht, das Lager zu stürmen, mein Freund«, sagte Oberst St. Simon grinsend. »Ein wenig Hinterlist und Tücke – ein Guerillakrieg von unserer Seite, wenn Ihr versteht, was ich meine.«

»Dann tut das, Julian.« Wellington reichte ihm die Hand. »Und bringt uns diese Blume, damit wir ihre Blütenblätter selbst pflücken können.«

»In fünf Tagen habt Ihr sie hier!« Der Oberst verließ das Zimmer, ein Schwall von Energie schien um ihn zu wirbeln.

Fünf Tage, das war keine eitle Prahlerei, und das wußte der Oberbefehlshaber auch. Julian St. Simon war mit seinen achtundzwanzig Jahren schon seit zehn Jahren Soldat, und er war bekannt für seine ungewöhnlichen Methoden und seinen gleichbleibenden Erfolg. Es galt als eine unumstößliche Tatsache, daß St. Simon nie bei einer ihm übertragenen Aufgabe versagte, und seine Männer wären bereit gewesen, ihm in ein Inferno zu folgen, wenn er es ihnen befohlen hätte.

Der französische Vorposten bestand aus einer Ansammlung von Hütten und Zelten in einem kleinen Wäldchen außerhalb der Stadtmauern von Olivenza. Der Regen rann aus einem bleiernen Himmel, er fiel von den Ästen der Bäume und durchnäßte die Zelte. Unaufhörlich tropfte er durch die Zwischenräume in den Dächern in die Hütten.

La Violette, die bei ihren eigenen Leuten als Tamsyn bekannt war, Tochter von Cecile Penhallan und *El Baron*, kauerte in einer der Hütten in der Ecke, auf dem feuchten Lehmboden. Um ihren Hals lag ein geflochterner lederner Kragen. Daran war ein Seil befestigt, das an der Wand festgebunden war. Tamsyn rückte ein Stück zur Seite, um den Regentropfen zu entgehen, die beständig durch ein Loch in der Decke rannen und über ihren Rücken liefen.

Sie fror, sie war hungrig und naß, und ihre Muskeln waren vom langen Sitzen verkrampft, doch ihren scharfen Blicken entging nichts. Ihre Ohren lauschten auf das leiseste Geräusch, und trotz des rauschenden Regens entging ihr nichts von der Unterhaltung. Major Cornichet und seine beiden Offiziere aßen an einem Tisch in der Mitte der Hütte. Der Duft von Knoblauchwurst und fettem Käse ließ ihr das Wasser im Mund zusammenlaufen. Ein Korken wurde aus einer Flasche gezogen, und sie glaubte, auf ihrer Zunge den strengen Geschmack des Weines dieser Region zu schmecken. Eine Woge der Übelkeit, durch den Hunger hervorgerufen, stieg in ihr auf.

Seit zwei Tagen hielt man sie hier schon gefangen. Am Morgen hatte man ihr einen halben Laib Brot hingeworfen. Er war im

Morast neben ihr gelandet, doch sie hatte den Schmutz abgewischt und das Brot gegessen. Dann hatte sie den Kopf zurückgelegt und mit dem Mund das Regenwasser aufgefangen, das durch das Dach rann. Wenigstens bestand an Wasser kein Mangel, deshalb hatte sie bis jetzt nichts anderes erdulden müssen als ihre unbequeme Haltung und die Demütigung der Gefangenschaft.

Ein wenig Erniedrigung und Unannehmlichkeiten machten ihr nichts aus. Tamsyn fiel ein Satz ihres Vaters ein, der ihr geraten hatte: »*Hija*, du mußt lernen, was ein Mensch erdulden kann und was nicht, welche Schlachten es sich zu kämpfen lohnt und welche nicht.«

Aber wann würde die sanfte Behandlung aufhören? Wann würden sie ernsthaft beginnen, sie auszufragen? Natürlich könnte sie ihnen ganz einfach geben, was sie haben wollten, vielleicht könnte sie sogar einen Preis dafür fordern. Doch dies war ein Kampf, der es wert war, gekämpft zu werden. Sie durfte den Franzosen nicht helfen, konnte die Partisanen nicht verraten, ohne zugleich auch die Erinnerung an ihren Vater zu verraten. Also, wann würden sie beginnen?

Als hätte Major Cornichet ihre unausgesprochene Frage gehört, stand er auf und ging zu ihr. Er blickte auf sie hinunter, mit einer Hand strich er sich über den Schnurrbart über dem grausamen Mund. Sie erwiderte furchtlos seinen Blick, so gut sie konnte.

»*Eh bien*«, sagte er. »Ihr werdet jetzt mit mir reden, denke ich.«

»Worüber?« gab sie zurück. Ihr Mund war trocken, und trotz der Kälte und der Nässe fühlte sich ihr Körper heiß und fiebrig an. Die Tochter von *El Baron* war kein Feigling, aber man brauchte kein Feigling zu sein, um sich vor dem zu fürchten, was sie jetzt würde erdulden müssen.

»Stellt meine Geduld nicht zu lange auf die Probe«, meinte Cornichet übertrieben freundlich. »Wir können das alles ganz ohne Schmerzen hinter uns bringen oder mit viel Schmerzen. Mir ist das gleich.«

Als Antwort verschränkte Tamsyn die Arme vor der Brust und lehnte den Kopf an die Wand hinter sich. Sie ignorierte das Regenwasser und schloß die Augen.

Plötzlich wurde an dem Seil, das an ihren ledernen Kragen gebunden war, heftig gerissen, und sie kam mit einem Ruck auf die Füße. Sie rang nach Luft.

»Seid kein Dummkopf, *Violette*«, sagte Cornichet leise. »Am Ende werdet Ihr uns doch alles verraten. Alles, was wir wissen wollen, und dazu vieles, was wir gar nicht wissen wollen, nur um die Schmerzen zu beenden. Ihr wißt das. Wir wissen es auch. Also, daher wollen wir doch keine Zeit verlieren und auch keine Mühen.«

Es würde ihr nicht gelingen, es durchzustehen. Nicht auf Dauer. Aber einige Zeit würde sie es schon ertragen können.

»Wo ist Longa?« Die leise Frage übertönte das Rauschen des Regens.

Longa führte die Partisanenbanden im Norden. Seine Guerillas richteten verheerende Verwüstungen unter Napoleons Truppen an. Sie griffen sie ständig an, mit lautlosen Attacken, die aus dem Nichts zu kommen schienen. Sie belästigten marschierende Kolonnen, überfielen Patrouillen und legten das Land in Schutt und Asche, damit die Armee keinen Nachschub an Lebensmitteln bekam, denn die Armee ernährte sich von dem Land, durch das sie marschierte.

Tamsyn wußte, wo Longa war. Sie hoffte, die Nachricht ihrer Gefangenennahme würde den Guerillaführer erreichen, ehe sie unter der Folter zusammenbrach, denn dann würde er es noch schaffen zu verschwinden. Sie mußte beten, daß jemand davon wußte, daß die Nachricht vielleicht jetzt schon auf dem Weg nach Pamplona war. Ihre Männer waren in dem Hinterhalt in alle Winde zerstreut worden – diejenigen, die nicht umgebracht worden waren – alle, bis auf Gabriel. Und wo war Gabriel? Irgendwo in diesem entsetzlichen Loch, wenn man ihn überhaupt am Leben gelassen hatte. Vielleicht versuchte er gerade in diesem Augenblick auszubrechen. Es war unmöglich, sich vorzustellen, daß dieser riesige Mann von gewöhnlichen Sterblichen gefangengehalten werden konnte. Und wenn es Gabriel gelang, sich zu befreien, dann würde er sie holen.

Sie mußte es durchstehen.

Das Seil wurde gelockert, doch jetzt näherte sich die Hand des Obersts ihrem Hemd. Anstatt es aufzureißen begann er, es ganz langsam aufzuknöpfen.

Ihre Haut fühlte sich eisig an, als sie das Messer entdeckte, das er in der anderen Hand hielt. Übelkeit stieg in ihr auf. Von allen Dingen haßte sie Messer am meisten. Ob Cornichet das wußte? Kannte er das Entsetzen, das sie überfiel bei dem Gedanken an ihre eigene verletzte Haut, an das rote Blut, das daraus floß…? Schwarze Punkte tanzten vor ihren Augen, und sie klammerte sich mit aller Macht an den Wunsch, jetzt nicht ohnmächtig zu werden.

Einer der anderen Männer trat zu ihnen, er lächelte. Er stellte sich hinter sie und zog ihr das Hemd über die Arme hinunter, nachdem auch der letzte Knopf offen war. Dann umfaßte er ihre Handgelenke und riß ihr die Arme nach hinten, so daß ihre Brüste sich nach vorn drängten. Ein dickes Seil wurde um ihre Handgelenke geschlungen. Sie fühlte, wie ihre Brüste zitterten.

»Welch ein Jammer«, murmelte Cornichet und fuhr mit dem Messer um die sanfte Rundung ihrer rechten Brust. »Eine so wundervolle Haut. Das würde man gar nicht erwarten bei einer Straßenräuberin, einer Diebin und Plünderin.« Die Messerspitze umfuhr ihre Brustspitze. »Laßt nicht zu, daß ich so etwas tun muß«, drängte er. »Sagt mir, wo Longa ist!«

Tamsyn sagte nichts. Sie versuchte, sich in Gedanken an einen anderen Ort zu versetzen, weit weg von dieser Hütte mit dem flackernden Kerzenlicht und dem endlosen Rauschen des Regens. Sie stellte sich vor, sie würde die kalte Messerspitze nicht fühlen, die jetzt gegen ihre Brust gepreßt wurde, so daß die Spitze sich in ihre Haut bohrte, ohne sie jedoch schon zu durchstoßen.

»Ihr werdet mir sagen, wo Longa ist«, sprach der Oberst weiter, in genau dem gleichen ernsten Ton. »Und dann werdet Ihr mir die Gebirgspässe beschreiben, die durch das Guadarramagebirge führen, die Pässe, die Ihr und Eure Freunde benutzen.«

Noch immer schwieg sie. Und dann wurde sie am Seil herumgewirbelt, so daß sie mit dem Gesicht zur Wand zu stehen kam. Sie mußte sich auf Zehenspitzen stellen, als das Seil fest angezogen wurde. Die Männer befestigten es an einem Haken oben an der Wand. Tamsyn fühlte die Messerspitze jetzt in ihrem Rücken, und es war schlimmer, noch viel schlimmer, weil sie nicht sehen konnte. Die Spitze glitt über ihre Wirbelsäule, und sie wartete auf den ersten Stoß. Es wäre ein leichter, langsamer Stoß, das wußte sie, unzählige kleine Schnitte würde er ihr beibringen, bis ihr Blut in Strömen floß.

Es roch plötzlich eigenartig. Eine Sekunde lang hatte Tamsyn es gar nicht bemerkt, weil sie gegen das Entsetzen ankämpfte und auf die nächste Berührung der Messerspitze wartete. Hinter ihr hustete jemand. Sie bekam kaum Luft. Der Kragen war so eng, und sie hatte Angst... aber, nein. Es war Rauch. Dicker, schwarzer Rauch quoll unter der Tür durch. Öliger, beißender, erstickender Rauch.

Fluchend wandte sich Cornichet zur Tür. Einer der anderen Männer war vor ihm angelangt und riß die Tür auf. Er wich vor der dicken, schwarzen Rauchwolke zurück, die auf ihn zukam.

Ein Signalhorn ertönte. Laut und schmetternd. Und dann brach das Chaos aus. In dem erstickenden Rauch erschienen plötzlich wie aus dem Nichts schwarzgekleidete Männer mit Masken und mit gezogenen Schwertern. Ein Gewehrschuß ertönte. Man hörte Flüche und laute Rufe. Ein Schmerzensschrei.

Tamsyn versuchte, sich umzudrehen, weg von der Wand, doch da ihre Hände hinter dem Rücken festgebunden waren und sie noch immer auf Zehenspitzen stand, fand sie das Gleichgewicht nicht. Sie konnte sich nur vorstellen, was hinter ihr vor sich ging. Die Gedanken wirbelten in ihrem Kopf. Sie überlegte, wie sie die erstaunlich glückliche Situation für sich nutzen könnte. Aber sie befand sich in einer Lage, in der sie sich nicht selbst helfen konnte. War es möglich, daß Gabriel dieses ganze Chaos hervorgerufen hatte?

Und dann löste sich wie durch ein Wunder das Seil, das sie an der Wand hielt, so daß Tamsyn auf die Knie fiel.

»Steht auf«, sagte eine Stimme auf englisch. Die Fesseln um ihre Handgelenke wurden gelöst.

Tamsyn machte sich nicht die Mühe, die Ursache dieses glücklichen Umstands herauszufinden. Sie kam auf die Füße und keuchte, weil der dicke, schwarze Rauch ihr den Atem nahm.

»Schnell!« befahl die Stimme ihr. »Bewegt Euch!« Eine Hand in ihrem Rücken schob sie nach vorn.

Die Art, wie ihr Retter Befehle erteilte, irritierte Tamsyn, doch die Umstände erlaubten ihr keinen Protest. Sie versuchte, der Hand in ihrem Rücken zu entkommen, indem sie sich bückte und ihr Hemd aufhob, das auf dem Boden lag. Schnell zog sie es an und hielt sich dann schützend den Unterarm vor Mund und Nase. Sie stolperte nach vorn, wobei die harte Hand in ihrem Rücken sie mehr schob als daß sie sie führte.

Um sie herum liefen Männer. Fluchend und hustend versuchten sie, die Tür zu erreichen. Draußen war es allerdings kaum besser. Alle Hütten schienen zu brennen. Von überall her wogten Wolken dicken Rauches, Männer liefen kopflos hin und her, brüllten Befehle und versuchten, ihre Habseligkeiten zusammenzusuchen.

Wieder ertönte das Signalhorn, und Tamsyn glaubte, einen allgemeinen Rückzug festzustellen. Noch immer schob der Mann sie weiter, jetzt rief er laut: »Die Sechste zu mir!« Dann berührten ihre Füße plötzlich nicht mehr den Boden. Er trug sie, lief mit ihr durch den Lehm und den Regen und das ganze Durcheinander, wobei er den blau uniformierten Franzosen geschickt auswich.

Männer in dunklen Umhängen rannten auf eine Lichtung zu, auf der ungefähr zwanzig Pferde wieherten und mit den Hufen scharrten. Das Weiße in ihren Augen trat hervor, als sie den Rauch rochen.

Oberst St. Simon hob seine leichte Last auf den Rücken seines Pferdes und saß im nächsten Augenblick schon hinter ihr.

»Gabriel!« rief das Mädchen verzweifelt. »Ich muß Gabriel finden!« Sie warf sich abrupt zur Seite und sprang von dem Pferd.

St. Simon hatte keine Zeit, lange nachzudenken. Er sprang ebenfalls vom Pferd und lief hinter seiner Beute her, die in der Dunkelheit verschwand. Schon nach ein paar Metern hatte er sie eingeholt. Seine Hand schloß sich um ihr Handgelenk. »Verdammt! Wo zum Teufel wollt Ihr hin?«

Tamsyn konnte ihn nicht genau erkennen, sie sah nur seine Umrisse in der Dunkelheit. Wieder weckte sein Tonfall ihren Widerspruch, doch wer immer er auch sein mochte, sie schuldete ihm etwas, deshalb hielt sie ihre heftige Antwort zurück und sprach mit ungeduldiger Zurückhaltung.

»Ich bin Euch sehr dankbar, daß Ihr mich aus einer so ungemütlichen Lage gerettet habt, Sir. Ich weiß nicht, warum Ihr das getan habt, aber ich bin Euch wirklich sehr zu Dank verpflichtet. Doch jetzt komme ich sehr gut allein zurecht, und ich muß unbedingt Gabriel finden.« Sie versuchte, ihm ihre Hand zu entziehen.

Eine ungemütliche Lage! Halbnackt am Hals aufgehängt zu sein, in der Aussicht, langsam mit dem Messer gefoltert zu werden, nannte sie eine ungemütliche Lage! Und sie dankte ihm als glaubte sie, daß er entweder aus purer Uneigennützigkeit gehandelt hatte oder daß ihre Rettung ein Zufall gewesen war. Unter anderen Umständen hätte St. Simon ein so offensichtliches Mißverständnis amüsant gefunden.

Mit einer schnellen Handbewegung ließ er seinen Umhang durch die Luft wirbeln. Er legte ihn um die sich wehrende Gestalt und hielt sie gefangen. Der Strom ihrer Worte versiegte plötzlich, als er sie eng in das Kleidungsstück einwickelte und sie auf die Arme hob.

Tamsyn hatte die rote Tunika und die Abzeichen des Obersts entdeckt, bevor der Umhang sie ganz einhüllte und ihre Nase gegen die goldene Tresse und die glänzenden Knöpfe gedrückt wurde. Zum zweiten Mal innerhalb weniger Minuten schien sich ihre Lage dramatisch verändert zu haben, aber falls sie noch immer von Soldaten gefangengehalten wurde, so konnte sie sich nicht verbessert haben.

Ihr Retter, der jetzt zu ihrem Häscher geworden war, stieg auf das Pferd. Die Last in seinen Armen schien ihn nicht zu behindern. Ein Befehl ertönte auf der Lichtung, und die kleine Gruppe schwarzgekleideter Gestalten wirbelte auf den Pferden herum und verschwand in der Dunkelheit.

Tamsyn wurde sehr schnell klar, daß es vergebens war, sich unter dem dicken Stoff des Umhanges zu wehren. Die Arme, die sie hielten, waren so hart wie Eisen, und das Pferd unter ihnen galoppierte mit einer solchen Geschwindigkeit, daß es Selbstmord gewesen wäre, wenn sie versucht hätte, sich von seinem Rücken gleiten zu lassen.

Sie entspannte sich ein wenig, während noch immer die Gedanken in ihrem Kopf wirbelten. Was wollten die Engländer von ihr? Wahrscheinlich das gleiche wie die Franzosen. Würden sie auch die gleiche Taktik anwenden? Diese verdammten Soldaten – sie waren wie die wilden Tiere, welche Uniform sie auch immer trugen. Blau, rot, grün oder schwarz. Und auch goldene Tressen und Epauletten machten da keinen Unterschied.

In ihren Gedanken stiegen wieder die schrecklichen Bilder von jener Nacht auf, als die Soldaten nach Puebla de St. Pedro gekommen waren. In ihren Ohren glaubte sie noch immer die Schreie zu hören, und der Geruch des Blutes in ihrer Nase war noch immer genauso lebhaft wie damals, so als würden sie und Gabriel noch einmal hilflos das ganze Massaker mit ansehen... Wo war Gabriel?

Der Gedanke, daß Gabriel noch immer in der Gefangenschaft der Franzosen war, während sie von einem englischen Kavallerieoffizier Gott weiß wohin gebracht wurde, verbannte die geisterhaften Bilder vor ihrem inneren Auge. Jetzt fühlte sie nur noch Wut, und mit neu erwachter, verzweifelter Energie versuchte sie noch einmal, sich gegen ihre Fesseln zu wehren.

Als Reaktion darauf schloß sich der Arm noch fester um sie, und eine Hand drückte ihren Kopf gegen die Tunika, so daß sie nach Atem ringen mußte. Es war eine wirksame Art, ihre Gegenwehr zu beenden.

Wieder hielt Tamsyn still. Dieser verrückte Ritt würde irgendwann enden, und sie mußte ihre ganze Energie für diesen Augenblick bewahren, was sie tun würde, wenn sie erst wieder festen Boden unter den Füßen hatte. Irgend so ein eingebildeter, herrischer englischer Kavallerieoffizier war weder in Intelligenz noch in Schnelligkeit eine Herausforderung für *La Violette*. Sie kannte diese Gegend wie ihre Westentasche, und sie war eine Meisterin in der Kunst, sich aus schwierigen Lagen zu befreien.

Julian fühlte die Energie, die von diesem zerbrechlichen Bündel ausging, das er fest an seine Brust gedrückt hielt. Selbst wenn sie still dasaß und offensichtlich nachgiebig, so fühlte er doch ihre Entschlossenheit und ihre Absichten. *La Violette* hatte ihre eigenen Gesetze, genau wie ihr Vater *El Baron* sie gehabt hatte, und sie war eine Expertin darin, die schwerfälligen Mechanismen zweier Armeen zu überlisten, wenn sie ihrem einträglichen und gesetzlosen Geschäft nachging. Julian hatte nicht die Absicht, in seiner Aufmerksamkeit nachzulassen, nur weil er diese Räuberbrut im Moment sicher in seinen Armen hielt.

Als der Reitertrupp die Ufer des Guadiana erreichte, hielt er an.

Keine Verfolger waren zu hören, nur das Wasser des Flusses rauschte. Der Nachthimmel war pechschwarz, und in der Dunkelheit ließ sich nicht feststellen, ob man den Fluß gefahrlos würde überqueren können.

»Sergeant!«

»Sir.« Eine der schwarzgekleideten Gestalten löste sich aus der Gruppe der Männer und ritt zum Oberst.

»Wir werden hier bis zur Morgendämmerung Rast machen und uns dann nach einer Furt umsehen. Findet heraus, ob wir irgendwo Schutz vor diesem entsetzlichen Regen finden können. Versucht es einmal bei den Bäumen dort drüben.« Der Oberst deutete mit seiner Peitsche auf eine Baumgruppe in der Ebene.

Der Sergeant gab einen Befehl, und der Reitertrupp ritt davon. Langsam folgte ihnen der Oberst. Er runzelte nachdenklich die Stirn, während er überlegte, was er mit seiner Gefangenen anstellen sollte, wenn er erst vom Pferd abgestiegen war.

Es stellte sich heraus, daß zwischen den Bäumen eine verlassene Hütte und ein Schuppen standen. Die Hälfte des Daches der Hütte war noch vorhanden. Die Männer der sechsten Division waren daran gewöhnt, unter den schwierigsten Umständen ihr Lager aufzuschlagen. In den vier Jahren, während der sie versucht hatten, Napoleon aus Spanien und Portugal zu vertreiben, hatten die glühendheißen Sommer und die eiskalten, verregneten Winter auf der Iberischen Halbinsel den Männern viele Unannehmlichkeiten bereitet. Jetzt banden sie die Pferde unter den Bäumen fest und sammelten Holz, um im Schutz des Schuppens ein Feuer anzuzünden. Es gelang ihnen, das nasse Holz mit Hilfe des trockenen Zunders, den jeder der Männer bei sich trug, anzuzünden.

Der Oberst stieg von seinem Pferd, seine Gefangene noch immer auf dem Arm, und ging mit ihr zu der Hütte.

»Wenn Ihr hier drinnen ein Feuer anzündet, dann werdet Ihr es so gemütlich haben, wie eine Motte im Pelz«, erklärte der Sergeant, der ihm in das halb verfallene Gebäude gefolgt war. »Die Männer haben trockenen Zunder von dem Überfall auf die Franzmänner übrig, und ich denke, ein Topf mit Tee wäre jetzt auch nicht schlecht.«

»Das klingt großartig, Sergeant«, sagte der Oberst ein wenig abwesend. »Stellt Wachen um die Baumgruppe auf. Wir wollen doch nicht, daß unser Feuer Aufmerksamkeit erregt.«

Er blickte auf die Gestalt in seinen Armen. *La Violette* hatte den Kopf von seiner Brust weggedreht, und er sah jetzt in ein Paar dunkle Augen in einem herzförmigen Gesicht. Sie erwiderte seinen prüfenden Blick mit einer gewissen Neugier, die einen weniger harten und erfahrenen Mann in falsche Sicherheit gewiegt hätte.

»Was jetzt, englischer Oberst?« Ihrem Englisch haftete blaß der Hauch eines Akzentes an; nur ein besonders scharfes Ohr konnte ihn entdecken, wie er zu seiner Überraschung feststellte.

»Ihr sprecht gutes Englisch.«

»Aber natürlich! Meine Mutter war Engländerin. Werdet Ihr mich jetzt endlich herunterlassen?«

»Wenn ich das tue, werdet Ihr dann Euer Wort geben, nicht wegzulaufen?«

Ihre Augen blitzten belustigt auf. »Ihr würdet dem Wort einer Straßenräuberin glauben, englischer Oberst?«

»Sollte ich das lieber nicht tun?«

Jetzt lachte sie laut auf. »Das weiß nur ich, und Ihr werdet es herausfinden, *Coronel.*«

Ihr spöttisches Lachen hatte einen unangenehmen Beiklang. Eine Welle von Feindseligkeit schlug Julian entgegen. Offensichtlich war dieser Frau nicht klar, daß sie ihre augenblickliche angenehme Lage allein seinem guten Willen verdankte.

»Danke für die Warnung«, sagte er. »Ich werde mich danach richten.« Er sah sich um. »Ich denke, ich könnte den hübschen Kragen benutzen, den Cornichet Euch umgelegt hat, und Euch in der gleichen Weise gefangenhalten.«

Tamysn wandte sich mit einem Ruck zu ihm um. Dies war kein Mann, den man verspotten konnte, das war offensichtlich. Sie mußte anders mit ihm umgehen.

»Das wird nicht nötig sein«, beeilte sie sich, ihm zu versichern. Ihre Augen waren plötzlich ganz sanft und nachgiebig. »Bitte, laßt mich runter, Oberst. Wie könnte ich Euch denn entkommen, wo doch all Eure Männer um mich herum sind?«

Eine richtige kleine Schauspielerin, diese *La Violette*, dachte Julian mit einem grimmigen Lächeln. Aber dieser Gesichtsausdruck des verirrten kleinen Mädchens wirkte bei ihm nicht. »Ich werde Euch liebend gern auf Eure Füße stellen«, meinte er gedehnt. »Aber Ihr werdet entschuldigen, wenn ich gewisse Vorsichtsmaßnahmen treffe. Sergeant, bringt mir ein Seil.«

Tamsyn verfluchte sich wegen ihrer Dummheit. Ganz offensichtlich hatte sie dieses besondere Exemplar in Wellingtons Kavallerie unterschätzt. Sie ließ ihrer Wut freien Lauf und überließ sich ganz der Verachtung und der wüsten Beschimpfung dieser ganzen überheblichen Soldatenbrut mit ihren goldenen Litzen und den glänzenden Knöpfen, doch wie es schien, war dieser Oberst nicht ganz so blind und dumm, wie ihr Vorurteil es ihr eingab.

Sie wurde auf ihre Füße gestellt, doch noch immer konnte sie sich nicht bewegen, weil der Umhang eng um sie geschlungen war.

»Setzt Euch, *Señorita*«, forderte der Oberst sie auf. Seine Stimme klang so glatt wie Seide. »Der Boden ist ein wenig feucht, und ich fürchte, meiner Gastfreundschaft sind im Augenblick Grenzen gesetzt.« Er nahm das Seil, das der Sergeant ihm reichte, und als Tamsyn nicht sofort seiner Einladung folgte, legte er ihr beide Hände auf die Schultern und drückte sie zu Boden.

Jeder Widerstand war zwecklos. Tamsyn widersetzte sich nicht, sie sank zu Boden und lehnte sich gegen die nasse Wand der Hütte. Sie befand sich in einer schrecklichen Lage; offenkundig war sie aus dem Regen in die Traufe gekommen. Grimmig wartete sie darauf, daß er das Seil an dem Kragen befestigte, den sie noch immer trug, doch zu ihrer Erleichterung legte er das Seil um ihre Fußknöchel und band es dann an seinem Schwertgürtel fest. Das Seil war lang genug, daß er in dem kleinen Raum hin und her gehen konnte.

Jetzt, wo ihre Hände frei waren, könnte sie sich von dem Umhang befreien. Und es wäre auch möglich, das Seil um ihre Knöchel zu lösen, sollte dieser aufmerksame Oberst einmal in seiner Wachsamkeit nachlassen oder vielleicht sogar einschlafen. Sie löste den ledernen Kragen von ihrem Hals und warf ihn so weit weg, wie sie nur konnte.

Der Oberst zog anzüglich eine Augenbraue hoch, doch er sagte nichts. Er machte sich auch nicht die Mühe, den Kragen zurückzuholen. Anscheinend bevorzugte er seine eigenen Methoden.

Tamsyn schmiegte sich tiefer in den Umhang und setzte sich, um die weitere Entwicklung der Dinge abzuwarten.

Mittlerweile knisterte ein kleines Feuer unter dem Dach der Hütte, und der Sergeant hatte einen Topf mit Wasser über die Flamme gehängt. Eine Öllampe brannte und warf groteske Schatten an die Wand, als der Oberst seine Tunika löste, seine Satteltaschen öffnete und darin herumwühlte. Tamsyn hörte draußen Schritte und leise Stimmen; die Männer schlugen ihr Lager auf.

Tamsyn lief das Wasser im Mund zusammen, als sie sah, daß der Oberst einen Laib Brot und ein Paket kaltes Fleisch aus den Satteltaschen holte. Der Sergeant machte indessen Tee. Er weichte die kostbaren Teeblätter erst ein, bevor er das kochende Wasser darübergoß.

Diese Engländer wissen wirklich, wie man es sich gemütlich macht, dachte Tamsyn. Selbst unter so unangenehmen Umständen.

Julian verspeiste sein Abendessen mit sichtlichem Appetit. Dankend nahm er den Becher Tee von dem Sergeanten entgegen, der danach wieder nach draußen verschwand, um mit seinen Männern unter den Bäumen zu nächtigen. Der Oberst vermied es bewußt, zu seiner Gefangenen hinzusehen, während er mit Genuß seinen Tee trank. Er hatte entschieden, daß *La Violette* ruhig eine Zeitlang hungern könnte. Das würde vielleicht ihr Benehmen bessern.

»Was habt Ihr Cornichet verraten?« fragte er plötzlich.

Tamsyn zuckte die Achseln und schloß die Augen. Aus irgendeinem unerfindlichen Grund schwand ihr üblicher Widerstand, und sie war den Tränen nahe. Sie sehnte sich so nach einer Tasse Tee, mehr noch als nach etwas zu essen. In der Tat wäre sie in dem Moment sogar bereit gewesen, für eine Tasse dieses heißen, dampfenden rotbraunen Getränkes jemanden umzubringen. »Nichts.«

»Ich nehme an, sie hatten gerade erst begonnen, Euch auszufragen?«

Sie antwortete nicht.

»Was wollten sie denn wisssen?«

»Welches Recht habt Ihr, mich gefangenzunehmen?« gab sie zurück. »Ich bin kein Feind der Engländer. Ich helfe den Partisanen, nicht den Franzosen.«

»Solange sich das für Euch lohnt, wie ich gehört habe«, sagte er.

Seine Stimme in dem dämmrigen Loch war messerscharf. »Ihr braucht nicht so zu tun, als wärt Ihr eine Patriotin. Wir wissen alle, wo das Interesse von *La Violette* liegt.«

»Was geht Euch das überhaupt an?« fragte sie wütend. Ihr Hunger und ihre Müdigkeit waren wie verflogen. »Ich habe Euch nichts zuleide getan. Ich mische mich nicht in die Angelegenheiten der englischen Armee ein. Ihr trampelt mein ganzes Land nieder, benehmt euch wie von Gott geschickte Helden. Ihr seid selbstgefällig und hochtrabend …«

»Haltet den Mund!« Der Oberst war aufgesprungen, seine Augen funkelten. »Das Blut der Engländer hat seit vier Jahren den Boden dieser verdammte Halbinsel getränkt, wir haben die Arbeit für Eure Landsleute erledigt, haben versucht, Euch und Euer Land vor diesem Schurken Napoleon zu retten. Ich habe mehr Freunde verloren, als ich zählen kann, im Interesse dieses elenden Landes, und Ihr wagt es, etwas gegen diese Männer zu sagen? Habt Ihr mich verstanden?«

Er stand jetzt dicht vor ihr, und Tamsyn unterdrückte ihren Impuls, vor ihm zurückzuweichen. Plötzlich beugte er sich zu ihr, nahm ihr Kinn in die Hand und wandte ihr Gesicht dem flackernden Licht der Lampe zu. »Habt Ihr mich verstanden?« Seine Stimme war ganz leise, doch in seinen klaren blauen Augen lag Zorn; seinen Mund hatte er zu einer harten Linie zusammengepreßt.

»Die Engländer haben ihre eigenen Gründe, warum sie hier sind«, entgegnete sie ihm, wobei sie sich bemühte, seinem Blick standzuhalten. »England würde nicht überleben, wenn Napoleon Spanien und Portugal erobern würde. Er würde die Häfen für den englischen Handel schließen, und England müßte verhungern.«

Sie wußten beide, daß sie die Wahrheit sagte. Deshalb schwiegen sie. Noch immer hielt er ihr Gesicht in seiner Hand. Sein eigenes Gesicht war dem ihren jetzt ganz nahe, und sie fühlte den schmerzhaften Druck seiner Finger an ihrem Kinn und die Wärme seiner Haut. Er schien ihr ganzes Gesichtsfeld auszufüllen, schien sich vor ihren Augen ins Unendliche auszudehnen, bis sie nichts mehr sehen konnte und ihre elende Umgebung und selbst der schwache Schein des Feuers im Hintergrund verschwommen.

Julian sah sie an. Zum ersten Mal betrachtete er sie genauer, und seine gerechtfertigte Wut erstarb unter der Wahrheit dessen, was sie gesagt hatte. Sie hatte helles Haar, in der Farbe seidigen Weizens. Wie eine Kappe lag es um ihren schmalen Kopf, und eine Locke hing in ihre Stirn. Ihre Augen waren mandelförmig, dichte Wimpern lagen über dem dunklen Veilchenblau, darüber wölbten sich sanfte Brauen und gaben ihrem Gesicht einen etwas fragenden Ausdruck.

»Guter Gott, der Vergleich mit einem Veilchen war gar nicht so abwegig«, sagte er leise in das angespannte Schweigen. »Aber Ihr gehört wohl eher zu einer etwas dornigen Sorte dieser Blume, glaube ich.«

Seine Finger packten für einen Augenblick noch fester zu. Sein Mund war dem ihren so nahe, daß Tamsyn seinen warmen Atem auf ihren Lippen fühlte. Das Gefühl, in einem Raum und einer Zeit zu sein, in der nur sie beide existierten, wurde immer stärker. Als ihre Lippen sich trafen, schien es ganz natürlich, und sie versank in einer warmen, sanften Dunkelheit, gefangen vom Duft seiner regennassen Haut und dem Gefühl seines Bartes an ihrer Wange und der festen Nachgiebigkeit seiner Lippen auf ihren.

Doch dann war der Augenblick auch schon vorüber. Sie riß ihren Kopf zurück und gab ihm eine Ohrfeige. *»Bastardo!«* Ihre Stimme zitterte. *»Bastard!«* fuhr sie ihn an. »Ihr vergewaltigt Eure Gefangenen, nicht wahr, englischer Oberst? Und ich habe geglaubt, nur die gemeinen englischen Soldaten würden sich auf diese Art vergnügen. Aber ich nehme an, sie nehmen sich ein Vorbild an ihren Offizieren.«

Das Ausmaß ihrer Wut und der Haß in ihren Worten nahm ihm für einen Augenblick den Atem. Er starrte sie an, ganz unbewußt hatte er eine Hand an seine brennende Wange gelegt. Dann nahm er plötzlich ihr Gesicht in beide Hände und preßte seine Lippen auf die ihren, mit einer solchen Kraft, daß ihre Lippen gegen ihre Zähne gedrückt wurden und ihr Kopf gegen die Wand.

Als er sie wieder freigab, bewegte sie sich nicht. Ihr Gesicht war nur ein blasser Umriß im Halbdunkel, ihre Augen glichen dunklen Brunnen.

»In Zukunft solltet Ihr nicht einen Kuß mit einer Vergewaltigung verwechseln«, erklärte er mit angespannter Stimme. Seine Wut war genausosehr auf ihn selbst gerichtet wie auf das Mädchen. Er konnte sich nicht erklären, was in ihn gefahren war. Er hatte es sich zum Grundsatz gemacht, sich niemals mit einer Frau abzugeben, die auch nur entfernt in Verbindung mit einer der Armeen stand, die auf der Halbinsel anwesend war. »Solltet Ihr mich noch einmal auf diese Art beleidigen, *mi muchacha*, dann kann ich für nichts garantieren.«

Ein Schauer lief durch ihren Körper, doch noch immer rührte sie sich nicht und schwieg. Julian stand vor ihr und sah sie an. Er entdeckte plötzlich dunkle Schatten der Erschöpfung auf der zarten Haut unter ihren Augen, die feine Linien des Erduldens in ihrem angespannten Gesicht. Zwei Tage lang war sie Gefangene der Franzosen gewesen. Wann hatte sie zuletzt etwas gegessen? Wann hatte sie geschlafen?

Lieber Gott! Ich unterliege wirklich einem sentimentalen Anfall, dachte er voller Abscheu. Trotzdem wandte er sich zum Feuer, füllte seinen Becher mit Tee und reichte ihn ihr. »Hier.«

Sie nahm den Becher, ohne etwas zu sagen, aber er sah, wie ihre Finger zitterten, als sie sie um den warmen Becher legte und ihn an ihre Lippen hob. Ein Schauer ging durch ihren Körper, als die heiße Flüssigkeit durch ihre Kehle rann.

Er brach ein Stück Brot ab, nahm zwei dicke Scheiben kaltes Lammfleisch und reichte sie ihr. Dann wandte er sich ab und tat so, als würde er sich um das Feuer kümmern, damit sie ungestört essen konnte.

Er rieb die Hände über der kleinen Flamme und bemerkte erst jetzt, daß es aufgehört hatte zu regnen. Nach sieben Tagen Dauerregen war das unermüdliche Rauschen endlich verstummt. Er blickte zum Himmel, den er durch die Öffnung im Dach erkennen konnte. Gutes Wetter würde die Belagerungsarbeiten außerhalb von Badajos beschleunigen. Eine Stadt zu belagern war eine erbärmliche Arbeit, sie machte die Männer unruhig und unzufrieden. Sie würden alle froh sein, wenn es vorbei war.

Er schaute über die Schulter zu dem Mädchen. Sie hatte den leeren Becher auf den Boden neben sich gestellt und schmiegte sich mit geschlossenen Augen in den Umhang.

Für ein so stacheliges Veilchen sah sie bemerkenswert verletzlich und schwach aus. Dennoch entschied sich Oberst Lord St. Simon, für den Rest der Nacht wach zu bleiben.

2

Nach zwei Stunden wachte Tamsyn auf. Wie immer war sie sofort hellwach. Ihre Gedanken waren klar, ihr Körper ausgeruht, und die Erinnerung an die Ereignisse, die sie hierher gebracht hatten, war völlig deutlich. Außer... außer der Tatsache, daß sie nicht begreifen konnte, was geschehen war, als er sie geküßt hatte. Es ergab alles keinen Sinn. Sie verachtete und ekelte sich vor allen Männern, die eine Soldatenuniform trugen, und dennoch hatte sie diesen Mann geküßt, einen Mann, der nicht das Recht hatte, sie in diesem schmutzigen Loch gefangenzuhalten. Sie hatte ihn geküßt, und es hatte ihr gefallen. Darüber war sie so erschrocken gewesen, daß sie ihn geohrfeigt hatte, vollkommen ungerechtfertigt, und sie wußte, daß sie seine Reaktion darauf verdient hatte.

Sie öffnete die Augen und blickte zu dem englischen Oberst hinüber. Er saß neben dem Feuer, eine Pferdedecke lag um seine Schultern, sein Kopf war auf die Brust gesunken. Das Feuer brannte noch immer, wahrscheinlich schlief er also noch nicht lange.

Tamsyns Hände waren unter dem Umhang verborgen. Sie ließ die zusammengesunkene Gestalt nicht aus den Augen, während ihre Hände langsam zu ihren Füssen hinunterglitten, bis sie den Knoten des Seils an ihrem Fußknöchel fühlte. Wenn sie die Füße nicht bewegte, würde sich auch das Seil nicht bewegen, und ihr Häscher würde an seinem Schwertgürtel keine Bewegung fühlen.

»Denkt nicht einmal daran!« Seine Stimme war kühl und bestimmt. Er hob den Kopf und blickte sie in dem schwachen Morgenlicht aufmerksam an. Wenn er wirklich geschlafen hat, dann schläft er wie eine Katze, dachte Tamsyn.

Sie tat so, als würde sie nicht verstehen, wovon er sprach. »Ich muß mal nach draußen«, sagte sie, gähnte und reckte sich. »Das ist doch sicher möglich.«

»Ich habe nichts dagegen«, meinte er und stand auf. Als auch sie aufgestanden war, zog er leicht an dem Seil. »Kommt! Wir haben nicht den ganzen Tag Zeit.«

Tamsyn stieß einen leisen Fluch aus, dann ging sie mit ihren gefesselten Füßen langsam hinter ihm her, hinaus in die feuchte Morgendämmerung.

Der Himmel war wolkenlos. Die Sonne stand als roter Ball am Horizont, und die Luft war frisch und klar. In den Bäumen sangen die Vögel. Die Männer der sechsten Division erwachten, hängten die Kessel mit Wasser über die Feuer und versorgten die Pferde. Sie warfen ihrem Oberst und seiner Gefangenen neugierige Blicke zu, als die beiden zum Fluß hinuntergingen.

»Hinter diesen Felsen solltet Ihr ausreichend Schutz finden«, sagte der Oberst und deutete auf eine Ansammlung von Felsblöcken. »Das Seil ist lang genug, daß Ihr hinter einem der Felsen verschwinden könnt.«

»Ihr seid ja so aufmerksam, *Coronel.*«

»Ja, das finde ich auch«, stimmte er ihr mit einem Lächeln zu und tat so, als habe er ihren spöttischen Ton nicht bemerkt.

»Was wollt Ihr eigentlich von mir?« fragte sie. Sie hatte ihm die gleiche Frage schon am gestrigen Abend gestellt, doch da waren die Dinge verworren gewesen, und sie hatte keine klare Antwort erhalten.

»Welligton möchte mit Euch reden«, antwortete er. »Deshalb werde ich Euch zum Hauptquartier nach Elvas bringen.«

»Als Gefangene?« Sie deutete auf das Seil. »Warum sollte so etwas nötig sein, wenn er sich nur mit mir unterhalten will?« Ihre Stimme troff vor Sarkasmus.

»Würde *La Violette* eine Einladung des Oberkommandierenden der englischen Armee annehmen?« gab er im gleichen Ton zurück.

»Nein«, erklärte sie offen. »Ich habe keine Zeit für irgendwelche Armeen, ganz gleich, auf welcher Seite sie kämpfen. Und je eher dieses Land Euch los ist, desto besser.« Sie starrte in den roten Ball der aufgehenden Sonne. »Ihr habt genausowenig das Recht, Euch in die Angelegenheiten der Spanier einzumischen wie Napoleon. Und Ihr seid auch nicht besser als er.«

»Aber leider braucht Ihr uns, um ihn von hier zu vertreiben«, entgegnete er ihr und bemühte sich, ruhig zu bleiben. »Und Wellington braucht einige Informationen von Euch, und die, mein liebes Mädchen, werdet Ihr ihm auch geben. Und jetzt beeilt Euch bitte.« Er deutete mit einer ungeduldigen Handbewegung auf die Felsen.

Tamsyn rührte sich nicht sofort. Dieser englische Oberst war viel zu selbstgefällig, genau wie all die anderen Soldaten. Sie blickte einen Augenblick auf den Fluß. »Ich würde gern ein Bad nehmen«, sagte sie. »Ich sitze schon seit Tagen im Schmutz.«

»Ein Bad?« Julian starrte sie an. Der abrupte Themenwechsel hatte ihn überrascht. »Macht Euch nicht lächerlich! Das Wasser ist eisig.«

»Aber die Sonne ist warm«, meinte sie. »Und ich habe schon mein ganzes Leben lang in Flüssen gebadet. Ich möchte nur einmal in das Wasser eintauchen, nur, um wenigstens den gröbsten Schmutz abzuwaschen.« Mit bittendem Blick sah sie ihn an. »Was kann das schon schaden, Oberst?«

Er zögerte, die Ablehnung lag ihm bereits auf den Lippen. Doch ehe er sie aussprechen konnte, zupfte sie an ihrem Hemd und fuhr sich mit der Hand durch ihr Haar. »Ich bin so schmutzig. Seht Euch doch nur meine Hände an.« Sie streckte sie ihm entgegen. »Und mein Haar ist schrecklich. Ich kann es kaum ertragen. Wenn ich schon mit Eurem Oberkommandierenden sprechen soll, dann solltet Ihr mir wenigstens erlauben, anständig auszusehen.«

Ihre gerümpfte Nase und das verächtlich verzogene Gesicht belustigten ihn trotz seiner Wut auf sie und seiner Verärgerung über ihre Bemerkungen zuvor. Sie war wirklich sehr schmutzig. Er kannte das Gefühl: Nach tagelangem Marsch durch jedes Wetter, nach dem Schlafen auf dem schmutzigen Boden, konnte ein Mann den Geruch seines eigenen Körpers nicht ertragen. Seine Aufgabe war es, diese Frau ins Hauptquartier nach Elvas zu bringen. Aber er konnte ihr eine vernünftige Bitte wohl erfüllen, ohne gleich seine Mission aufs Spiel zu setzen.

»Ihr werdet schrecklich frieren«, meinte er. »Aber wenn ihr es wirklich unbedingt wollt, dann bin ich einverstanden – aber nur zwei Minuten.«

»Ich danke Euch.« Sie zog die Schuhe aus und warf ihm dann

einen erwartungsvollen Blick zu. »Darf ich das Seil abmachen? Wenn es naß wird, wird es sich zusammenziehen und viel zu eng werden.«

»Ihr dürft«, stimmte er zu. »Aber solltet Ihr die Absicht haben, vor mir davonzulaufen, meine Freundin, dann werde ich Euch fangen und Euch an meine Sporen gefesselt nach Elvas laufen lassen.«

Ein ärgerliches Aufblitzen huschte über ihr Gesicht. Ihre Augen wurden ganz dunkel, beinahe schwarz, doch dann war der Augenblick auch schon vorüber. Sie zuckte mit den Schultern, als sei sie mit seinem Vorschlag einverstanden, dann bückte sie sich und löste das Seil von ihren Füßen. Sie zog die Strümpfe aus, öffnete ihre Hose, schob sie über ihre Schenkel hinunter und stieß sie mit den Füßen achtlos beiseite. In ihrer Unterwäsche aus Leinen und ihrem Hemd ging sie zum Wasser.

Julian fühlte plötzlich wieder den Strom von Energie, der von ihr ausging, genau wie gestern, als er sie auf seinem Pferd gehalten hatte. Mit jeder Pore ihres Körpers strahlte sie Entschlossenheit und Zielstrebigkeit aus. Er hielt sie am Arm fest. »Augenblick.«

Er warf einen Blick zum Fluß und zum gegenüberliegenden Ufer. Das Wasser floß ruhig, doch eine leise Bewegung zeugte von einer Unterströmung in der Nähe des Ufers. Es war sehr unwahrscheinlich, daß es ihr gelingen würde, bis ans andere Ufer zu schwimmen. Unwahrscheinlich, doch nicht unmöglich. Dies war immerhin *La Violette.*

»Zieht auch den Rest Eurer Kleidung aus.«

»Was? Alles? Vor Euren Augen?« Sie sah schrecklich wütend aus, doch irgendwie gelang es ihr nicht, ihn zu überzeugen, daß es nur jungfräuliche Schüchternheit war, die sie trieb.

»Jawohl, alles«, bestätigte er ausdruckslos. »Ich bezweifle, daß ihr vollständig nackt den Versuch machen werdet, das andere Ufer zu erreichen.«

»Wieso glaubt Ihr, daß ich so weit schwimmen könnte?« Ihre Augen weiteten sich voll unschuldigem Erstaunen. »Bis dort drüben ist es fast eine halbe Meile, und es gibt eine starke Unterströmung. Eine so gute Schwimmerin bin ich nicht.«

»Ihr müßt mir verzeihen, wenn ich Euch das nicht glauben kann. Wenn Ihr baden wollt, dann müßt Ihr es nackt tun. Ansonsten könnt Ihr das tun, was Ihr hinter den Felsen tun wolltet, und wir gehen ins Lager zurück.«

Verdrießlich verzog sie das Gesicht. Es war nur ein leichter Anflug, aber es war ihm nicht entgangen, und er wußte, daß er recht gehabt hatte. *La Violette* hatte an eine Flucht gedacht.

Tamsyn wandte ihm den Rücken zu und öffnete ihr Hemd. Dieser verdammte Kerl, warum mußte er nur ein so mißtrauischer Mensch sein? Es wäre so einfach gewesen, an das andere Ufer zu schwimmen, und sie hätte nicht weit zu gehen brauchen, ehe sie von einem der Bauern der Gegend Hilfe hätte bekommen können. Aber in einem nassen Hemd und Unterhosen herumzulaufen, war eine Sache. Eine andere war es, nackt durch die Gegend zu laufen.

In Gedanken ging sie alle Möglichkeiten durch. Ihre Augen wanderten am Ufer hin und her und suchten nach etwas, das ihr helfen könnte. Die Gegend war relativ eben und moosbewachsen. Wenn sie einen kleinen Vorsprung hätte, so könnte sie laufen wie der Wind. In einer Entfernung von etwa hundert Metern gab es eine kleine Erhebung, auf der Büsche und Unterholz wuchsen. Wenn sie die erreichen könnte, würde sie sich verstecken können wie ein Fuchs vor den Hunden. Kein englischer Soldat würde *La Violette* dort aufstöbern können, auf ihrem eigenen Gebiet.

Sie ließ das Hemd zu Boden fallen und löste das Band, das ihre Unterhose hielt. Als sie heruntergerutscht war, stieß sie sie mit den Füßen von sich. St. Simon hatte recht gehabt mit der Vermutung, daß seine Gefangene nicht gerade sehr sittsam war, außer wenn es ihr in den Kram paßte. Sie war kein Mädchen des spanischen Adels, das in einem Kloster erzogen worden war. Sie hatte das rauhe Leben der Straßenräuber geführt, das sie schon sehr früh mit den Tatsachen des Lebens konfrontiert hatte. Außerdem war sie in diesem Augenblick viel zu sehr mit einem Plan beschäftigt, um daran zu denken, daß der Oberst sie nackt sehen würde.

Sie nahm ihre Kleidung, faltete sie sorgfältig zusammen und legte sie neben einem großen Felsblock auf den Boden. Es war eine Nebensächlichkeit, doch St. Simon schien sie äußerst unpassend zu sein. Doch noch ehe er überlegen konnte, warum ihn das gestört hatte, hatte sie sich schon zu ihm gewandt. Mit ein wenig gespreizten Beinen, die Arme in die Seiten gestemmt, stand sie vor ihm, nackt, bis auf ein silbernes Medaillon an einer dünnen Kette.

»Zufrieden, Oberst?«

Einen Augenblick lang entging ihm die Zweideutigkeit ihrer Frage. Seine Blicke glitten über ihren schlanken, festen Körper, der vor Kraft zu strotzen schien. Er stellte fest, daß der Anschein ihrer Zerbrechlichkeit nur durch ihre Größe hervorgerufen wurde, nackt hatte sie den festen, muskulösen Körper eines Athleten, geschmeidig und aufrecht. Seine Blicke ruhte auf ihren kleinen, spitzen Brüsten, der schlanken Linie ihrer Hüften und dem krausen hellen Haar zwischen ihren Schenkeln.

Es war ein äußerst verlockender Körper. Sein Atem ging schneller, seine Nasenflügel blähten sich, während er gegen das Aufkommen einer Erregung ankämpfte. Er mußte den Verstand verloren haben, sich in eine solche Situation zu begeben! Warum zum Teufel hatte er sich dazu hinreißen lassen, ihr zu erlauben, im Fluß zu baden? Aber jetzt war es zu spät, um seine Bestimmung zurückzunehmen.

Als er seine Gefühle wieder unter Kontrolle hatte, blickte er in ihr Gesicht und stellte befriedigt fest, daß seine eingehende Musterung sie in Verlegenheit gebracht hatte. Ihr herausfordernder Blick war jetzt nicht mehr so sicher, und sie vermied es, ihn anzusehen. Das war eine Belohnung für seine ungewollte Reaktion auf sie.

»Perfekt«, sagte er gedehnt. »Ich würde sagen, ich bin sogar äußerst zufrieden.«

Wut löschte den Ausdruck des Unbehagens aus ihrem Gesicht. Sie machte einen Schritt auf ihn zu, und sekundenlang glaubte er, sie würde ihn noch einmal schlagen. Wenn dem so war, würde sie es bereuen.

Tamsyn las die Botschaft in seinen Augen; sie meldete, daß er auf eine Ohrfeige vorbereitet war. Der Wunsch, ihn zu schlagen, verschwand genauso schnell, wie er gekommen war, und sie rief sich ins Gedächtnis, daß sie nur ihre Zeit verschwendete. Ihr Plan war jetzt fertig, und es wäre nutzlos und störend, sich mit ihm weiterhin auf einen Vergleich ihrer geistigen Fähigkeiten einzulassen. Ohne ein Wort wandte sie sich um und ging zum Ufer.

Julian betrachtete sie, als sie einen Augenblick reglos über dem

Wasser stehen blieb. Von hinten sieht sie genauso aufregend aus wie von vorn, dachte er verträumt. Dann stellte sie sich auf Zehenspitzen, hob die Arme und sprang in das Wasser.

Er ging zum Rand des Ufers und wartete darauf, daß sie wieder auftauchte. Das Wasser floß schnell, und die Unterströmung war als breites Band etwa fünf Fuß vom Ufer entfernt zu erkennen. Ein Eisvogel tauchte mit seinen leuchtendblauen Federn in das Wasser und kam mit einem im Sonnenlicht silbrig glänzenden Fisch an die Oberfläche zurück. Doch von *La Violette* war nichts zu sehen. Was sollte er tun, wenn sie nicht wieder auftauchte?

Vor Schreck schnürte sich sein Hals zu. Konnte es sein, daß sie sich in irgendwelchen Wasserpflanzen verfangen hatte, die man unter der Wasseroberfläche erkennen konnte?

Konnte sie vielleicht unter Wasser bis ans andere Ufer schwimmen? Sein Blick wanderte zu ihrer Kleidung, die ordentlich gefaltet neben dem Felsen lag. Sie war noch immer da. Diesen Fluchtweg hatte er ihr genommen. Seine Augen glitten über die Wasseroberfläche. Keinerlei Bewegung war zu erkennen. Wie lange war sie jetzt schon untergetaucht? Mehrere Minuten?

Er riß sich die Stiefel von den Füßen und öffnete hastig die Knöpfe seiner Tunika. Seinen Schwertgürtel warf er ins Gras, riß Hose und Hemd von seinem Körper und sprang in den Fluß, an derselben Stelle, wo auch seine Gefangene verschwunden war.

Mit klappernden Zähnen kam er kurz darauf an die Oberfläche zurück. Das Wasser, das aus der schneebedeckten Sierra kam, war eisig kalt. Niemand konnte länger als wenige Minuten darin überleben. Er starrte auf die Oberfläche des Wassers und schüttelte das Wasser aus seinem Haar. Nichts. Sie war verschwunden, so vollständig, als hätte es sie nie gegeben.

Noch einmal tauchte er unter. Er schob die dichten Wasserpflanzen zur Seite und suchte nach einem bleichen Körper, einem wehenden Haarschopf, der ihm zeigen würde, wo sie sich verfangen hatte.

Tamsyn kam an der anderen Seite der Felsen an die Wasseroberfläche, sobald sie gehört hatte, daß er ins Wasser gesprungen war. Auch sie zitterte vor Kälte, ihr Haar klebte ihr dunkel am Kopf. Doch ihre Augen blitzten triumphierend, und um ihre leicht bläulichen Lippen lag ein Lächeln. Sie hatte gehofft, daß er ohne groß nachzudenken ins Wasser springen würde, hatte es aber nicht glauben können. Doch ihre Mutter hatte ihr viele lustige Geschichten erzählt über die sogenannte und oft falsch angebrachte Ritterlichkeit der englischen Gentlemen. Dieser englische Oberst war da keine Ausnahme von der Regel.

Sie sprang an das Ufer. Die Felsen verbargen sie vor den Augen des Schwimmers auf der gegenüberliegenden Seite. Wie ein kleiner Hund schüttelte sie das Wasser von ihrem Körper. Die Sonne wärmte ihren kalten Körper, als sie sich bückte und nach ihrer Kleidung griff.

Julian kam hoch, um nach Luft zu schnappen. Die Kälte machte seinen Körper ganz taub, und er wußte, daß er nicht länger in dem Wasser bleiben sollte. Dennoch zwang er sich, noch einmal unterzutauchen, noch einmal nach ihr zu suchen. Als er sich gerade dazu anschickte, warf er noch einen schnellen Blick zum Ufer und entdeckte einen blassen Schatten am Felsen. Doch dann war der Schatten auch schon wieder verschwunden. Es war nicht mehr gewesen als ein unscheinbares Aufleuchten, aber ohne nachzudenken wußte er, was es gewesen war.

Sein wütender Schrei zerriß die friedliche Morgenstille am Ufer des Guadiana. Ein Brachvogel antwortete auf seinen Schrei, und eine Herde Wildenten stieg mit heftig schlagenden Flügeln von ihren Schlafplätzen im Schilf auf, als er durch das Wasser zum Ufer watete.

Tamsyn fluchte, dann begann sie zu laufen. Über den flachen, mit Moos bewachsenen Boden rannte sie auf den kleinen, mit Büschen bestandenen Hügel zu. Sie machte sich nicht die Mühe, sich anzuziehen, sie hielt die Kleidung an ihren nassen Körper gepreßt. Es war Pech, daß er sie entdeckt hatte, aber sie hoffte, daß sie genügend Vorsprung haben würde. Er mußte schließlich erst noch aus dem Wasser ans Ufer klettern, und auf jeden Fall war sie schneller als ein schwerfälliger großer Soldat.

Julian war jedoch in der Schule ein Sprinter gewesen, und seine langen Beine verkürzten rasch den Abstand zwischen ihnen. Er rannte in blinder Wut hinter ihr her – er war wütend auf sich selbst, weil er so leicht hinters Licht zu führen gewesen war, und auf seine

Gefangene, weil sie ihn an der Nase herumgeführt hatte. Nie hatte er bei der Erfüllung einer Aufgabe, die er übernommen hatte, versagt, und auch diesmal würde er sich nicht von einer kleinen, hinterlistigen, plündernden, brandschatzenden Söldnerin und Banditin überlisten lassen.

Er kam ihr immer näher, das eisige Wasser des Flusses wurde auf seiner Haut zu Schweiß, doch sie hatte den Hügel schon fast erreicht. Er wußte, wenn sie erst einmal im Unterholz verschwunden war, hätte er kaum die Möglichkeit, sie zu finden. Er und seine Männer könnten stundenlang zwischen den Büschen herumlaufen und sie suchen, er wußte aus Erfahrung, wie die Guerillas verschwinden konnten, ohne auch nur eine Spur zu hinterlassen.

Tamsyns Atem ging heftig, sie schluchzte beinahe, als sie sich der Anhöhe näherte. Sie fühlte ihren Verfolger mehr, als sie ihn hörte. Seine Schritte wurden von dem weichen feuchten Moos gedämpft. Doch sie wußte, daß er immer näher kam. Mit einer letzten Anstrengung lief sie den kleinen Hügel hinauf, aber plötzlich verfing sich ihr Fuß in einem Gewirr kleiner Wurzeln, die den Boden bedeckten.

Mit einem ärgerlichen Schrei fiel sie auf die Knie. Ihr Schrei wurde zu einem Aufschrei der Wut, als Julian sich nach vorn warf und seine Hand sich um ihr Fußgelenk schloß. Sie hatte nicht bemerkt, daß er ihr schon so nahe gewesen war. Verzweifelt trat sie mit ihrem freien Fuß nach ihm, doch er hielt sie fest, selbst als ihr Fuß ihn am Kinn traf. Mit beiden Händen griff sie nach den Wurzeln und versuchte, genug Kraft aufzubringen, um sich von seinem Griff zu befreien, aber er hatte jetzt auch ihren anderen Fuß gepackt und zog sie vollends zu Boden. Die Wurzeln entglitten ihren Fingern, sie verlor das Gleichgewicht und fiel. Als er sie zu sich heranzog, rieb die nackte Haut ihres Bauches und ihrer Brust über den Boden, kleine Äste und winzige Steinen zwickten sie.

»*Espadachin!*« fuhr sie ihn an und rollte sich auf den Rücken. Sie krümmte die Finger und versuchte, ihm das Gesicht zu zerkratzen. »Ihr tut mir weh!«

»Ihr wolltet mich wohl an der Nase herumführen, wie?« rief Lord St. Simon wütend. »*Diablillo!* Listiges, durchtriebenes, verdammtes kleines Äffchen!« Er packte mit einer Hand ihre Hände und zog ihre Arme über den Kopf, mit der anderen Hand griff er nach ihrem Kinn. »Ihr würdet zu einer solchen List greifen, nicht wahr? Laßt Euch sagen, *mi muchacha*, es ist mehr als eine hinterhältige Banditin nötig, um mich zu überlisten.«

Tamsyn drehte sich zur Seite, um die Knie anzuziehen und sie ihm in den Leib zu stoßen. Mit seinem ganzen Gewicht drückte er sie zu Boden. Tamsyn konnte sich nicht mehr rühren. Er hielt ihre Arme und ihren Kopf fest; ihr gesamter Körper war bewegungslos.

»Espadachin!« zischte sie ihn noch einmal an. »Ich bin vielleicht eine Banditin, aber Ihr seid brutal und ein Tyrann, Oberst. Laßt mich los.«

»Nein.«

Seine schlichte Antwort nahm ihr allen Wind aus den Segeln. Sie starrte zu ihm auf. Sein Gesicht über ihr war jetzt genauso ruhig und gelassen, als säßen sie einander in einem englischen Salon gegenüber. Er sah aus, als fühle er sich ganz wohl in seiner Haut. Sie spürte den nassen Stoff seiner Unterhose an ihren Schenkeln. *Er* war nicht völlig nackt ins Wasser gesprungen.

Ihr erstauntes Schweigen dauerte kaum eine Sekunde, dann bedachte sie ihn mit einer Schimpfkanonade, die so ausdrucksvoll und mannigfaltig war, daß dem Oberst der Mund offenstand. Übergangslos wechselte sie zwischen drei Sprachen hin und her, und die Beleidigungen und Flüche waren so schlimm, daß jeder Infanterist stolz gewesen wäre, wenn er eine solche Vielfalt kennen würde.

»Hört auf zu schimpfen, Mädchen!« Schnell hatte er sich von seiner Überraschung erholt, und dann erstickte er ihren Wortschwall mit einem Kuß. Sein Griff um ihre Handgelenke und um ihr Kinn wurde noch fester, sein ganzer Körper schob sich schwer über sie.

Tamsyn erstickte fast an ihren Worten unter dem Druck seiner Lippen. Sie bewegte sich unruhig unter ihm, wie ein Fisch auf dem Trockenen. Ihre Haut brannte, ihr Blut schien zu kochen, und hinter ihren geschlossenen Augenlidern wogte ein roter Nebel. Er hatte seine Zunge in ihren Mund geschoben, und ihre eigene Zunge hielt nicht still, sie begann sich zu bewegen, umspielte die seine.

Alles wurde wirr in ihrem Kopf. Sie fühlte Wut – wilde Wut –, doch sie wurde gemischt mit einer eigenartigen Leidenschaft, die genauso wild war. Sie verspürte Furcht und sehnsüchtiges Verlangen zugleich. Ihr Körper brannte, und in ihrem Kopf ging alles durcheinander. Noch immer hielt er ihre Arme über dem Kopf fest, doch die andere Hand hatte ihr Kinn freigegeben und bewegte sich jetzt auf ihrem Körper. Er streichelte ihre Brüste und schob die Hand dann über die feuchte Haut ihres Bauches. Ihre Hüften hoben sich ihm ganz unbewußt entgegen, ihre Schenkel öffneten sich seinen suchenden Fingern und erlaubten ihm, in sie einzudringen. Sie schrie auf, als sie ihn in sich fühlte.

Seine Hände liebkosten ihren Körper, während er sich in ihr bewegte, in tiefen, heftigen Stößen, die sie in eine Welt führten, in der die Luft knisterte und Feuer und Flammen über ihnen zusammenschlugen. Und dann wurde sie verzehrt von einer solchen Feuersbrunst, sie verlor sich in dem Körper, der sie beherrschte, so vollständig, daß die Grenzen ihres eigenen Körpers nicht länger existierten, und inmitten dieser glühenden Herrlichkeit herrschte der Schrecken der Vernichtung.

Nur langsam kehrte Julian in die Wirklichkeit zurück. Zuerst fühlte er nur die warme Sonne auf seinem Rücken, dann auch das atmende, sanfte Wesen unter sich. Er blickte hinunter in ihr Gesicht. Sie hatte die Augen geschlossen, ihre Haut war sanft gerötet, die Lippen leicht geöffnet. Noch immer hielt er ihre Handgelenke fest, seine andere Hand hatte er zwischen ihre beiden Körper geschoben. Er sah sie an, als könne er noch immer nicht glauben, was gerade geschehen war... und dann wurde die Wärme der Sonne auf seinem Rücken plötzlich zu kaltem Stahl.

Er konnte es nicht sehen, doch wußte er, daß ein Schwert gegen seinen Rücken gepreßt wurde. Er fühlte die Schwertspitze an seiner Wirbelsäule, fühlte den Atem des anderen, und die kleinen Härchen in seinem Nacken richteten sich auf.

»Sagt Euer letztes Gebet, Mann. Ihr habt dreißig Sekunden Zeit, um Frieden mit Eurem Schöpfer zu schließen.« Die Stimme hatte den sanften Unterton des schottischen Hochlandes, doch war sie so eisig wie eine Gruft. Die Schwertspitze bewegte sich, drückte sich in seine weiche Haut und bereitete sich auf den endgültigen Stoß vor, der seinen Rücken durchbohren würde bis zu seinem Herzen.

Zum ersten Mal in seinem Leben fühlte Julian wirkliches Entsetzen. Dem Tod auf dem Schlachtfeld entgegenzusehen war nichts, verglichen mit dem, was er jetzt erlebte. Dort war es eine hitzige und schnelle Sache von Glück und Schicksal, aber dies hier war eine Exekution, kalt und langsam. Und aus irgendeinem Grund gab es nichts, was er sagen oder tun konnte, um seinen Tod abzuwenden. Obwohl er keine Ahnung hatte, warum der Tod über ihn kommen sollte, an einem so warmen Morgen, nach einer so herrlichen Leidenschaft.

»Nein!« Das Mädchen unter ihm sprach plötzlich mit eindringlicher Stimme. Sie war aus ihrer Erstarrung erwacht, ihre Augen öffneten sich und langsames Begreifen trat in sie.

»Gabriel, Gabriel, *nein*!« Sie zerrte an ihren Händen, die Julian noch immer festhielt, und er gab sie frei. Sie stieß ihn von sich, versuchte, sich aufzusetzen, doch er konnte sich nicht bewegen, ohne daß die tödliche Schwertspitze in seinen Körper gefahren wäre. Deshalb blieb er zwischen ihren Schenkeln liegen und dachte inmitten des Schreckens, wie lächerlich er wohl aussehen mochte, und welche Farce es doch war, den Tod in einer solchen Situation zu finden.

»Gabriel, es ist in Ordnung!« Tamsyn sprach mit verzweifelter Eindringlichkeit. Sie kannte die Schnelligkeit und die tödliche Wut des Riesen, der hinter dem Oberst stand. Er glaubte, daß man sie verletzt hatte, und es war seine Lebensaufgabe, sie zu beschützen und sich an jedem zu rächen, der ihr etwas antat. Sie war zwar böse auf den englischen Oberst, wegen der Art, wie er sie behandelt hatte, seit er sie gerettet hatte, doch nicht wegen dem, was gerade geschehen war. Es war eine verrückte Sache gewesen, für die sie beide verantwortlich waren, und er hatte es nicht verdient, daß Gabriel ihn jetzt umbrachte, mit der kühlen Objektivität eines Mannes, der sein ganzes Leben mit dem Schwert gelebt hatte.

»Gabriel, es ist nichts geschehen, was ich nicht auch gewollt habe.« Sie sprach jetzt langsam und deutlich, doch es lag noch immer Eindringlichkeit in ihren Worten.

Julian erstarrte. Sie kannte seinen Scharfrichter, und sie fürchtete sich davor, was dieser Mann zu tun in der Lage war! Er erinnerte sich daran, wie sie von seinem Pferd gesprungen war, als er sie vor

Cornichet gerettet hatte, und wie sie gesagt hatte, daß sie Gabriel finden müsse. Wie es schien, hatte Gabriel, wer auch immer er sein mochte, sie gefunden.

»Du bist aber außerordentlich schnell gelaufen für jemand, der sich fangen lassen wollte, kleines Mädchen«, sagte die Stimme, zu der das Schwert gehörte, mit einem zweifelnden Unterton. Die kalte Stahlspitze preßte sich noch immer an Julians nackten Körper.

Tamsyn dachte verzweifelt nach. Wie sollte sie etwas erklären, das sie selbst nicht verstand. »Es ist alles sehr verwirrend, Gabriel.« Sie sah dem Mann in die Augen. »Ich kann es dir nicht erklären, aber es ist wirklich nichts geschehen, was ich nicht wollte.«

Das folgende Schweigen schien eine Ewigkeit zu dauern, doch dann wurde es plötzlich durch ein brüllendes Gelächter gebrochen. Die kalte Schwertspitze löste sich von Julians Rücken.

»Och, kleines Mädchen! Und was hätte *El Baron* wohl dazu gesagt, daß du dich im Gras wälzt wie ein lüsternes Milchmädchen?«

»Solche Sachen passieren nun einmal, *hija*, hätte er gesagt«, sagte Tamsyn. Ihre Stimme zitterte ein wenig, als sie versuchte, ihr einen belustigten Klang zu geben. Sie glaubte, daß die Gefahr vorüber war, doch bei Gabriel konnte man nie völlig sicher sein.

Der Oberst schob sich langsam von ihr und von dem Schwert weg, dessen Spitze jetzt auf dem Boden ruhte, neben seiner Hüfte.

Tamsyn setzte sich auf. »Du weißt ganz genau, daß er das gesagt hätte, Gabriel. Er hätte mit den Schultern gezuckt und hätte Cecile dabei angelächelt.«

Wieder ertönte das laute Lachen. »Och, aye, kleines Mädchen. Ich denke, da hast du recht.« Er starrte Oberst Lord St. Simon neugierig an, mit einem Blick, der nicht gerade freundlich aber auch nicht bedrohlich war. »Also, wer ist dein Galan, kleines Mädchen?«

»Gute Frage.« Tamsyn betrachtete den Oberst mit einem fragenden Blick. Die unmittelbare Gefahr für ihn war vorüber, aber durch Gabriels Erscheinen hatte sie jetzt die Oberhand, und sie fand, daß eine kleine Rache sehr verlockend war. »Man hat uns einander noch nicht formell vorgestellt. Doch er ist ein Oberst in der Armee Wellingtons.«

Julian schwieg, bis er seine nasse Unterwäsche wieder angezogen hatte, die er irgendwann in diesem Anfall verrückter Leidenschaft von sich geworfen hatte. Er fühlte sich weniger verletzlich, als er wieder einigermaßen angezogen war, doch viel half es nicht. Der Neuankömmling war ein Baum von einem Mann, mit kräftigen Armen und Beinen und harten Muskeln, die sich unter seinem Wams abzeichneten. Das ergrauende Haar hatte er im Nacken mit einem Band zusammengehalten. Sein Gesicht wies kleine rote Äderchen auf, wie man sie bei einem Mann sieht, der gern trinkt, seine hellen grauen Augen blickten scharf, und hinter den vollen Lippen seines breiten Mundes zeigten sich schiefe Zähne. Das zweischneidige Breitschwert führte er mit einer Leichtigkeit, als sei es ein Küchenmesser.

»Wenn Ihr eine formelle Vorstellung wünscht, *Violette*, dann möchte ich dabei lieber angezogen sein«, meinte St. Simon ein wenig sarkastisch.

»Sorge dafür, daß du anständig aussiehst, kleines Mädchen«, befahl der Riese, der Julian dabei nicht aus den Augen ließ. »Der Oberst und ich werden uns unterhalten, während er sich anzieht.« Er deutete mit dem Schwert zu der Stelle am Ufer, an der Julians Kleidung lag.

Julian zuckte die Achseln. Er hatte jetzt kein Oberwasser mehr, doch seine zwanzig Männer, die nur eine Viertelmeile weiter lagerten, würden die Situation schon bald wieder ändern, sobald er in der Lage war, etwas zu unternehmen. Er gab sich den Anschein der Unbekümmertheit und ging zu der Stelle hinüber, an der seine Kleidung lag. *La Violettes* Verteidiger ging neben ihm her, sein Schwert hatte er noch immer nicht in die Scheide zurückgesteckt, doch sein Gesicht war ausdruckslos, die blassen Augen blickten milde.

Julian war dennoch nicht in der Lage, sich zu entspannen. Er hatte die unfehlbare Überzeugung, daß sich die Laune dieses Riesen von einem Augenblick zum anderen ändern konnte.

Tamsyn zog sich hastig an, immer wieder blickte sie zu der Stelle, an der der englische Oberst sich anzog und Gabriel an einem Felsen lehnte und mit der Schwertspitze Muster in das Gras zeichnete, während die beiden sich miteinander unterhielten.

Es war schon viele Monate her, seit sie sich einem solch impulsiven Ausbruch der Leidenschaft hingegeben hatten. Sie wußte es ganz genau, denn nur zu oft hatte man ihr erklärt, daß sie die tollkühne Art ihrer Mutter geerbt hatte und daß sich die leidenschaftliche Art ihrer Eltern in ihr vereinte. Man hatte ihr beigebracht, solche körperlichen Gelüste ohne Prüderie zu betrachten. Sie waren völlig normal unter Erwachsenen, und man konnte ihnen ohne Schuldgefühle nachgeben. Doch sie glaubte kaum, daß *El Baron* oder Cecile ihre Zustimmung zu dieser wilden Vereinigung gegeben hätten. Man verbündete sich nicht mit dem Feind.

Und Soldaten waren Feinde ... ganz persönliche Feinde. Die Bilder kamen zu ihr zurück, die Schreie, der Gestank nach Blut. Ihr Vater, der in der Mitte eines schreienden Haufens von Soldaten stand, die die Uniformen vieler Nationen trugen, ihre Gesichter waren in raubgieriger Wildheit verzerrt, ihre Sinne trunken vor Blutgier. Sein großes Schwert schwang von einer Seite zur anderen, doch immer mehr stürmten auf ihn ein, Schuß um Schuß drang in seinen Körper, und es schien den beiden machtlosen Gestalten auf dem Hügel, als würde er sich nicht länger aufrecht halten können, denn aus so vielen Wunden in seinem Körper floß das Blut. Doch noch immer hielt er sich auf den Beinen, und unter dem Schlag seines Schwertes sanken die Gestalten nieder.

Cecile lag im Schatten, getötet von der Hand ihres Mannes, ein kleines schwarzes Loch auf ihrer Stirn zeigte die Stellte, wo seine gnädige Kugel sie getroffen hatte. *El Barons* Frau sollte nicht das Opfer der räuberischen Gelüste eines Mobs von desertierten Soldaten werden. Und auch seine Tochter wäre ihrer Mutter gefolgt, wäre sie nicht an diesem schrecklichen Tag in Puebla de St. Pedro mit Gabriel auf der Jagd in den Bergen gewesen.

Langsam gelang es ihr, die Bilder aus ihrem Kopf zu vertreiben, die Wut und die Trauer von sich zu schieben. Seit diesem Tag hatte sie ihre eigene kleine Bande von Räubern geführt. Diejenigen, die dem Massaker entkommen waren und andere, die zu ihnen gestoßen waren, waren bereit gewesen, sich der Führung von *El Barons* Tochter zu unterwerfen, um die Partisanen zu unterstützen, die Franzosen zu peinigen und den direkten Kontakt mit den Engländern zu vermeiden. Dabei nahmen sie als Bezahlung das, was sie bekommen konnten.

Bis dieser verdammte Bastard Cornichet ihnen den Hinterhalt gelegt hatte. Tamsyn hatte keine Ahnung, wie viele Mitglieder von *La Violettes* Bande den Franzosen auf dem Paß entkommen waren, dabei war sie es gewesen, auf die die Franzosen es abgesehen hatten. Der Baron hatte schon vor langer Zeit die Sicherheit seiner Tochter in seiner Abwesenheit demjenigen seiner Kameraden anvertraut, dem er am meisten vertraute, und Gabriel hatte mit ihr und für sie gekämpft. Doch ein einzelner Mann, und wenn er auch ein Riese war, war kein Gegner für fünfzig Soldaten. Sie waren beide hinweggefegt worden wie die sprichwörtliche Spinne mit dem Besen.

Doch was geschehen war, war geschehen, es hatte keinen Zweck, darüber zu jammern. Jetzt ging es darum, aus ihrer augenblicklichen Situation das Beste zu machen. Sie mußten ihren Vorteil daraus ziehen. Es gab immer einen Vorteil, wenn man ihn nur suchte.

Tamsyn steckte ihr Hemd in die Hose und ging auf die beiden Männer zu. Ihre Schuhe und ihre Strümpfe trug sie in der Hand, das kühle Moos unter ihren nackten Füßen war angenehm.

Die klaren blauen Augen des Obersts ruhten auf ihr, als sie näher kam, und Tamsyns Herz schlug schneller. Was geschehen war, war geschehen, redete sie sich ein. Dieser Augenblick der Verrücktheit war vorüber. Er hatte mit der augenblicklichen Situation nichts zu tun.

3

Julian band den Schwertgürtel um seine Hüften. Bewaffnet fühlte er sich wesentlich sicherer, obwohl der Riese das Schwert noch immer in der Hand hielt, und er sicher war, daß der Mann mit dieser Waffe so schnell und tödlich zuschlagen würde wie jeder Soldat, der ihm über den Weg lief.

Das Mädchen kam am Ufer entlang auf sie zu. Sie trug ihre Schuhe und Strümpfe in der Hand, als hätte sie gerade ein Picknick am Fluß gemacht. Er konnte noch immer nicht begreifen, was zwischen ihnen geschehen war. Seine Wut und sein verletzter Stolz über die Art, wie sie ihn überlistet hatte, hatte sich in etwas völlig anderes verwandelt. Es war etwas Dunkles gewesen, viel mächtiger als nur Lust. Er hatte jeglichen Sinn für die Realität verloren, hatte nicht länger an seine Pflichten gedacht in diesem wilden Durcheinander von Gliedmaßen und ihres geschmeidigen Körpers.

Und er hatte seine Gefangene verloren und fast auch sein Leben. Seine Wut auf sich war grenzenlos.

Sehr schnell hatte er den Gedanken verworfen, seine Männer zu Hilfe zu rufen. Sie würden ihn von hier aus nicht hören können, und ganz sicher wären sie nicht schnell genug bei ihm, um ihm in einem Kampf mit Gabriel und seinem Breitschwert helfen zu können. *La Violette* jedoch war unbewaffnet, dafür hatte Cornichet gesorgt. Julian hatte daher nur einen Gegner, mit dem er es aufnehmen mußte.

»Oberst Lord Julian St. Simon nennt er sich«, erklärte Gabriel Tamsyn, als diese bei ihnen angekommen war. »Ein recht aristokratischer Gentleman.« Er stocherte sich mit einem Fingernagel in den Zähnen herum, seine milden Augen betrachteten den Oberst mit leidenschaftsloser Neugier. »Wie mir scheint, schuldest du ihm eine Gunst, kleines Mädchen, aber ich würde sagen, die hast du bereits bezahlt.«

Tamsyn wurde bei seinem bissigen Kommentar über und über rot. »Nicht so, wie du meinst, Gabriel«, versicherte sie ihm schnell. »Wir werden das, was dort drüben passiert ist, aus unseren Verhandlungen raushalten.«

»Verhandlungen?« Julian zog fragend die Augenbrauen hoch. »Was wollt Ihr damit sagen, *Violette*? Aber vergebt mir, ich nehme an, Ihr habt auch noch einen anderen Namen. Da wir hier eine formelle Vorstellung betreiben …« Er verbeugte sich spöttisch vor ihr, und die Spannung zwischen ihnen schien förmlich zu knistern. In seinem Körper brannte noch immer die Erinnerung an sie, obwohl sein Verstand dagegen ankämpfte. Er wußte, daß es ihr genauso erging, denn schließlich hatten sie diesen verrückten Flug in die Unendlichkeit zusammen erlebt.

»Man nennt mich Tamsyn«, antwortete sie. »Wenn Euch das interessiert.« Sie zuckte lässig mit den Schultern, doch sowohl dieser Geste als auch dem gespielt unbeteiligten Ton ihrer Stimme fehlte die Überzeugungskraft.

Der Name war ihm genauso ein Rätsel wie seine Trägerin. »Oh, es interessiert mich schon«, versicherte er ihr und rückte seine Kleidung zurecht. »Tamsyn. Das ist ein kornischer Name.«

»Meine Mutter hat ihn ausgewählt. Woher wißt Ihr, daß es ein kornischer Name ist?«

»Ich komme auch aus Cornwall«, antwortete er. Das plötzliche Aufblitzen ihrer Augen überraschte ihn. Es war beinahe, so, als hätte jemand eine Kerze darin entzündet.

»Wirklich?« fragte sie. »Ich glaube, die Familie meiner Mutter waren Aristokraten aus Cornwall.«

Der Oberst senkte den Blick. In seinen Augen lag Vorsicht, seine Stimme klang gedehnt. »Verzeiht mir, aber was tut eine Aristokratin aus Cornwall in dem Bett eines spanischen Banditen?«

Gabriel machte einen Schritt auf ihn zu und hob sein Schwert. »Paßt auf, was Ihr sagt, Engländer«, sagte er leise. »Wenn Ihr meine Lady beleidigt, dann könnte das gefährlich werden für Euch.«

Julian hob abwehrend die Hand. Er wußte nicht, ob der Mann damit *La Violette* meinte, die ganz sicher keine Lady war. Doch im Angesicht des Breitschwertes und des heftigen Tons dieses Riesen, war ein Rückzug wohl die einzige Möglichkeit. »Vergebt mir. Ich wollte die Lady nicht beleidigen.« Er legte eine kleine Betonung auf das Wort ›Lady‹. »Aber das ist doch sicher eine sehr naheliegende Frage.«

»Vielleicht, aber es geht Euch wohl kaum etwas an, Sir«, antwortete Tamsyn kühl. »Es geht überhaupt keinen Soldaten etwas an.« Ihr ausdrucksloses Gesicht wunderte ihn. Die dunklen veilchenblauen Augen schienen durch ihn hindurchzusehen. Es war, als würde er in der Tiefe ihrer Augen einen Geist sehen.

Aber natürlich, nach dem Tod ihres Vaters hatte *La Violette* seine Bande übernommen. Julian hatte die Geschichte gehört, daß eine wilde Bande von desertierten Soldaten der englischen und französischen Armeen, die über die Halbinsel streiften und ohne jegliche Zurückhaltung plünderten, vergewaltigten und mordeten, das Bergdorf von *El Baron* überfallen hatte.

Da Gabriel langsam näher gekommen war, fand Julian es angebracht, das Thema zu ändern. »Ihr spracht von Verhandlungen, *Violette.*« Der Name schien unter den gegebenen Umständen angebracht zu sein. Fragend zog er eine Augenbraue hoch.

»Mit einem verdammten Soldaten wird es keine Verhandlungen geben«, erklärte Gabriel grob. »Komm, kleines Mädchen. Da du diesem Mann dein Leben verdankst, werden wir ihm seines lassen. Aber jetzt wollen wir machen, daß wir hier wegkommen.«

»Nein, Gabriel, warte.« Tamsyn legte ihm eine Hand auf den Arm. »Wir schulden Cornichet noch etwas«, sagte sie langsam. Ihre Augen blitzten, und ihr Mund verzog sich ein wenig. Die Verwirrung war von ihr gewichen, jetzt stand sie wieder mit beiden Beinen fest auf dem Boden. Cornichet hatte ihre Männer umgebracht, ganz abgesehen von der Art, wie er sie behandelt hatte, und dafür würde er zahlen müssen. Sie konnte nicht erwarten, daß dieser englische Oberst und seine Männer sich auf ein nicht eingeplantes Scharmützel mit den Franzosen einließen – die Regeln des Krieges verboten einen so persönlichen Zusammenstoß. Aber sie könnten ihr immerhin dabei helfen, an Cornichet Rache zu nehmen.

»Der englische Mylord möchte, daß ich mit seinem Oberbefehlshaber eine kleine Unterhaltung führe. Ich bin vielleicht bereit mir anzuhören, was Wellington zu sagen hat, natürlich ohne gleichzeitig schon im voraus irgendwelche Eingeständnisse zu machen. Aber ich möchte dafür auch eine Gegenleistung haben.«

Gabriel schwieg. Julian begriff, daß dieser Mann keine Entscheidungen traf. St. Simon mußte vielleicht aufpassen, daß ihm dieser Mann nicht den Hals umdrehte, doch wenn es um Entscheidungen ging, hatte *La Violette* die Führung.

»An was genau habt Ihr dabei gedacht?« fragte er. Er bemühte sich um eine ausdruckslose Stimme.

Tamsyn zuckte mit den Schultern. »Nun, natürlich an eine Gegenleistung für meine Bereitwilligkeit, mit Euch nach Elvas zu kommen. Ich mache keine Versprechungen, über was ich mit Wellington reden werde, und ich möchte Euer Wort – den Schwur eines kornischen Gentlemans...« Sie sprach die Worte voller Spott aus. »Euer Wort, daß kein Versuch gemacht wird, mich zu etwas zu zwingen. Ich werde aus freien Stücken mitkommen, und ich werde gehen, wenn ich es will.«

Julian hätte sie am liebsten bei den Schultern gepackt und geschüttelt, bis der Spott aus ihren Augen verschwunden war. Welches Recht hatte sie, an seiner Ehre zu zweifeln?

»Und wenn ich Euch dieses Wort gebe«, meinte er mit eisiger Stimme, »dann werdet Ihr mich aus freien Stücken begleiten?«

Tamsyn lächelte. »Im Austausch für einen kleinen Gefallen, Sir. Ich gebe Euch mein Wort. Mein Wort, Lord St. Simon, gebe ich nur sehr selten, und deshalb ist es um so wertvoller.«

Julian nahm nicht an, daß es seine persönliche Ehre war, die sie anzweifelte, vielmehr hatte es vermutlich mit ihrer Vergangenheit zu tun. Es gab so vieles, was er nicht verstand, aber er brauchte diese ungewöhnliche Brut einer Engländerin und eines spanischen Banditen auch gar nicht zu verstehen, um seinen Auftrag zu erfüllen. »Und was für eine Gegenleistung verlangt Ihr, *Señorita*?«

Ihr Lächeln wurde breiter, ihre Augen blitzten. »Ich will Cornichets Epauletten, Mylord.«

Gabriel lachte schallend. »Mädchen, du bist trickreicher als alle Affen auf dem Felsen von Gibraltar.«

Tamsyn lachte leise, doch sie ließ den Oberst nicht aus den Augen. »Nun, Sir? Ihr habt zwanzig Männer, Gabriel und ich werden mit Euch reiten. Zusammen sollten wir doch in der Lage sein, dem französischen Oberst seine Machtinsignien wegzunehmen.«

Julian war erstaunt. »Liebe Güte, Mädchen, wir befinden uns hier in einem Krieg, nicht in einem kleinen Spielchen.« Ihre Augen funkelten noch immer, ihr Mund war zu einem boshaften Lächeln verzogen, doch der schelmische Ausdruck wurde von der störrischen Haltung ihres Kinns und einem stahlharten Blick Lügen gestraft.

»Das weiß ich, Oberst«, sagte sie. Ihr Lachen verschwand, und der grimmige Ausdruck ihres Gesichtes und der eiskalte Ton ihrer Stimme ernüchterten ihn. »Und Cornichet wird es wohl auch kaum als ein Spiel ansehen, wenn er sich seinen Leuten in der erniedrigenden Uniform eines degradierten Offiziers zeigen muß.«

Es war sicher eine sehr hübsche Rache. Eine solche Erniedrigung wäre für den arroganten, brutalen Cornichet eine bittere Pille. Doch wie konnte Julian es rechtfertigen, seine Männer für eine so unbedeutende Sache zur Verfügung zu stellen?

Julian starrte auf den Fluß, während die Gedanken in seinem Kopf wirbelten. Er hatte Wellington versprochen, *La Violette* innerhalb fünf Tagen nach Elvas zu bringen, damit man dort alle Informationen aus ihr herausholte. Wenn sie jetzt losritten, würde ihm das keine Schwierigkeiten bereiten. Seine zwanzig Männer wurden bei der Belagerung von Badajos gebraucht. Doch wenn er jetzt eine übermütige Jagd begann, um Cornichet zu erniedrigen, so wäre das nur eine Verschwendung von Zeit und Menschenleben. Wenn er jedoch nicht zustimmte, würde er *La Violette* verlieren, und zum ersten Mal in seiner Laufbahn müßte er dann ins Hauptquartier zurückkehren und zugeben, daß er versagt hatte.

Sein Stolz würde das nicht zulassen. So einfach war das. Das Mädchen hielt alle Karten in der Hand, deshalb hatte er keine andere Wahl als zu tun, was sie von ihm verlangte. Und wenn er es genau überlegte, so gefiel ihm der Gedanke, diesen barbarischen Cornichet zu überlisten und ihm einen solchen Streich zu spielen, sogar, auch wenn das eher dem jungenhaften und übermütigen Benehmen eines jungen Leutnants zuträglich war als dem eines Oberssts, der gleichzeitig auch noch einer der Vertrauten Wellingtons war. Aber man wußte auch, daß Julian St. Simon eine etwas abweichende Meinung der Dinge hatte und eine List in der geheimen Kriegführung der brutalen Kraft auf dem Schlachtfeld vorzog.

Cornichet und seine Männer befanden sich wahrscheinlich noch immer im Zustand der Unordnung, außerhalb von Olivenza, einen halben Tagesritt entfernt. Sicher reparierten sie die Schäden, die der Überfall an ihrem Vorposten angerichtet hatte. Wenn sie diese ganze Angelegenheit rasch erledigen konnten, wenn sie hart ritten, konnten sie noch innerhalb der fünf Tage in Elvas sein, die er sich selbst als Frist gesetzt hatte.

In Gedanken ging er die Sache wieder und wieder durch, verwarf Pläne und entwarf neue Strategien. Irgendwie mußten sie es schaffen, Cornichet von seinen Männern zu trennen.

»Also gut«, gab er schließlich schulterzuckend nach. »Es geht zwar gegen meine Überzeugung, aber Ihr seid im Augenblick am Zug. Doch wenn Ihr Euch uns anschließt, *Violette*, dann nur unter meinem Kommando. Seid Ihr damit einverstanden?«

Tamsyn schüttelte den Kopf. »Nein, Mylord Oberst. Gabriel und ich handeln als freie Agenten, wie alle Partisanen, wenn sie mit der Armee zusammenarbeiten. Aber wir werden nicht gegen Euch arbeiten, das versichere ich Euch.«

Sie sagte die Wahrheit. Die Banden der Guerillas stellten sich in den Dienst Wellingtons, wenn sie es für richtig erachteten, doch arbeiteten sie nur unter ihrem eigenen Kommando. Diese Bande hier bestand nur aus einem winzigen Mädchen und ihrem riesigen Leibwächter, doch *La Violette* schien dies nicht zu bedenken.

»Ich denke, wir sollten ihn in der Nacht überraschen«, sprach Tamsyn weiter. Sie schien nicht einmal daran zu denken, daß der englische Oberst etwas gegen ihren Vorschlag einzuwenden haben könnte. »Normalerweise zieht er sich so gegen Mitternacht zurück, und meistens ist er dann ziemlich betrunken, aber er macht noch eine Runde um das Lager, um die Wachen zu kontrollieren. Wir könnten ihn in einen Hinterhalt locken. Und dann... ruck, zuck!« Sie lachte leise und fuhr mit der Hand durch die Luft in zwei schneidenden Bewegungen. »Es ist eine kleine Rache für das, was er mir angetan hat, ganz zu schweigen von dem, was er mir noch antun wollte. Aber ich bin nicht übertrieben rachsüchtig«, fügte sie mit einem fröhlichen Lachen hinzu.

»Ach ja?« murmelte St. Simon. »Ihr hättet mich beinahe etwas anderes glauben lassen. Ich hätte gedacht, die Tatsache, daß er seine Gefangene verloren hat und daß man ihm sein Lager angezündet hat, wäre Rache genug.«

»Aber das war nicht meine Rache«, erklärte Tamsyn entschieden. Sie schien überrascht, daß er den Unterschied nicht begreifen wollte. »Daß Ihr mich ihm weggenommen habt, war Eure Mission. Es hatte nichts damit zu tun, Cornichet für das zahlen zu lassen, was er mir und meinen Männern angetan hat. Ganz zu schweigen von Gabriel.«

»Och, mich kannst du da rauslassen«, meinte Gabriel zufrieden. »Ich hatte meine Rache, kleines Mädchen. Auf meinem Fluchtweg habe ich ein paar Leuten den Hals gebrochen. So schnell werden die Gabriel McFee nicht vergessen.«

»Aber da waren noch Gilles und Pedro und Joseph und Stefan.«

»Aye, die habe ich nicht vergessen!« Der Riese hob die Hand, um ihrem Redefluß Einhalt zu gebieten. »Ich bin dabei, Kleines.«

»Nun, wenn wir uns einig sind, dann könnten wir vielleicht mit unserem Plan beginnen«, sagte Julian ungeduldig mit einem Blick zur Sonne, die jetzt voll aufgegangen war. »Das Problem ist, Pferde für Euch zu beschaffen. Ihr werdet mit mir reiten müssen, *Violette*. Aber wir haben kein Pferd, das das Gewicht Eures Begleiters tragen könnte, zusätzlich zu dem einer meiner Männer.«

»Macht Euch deswegen keine Gedanken.« Gabriel lächelte. »Ich habe mein eigenes Pferd und das des Mädchens bei mir. Sie sind dort hinten angebunden.« Er deutete zu der Anhöhe.

»Du hast *Cesar*?« rief Tamsyn aus. »Du hast ihn dort rausgeholt?«

»Aber sicher, kleines Mädchen. Ich konnte ihn doch nicht dort lassen! Du solltest dich schämen, so etwas zu denken.«

Tamsyn stellte sich auf Zehenspitzen und gab ihm einen Kuß. »Ich weiß nicht, wie du das geschafft hast, aber du kannst Wunder wirken, Gabriel. Geh und hole ihn.« Sie wandte sich an den Oberst. »Wir treffen Euch dann in Eurem Lager.«

St. Simon zögerte. Er wollte nicht, daß sie mit ihrem riesigen Leibwächter verschwand, doch er wußte nicht, wie er das verhindern sollte.

»Ich habe Euch mein Wort gegeben.« Sie hob das Kinn und sah ihn mit blitzenden Augen an. »Zweifelt Ihr daran, Mylord Oberst?«

Er erinnerte sich an ihre sarkastische Herausforderung vom gestrigen Abend, als sie ihn gefragt hatte, ob er dem Wort einer

Banditin glauben könne. Sie hatte ihm keine Sicherheit geboten, und er hatte sich entschieden, ihr nicht zu trauen. Warum sollte er jetzt ihrem Ehrenwort trauen, dem Ehrenwort einer Banditin und Diebin, die er überhaupt nicht kannte?

Wieder zuckte er mit den Schultern. »Ob ich das tue oder nicht, ändert doch nichts an der Tatsache.« Er wandte sich um und ging zu dem kleinen Wäldchen, wo sie das Lager aufgeschlagen hatten.

»Ich hoffe, du weißt, was du tust, Mädchen«, meinte Gabriel, als sie zusammen am Flußufer entlang gingen. »*El Baron* wollte mit den Soldaten nichts zu tun haben. Und du willst so einfach zu Wellington gehen, in sein Hauptquartier. Das ist nicht richtig.« Er schüttelte den Kopf. Sein zusammengebundenes Haar schwang um seine Schultern.

»Ich habe ihm nicht versprochen, daß ich ihm verraten werde, was er von mir wissen will«, erklärte sie.

»Und wieso glaubst du, daß du ihnen trauen kannst? Vielleicht werden sie es aus dir herauspressen.«

»Oh, ich glaube, Mylord Oberst wird sein Wort halten«, erwiderte sie fröhlich, doch dann begann sie zu laufen. »Oh, da ist *Cesar.* Und mein Gewehr und mein Messer hast du auch mitgebracht. Wie hast du das nur geschafft?«

Gabriel schnaufte verächtlich. »Ach, das war ganz einfach, Mädchen. Sie haben alle nicht aufgepaßt. Und nachdem ich ihnen erst einmal ein paar Knochen gebrochen hatte, verspürten sie nicht länger den Wunsch, mir im Weg zu stehen.« Er hob sie auf den Rücken des weißen arabischen Hengstes, ehe er auf sein eigenes Pferd stieg, ein häßliches Tier, dessen kräftige Schultern und starke Beine so aussahen, als würde ihm das Gewicht seines riesigen Reiters nichts ausmachen.

»Außerdem habe ich einen Plan«, sprach Tamsyn weiter. Sie setzte sich im Sattel gerade und zog dann liebevoll am Ohr des Hengstes. »Ich denke, dieser Mylord Oberst wird sich noch als sehr nützlich erweisen, wenn es mir gelingt, seine Dienste zu kaufen.«

»Nützlich für was?« Gabriel klang vorsichtig. Er wußte aus Erfahrung, daß Tamsyns Pläne nie einfach waren. »Und womit willst du ihn überhaupt kaufen?«

Tamsyn lächelte geheimnisvoll. »Alles zu seiner Zeit, Gabriel«, sagte sie.

Mit diesen Worten hatte sie ihn keineswegs beruhigt. Dennoch hielt er sich zurück und sagte nichts mehr, während sie am Flußufer entlangritten und dann unter den Bäumen verschwanden.

Die Männer der sechsten Kompanie hatten bereits gepackt und waren bereit aufzubrechen. Sie standen neben ihren Pferden, die Feuer waren gelöscht. Julian pfiff leise durch die Zähne, als er den herrlichen Hengst von *La Violette* erblickte, dessen hervorragende Ausbildung genauso offensichtlich war wie sein arabisches Blut.

»Man sollte glauben, Ihr mußtet einen harten Kampf ausfechten, ehe Ihr dieses Tier von Cornichet zurückerobern konntet«, meinte er, an Gabriel gewandt.

»Das kann man sagen«, gab Gabriel zu und zuckte dann mit den Schultern, als er an den Kampf gegen sechs kräftige französische Infanteristen dachte. »Aber ich hatte einen Knüppel und mein Breitschwert. Und Euch verdanke ich es, daß so viel Rauch überall war, so daß meine Gegner ihre Schwierigkeiten hatten.«

Julian strich dem Araber mit der Hand über den Hals, er betrachtete ihn mit den Augen des erfahrenen Kavallerieoffiziers.

»*Cesar* war ein Geschenk meines Vaters zu meinem achtzehnten Geburtstag«, erzählte ihm Tamsyn, die sich über die offensichtliche Bewunderung des Obersts für den Hengst freute, der ihr ganzer Stolz und ihre Freude war.

»Ein außergewöhnliches Tier«, sagte Julian mit einem kleinen spöttischen Lächeln. Er sah, daß Tamsyn jetzt ein Messer in einer Scheide an ihrem Sattel trug und ein langes Gewehr, das an ihrem Sattelknauf hing. Einen Patronengurt trug sie über ihrer Brust. Er hatte schon oft Frauen in den Partisanenbanden gesehen, die bewaffnet waren, doch der Kontrast dieser Waffen zu der zierlichen Gestalt von *La Violette* war erstaunlich. Und doch ließ die Art, wie sie sich hielt, darauf schließen, daß sie es gewöhnt war, mit Waffen in ihrem hohen Sattel aus kunstvoll gearbeitetem Leder zu sitzen.

»Zweifellos Beute aus dem Stall eines spanischen Grandes«, meinte er und lächelte noch immer ironisch.

»Ein Türke, um genau zu sein«, gab sie zurück. »Er überquerte die Sierra Nevada mit einem kompletten Gestüt und mit einem Zug von Maultieren, beladen mit Gold und Smaragden. Mein Vater hat ihn um alles erleichtert, denke ich.«

»Och, kleines Mädchen, du erzählst aber schlimme Lügen!« rief Gabriel. »*El Baron* hatte sein eigenes Gestüt. Es war in ganz Spanien und Portugal bekannt, und von überallher kamen Männer zu ihm, die ein Fohlen kaufen wollten, doch er verkaufte nur an einige wenige, die er sich aussuchte. Ich habe gesehen, wie erwachsene Männer weinten und vor ihm auf die Knie sanken und ihm Gold boten für seine Pferde, aber der Baron wankte nicht, wenn er etwas gegen einen Mann hatte.«

»Ihr habt wirklich eine sehr lebhafte Vorstellungskraft, *Señorita*«, murmelte St. Simon und blickte zu Tamsyn, die bei Gabriels Erklärung ein ärgerliches Gesicht machte.

»Nicht so lebhaft wie die Eure, Oberst«, fuhr sie ihn an.

Er zuckte die Achseln. »Ich würde vorschlagen, Ihr benutzt Eure Vorstellungskraft für einen Plan, wie Ihr Euch an Cornichet rächen wollt. Wir wollen losreiten. Ich habe nicht den Wunsch, mehr Zeit als unbedingt nötig für diese lächerliche Expedition zu verschwenden.«

Er wandte sein Pferd um und rief: »Sergeant, gebt den Befehl zum Aufbruch.«

Tamsyn war vor Ärger über und über rot geworden. Als der Reiterzug von der Lichtung ritt, hielt sie sich mit Gabriel abseits. Es hätte nicht viel gefehlt, und sie hätte *Cesar* herumgerissen und wäre in die entgegengesetzte Richtung verschwunden, und es hätte keinen Kavallerieoffizier in der ganzen Welt gegeben, der sie noch eingeholt hätte. Aber ihr altes Leben war jetzt vorüber. Das Massaker in Puebla de St. Pedro und auch der Hinterhalt, in den Cornichet sie gelockt hatte, hatten es beendet. Jetzt mußte sie ihre Zukunft planen, und dieser englische Oberst war darin verstrickt. Sie brauchte seine Hilfe in dieser kleinen Angelegenheit mit Cornichet, doch ein größerer Plan begann in ihrem Kopf Gesalt anzunehmen. Ein Mann aus Cornwall, der zur rechten Zeit am rechten Ort war – obwohl er diese Tatsache sicher in Frage stellen würde. Doch diese Frage würde beantwortet werden, wenn sie erst einmal in Elvas waren, nachdem Cornichet gezahlt hatte.

4

Sie brauchten sechs Stunden bis in die Außenbezirke von Olivenza. Tamsyn und der Oberst hatten in dieser Zeit kein einziges Wort miteinander gewechselt. Tamsyn war zusammen mit Gabriel geritten, in der Art der Partisanen. Sie hatten sich ferngehalten von den englischen Soldaten, waren durch die Hügel geritten, neben der Straße her. Gabriel, der Wunder wirken konnte, hatte Brot, Käse, getrocknete Datteln und einen Weinschlauch aus seinen Satteltaschen gezaubert, und sie hatten im Sattel gegessen, wie sie es gewöhnt waren.

Julian hatte sie die ganze Zeit über durch sein Fernglas beobachtet, doch als sie die Stadt erreicht hatten, gesellten sich die beiden zu den Soldaten.

»Ich bitte um Verzeihung, Oberst, aber mir scheint, das ist ein wunderlicher Handel«, murmelte der Sergeant. »Ich möchte diesem riesigen Kerl nicht auf einer dunklen Straße begegnen.«

»Nein«, stimmte Julian ihm zu und hatte das Gefühl, als schulde er dem Mann eine Erklärung. »Aber man sagt, *La Violette* hat nun einmal ihren Preis, und wenn dieser kleine Ausflug der Preis dafür ist, daß wir sie ins Hauptquartier bringen können, dann müssen wir ihn zahlen.«

Er hatte dem Sergeanten nicht verraten, wie es geschehen konnte, daß er das Lager mit einer gefesselten Gefangenen verlassen hatte und allein zurückgekehrt war, um dann später von einem bis an die Zähne bewaffneten Mädchen auf einem Araber in Begleitung eines riesigen Leibwächters begleitet zu werden. Seine Männer konnten darüber denken, was sie wollten. Sie waren Soldaten und an die eigenartigen Gewohnheiten ihrer Offiziere gewöhnt und auch daran, Befehle zu befolgen.

»Wir sollten warten, bis es dunkel ist, ehe wir uns dem Vorposten nähern«, meinte Tamsyn, die zu ihm herangeritten war. Sie blinzelte in die untergehende Sonne. »Gabriel wird die Gegend erkunden, um sicherzugehen, daß Cornichet noch hier ist.«

»Ihr könnt tun, was Ihr wollt, *Violette*, aber meine Männer und ich werden die Gegend selbst erkunden«, erklärte Julian eisig. »Ich werde meine Männer nicht auf eine Mission schicken, auf Grund der Beobachtungen von jemandem, den ich nicht kenne.«

Tamsyn zuckte mit den Schultern. »Ganz, wie Ihr wünscht, Mylord Oberst. Aber mir scheint, das ist eine reine Energieverschwendung. Ich würde wetten, daß Gabriel in diesen Dingen viel besser ist als jeder englische Soldat.«

»Ihr habt selbstverständlich das Recht auf Eure eigene Meinung.« Julian wandte sein Pferd ab und winkte seinen Männern, ihm zu folgen. Sie ritten von der Straße in den Wald, der die Stadt umgab.

Eingebildeter Esel! Tamsyn schüttelte verärgert den Kopf, doch sie folgte ihm, zusammen mit Gabriel. Auf einer kleinen Lichtung hielten sie an. Der Oberst gab seinen Männern leise Befehle, worauf zwei von ihnen im Unterholz verschwanden.

»Wir können genausogut sie die Arbeit tun lassen«, sagte Gabriel fröhlich und zog seinen Weinschlauch hervor. Er legte den Kopf zurück und ließ den Strahl des dunklen Weines in seinen Mund fließen.

»Oberst?« Er hatte bemerkt, daß Julian ihn beobachtete und bot ihm höflich den Schlauch an.

»Danke.« St. Simon nahm einen großen Schluck des kräftigen Weines. Als er ihn Gabriel zurückgeben wollte, griff Tamsyn danach und trank davon.

Ihre Zähne blitzten weiß, als sie den Mund öffnete und den Kopf zurücklegte. Julian betrachtete fasziniert die schlanke Biegung ihres Halses, die kleinen Bewegungen, als sie den Wein herunterschluckte, und den roten Strom, der zwischen ihren geöffneten Lippen verschwand. Ihr kurzes Haar glänzte beinahe weiß in dem dämmrigen Licht. Es bildete einen herrlichen Kontrast zu ihrer goldenen Haut und den dunklen Wimpern. Mit ihrem Gewehr und dem Patronengurt ist sie wie eine barbarische Jungfrau, dachte er, auf dem Rücken ihres herrlichen Kriegspferdes. Mit einer braungebrannten Hand hielt sie die Zügel. In ihrer ledernen Hose, dem mit Lehm bespritzten Hemd und den abgetragenen Stiefeln aus weichem Korduanleder sah sie aus wie jemand, der die meiste Zeit seines Lebens im Sattel verbringt.

Und dennoch war sie so zierlich. Und sie erinnerte ihn an eine Blume.

Schnell schob er diese Gedanken beiseite. Mit einem verächtlichen Schulterzucken riß er die Blicke von ihr. »Sergeant, die Männer können absteigen und eine Pause machen, während wir auf die Späher warten. Sie können essen, aber sie sollen auf keinen Fall Feuer anzünden.«

»Aye, Sir.« Der Sergeant gab den Befehl weiter, und die Männer stiegen erleichtert von ihren Pferden. Sechs lange Stunden hatten sie im Sattel gesessen und waren über holprige Wege geritten. Jetzt reckten sie sich und fluchten leise, öffneten ihre Satteltaschen und bereiteten aus kalten Vorräten ein Mahl zu.

Gabriel und *La Violette* hingegen blieben in ihren Sätteln, sie schienen sich darin so wohl zu fühlen wie in einem bequemen Sessel. Nicht zum ersten Mal dachte Julian, daß die harten englischen Sättel mit dem niedrigen Sattelknauf gegenüber den hohen, weichen spanischen Sätteln sehr schlecht abschnitten.

Innerhalb einer Stunde kamen die Späher zurück. Die Franzosen unter Cornichet befanden sich noch immer in dem Lager, etwa eine halbe Stunde entfernt im Wald. Sie waren damit beschäftigt, die Hütten zu reparieren. Die Wachen waren jedoch verdoppelt worden, der Überfall würde also schwieriger werden. Noch dazu versprach die Nacht klar und angenehm zu werden, sie hätten also nicht den Vorteil, sich im Schutz des Regens und dichter Wolken anschleichen zu können.

Julian runzelte besorgt die Stirn. Er war nicht bereit, wegen einer persönlichen Rache das Leben seiner Männer aufs Spiel zu setzen. Sie mußten also in aller Heimlichkeit handeln und nicht mit Gewalt. »Sergeant, Ihr bleibt mit den Männern hier. Haltet die Ohren offen und macht Euch bereit, uns beim ersten Anzeichen von Schwierigkeiten zu Hilfe zu eilen.«

Er wandte sich zu Tamsyn. »Ihr«, sagte er und deutete mit dem Finger auf sie, »und Gabriel, werdet mit mir kommen. Wenn wir drei das nicht allein schaffen können, dann werden wir es lassen.«

Tamsyn dachte nach. Es schien, als wolle er sich aus dem Handel zurückziehen, doch seine klaren blauen Augen glänzten wie Diamanten, und seine Lippen waren zusammengepreßt, das Kinn hatte er störrisch vorgeschoben. Es sah so aus, als könnte sie ihn nicht umstimmen. Auf der anderen Seite war der Oberst schließlich kein Leichtgewicht, sie würden es zu dritt schaffen. Sie hatte eine gute Kostprobe seiner körperlichen Kraft bekommen, und wenn er sich auch mit Gabriel nicht messen konnte, so besaß er doch eine beeindruckende Figur. Er strahlte eine innere Kraft aus, die ihn zu einem Gegner machte, mit dem man rechnen mußte. Und seine Männer waren auch noch da, um ihren Rückzug zu decken.

Mit einem zustimmenden Nicken stieg sie von ihrem Pferd und schlang das Gewehr über ihre Schulter. »Es wird das beste sein, wenn wir uns zu Fuß anschleichen.«

Sie krochen durch das Unterholz. Julian hatte über seine rote Tunika den schwarzen Mantel gezogen. Erstaunt stellte er fest, wie Gabriel trotz seiner Größe so sehr mit dem Schatten im Unterholz verschmolz, daß er nicht zu sehen war. Tamsyn war wie ein Reh, ihre Füße schienen den Boden kaum zu berühren. Sie knickte kaum einen Grashalm, so behende bewegte sie sich. Julian selbst war diese Art des Guerillakrieges fremd, er fühlte sich wie ein unbeholfener Ochse zwischen den beiden.

Ungefähr fünfzig Meter von dem Lager entfernt, blieben sie stehen und beobachteten eine patroullierende Wache. Nach einer Minute trat noch ein anderer Mann hinzu, er trug ein Gewehr über der Schulter. Sie sprachen zusammen, dann nahm jeder seinen Gang in der entgegengesetzten Richtung wieder auf.

Trotz der Postenkette einen Hinterhalt zu legen, würde nicht einfach sein. »Wie steht es mit den Latrinen?« flüsterte Tamsyn, und ihre Augen leuchteten in der Dunkelheit schelmisch auf. »Wenn Cornichet seinen nächtlichen Besuch macht, könnten wir dort schon auf ihn warten. Er ist ein Gewohnheitsmensch. Jeden Abend um ungefähr elf Uhr geht er hin und nimmt ein Glas Cognac mit.«

»Woher wißt Ihr das?« In der Dunkelheit sah Julian sie an. Trotz seiner Ansicht, daß sie mit diesem gefährlichen Überfall nur Zeit verschwendeten, hatte er sich von Tamsyns boshaftem Unfug anstecken lassen.

Tamsyn verzog das Gesicht. »Ich habe zweieinhalb Tage in seiner Hütte verbracht, angebunden. Ich hatte Zeit genug, seine Gewohnheiten zu beobachten, Oberst.«

»Wißt Ihr, wo die Latrinen sind?«

Sie nickte. »Man hat mir erlaubt, sie zu benutzen – zweimal am Tag«, fügte sie mit einem Anflug von Wut hinzu, als sie sich an die Unannehmlichkeiten und die Erniedrigung ihrer Gefangennahme erinnerte.

Julian antwortete nicht. Wenn man in einer schmutzigen Welt spielte, riskierte man, in den Schmutz zu fallen, deshalb glaubte er nicht, daß *La Violette* Mitleid verdient hatte. »Also, wo sind sie?«

»Auf der anderen Seite des Lagers, ungefähr zehn Fuß innerhalb der Postenkette, aber ein Stück von dem Hauptlager entfernt.«

»Führt uns, *Violette.*« Er verzog das Gesicht. Von all den verrückten Sachen, die er in seinem Leben getan hatte, war dies bei weitem die verrückteste. Aber diese spanisch-kornische Banditin hatte wirklich ein sehr ausgeprägtes Vorstellungsvermögen, wenn es um den Sieg über ihre Feinde ging. Cornichet würde beinahe so lächerlich werden wie er selbst an diesem Morgen, als er dabei erwischt worden war, wie er sich zwischen den Schenkeln dieser leidenschaftlichen Räuberin lustvoll vergnügt hatte.

Gabriel grinste, Tamsyns Plan schien ihn zu amüsieren. Auch er hatte unter Cornichet und seinen Männern gelitten.

Leise schlichen sie sich an der Postenkette vorbei. Ein Zweig knackte unter Julians Fuß, das Geräusch schien überlaut in der Stille. Sofort legte Tamsyn eine Hand vor den Mund und ahmte den klagenden Schrei eines Ziegenmelkers nach. Gabriel nickte anerkennend, und Julian schalt sich für seine Tollpatschigkeit.

Der Geruch von Rauch und brennenden Zweigen lag in der Luft. Es war sehr still in dem Wald, alles Leben war vor den Menschen und dem Feuer geflohen. Die Bäume waren noch immer ohne Blätter, und der Mond schien mit alarmierender Helle durch die Zweige. Um nicht gesehen zu werden, blieben Gabriel und Tamsyn dicht bei den silbernen Stämmen der Birken oder glitten auf dem Bauch durch die Büsche. Julian folgte ihnen, er sprang von Baum zu Baum, von Schatten zu Schatten, bis sie das Lager umgangen hatten und der schwache Duft nach Kloake zu ihnen drang, von den Latrinen her.

»Die Latrine der Offiziere ist am anderen Ende, am nächsten zum Lager«, flüsterte Tamsyn. Ihre Stimme war so leise wie ein Windhauch. »Ihre Sektion hat ein Dach aus Zeltbahn – als wäre das, was sie dort tun etwas anderes als das, was die Soldaten tun«, fügte sie voller Abscheu hinzu.

»Ich könnte mir vorstellen, daß Ihr dankbar wart für die Abgeschiedenheit«, bemerkte Julian trocken. Sie bedachte ihn dafür mit einem reumütigen Grinsen. Sie war sehr von sich eingenommen, dachte er, doch wenigstens wüßte sie, wann sie nachgeben mußte.

Ein lauter Ruf kam aus der Reihe der Wachposten, und sofort ließen sich die drei Beobachter zu Boden fallen. Tamsyn lag zwischen den beiden Männern. Langsam hob sie den Kopf, um über die Büsche sehen zu können. Noch ein Ruf ertönte, und sofort drückte der Oberst ihren Kopf nach unten.

»Sie haben uns nicht gesehen«, flüsterte sie ärgerlich und wehrte sich gegen den Druck seiner Hand. »Die Wachen werden ausgewechselt.«

»Euer Haar leuchtet im Mondlicht wie eine Fackel«, zischte er zurück. »Bedeckt es mit dem Tuch, das ihr um den Hals tragt.«

Tamsyn legte das Tuch um ihren Kopf. Es ärgerte sie, daß er ihr das hatte sagen müssen, wo sie ihn doch als Neuling in diesem Spiel ansah, aber sie konnte ihm wohl kaum widersprechen.

»Die Wachen brauchen ungefähr drei Minuten, um diesen Abschnitt abzugehen«, flüsterte Gabriel. Während der ganzen Zeit hatte er sich darauf konzentriert, was in der Postenkette vor sich ging. »Genug Zeit, daß wir hindurchschlüpfen können.«

»Ich gehe zuerst«, erklärte Tamsyn. »Du kommst nach mir, und der Oberst geht als letzter.«

»Nein«, widersprach Julian. »Ihr geht zwischen uns beiden. Auf diese Art können wir von beiden Seiten angreifen, wenn etwas passiert und Ihr gefangen werdet.«

»Aber das gleiche könnte ich auch von Euch behaupten!«

»Aber Ihr seid diejenige, die Cornichet haben will«, fuhr er sie an. »Und da ich Euch schon einmal dort rausgeholt habe, werde ich den Teufel tun, Euch noch einmal an ihn zu verlieren. Es ist schon schlimm genug, daß ich Eurem lächerlichen Wunsch überhaupt nachgegeben habe und dabei meine ganze Mission aufs Spiel setze.«

Sekundenlang schien Tamsyn ihm widersprechen zu wollen. Er würde sie nicht aufhalten können, wenn sie jetzt einfach loslief.

Gabriel würde ihr folgen, und sie würden es auch ohne die Hilfe eines verdammten, hochmütigen Obersts schaffen. Aber ganz unrecht hatte er nicht. Ihr Stolz kämpfe gegen ihren Verstand, und letzterer gewann schließlich.

Ohne ihm zu antworten, hockte sie sich hinter einen Busch und runzelte die Stirn. Julian nickte Gabriel zu, und als der Posten sich umwandte, um in die entgegengesetzte Richtung zu marschieren, sprang der Riese los. Er hielt sich dicht am Boden, doch einen schrecklichen Augenblick lang war er im Mondlicht deutlich zu sehen, dann verschwand er in der Dunkelheit hinter der Postenkette.

Die beiden warteten reglos. Der Posten kehrte zurück und entfernte sich wieder. Tamsyn wartete nicht darauf, daß der Oberst ihr zunickte. Sie lief über die freie Fläche, schnell und gebückt, und dann war sie auch schon in der Dunkelheit verschwunden.

Julian wartete. Er dachte nicht länger über die militärischen Verdienste dieser Aktion nach. Jetzt hatte er sie begonnen und das bedeutete, daß er sich ganz auf eine erfolgreiche Beendigung konzentrieren mußte. Der Augenblick rückte heran, an dem er loslaufen mußte. Er kam aus seinem Versteck hervor und rannte, das Schwert schlug dabei gegen seine Hüfte. Er stolperte über einen Stein und wäre beinahe gefallen. Er schalt sich für seine Unbeholfenheit, doch in der vollen Uniform eines Kavallerieoffiziers war er stärker behindert als seine Gefährten.

»Hier drüben«, hörte er Tamsyn flüstern, und er sank neben den beiden hinter einem Holzstoß zu Boden. Das Lager war für diese Zeit überraschend still. Nur aus den Zelten und Hütten drangen Stimmen. Ab und zu lachte jemand, oder irgendwo ertönte ein Ruf.

»Los jetzt!« Tamsyn wollte loslaufen, doch Julians Hand schloß sich fest um ihren Arm. In der Dunkelheit blitzten seine Augen.

»In der gleichen Reihenfolge wie eben!«

Schweigend gab sie nach. Sie wartete, während Gabriel sich einen Weg zwischen den Bäumen hindurch bahnte, hinter denen man die Latrine der Offiziere ausmachen konnte. Schließlich war er dahinter verschwunden.

»Jetzt Ihr.«

Der englische Oberst schien zu glauben, daß er hier das Kommando hatte, aber jetzt war nicht die Zeit, sich mit ihm darüber zu streiten. Tamsyn glitt davon, sie freute sich auf die bevorstehende Rache an Cornichet. Dafür konnte sie auch die bestimmende Art des englischen Mylord ertragen.

Um genau elf Uhr trat Oberst Cornichet aus seiner Hütte, mit einem Glas Cognac in der Hand. Er blieb stehen und blickte zum Himmel. Tief sog er die frische Nachtluft ein. Jetzt, wo es aufgehört hatte zu regnen, würde die Belagerung der Engländer von Badajos weitergehen. Seine eigene Streitkraft war zu klein, um die Bürger der Garnisonsstadt zu unterstützen, doch wenn ihm *La Violette* nicht entkommen wäre, dann wäre er jetzt in der Lage, einige Partisanenbanden dieser Gegend auszulöschen, und überdies wäre eine Karte der Bergpässe, die sie benutzten, für die kämpfende französische Armee unersetzlich.

Er hatte diesen kleinen Überfall auf *La Violette* geplant, und er wäre auch beinahe erfolgreich gewesen. Das hätte ihm die Glückwünsche seiner Vorgesetzten eingebracht und mit ziemlicher Sicherheit auch eine Beförderung. Es wäre etwas gewesen, was ihn aus diesem gottverdammten Land hätte bringen können, bevor der elende Sommer über sie kam. Doch statt dessen war er von den Engländern überlistet worden, die wahrscheinlich jetzt schon über die lebenswichtigen Informationen von *Violette* verfügten.

Mit mürrisch gerunzelter Stirn ging er durch das Lager. Schweigend machte er seine gewohnte Inspektion der Wachen, und dabei sah er so unzufrieden aus, daß keiner seiner Männer es wagte, sein Schweigen zu brechen, ehe er sich wieder abwandte und zu den Latrinen hinüberging.

»Da geht er«, meinte einer der Infanteristen leise zu seinem Gefährten. »Ein alter Mann funktioniert so regelmäßig wie eine Uhr.« Die schlüpfrige Antwort seines Gegenübers ließ die beiden Männer laut auflachen, während der Oberst die Zeltleinwand beiseite schob und in der Latrine verschwand.

Er wollte es sich gerade auf dem Holzbalken gemütlich machen, der über dem Graben lag, als eine Messerspitze sich durch die Zeltleinwand an der Latrine schob. Einen Augenblick lang starrte er darauf, unsicher, ob er auch richtig gesehen hatte, dann zerriß die Leinwand, und zu seiner Überraschung erschien das zierliche Gesicht von *La Violette* in der Öffnung.

»*Bon soir,* Oberst Cornichet.« Ihre weißen Zähne blitzten, als sie ihn mit einem wenig freundlichen Lächeln bedachte. Sie drückte dabei das Messer an seinen Hals. »Wir beide, Ihr und ich, haben noch eine unerledigte Sache zu bereinigen. Schreit nicht«, fügte sie schnell hinzu, als sie sah, daß er langsam aus seiner Erstarrung erwachte. »Wenn Ihr den Mund öffnet, wird mein Freund hier Euch den Schädel einschlagen.«

Cornichet blickte benommen zu Gabriel, der ihm mit trügerischer Milde betrachtete. Er stand hinter dem Mädchen, der Lauf seines Gewehrs schob sich durch die zerrissene Leinwand.

»*Sacre bleu*«, murmelte der Oberst angesichts dieser gewaltigen Erscheinung. Verzweifelt versuchte er, seine heruntergelassene Hose hochzuziehen, ohne dabei den Kopf zu bewegen, denn Tamsyn drückte noch immer das Messer an seinen Hals.

»Das ist kein sehr schönes Gefühl, nicht wahr, Oberst?« fragte das Mädchen lächelnd, aber ihre Augen blickten eiskalt. Das Messer stach zu. Ein Blutstropfen erschien, floß langsam am Hals hinunter und bildete einen häßlichen Fleck auf den Falten seines weißen Kragens.

Cornichets Adamsapfel bewegte sich ruckartig. Die Messerspitze glitt ein Stück höher und drückte sich in die weiche Haut unterhalb seines Kinns. Er gab es auf, seine Hosen hochzuziehen. Unbeweglich stand er vor ihr, Schweißtropfen bildeten sich auf seiner Stirn.

»Es gibt ein altes Sprichwort, Oberst. Was du nicht willst, daß man dir tut, das füg auch keinem andern zu«, sprach *La Violette* weiter. »Und an noch ein Sprichwort erinnere ich mich: Rache ist süß.«

Die Messerspitze beschrieb einen Kreis auf seiner Haut.

»Um Himmels willen«, flüsterte er mit rauher Stimme. »Wenn Ihr mich umbringen wollt, dann tut es sofort.«

Sie schüttelte den Kopf. Der Blick ihrer Augen ließ ihm einen Schauer über den Rücken laufen. Doch ehe er etwas sagen konnte, sprach St. Simon mit vor Ungeduld barscher Stimme aus dem Dunkeln hinter ihr.

»In Gottes Namen, Mädchen! Ihr seid so schlimm, wie eine Katze mit der Maus. Tut, was Ihr zu tun habt, und dann wollen wir von hier verschwinden.«

Cornichet starrte benommen auf den dunkel gekleideten Engländer, der seinen Peiniger beiseite schob. Er hielt ein Schwert in seiner Hand und sah ziemlich verärgert aus.

»Vergebt mir, Cornichet, aber da gibt es etwas, das ich von Euch haben möchte.« Sein Schwert machte zwei schnelle Bewegungen, so schnell, daß der Franzose kaum Zeit hatte zu atmen, und die großen, mit Gold verzierten Epauletten fielen mit einem Plumps in den Latrinengraben.

»Und seine Knöpfe«, verlangte *La Violette* aus der Dunkelheit hinter ihm.

Julian seufzte. »Entschuldigt, Cornichet, aber ich habe mit diesem rachsüchtigen Frauenzimmer einen Handel abgeschlossen.« Wieder bewegte sich sein Schwert, und einer nach dem anderen fielen die goldenen Knöpfe von Cornichets Tunika, auf denen der napoleonische Adler zu erkennen war, hinter den Epauletten her in die Latrine.

Cornichet schien gegen eine Ohnmacht anzukämpfen. Seine Augen traten aus dem Kopf, sein Kinn arbeitete, doch bevor er sich zusammenreißen konnte, waren seine Besucher schon beiseite gesprungen, durch den Riß in der Leinwand verschwunden, und er stand plötzlich allein in dem kleinen, stinkenden Gemach. Wäre der Riß in der Leinwand nicht gewesen und seine zerstörte Uniform, er hätte glauben können, daß er das alles nur geträumt hatte.

Dann griff er nach seiner Hose, riß sie hoch und brüllte: *»A mois... a mois!«*, während er gleichzeitig zurück ins Lager lief.

Von allen Seiten kamen Männer angelaufen. Der wütende Oberst schrie Befehle und zusammenhanglose Erklärungen, während er sich noch immer bemühte, seine Hose hochzuhalten. Seine Tunika ohne Knöpfe stand über seiner Brust offen.

Julian bemerkte, daß Gabriel verschwunden war, als sie in den Wald zurückliefen und den Aufruhr hinter sich hörten. »Wir müssen uns trennen«, rief Tamsyn, als sie nebeneinander durch das Unterholz liefen. »Wenn wir uns trennen, können sie uns viel schwerer folgen.«

»Ich lasse Euch nicht aus den Augen«, brachte Julian zwischen zusammengebissenen Zähnen hervor. Er griff nach ihrem Handgelenk, als sie versuchte, sich seitwärts in die Büsche zu schlagen.

»Ich habe Euch mein Wort gegeben!«

»Trotzdem lasse ich Euch nicht aus den Augen. Und jetzt, lauf, Mädchen!«

»Was glaubt Ihr wohl, was ich tue?« wollte sie von ihm wissen. »Und wenn ihr einen Funken Verstand hättet zwischen Euren Ohren, Mylord Oberst, dann würdet Ihr wissen, daß mein Pferd bei Euren Männern ist und ich will verdammt sein, wenn ich es bei Euch lasse.«

»Sicher ist sicher«, war seine kühle Antwort.

»Ihr habt keine Ahnung vom Guerillakrieg.« Es waren ihre letzten Worte, sie hatte keine Zeit mehr zu reden. Rasch liefen sie weiter und kümmerten sich nicht um den Lärm hinter ihnen oder darum, ob sie Spuren hinterließen. Schnelligkeit war alles, was jetzt zählte.

Verwirrte Rufe ertönten hinter ihnen, Gewehre wurden abgefeuert. Jemand schrie auf vor Schmerz, und sie hörten wütendes Brüllen.

»Anscheinend erschießen sie sich gegenseitig«, sagte Tamsyn keuchend und lachte leise. »Sie haben keine Ahnung, nach wem oder was sie überhaupt suchen. Stellt Euch doch nur mal vor, wie Cornichet versucht, ihnen zu erklären, was passiert ist...«

»Hört auf zu jubeln. Ihr braucht Euren Atem zum Laufen«, befahl Julian, obwohl sich auch sein Mund zu einem Schmunzeln verzog bei dem Gedanken an das, was geschehen war. Er stellte sich vor, wie der normalerweise untadelige Oberst mit seinem gezwirbelten Schnurrbart in seiner Unterhose und seiner Tunika ohne Knöpfe vor seinen Soldaten stand und ihnen die Begegnung in der Latrine beschrieb.

Eine Gewehrkugel sirrte über ihre Köpfe hinweg, und plötzlich verschwand jeder Wunsch zu lachen. Sie hatten beinahe das Ende des Waldes erreicht, wo sie Julians Männer erwarteten, aber noch waren sie nicht in Sicherheit, wenn die Gewehrkugeln sie erreichen konnten.

Auf einmal lief Tamsyn zur Seite, sie zog den Oberst mit sich in eine Stelle im Unterholz, die undurchdringlich zu sein schien. Doch dann öffnete sich unerwarteterweise ein Pfad vor ihnen.

Und dann waren sie plötzlich auf der Lichtung. Der Sergeant, der den Lärm gehört hatte, hatte die zwanzig Männer der sechsten Division aufsitzen lassen. Mit den Schwertern in der Hand warteten sie, bereit anzugreifen, was auch immer ihnen in den Weg kam. Tamsyn schwang sich auf *Cesars* Rücken. Im selben Augenblick kam Gabriel durch das Unterholz, das Breitschwert in der Hand. Er hob grüßend eine Hand, sein Gesicht sah genauso ruhig und unbewegt aus wie immer, dann schwang er sich auf sein Pferd.

»Die Männer brennen auf einen Kampf, Sir«, sagte der Sergeant und strich über die Schneide seines Schwertes. »Ich denke, sie haben sich ein wenig Spaß verdient.«

Oberst St. Simon schüttelte den Kopf. »Kämpfen können sie in Badajos.« Er lenkte sein Pferd herum und befahl den Männern mit erhobener Hand, ihm zu folgen.

Der Reiterzug galoppierte gerade von der Lichtung, als von der anderen Seite eine kleine Gruppe Franzosen auf die Lichtung trat, doch sie waren zu Fuß und konnten nichts anderes tun, als verärgert zuzusehen, wie ihre Angreifer in der Dunkelheit verschwanden.

St. Simon lenkte sein Pferd neben den weißen Araberhengst. Er sah, daß Tamsyn einen langen Kratzer auf der Wange davongetragen hatte, doch das schien sie nicht zu stören.

Wie zum Teufel konnte sie nur behaupten, daß sie mit einer kornischen Familie verwandt war? Es wäre wirklich außergewöhnlich, wenn es stimmte. Er ertappte sich dabei, daß er nach Anzeichen englischen Blutes in ihrer Erscheinung suchte. Sie besaß nicht die olivenfarbene Haut, das schwarze Haar und die dunklen Augen des typischen Spaniers, aber ihre helle Haut, das helle Haar und die veilchenblauen Augen, die eher auf englisches Blut schließen ließen, *gab* es auch in spanischen Familien. Nichts in ihrer Erscheinung deutete darauf hin, daß ihre Behauptung wahr oder erfunden war. Diese Pflänzchen hatte einige stürmische Charakterzüge geerbt, von wem auch immer, und diese Charakterzüge deuteten eher auf einen räuberischen Baron hin als auf eine züchtige englische Jungfer – Rücksichtslosigkeit und Arroganz waren nur zwei von ihnen.

»Ich nehme an, Ihr seid zufrieden, daß ich meinen Teil unseres Handels erfüllt habe?« sagte er und verzog ironisch den Mund.

»Absolut, Mylord Oberst«, gab sie zurück. »Und versucht nicht zu behaupten, daß Ihr es nicht genossen habt, denn ich habe gesehen, wie Eure Augen aufleuchteten.«

»Ich bin ganz sicher, daß meine Augen niemals aufleuchten«, antwortete der Oberst, verärgert über ein solches Bild.

»Oh, aber das tun sie wirklich«, versicherte sie ihm grinsend. Ihre kleinen weißen Zähne schimmerten im Mondlicht. »Ihr habt eben nur noch nicht zur richtigen Zeit in den Spiegel geschaut.«

Auf diese Bemerkung schien es keine passende Antwort zu geben, deshalb wechselte er das Thema. »Ich werde die Pferde ausruhen lassen, wenn es unbedingt nötig ist, aber ansonsten habe ich die Absicht, nicht anhalten zu lassen, ehe wir Elvas erreicht haben.«

»*Cesar* hat ein großes Durchhaltevermögen«, erklärte Tamsyn. »Und wir haben uns in Cornichets Lager zur Genüge ausgeruht.«

»Andererseits habt Ihr nur sehr wenig Schlaf bekommen«, stellte er fest.

»Ich kann im Sattel schlafen. Das habe ich schon oft getan.« Sie warf ihm einen schnellen Seitenblick zu. »Macht Euch um mich keine Sorgen, Mylord Oberst. Ich habe die unbedingte Absicht, meine Seite des Handels einzuhalten. Und ich habe noch nie bei einem Marsch die Reihen verlassen.«

Wieder einmal fühlte er die Energie, die durch diese kleine Gestalt zu fließen schien. Sie strahlte Entschlossenheit und Zielstrebigkeit aus, und das machte ihn unsicher. Wenn er zuvor diese Energie bei ihr gefühlt hatte, hatte *La Violette* immer irgend etwas ausgeheckt.

5

Das ständige Dröhnen der Gewehre, die die Mauern der spanischen Stadt Badajos bestürmten, übertönte alle anderen Geräusche, als die Kavalkade sich der Stadt näherte, die auf einem Hügel in einer flachen Ebene lag. Der Himmel war von einem metallischen Grau, Wolken hingen tief über der grauen Erde und ließen die vielen Uniformen farblos erscheinen. Nur die roten Tuniken der Kavallerie leuchteten.

Julian, der vor seiner Truppe herritt, beobachtete Gabriel und Violette, die wie immer ein wenig abseits von den anderen ritten. Er konnte nicht hören, was sie miteinander redeten, doch ihren Gesten nach zu urteilen, schienen sie einen heftigen Wortwechsel zu haben. Das Mädchen gestikulierte wild, während es seine Argumente vorbrachte. Der Riese Gabriel schien im Gegensatz dazu eine unerschütterliche Hartnäckigkeit an den Tag zu legen; nur ab und zu schüttelte er verneinend den Kopf.

Sie waren noch zwei Stunden vom Hauptquartier in der portugiesischen Grenzstadt Elvas entfernt. Julian brachte seine »Blume« also innerhalb der fünf Tage zum Hauptquartier, die er sich selbst als Frist gesetzt hatte. Leider war sie keine unterwürfige, verängstigte Gefangene, die bereit war, sich rupfen zu lassen, sondern eine energische, entschlossene Söldnerin, die vielleicht dazu zu überreden war, ihre Geheimnisse zu verkaufen, anstatt sie eingeschüchtert auszuplaudern. Es wäre interessant zu sehen, wie Wellington mit ihr umging… und wie er die Rolle seines Obersts in diesem Spiel sah.

Julian verzog das Gesicht. Er würde eine Erklärung dafür finden müssen, wie er seine Gefangene verloren hatte und gezwungen gewesen war, diesem Handel zuzustimmen. Die Wahrheit war viel zu entehrend. Hoffentlich würde die Banditin den Mund halten über diesen verrückten Vorfall am Fluß.

Er bemerkte, daß die beiden auf ihn zuritten. Gabriel sah nicht gerade glücklich aus, während das Gesicht des Mädchens nichts verriet. Als sie ihn erreichten, ritten sie neben ihm her.

»Während ich nicht da bin, mache ich Euch verantwortlich für dieses Mädchen, Engländer«, erklärte Gabriel grob. Seine Hand ruhte am Griff seines massiven Breitschwertes.

»Wohin wollt Ihr denn?«

»Das tut nichts zur Sache, aber Ihr seid verantwortlich, denkt daran.«

Julian schüttelte den Kopf und lachte ungläubig. »Ihr erwartet, daß ich für die Taten von *La Violette* verantwortlich bin? Guter Gott, Mann, ich kenne meine Grenzen.«

»Nicht für ihre Taten, nur für ihre Sicherheit«, erklärte Gabriel, ehe Tamsyn widersprechen konnte.

»Und ich nehme an, Euch ist nicht klar, daß das eine etwas mit dem anderen zu tun hat?« fragte Julian bissig.

»Ich bin für mich selbst verantwortlich«, erklärte Tamsyn ungeduldig. »Und auch für meine eigene Sicherheit. Gabriel, du benimmst dich wie eine alte Frau.«

»*El Baron* hat deine Sicherheit in *meine* Hände gelegt.« Ein störrischer Zug lag um den Mund des Riesen. »Und wenn du diese Dummheit im Alleingang begehst, dann werde ich die Worte deines Vaters so auslegen, wie es mir gefällt.« Er warf St. Simon einen bösen Blick zu. »Also, englischer Oberst, wenn auch nur ein Haar auf ihrem Kopf gekrümmt wird, dann werde ich Euch den Kopf abreißen.«

Tamsyn hob den Blick zum Himmel. »Im Hauptquartier der Engländer wird mir schon nichts geschehen, Gabriel.«

»Nicht, soweit ich es beeinflussen kann«, antwortete Julian, der sich entschloß, auf diese unfreundliche Drohung gar nicht einzugehen. »Solange sie Gast des Hauptquartiers ist wenigstens. Doch wenn sie Elvas verläßt, kann ich für nichts garantieren. Ich bin schließlich kein Kindermädchen.«

»Ich brauche auch keines«, brauste Tamsyn auf. »Und auch keinen Leibwächter! Reite jetzt los, Gabriel. Je eher du aufbrichst, desto eher bist du auch wieder zurück.«

»Und du gibst mir dein Wort, daß du Elvas nicht verläßt, bis ich zurück bin?« Er bedachte sie mit einem bösen Blick, gerade glücklich schien er nicht zu sein.

»Du hast mein Wort.« Sie beugte sich zu ihm und strich mit den Fingerspitzen über seine Wange. Ihr Lächeln war liebevoll, ihre Augen blickten voller Wärme. »Mach dir keine Sorgen. Ich werde sicher sein, und du weißt, daß es nicht anders geht. Es muß getan werden.«

Gabriel seufzte. »Wenn du unbedingt meinst, kleines Mädchen.« Er wandte sein Pferd um und ritt davon, zum Abschied hob er grüßend die Hand.

»Armer Gabriel, er will wirklich nicht weg«, sagte Tamsyn. Noch immer lag das zärtliche Lächeln auf ihrem Gesicht. »Er kann es nicht ertragen, mich aus den Augen zu lassen, nicht mehr, seit...« Sie hielt inne, ihre Augen bewölkten sich und das Lächeln verschwand.

»Seit...?« drängte sie Julian.

Tamsyn schüttelte den Kopf. »Vergangenheit, Mylord Oberst.« Sie legte schützend die Hand über die Augen und blickte über die Ebene zu der Mauer von Badajos. Der Boden zu Füßen der Mauer bebte von dem Bombardement und dem Heulen der Kanonenkugeln und von der Erwiderung des Feuers durch die Franzosen.

»Wo reitet er hin?«

Wieder zuckte sie mit den Schultern. »Er holt nur etwas. Wir sind gleich da.«

Es schien, daß Violette alles gesagt hat, was sie über Gabriels geheimnisvolle Reise zu sagen bereit war. Julian nickte. »Wir konzentrieren den Angriff auf die Bastionen Santa Maria und La Trinidad.«

»Wie bald erwartet Wellington Soult aus Cadiz?«

»Ihr seid gut unterrichtet«, sagte er mit einer ironisch hochgezogenen Augenbraue. Die bevorstehende Ankunft des französischen Marschalls zur Verstärkung im Kampf um Badajos war eine von Wellingtons größten Befürchtungen.

»Aber natürlich. Ich kämpfe schließlich auch in diesem Krieg, Oberst.«

»Ihr kämpft für Euren eigenen Gewinn«, erklärte er unverblümt.

Ihre Augen blitzten auf. »Genau wie Eure Armee, Sir. Nur kämpfen die Partisanen für ihr Land, und ich kämpfe mit ihnen.«

»Dann leugnet Ihr also, daß Ihr Eure Dienste verkauft?« wollte er wissen.

Sie bedachte ihn mit einem verächtlichen Blick. »Für diejenigen, die es sich leisten können, verkaufe ich sie. Doch denen, die es sich nicht leisten können, stelle ich meine Dienste unentgeltlich zur Verfügung. Das ist ein gesundes Geschäftsprinzip, Mylord Oberst. Und der Krieg ist ein Geschäft, wie Ihr wohl verdammt gut wißt. Männer werden reich in Kriegszeiten.«

»Profiteure«, meinte er verächtlich.

»Und warum seid Ihr in diesem Krieg, englischer Mylord?« fragte sie ihn mit der gleichen Verachtung. »Natürlich nicht für etwas so Vulgäres wie Reichtum. Also wofür? Ruhm... Ehre... Beförderung?«

Julian antwortete nicht. Es stimmte, er verfolgte all diese Ziele. Doch er kämpfte für die Ehre seines Landes, aus Loyalität und Patriotismus. Er würde diese Dinge keiner Söldnerin erklären, die sich nur über sie lustig machte.

Sie ritten jetzt an den Gräben vorbei, die sich außerhalb der Mauern der Stadt entlangzogen. Der Lärm der Bombardierung war ohrenbetäubend. Tamsyns Hengst wurde nervös. Er warf den Kopf hin und her, hob die Beine hoch und schien sich vorsichtig den Weg über die regennasse Erde zu suchen. Die Kavalleriepferde hingegen ließen sich von dem Lärm nicht stören und auch nicht von dem unebenen Gelände; sie trotteten ruhig weiter.

Als eine Granate in ihrer Nähe explodierte und Lehm und Erde hochgewirbelt hatte, wieherte *Cesar* verängstigt und brach zur Seite aus. Automatisch griff Julian nach Tamsyns Zügeln, um das Pferd zu beruhigen.

»Nehmt Eure Hände weg!« befahl sie mit einer solchen Heftigkeit, daß er die Hand sofort sinken ließ. Gekonnt brachte sie das Pferd wieder in ihre Gewalt, leise sprach sie mit ihm in Spanisch, und als es sich wieder beruhigt hatte, wandte sie sich mit funkelnden Augen an den Oberst. »Wie könnt Ihr es wagen, meine Zügel zu nehmen?«

»Es tut mir leid.« Ihre Wut hatte ihn erstaunt. »Ich bin es gewöhnt, mit meiner Schwester auszureiten. Sie ist keine besonders gute Reiterin, ich muß immer aufpassen.«

»Nun, ich bin nicht Eure Schwester!« erklärte sie noch immer wütend.

»Glücklicherweise, würde ich unter diesen Umständen behaupten«, murmelte er, ehe er sich zurückhalten konnte. Dabei blitzten seine Augen schelmisch auf.

Tamsyn warf ihm einen bösen Blick zu, doch dann mußte sie lachen. »Wie recht Ihr habt, Oberst. Einige Dinge sind selbst für eine Banditin zu abscheulich.«

Augenblicklich verschwand seine Belustigung. »Wir wollen nicht mehr über diesen Zwischenfall reden, wenn es Euch recht ist«, sagte er mit verlegener Förmlichkeit.

Tamsyn warf ihm einen Blick von der Seite zu. Sie sah sein angespanntes Gesicht, und ein schelmisches Lächeln spielte um ihren Mund. »Ihr möchtet wohl nicht, daß Euer Oberkommandierender erfährt, daß Ihr mit einer Gefangenen getändelt habt, würde ich denken.«

»Nein, verdammt, das möchte ich nicht!« fuhr er sie an.

»Und Ihr möchtet wohl auch nicht, daß so etwas noch einmal geschieht?« dachte sie laut nach. »Wie wenig schmeichelhaft von Euch, Oberst. Ich gebe zu, eine Wiederholung wäre mir sehr angenehm.«

»Vergebt mir meine Direktheit, aber nein, das möchte ich nicht«, erklärte er und wandte sein Pferd ab. »Sergeant, Ihr und die Männer könnt uns jetzt verlassen und zur Abteilung zurückkehren. Ich beabsichtige, den Fluß auf dem östlichen Ponton zu überqueren.«

»Sehr wohl, Sir.« Der Sergeant brüllte einen Befehl an die Truppe hinter ihm, dann ritten sie davon, auf die Zeltstadt zu, die zwischen dem Guadina und der Belagerungsfront das Heerlager bildete. Der Oberst und seine Begleiterin ritten am Ufer entlang auf eine der Pontonbrücken zu, die den Belagerungsring mit dem Hauptquartier in Elvas verbanden.

Tamsyn nickte. Irgendwie hatte sie das Gefühl, daß der Oberst nicht die Wahrheit sagte. Wie konnte jemand, der diese Explosion der Ekstase erlebt hatte, nicht nach mehr verlangen? In Gedanken hörte sie Cecile, die mit weicher Stimme und einem kleinen sinnlichen Lachen ihrer Tochter erzählte, daß die Liebe Appetit auf mehr machte, je mehr man sie pflegte. Tamsyn hörte auch das leise Lachen des Barons; sie sah seine dunklen Augen, die das Gesicht ihrer Mutter betrachteten, als wolle er sie verschlingen.

Eine wohlbekannte Woge der Traurigkeit überfiel sie. Sie kämpfte nicht dagegen an, sie wartete ganz einfach, bis sie wieder nachließ. Ein wenig Trost gab ihr der Gedanke, daß zwei so verwandte Seelen nicht getrennt werden konnten, nicht einmal im Tod.

Sie überquerten die Brücke und erreichten die kleine Stadt Elvas. Die Wachen salutierten, als der Oberst vorüberritt. Auf den gepflasterten Straßen waren Soldaten in den grünen Tuniken der Schützen und den roten der Infanterie und Kavallerie unterwegs; Adjudanten liefen zwischen den Kommandoposten hin und her, beladene Wagen mit Proviant rumpelten durch die Straßen auf ihrem Weg zu den Truppen in den Gräben. *Cesar* scheute, als ein räudiger Hund aus einer Nebenstraße kam und hinter einer Gruppe zerlumpter Kinder herlief.

»Dieses Tier ist viel zu empfindlich«, meinte Julian, als Tamsyn das Pferd wieder beruhigt hatte.

»Er ist nicht an Städte gewöhnt«, antwortete sie, verstimmt über seine Kritik an ihrem geliebten *Cesar*. »Er ist es auch nicht gewöhnt, von so vielen Menschen umgeben zu sein. Aber er würde mich ohne zu wanken hundert Meilen über Bergpässe tragen, und er würde in Schnelligkeit jedes Pferd hinter sich lassen, das Ihr in Euren Ställen habt, und das auf jedem Terrain, Mylord Oberst.«

»Zweifellos.« Er gab sich mit dieser knappen Antwort zufrieden und wünschte sich, sie würde ihn nicht so nennen, es klang so sarkastisch.

Er lenkte sein Pferd zu den Ställen hinter Wellingtons Hauptquartier. »Hoffentlich wird dieses empfindliche Tier sich bei den Stallknechten benehmen.«

»*Cesar* besitzt ausgezeichnete Manieren«, gab sie zurück. Sie schwang sich in einer so fließenden Bewegung von dem Pferd, daß niemand geglaubt hätte, sie sei müde. Ein Stallknecht lief herbei. Beim Anblick des herrlichen Araberpferdes weiteten sich seine Augen.

»Eh, das ist aber eine Schönheit, Sir«, sagte er mit bewundernder Stimme. Sein Blick wanderte neugierig zu der ungewöhnlichen Begleiterin des Oberst.

»Ja, aber er ist sehr nervös«, antwortete der Oberst. »Also, seid vorsichtig mit ihm. Ich möchte mich nicht nach einem Ersatz umsehen müssen.«

»Den würdet Ihr wohl auch nicht finden«, erklärte Tamsyn und reichte dem Stallknecht die Zügel. »Er ist einzigartig.« Sie strich dem Pferd über den Hals und murmelte einige unverständliche Worte, um es zu beruhigen. »Bringt ihn weg«, wandte sie sich an den Stallknecht. »Er wird jetzt ruhig genug sein.«

»Kommt.« St. Simon sprach mit ungewohnt brüsker Stimme. Er wandte sich um und ging auf die Treppe an der Rückseite des Holzhauses zu.

Tamsyn folgte ihm. Ihre Müdigkeit verwandelte sich in eine nahezu lähmende Erschöpfung. Sie war auf keinen Fall in der Verfassung, mit Wellington zu verhandeln. Sie brauchte etwas zu essen und Schlaf, ehe sie die kühne Aufgabe angehen konnte, die sie sich selbst gestellt hatte. Eine Menge würde davon abhängen, was für ein Mensch der englische Oberkommandierende war. Nach allem, was sie gehört hatte, war er sprunghaft, wenn er sich nicht gerade in der Schlacht befand. Er konnte seine eigenen Offiziere in einem Atemzug scharf kritisieren, um im nächsten Augenblick eine völlig normale, zivilisierte Unterhaltung mit ihnen zu führen. Man behauptete von ihm auch, daß er eine Schwäche für das weibliche Geschlecht hatte. Ob sie daraus ihren Vorteil ziehen konnte, blieb dahingestellt. Schmutzig und abgerissen, wie sie im Augenblick aussah, bezweifelte Tamsyn, daß sie einen günstigen Eindruck auf ihn machen würde.

Am Ende der Treppe öffnete der Oberst eine Tür, und sie betraten einen rechteckigen Raum. Von dort führte eine Treppe im Inneren des Hauses weiter. Der Raum war als Büro eingerichtet, und ein Brigademajor, der an einem Schreibtisch saß, blickte von einem Stapel Papiere auf.

»Oberst.« Er sprang auf und salutierte. »Der Peer wird sich freuen, Euch zu sehen, Sir.«

»Er ist schlecht gelaunt, wie?« Julian erwiderte den Salut und blickte zu der Tür hinter dem Adjutanten.

»Das scheint schon chronisch zu sein«, antwortete der Mann und grinste ein wenig schief. »Wir haben versucht, den Damm in die Luft zu jagen, den die Franzmänner außerhalb der Bastion St. Pedro gebaut haben, aber wir haben es nicht geschafft, und der alte Soult ist im Anmarsch.« Es gelang ihm nicht, seine Faszination zu verbergen, als er die kleine Gestalt hinter dem Oberst betrachtete. »Er wird froh sein, wenn er zur Abwechslung einmal gute Nachrichten bekommt«, sagte er.

»Mmm.« Der Oberst murmelte nur. »Paßt auf sie auf«, sagte er knapp. Er hörte nicht, daß Tamsyn bei seinen Worten scharf den Atem einzog. Er ging zur Tür, klopfte an und öffnete sie.

Tamsyn trat an das Fenster neben der Treppe und setzte sich auf das breite Fensterbrett. Nachdenklich betrachtete sie den Brigademajor. »Geht die englische Gastfreundschaft so weit, daß man mir ein Glas Wein anbietet… oder auch nur Wasser? Zwei Tage im Sattel machen durstig.«

Der Mann betrachtete sie bestürzt, dann warf er schnelle Blicke in alle Richtungen, als warte er auf Hilfe.

Tamsyn seufzte. »Auch wenn es vielleicht nicht so aussieht, bin ich aus freien Stücken hier. Ich versichere Euch, ich habe nicht die Absicht wegzulaufen, und Ihr braucht wirklich nicht auf mich aufzupassen.«

»Aber der Oberst…«

»Zum Teufel mit dem Oberst«, antwortete sie gereizt. »Er ist schlecht gelaunt, das ist alles. Würdet Ihr mir jetzt also bitte etwas zu Trinken bringen?«

Der Brigademajor stand auf. In seinem Gesicht lag noch immer Unsicherheit. Das Mädchen benahm sich nicht wie eine Gefangene, und der Befehl, auf sie aufzupassen, war ziemlich vage… und außerdem sah es wirklich so aus, als wäre Oberst Lord St. Simon nicht gerade bester Laune.

Er löste die verzwickte Situation, indem er die Tür nach draußen abschloß – die Treppe im Inneren des Hauses konnte sie nicht benutzen, ohne daß es ihm auffiele –, dann ging er nach unten, wo er einem Burschen befahl, eine Karaffe mit Wasser hochzubringen.

Während sie wartete, blickte Tamsyn auf die Straße hinunter. Sie schien das Treiben nur oberflächlich zu beobachten, doch in Wirklichkeit entging ihren Augen nichts. Sie versuchte, die Laune und Tüchtigkeit der Soldaten abzuschätzen, die ihren Arbeiten nachgingen. Elvas ähnelte im Augenblick den beinahe militärischen Lagern von *El Baron* in den Bergdörfern, wo sie aufgewachsen war, und sie wußte, wonach sie Ausschau halten mußte. Im allgemeinen schien die Atmosphäre unbekümmert und heiter, als fühlten die Männer sich wohl bei ihrer augenblicklichen militärischen Operation. Natürlich hatten die Männer im Hauptquartier eine ganz andere Meinung dazu als die, die in den Gräben vor Badajos lagen. Eine Stadt zu belagern war normalerweise immer eine gräßliche, frustrierende Sache, und Badajos widerstand schon viel länger, als es sollte. Und je länger die Stadt aushielt, desto brutaler würde die Einnahme schließlich werden.

Tamsyn erschauderte, und ihr Mund verzog sich verächtlich. Sie wußte, daß die alten feudalen Regeln der Kriegführung noch immer zutrafen. Wenn eine belagerte Stadt sich in einer angemessenen Weise ergab, sobald deutlich war, daß sie der Belagerung nicht standhalten konnte, dann würden die Eroberer sich großmütig zeigen. Falls die Stadt aber widerstand, ging man davon aus, daß die Bewohner verdienten, was sie erwartete, sobald die siegreichen Belagerer durch die erste Bresche in der Stadtmauer in die Stadt eindrangen.

Soldaten, dachte Tamsyn. Wilde Tiere, welche Uniform sie auch immer trugen und welchen Grund sie auch immer für ihren Krieg anführten. Sie waren alle gleich.

Der Adjutant kehrte zurück. Hinter ihm brachte ein Bursche eine Karaffe mit Wasser und ein Glas. Als sich Tamsyn vom Fenster abwandte, lag ein so tiefer Haß in ihren veilchenblauen Augen, daß die beiden im ersten Augenblick erschrocken vor ihr zurückwichen. Doch dann war es schon vorüber, und sie nahm das Glas mit einem dankenden Nicken entgegen.

Im Heiligtum des Oberkommandierenden war es warm, ein Feuer brannte im Kamin und vertrieb die trübe Feuchtigkeit des Tages. Wellington goß sich und St. Simon ein Glas Wein ein. »Also hab Ihr sie aus Cornichets Händen befreit. Hat es Euch viel Mühe gekostet?«

»Nicht sehr viel.« Julian nippte an seinem Wein. »Wenigstens zu diesem Zeitpunkt noch nicht.«

Wellington zog bei dieser Bemerkung eine Augenbraue hoch, doch er sagte nichts. Er trat vor das Feuer und ließ sich den Rücken wärmen. »Wieviel hat sie ihnen denn verraten?«

»Gar nichts. Wir sind gerade noch rechtzeitig gekommen... im wahrsten Sinne des Wortes.« Er erklärte kurz, wie er *La Violette* gefunden hatte. »Wir sind ohne Schwierigkeiten von dort weggekommen und haben ein paar Stunden später unser Lager aufgeschlagen.«

Er hielt inne. Jetzt kam er zu der schwierigsten Stelle seiner Erzählung. »Am nächsten Morgen hatte das Mädchen ein persönliches Bedürfnis. Ich habe sie aus dem Lager an den Fluß geführt, hinter ein paar Felsen. Sie war an den Füßen gefesselt und an meinen Schwertgürtel angebunden.« Er trank noch einen Schluck von dem Wein, Wellington wartete schweigend.

»Sie hat einen riesigen Leibwächter. Einen Schotten. Dem war es gelungen, in dem Feuer, das wir gelegt hatten, aus Cornichets Lager zu entkommen. Er ist uns gefolgt, und ich muß gestehen, daß er mich überwältigt hat, während ich darauf wartete, daß *Violette*...«

»Aha.« Wellington winkte verstehend ab. »Er hat Euch entwaffnet?«

Julian nickte betrübt. »Ich war ein verdammter Dummkopf.« *Wenn Ihr wüßtet, was für ein Riesendummkopf ich wirklich war!*

»Doch Ihr habt sie trotzdem hierhergebracht?«

»Jawohl, aber ich mußte ihr versichern, daß sie gehen kann, wann immer sie will; aber sie ist bereit, ihre Informationen für den richtigen Preis zu verkaufen.«

»Und der wäre?«

Julian schüttelte den Kopf. »Das hat sie mir noch nicht mitgeteilt.«

»Und was ist mit diesem riesigen Leibwächter?«

»Sie hat ihn weggeschickt, mit irgendeinem Auftrag. Sie will hier auf seine Rückkehr warten.«

»Eine sehr geheimnisvolle Söldnerin«, sagte der Kommandant. Nachdenklich rieb er sich den Rücken, den das Feuer gewärmt hatte; er ließ dabei den Oberst nicht aus den Augen. Er fühlte die Wut dieses Mannes, das Gefühl, in dieser wichtigen Mission versagt zu haben, obwohl es nur ein technisches Versagen war. Doch Julian St. Simon konnte eine Niederlage nicht ertragen, am allerwenigsten eine Niederlage, die ihn selbst betraf.

»Wir wollen sie reinholen«, meinte er nach einem Augenblick. »Ich will hören, was sie zu sagen hat.«

Julian nickte, dann sagte er langsam: »Übrigens, sie ist sicher nicht das, was Ihr vielleicht erwartet. Sie ist zur Hälfte Engländerin. Irgendeinem außergewöhnlichen Umstand verdankt sie es, daß ihre Mutter aus Cornwall stammt, das behauptet sie wenigstens. Und außerdem soll sie von hoher Geburt gewesen sein.«

Wellington pfiff leise durch die Zähne. »Eine Engländerin von hohem Stand hat es mit einem berüchtigten Räuber getrieben! Das ist ja kaum zu glauben.«

»Das finde ich auch. Aber warum sollte sie eine solche Geschichte erfinden?«

Wellington kratzte seine lange Nase. »Ich könnte mir keinen Grund vorstellen.«

Julian zuckte die Achseln. Er ging zur Tür und öffnete sie. »*Violette*!«

Tamsyn glitt von der Fensterbank und kam zur Tür, ihr leeres Glas stellte sie auf dem Schreibtisch des Brigademajors ab. Sie warf dem Oberst einen Seitenblick zu, während sie sich an ihm vorbei durch die Tür schob.

Wellington neigte grüßend den Kopf, seine Blicke glitten über die kleine Gestalt in der schäbigen, schmutzigen Hose und den Stiefeln. Sie trug noch immer ihren Patronengurt, ihr Gewehr hatte sie über die Schulter geschlungen, und auch das Messer steckte noch in ihrem Gürtel. Und dennoch fand er, daß sie trotz alldem einen verlorenen Eindruck machte. Sie wirkte sehr jung und sehr einsam, als sie jetzt vor ihm stand und ihn herausfordernd ansah.

»Ich denke, Ihr habt etwas, das Ihr mir verkaufen möchtet«, meinte er.

»Wenn der Preis in Ordnung ist«, stimmte sie zu.

»Und was ist Euer Preis?«

Tamsyn schüttelte den Kopf. »Verzeiht mir, aber ich möchte zuerst genügend Zeit haben, mich auszuruhen, ehe wir mit der Verhandlung beginnen. Ich weiß noch nicht genau, was Ihr von mir hören möchtet.«

Sie warf St. Simon einen schnellen Blick von der Seite zu, doch dieser Blick war so voller sinnlicher Glut, daß es ihm den Atem nahm. »Vielleicht könnte der Oberst mir zeigen, wo ich mich eine Weile ausruhen kann.«

Sofort sang in seinem Körper die Erinnerung an sie, sein Blut floß schnell und heiß. *Um Himmels willen, sie konnte zur Sucht werden!*

Er mußte von ihr weg, weg von der gefährlichen Verführung in diesen verruchten veilchenblauen Augen und dem schlanken kleinen Körper.

Er hatte das Mädchen hierhergebracht, somit war seine Aufgabe erfüllt. Wie Wellington die Verhandlung mit ihr führte, ging ihn nichts an.

»Ihr müßt mich entschuldigen, aber ich muß zu meiner Einheit zurück«, äußerte er mit eisiger Stimme und wandte sich zum Gehen. Doch gerade in diesem Augenblick schwankte das Mädchen, sie streckte die Hand aus, um sich irgendwo festzuhalten.

»Was ist los?« Mit einem einzigen großen Schritt war er bei ihr und schlang den Arm um sie. Sofort lehnte sie sich gegen ihn, eine winzige, verletzliche Gestalt an seiner breiten Schulter.

Tamsyn schloß die Augen. Sie senkte den Kopf und drückte ihn gegen seine Tunika, damit er ihre Zufriedenheit nicht sah. Cecile hatte nicht übertrieben, als sie ihr von der dummen Ritterlichkeit der englischen Gentlemen erzählt hatte. Sie wollte, daß Lord St. Simon während ihres gesamten Aufenthaltes in Elvas an ihrer Seite blieb, und sie war ohne weiteres bereit, ein wenig List einzusetzen, um das zu erreichen.

»Was ist los?« wiederholte er noch einmal. »Seid Ihr krank?«

»Ich bin nur sehr müde«, antwortete sie matt. »Es tut mir leid... so dumm von mir, aber ich fühle mich so schwach.«

»Kommt ans Feuer.« Wellington wirkte besorgt. »Trinkt ein Glas Wein, das wird Euch beleben.« Er goß ihr ein Glas Wein ein und blickte beunruhigt über seine Schulter zu dem Oberst, der das Mädchen zu einem Stuhl am Feuer trug.

»Hier.« Wellington reichte ihr das Glas. »Trinkt... ja, so ist es richtig.« Er nickte zustimmend, als sie gehorsam an dem Wein nippte.

Sie hob den Kopf und lächelte ihn an, es war ein schwaches, zittriges kleines Lächeln. »So freundlich... danke, Sir.«

Julian beugte sich noch immer über sie, ein Arm lag in ihrem Rücken. Doch plötzlich zog er sich so schnell von ihr zurück, als hätte er sich verbrannt. Dieser kleine *diablillo* heckte wieder einmal eine List aus, dessen war er sicher. Er trat ein paar Schritte zurück, stützte seinen Arm auf den Kaminsims und betrachtete die tapfer lächelnde kleine Banditin mit einem sarkastischen Gesichtsausdruck. *Was zum Teufel hatte sie nur vor?*

»Julian, wir müssen sofort eine bequeme Unterkunft für sie finden. Ich werde den jungen Sanderson fragen, der weiß sicher etwas.« Wellington ging zur Tür, um sich mit dem Brigademajor zu beraten, dessen Hauptaufgabe es war, alles nur Erdenkbare für seinen Kommandanten zu arrangieren und zu organisieren, ganz gleich, wie grotesk die Umstände auch sein mochten.

»Was habt Ihr vor?« fragte der Oberst leise. »Mir macht Ihr nichts vor mit diesem jungfräulichen Ohnmachtsanfall, *Violette*.«

Tamsyn schaute zu ihm auf, sie sah gekränkt aus. »Ich weiß nicht, was Ihr meint. Ich kann mich nicht einmal mehr daran erinnern, wann ich zum letzten Mal in einem Bett geschlafen habe. Ich bin ganz einfach erschöpft.«

Dazu hatte sie auch allen Grund, dennoch gelang es ihr nicht, ihn zu überzeugen.

»Sanderson ... ein bemerkenswerter junger Bursche ... er hat das ideale Quartier für Euch, ganz in der Nähe des Krankenhauses.« Wellington rieb sich die Hände und trat wieder an das Feuer. »Er sagt, dort wohnt eine sehr nette Frau, die sich um Euch kümmern wird, meine Liebe. Und wenn Ihr ausgeschlafen seid, dann werdet Ihr mit mir und mit meinem Stab zusammen esssen.«

Seine Augen ruhten auf ihrem Gesicht. Trotz seiner offensichtlichen Freundlichkeit entging ihm nichts. »Wir werden später darüber reden, wie wir einander helfen können.«

»Ihr seid wirklich zu freundlich, Sir«, sagte sie mit einem müden Lächeln.

»Julian, Ihr werdet dafür sorgen, daß sie sich einrichtet, und Ihr werdet sie später zum Essen hierherbringen«, befahl der Oberkommandierende mit einer plötzlich harten Stimme.

»Ich muß wirklich zurück zu meiner Einheit, Sir.«

»Ja ... ja, natürlich. Aber später, Mann, später.«

Es gab nichts mehr zu sagen. Seufzend ergab sich Julian in sein Schicksal. Er nickte Tamsyn zu. »Kommt.«

Ein wenig schwankend stand sie auf, doch Lord St. Simon schien seinen ritterlichen Instinkt verloren zu haben. Er blieb neben dem Kamin stehen, sein Blick war genauso sarkastisch wie zuvor. Nun gut, dachte Tamsyn, die innerlich mit den Achseln zuckte, im Augenblick hatte sie erreicht, was sie wollte. Wellington betrachtete sie mit Mitleid und nicht mit Feindseligkeit, und der Oberst war noch immer an ihrer Seite.

Sie bedachte Wellington mit einem weiteren matten Lächeln voller Dankbarkeit, dann ging sie zur Tür. Der Oberst folgte ihr auf dem Fuß. Draußen, als sich die Tür hinter ihnen geschlossen hatte, änderte sich ihre Haltung sofort. Sie blickte zu ihrem Begleiter auf, und ihre Augen blitzten schelmisch.

Er sog scharf den Atem ein, dann wandte er sich abrupt zu dem Brigademajor um. »Leutnant, wo finde ich dieses Quartier?«

»Sie ist eine Witwe und heißt Braganza, Sir«, erklärte Sanderson. »Sie wohnt in dem weißgekalkten Haus, gleich neben dem Krankenhaus. Ich habe einen Melder hingeschickt, um ihr Bescheid zu sagen. Sie erwartet Euch also.« Er starrte *Violette* mit unverhüllter Neugier an. »Sie spricht allerdings nur Portugiesisch. Kann... kann...«

»Ja, natürlich spreche ich Portugiesisch«, erklärte Tamsyn mit einem Anflug von Ungeduld in der Stimme, weil sie diese Frage absurd fand. Sie hatte ihr ganzes Leben entlang der Grenzen von Portugal, Spanien und Frankreich verbracht.

Julian sagte nichts, er ging vor ihr her die Treppe zur Straße hinunter. Tamsyn mußte laufen, um mit ihm Schritt zu halten. »Nicht so schnell, ich bin wirklich erschöpft.«

»Ihr könnt Euch für Eure Tricks einen anderen suchen«, sagte er knapp. »Ich habe keine Ahnung, was zum Teufel Ihr ausheckt, und es ist mir auch gleichgültig. Je eher ich Euch los bin, desto glücklicher werde ich sein.«

»So eine schlechte Laune«, murmelte Tamsyn. »Ich wünschte, ich hätte eine Ahnung, was ich getan habe, um Euch in eine solche Stimmung zu versetzen. Es ist wirklich ungerecht mir gegenüber, aber ich denke, Ihr seid ganz einfach einer dieser Menschen mit wankelmütigem Gemüt, der seine schlechte Laune an anderen ausläßt. Ich habe von solchen Menschen gehört, obwohl ich zum Glück sagen kann, daß ich bis heute noch nie einem begegnet bin...«

»Seid Ihr fertig?« unterbrach er sie, unsicher, ob er lachen oder seine Verärgerung hinausschreien sollte.

»Eigentlich bin ich noch nicht fertig«, erwiderte sie gekränkt. »Aber wenn Ihr ein deutliches Wort nicht schätzt...« Sie zuckte mit den Schultern.

»Ganz im Gegenteil«, erklärte er und preßte die Lippen zusammen. »Ich bin eigentlich auch ein Mensch, der gern ausspricht, was er denkt. Möchtet Ihr ein wenig davon hören?«

Tamsyn antwortete nicht. Sie sprang über eine Pfütze, mit einem munteren Satz, der ihre Behauptung, sie sei erschöpft, Lügen strafte. »Das da drüben muß das Haus der Witwe sein«, sagte sie fröhlich. »Es ist das einzige weißgekalkte Haus in der ganzen Straße.«

Senhora Braganza war an den Anblick weiblicher Partisanen gewöhnt, deshalb zeigte sie nur wenig Erstaunen, als sie Tamsyn erblickte. Sie bestand darauf, daß die beiden sich die Unterkunft ansahen und führte sie nach oben, in einen kleinen, weißgekalkten Raum unter dem Dach.

»Es ist wundervoll«, unterbrach Tamsyn den Redestrom der Witwe, die die Qualitäten des Zimmers anpries. »Alles, was ich brauche, ist ein Bett. Und heißes Wasser.«

Die Witwe verschwand nach unten, um sich um das Wasser zu kümmern, und Julian, der am Fenster stand und auf die Straße hinaus blickte, meinte: »Ich werde verschwinden.«

»Oh, Ihr müßt Euch nicht beeilen.« Tamsyn ging schnell zur Tür und lehnte sich dagegen, um ihm den Weg zu versperren. Sie lächelte ihn an. »Warum seid Ihr so prüde, Mylord Oberst? Wir haben Zeit genug, wir haben sogar ein Bett.«

»Ich habe keine Absichten«, erklärte er mit grober Stimme. »Geht zur Seite.«

Sie schüttelte den Kopf, wieder lag dieses spöttische Lächeln in ihren Augen. Sie warf das Gewehr auf das Bett, nahm mit einer schnellen Bewegung den Patronengurt ab und ließ ihn zu Boden fallen. Dann lagen ihre Hände schon auf ihrem Gürtel, und er sah ihr reglos zu, sein Körper war wie erstarrt, nur seine Augen schienen zu leben. Sie schob die Hose über die Schenkel hinunter und knöpfte ihr Hemd auf. Dann kam sie auf ihn zu, sie sah ihn noch immer an.

Er hob die Hände an ihre Brüste, fühlte, wie sie seine Handflächen füllten. Er blickte auf die blauen Linien unter ihrer milchweißen Haut. Die kleine Ader an ihrem Hals pulsierte heftig, und das silberne Medaillon um ihren Hals zitterte leise.

Tamsyn rührte sich nicht, sie blieb ganz still stehen und ließ sich von ihm berühren. Seine Hände glitten über ihren Brustkorb, umspannten die schlanke Taille. Seine Finger schoben sich um den Bund ihrer Unterhose und umschlossen dann ihren festen, wohlgerundeten Po.

»Verdammt, Mädchen«, sagte er mit eigenartig rauher Stimme. »Verdammt, Mädchen, was tust du nur mit mir?«

»Es geht doch wohl mehr darum, was du mit mir tust«, sagte sie, als sie fühlte, wie seine Hände ihren Po kneteten, wie er sie gegen seine Lenden preßte, damit sie seine Erregung fühlte.

Der Klang von Schritten auf der hölzernen Treppe durchbrach ihre Verzauberung. Der Nebel der Leidenschaft hob sich, und seine blauen Augen blickten wieder klar. Er zog seine Hände von ihrem Körper zurück, als hätte er sich verbrannt.

Und dann war er verschwunden. Er schob sich an Senhora Braganza vorbei, die mit einem dampfenden Kupferkessel die Treppe heraufkam, und trat ins Freie, wo trotz des späten Nachmittags das Dröhnen der ununterbrochenen Bombardierung von Badajos zu hören war.

Mit großen Schritten ging er zu dem Stall, um sein Pferd zu holen. Der Stallknecht erschrak über den brennenden Blick in den Augen des Obersts und den grimmigen Zug um seinen Mund. Julian ritt aus Elvas hinaus, zum Lager seiner Truppe und zu seinem eigenen Zelt, in die Sicherheit der Gesellschaft seiner Männer. Er hatte das Gefühl, den Verstand zu verlieren. Sie war eine schmutzige, hinterlistige, wenig weibliche, käufliche Göre, die ihn bis in sein Innerstes erschütterte.

Tamsyn sah ihm vom Fenster aus nach, als er mit großen Schritten die Straße hinunterging, als wären alle Teufel der Hölle hinter ihm her. »Wie ungalant von Euch, Mylord Oberst«, murmelte sie. »Wovor habt Ihr denn Angst? Doch sicher nicht vor mir.«

Ein kleines Lächeln spielte um ihre Lippen, als sie sich vom Fenster abwandte, um sich mit der Witwe Braganza über den armseligen Zustand ihrer Kleidung zu unterhalten.

6

»Wo ist unser Gast, Julian?« fragte der Oberkommandierende, als der Oberst am selben Abend kurz vor der Essenszeit sein Quartier betrat.

»Ich habe Sanderson geschickt, um sie abzuholen«, erwiderte Julian und nickte grüßend den fünf anderen Männern zu, die alle zum Stab des Oberkommandierenden gehörten und sich versammelt hatten, um mit Wellington zusammen zu Abend zu essen.

»Also, was haltet Ihr von ihr, Julian?« Major Carson reichte ihm ein Glas Sherry. »Wir sind alle neugierig.«

»Ich würde ihr nicht weiter trauen als wie ich sie werfen kann«, erklärte St. Simon mit ausdrucksloser Stimme.

»Wenn man bedenkt, was für ein winziges kleines Ding sie ist, dann wäre das sicher ganz schön weit.« Wellington lachte über seinen eigenen Witz. Sein Lachen klang dem Wiehern eines Pferdes erstaunlich ähnlich.

Julian lächelte säuerlich. »Ihr seid auf das kleine Schauspiel hereingefallen, das sie Euch heute nachmittag vorgespielt hat.«

»Schauspiel?« Wellington zog erstaunt eine Augenbraue hoch.

»Als sie zitterte und schwankte. Sie war erschöpft, das gestehe ich ein. Ich nehme an, daß sie in den letzten fünf Tagen nicht mehr als nur einige Stunden Schlaf bekommen hat und auch die fast ausschließlich im Sattel, aber ein Ohnmachtsanfall… *La Violette…* das könnt Ihr mir nicht weismachen.« Er nahm mit verächtlichem Gesichsausdruck einen Schluck von seinem Sherry.

»Ihr mögt die Dame wohl nicht, Julian?« fragte Brigadegeneral Cornwallis und grinste.

»Nein, ich habe eine ziemlich große Abneigung ihr gegenüber. Und ich muß Euch sagen, Cornwallis, das Wort *Dame* ist eine außerordentliche Übertreibung für sie. Sie ist eine hinterhältige, käufliche, unzuverlässige Vagabundin.«

Nach diesen knappen aber überaus deutlichen Worten herrschte ein kurzes Schweigen, dann sagte Oberst Webster: »Ah, Julian, Ihr konntet es noch nie ertragen, überlistet zu werden.«

Dabei wißt ihr noch nicht einmal die Hälfte. Doch Julian begnügte sich mit einem weiteren säuerlichen Lächeln, dann sagte er: »Ganz zu schweigen davon, daß ich dazu gezwungen wurde, durch das Land zu reiten, nur um Cornichet seine Epauletten abzunehmen.«

»Was?« riefen alle durcheinander, und der Oberst gab ihnen einen kurzen Bericht, über den alle, bis auf ihn, lachten.

»Äh... Entschuldigung, Sir.« Leutnant Sanderson stand an der Tür.

»Nun?« Wellington betrachtete ihn irritiert. Es war offensichtlich, daß der Brigademajor allein gekommen war.

»*La Violette*, Sir, sie ist...«

»Sie ist doch nicht etwa weggelaufen?« unterbrach Julian ihn und stellte sein Glas mit einem Klirren auf den Tisch.

»O nein, Oberst. Aber sie schläft, Sir, und Senhora Braganza konnte sie nicht aufwecken.«

»Nun, vielleicht sollten wir sie einfach schlafen lassen«, schlug Wellington vor.

»Oh, sie schläft ganz sicher nicht«, meinte Julian. »Es ist nur wieder einer ihrer Tricks. Ich werde sie in fünfzehn Minuten hierherbringen.« Mit diesen Worten verließ er den Raum.

»Nun, nun«, murmelte Oberst Webster. »Ich kann es kaum erwarten, unseren Gast kennenzulernen. Wie es scheint, hat sie einen überaus starken Eindruck auf St. Simon gemacht.«

»Ja, nicht wahr?« stimmte ihm der Oberkommandierende zu und runzelte nachdenklich die Stirn. »Das hat sie wirklich.«

Senhora Braganza begrüßte die Ankunft des wütenden Obersts mit einer Flut portugiesischer Worte und vielen ausdrucksstarken Handbewegungen. Julian, der eine oberflächliche Kenntnis ihrer Sprache besaß und einigermaßen fließend Spanisch sprach, hörte daraus, daß das ›arme Kind‹ schlief wie ein Baby und daß es ein Verbrechen wäre, es aufzuwecken. In den Augen der einheimischen Bevölkerung von Portugal und Spanien konnten die Partisanen keinen Fehler machen, und es schien, als wäre die Witwe bereit zu kämpfen, um die Schlafende oben in ihrem Zimmer zu verteidigen.

Julian war gezwungen, sie beiseite zu schieben, als sie ihm den Zugang zur Treppe nach oben verwehrte. Er nahm zwei Stufen auf einmal, in kurzem Abstand gefolgt von der Senhora. Er riß die Tür zu der kleinen Kammer unter dem Dach auf und bleib dann wie angewurzelt stehen, etwas hielt ihn zurück.

Mondlicht fiel durch das kleine Fenster auf das schmale Bett, in dem *Violette* lag. Sie schlief auf dem Rücken, ihre Hände lagen auf dem Kissen, zu beiden Seiten ihres Kopfes, sie hatte sie zu Fäusten geballt, wie ein schlafendes Kind.

Julian schloß die Tür vor der Nase der noch immer jammernden Witwe und schlich leise durch das Zimmer. Vor dem Bett blieb er stehen und blickte auf die Schlafende hinunter. Ihr Gesicht besaß im Schlaf eine jugendliche Unschuld, die ihn erstaunte. Die dunklen, dichten Halbmonde ihrer Wimpern lagen auf den hohen Wangenknochen, über die sich ihre glatte, sonnengebräunte Haut spannte. Doch selbst der Schlaf milderte nicht die feste Linie ihres Mundes, ebensowenig wie das störrische Kinn.

»Tamsyn?« Er sprach ihren Namen leise aus, ohne sich bewußt zu sein, daß er ihn zum ersten Mal benutzt hatte.

Sie bewegte sich, ihre Augenlider flatterten, ein leises Murmeln des Protestes kam über ihre Lippen. Doch etwas lag in ihrer Reaktion, in der Schnelligkeit, das ihn davon überzeugte, daß sie überhaupt nicht geschlafen hatte... daß sie gewußt hatte, daß er sie beobachtete.

Er preßte die Lippen zusammen. »Steht auf, Tamsyn. Mir macht Ihr nichts vor mit diesem Schauspiel!«

Sie öffnete die tiefblauen Augen und blickte zu ihm auf, mit einem so schelmischen Ausdruck, daß ihm der Atem stockte. Ohne ihn aus den Augen zu lassen, hob sie die Füße, stieß mit einer schnellen Bewegung die Decke weg und enthüllte ihm ihren Körper, der im Mondlicht cremeweiß leuchtete. Sie lächelte ihn an, zog eine Augenbraue hoch und legte dann die Hände auf ihren Körper, in einer unmißverständlichen, einladenden Geste.

Julian keuchte auf bei dieser Unverschämtheit, der nackten Sinnlichkeit dieser Einladung. Alle Muskeln seines Körpers spannte er an, um dieser Einladung zu widerstehen. Als er schließlich sprach, klang seine Stimme rauh in der Stille des Zimmers.

»Ich gebe Euch zehn Minuten, um Euch anzuziehen und mich zu dem Abendessen zu begleiten. Wenn Ihr bis dahin nicht angezogen seid, dann werde ich Euch so, wie Ihr seid, durch die Straßen tragen, so wahr mir Gott helfe.« Er wandte sich ab und verließ das Zimmer; er lief die Treppe hinunter, als sei ihm der Teufel auf den Fersen, der ihn zurückholen wollte.

Tamsyn schwang die Füße aus dem Bett und reckte sich. Es war eigenartig, aber dieser englische Oberst benahm sich überhaupt nicht so, wie sie es erwartete. Ihrer Erfahrung nach lehnten Männer eine solche Einladung nie ab. Ganz besonders dann nicht, wenn sie nicht gebunden waren, wie sie es von dem Oberst wußte. Er konnte doch nicht etwa ahnen, was sie für seine – oder besser gesagt für ihrer beider – Zukunft geplant hatte?

Ihre liebevolle Hauswirtin hatte ihr saubere Unterwäsche besorgt, Strümpfe und ein Hemd. Sie waren aus rauher, selbstgesponnener Wolle und nicht aus dem feinen Batist, Leinen oder Seide, die Tamsyn gewöhnt war. Für *El Barons* Tochter war nur das Beste gut genug gewesen. Doch wenigstens waren sie sauber, so sauber wie ihr frisch gebadeter Körper und das gewaschene Haar. Die Witwe hatte sogar die lederne Hose ausgebürstet und die Stiefel aus Korduanleder poliert, bis sie glänzten. Also fühlte Tamsyn sich wohler als seit vielen Tagen, als sie schließlich voller Energie die Treppe hinuntereilte und dem wütenden und ungeduldigen Oberst Lord St. Simon auf der Straße vor dem Haus gegenübertrat.

»Also, Mylord Oberst, ich bin bereit, mit Euch zu kommen.« Sie lächelte ihn liebenswürdig an, als hätte es den spannungsgeladenen Augenblick in dem Schlafzimmer überhaupt nicht gegeben. »Und ich bin hungrig wie ein Wolf, ich hoffe, daß Euer Oberkommandierender gutes Essen liebt.«

Julian machte sich nicht die Mühe zu antworten. Mit schnellen Schritten ging er die gepflasterte Straße entlang, die in großen Abständen von Öllampen erhellt wurde und auf der es so geschäftig zuging wie am hellichten Tage. Die Armee schlief nie, und die Belagerung der Stadt Badajos ging auch bei Mondlicht weiter.

Die Männer in dem Raum wandten sich alle zur Tür, als St. Simon und seine Begleiterin eintraten. »Ah, *Violette*.« Wellington trat auf sie zu. »Ich hoffe, Ihr habt Euch ausgeruht.«

»Ja, danke. Ich habe wundervoll geschlafen.« Tamsyn nahm seine Hand.

»Meine Herren, darf ich Euch *La Violette* vorstellen.« Der Oberkommandierende legte ihr den Arm um die Taille und trat mit ihr vor seinen Stab.

Tamsyn machte sich nicht die Mühe, sich aus seiner halben Umarmung zu befreien. Lächelnd und kopfnickend ließ sie die Vorstellung über sich ergehen. Sie hatte vom Ruf des Herzogs gehört, der schöne Frauen liebte, und sie ermunterte ihn in seinen Aufmerksamkeiten, weil sie ihr beim Erreichen ihres Ziels helfen würden.

Julian stand ein wenig abseits. Mit trübem Blick nippte er an seinem Sherry und beobachtete die Männer, die sich um die kleine Gestalt scharten. *La Violette* wußte, wie sie Aufmerksamkeit auf sich ziehen konnte. Trotz ihrer männlichen Kleidung und dem kurzen glänzenden Haar strahlte sie weiblichen Charme aus... weibliche Tücke, korrigierte er sich. Was zum Teufel hatte sie vor? Sie war hierhergekommen, um etwas zu verkaufen, nicht etwa um das Oberkommando der englischen Armee aussehen zu lassen wie Dummköpfe, die einer Circe zum Opfer fielen.

Ein Diener kam in das Zimmer, er trug auf einer hölzernen Platte ein Lendenstück vom Rind herein. Er stellte es auf den Tisch vor dem Kamin. »Sir, das Essen ist serviert.«

»Gut.« Wellington rieb sich die Hände. »Kommt und setzt Euch neben mich, meine Liebe.« Er rückte Tamsyn den Stuhl zu seiner Rechten zurecht und nahm dann am Kopf des Tisches Platz. Er hob sein Monokel und betrachtete die Auswahl der Speisen, die die Diener von ihren Tabletts auf den Tisch stellten.

»Nun, was haben wir denn hier? Eine Schüssel mit Lammkoteletts, denke ich. Darf ich Euch etwas auftun... sagt mir, soll ich Euch *Violette* nennen oder habt Ihr auch noch einen anderen Namen?« Er legte ein Lammkotelett auf ihren Teller und dazu noch einige dicke Scheiben Rinderlende.

»Mein richtiger Name ist Tamsyn.« Hungrig häufte sie Kartoffeln auf ihren Teller. *»Violette... Violeta* – unter diesen Namen kennen die Partisanen mich.«

»Haben alle Partisanen Decknamen?« fragte der Brigadegeneral und füllte ihr Glas mit Wein.

Tamsyn bedachte ihn mit einem Lächeln, dann nahm sie das Lammkotelett in die Hand. »Vielleicht.«

Julian beobachtete sie, wie sie mit ihren kleinen weißen Zähnen in das Fleisch biß und dabei das Kotelett zwischen Zeigefinger und Daumen hielt. Als sie auch noch den letzten Rest Fleisch vom Knochen genagt hatte, leckte sie sich die Finger ab, nahm ihre Gabel und spießte ein Stück Kartoffel auf. Sie aß mit der Natürlichkeit eines hungrigen Tieres, benutzte ihre Finger, wenn es ihr passend schien, oder zerlegte mit einigen kunstvollen Bewegungen mit dem Messer eine Bachforelle. Ihre Tischmanieren hatten nichts Abstoßendes, doch waren sie auch nicht förmlich. Essen genoß man, für sie war es sowohl eine sinnliche als auch notwendige Angelegenheit.

Julian stellte auch fest, daß sie mehrere Gläser Wasser trank, an dem Wein in ihrem Glas aber nur nippte.

Er rückte seinen Stuhl zur Seite, stützte den Unterarm auf den Tisch mit der gestärkten weißen Tischdecke und umschloß den Stiel seines Weinglases. »Mögt Ihr keinen Wein, *Violette*?«

Sie blickte zu ihm auf. Als ihre Blicke sich über den Tisch hinweg trafen, waren ihre Augen aufmerksam. »Ganz im Gegenteil, Mylord Oberst, am rechten Ort und zur rechten Zeit genieße ich einen guten Rioja sehr, so wie jeder andere auch. Aber ich muß vorsichtig sein, er steigt mir sehr schnell zu Kopf.« Sie lächelte. »Cecile hatte die gleichen Schwierigkeiten.«

»Cecile?« fragte Major Carson, der gerade eine Gabel mit Pilzen an die Lippen führte.

»Meine Mutter, Sir. Ich habe ihre zierliche Gestalt geerbt. Der Baron hat immer gesagt, daß wir zu klein und zu leicht wären, um viel Wein vertragen zu können.« Sie biß in ein Mandeltörtchen. »Mir schien das eine gute Erklärung zu sein.«

»St. Simon hat uns gesagt, daß Eure Mutter Engländerin war«, meinte der Brigadegeneral und nahm die Nase aus seinem Weinglas.

»Jawohl«, stimmte Tamsyn ihm zu. Sie wischte sich die Krumen von den Fingern und griff nach dem Medaillon, das sie um den Hals trug. »Dies hier hat meiner Mutter gehört. Und sie hat es von ihrer Mutter bekommen, soviel ich weiß.«

»Aber wie ist sie nach Spanien gekommen?« wollte Major Carson wissen.

»Sie hat Freunden der Familie einen Besuch abgestattet, ich glaube, es war ein Botschafter in Madrid. Aber irgendwann auf der Reise ist sie in den Armen meines Vaters verschwunden.« Tamsyn lächelte und nahm sich noch ein Törtchen aus dem Korb, der vor ihr stand. »Und sie hatte nie den Wunsch, sie wieder zu verlassen... bis sie starb.«

Der Schatten, der bei diesen Worten über ihr Gesicht fiel, war sofort wieder verschwunden, aber er war Julian nicht entgangen. Ihr Gesicht hatte sich ein wenig verhärtet, und obwohl sie lächelte und an ihrem Törtchen knabberte, lag auch in ihren Augen ein harter Blick. Es war, als hätte sie eine Mauer um ihre innersten Gefühle herum errichtet, dachte er. Als wäre etwas zu Tiefes und zu Kostbares gefährlich nahe an die Oberfläche gekommen.

Die Unterhaltung wurde allgemeiner, bis der Tisch abgedeckt war und die Karaffe mit Portwein aufgetragen wurde. Stühle wurden gerückt, man steckte Zigarren an, die Karaffe zirkulierte, und niemand schien das Gefühl zu haben, daß *La Violette* hier fehl am Platze war. Sie selbst schien sich am wenigsten daran zu stören, dachte Julian bissig, der unter halb gesenkten Augenlidern hervor beobachtete, wie sie mit Wellington scherzte und offen mit ihm flirtete.

Als sie aus seinen Händen eine geschälte Orange entgegennahm entschied Julian, daß er mehr nicht ertrug. Seine Männer lagen in den Gräben, sie hatten eine Aufgabe zu erfüllen. Er schob seinen Stuhl zurück und stand auf.

»Ihr werdet mich entschuldigen, meine Herren, aber ich muß die Wachen einteilen. Ich muß zurück zu meiner Brigade.«

»Die Männer sind in einer entsetzlichen Stimmung«, sagte Oberst Webster, der plötzlich ernst geworden war. »Sie schimpfen auf die Spanier in Badajos, weil sie die Stadt den Franzosen kampflos übergeben haben, und sie verfluchen die Franzosen und schwören ihnen Rache, weil sie sich nicht ergeben, obwohl sie wissen, daß sie überhaupt keine Chance haben.«

»Es wird ein blutiges Gemetzel geben, wenn wir die Stadt erst mal gestürmt haben, denkt an meine Worte«, stimmte ihm jetzt auch Brigadegeneral Cornwallis zu, der sein Glas auffüllte.

»Ja, und wir werden die teuflische Aufgabe haben, unsere

Leute im Zaum zu halten, wenn sie erst einmal in der Stadt sind«, bemerkte Julian. »Nun, ich wünsche Euch gute Nacht, meine Herren.« Er blickte zu Tamsyn und war erschrocken, als er ihr bleiches Gesicht sah, aus dem jede Spur eines Lächelns verschwunden war. Wieder schien etwas in ihrem Innern vorzugehen, schien sie sich an eine schlimme Erfahrung zu erinnern. »Auf Wiedersehen, *Violette*«, sprach er sie an. »Ich hoffe, Eure Geschäfte hier werden erfolgreich sein.«

Mit einem Ruck kehrte Tamsyn in die Wirklichkeit zurück. Der Oberst klang so, als würden sie einander nicht wiedersehen. »Das hoffe ich auch, Mylord Oberst. Wir sehen uns morgen früh, denke ich.«

»Ich fürchte, das wird nicht möglich sein«, widersprach er. »Meine Arbeit führt mich nicht nach Elvas.« Er verbeugte sich vor dem Oberkommandierenden und verließ den gemütlich warmen Raum, um in sein kaltes Zelt im Lager zurückzukehren und zu dem Lärm der Granaten und Mörser. Doch er hoffte, daß er gut schlafen würde, zum ersten Mal, seit er *La Violette* erblickt hatte. Jetzt würde sie wieder aus seinem Leben verschwinden.

Tamsyn blickte mit hochgezogenen Augenbrauen zu der Tür, die sich hinter ihm geschlossen hatte. Seine Arbeit führte ihn nicht nach Elvas? Er würde schon sehr bald feststellen, daß er sich da geirrt hatte. Oberst Lord Julian St. Simon erwartete ganz sicher Arbeit im Hauptquartier.

»Also, Tamsyn, können wir dann zum Geschäftlichen kommen?« Wellington war plötzlich sehr knapp. Die Freundlichkeit des großzügigen Gastgebers war verschwunden, jetzt war er ganz der scharfe Oberkommandierende. »Ihr habt Informationen zu verkaufen? Wie ist Euer Preis?«

Tamsyn schüttelte den Kopf, ihr Ton war jetzt genauso knapp wie der seine. »Das werde ich Euch erst sagen, Sir, wenn Ihr mir genau gesagt habt, was Ihr von mir kaufen wollt.«

Wellington führte alles auf, was er von ihr wissen wollte. Die Decknamen und Lösungsworte der Partisanenbanden in der Gegend. Ihre Aufenthaltsorte und ihre Zusammensetzung, damit er mit ihnen in Verbindung treten konnte, ohne darauf warten zu müssen, daß sie sich mit ihm in Verbindung setzten. Eine genaue

Karte der Gebirgspässe, die nur die Partisanen kannten. Das Ausmaß ihrer Bewaffnung und ob es die Möglichkeit gab, daß die Armeen auf der Halbinsel ihnen das liefern konnten, was ihnen vielleicht an Bewaffnung fehlte.

Tamsyn hörte ihm aufmerksam zu. »Das ist eine ziemlich lange Liste, Sir«, meinte sie dann. »Ihr werdet verstehen, daß ich erst einmal darüber schlafen muß.«

»Natürlich. Aber hoffentlich nicht zu lange.«

»Nein. Aber ich werde Euch nichts verraten, was die Partisanen gefährden könnte.«

»Oh?« Stirnrunzelnd zupfte sich Wellington am Kinn. »Ich hätte nicht geglaubt, daß Ihr in Euren Verhandlungen so nett sein würdet, *Violette.*«

Ihre Augen blitzten. »Ich verkaufe meine Freunde nicht, Sir.«

»Nein, natürlich nicht«, beruhigte er sie. »Aber Ihr versteht doch sicher den Unterschied, wenn Ihr *uns* diese Information gebt und nicht den Franzosen. *Wir* würden sie nur dazu benutzen, unseren Freunden zu helfen, nicht, ihnen etwas anzutun.«

»Das mag ja sein, Sir, aber meine Freunde lieben ihre Unabhängigkeit, und sie sind nicht immer bereit, Hilfe von außen anzunehmen.« Als sie aufstand, machte der Stuhl ein kratzendes Geräusch auf dem Fußboden. »Danke für Eure Gastfreundschaft. Ich werde Euch morgen früh wieder zur Verfügung stehen.«

Die Männer erhoben sich höflich, als sie das Zimmer verließ, doch Wellington ging schnell hinter ihr her und befahl dem Brigademajor, der noch immer an seinem Schreibtisch saß: »Sanderson, führt unseren Gast sicher zu ihrer Unterkunft.«

»Das ist nicht nötig«, wehrte Tamsyn ab. »Ich brauche mich ganz sicher nicht Beleidigungen Eurer Soldaten zu erwehren.« Ihre Erklärung hatte so bissig geklungen, daß der Oberbefehlshaber errötete. Er konnte sich nicht vorstellen, daß sie einen Grund für ihren Vorwurf hatte, dennoch fühlte er sich in die Enge getrieben und in der Verteidigungshaltung.

»Ich denke nicht«, sagte er ein wenig steif. »Trotzdem werdet Ihr die Eskorte annehmen.«

Tamsyn nickte leicht. »Wenn Ihr es wünscht, Sir. Gute Nacht.«

Sie ging die Treppe hinunter, gefolgt vom Leutnant, und Wellington starrte ihr mit gerunzelter Stirn nach. Ein eigenartiges Mädchen, dachte er. Und man durfte sie nicht unterschätzen.

Unter dem kalten Licht der Sterne wanderte Julian zwischen den Zelten umher, in denen seine Brigade untergebracht war. Zwei Kompanien arbeiteten an den Gräben, der Rest hatte frei, und die Männer saßen um die Feuer und sprachen leise miteinander. Pfeifenrauch stieg auf, und die Männer tranken aus ihren Krügen.

Der Oberst begrüßte sie alle mit Namen. Ab und zu blieb er stehen, um einige Minuten mit ihnen zu reden, dabei versuchte er herauszufinden, in welcher Stimmung sie waren. Sahen sie dem bevorstehenden Angriff auf die Stadt frohgemut entgegen? Konnten sie ihn kaum erwarten? Waren sie erfüllt von Rachegefühlen?

»Wir werden froh sein, wenn wir hier fertig sind, Sir«, sagte ein stämmiger Kavallerist, der Pfeife rauchte und ein Loch in der Sohle seines Stiefels flickte. »Es ist schlimme Arbeit, wenn ich es so sagen darf, Sir.«

»Aye, aber wenn der alte ›Hookey‹ sagt, daß wir sie tun müssen, dann müssen wir sie eben tun«, entgegnete sein Kamerad und zuckte ergeben mit den Schultern.

Julian lächelte, als er weiterging. Die Männer hatten einige liebevolle Spitznamen für ihren Oberkommandierenden, die meisten davon hatten mit seiner langen Hakennase zu tun. Und es stimmte, sie würden ihm in die Hölle folgen, wenn er es von ihnen verlangte. Er blickte zu der dunklen Silhouette von Badajos, die in der Ebene gut auszumachen war. Die Mauern waren bereits an drei Stellen eingebrochen, doch die französische Garnison war schnell bei der Hand, sic wieder zu flicken, sobald die englische Bombardierung es zuließ. Der Angriff würde eine blutige Angelegenheit werden, und die Stadt würde bitter für ihren Widerstand bezahlen müssen.

»Sergeant Gorman hat die Geschichte von den Epauletten Cornichets erzählt«, ertönte eine Stimme aus der Dunkelheit hinter Julian. »Ich nehme an, *La Violette* spielt gern jemandem einen Streich.«

»So könnte man es auch nennen, Frank«, erwiderte Julian trocken und wandte sich zu dem jungen Hauptmann um, der sein Adjutant war. »Ich selbst würde es allerdings nicht so nennen.«

»Die Partisanen sind schon eine eigenartige Gesellschaft«, meinte Hauptmann Frank Frobisher. »Sie behandeln uns viel schlechter als ihre wirklichen Feinde.«

»Nun ja, meine Aufgabe mit *La Violette* ist Gott sei Dank beendet«, erklärte Julian. »Sie kann jetzt ihre Tricks an Wellington ausprobieren und sehen, wie weit sie damit kommt.« Er ging zu seinem eigenen Zelt. »Hast du Lust auf einen Schlummertrunk? Ich habe einen ganz anständigen Cognac in meinem Zelt, wenn Tim O'Connor ihn nicht in meiner Abwesenheit ausgetrunken hat.«

Frank lachte. »Ich bezweifle, daß selbst Tim mit seinen Schmeicheleien an Dobbin vorbeikommen würde. Dieser Bursche, den du da hast, ist ein wahrer Zerberus, wenn es darum geht, dein Eigentum zu beschützen.«

Sie bückten sich und verschwanden im Zelt des Obersts, wo sein Bursche gerade dabei war, die Öllampe anzuzünden. Ein Topf mit Wasser dampfte auf dem kleinen Holzkohleofen.

»Ich denke, Ihr möchtet Euren Tee, Oberst?« fragte Dobbin, weil er die Gewohnheiten des Obersts am Abend kannte.

»Später... Hauptmann Frobisher könnte einen Cognac vertragen.« Julian zog einen Stuhl für seinen Gast heran und beugte sich dann über eine Kiste, aus der er eine Flasche feinen Cognacs hervorholte. »Haben wir Gläser, Dobbin?«

»Aye, Sir.« Der Bursche reichte sie ihnen.

»Ist das etwa Cognac, was ich da rieche?« Ein Gesicht mit roten Wangen schob sich durch den Zelteingang. »Ich dachte mir, daß du wieder da bist, Julian. Wie ich gehört habe, hast du ein wahres Vergnügen hinter dir.« Tim O'Connor betrat das Zelt, das plötzlich viel kleiner geworden zu sein schien. Er zog sich einen Stuhl heran und strahlte. »Erzähle uns von dieser Banditin. Ist sie hübsch?«

»Mein Geschmack ist sie nicht«, wehrte Julian ab und wechselte dann schnell das Thema. »Morgen ist das Ziel unseres Angriffs, die San-Vincente-Bastion. Habt ihr beide irgendwelche Vorschläge, wie wir die Kompanien aufteilen sollen?«

Seine beiden Freunde wandten sofort ihre Aufmerksamkeit den Aufgaben der Brigade beim Sturm auf Badajos zu, und das Thema *La Violette* war damit beendet. Doch St. Simons Zögern, über seine

Begegnung mit der Banditin zu sprechen oder wenigstens die Neugier der beiden zu befriedigen, blieb nicht unbemerkt.

Nachdem seine beiden Freunde gegangen waren, lag Julian auf seinem Lager und nippte an seinem Tee. Er dachte an den kommenden Abend, an die Möglichkeit, daß auch er bei dem Sturm auf Badajos den Tod finden konnte, an all die anderen unvermeidlichen Toten. Er würde morgen Freunde verlieren. In den vier Jahren des Krieges auf der Halbinsel hatte er viele Freunde verloren, und es fiel ihm immmer schwerer, das zu akzeptieren.

La Violette war auch dem Tod begegnet. Er hatte es in ihren Augen gelesen, in dem Schatten, der so oft über ihr Gesicht fiel. Sie war ein Geschöpf der äußersten Gegensätze, dachte er. Unter ihrem fröhlichen, sinnlichen Äußeren lag ein tiefer Fluß dunkler Erfahrungen.

Und dann rief er sich wieder ins Gedächtnis, daß er nicht mehr an dieses Mädchen denken wollte – nicht mehr an ihre Leidenschaft, an ihre Schelmereien, ihren Spott oder ihren Kummer – nie wieder.

7

Als Leutnant Sanderson am nächsten Morgen zu Senhora Braganzas Haus kam, saß Tamsyn in der sonnigen Küche noch beim Frühstück. Die Tür zum Gemüse- und Kräutergarten stand offen, eine Reihe von Bienenkörben säumte die warme Ziegelwand im Garten.

»Guten Morgen, Leutnant.« Sie begrüßte ihn mit einem fröhlichen Lächeln und deutete mit der Hand auf einen Stuhl. In der anderen Hand hielt sie eine Scheibe Brot, dick bestrichen mit Honig. »Kaffee? Die Senhora macht einen ausgezeichneten Kaffee.«

»Nein, danke. Der Oberkommandierende schickt mich. Ich soll Euch zum Hauptquartier begleiten.« Der Brigademajor trat verlegen von einem Fuß auf den anderen, unsicher, wie er der sorglos frühstückenden Banditin die Dringlichkeit seines Besuches klarmachen sollte. Wellington war in einer sehr gereizten Laune, zweifellos hatte es mit der bevorstehenden Erstürmung von Badajos zu tun.

»Ich werde zu Ende frühstücken, dann stehe ich dem Herzog ganz zur Verfügung«, erklärte Tamsyn gelassen, brach sich ein Stück Brot von dem langen Laib auf dem Tisch ab und bestrich es dick mit Honig. »Während Ihr wartet, könnt Ihr ruhig eine Tasse Kaffee trinken.«

Sanderson setzte sich. Wenn er schon ausgeschimpft würde, weil er zu spät kam, dann konnte er sich wenigstens vorher noch stärken. Tamsyn nickte ihm aufmunternd zu, und die Senhora stellte sofort einen Becher mit duftendem Kaffee vor ihn.

»Ist Oberst Lord St. Simon heute morgen auch im Hauptquartier?« fragte sie freundlich.

»O nein, *Señorita.* Er ist bei seiner Brigade. Seine Abteilung wird an dem Angriff heute abend teilnehmen.«

»Also heute abend wird es sein«, meinte Tamsyn. Ein Schauer lief durch ihren Körper. Wieviel Männer würden im Morgengrauen tot an den Mauern der Stadt liegen? Würde Julian St. Simon einer von ihnen sein? Eine eisige Wand schien nach ihrem Herzen zu greifen.

Sie schob so plötzlich den Stuhl zurück, daß der Leutnant überrascht aufblickte. Er sog scharf den Atem ein, als er in ihr Gesicht sah, das plötzlich zu einer Maske geworden war; alle Freude und alle Bewegung war daraus gewichen.

Wenn St. Simon bei der Erstürmung von Badajos fallen sollte, so stünde sie wieder ganz am Anfang. Ein sehr ärgerlicher Gedanke, er genügte, um dieses Gefühl der Kälte in ihr hervorzurufen. Sie stand auf und wischte die Finger an der karierten Serviette ab.

»Laßt uns gehen, Leutnant.«

Ihre Stimme klang so befehlend, daß er sofort aufsprang und seinen halbvollen Becher Kaffee stehenließ. Er stellte fest, daß er beinahe laufen mußte, um Schritt mit ihr zu halten, als sie durch die Straßen gingen.

Wellington begrüßte sie mit mürrischer Höflichkeit. Er war offensichtlich in Gedanken mit ganz anderen Dingen beschäftigt. Tamsyn lehnte den angebotenen Stuhl ab und setzte sich statt dessen auf die Fensterbank.

»Also, welchen Preis fordert Ihr für die gewünschten Informationen, *Violette*?« Der Oberkommandierende kam sofort zur Sache. »Sanderson, Ihr schreibt bitte mit.«

Der Adjutant setzte sich an den Schreibtisch und spitzte einen Federkiel.

Mit einem kühlen Lächeln erklärte Tamsyn: »Meinen Preis werde ich Euch in Anwesenheit von Oberst Lord St. Simon nennen. Sonst nicht.«

»Wie bitte?« Wellington starrte sie an. Er dachte daran, was Julian über die Vorliebe der Banditin für kleine Spielchen gesagt hatte. »Was für ein Unsinn soll das denn werden?«

»Kein Unsinn, Sir.« Sie rutschte von der Fensterbank. »Das ist meine Bedingung. Ihr werdet sie verstehen, wenn Ihr hört, was ich zu sagen habe. Ihr findet mich im Haus der Senhora Braganza, wenn der Oberst hier ist.« Ohne ein weiteres Wort verließ sie den Raum, zum Abschied lächelte sie den beiden Männern noch einmal zu.

»Was zum Teufel geht vor zwischen dem Mädchen und St. Simon?« murmelte Wellington, und Sanderson tat, als habe er es nicht gehört, da es ihm so schien, als sei er nicht angesprochen. »Irgend etwas stimmt da nicht.«

Er lief durch das Zimmer, vom Fenster zum Kamin und wieder zurück. Aus irgendeinem Grund hatte Julian ihm klargemacht, daß er mit dem Mädchen nichts mehr zu tun haben wollte. War es richtig, seine Anwesenheit zu befehlen, nur weil das Mädchen darauf bestand?

Aber er wollte ihre Informationen haben. Wenn Badajos erst einmal gefallen war, würden sie nach Norden marschieren, in Richtung Campo Mayor, und *Violettes* Wissen würde diesen Marsch für sie alle wesentlich erleichtern. Außerdem, wenn er sich jetzt diese Gelegenheit entgehen ließ, würde sich eine zweite Gelegenheit sicher nicht mehr bieten.

»Sanderson, schickt jemanden zu Oberst St. Simon. Er soll sich im Hauptquartier melden, so schnell wie möglich.«

»Jawohl, Sir.« Der Adjutant verließ das Zimmer. Es war noch ziemlich früh am Tag, aber in ein paar Stunden würde niemand mehr für etwas anderes Zeit haben als für den Angriff auf Badajos.

Julian war mitten in einer Besprechung mit den Kommandanten seiner Einheit, in der sie die Grundlagen für die Erstürmung der San-Vincente-Bastion festlegten. Sie würden nicht zu den Kompanien gehören, die den Hauptangriff durchführten, sie würden an der Flanke einen weiteren Angriff gleichzeitig mit dem Hauptangriff durchführen und so versuchen, die Aufmerksamkeit der Franzosen von den Breschen in den Mauern abzulenken.

Der Fähnrich, der eilig durch die Reihen der Zelte geritten kam, erregte Aufmerksamkeit, als er sich der kleinen Gruppe der Männer näherte, die vor St. Simons Zelt um eine Landkarte herum versammelt waren.

»Entschuldigung, Oberst, Sir.« Der Fähnrich sprang von seinem Pferd und salutierte. »Der Kommandant wünscht, daß ihr Euch so schnell wie möglich im Hauptquartier meldet.«

»Gestern, mit anderen Worten«, meinte Frank und grinste. Er blickte von der Landkarte auf.

Julian runzelte die Stirn. Was konnte so wichtig sein, daß Wellington ihn so kurz vor der Schlacht von seiner Brigade wegrief? Die Antwort wehte wie eine rote Fahne vor seinen Augen. *La Violette.* Was auch immer Wellington von ihm wollte, diese Banditin steckte dahinter. Und bei allem, was ihm heilig war, er würde ihr klarmachen, daß sie ihn nicht herumschubsen konnte wie einen Bauer auf einem Schachbrett!

»Dobbin! Mein Pferd!« Mit diesen Worten verschwand er in seinem Zelt, und seine Offiziere warfen einander überraschte Blicke zu. Nach einer Minute kam er wieder heraus, er schloß seinen Schwertgürtel. Seine breite Stirn unter der zerzausten Masse seines rotgoldenen Haares war umwölkt. Seine Augen glitten über die Versammlung, sie blitzten ärgerlich auf.

»Ich werde nicht länger als eine Stunde weg sein. Major O'Connor, ich wünsche, daß der Angriffsplan fertig ist, wenn ich zurückkomme.« Ungeduldig nahm er Dobbin die Zügel aus der Hand und schwang in den Sattel.

»Jawohl, Sir«, murmelte Tim. Irgend etwas stimmte nicht. Julian spielte nur sehr selten auf ihren Rangunterschied an, und er ließ auch seine schlechte Laune nie an seinen Untergebenen aus. Das war einer der Gründe, warum seine Männer ihm in die Hölle folgen würden, und die Bewerber um einen Platz in seinem Stab waren immer sehr zahlreich. Lord St. Simon war einer der jüngsten Obersten in der Armee auf der Halbinsel, doch selbst ältere Männer waren begierig darauf, unter ihm zu dienen.

»Ich würde wetten, daß *Violette* dahintersteckt«, bemerkte Frank und reckte sich. »Julian macht sich absolut nichts aus ihr, und wenn sie dahintersteckt, dann werden die Fetzen fliegen, darauf kannst du dich verlassen.«

»Ich kann mir nicht vorstellen, daß eine spanische Banditin den Peers etwas vorschreiben könnte und schon gar nicht St. Simon«, wehrte Hauptmann Deerbourne ab. »Und wenn sie ausgerechnet heute versucht, ihm eins auszuwischen, dann ist sie ein Dummkopf.«

Alle Augen wanderten zu den Mauern von Badajos, die vom Rauch der ständigen Bombardierung eingehüllt waren.

Julian ritt voller Wut nach Elvas. Der Anblick von *La Violette*, die auf einem Felsblock auf der portugiesischen Seite der Pontonbrücke saß, beruhigte ihn keineswegs. Es war ganz offensichtlich, daß sie auf ihn gewartet hatte, und daher war sie wohl auch tatsächlich verantwortlich dafür, daß man ihn hierher befohlen hatte.

Tamsyn hatte in der Tat auf ihn gewartet. Sie nahm an, daß er nicht gerade bester Laune sein würde und hielt deshalb ihr bezauberndstes Lächeln für ihn bereit. Als sie ihn sah, stand sie auf und kam über die schwankende Brücke auf ihn zu.

»Guten Morgen, Mylord Oberst.« Sie versperrte ihm den Weg, als es so aussah, als wolle er einfach an ihr vorbeireiten. »Ich freue mich wirklich sehr, Euch zu sehen.« Sie hielt die Hand über die Augen, zum Schutz gegen die blendende Sonne, und blinzelte zu ihm auf. Kleine Fältchen bildeten sich um ihre Augen, als sie ihn anlächelte. Im Schein der grellen Sonne sah ihr Haar beinahe weiß aus. »Wie nett, daß Eure Arbeit Euch doch nach Elvas führt.«

Julians Finger zuckten. Er stellte sich vor, wie er sie um ihren schlanken Hals legte, der anmutig aus dem weißen Kragen ihres Hemdes ragte… wie er langsam zudrückte… Doch dann dachte er daran, wie es sein würde, wenn sich seine Finger langsam höher schieben würde, hinter ihre Ohren, diese kleinen Muscheln, die so flach an ihrem Kopf lagen, wie er die zarte Haut berührte…

»Steigt auf!« befahl er. »Ich nehme an, wir haben das gleiche Ziel.« Er beugte sich zu ihr hinunter und reichte ihr die Hand. Sie nahm sie ohne zu zögern, stellte einen Fuß auf seinen Stiefel, sprang leichtfüßig hoch und landete im Sattel vor ihm.

»Ja, das glaube ich auch«, erklärte sie fröhlich und lehnte sich zurück, so daß er die Wärme ihres Körpers durch ihr dünnes Hemd fühlen konnte. »So ist es wesentlich angenehmer.«

»Und wie wir wissen, richtet Ihr es immer so ein, daß es für Euch möglichst angenehm ist«, sagte er bissig.

»Ich nehme an, daß Ihr das denken müßt«, antwortete Tamsyn nach einer kleinen nachdenklichen Pause. »Aber Ihr kennt mich noch nicht sehr gut.«

»Oh, glaubt mir, Violette, ein ›noch nicht‹ wird es nicht geben«, erklärte er heftig. »Weiter werden wir beide gar nicht kommen.«

»Wenn Ihr meint.« Sie schien durch seine Bemerkung gar nicht beunruhigt zu sein, sie klang eher so, als würde sie einem ungehorsamen Kind einen Gefallen tun. Am liebsten hätte Julian sie aus dem Sattel gestoßen.

»Der Angriff wird also heute abend stattfinden«, sprach sie weiter, doch ihre Stimme klang jetzt ganz anders. »Ihr wollt sicher nicht sehr lange von Eurer Brigade getrennt sein, aber meine Geschäfte werden auch nicht viel Zeit in Anspruch nehmen.«

»Oh, ich bin erleichtert, das zu hören, aber Ihr dürft Euch wegen mir nicht über Gebühr beeilen. Ich bin sicher, die Erstürmung von Badajos kann warten, wenn es Euch gefällt.«

Tamsyn drehte sich um und sah ihn an. »Seid nicht so mürrisch, Mylord Oberst. Es paßt nicht zu Euch, und es ist auch nicht gerade sehr überzeugend.«

Mit offenem Mund sah er sie an und trat seinem Pferd unachtsam in die Seite. Das Pferd begann erschrocken zu galoppieren, und Tamsyn, die nicht damit gerechnet hatte, verlor beinahe die Balance.

»Hölle und Teufel!« Julian griff nach ihr und hielt sie mit einer Hand fest, während er in der anderen die Zügel hielt und versuchte, sein Pferd wieder zu beruhigen. »Haltet Eure Zunge im Zaum«, brummte er. »Das ist wesentlich sicherer.«

»Jawohl, Mylord Oberst«, murmelte Tamsyn mit einem unterwürfigen Lächeln und lehnte sich wieder gegen ihn.

Julian fragte sich, warum er plötzlich den Wunsch verspürte zu lachen. Unter den gegebenen Umständen würde nur ein Verrückter lachen, doch Tamsyns Schelmerei reizte ihn, forderte ihn geradezu zu einer Reaktion heraus. Es war beinahe so, als würde sie ihm klarmachen, daß sein Benehmen sie nicht beeindruckte, als wisse sie, daß er ihre ungewöhnliche Nähe genauso genoß wie sie, auch wenn er es nicht zugeben könnte.

Sie stellten das Pferd im Stall hinter Wellingtons Hauptquartier ein, dann betraten sie über die äußere Treppe das Gebäude. »Er wartet schon auf Euch, Oberst.« Sanderson beeilte sich, sie in das Allerheiligste des Oberkommandierenden zu führen.

»Oh, gut, Ihr seid beide hier.« Wellington kam hinter seinem Schreibtisch hervor. »Es tut mir leid, Julian, aber *La Violette* hat darauf bestanden, daß Ihr bei diesen Verhandlungen dabeisein solltet.«

»Das habe ich mir schon gedacht, Sir.« Julian warf Tamsyn einen verärgerten Blick zu. »Also gut, Ihr habt bekommen, was Ihr wolltet, wir wollen also gleich anfangen. Ich habe wichtigere Dinge zu tun heute morgen, als der Laune einer elenden Banditin nachzugeben.«

Wellington verbarg sein Erstaunen über die äußerst unfreundlichen Worte. Ein Mann sprach nicht in diesem Ton zu jemanden, den er nicht sehr gut kannte und schon gar nicht zu einer Fremden.

Tamsyn jedoch schien völlig ungerührt von Julians Worten. »Ja, ich verstehe, daß ihr beide viel zu tun habt, aber schließlich war nicht ich es, die sich diesen Zeitpunkt ausgesucht hat. Vergeßt bitte nicht, Mylord Oberst, daß ich unter Eurer Eskorte hierhergekommen bin.«

»Nachdem Ihr uns zwei Tage Verspätung eingebrockt habt«, fuhr er sie an. »Also, was wollt Ihr, Mädchen?«

Tamsyn zuckte mit den Schultern, dann setzte sie sich unaufgefordert auf einen Stuhl vor dem Schreibtisch, schlug die Beine übereinander und verschränkte die Hände im Schoß. »Also gut, zur Sache. Ich werde Euch all die Informationen geben, die Ihr haben wollt, Mylord, nur nicht die über die Bewaffnung der Partisanen. Es steht mir nicht zu, Euch die Art ihrer Waffen zu verraten. Sie werden Euch selbst soviel erzählen, wie sie Euch wissen lassen wollen. Ich werde auch eine detaillierte Karte der Bergpässe für Euch zeichnen, die *El Baron* zwischen Spanien und Frankreich benutzt hat. Einige davon sind sehr schmal und gefährlich, aber ich denke, das werdet Ihr schon selbst herausfinden. Soweit ich weiß, haben die Franzosen keine Ahnung, wo diese Pässe liegen.«

»Gut... gut.« Wellington rieb sich die Hände. »Das ist alles sehr gut... sehr nützlich.« Er blickte zu St. Simon. »Findet Ihr nicht auch, Julian?«

»O ja«, stimmte Julian ihm zu. »Sehr nützlich.« Er stand an der Tür, die Arme vor der Brust verschränkt. Seine klaren Augen blickten spöttisch auf Tamsyn. »Und was wollt Ihr dafür von uns, Banditin?«

»Ja, *Violette.* Was ist Euer Preis?«

Tamsyn zögerte einen Augenblick, ehe sie antwortete. Sie blickte in ihren Schoß, ihre Finger spielten miteinander, dann sah sie plötzlich auf, und ihr Blick traf sich mit dem Julians, bevor sie zu Wellington sah. »Mein Preis, Sir, ist der Oberst... Lord St. Simon.«

Das Schweigen in dem Raum war so tief wie ein Grab. Die beiden Männer starrten *Violette* an, die sich in ihrem Stuhl zurücklehnte, ein Bild der Entspannung. Nichts an ihr verriet den Aufruhr in ihrem Inneren. Es war eine so kühne Art, daß sie selbst erstaunt war über ihren Plan und auch darüber, daß sie ihn wirklich in die Tat umsetzen wollte.

»Das ist verrückt«, brach Julian schließlich das Schweigen. Seine Stimme klang rauh. »Entweder seid Ihr verrückt, oder Ihr macht Euch über das Heer Seiner Majestät lustig, Mädchen, und das wird Euch teuer zu stehen kommen!« Er ging zu dem Stuhl und legte die Hände auf die Lehne, zu beiden Seiten ihres Kopfes. Tamsyn erschrak über die Wut in seinen blauen Augen, als er ganz langsam und deutlich sagte: »Hört auf mit diesem nutzlosen Unsinn, sonst werde ich Euch in Eisen in den Kerker werfen lassen.«

»Hört mich doch zuerst einmal an«, erwiderte sie schlicht und wich nicht vor ihm zurück, auch wenn sie das eine ganze Menge Anstrengung kostete.

»Laßt sie ausreden, Julian.«

»Ausreden?« Der Oberst wandte sich zu seinem Oberbefehlshaber um, seine Augen in dem kreidebleichen Gesicht waren groß, sein Mund fest zusammengepreßt. »Das Mädchen ist entweder völlig verrückt, oder sie macht sich über uns lustig. Muß ich Euch ins Gedächtnis rufen, Sir, daß heute nacht Männer sterben werden und dieses... dieses schlecht erzogene Gör sich über uns lustig macht!«

»Nein, das tue ich nicht«, wehrte Tamsyn schnell ab. »Das versichere ich Euch. Hört mich doch an.«

»Sprecht«, befahl Wellington und hob eine Hand, um die wütende Tirade des jüngeren Mannes aufzuhalten. »Aber bleibt bei der Sache. Ich warne Euch: Sollte das hier wirklich ein Spielchen sein, dann werde ich Euch zu Cornichet zurückschicken, mit meinen besten Wünschen.«

Die Drohung war wirklich nicht angenehm. Tamsyn schluckte. Wie ein Kloß saß die Angst in ihrem Hals, und sie rief sich ins Gedächtnis, daß der Einsatz, um den sie hier spielte, wirklich sehr hoch war. Deshalb begann sie den beiden ihren Plan zu erklären, bei dem sie die Mitarbeit des Obersts brauchte.

»Ich habe Euch doch gesagt, daß meine Mutter Engländerin war. Ihre Familie stammt aus Cornwall, aus der Gegend, aus der Ihr kommt, Oberst.«

Julians Gesicht war regungslos. »Was hat das mit mir zu tun?«

»Nun, ich dachte, Ihr könntet mir vielleicht dabei helfen, die Familie meiner Mutter ausfindig zu machen«, erklärte sie schlicht. »Meine Mutter hat mir ihren Namen nicht verraten. Sie... sie war nicht gerade glücklich in dieser Familie, und als sie meinen Vater kennenlernte, entschloß sie sich, diesen Teil ihres Lebens und auch ihren Anspruch auf ein Erbe, hinter sich zu lassen.«

Sie griff in ihren Nacken, löste die Kette mit dem Medaillon von ihrem Hals und reichte sie Wellington. »Das ist ein Bild meiner Mutter. Zusammen mit meinem Vater. Das Medaillon ist ein Familienerbstück, und ich dachte, daß ich vielleicht damit und mit dem Bild in der Lage sein könnte, meine Verwandten ausfindig zu machen. Meine Mutter hat mir immer erzählt, daß sie aus einer sehr hochstehenden Familie kommt.«

Wellington sah sich das Bild an und reichte das Medaillon dann an Julian weiter, der es betrachtete, ohne wirklich zu begreifen, was er sah. In Gedanken ging er all die bekannten Familien in Cornwall durch. Die St. Simons und die Penhallans waren die größten Landbesitzer in Cornwall, sie besaßen auch den größten politischen Einfluß. Tregarthan, der Besitz der St. Simons, und Lanjerrick, der Besitz der Penhallans, nahmen die Hälfte der Grafschaft ein. Bei dem Gedanken an die Penhallans verzog Julian den Mund. Der Vicomte verfolgte seine politischen Ziele mit äußerster Rücksichtslosigkeit, doch sein Charakter war ein glänzendes Beispiel moralischer Rechtschaffenheit verglichen mit dem seiner Neffen, den verhaßten Zwillingen.

Er ließ das Medaillon auf den Tisch fallen, das zierlich gearbeitete Stück klirrte. »Es ist kein Wappen darauf ... und auch kein anderes Zeichen, mit dem man es identifizieren könnte.«

»Aber das Bild meiner Mutter ist darin«, erklärte Tamsyn. »Seht es Euch an.«

Wellington nahm das Medaillon noch einmal in die Hand und öffnete es. Die Frau war ohne Zweifel Tamsyns Mutter, die Ähnlichkeit war verblüffend. Auf dem Bild trug sie das Medaillon um den Hals, und sie lächelte überaus glücklich. Er reichte das Bild St. Simon, der las, was auf der Rückseite des Bildes stand. In einer schwungvollen Schrift hatte sie ›Cecile‹ auf die Rückseite geschrieben. Das Datum lag kaum drei Jahre zurück.

Er blickte zu Tamsyn, die auf seine Reaktion wartete. Dann betrachtete er das Bild des Mannes, die eleganten Gesichtszüge des Räuberbarons erstaunten ihn. Schwarze Augen, so scharf wie die eines Adlers, sahen ihm von dem Bild entgegen. Tamsyn hatte den Mund ihres Vaters geerbt und auch das störrische Kinn, doch die Augen und die Hautfarbe hatte sie von ihrer Mutter.

»Und?« Er gab ihr das Medaillon zurück. »Selbst wenn wir Euch glauben, daß Eure Mutter Engländerin war, was hat das alles damit zu tun?«

»Nun, alles«, antwortete sie. Die beiden Männer lauschten, während sie erklärte, daß ihre Eltern vor sechs Monaten ums Leben gekommen waren, daß ihre Männer entweder in Cornichets Hinterhalt ums Leben gekommen oder in alle Winde verstreut worden waren und daß sie, abgesehen von Gabriel, ganz allein auf der Welt war.

Die Geschichte war um so ergreifender, als sie nicht in die Einzelheiten ging. Sie verriet nicht, wie ihre Eltern ums Leben gekommen waren, sie sprach nur von der Tatsache. Und als sie dann ihre Bitte vorbrachte, richtete sie sie an Wellington. St. Simon sah noch immer so aus, als sei er wütend, er würde sicher nicht mit Mitleid auf eine so traurige Geschichte reagieren. Doch sie glaubte, daß sie damit an das Herz des Oberkommandierenden rühren konnte.

»Ich würde gern die Familie meiner Mutter finden«, erklärte sie und wand die Hände in ihrem Schoß. Sie bedachte den Herzog mit einem zittrigen Lächeln. »Ich habe niemanden auf der Welt, der für mich sorgt, niemanden, der mir ein Zuhause geben kann. Ich dachte, wenn ich meine Verwandten vielleicht finden würde, könnten sie mich unter ihre Fittiche nehmen. Doch wird das nicht ohne einige Schwierigkeiten möglich sein.«

Der Oberst machte ein Geräusch, das wie ein Schnaufen und ein Fluch gleichzeitig klang, dann tauschte er einen Blick mit dem Herzog aus. Nur *einige* Schwierigkeiten? Dieses Mädchen hatte wirklich keine Ahnung von der englischen Gesellschaft, sie wußte nicht, wie exklusiv und abgeschlossen und stolz ihre Mitglieder waren.

»Und einmal angenommen, Ihr würdet sie wirklich finden, wie wollt Ihr Euch ihnen vorstellen?« fragte Julian voller Spott. »Wollt Ihr einfach zu ihnen hingehen und ihnen sagen, ich bin Eure lang verschollene Cousine oder in welchem Verwandschaftsgrad Ihr auch immer zu ihnen steht?«

»Nein, ich begreife sehr wohl, daß das nicht möglich wäre«, gab sie mit so trauriger Stimme zu, daß der Herzog dem Oberst einen ermahnenden Blick zuwarf. »Ich denke nicht, daß sie mich so einfach akzeptieren werden. Ich weiß nicht, wie man sich in einer solchen Gesellschaft benimmt … eigentlich weiß ich überhaupt nichts von England bis auf das, was Cecile mir erzählt hat. Und außerdem …« Eine kleine Röte überzog ihre sonnengebräunten Wangen. »Da ist noch etwas anderes, was mir sehr unangenehm ist.«

»Sprecht nur weiter, meine Liebe.« Wellingtons Stimme hatte alle Schärfe verloren.

»Es macht mich ein wenig verlegen … aber Ihr müßt wissen, ich bin nicht einmal sicher, ob Cecile und der Baron jemals richtig geheiratet haben... im Angesicht der Kirche«, sagte Tamsyn und verknotete dabei verlegen ihre Finger im Schoß.

»Oh«, meinte der Herzog.

»Nun ja, die Familie meiner Mutter könnte denken, daß ich keinerlei Ansprüche habe, wenn sie davon erfahren, meint Ihr nicht auch?« Mit großen Augen sah sie ihn an.

»Warum um alles in der Welt haben sie ihre Beziehung denn nicht legalisiert?« wollte Julian wissen. »Wenn die beiden wirklich so unzertrennlich waren, wie Ihr gestern abend behauptet habt und wenn sie noch dazu sogar ein Kind hatten.«

»Ich denke, für sie war das einfach nicht so wichtig«, sagte Tamsyn wahrheitsgemäß. »Und was mich betrifft, nun ja, ich weiß, daß ich ein kleiner Unfall war...«

»Gütiger Himmel, was für ein beschönigender Ausdruck!« Julian lachte laut auf. »Ich wünschte bei Gott, die Welt hätte mir diesen ›Unfall‹ erspart!«

»Das war nicht sehr freundlich«, protestierte Tamsyn und blickte mit großen Augen zu Wellington.

Er kratzte sich die Nase. Was hatte Julian nur gegen dieses Mädchen? Sie schien ein beherztes kleines Ding zu sein. »Ich weiß nicht, worauf Ihr hinauswollt, *Señorita*. Wie kann Lord St. Simon Euch denn nun dabei helfen?«

»Oh, das ist ganz einfach.« Tamsyn war gleich wieder guter Laune. »Ich denke, es sollte nicht länger als sechs Monate dauern, bis ich gelernt habe, mich wie eine englische Lady zu benehmen. Mein Plan ist, daß der Oberst mich nach England begleitet... nach Cornwall... und daß er mir all das beibringt, was ich wissen muß, um mich in der dortigen Gesellschaft zu bewegen, dann kann ich versuchen, die Familie meiner Mutter zu finden. Irgend jemand muß doch davon gehört haben, daß vor zwanzig Jahren irgendwo eine Tochter bei einem Besuch in Spanien verschwunden ist. Und hoffentlich, wenn ich dann soweit sein sollte, daß man mich vorzeigen kann, kann ich mich dann als die Tochter der verschollenen jungen Frau vorstellen. Wir könnten sagen, daß meine Mutter einen spanischen Grande geheiratet hat, und daß sie mir erst auf ihrem Totenbett von ihrer englischen Herkunft erzählt hat. Ich dachte, wir könnten sagen, daß der Oberst meinenVater unter irgendwelchen Umständen kennengelernt hat und daß er ihm einen Gefallen schuldete und deshalb bereit war, mich unter seinen Schutz zu stellen, als ich zur Waise wurde.«

Sie sah die beiden Männer nacheinander an. »Und vielleicht«, fügte sie dann mit einem gewinnenden Lächeln für den Herzog hinzu, »vielleicht würde es ja auch helfen, wenn wir sagen könnten, daß Euer Ehren mir auch Euren Schutz zugesichert habt.«

»Ihr dachtet, wir könnten *was* sagen?« rief der Oberst, als er die Tragweite ihrer Worte begriffen hatte.

»Daß Ihr mich unter ...«

»Schon gut, ich habe verstanden!« unterbrach Julian sie und winkte ab. »Ich habe noch nie in meinem Leben einen so haarsträubenden Unsinn gehört!«

»Aber er würde seinen Zweck erfüllen«, beharrte Tamsyn störrisch auf ihrem Standpunkt. »Das weiß ich. Alles, was ich möchte, sind sechs Monate Eurer Zeit, Mylord Oberst. Ich habe reichliche Mittel, ich würde Euch finanziell also nicht zur Last fallen, in keiner Weise. Ich bitte nur um Eure Aufmerksamkeit für eine begrenzte Zeit. Seht Ihr, ich kenne sonst niemanden, den ich darum bitten könnte«, fügte sie hinzu und wandte sich noch einmal bittend an den Herzog. »Und es trifft sich so günstig, daß Ihr aus Cornwall kommt.«

»Haarsträubend!« wiederholte Julian noch einmal voller Abscheu. »Ich habe genügend Zeit an Euch verschwendet!«

»Dann gibt es also nichts mehr zu sagen«, meinte Tamsyn. Von dem verlorenen Waisenkind war nichts mehr zu sehen, als sie jetzt störrisch ihr Kinn vorschob. »Vergebt mir, daß ich soviel Eurer kostbaren Zeit verschwendet habe, Sir.« Sie stand auf und verbeugte sich vor Wellington, dann ging sie aus dem Zimmer, ohne noch einen Blick auf den Oberst zu werfen.

»Denkt noch mal einen Augenblick nach, Julian«, meinte Wellington. »Sechs Monate sind doch keine lange Zeit.«

»Was?« Julian starrte den Herzog entgeistert an. »Ihr würdet von mir verlagen, daß ich den Schulmeister und Berater für diese ... diese ... uneheliche Teufelsbrut spiele ... und daß ich die Halbinsel verlasse? Guter Gott, Sir, wie könnt Ihr so etwas auch nur in Betracht ziehen?«

»Ihr könntet mir in England einen ungeheuer wichtigen Dienst erweisen«, sagte Wellington nachdenklich. »Ich habe mich sowieso schon gefragt, wen ich dorthin schicken könnte. Und sechs Monate sind wirklich keine lange Zeit. Ihr wißt doch, wie langsam die Dinge hier laufen. Es würde nicht lange dauern, und Ihr wärt schon wieder zurück.«

Julian fand keine Worte, als ihm die unglaubliche Tatsache klar wurde, daß sein Oberkommandierender wollte, daß er diese unmögliche Aufgabe übernahm.

Er starrte ihn ungläubig an. »Entschuldigt mich«, sagte er dann knapp. Er verbeugte sich, wandte sich auf dem Absatz um und verließ den Raum. In ihm kämpften Fassungslosigkeit und wilde Wut miteinander, in einem befremdlichen Wirbel der Gefühle, der seinen klaren Verstand überschwemmte und ausschaltete.

Er lief die Treppe hinunter auf die Straße und schob sich an dem Burschen vorbei, der gerade mit einem Arm voller frisch gewaschener Hemden des Kommandanten das Haus betrat. Die Hemden begannen zu schwanken und fielen auf die Straße. Der Oberst bemerkte es nicht einmal, mit großen Schritten lief er davon; der Bursche hinter ihm fluchte und schimpfte, während er die Wäsche von der staubigen Straße aufhob.

Julian sah Tamsyn vor dem Haus der Senhora Braganza, als er um die Ecke kam. Sie lehnte an der Hauswand und unterhielt sich fröhlich mit der Senhora, die in ihrem Garten arbeitete.

»Ah, Mylord Oberst.« Mit hochgezogenen Augenbrauen begrüßte Tamsyn ihn. »Ich dachte, Ihr hättet bereits alles gesagt, was Ihr sagen wolltet.«

»Oh, ich habe noch nicht einmal richtig angefangen«, erklärte er. Trotz all ihren Muts zuckte Tamsyn vor seinem wütenden Blick zurück. Sie öffnete den Mund, um etwas zu sagen, das seine Wut lindern könnte, doch da legte der Oberst bereits einen Arm und ihre Taille und trug sie in das Haus.

Senhora Braganza, die auf den Knien zwischen den Kohlköpfen hockte, starrte den beiden erschrocken nach. Dann schüttelte sie den Kopf und murmelte vor sich hin, während sie weiter das Unkraut aus dem Boden zupfte.

Als Tamsyn in ihrem kleinen Zimmer unter dem Dach ankam,

war sie genauso atemlos, als wäre sie die Treppe hinaufgelaufen, obwohl keiner ihrer Füße den Boden berührt hatte, seit Julian den Arm um ihre Taille gelegt hatte. Die Tür schlug mit einem lauten Knall hinter ihnen zu, dann standen sie beide in dem kleinen Zimmer; der Oberst hielt sie noch immer fest.

»Bei Gott!« flüsterte er, doch dieses Flüstern klang, als würde er die Worte laut herausschreien. »Bei Gott, Mädchen, das werdet Ihr mir nicht antun!« Seine freie Hand lag an ihrem Hals, er zwang sie, das Kinn zu heben und ihn anzusehen. Jedes seiner Worte war wie ein Schlag in ihr Gesicht. »Ich werde nicht zulassen, daß Ihr mich zu so etwas zwingt! Ihr seid eine hinterlistige, kleine, lügnerische Diebin, und Eure Einmischung in mein Leben endet in diesem Augenblick ... in diesem Raum! Geht das in Euren verrückten Kopf, Mädchen!«

In Tamsyns Kopf wirbelten die Gedanken. Was sie aus seiner Stimme heraushörte, klang fast wie Verzweiflung, trotz der Grobheit seines Benehmens. Er hatte Angst, daß er irgendwie dazu gebracht werden könnte, genau das zu tun, was sie wollte, gegen seinen Willen. Aber wovor fürchtete er sich? Welchen Druck konnte sie schon auf ihn ausüben, damit er ihr half? Es sei denn, Wellington würde es ihm befehlen, natürlich. Und sie rechnete mit dem dringenden Bedürfnis des Herzogs nach den Informationen, die sie ihm zu verkaufen hatte. Aber sie glaubte nicht, daß Wellington den Oberst zwingen würde. Schließlich lag es außerhalb seines Aufgabenbereichs, und er war Offizier, kein niederer Soldat. Und deshalb blieb nur noch eine Möglichkeit ... der Oberst fürchtete sich vor ihr – davor, was sie tun könnte, um ihn dazu zu bringen.

Er hielt sie noch immer fest und drückte ihren Hals, daß es weh tat, doch sie hatte beide Hände frei, und die schlang sie jetzt um ihn, dann drehte sie sich ein wenig, und jetzt sah es für einen Unbeteiligten, der es nicht besser wußte, so aus, als würden sie einander voller Leidenschaft umarmen.

Bei ihrer Bewegung zuckte er zusammen. Sein Gesicht nahm einen ungläubigen Ausdruck an, als er begriff, was sie tat. »Du kleine Hure!« rief er und schleuderte ihre Hände von sich. Er schob sie so heftig weg, daß Tamsyn beinahe gefallen wäre.

»Nein«, protestierte Tamsyn. »So war es nicht! Ihr habt mich nur so fest gehalten, daß es mir als das Natürlichste von der Welt erschien.«

Er sah so benommen aus, daß sie schon fast Mitleid mit ihm bekam, doch der Einsatz war zu hoch; sie mußte ihren kleinen Vorteil ausnutzen. Sie trat ein paar Schritte näher. »Es war doch nur ein Vorschlag, Mylord Oberst.« Ihre Augen waren so groß, daß er das Gefühl hatte, in ihnen zu ertrinken, ihr Lächeln war so verführerisch, daß der Boden unter seinen Füßen zu beben schien.

Sie hob eine Hand und fuhr mit der Fingerspitze den Umriß seines Mundes nach. »So ernst«, murmelte sie, und ihr Lächeln wurde breiter. »Entspannt Euch, ich biete Euch doch nur Vergnügen. Denkt doch daran, wie wundervoll es am Fluß war, denkt doch nur, daß wir das haben können, wann immer wir wollen.«

»Dirne! Ihr würdet Euch verkaufen ...«

»Nein«, unterbrach ihn Tamsyn. »Ich verkaufe mich nicht. Das einzige, was ich verkaufe, ist die Information, die Euer Oberkommandierender so gern haben möchte. Ich habe Euch nur eine kleine Entschädigung angeboten, das ist alles.«

»Eine Entschädigung dafür, das ich das uneheliche Gör eines mörderischen Räubers überallhin begleite, wo sie steht und geht!«

»Oh!« rief Tamsyn aus. Einen Augenblick lang war sie sprachlos. »Ihr habt die Ritterlichkeit eines Holzbocks! In aller Ehrlichkeit und ... und in begehrlicher Zuneigung, schlage ich vor, daß wir miteinander schlafen und Ihr ...«

»Begehrliche Zuneigung!« Er lachte ungläubig auf. »Wo zum Teufel habt Ihr denn diesen Ausdruck her? Und was glaubt Ihr wohl, was für ein Einfaltspinsel ich sein müßte, um auf so etwas hereinzufallen?«

»Aber es ist die Wahrheit«, erklärte sie heftig.

Julian stand einen Augenblick lang ganz still. Sein Blick glitt langsam über ihren schlanken, sehnigen Körper. Sie vibrierte voller Energie und Entrüstung, aber da war auch noch etwas anderes. Die Entschlossenheit und die Zielstrebigkeit, die er schon im ersten Augenblick in ihr gefühlt hatte. Sie war bereit, ihren Körper einzusetzen, um ihn dazu zu bringen, das zu tun, was sie wollte. Nun, es war an der Zeit, daß *La Violette* lernte, daß sie nicht jeden für ihre Zwecke benutzen konnte.

»Begehrliche Zuneigung, wie?« meinte er nachdenklich und legte die Hände auf den Verschluß seines Gürtels. »Beweist es mir, *Violette.*« Er öffnete den Gürtel und legte ihn dann zusammen mit seinem Schwert auf den Tisch unter dem Fenster. »Worauf wartet Ihr?« Er blickte zu Tamsyn, die noch immer reglos im Zimmer stand. »Zieht Euch aus.«

Irgendwie lief es nicht so, wie sie es geplant hatte. Es schien zwar so, doch irgend etwas stimmte nicht. Nun, sie hatte es einmal begonnen, deshalb fühlte sie sich jetzt verpflichtet weiterzumachen. Sie zog ihre Stiefel aus, und dann entkleidete sie sich schnell. Ihre Sachen warf sie achtlos auf den Boden.

Der Oberst stand nackt vor ihr, mit leicht gespreizten Beinen, die Hände in die Hüften gestützt, als sie sich zu ihm umwandte. »Ich kann es kaum erwarten, eine Demonstration dieser begehrlichen Zuneigung zu sehen«, sagte er gedehnt. »Aber ich warne Euch, ich habe nur sehr wenig Zeit, deshalb hoffe ich, daß Eure Dirnentricks auch ihren Zweck erfüllen.«

Tamsyn zitterte, sie zog die Augen zusammen. »Oh, ich denke doch, daß sie das tun werden, Mylord Oberst«, meinte sie und trat einen Schritt auf ihn zu.

Etwas warnte ihn gerade noch rechtzeitig, so daß er sich schnell zur Seite werfen konnte, als sie ganz plötzlich das Knie hochzog. *»Fiera?«* brüllte er, und seine Nasenflügel blähten sich. Die Hüfte, wo ihr Knie ihn getroffen hatte, schmerzte, und der Gedanke, was geschehen wäre, wenn er nicht noch rechtzeitig reagiert hätte, machte ihn ganz krank.

»Ihr wagt es, mich auf eine solche Weise zu beleidigen!« schrie sie ihn an und rieb ihr Knie, das schmerzlichen Kontakt mit seiner muskulösen Hüfte gemacht hatte. »Macht, daß Ihr hier rauskommt! Ich würde Euch nicht anrühren, und wenn Ihr der letzte Mann auf Erden wärt!«

»Oh, das würdet Ihr nicht? Und was ist auf einmal mit der begehrlichen Zuneigung geschehen?« Er hob sie plötzlich hoch und trug sie zum Bett. »Die ist ja ziemlich schnell wieder verschwunden, nicht wahr?«

Tamsyn hatte bemerkt, wie erregt er war, als er sie auf das Bett legte. Offensichtlich liebte dieser Mann einen guten Kampf – genau wie sie, obwohl sie das unter diesen Umständen eher ärgerte. Dort, wo seine nackte Haut die ihre berührt hatte, brannte ihr Körper, und in ihrem Magen fühlte sie eine wirbelnde Erregung.

Er beugte sich über sie und schob ein Knie zwischen ihre Schenkel. In den strahlend blauen Augen, die auf sie herunterblickten, lag ein mörderischer Hunger. »Oder vielleicht doch nicht?« fragte er und schob ihre Schenkel auseinander.

»Die Zuneigung ist allerdings verschwunden«, erklärte Tamsyn. Sie leckte sich über ihre plötzlich trockenen Lippen. Seine Hand hatte ihr Ziel gefunden. Er ließ die Blicke nicht von ihrem Gesicht, als er begann, mit ihrem Körper zu spielen, als wäre sie die Saite einer Laute. Er zupfte und streichelte, bis sie unter seiner Berührung zu klingen begann. Als ihre kleinen ekstatischen Schreie auf dem Höhepunkt ihrer Erregung das Zimmer erfüllten, legte er eine Hand unter ihren Po, hob sie zu sich hoch und drang mit einem einzigen Stoß in ihren Körper ein, der noch immer pulsierte.

Seine Augen glänzten zufrieden, als er sich über ihr bewegte. Noch immer betrachtete er ihr Gesicht. Mit einem Finger strich er über ihre Lippen, so daß sie den Duft ihres eigenen Körpers schmecken konnte. Er lächelte. Sie erwiderte sein Lächeln und bewegte sich im gleichen Rhythmus mit ihm. Ein tiefes, warmes Glücksgefühl stieg in ihr empor, erfüllte ihren Körper und floß wie Honig durch ihre Venen. Es fiel ihr schwer, sich vorzustellen, daß sie sich noch vor wenigen Minuten gestritten hatten wie die Kesselflicker.

Mit leuchtenden Augen beugte er sich zu ihr hinunter. Seine Bewegungen wurden schneller, als er sie küßte, seine Zunge in ihren Mund schob und die ihre umspielte, als ihre Schreie sich miteinander vereinten wie ihre Körper und der süße Fluß ihrer Erregung.

Tamsyn sank langsam zur Erde hernieder wie ein hauchzartes Blatt, das sich schließlich von den Wogen der Ekstase löste.

Sie strich über Julians Rücken, auf dem in der Morgensonne kleine Schweißperlen glänzten. Schwer lag er auf ihrem Körper.

Nur zögernd löste er sich von ihr. Sein Atem ging noch immer schnell, als er neben ihr auf das schmale Bett sank. Dann setzte er sich auf, schwang die Beine aus dem Bett und sah sie an. Mit der

Hand strich er sanft über ihren Bauch, in einer Geste, die sowohl ein Abschiednehmen war als auch ein Eingeständnis gemeinsam erlebten Glücks, dann stand er auf.

Tamsyn blieb liegen und sah zu, wie er sich schweigend anzog. Falls diese Demonstration nackten Verlangens und ihre herrliche Erfüllung seinen Entschluß geändert hatte, ihr seine Hilfe zu versagen, so ließ er es sich jedenfalls nicht anmerken. Er schloß seinen Schwertgurt und kam dann zum Bett zurück. Dort beugte er sich über sie und küßte sie leicht zum Abschied.

»Paßt auf Euch auf«, sagte er. »Und grüßt Gabriel von mir, wenn er Euch abholen kommt.«

Die Tür schloß sich hinter ihm, dann hörte sie seine schweren Schritte. Er lief eilig die Treppe hinunter, als könnte er nicht schnell genug von ihr wegkommen.

Oberst Lord Julian St. Simon erwies sich als viel schwieriger, als sie es erwartet hatte. Tamsyn stand vom Bett auf und ging zum Fenster, von wo aus sie beobachten konnte, wie er die Straße hinunterging. Wenn sie ihn das nächste Mal sah, dann wäre die Schlacht um Badajos schon vorbei. Es war weder vernünftig noch angeraten, daß sie ihren Angriff bis dahin noch einmal wiederholte.

Immer vorausgesetzt, er würde am nächsten Morgen noch leben.

8

Es begann um zehn Uhr in dieser Nacht.

Am späten Nachmittag war Tamsyn aus Elvas herausgeritten. Die Luft war geladen gewesen mit der Anspannung der Männer, die durch eine Extraration Grog noch zusätzlich angestachelt worden war. Sie versammelten sich in Gruppen, sahen ihre Ausrüstung noch einmal durch, erzählten sich Anekdoten vergangener Schlachten. Einige blickten auf, als Tamsyn vorbeiritt, doch ihre Aufmerksamkeit galt mehr *Cesar* als der Reiterin des herrlichen Arabers.

Tamsyn fragte sich, wo sich in dieser Zeltstadt Julian wohl aufhielt. Die Zelte der höheren Offiziere ließen sich leicht an ihrer Größe erkennen. Sie ritt an einigen vorbei, aus denen Stimmen und Gelächter zu ihr drangen. Man hörte Becher klingen und Geschirr klappern, als Wellingtons Offiziere in den Stunden vor der Schlacht gemeinsam speisten.

Es kam ihr nicht in den Sinn, zu versuchen, St. Simon zu finden; er würde heute abend seine ganze Konzentration brauchen für die Nacht, die vor ihm lag. Aber ihr einsamer Erkundungsritt gab ihr wenigstens etwas zu tun. Sie war in einem Kriegslager groß geworden, sie kannte die Sorgen und die Erregung vor einer Schlacht. Deshalb war es ihr auch unmöglich, in Elvas zu bleiben, als nutzloser Beobachter, und nur zuzusehen und zu warten.

Mit der Abenddämmerung senkte sich ein beängstigendes Schweigen über die Stadt. Die Bombardierung des Tages und die Schüsse hörten auf, und die Atmosphäre im Lager änderte sich. Offiziere traten aus ihren Zelten. Mit leiser Stimme wurden Befehle erteilt, und die Männer bewegten sich in Gruppen auf die Gräben zu. Die Nacht war dunkel, dicke Wolken verhüllten den Mond.

Tamsyn ritt aus dem Lager hinaus, zu einem kleinen Hügel, wo sie auf ihrem Pferd sitzenblieb und wartete. Man konnte die Lichter der Wachen auf den Mauern von Badajos erkennen, aber sonst war alles still und dunkel auf der Ebene. Es gab keinerlei Anzeichen dafür, daß gerade eine Armee von Männern durch die Schützengräben kroch, um Leitern vor die Stadtmauern zu bringen, ehe der Sturm begann.

Aber die Franzosen würden wissen, daß sie kamen. Ihr Geheimdienst hatte ihnen sicher gesagt, daß der Angriff bevorstand, auch wenn sie nicht die genaue Zeit oder den Angriffsplan kannten. Aber sie wären bereit, die Durchbrüche in den Mauern zu verteidigen, und in diesem Moment hielten sie sicher genauso angespannt den Atem an wie ihre Angreifer.

Die kleinen Härchen in Tamsyns Nacken richteten sich auf, und *Cesar* bewegte sich unruhig und wieherte leise.

Dann wurde die entsetzliche Stille plötzlich durch lautes Kriegsgeschrei durchbrochen. Die britischen Truppen liefen lärmend durch die äußeren Gräben auf die Stadtmauern zu. Als Antwort darauf donnerten Mörser von den Mauern, und die Nacht wurde erhellt von Blitzen des Gewehrfeuers und der explodierenden Granaten.

Tamsyn schloß die Augen, als der Lärm unerträglich wurde. Jede Pause zwischen den Schüssen war erfüllt von Schreien der Verwundeten und schmetternden Trompetensignalen. Grelles Licht drang durch ihre geschlossenen Lider, und als Tamsyn die Augen öffnete, sah sie zwei helle Feuerbälle am Himmel, die von den Mauern der Stadt abgeschossen worden waren. Sie fielen etwa eine halbe Meile weiter zu Boden, wo sie weiterbrannten und die geisterhafte Szene beleuchteten.

In dem brennenden Licht erkannte Tamsyn eine Gruppe von Männern, die sich hinter einem kleinen Hügel vor den Schüssen der Gewehre schützten. Sie waren jedoch noch immer in Reichweite der Kanonen. Die unverkennbare Gestalt des Herzogs von Wellington stand im Licht einer Fackel, die ein Offizier neben ihm hielt.

Tamsyn drängte den zögernden *Cesar* weiter und ritt in die Nähe dieser Gruppe. Männer standen bei ihren Pferden bereit, jeden Augenblick loszureiten, doch in diskretem Abstand von ihrem Oberkommandierenden, der im Licht der Fackel Befehle schrieb. Die Schreie der Verwundeten waren hier noch deutlicher zu hören, sie mischten sich mit dem Stöhnen der Sterbenden. Wieder und wieder schmetterten die Trompeten das Angriffssignal, und die Männer kletterten die Leitern empor. Sie stellten sich dem tödlichen Widerstand der Verteidiger, die Feuerbomben und Fässer mit Schießpulver, versehen mit Lunten, in die Gräben unter ihnen warfen, wo die Explosionen die Körper zerrissen und in einem geisterhaften Todesbrunnen verbrannten.

Männer auf schweißnassen Pferden ritten aus dem Kriegsgetümmel mit Informationen für den Oberkommandierenden heran. Immer enthielten ihre Berichte die Botschaft von der Niederlage. Jeder Versuch der Erstürmung wurde zurückgeschlagen, die Truppen waren erschöpft, dezimiert, die Offiziere wurden wie die Fliegen umgebracht, indem die Verteidiger sie von den Leitern schossen. Wellingtons Gesicht sah versteinert aus in dem flackernden Licht der Fackel, als er sich den Strom verzweifelter Botschaften anhörte, doch Tamsyn schien, als sei er ungerührt. Ruhig schrieb er weitere Befehle aus und sprach mit den Mitgliedern seines Stabes, die sich um ihn herum versammelt hatten.

Dann änderten sich plötzlich die Trompetensignale. Tamsyn erkannte den Appell zum Rückzug. Wieder und wieder hörte sie ihn, doch sie konnte ein Nachlassen in diesem wilden Kampf weder sehen noch hören. Die Erde brannte noch immer, die Schreie der Männer mischten sich mit den Gewehrschüssen und den explodierenden Minen. Es war unmöglich, sich vorzustellen, daß überhaupt jemand lebend aus diesem Inferno hervorgehen konnte. Tamsyn stand vor Schrecken erstarrt neben ihrem Pferd und fragte sich, warum Menschen überhaupt so etwas tun konnten, warum sie einander gegenseitig abschlachteten, nur um die Vorherrschaft über eine unbedeutende Ansammlung von Ziegeln und Kanonen zu bekommen.

Doch eine vernünftige Überlegung schien hier nicht möglich, und schließlich kreisten all ihre Gedanken und Gefühle nur noch um den Namen Julian St. Simon. Wieder und wieder klang er in ihrem Kopf, wie ein Refrain, ein Lied, das sie nicht mehr vertreiben konnte. Er wurde zum Mittelpunkt dieser Feuersbrunst, er war die einzige Realität, die sie noch begreifen konnte, aber sie konnte sich nicht darauf konzentrieren zu überlegen, wo er sein könnte, ob er noch lebte oder ob er irgendwo unter einem Haufen Körper lag und vor Schmerzen schrie, ob er im Blut der anderen ertrank oder ob er nur noch ein blasser lebloser Körper war.

Es war halb zwölf, anderthalb Stunden nachdem das mörderische Abschlachten begonnen hatte, als ein Offizier herangaloppiert kam. Schaum stand seinem Pferd vor dem Maul, die Flanken waren schweißnaß.

Wellington wandte sich um, als der Mann das Pferd neben ihm zügelte. Nur kurz sprachen die beiden miteinander, doch war es für alle Umstehenden deutlich, daß etwas geschehen war.

»Meine Herren, General Picton hat das Schloß eingenommen.« Lord March hatte diese Ankündigung gemacht. »Er hat die Truppen aus den Gräben abgezogen, um seine Position halten zu können. Wir sollten in Kürze die Stadt erobert haben.«

Also waren sie in der Stadt... oder wenigstens hatten sie dort einen ersten Standpunkt. Tamsyn stieg auf ihr Pferd. Um sich herum hörte sie Freudenschreie, als sie auf die Stadt zuritt. Sie waren in die Stadt eingedrungen, doch zu welchem entsetzlichen Preis. Die Leichen lagen hoch, die Schreie und das Stöhnen waren lauter als zuvor. Für die Verwundeten und die Sterbenden kam Pictons Erfolg zu spät. Tamsyn ritt an der Stadtmauer entlang, ohne sich um den Kampf zu kümmern, der noch immer weiterging. Die Leitern standen noch immer an den Durchbrüchen; sie waren glitschig vom Blut der Opfer, vereinzelt hingen leblose Körper darauf.

Hatte Julian St. Simon überlebt? Es schien ihr unmöglich sich vorzustellen, daß überhaupt noch jemand lebte. Doch gerade als ihr dieser Gedanke durch den Kopf ging, hörte sie einen lauten Jubel des Triumphes aus der Stadt, und eine Trompete schmetterte den Sieg. Die Stadt Badajos war endlich den Belagerern in die Hände gefallen.

Cesar hob den Kopf und stampfte mit den Hufen, der Geruch nach Blut und das Trompentensignal machten ihn nervös. Tamsyn beruhigte ihn, und er blieb still stehen, doch zitterte er vor Angst. Seine Nüstern blähten sich, und er bleckte die Lippen.

»Es ist gut«, sagte sie leise. »Wir wollen machen, daß wir hier wegkommen.« Sie wandte sich von der Stadt weg, in der Absicht, ihn nach Elvas zu bringen und anschließend zu Fuß zurückzukommen, doch sie war erst ein kurzes Stück geritten, als ein Mann in der grünen Tunika der Schützen sie anhielt.

Tamsyn zog die Zügel an, als der Mann, dem das Blut aus dem zerschmetterten Kiefer lief, auf sie zustolperte. Er versuchte mit einer Hand, seinen Kiefer zusammenzuhalten, während er mit der anderen Hand voller Verzweiflung in die Dunkelheit hinter sich deutete.

Tamsyn stieg schnell von ihrem Pferd und nahm ihr Halstuch ab. Sie war an verwundete Männer gewöhnt, und sie schreckte nicht davor zurück zu helfen, wo sie nur konnte. Die Tatsache, daß sie beim Anblick ihren eigenen Blutes jedesmal ohnmächtig zusammensank, war ein schreckliches Geheimnis, das nur Gabriel kannte.

Vorsichtig verband sie den Kiefer des Mannes. »Steigt auf mein Pferd, dann bringe ich Euch zum Lazarett.«

Der Schütze schüttelte den Kopf. Er deutete hinter sich, seine

Augen sagten, was sein Mund nicht herausbringen konnte. Tamsyn trat in die Dunkelheit und wäre beinahe über einen Mann gestolpert, der im Schlamm lag. Blut schoss aus einer klaffenden Wunde an seinem Schenkel. Mit beiden Händen preßte er die Wunde zusammen, als könnte das den Blutfluß aufhalten.

»Mein Kumpel«, flüsterte er. »Bringt ihn ins Lazarett. Er hat noch eine Chance, für mich ist es vorbei.«

»Er wird Euch nicht hier zurücklassen«, sagte sie leise und beugte sich über den Mann. »Ich werde Euch mit Eurem Gürtel das Bein abbinden, und wenn Ihr es schafft, auf *Cesar* zu steigen, werden wir Euch so schnell wie möglich zu einem Arzt bringen.«

Sie arbeitete schnell, doch während sie es tat, war ihr bewußt, daß die Überlebenschancen des Mannes gering waren. Sein Gesicht nahm schon die graue Farbe eines Menschen an, der seinem Ende entgegengeht. Doch sein Freund würde ihn nicht zurücklassen, und sie verstand die Macht einer solchen Freundschaft.

Mit beinahe übernatürlicher Kraft hob sein Freund ihn auf die Arme und setzte ihn auf *Cesars* Rücken.

»Setzt Euch hinter ihn, damit Ihr in festhalten könnt«, riet ihm Tamsyn und streichelte *Cesar* beruhigend.

Der Schütze kletterte in den hochlehnigen Sattel. Der Ausdruck seiner Augen sagte deutlich, daß ihm sein Platz auf diesem großen, nervösen Tier nicht gerade zusagte, doch hielt er seinen Kameraden fest, als Tamsyn das Pferd führte.

Der Weg, den sie gingen, war voller Wasserlöcher. Wagen brachten die Verwundeten vom Schlachtfeld, weil das Feuer von den Mauern mittlerweile aufgehört hatte. Die Menschen warfen der kleinen knabenhaft schlanken Person, die neben dem herrlichen Pferd und seinen verwundeten Reitern herging, neugierige Blicke zu, doch alle waren viel zu beschäftigt, um ihr irgendwelche Fragen zu stellen.

In den Lazaretten herrschte Chaos. Fackeln hingen an Pfählen und warfen ein flackerndes Licht auf die blutige Arbeit der Ärzte und ihrer Helfer. Tamsyn hielt einen der Männer auf, indem sie ihn am Arm packte.

»Ich habe hier zwei verwundete Männer. Könnt Ihr Euch um sie kümmern?«

Er starrte sie an. Einen Augenblick war er abgelenkt, doch dann meinte er: »Legt sie hierher. Wir werden uns sie ansehen, sobald wir Zeit haben.«

»Einer von ihnen braucht sofort einen Arzt«, drängte Tamsyn ihn mit blitzenden Augen. »Ich habe sie nicht vom Schlachtfeld hierhergebracht, damit sie hier im Dreck sterben, wo ein Arzt in Reichweite wäre.«

»Was ist hier los?« Ein Mann im blutverschmierten Kittel eines Arztes, der den Trägern einer Bahre Anweisungen gegeben hatte, blieb neben ihnen stehen.

»Ich habe hier zwei Männer, die eine sofortige Behandlung brauchen«, erklärte Tamsyn. »Und dieser Dummkopf hier hat mir gesagt, ich solle sie hier im Dreck sterben lassen.«

Der Arzt blinzelte erstaunt. »Und wer seid Ihr überhaupt?«

»Der Oberkommandierende weiß, wer ich bin«, erwiderte sie schnippisch. »Und ich bin eine Freundin – eine sehr enge Freundin – von Oberst Lord St. Simon von der sechsten Division. Und während ich mich hier mit einem Dorftrottel streiten muß, sterben andere Männer da draußen, weil ich sie nicht hierherbringen kann!« Sie deutete voller Verachtung auf den Mann, mit dem sie gesprochen hatte, dann befahl sie ihm: »Helft ihnen vom Pferd.«

Der Arzt untersuchte die beiden Männer, die auf *Cesar* gesessen hatten. »Ein Verwundeter, der in der Lage ist zu laufen«, erklärte er. »Bringt ihn ins zweite Zelt.«

Der Schütze mit dem verbundenen Kiefer schüttelte den Kopf, sein Gesicht war schmerzverzerrt, und er deutete auf seinen Kameraden, mit der gleichen Eindringlichkeit wie schon zuvor, als Tamsyn ihn entdeckt hatte.

»Es ist in Ordnung, ich werde mich um ihn kümmern«, erklärte der Arzt ungeduldig. »Ich kann Euch nicht viel versprechen, aber das Bein werden wir abnehmen müssen ... Hey, du da, bring eine Bahre.« Er winkte zwei Burschen zu sich, die gerade vorübergingen.

Sie blieben stehen, kamen zu ihnen herüber und legten den Verwundeten auf die Bahre. Erst, als er sah, daß sein Freund in eines der Zelte gebracht wurde, ging der Schütze mit dem Mann davon. Er hob die Hand und winkte Tamsyn noch einmal dankbar zu.

»Es sieht so aus, als hätten wir noch eine Menge Arbeit vor uns, *Cesar*«, meinte Tamsyn und schwang sich in den Sattel. »Ich weiß, du haßt diese Art von Arbeit, aber wir können nicht tatenlos dabeistehen und zusehen.«

Sie ritt auf die Stadt zu und suchte nach Verwundeten, die für diese eigenartige und dennoch schnelle Art des Transportes geeignet waren.

Innerhalb der Stadtmauern stand Julian St. Simon auf dem Hauptplatz und sah sich um. Wunderbarerweise war er unverletzt, doch schwarz von Kopf bis Fuß vom Kanonenfeuer. Er war vor drei Monaten bei der Erstürmung von Cuidad Rodrigo dabeigewesen, und auch wenn das ein schreckliches Erlebnis gewesen war, so war es doch harmlos verglichen mit dieser Nacht im April.

»Julian! Gott sei Dank, Mann.« Frank Frobisher kam über den Platz auf ihn zugelaufen. »Ich habe gesehen, wie du an der Bastion San José zu Boden gesunken bist, doch ich konnte dich in dem Durcheinander nicht erreichen.« Der Hauptmann hatte seinen Hut verloren. Seine Tunika war zerrissen und ein blutender Kratzer zog sich von der Augenbraue bis zu seinem Mundwinkel.

»Ich bin nur gestolpert, es war nichts Schlimmes«, erklärte Julian und schlug seinem Freund auf die Schulter. »Tim hat man nach hinten gebracht, er hat einen Granatsplitter im Auge.«

»Und Deerbourne ist gefallen«, meinte Frank. Sein Gesicht war ganz ausdruckslos. »Und George Castleton und … oh, so viele andere auch.« Er sah sich auf dem verlassenen Platz um. Die Einwohner von Badajos hatten sich hinter verschlossenen Türen versteckt. Sie wagten es nicht, sich den Siegern zu zeigen. Noch immer hörte man ab und zu Schüsse von den Mauern.

»Die Männer sind in einer gefährlichen Stimmung«, fuhr Frank fort. »Wenn der Kommandant ihnen erlauben sollte, in die Stadt einzudringen, dann wird es eine Plünderung geben, die noch viel schlimmer sein wird als die von Cuidad Rodrigo.«

»Er wird es ihnen erlauben«, sagte Julian, der sich den Nacken rieb. »Sie haben wie die Löwen gekämpft, sie haben gesehen, wie ihre Kameraden abgeschlachtet wurden, und jetzt wird er ihnen die Möglichkeit geben, sich zu rächen.«

Beide Männer blickten zum Himmel, wo der Abendstern langsam verblaßte. »Hätte Wellington die Männer der Garnison von Cuidad Rodrigo erhängt, dann hätten wir heute Tausende von Leben gerettet«, meinte Julian tonlos. »Phillipon hätte niemals die Stadt so lange gehalten, wenn er sicher gewesen wäre, daß er bei einer Niederlage sterben würde.«

Frank zuckte mit den Schultern. »Ich finde, es ist eine mittelalterliche Sitte, die Männer einer besiegten Garnison umzubringen.«

»Und du glaubst, was hier geschehen wird, ist zivilisiert?« fragte Julian. »Die Männer werden außer Rand und Band geraten, und wir werden eine Höllenarbeit haben, sie am Ende einer Orgie wieder zu Verstand zu bringen.«

Frank antwortete nicht. Er wußte, daß Julian die Wahrheit sprach.

Es war schon Morgen, als die Männer aus der französischen Garnison mit einer Eskorte nach Elvas geschickt wurden und die englischen Truppen in die Stadt eindrangen. Sie überschwemmten die Stadt und erzwangen sich einen Weg durch die Breschen in der Stadtmauer. Eine Nacht voller Blut hatte in ihnen eine wilde Blutgier geweckt, die ihnen das Recht auf ungezähmte Befriedigung gab.

Zwei Stunden nach der Morgendämmerung hatte Tamsyn *Cesar* in seinen Stall gebracht. Er war nach den vielen Stunden der Arbeit erschöpft, aber gefügig, und Tamsyn war in ihr Bett im Haus von Senhora Braganza gefallen, so wie sie war, schmutzig und voller Blut. Das Angebot der Witwe nach etwas zu Essen und heißem Wasser hatte sie abgelehnt.

Sie schlief fünf Stunden lang und erwachte erfrischt und munter, doch mit dem unverkennbaren Gefühl, daß etwas nicht stimmte. Sie kletterte aus dem Bett und ging zum Fenster. Die Straße vor dem Haus war menschenleer, nur einige Bauern standen im Schatten einer Mauer. Sie redeten nicht miteinander, sie lehnten nur an der Mauer und rauchten ihre Pfeifen.

Tamsyn ging nach unten. Senhora Braganza war nirgendwo zu sehen, deshalb ging sie auf die Straße, noch immer in ihrer schmutzigen Kleidung. Der Lärm von Badajos war in der Morgenluft gut zu hören. Es war ein wildes Geschrei. Man hörte Rufe, lautes Krachen, Schreie, gemischt mit eigenartiger Musik von Pfeifen und Trommeln.

Sie verschränkte die Arme vor der Brust. Ein Schauer lief durch ihren Körper. Sie hatte einen solchen L.ärm schon einmal gehört.

Senhora Braganza kam mit einer Kanne Milch die Straße heruntergelaufen. In einem Schwall von portugiesischen Worten schob sie ihre Untermieterin in die Küche, zwang sie, sich an den Tisch zu setzen und machte für sie ein Omelette mit zerstoßenem Thymian und Rosmarin, dazu reichte sie ihr eine Kanne starken, bitteren Kaffee.

Nachdem Tamsyn mechanisch gegessen hatte, stand sie auf, bedankte sich bei ihrer Gastgeberin mit einem beinahe abwesenden Lächeln und ging auf die Straße zurück. Das erneute Angebot der Frau, ihr warmes Wasser und frische Kleidung zu bringen, hörte sie gar nicht.

Ohne nachzudenken, trugen ihre Füße sie über die Pontonbrücke nach Badajos zurück.

Das Heerlager war beinahe verlassen, bis auf die Krankenzelte, wo es immer noch hektisch zuging. Doch weniger Wagen und Karren brachten jetzt noch Verwundete. Als erst einmal der Befehl zum Wegtreten ergangen war, hatten die Männer ihre verletzten Kameraden im Stich gelassen, um zu den orgiastischen Freuden zu kommen, die sie in Badajos erwarteten. Tamsyn betrat die Stadt durch eine der Breschen in den Mauern. Jemand im Graben unter ihr rief nach Wasser, leise und eindringlich. Sie blieb stehen und suchte nach dem Verwundeten, doch im Gewirr der leblosen Körper konnte sie nicht entdecken, wer tot war und wer noch lebte. Ein Teil von ihr sagte ihr, daß es närrisch war, weiterzugehen, doch etwas trieb sie in die Stadt.

Eine Gruppe Soldaten lief an ihr vorbei, ihre Arme beladen mit Gütern, die sie aus einem Laden geplündert hatten. Die aufgebrochene Tür zeugte von ihrem Tun. Der Gesang von Betrunkenen drang aus einer Allee zu ihr, wo eine andere Gruppe von Soldaten um ein Faß saß, aus dem sie den Wein mit den Händen oder mit ihren Tschakos schöpften. Die Gewehre lagen achtlos zu ihren Füßen. Sie blickten auf, als Tamsyn auf sie zukam. Ihre Lippen waren rot vom Wein, ihre Augen blicklos, doch sie waren friedlicher Stimmung und riefen ihr nur ein paar Späße hinterher, als sie vorüberging.

Sie hatte ihr Gewehr und ihren Patronengurt in Elvas gelassen und trug nur ein Messer im Gürtel bei sich, doch sie dachte, wenn nicht ihre männliche Kleidung die Männer zurückhalten würde, so wäre wahrscheinlich ihr schmutziges, blutverschmiertes Äußeres ein ausreichender Schutz. Der einzige Schmuck, den sie trug, war das Medaillon um ihren Hals, und das war unter ihrem Hemd verborgen.

Sie ging über die gepflasterte Straße; vereinzelt hörte sie über das Schreien und das Lachen hinweg Gewehrschüsse. Irgendwo schlug jemand auf eine Trommel, und eine Pfeife spielte dazu. Eine Nonne in einer zerrissenen schwarzen Tracht lief aus einer Kirche, hinter ihr her rannte ein Trupp lachender und schreiender Soldaten, deren Tuniken und Hemden offenstanden. Einer von ihnen winkte mit einer goldverzierten Altardecke, als sei es eine Fahne des Triumphes, ein anderer hielt zwei massive silberne Kerzenleuchter in der Hand.

Die Nonne versuchte, sich in einem Hauseingang zu verstecken. Tamsyn sah noch ihr entsetztes Gesicht unter ihrer Haube, ehe sich die Tür hinter ihr öffnete und sie in die Sicherheit des Hauses gezogen wurde. Die Männer kamen hinter ihr her, aber als sie sie nicht mehr fanden, blieben sie stehen und schüttelten die Köpfe, als wäre ein Wunder geschehen. Dann warf einer der Männer seinem Kameraden einen Weinschlauch zu, und sie wandten sich alle ab, als folgten sie einem kollektiven Instinkt und gingen in die Kirche zurück.

Tamsyn erschauerte. Wut und entsetzliche Erinnerungen brannten in ihr und drohten sie zu verzehren. Sie hatte die Hand an ihrem Messer und wünschte, sie hätte ihr Gewehr in der Hand, nicht etwa, weil sie sich bedroht fühlte, sondern weil ihre Wut übermächtig zu werden drohte, als sie sah, was die Soldaten mit den Einwohnern von Badajos taten. Hier und dort entdeckte sie einige Offiziere, die versuchten, die schlimmsten Exzesse zu verhindern, doch die Männer waren trunken vom Wein und vom Rausch des Sieges, sie ließen sich nicht länger unter Kontrolle halten.

Tamsyn sah zwei Offiziere, die versuchten, eine Gruppe von Infanteristen davon abzuhalten, mitten auf der Straße eine Auktion durchzuführen. Eines der zum Verkauf stehenden Objekte war ein junges Mädchen. Ein Soldat feuerte sein Gewehr über den Köpfen der Offiziere ab, ein anderer richtete seine Waffen offen auf die beiden Männer. Sie waren zwei gegen zwanzig betrunkene Wilde, und sie waren gezwungen, sich zurückzuziehen, während Tamsyn von einem Hauseingang aus zusah.

Als die Offiziere sich endgültig abwandten und gingen, konnte Tamsyn ihnen nicht einmal einen Vorwurf machen, doch sie selbst blieb und wartete, bis das Mädchen für einen Rubin verkauft worden war, der so groß war wie ein Hühnerei. Unter wildem Gelächter wurde das Mädchen in die Menge geworfen, in die Arme eines stämmigen Schützen, der eine Augenklappe trug.

Der Mann trug seinen Preis weg. Er bahnte sich einen Weg durch die Menge und ging auf einen kleinen Platz am Ende der Allee zu. Tamsyn folgte ihm, ihre entsetzliche Wut hatte sich nun auf diese eine Episode konzentriert. Sie konnte die wilde Plünderung nicht aufhalten, aber diesen Mann würde sie aufhalten.

Auf dem kleinen Platz herrschte ein wildes Durcheinander von Soldaten. Sie kamen aus den Läden, deren Türen aufgebrochen worden waren. Eisengitter waren von den Fenstern in den Erdgeschossen gerissen worden und überall lagen Waren auf der Straße.

Das Mädchen weinte wie ein verlorenes Kind, und Tamsyn ging schneller, sie lief hinter dem Soldaten her. Dabei suchte sie verzweifelt nach etwas, das eine bessere Waffe abgeben würde als ihr Messer. Zwei Männer würfelten auf der Straße. Sie saßen auf der Treppe vor einem Haus, inmitten der zerbrochenen Besitztümer eines Tuchhändlers. Ihre Gewehre lagen auf dem Boden neben ihnen. Tamsyn machte einen Sprung zur Seite, griff sich eines der Gewehre und lief davon, so schnell sie konnte. Die wütenden Schreie hinter sich kümmerten sie nicht.

Doch schon bald verstummten die Schreie. Ein Gewehr zurückzuholen war nicht wichtig, und die Männer kehrten zu ihrem Spiel zurück.

Mitten auf dem kleinen Platz stand eine Pumpe auf einem Sockel, den man über drei Stufen erreichte. Der Soldat trug seine

Beute zu den Stufen. Offensichtlich hatte er die Absicht, sich hier draußen im Sonnenschein an ihr zu erfreuen. Als er sie auf den Boden stellte, sprang Tamsyn vor, das Gewehr über ihrem Kopf schwingend. Ein Stück über dem Ohr traf sie den Kopf des Mannes. Er brüllte auf, verlor das Gleichgewicht und ließ seine Gefangene los, um sich seiner Angreiferin zuzuwenden.

Tamsyn sprang zurück, mit dem Gewehr zielte sie auf sein Herz. »Bastard«, zischte sie ihn wütend an. »Mörderischer Sohn einer Hündin! Ein kleines Mädchen zu vergewaltigen macht dich wohl sehr stolz, wie? Und was willst du mit ihr machen, wenn du mit ihr fertig bist? Wirst du sie dann deinen Freunden verkaufen?«

Das Mädchen kniete auf den Stufen, sie weinte noch immer. Der Soldat schien verwirrt, sein Kopf dröhnte von dem Schlag mit dem Gewehr. Blut lief an seinem Hals hinunter, von der Wunde, die Tamsyn ihm zugefügt hatte. Er starrte auf die kleine Gestalt, die vor ihm stand, ihre Worte hörte er kaum.

»Lauf, *nina*«, drängte Tamsyn das Mädchen. Das Mädchen kam auf die Füße. Wild blickte es sich um, als suche es nach einem sicheren Weg. Dann schien der Soldat zu begreifen, was vor sich ging, und mit einem Schrei sprang er auf das Mädchen zu, gerade als es zu laufen begann. Tamsyn streckte den Fuß aus, er stolperte darüber und fiel hin. Doch im nächsten Augenblick war er schon wieder auf den Beinen. Er schüttelte den Kopf wie ein verwundeter Stier.

Oberst St. Simon und Hauptmann Frobisher betraten den Platz, gerade in dem Augenblick, als eine Gruppe Männer, die um die Pumpe herum saßen, den Aufruhr auf den Stufen zu bemerken begannen. Das junge Mädchen lief barfuß über das Pflaster davon, während noch immer Tränen über ihre Wangen rannen. Sie stieß mit Julian zusammen, und er hielt sie fest, damit sie nicht fiel. Dabei ließ er die Geschehnisse auf dem Platz nicht aus den Augen. Das Mädchen in seinen Armen zitterte wie ein gejagtes Reh, die goldenen Epauletten und Litzen der Uniform eines Offiziers versprachen ihm Sicherheit.

»Jesus Maria und Joseph«, murmelte Julian, als ein Sonnenstrahl das unverkennbare silberne Haar von *La Violette* aufleuchten ließ, eine Sekunde ehe sie inmitten einer Gruppe wütender Soldaten verschwand. Er ließ das Mädchen los, schob sie Frank zu und befahl: »Bring sie in Sicherheit.« Dann lief er zu der Pumpe. In einer Hand hielt er sein Schwert, in der anderen seine Pistole.

Er schob sich in die Menge, schwenkte sein Schwert nach rechts und links und beschimpfte die Männer mit den blumigen Worten, die in der Armee üblich waren, während er sich einen Weg zwischen ihnen hindurch bahnte. Sein wütendes Fluchen schien mehr zu erreichen als seine Waffe in diesem Augenblick. Es schien in die betrunkene Stumpfheit ihrer Köpfe einzudringen und sie an die gewohnte Disziplin ihres Alltagslebens zu erinnern. Zuerst gab es ein Zögern, ein leichtes Wanken in dem engen Kreis um Tamsyn, bis es Julian schließlich gelang, zu ihr vorzudringen.

Tamsyn wehrte sich gegen den Griff des Mannes, den sie um seine Beute gebracht hatte. Er hatte ihr das Gewehr aus der Hand gerissen, und jetzt versuchte sie verzweifelt, das Messer aus ihrem Gürtel zu ziehen. Julian feuerte einen Schuß aus seiner Pistole in die Luft, im gleichen Augenblick griff er nach Tamsyns Arm. Einen Moment wurde sie wie beim Tauziehen zwischen den beiden Männern hin und her gerissen, dann sauste Julians Schwert nieder, und der Mann brüllte vor Schmerz auf. Blut strömte aus einer Wunde an seiner Hand.

Ein bedrohliches Murmeln stieg aus der Gruppe der Männer auf. Langsam kamen sie von allen Seiten des Platzes auf die Pumpe zu. Absichtlich steckte Julian sein Schwert wieder in die Scheide, schob die Pistole in den Gurt zurück. Dann wandte er sich um und hob Tamsyn hoch, als wäre sie ein Sack Kartoffeln.

»Verdammt seien Eure schwarzen Seelen«, fluchte er. »Laßt mich durch. Die hier gehört mir.« Er schob sich mit seiner sich heftig wehrenden Last durch die Menge. Jemand lachte, es war ein betrunkenes Gelächter, das von den anderen aufgenommen wurde. Die Stimmung änderte sich, die Männer traten zurück und riefen dem Offizier, der Kumpel genug war, sich an ihrem Vergnügen zu beteiligen, grobe Ratschläge zu.

»Laßt mich runter, verdammt!« zischte Tamsyn, das Blut rauschte in ihrem Kopf, der nach unten hing. Es war unerhört, daß er sie auf eine solche Art trug, weder ihre Füße noch ihre Hände berührten den Boden. Kein Mann hatte es je zuvor gewagt, ihre

Körpergröße so auszunutzen, und die mörderische Wut, die sie sowieso schon verspürt hatte, wurde noch größer.

»Nein, das werde ich nicht, kleiner Dummkopf«, erklärte Julian. Er war beinahe genauso wütend wie Tamsyn. »Was zum Teufel tut Ihr hier überaupt ... mischt Euch in dieses Inferno ein? Das geht Euch gar nichts an. Wenn ich auch nur ein Fünkchen Verstand besitzen würde, dann hätte ich Euch den Männern überlassen!«

Tamsyn grub ihre Zähne in sein Bein.

Julians Schrei konnte man noch drei Straßen weiter hören. »Verdammte Wilde!« Er schwang sie herum, als sei sie einer der jungen Fichtenstämme, die man in Schottland bei den Highland-Spielen so weit wie möglich warf. Er legte sie sich um seinen Hals, mit der einen Hand hielt er ihre Handgelenke fest, mit der anderen ihre Fußgelenke, so daß sie um seinen Hals lag wie die Beute eines Jägers.

Tamsyns Flüche hätten genügt, um auch den hartgesottensten Mann erröten zu lassen, doch Julian hörte ihr gar nicht zu. Er war viel zu wütend und voller Verachtung für das, was in Badajos vor sich ging, um auch nur einen Gedanken an Tamsyns Ärger über seine Behandlung zu verschwenden. Er konnte sich nicht vorstellen, was sie in der Stadt zu suchen hatte, es war reine Dummheit von ihr ... es sei denn, sie wollte das Chaos für sich nutzen und sich ihren Anteil an den Plünderungen sichern.

»Um Himmels willen, Julian, was hast du denn da?« Franks erstaunte Stimme ließ ihn innehalten, als er an einem kleinen Hof vorüberging, dessen Tor zerbrochen in den Angeln hielt.

Julian betrat den Hof, in dem inmitten all der Zerstörungen ein kleiner Brunnen plätscherte. Das Mädchen, das Tamsyn gerettet hatte, kauerte hinter Frank, ihre Augen waren riesig in ihrem kreidebleichen Gesicht.

»Das ist *Violette*«, erklärte Julian grimmig. Er bückte sich, hob Tamsyns Körper von seinen Schultern und stellte sie auf die Füße. Das Mädchen lief mit einem Aufschrei auf sie zu und warf sich in ihre Arme, ein Strom dankbarer Worte löste ihre Zunge.

Julian lauschte diesen Worten und begriff endlich, was Tamsyn auf dem Platz getan hatte. Er hatte das fliehende Mädchen gar nicht mit *Violettes* Anwesenheit in Verbindung gebracht. Gott sei Dank hatte er seine schlimme Vermutung nicht ausgesprochen, daß auch sie sich an der Plünderung beteiligen wollte. Gerade wollte er sich für seine Grobheit bei ihr entschuldigen, als sie sich wütend zu ihm umwandte.

»Ihr... Ihr seid auch nicht besser als der Abschaum... als der schmutzige, mörderische, vergewaltigende Mob!« erklärte sie. Ihre Worte waren wie das Gift einer Schlange. »Wie könnt Ihr es wagen, mich so zu behandeln? Ihr seid ein Lump, ein Stück aus der Gosse...«

»Haltet den Mund!« schrie Julian sie an und vergaß seine Absicht, Frieden mit ihr zu schließen. »Wenn ich nicht erschienen wäre, *mi muchacha*, dann würdet Ihr jetzt auf dem Boden liegen, bereit für all diejenigen, die Euch haben wollten.«

»Schmutziges, verachtungswürdiges Schwein«, sagte sie, und ihre Stimme begann plötzlich zu zittern. Zu seinem Erstaunen bemerkte Julian Tränen in ihren veilchenblauen Augen, ihr Gesicht hatte sich schmerzlich verzogen.

»Soldaten«, sagte sie mit der gleichen Stimme. »Stinkende Brut aus der Gosse, alle. Barbaren, schlimmer als Tiere.« Sie machte eine ausladende Bewegung mit der Hand. »Tiere benehmen sich nicht so. Sie behandeln ihre eigene Art nicht wie Abfall, den man...« Sie schwieg, weil ihre Stimme tränenerstickt war. Schnell wandte sie sich ab, ging auf das zerbrochene Tor zu und hob die Hand, als wolle sie ihre erstaunten Zuhörer zurückhalten.

Frank starrte sie verwundert an, das Mädchen drängte sich an ihn. Julian stieß einen leisen Fluch aus. Er befreite sich kopfschüttelnd von der Erstarrung, in die Tamsyns Worte ihn gebracht hatten und lief hinter ihr her.

»Tamsyn!«

»Laßt mich in Ruhe!« Sie wandte den Kopf ab und stieß ihn weg, als er neben sie trat.

Eine Träne glänzte auf ihrer Wange. Sie zog eine weiße Spur in ihr schmutziges Gesicht, als sie bis zu ihrem Mundwinkel rann. Tamsyns Zungenspitze wagte sich aus dem Mund, sie leckte die Träne ab, doch ihr folgte noch eine und noch eine.

Julian vergaß alle Anschuldigungen, die sie ihm an den Kopf geworfen hatte. Er vergaß, wie wenig er diese Straßenräuberin leiden konnte. Er vergaß, wie wütend sie ihn machte, wann immer sie einander begegneten. Er sah nur noch das Ausmaß ihres Kummers. Zum ersten Mal bemerkte er auch das Blut auf ihrer Kleidung.

»Kommt«, forderte er sie leise auf. »Es ist Zeit, daß wir hier verschwinden. Man kann hier ohnehin nichts tun, bis sie genug haben.« Er legte ihr eine Hand auf die Schulter und wollte sie zur Stadtmauer führen.

»Laßt mich in Ruhe!« wiederholte sie, doch diesmal klangen ihre Worte weniger überzeugend.

Julian schüttelte den Kopf. »Ich werde Euch tragen, wenn es sein muß, *Violette*.«

»Espadachin«, fuhr sie ihn an, doch jetzt flossen ihre Tränen noch reichlicher. Mit dem Arm wischte sie sich über die Augen und verschmierte dabei den Schmutz auf ihren Wangen noch mehr, so daß sie schließlich aussah wie ein Schornsteinfeger. Doch sie widerstand ihm nicht länger, als er jetzt eine Hand in ihren Rücken legte und sie zur Straße schob.

»Ihr habt dieses Mädchen gerettet«, sagte er in dem Versuch, sie zu trösten.

»Eine von so vielen«, fuhr sie ihn an. »Sie haben Nonnen vergewaltigt, Kirchen entweiht und Männer mit ihren Bajonetten gequält. Ich habe das alles schon einmal gesehen.« Den letzten Satz hatte sie so leise ausgesprochen, daß er ihn kaum hören konnte, doch das Ausmaß ihres Schmerzes war daraus zu hören gewesen, so laut wie der Klang einer Trompete.

Außerhalb der Stadt hoben portugiesische Soldaten Gruben für die Toten aus, deren Körper auf Karren lagen und darauf warteten, der Erde übergeben zu werden, sobald die Gruben tief genug waren.

»Ihr seid genauso schlecht wie all die anderen auch«, erneuerte Tamsyn ihren Angriff. »Was für eine Rechtfertigung kann es für all das geben? Für dieses Abschlachten... dieses sinnlose Abschlachten.«

»Fragt Napoleon«, gab Julian zurück. »Fragt Phillipon. Hätte er die Stadt übergeben, als klar wurde, daß er sie nicht halten konnte, dann wären Tausende von Leben gerettet worden. Es sind nicht nur wir, *Violette*.«

»Das habe ich ja auch gar nicht gesagt«, gab sie zurück. »Es sind die Soldaten. Brutal, bestialisch ...«

»Es ist der Krieg. Er macht Männer zu Bestien«, unterbrach er sie. »Aber was ist mit Eurem Vater? Er hat Krieg wegen des Goldes geführt und nicht wegen irgendwelcher Prinzipien, nein ...«

»Wagt es nicht, von meinem Vater zu reden, Engländer!« Sie wirbelte zu ihm herum, das Messer in ihrer Hand, und ihre Augen, die noch immer feucht waren von Tränen, glänzten jetzt voller Wut. »Was wißt Ihr denn von einem Mann wie *El Baron*? Ihr jämmerlichen, schwachen englischen Soldaten!« Die letzten Worte brachte sie hervor, als wären sie die schlimmste Beschimpfung.

»Und wagt Ihr es nicht, mich zu bedrohen, *Violette*!« Julian umfaßte ihr Handgelenk und drehte es so, daß ihre Finger, in denen sie das Messer hielt, sich öffneten und das Messer zu Boden fiel. »Ich bin es endgültig leid, von Euch so unzivilisiert behandelt zu werden!« Er stieß sie so heftig von sich, daß sie auf die Knie fiel. »Ich will nichts mehr mit Euch zu tun haben! Geht, wohin es Euch gefällt, aber geht mir aus den Augen.« Er wandte sich auf dem Absatz um und ging wütend auf das Lager zu. Doch nach ein paar Metern wurden seine Schritte langsamer. Zögernd blickte er über seine Schultern.

Tamsyn war auf den Knien auf dem Boden hocken geblieben. Sie hatte den Kopf gesenkt, Tränen fielen in den Lehm, in dem sie kniete. Sie schien gar nicht bemerkt zu haben, daß er gegangen war. Zum ersten Mal, seit es geschehen war, erlebte sie bis in alle Einzelheiten das Massaker von Pueblo de St. Pedro noch einmal. Bis jetzt hatte sie sich nur erlaubt, an den Todeskampf ihres Vaters zu denken und daran, wie ihre Mutter friedlich im Schatten gelegen hatte. Doch jetzt sah sie auch all das andere wieder vor sich. Die ermordeten Babys, die vergewaltigten Frauen, die gefolterten Männer und die Flammen des brennenden Dorfes, die in den Himmel stiegen. Und sie und Gabriel, zwei von mehreren hundert Menschen, hatten all das von der Kuppe eines Hügels aus beobachtet, hilflos und ohne die Möglichkeit, einzugreifen. Und danach, später, als die Wilden nach drei Tagen die brennenden Gebäude und die ermordeten Bewohner wieder verlassen hatten, als sie all das mit sich genommen hatten, was sie tragen konnten, waren Gabriel und sie in das Dorf gegangen und hatten Cecile und den Baron beerdigt. Dann hatten sie eine große Grube für all die anderen Menschen gegraben, genau wie die Gruben, die jetzt auch hier ausgehoben wurden, weil sie beide nicht in der Lage waren, genug Gräber für all die Toten zu graben.

»Kommt mit, Ihr könnt nicht hier bleiben.« Julians Stimme klang sanft, als er sich über sie beugte. Er hob sie hoch, und sie vergrub ihr Gesicht an seiner Schulter. Er fühlte, wie ihr Körper bebte, als sie schluchzte. Er trug sie zu seinem eigenen Zelt, befahl Dobbin zu verschwinden, ging dann in das Zelt und schloß es hinter ihnen beiden.

»Erzählt mir alles«, forderte er sie mit leiser Stimme auf.

9

Julian ging durch das Lager zu den Krankenzelten. Viele seiner Männer lagen dort, und ein Besuch von ihrem Oberst würde ihnen helfen, ihre Lage besser zu ertragen, auch wenn es seine Laune nicht gerade heben würde. Diejenigen seiner Männer, die nicht in der Grube bei den anderen Toten lagen oder verwundet in einem der Krankenzelte, aalten sich in der moralischen Verderbtheit in Badajos. Aus ihnen wieder die willigen, gutherzigen, mutigen Soldaten zu machen, als die er sie kannte, dafür würde der Galgen nötig sein und das Dreieck, drei zusammengebundene Hellebarden, auf die die Soldaten gefesselt wurden, um ausgepeitscht zu werden ... eine unangenehme Aufgabe, doch Wellington würde sie mit der gleichen rücksichtslosen Sachlichkeit befehlen, mit der er den Männern auch ihre Ausschreitungen erlaubt hatte.

»Oberst St. Simon, nicht wahr?«

Julian wurde aus seinen trüben Gedanken gerissen, als er in das erste der Zelte trat. Ein Arzt mit einem Schlachtermesser in der Hand blickte von einem Tisch auf, auf dem ein Mann lag, festgebunden und bewußtlos; sein rechtes Bein war bis zum Knie abgetrennt.

»Jawohl.« Julian sah den Arzt erstaunt an. Er glaubte nicht, ihn schon einmal gesehen zu haben.

»Entschuldigt... ich bin am gestrigen Abend einer höchst ungewöhnlichen jungen Frau begegnet, sie sagte sie sei eine Freundin... eine sehr enge Freundin von Euch.« Der Arzt wischte sich mit dem Ärmel die feuchte Stirn ab. »Sie hat mit äußerstem Nachdruck darauf bestanden, daß ich ihren Verwundeten sofort meine Aufmerksamkeit schenkte... sehr überzeugend, würde ich sagen. Sie erklärte mir, der Peer würde wissen, wer sie ist.«

»La Violette«, sagte Julian, mehr zu sich selbst als zu dem Arzt. »Was genau hat sie getan?«

»Sie hat Verwundete vom Schlachtfeld hierhergebracht, auf einem herrlichen weißen Roß... ich habe noch nie so ein Pferd gesehen.« Der Arzt beugte sich wieder über seinen Patienten, der sich bewegt hatte und leise stöhnte. »Entschuldigt mich, er kommt wieder zu Bewußtsein. Ich muß ihm dieses Bein abnehmen, bevor er wieder ganz wach ist.«

Julian nickte und ging. Er verschloß die Ohren vor dem Geräusch des Messers, das durch den Knochen schnitt. So hatte Tamsyn also die letzte Nacht verbracht: Auf dem nervösen *Cesar* hatte sie Verwundete ins Lazarett gebracht. Diese Tat ließ sich so gar nicht in Verbindung bringen mit ihrem Haß auf alle Soldaten, obwohl es ihn auf der anderen Seite nicht überraschte, daß sie bei den entsetzlichen Vorfällen der letzten Nacht dabeigewesen war. Er fragte sich fast, warum sie nicht zusammen mit Pictons Männern die Mauern des Schlosses erstürmt hatte.

In der Stunde, die er mit ihr in seinem Zelt verbracht hatte, hatte er viel erfahren. Mit leiser Stimme hatte sie gesprochen, unter Tränen und doch verständlich und zusammenhängend. Sie hatte ihm von dem Schrecken in Puebla de St. Pedro erzählt, und es war ihm nicht schwergefallen, es sich vorzustellen. Auch er hatte solche Dinge schon miterlebt.

Aber jetzt war Oberst Lord Julian St. Simon innerlich beunruhigt. *La Violette* hatte dadurch eine völlig andere Kontur erhalten. Er begann komplizierte und verständliche Zusammenhänge zu sehen, wo er zuvor nur eine opportunistische, herrlich sinnliche Straßenräuberin gesehen hatte... eine Frau, der er mit jeder Fiber seines Körpers widerstehen mußte. Jetzt dagegen sah er eine junge Frau, die nach dem entsetzlichen Mord an ihren geliebten Eltern ganz allein auf der Welt stand. Eine junge Frau, die jede Grundlage der einzigen Lebensform verloren hatte, die sie kannte, die in eine Welt geworfen worden war, in der Krieg vorherrschte und in der sie sich ihre Zukunft selbst suchen mußte.

Es war ein beunruhigendes Bild, nicht nur deshalb, weil er noch immer auch die andere Tamsyn in ihr sah. Er glaubte noch immer, daß sie mit ihrer mitleiderregenden Geschichte Wellingstons Herz hatte rühren wollen. Aber auf der anderen Seite wußte er auch ganz genau, daß sie nicht an sein Mitleid appelliert hatte, als sie ihm in seinem Zelt das ungeschminkte Bild des Kampfes um Pueblo de St. Pedro geschildert hatte.

Er wußte nicht, was er von allem halten sollte. An einer Bahre blieb er stehen. Ein Landser aus seiner Einheit lag darauf, der schwer atmete. Sein Gesicht war mit einem blutgetränktem Verband bedeckt.

»Der Arzt sagt, Ihr werdet morgen nach Lissabon gebracht, Carter«, sagte Julian zu dem Mann. »Für Euch ist der Krieg vorbei.«

»Das tut mir wirklich nicht leid, Sir«, ertönte es aus dem verbundenen Gesicht. »Aber ich habe meine Nase verloren, Sir. Was wird meine Frau dazu sagen?«

»Sie wird froh sein, daß sie Euch mit zwei Armen und zwei Beinen zurückbekommt«, erwiderte Julian und legte ihm die Hand auf die Schulter. Schnell ging er weiter, weil er wußte, wie unpassend seine Worte gewesen waren, doch es war alles, was er für den Mann tun konnte.

Tamsyn lag in einer Wanne mit dampfend heißem Wasser in ihrem Zimmer in Elvas und versuchte zu entscheiden, ob es ihr genützt oder geschadet hatte, daß sie vor Julian St. Simon zusammengebrochen war. Sie hatte es nicht geplant, es war ganz einfach geschehen, aber vielleicht stellte es sich ja für ihr Vorhaben als nützlich heraus.

Den Oberst hatte ihre Geschichte gerührt. Er war sanft und tröstend gewesen, seinem Burschen hatte er befohlen, Tee für sie zu machen, als sie geendet und ihre Tränen getrocknet hatte. Zusammen hatten sie auf dem schmalen Bett gesessen, er hatte einen Arm um sie gelegt und hatte geschwiegen, weil es nichts zu sagen gab. Sie war ihm für sein Schweigen dankbar gewesen. Nur ein Mann mit Feingefühl konnte der Versuchung widerstehen, mit plumpen Worten Trost spenden zu wollen.

Später war er mit ihr nach Elvas zurückgegangen und hatte sie bis zu ihrer Unterkunft begleitet. Sie hatten nicht darüber gesprochen, ob sie einander wiedersehen würden, doch hatte er sich nicht mit der gleichen Endgültigkeit von ihr verabschiedet wie zuvor.

Nachdenklich seifte Tamsyn ihre Beine ein. Sie verzog das Gesicht, als sie sah, wie schmutzig der Schaum war, der auf dem Wasser schwamm. Sie würde einen Krug mit frischem Wasser brauchen, um die Seife von ihrem Körper zu waschen.

Als hätte Senhora Braganza das geahnt, kam sie gerade in diesem Augenblick mit einer Kupferkanne mit frischem Wasser die Treppe herauf. Tamsyn bedankte sich bei ihr und stellte sich aufrecht in die Wanne. Die Senhora goß das heiße Wasser über ihr Haar und ihren Körper. Ein Schauer lief durch Tamsyns Körper, so herrlich war das Gefühl, allen Schmutz von sich abzuwaschen. Ihr Hemd und ihre Unterwäsche hatte die Senhora gewaschen, aber sie sahen trotzdem sehr abgetragen aus, und die Hose war beinahe nicht mehr zu retten. Sie brauchte neue Sachen. In den Geschäften in Elvas gab es ein großzügiges Angebot, doch sie hatte kein Geld, solange Gabriel nicht zurück war. Natürlich würde sie sich genügend Kleider kaufen können, wenn Gabriel wieder da war, doch dann wäre das gar nicht mehr nötig, denn er würde all ihre Sachen mitbringen und auch den Schatz – ihr Erbe von ihrem Vater, der vor seinen Mördern gut versteckt gewesen war.

Vielleicht konnte sie Oberst St. Simon dazu bewegen, ihr etwas Geld zu leihen. Es würde ihr gleichzeitig auch einen Vorwand bieten, ihn noch einmal aufzusuchen.

Sie zog ihre zerschlissene Kleidung an. Die Senhora hatte die Blutflecken aus ihrer Hose nicht entfernen können, doch zusammen mit all den anderen Flecken aus den letzten beiden Wochen fielen sie nicht besonders auf. Wenigstens waren ihre Haut und ihr Haar sauber.

Tamsyn betrachtete sich in dem fleckigen Glas, das als Spiegel diente. Gar nicht so schlecht, fand sie. In gewisser Weise fühlte sie sich geläutert, als wäre sie durch den Schrecken von Badajos von einer schwärenden Eiterbeule befreit worden. Und irgendwo in ihr flackerte eine kleine warme Flamme der Freude und Erleichterung, weil Julian St. Simon aus diesem Schrecken unversehrt hervorgegangen war. Und diese kleine Flamme hatte nichts damit zu tun, daß sein Überleben für ihren Plan sehr nützlich war.

Tief sog sie den Duft ein, der aus der Küche zu ihr nach oben stieg, dann lief sie schnell die Treppe hinunter.

Die Senhora hatte eine würzige Suppe aus Kohl, Kartoffeln und würziger Wurst zubereitet. Zufrieden sah sie zu, wie ihr Schützling zwei große Teller davon aß, zusammen mit einigen dicken Scheiben knusprigen Brotes. Danach war Tamsyn gestärkt und zu allem bereit. Sie ging hinaus, um *Cesar* zu holen, und ritt auf der Suche nach dem Oberst ins Lager.

Doch während Tamsyn im Lager nach dem Oberst suchte, befand sich dieser in Wellingtons Hauptquartier. Ihn hatte bei seinem Besuch im Lazarett ein dringender Ruf Wellingtons erreicht.

Es war offensichtlich, daß der Oberkommandierende in einer eigenartigen Stimmung war. Seine Befriedigung über den Sieg wurde durch den Verlust Tausender seiner besten Männer getrübt, und seine Entscheidung, den Überlebenden die Plünderung von Badajos zu gestatten, konnte ihn nicht über den Verlust hinwegtrösten. Genau wie St. Simon, so glaubte auch er, daß sich die Stadt Badajos beizeiten ergeben hätte und beiden Seiten unbeschreibliches Leid erspart geblieben wäre, wenn er im Januar in der Stadt Cuidad Rodrigo ein Exempel statuiert hätte. Doch die öffentliche Meinung hätte ihn bei der Hinrichtung einer Garnison, die sich ergeben hatte, nicht unterstützt, wohingegen sie die entsetzliche Plünderung und die Vergewaltigungen in einer jetzt wehrlosen Stadt hinnahm.

»Julian, es geht um die Sache mit *La Violette*.« Er kam sofort zur Sache, als der Oberst das Zimmer betrat. »Habt Ihr darüber nachgedacht?«

»Dazu hatte ich wohl kaum die Zeit«, entgegnete Julian. »Doch meine Antwort ist noch immer die gleiche, Sir. Einer solchen Aufgabe kann ich unmöglich zustimmen.«

Wellington runzelte die Stirn und lief unruhig im Zimmer auf und ab, die Hände hinter dem Rücken verschränkt. »Wir brauchen die Informationen von ihr, Julian. Ich werde die Franzosen in diesem Sommer aus Spanien vertreiben, und ich werde im Herbst in Frankreich einmarschieren. Ich muß unbedingt die Lage dieser Bergpässe erfahren, und ich brauche größere Freiheiten in meinem Bewegungsspielraum, was die Partisanen betrifft. *Violette* kann mir all das ermöglichen.«

»Das streite ich ja gar nicht ab.« Julian beschlich das seltsame Gefühl, als befände er sich gerade auf einem verzweifelten Rückzug. »Aber ich bin dennoch davon überzeugt, daß sie uns diese Informationen auch zu einem anderen Preis als den meiner Seele verkaufen würde«, fügte er bissig hinzu.

»Ach, kommt schon, Mann, jetzt übertreibt nicht!« schalt ihn der Herzog. »Sechs Monate Eurer Zeit, das ist alles.« Er zog die Augen zusammen. »Vergebt mir, wenn ich es erwähne, aber mir scheint, daß sie einen Grund hat anzunehmen, daß Ihr einem solchen Vorschlag zustimmen werdet.«

»Dazu hat sie keinen Grund«, erklärte Julian sofort. »Sie hat keine Ansprüche an mich, in keiner Beziehung!«

»Verstehe.« Wellington kratzte sich die Nase. »Nun ja, sie ist eine sehr ungewöhnliche junge Frau.«

»Eine hinterhältige, diebische Söldnerin«, entgegnete der Oberst mit ausdrucksloser Stimme. »Ich werde mich nicht auf ihre Spielchen einlassen. Und ich möchte wetten, wenn Ihr ihr genügend Geld bietet, wird sie Euch ohne mit der Wimper zu zucken alles sagen, was Ihr wissen wollt.«

»Vielleicht, aber ich bezweifle es … Rotwein?« Der Herzog ging zu der Karaffe, die auf dem Tisch stand.

»Danke.« Julian wartete. Er wußte, daß er diese Schlacht noch lange nicht gewonnen hatte. Er nahm das Glas und nickte.

»Ich bezweifle es«, fuhr der Herzog fort, als hätte es keine Unterbrechung ihrer Unterhaltung gegeben. »Ich habe die unfehlbare Überzeugung, daß sie ihren Preis kennt und daß sie keinen Deut davon abweichen wird. Sie will nur eines … und, Gott im Himmel, ich kann ihr deshalb nicht einmal einen Vorwurf machen! Das arme kleine Ding ist ganz allein auf der Welt, sie ist wohl kaum älter als neunzehn. Was für eine Zukunft hat sie hier, wo sie weder Freunde noch Familie hat?«

Julian nippte an seinem Wein. Er antwortete nicht, er dachte an die Verzweiflung und an den Schmerz des Mädchens. Trotzdem war er davon überzeugt, daß ›armes kleines Ding‹ wohl kaum die passende Beschreibung für die verwaiste Tochter von *El Baron* und seiner englischen Gefährtin war.

»Ich bin sicher, sie wird die Familie ihrer Mutter finden«, sprach der Herzog ernst weiter. »Aber es wäre wesentlich besser für sie, wenn sie sich förmlich vorstellen könnte. Das wäre bei weitem überzeugender... ansprechender, findet Ihr nicht auch?«

»Schon möglich«, stimmte Julian ihm zu, doch gab er keinen Zentimeter nach.

Wellington betrachtete ihn nachdenklich. »Nun ja, wenn Ihr nicht wollt, dann wollt Ihr nicht. Aber da ist noch etwas anderes, das ich mit Euch besprechen möchte.« Er schwieg.

Julian wartete. Er war noch immer nicht überzeugt, daß der Herzog wirklich aufgegeben hatte.

»Ich muß Euch nicht erst sagen, wie skeptisch die Regierung diesem Krieg gegenüber ist«, begann Wellington nach einer Weile. »Sie sagt, daß wir die Bedeutung unserer Siege überschätzen, daß sie uns eine zu große Summe an Geld und an Leben kosten. Und sie werden wieder reichlich Nahrung für ihre Klagen bekommen, wenn die Gefallenenlisten in der *Gazette* veröffentlicht werden.«

Julian nickte. Jeder kannte die Opposition, gegen die Wellington in der englischen Regierung ankämpfen mußte, und alle wußten auch, daß es ihm beinahe unmöglich war, die finanzielle und materielle Unterstützung für diesen Krieg zu bekommen.

»Ich brauche jemanden, der nach Westminster geht und dort unseren Fall vertreten kann«, sagte der Herzog. »Es muß ein Mann sein, dem ich vertrauen kann, ein Mann, den auch die Regierung respektiert und der einen Bericht aus erster Hand über diesen Krieg liefern kann. Berichte, die ich mit einem Kurier schicke, können unseren Standpunkt nicht angemessen deutlich machen, und zivile Beobachter nützen uns nichts. Sie haben nicht die geringste Ahnung, was vor sich geht, selbst wenn es sich genau vor ihrer Nase abspielt.«

»Und Ihr wollt, daß ich diese Aufgabe übernehme«, sagte Julian mit ausdrucksloser Stimme. Er füllte das Glas seines Befehlshabers, dann sein eigenes.

»Ihr seid der perfekte Botschafter«, stimmte ihm Wellington zu. »Ihr seid der jüngste Oberst in meiner Armee. Bis jetzt habt Ihr eine brillante Karriere gemacht, und in einem oder zwei Jahren erwartet Euch sicher der Generalsrang. Ihr seid in den Berichten immer wieder erwähnt worden, und Euer Name ist in Regierungskreisen gut bekannt. Euch werden sie zuhören, und Euch werden sie auch glauben.«

Julian gab nicht sofort eine Antwort. Sein Gegenüber betrachtete ihn mit dem gleichen scharfen Blick wie schon zuvor. Was Wellington nicht erwähnt hatte, weil es nicht der Erwähnung bedurfte, war, daß Oberst Lord Julian St. Simons Adelstitel der älteste im Land war. Sein Reichtum überstieg selbst die kühnsten Träume, und seine Landgüter umfaßten, von Tregarthan einmal abgesehen, ganze Grafschaften. Seine Position und sein Einfluß machten ihn zu einem mächtigen Wortführer vor den Lords von Westminster.

Julian ging zum Fenster und blickte mit gerunzelter Stirn auf die Straße hinunter. »Ihr verlangt von mir, daß ich die Armee verlasse, kurz bevor die Schlachten des Sommers beginnen«, meinte er schließlich. »Ich soll meine Brigade verlassen, wenn ihnen Monate des Marschierens und Kämpfens bevorstehen.«

»Ich betrachte diese Mission in London als eine Sache von lebenswichtiger Bedeutung, St. Simon.« Wellington sprach jetzt mit der befehlenden Stimme des Oberkommandierenden, der vertrauliche Unterton war verschwunden. »Es gibt genug Männer Eures Ranges, die Eure Brigade übernehmen können, doch niemand ist besser geeignet als Ihr, diese diplomatische Mission zu übernehmen. Wenn Ihr es wünscht, werde ich O'Connor in Eurer Abwesenheit den Rang eines Oberst geben. Ich hörte, daß seine Verwundung nicht so schwer ist, daß er nach Hause geschickt werden muß.« Er hielt einen Augenblick inne, dann erklärte er: »Ihr werdet den Rang eines Brigadegenerals bekommen, wenn Ihr zurückkehrt.«

Julians Herz machte einen kleinen Satz. Vom Brigadegeneral zum General war es nur noch ein kleiner Schritt, und er hatte sich geschworen, mit dreißig den Generalsrang erreicht zu haben. Aber er hatte geglaubt, daß er diesen Rang durch seinen Einsatz im Kampf erreichen würde ... daß er seine Männer zu Siegen führen könnte ... und nicht, daß er durch schöne Reden und vorsichtiges Taktieren in der Politik auf den Korridoren von Westminster sein Ziel erreichen würde.

»Verstehe ich richtig, daß Ihr mir den Befehl gebt, nach London zu gehen, Sir?«

»Sehr richtig, Oberst.«

Julian wandte sich vom Fenster ab. »Und diese andere Sache?«

»Ach, kommt schon, Julian.« Jetzt lächelte Wellington. »Ihr könnt sie sicher nach England begleiten und ihr helfen, Kontakt mit der Familie ihrer Mutter aufzunehmen. Ihr reist doch sowieso dorthin.«

»Oh, sie zu eskortieren wäre einfach«, sagte Julian trocken. »Aber das ist es nicht, was *Violette* verlangt. Sie braucht einen Schulmeister, wenn Ihr Euch recht erinnert.«

Wellington lachte leise. »Unverfrorenes kleines Ding, nicht wahr?«

Julian seufzte. »Da widerspreche ich Euch nicht, Sir.«

»Also werdet Ihr es tun?«

»Angenommen, ich miete ein passendes Haus und stelle eine Gouvernante für sie an?« schlug der Oberst vor. Er stand jetzt mit dem Rücken zur Wand. »Ich werde sie nach England begleiten und dort ihren Unterricht einer respektablen Frau überlassen. Dann kann ich in wenigen Monaten wieder zurück sein.«

Wellington zuckte mit den Schultern. »Wir werden das *Violette* überlassen. Wenn sie damit einverstanden ist, bin ich es auch. Ich will nur die Informationen von ihr haben.«

»Ich werde Sanderson schicken und sie holen lassen.« Julian ging zur Tür und gab dem Brigademajor den entsprechenden Befehl, dann kehrte er in das Zimmer zurück. Der Kommandant stand jetzt am offenen Fenster und lauschte dem wirren Lärm, den man von Badajos aus hörte.

»Ich lasse ihnen noch Zeit bis morgen. Wenn wir sie dann nicht aus der Stadt bekommen, werden wir auf dem Hauptplatz der Stadt einen Galgen errichten lassen«, erklärte er mit tonloser

Stimme. »Wir werden einige der Plünderer hängen, das wird die anderen zu Verstand bringen.«

»Sie werden in einem schlimmen Zustand sein, Sir.«

»Oh, das weiß ich. Demoralisiert, verkatert und beschämt. Eine Belagerung ist ein schmutziges Geschäft, Julian.«

»Etwas Schlimmeres gibt es nicht«, stimmte Julian ihm ernüchtert zu und nippte an seinem Wein.

Sanderson kam schon nach fünf Minuten zurück, mit der Nachricht, daß *La Violette* nicht in ihrer Unterkunft war und daß sie ihr Pferd aus dem Stall geholt hatte.

»Ob sie uns verlassen hat?« Mit hochgezogener Augenbraue sah Wellington den Oberst an.

Julian schüttelte den Kopf. »Nein, so schnell gibt sie nicht auf. Außerdem habe ich gehört, wie sie ihrem riesigen Leibwächter versprochen hat, daß sie hier in Elvas auf ihn warten wird.« Er stellte sein Glas auf den Tisch. »Ich werde sie suchen.«

Als er ging, versuchte er, die Besorgnis zu unterdrücken, die er bei dem Gedanken verspürte, daß sie vielleicht nach Badajos geritten sein könnte. Er konnte sich nicht vorstellen, daß sie etwas so Dummes tun würde, doch *Violette* lebte nach ihren eigenen Gesetzen, die ein gewöhnlicher Mann nicht begreifen konnte. Das ärgerlichste an der ganzen Sache aber war, daß er nicht verstand, warum er sich Sorgen um sie machte. Sie hatte sein Leben und seine Karriere in ein Chaos verwandelt, sie hatte seine Gefühle so leicht manipuliert wie seine körperlichen Reaktionen, und dennoch mußte er unbedingt wissen, daß sie in Sicherheit war.

Er fand sie, inmitten einem Kreis von Offizieren, vor seinem Zelt, *Cesar* stand daneben und zupfte an den spärlichen Grashalmen.

»Oh, da seid Ihr ja, Mylord Oberst.« Sie schenkte ihm ein sonniges Lächeln. »Ich habe eine kleine Bitte an Euch. Ich habe Euch gesucht, habe aber nur Euren Stab angetroffen. Und Dobbin hat mir freundlicherweise Tee gemacht.« Sie deutete mit der Hand auf den Emaillebecher.

»Wie nett«, sagte er trocken. »Meine Herren, habt Ihr am heutigen Morgen nichts Besseres zu tun als Euch um den Teekessel zu versammeln?«

»Wir sprachen gerade über die Lage in Badajos«, erklärte Tamsyn schnell, als ihre Gesprächspartner alle aufsprangen. »Hauptmann Frobisher erzählte mir gerade, was er mit dem Mädchen gemacht hat, das ich heute morgen gerettet habe. Und diese übrigen Offiziere beschrieben mir, wie es ihnen gelungen ist, die Türen eines Klosters zu sichern, damit das Haus nicht erstürmt werden kann. Sie haben dort eine Anzahl Frauen untergebracht und sind gerade erst aus der Stadt zurückgekehrt, um sich ein wenig auszuruhen.«

Julian bedauerte seinen Sarkasmus sofort, als er in die erschöpften Gesichter seiner Offiziere sah. »Ich entschuldige mich«, sagte er, mit dem schnellen, unwiderstehlichen Lächeln, das ihm schon seit seiner Kindheit Vergebung eingebracht hatte. »Ich bin ein wenig durcheinander. Ich wollte nicht ungerecht sein.«

»Oh, wir sind wohl alle ein wenig durcheinander«, antwortete Frank mit einem müden Lächeln. »Wir haben uns gefragt, ob es uns wohl gelingen würde, unsere Männer von den Straßen der Stadt zurückzuholen, wenn wir eine Anzahl Unteroffiziere zusammentrommeln können.«

»Ruht Euch erst einmal aus. Heute abend werden wir es versuchen, bis dahin sind sie vielleicht so abgestumpft, daß sie widerstandslos mit uns mitkommen.« Er wandte sich wieder an Tamsyn. »Wellington möchte mit Euch reden, *Violette.* Würdet Ihr bitte mit mir kommen?«

Obwohl es nicht wie eine Bitte klang, lächelte Tamsyn freundlich und antwortete mit einem schelmischen Aufblitzen ihrer Augen. »Ich bin erfreut, mit Euch kommen zu dürfen, Mylord Oberst. Das habe ich bereits bei mehreren Gelegenheiten klargemacht.«

Julian preßte die Lippen so fest zusammen, daß sie kaum noch zu sehen waren, und aus seinen strahlend blauen Augen sprühten Funken. Die umstehenden Männer versuchten, ein Grinsen zu unterdrücken.

»Erlaubt mir, Euch aufs Pferd zu helfen, Ma'am«, bot Frank sich an, ehe Julian sich soweit beruhigt hatte, um wieder sprechen zu können. Frank verschränkte die Hände für Tamsyns Fuß, und sie sprang ohne ein Wort des Dankes in den Sattel.

Sie nahm die Zügel, zog eine Augenbraue hoch und sah den noch immer wütenden Oberst an. »Ich bin bereit, Euch zu begleiten, Sir«, sagte sie.

Ohne ein Wort wandte Julian sein Pferd um und ritt auf dem schmalen Weg zwischen den Zelten davon. Tamsyn winkte seinen Kameraden noch einmal fröhlich zu, dann folgte sie ihm.

Hintereinander ritten sie über die Pontonbrücke nach Elvas, zum Stall des Hauptquartiers. Noch immer schweigend, ging Julian vor ihr her die Treppe hinauf. »Ist seine Lordschaft allein, Sanderson?«

»Jawohl, Sir. Lord March ist vor wenigen Minuten gegangen.«

»Gut.« Er klopfte an und öffnete die Tür, dann winkte er Tamsyn zu, daß sie vor ihm den Raum betrat.

»Guten Nachmittag, Sir«, begrüßte sie den Oberkommandierenden höflich. »Darf ich Euch zu Eurem hervorragenden Sieg gratulieren.« Der Unterton bitterer Ironie in ihrer Stimme ließ sich nicht verbergen, und Wellington sah sie mit gerunzelter Stirn an.

»Meine Männer haben wie Tiger gekämpft«, erklärte er sachlich. »Und sie sind wie wahre Helden gestorben.«

»Da bin ich sicher«, gab sie im gleichen Tonfall zurück. »Oberst St. Simon sagte, Ihr wolltet mich sprechen.« Sie setzte sich auf die Fensterbank und betrachtete ihm mit leicht zur Seite geneigtem Kopf. Ihre Augen blickten aufmerksam. Wie eine freche Drossel, dachte Julian, und trotz seines Ärgers belustigte ihn das.

»Wir haben Euch ein Angebot zu machen. Es ist der Vorschlag des Obersts, deshalb sollte er ihn Euch vielleicht selbst unterbreiten.«

Tamsyn wandte ihren wachen Blick dem Oberst zu. »Ich bin ganz Ohr, Mylord Oberst.«

Julian erklärte seinen Vorschlag. Seine Stimme war dabei ausdruckslos, genau wie sein Gesicht, und Tamsyn lauschte ihm gespannt.

Als er zu Ende geredet hatte, sagte sie: »O nein, das wird mir nicht genügen.«

Ihre kühle Ablehnung wurde von den beiden Männern mit erstauntem Schweigen beantwortet. Sie starrten sie beide an, dann fragte St. Simon: »Und warum nicht?«

»Nun, Ihr müßt doch begreifen, daß eine einfache Gouvernante nicht ausreichend ist«, argumentierte sie. »Da ich ganz sicher bin, daß die Familie meiner Mutter zur Aristokratie gehört, muß ich wissen, wie man sich in den höchsten Kreisen der Gesellschaft verhält. Gouvernanten wissen so etwas nicht. Ich muß alle nur erdenklichen Dinge über die obersten Familien wissen und auch die kleinen Eigenheiten in ihrem Benehmen, die Kniffe und Tricks, wie man sich kleidet, die nur ein Kenner dieser Gesellschaftsschicht weiß. Und wie sollte eine Gouvernante mich wohl vorstellen, wenn ich soweit bin, daß ich der Familie vorgestellt werden kann? Jemand mit hohem Rang muß für mich eintreten... er muß erklären, daß der Herzog von Wellington bereit war, mir freundlicherweise seinen Schutz zu gewähren.« Wieder bedachte sie den Herzog mit einem gewinnenden Lächeln.

»Sie hat nicht ganz unrecht, Julian.«

Julian begegnetete dem Blick seines Kommandanten und las darin die unwandelbare Botschaft. Er wandte sich zu der Gestalt auf der Fensterbank um. Tamsyn betrachtete betont abwesend ihre Fingernägel.

»Ich verfluche Euch, *Violette!*« zischte er. »Ich verfluche Euch, weil Ihr eine trickreiche, hinterlistige Hexe seid!«

Dies war sicher nicht der geeignete Augenblick, ihn um einen kleinen Geldkredit zu bitten. Tamsyn hob den Kopf und bedachte ihn mit einem kleinen Lächeln. »Ich werde Euch nicht zur Last fallen, Mylord Oberst, das verspreche ich Euch. Ich werde eine äußerst gelehrsame Schülerin sein, ein wahrer Gewinn für Eure Bemühungen.«

Julians Gesicht zeigte einen ungläubigen Ausdruck. Wellington lachte wiehernd auf.

»Sie hat es geschafft, Julian! Sie hat Euch völlig eingewickelt.«

Julian ging zu Tamsyn. Er beugte sich über sie, seine Hände stützte er zu beiden Seiten ihres Kopfes gegen das Fenster. So leise, daß nur sie es hören konnte, sagte er: »Es könnte sehr gut möglich sein, daß Ihr Euch da etwas zuviel zugemutet habt, *Violette.* Ich werde Euch nach meiner Pfeife tanzen lassen, bis Ihr nicht mehr wißt, welcher Tag es ist. Also, ich warne Euch jetzt schon.«

Tamsyn leckte sich mit der Zungenspitze über die Lippen, ihre

Augen zogen sich zusammen. »Ich denke, ich werde mit allem fertig werden, was Ihr mir zumutet, Mylord Oberst.«

Ihre Blicke trafen sich und hielten einander gefangen. Feindseligkeit und Herausforderung lagen darin, aber auch eine eigenartige Erregung wegen des Krieges, den sie miteinander ausfechten würden.

Dann reckte sich Julian und sprach wieder mit normaler Stimme, wenn auch völlig ausdruckslos. »Also, wir haben Eure Forderung nach der Bezahlung erfüllt, *Violette.* Jetzt ist es an der Zeit, *Euren* Teil des Handels zu erfüllen.«

»Aber sicher«, antwortete sie.

Wellington rief nach Sanderson, der mitschreiben sollte, dann begannen sie. St. Simon setzte sich in einen Sessel am Kamin und lauschte den Antworten der Banditin. Er wartete darauf, daß sie einer Frage Wellingtons auswich, suchte nach einem Anzeichen dafür, daß sie versuchte, sie beide an der Nase herumzuführen. Sie hatten nur Tamsyns Wort, daß ihre Informationen stimmten, doch er mußte zu seiner Überraschung feststellen, daß er ihren Worten glaubte. Sie war so glatt wie ein Aal, aber er war davon überzeugt, daß sie fair spielte, wenn sie das sagte.

Warum er allerdings sein Vertrauen in sie setzte, begriff er selbst nicht.

Es war eine lange und aufreibende Unterhaltung. Am Ende zeichnete Tamsyn noch eine sehr genaue Karte der Pässe durch das Guadarramagebirge, dann reckte sie sich und stützte die Hände in den Rücken. »Ich denke, das ist alles, was ich versprochen habe.«

»Jawohl.« Wellington nickte erfreut. »Sehr zufriedenstellend. Ich danke Euch.«

»Ich möchte nicht gerade behaupten, daß es mir ein Vergnügen war«, gestand Tamsyn offen.

»Oh, das glaube ich Euch nicht«, spottete Julian. »Ihr habt schließlich genau das bekommen, was Ihr für Eure Informationen haben wolltet.«

»Das stimmt.« *Und die Mittel, mich an den Penhallans zu rächen.* »Sollen wir unsere Reise beginnen, sobald Gabriel zurückkommt?«

»Je eher, desto besser«, erklärte Julian grob. »Und ich möchte das alles schriftlich niederlegen.« Er winkte Sanderson zu, der noch immer am Tisch saß. »Der Vertrag gilt sechs Monate, angefangen mit dem heutigen Tag, dem 7. April 1812. Er wird am 7. Oktober beendet sein, ob Ihr bis dahin erreicht habt, was Ihr wollt, oder nicht. Habt Ihr das verstanden?«

»Ganz genau.«

Sanderson schrieb eilig, streute Sand über das Schriftstück und schob es dann Tamsyn hin, damit sie unterschreiben konnte.

»Wie förmlich«, murmelte sie und setzte ihre Unterschrift unter das Dokument. »Man könnte fast glauben, Ihr traut mir nicht, Mylord Oberst.«

»So wie Ihr das sagt, könnte man fast glauben, daß ich einen Grund hätte, Euch zu trauen«, gab er zurück und ging zur Tür.

»Oh.« Tamsyn lief ihm nach, als er die Treppe hinunterging. »Da unser Vertrag mit dem heutigen Tag beginnt, obwohl wir unsere Reise noch nicht begonnen haben, kann ich Euch wohl um einen Gefallen bitten. Würdet Ihr mir ein wenig Geld leihen? Nur bis Gabriel zurückkommt?«

Er betrachtete sie einen Augenblick lang mit gerunzelter Stirn. »Ihr wollt, daß ich Euch zu alldem auch noch Geld leihe?«

»Nur, damit ich mir Kleidung kaufen kann. Was ich anhabe, sind nur noch Fetzen. Ich werde Euch das Geld zurückgeben, sobald Gabriel wieder da ist.«

Schweigend betrachtete er sie einen Augenblick, dann nickte er. »Also gut. Da, wie Ihr schon sagtet, unser Vertrag mit heutigem Tag beginnt, stimme ich Euch zu, daß Ihr wirklich dringend etwas anderes zum Anziehen braucht. Und ich weiß auch schon, wo wir die Sachen kaufen werden. Die Frau von Oberst Delacourt hat mir von dem Geschäft erzählt.« Mit entschlossenen Schritten ging er die Straße entlang, ohne sich darum zu kümmern, ob sie ihm auch folgte.

Tamsyn zögerte. Er hatte so einen Blick in den Augen gehabt, der sie ein wenig verunsicherte, ein belustigtes Aufblitzen, das jedoch nicht besonders freundlich wirkte. Aber dann zuckte sie mit den Schultern und lief hinter ihm her.

»Es ist nicht nötig, daß Ihr mich begleitet, Mylord Oberst.«

»Nennt mich nicht so.«

»Aber warum denn nicht?« fragte sie mit einem unschuldigen Lächeln.

»Mir gefällt der Ton nicht.«

»Ah. Und wie soll ich Euch dann nennen?«

»Oberst genügt. Oder Lord St. Simon, wenn Euch das lieber ist.«

Tamsyn verzog das Gesicht. »Das scheint mir sehr förmlich, für eine Beziehung von immerhin sechs Monaten.«

»Wir haben keine Beziehung.« Er versuchte, seiner Stimme einen ausdruckslosen Klang zu geben.

»Oh.« Tamsyn folgte ihm in eine schmale Seitenstraße. »Warum kann ich Euch nicht einfach Julian nennen?«

»Meine Freunde nennen mich so, und ich sehe keinen Grund, warum Ihr das auch tun solltet.« Er öffnete eine Tür und trat in das kühle Innere eines Geschäftes einer Modistin. »Hier herein.«

An der Schwelle blieb Tamsyn stehen. »Ich vermute, ich kann hier Unterwäsche kaufen. Es ist also wirklich nicht nötig, daß Ihr mitkommt, Mylord Oberst.«

Der Oberst antwortete nicht, er legte ihr eine Hand in den Rücken und schob sie in das Geschäft.

Eine Frau kam aus dem hinteren Teil des Ladens. Sie trug ein Kleid aus dunklem Kammgarn mit einer gestärkten weißen Schürze, um die Schultern hatte sie eine schwarze Spitzenmantilla gelegt. Nachdem sie einen schnellen Blick auf ihre beiden Besucher geworfen hatte, lächelte sie Julian plötzlich unterwürfig an und begrüßte ihn auf spanisch. »Guten Tag, Sir. Wie kann ich Euch dienlich sein?« Dabei bedachte sie seine Begleiterin nur mit einem flüchtigen Blick. In der dämmrigen Beleuchtung hielt sie Tamsyn für einen etwas zu klein geratenen jungen Mann.

»Meine Begleiterin muß von Kopf bis Fuß neu eingekleidet werden«, erklärte St. Simon und schob Tamsyn in die Nähe des Fensters, durch das schwaches Licht in den Raum fiel. »Ich denke, es wäre das Beste, wenn sie alles auszieht und wir von Anfang an beginnen.«

»He, Augenblick mal«, widersprach ihm Tamsyn. »Ich brauche ein paar neue Unterhosen, ein neues Hemd aus Batist oder Seide und ein paar Strümpfe. Und da ich sicher bin, daß sie Senhora keine Hosen verkauft, werde ich sie mir anderswo besorgen.«

Der Oberst ignorierte sie. Zu der erstaunten Senhora gewandt, meinte er: »Sie braucht Unterhosen, Unterhemd, Unterröcke, Seidenstrümpfe und ein Kleid… etwas Schlichtes, würde ich sagen, Musselin oder Batist.«

»Was redet Ihr da?« protestierte Tamsyn, jetzt allerdings in Englisch, damit die Senhora sie nicht verstand. »Ich kann doch hier unmöglich Frauenkleider tragen.«

»Und warum nicht? Zahllose andere Frauen können das auch«, entgegnete der Oberst trocken.

»Das ist etwas anderes… ich bin anders«, erklärte sie. »Ich kann mir nicht vorstellen, was Ihr Euch dabei denkt!«

»Wann habt Ihr zum letzten Mal einen Unterrock getragen?« fragte Julian, gänzlich ungerührt von ihrer wachsenden Verärgerung.

»Noch nie«, winkte sie ab. »Und Cecile auch nicht… oder, nun ja, sehr selten«, fügte sie hinzu. »Aber ich denke, das gehörte dann zu Ihrem Liebesspiel dazu. Röcke waren zu unpraktisch für ihre Art zu leben.«

»Nun, sie sind nicht zu unpraktisch für das Spielchen, das Ihr Euch zu spielen entschlossen habt«, meinte Julian. »In der Tat sind sie unverzichtbar dafür. Erlaubt mir, Euch daran zu erinnern, daß ich auf Euer Drängen hin die Zügel in diesem Spiel in den Händen halte. Deshalb werdet Ihr Euch auch meinen Regeln fügen. Vom heutigen Tag an werdet Ihr Frauenkleider tragen.«

»Aber… aber wir werden doch wahrscheinlich nach Lissabon reiten, um von dort aus mit dem Schiff weiterzureisen. Wie kann ich das in Frauenkleidern tun?«

»So, wie alle anderen Frauen das auch tun«, sagte er. »Es sei denn, Ihr würdet lieber in einem Wagen fahren.«

»Oh, seid nicht albern!« Mit einer ungeduldigen Handbewegung wandte sie sich zur Tür. »Ich werde schon zurechtkommen, bis Gabriel kommt. Er bringt mir meine Kleidung mit.«

Julian nahm sie am Arm und drehte sie zu sich herum. Seine Augen blickten sie mit ruhiger Bestimmtheit an. »Möchtet Ihr unseren Vertrag auflösen, *Violette?*«

Ihr Gesicht lief über und über rot an, und ihre Augen funkelten. »Ihr wollt alles abblasen, Sir?«

Er schüttelte den Kopf, ohne sie loszulassen und sah sie mit ruhigem Blick an. »Ich habe Euch gewarnt, daß wir dieses Spiel nach meinen Regeln spielen werden. Wenn Euch diese Regeln nicht gefallen, dann könnt Ihr jederzeit einen Rückzieher machen, wenn Ihr wollt.«

Tamsyn biß sich auf die Lippe. Verzweifelt kämpfte sie mit sich selbst. Sie wußte, er wartete nur darauf, daß sie ihm eine Entschuldigung dafür gab, ihre Übereinkunft zu beenden. Sie hatte ihm erklärt, daß sie bereit war, alles auf sich zu nehmen, was er ihr zumuten würde. Wollte sie jetzt etwa schon an der ersten Hürde aufgeben? Und immerhin war es eine Hürde, die sich ihr irgendwann sowieso gestellt hätte, und zwar eher früher als später. Doch sie war noch nicht bereit, unter diesen Umständen aufzuhören, *Violette* zu sein. Dafür war noch Zeit genug, wenn sie die friedliche grüne englische Landschaft erreichten, von der Cecile so oft erzählt hatte.

»Nun?« fragte Julian. Er war sich bewußt, daß die Senhora sie mit unverhüllter Neugier anstarrte und zu verstehen versuchte, was da vor sich ging.

Tamsyn entschied sich. Sie entzog ihm ihren Arm und sagte dann mit eisiger Stimme: »Ich sehe da keine Schwierigkeiten.« Sie begann, ihr Hemd aufzuknöpfen.

»Ay... ay!« Die Senhora stieß einen entsetzten Ruf aus und schob ihre ungewöhnliche Kundin hinter einen Wandschirm.

Tamsyn zog sich aus. Einige Kleidungsstücke hängte sie über den Wandschirm. Schuhe, Strümpfe, Unterhose und Hose fielen achtlos auf den Boden, während die Senhora hastig eine Auswahl an Unterwäsche herbeiholte, die sie nach einigem Zögern dem Oberst vorlegte.

»Möchtet Ihr lieber Seide oder Batist?« fragte Julian und sah sich den Stapel mit Spitzen verzierter Hemdchen an.

»Seide.« Tamsyns Kopf tauchte hinter dem Wandschirm auf. »Aber ich möchte auf keinen Fall Rüschen oder Bänder. Damit bleibt man überall hängen.«

»Probiert dieses hier.« Er warf ihr ein cremefarbenes Seidenhemdchen zu und wandte dann seine Aufmerksamkeit den Unterhosen zu. »Ich nehme an, Ihr wollt auch seidene Unterhosen.«

»Nein, Batist«, widersprach Tamsyn. »Und keine Rüschen.«

»Das könnte schwierig werden«, meinte er und hob die dünnen Kleidungsstücke eines nach dem anderen unter den entsetzten Blicken der Verkäuferin hoch. »Diese hier sind die schlichtesten, die ich finden konnte. Sie sind mit rosa Bändern besetzt.«

»Bah!« Tamsyn kam hinter dem Wandschirm hervor, nur mit dem Hemdchen bekleidet, das ihr bis zu den Schenkeln reichte. »Laßt mich sehen.«

»Ay de mi«, stöhnte die Senhora, als der Oberst zur Seite trat, damit das nur spärlich bekleidete Mädchen selbst auswählen konnte.

Selbst ein Heiliger hätte ihr nicht widerstehen können. Als sie sich über die Ladentheke beugte, berührte ihr Körper den seinen. Julians Hände wanderten zu ihren Oberschenkeln. Er fühlte, wie sie erstarrte, doch sie tat so, als wäre nichts geschehen, und suchte weiter in dem Stapel mit den durchsichtigen Kleidungsstücken aus Seide und Batist. Seine Hände glitten höher, unter das Hemdchen, über die seidenweiche Haut ihres Pos. Tamsyn warf ihm nur einen schnellen Seitenblick zu, dann grinste sie verschmitzt.

Julian merkte, daß sein Atem heftiger ging. Was war nur mit seinem eisernen Vorsatz geschehen, der Verzauberung zu widerstehen, die von dieser Banditin ausging? Er kniff in die feste Haut ihres Pos, so fest er nur konnte, und hörte wie sie scharf den Atem einzog. Dann wandte er sich mit einem möglichst unbeteiligten Gesichtsausdruck an die Senhora.

»Zeigt mir ein paar Kleider, Senhora. Ich bezweifle, daß Ihr etwas habt, das klein genug ist. Ich denke, etwas, das einem Kind passen würde, wäre vielleicht angebracht.«

Tamsyn verlor das Interesse an ihrem Verführungsspiel bei dieser offensichtlichen Beleidigung. Sie wandte sich um, um zu protestieren, mußte dann aber feststellen, daß die beiden in den hinteren Teil des Geschäftes gegangen waren, wo sie sich angeregt unterhielten. Tamsyn griff nach einer einigermaßen schlichten Unterhose, einem Unterrock aus Batist, seidenen Strümpfen und Strumpfhaltern und verschwand damit hinter dem Wandschirm.

»Dies hier ist gut, denke ich.« Julian hielt ein Kleid aus cremefarbenem Musselin mit Puffärmeln in der Hand, das unter der

Brust mit einer violetten Schärpe gebunden wurde. Violette Stickereien verzierten den Saum und den Halsausschnitt des Kleides.

Tamsyn kam hinter dem Wandschirm hervor. Mit einem Ausdruck resignierter Verzweiflung und gerümpfter Nase betrachtete sie das Kleid. »Es ist so dünn. Bei der ersten Gelegenheit wird es zerreißen, wenn ich irgendwo damit hängenbleibe.«

»Wir wollen hoffen, daß Ihr damit nicht herumlauft, um irgendwo hängenzubleiben«, erklärte er und schob ihr das Kleid über den Kopf. Er trat ein paar Schritte zur Seite, während die Senhora sich beeilte, die Haken und Knöpfe an dem Kleid zu schließen und die Schärpe zu binden.

»Es muß noch ein Stück gekürzt werden«, erklärte die Senhora, die jetzt, da ihre Kundin anständig gekleidet war, allmählich ruhiger wurde. »In einer halben Stunden wird es fertig sein.«

Tamsyn machte ein paar Schritte in dem Kleid. Mit dem Fuß schob sie den weiten Stoff vor sich her. »Das ist lächerlich! Wie kann man sich bewegen, wenn einem all dieser Stoff um die Beine baumelt?«

»Die meisten Frauen schaffen das ohne jede Schwierigkeit«, erklärte ihr Julian. »Und es wird besser gehen, wenn das Kleid ein Stück kürzer ist.« Er betrachtete sie mit einem unwillkürlichen Lächeln. Trotz der Tatsache, daß Tamsyn sich in dem Kleid äußerst unwohl zu fühlen schien, war eine erstaunliche Verwandlung mit ihr vorgegangen. Ihre schlanke Gestalt schien zerbrechlicher, die sanfte Rundung ihrer Brust und die leichte Wölbung ihrer Hüften wurden durch das Kleid hervorgehoben. Ihr schmaler Kopf mit der leuchtenden Kappe silberblonden Haares saß auf einem langen, schlanken Hals, der sich anmutig aus dem Ausschnitt des Kleides hob.

»Butterblume«, sagte er und lachte leise. »Genauso seht Ihr aus. Ihr seid nicht länger *Violette*, ein Veilchen, jetzt seid Ihr eine Butterblume in der Sonne.«

Tamsyns Gesichtsausdruck sagte ihm genau, was sie von seiner Beschreibung hielt. Sie ging noch einmal durch den Raum, dann blieb sie vor dem großen Spiegel stehen. *»Santa Maria«*, murmelte sie. »Ich sehe völlig lächerlich aus. Die ganze Stadt wird über mich lachen.« Im Spiegel warf sie Julian einen Blick zu. »Ich nehme an, das ist genau das, was Ihr wollt... Rache.«

Er schüttelte den Kopf. »Nein, so ist es nicht. Außerdem, warum glaubt Ihr, daß die Leute über Euch lachen werden? Nur weil Ihr wie eine Frau ausseht, anstatt wie eine geschlechtslose Kreatur aus den Bergen?«

»Nun, wenigstens ich werde über meinen Anblick lachen«, erklärte sie.

»Gewöhnt Euch daran«, riet er ihr. »Denn so werdet Ihr aussehen, solange Ihr und ich durch diesen Vertrag gebunden sind.«

»Und Ihr werdet keine Gelegenheit auslassen, Euch dafür an mir zu rächen, nicht wahr?« Sie wandte sich um und sah ihn an.

»Nein«, gab er ihr recht. »Keine einzige.«

10

Tamsyn saß im Hinterzimmer der Modistin, während eine junge Näherin den Saum des Musselinkleides kürzte. Julian suchte mit einem ihrer Stiefel in der Hand, wegen der Größe, nach Schuhen, die zu ihrem neuen Kleid passen würden.

Er hat mich geschickt überlistet, überlegte Tamsyn trübsinnig, während sie dem Mädchen zusah, dessen geschickte Finger schnell arbeiteten. Und es sah ganz so aus, als hätte der Oberst die perfekte Waffe, um einen Sieg in allen strittigen Punkten zu erreichen. Doch sie war mehr daran interessiert als er, daß ihre Vereinbarung weiterging, deshalb mußte sie alles tun, was ihn zufriedenstellte.

Es gab Gelegenheiten, wo sie gar nichts dagegen hatte, ihn zufriedenzustellen, und sie hatte angenommen, daß er das Liebesspiel als angemessene Entschädigung für seine Mühen ansehen würde. Doch leider schien Lord St. Simon entschlossen, ihren Verführungskünsten zu widerstehen. Obwohl ihm das bis jetzt nicht allzu gut gelungen war.

Der Gedanke besserte ihre Laune ein wenig, und sie stand auf, um das Kleid erneut auszuprobieren. Die Länge wurde als zufriedenstellend erklärt, und Tamsyn betrachtete sich noch einmal im Spiegel.

Sie sah gar nicht aus wie sie selbst. Es war äußerst beunruhigend, beinahe so, als säße ihr Kopf auf einem fremden Körper. Doch auf keinen Fall würde sie dem Oberst einen weiteren Grund bieten, daß er mit sich selbst zufrieden wäre. Er würde feststellen müssen, daß sie ihre neue Ausstattung mit fröhlichem Gesicht akzeptierte, und wenn die Leute über sie lachten, dann würde sie eben mitlachen.

Als Julian mit einem Paar bronzefarbener Wildlederschuhe zurückkam, begrüßte Tamsyn ihn mit einem strahlenden Lächeln und hielt ihm freundlich den Fuß hin, um die Schuhe anzuprobieren. Sie erklärte ihm sogar, wie hübsch sie seien.

Julian warf ihr einen mißtrauischen Blick zu, doch sah er nur ihr freundliches Lächeln. Sie ging in dem Geschäft hin und her, erklärte, daß die Schuhe ausgezeichnet paßten, und bat die Senhora, ihre alten Kleider und Stiefel einzupacken.

»Die Stiefel könnt Ihr behalten«, meinte der Oberst. »Aber die anderen Sachen braucht Ihr nicht mehr.«

»Vielleicht werde ich sie in Eurer Gegenwart nicht mehr tragen, Mylord Oberst«, sagte Tamsyn gutgelaunt. »Trotzdem möchte ich sie behalten.«

Er zuckte nur mit den Schultern, dann zog er einige Geldscheine aus seiner Tasche.

»Ihr solltet alles sorgfältig aufschreiben, Mylord Oberst«, meinte Tamsyn so wohlgelaunt wie zuvor. »Es würde mir nicht gefallen, in Eurer Schuld zu stehen.«

»Oh, macht Euch darum keine Sorge, Butterblume, ich werde schon dafür sorgen, daß das nicht geschieht.«

»Nennt mich nicht so«, bat Tamsyn. Ihre Fassade der Freundlichkeit bekam einen Sprung.

»Dann nennt Ihr mich nicht Mylord Oberst«, gab er zurück. Dann zählte er die Scheine in die Hand der begierig wartenden Senhora.

Er scheint ein würdiger und ebenbürtiger Gegner zu sein, dachte Tamsyn, als sie zur Tür ging. Draußen warf die Abendsonne lange Schatten auf die schmale Straße. Eine angenehme Kühle lag in der Luft, der leichte Wind strich über ihre Arme. Das dünne Kleid wehte um ihren Körper, und sie fühlte sich beinahe nackt. Es war äußerst beunruhigend.

»Hier, das werdet Ihr brauchen.« Julian legte eine seidene Mantilla um ihre Schultern. »Die Senhora war besorgt, daß Ihr Euch erkälten könntet.«

»Ich war in meinem ganzen Leben noch nie erkältet.«

»Nein, aber bis jetzt wart Ihr noch nie so unpraktisch gekleidet.«

»Oh, dann stimmt Ihr mir also zu!« rief sie verärgert. »Es ist die unpraktischste, lächerlichste, unbequemste Kleidung, die ich mir vorstellen kann.«

Er lachte leise, und ihr wurde klar, daß er sie mit einem Trick dazu gebracht hatte, ihre wahren Gefühle auszusprechen. Verärgert trat sie gegen den Saum des Kleides, während sie die Straße entlangging; sie bewegte sich mit so großen Schritten, als trüge sie noch immer Hosen.

Julian folgte ihr in einigem Abstand. Er zuckte zusammen, als sich der Saum des Kleides an einem Stein verfing und sie ihn grob losriß und dann mit dem zierlichen Wildlederschuh nach dem Stein trat.

»Tamsyn!« Er packte sie am Arm und zwang sie, langsamer zu gehen. »Das ist nicht die richtige Art, sich fortzubewegen. Ihr müßt Eure Röcke und Euren Unterrock mit einer Hand hochhalten … seht her, so.« Er zeigte es ihr, indem er den Stoff seiner Hose am Knie zwischen Zeigefinger und Daumen nahm und einen Schritt nach vorn machte. »Seht Ihr?«

»Ich glaube, ich habe es noch nicht richtig gesehen«, erklärte Tamsyn mit ernstem Gesicht. »Vielleicht könnt Ihr mir es noch einmal zeigen.«

»Es ist doch ganz einfach«, begann er ungeduldig. »Ihr zieht den Stoff einfach ein wenig zur Seite … *Diablillo!*« explodierte er, als Tamsyn in lautes Gelächter ausbrach und sich vor Lachen krümmte. Er gab ihr einen wenig höflichen Klaps. Seine Verärgerung kämpfte mit der Belustigung darüber, wie er wohl ausgesehen haben mußte.

Tamsyn nahm sich schnell zusammen und blickte lachend in sein Gesicht. Dann nahm sie ihren Rock übertrieben geziert in eine Hand und machte einen kleinen Schritt, wobei sie die Nase hob und die Augen gen Himmel richtete. »Etwa so, Mylord Oberst?«

»Wenn Ihr nicht seht, wohin Ihr geht, Butterblume, dann werdet Ihr auf Eurem Po in der Gosse landen«, meinte er.

Tamsyn grinste und ließ den Rock fallen. Sie mußte in Zukunft daran denken, ihn nicht mehr ›Mylord Oberst‹ zu nennen.

»Nehmt jetzt meinen Arm«, befahl er, nahm ihre Hand und legte sie um seinen Ellbogen. »Und mit der anderen Hand hebt Ihr Euren Rock, damit er nicht durch den Schmutz schleift. Und paßt auf, wohin Ihr tretet.«

Auf diese Art gingen sie zur breiten Hauptstraße, wo Tamsyn sich verlegen umsah. Sie hoffte, sie würde kein bekanntes Gesicht entdeckten. Weil sie in ihren eigenen Augen so lächerlich aussah, konnte sie sich nicht vorstellen, daß die anderen Menschen sie vielleicht nicht so sahen.

»Um Gottes willen, ist das nicht Gabriel?« sagte Julian plötzlich. Die unverkennbare Gestalt des Riesen auf seinem kräftigen Pferd kam um die Ecke am Ende der Straße. Er führte zwei Packesel mit sich, und dahinter folgte ein weiteres Maultier mit einer Reiterin, die in Umhänge und Mantillas gehüllt war.

Mit einem Freudenschrei ließ Tamsyn den Arm des Obersts los. Sie vergaß ihre Verlegenheit und lief die Straße hinunter. Dabei hob sie ihre Röcke mit beiden Händen, damit sie nicht über das Kleid stolperte. »Gabriel, wie schnell du zurückgekommen bist!«

»Was hattest du denn erwartet, kleines Mädchen«, meinte Gabriel und stieg von seinem Pferd. »Och, Kind, was hast du denn an?«

»Das gehört alles zu meinem Plan«, erklärte sie schnell und löste sich aus seiner Umarmung. »Ich weiß, ich sehe dumm aus damit, aber der Oberst hat darauf bestanden. Ich werde es dir später erklären.«

»Nun, nun«, meinte Julian gedehnt. »Also gehört Gabriel nicht zu Eurem kleinen Spielchen dazu. Das erstaunt mich.«

Gabriel betrachtete den Oberst aufmerksam. »Wie ich sehe, habt Ihr auf das Kind aufgepaßt.«

»Natürlich. Obwohl sie es mir nicht gerade leichtgemacht hat«, fügte er bissig hinzu.

Gabriel nickte. »Das hatte ich auch nicht erwartet.« Er wandte sich den Packeseln zu, zu denen Tamsyn gelaufen war. Sie unterhielt sich angeregt in Spanisch mit der Frau, die auf dem Maultier saß. Gabriel hob die Frau von dem Maultier, er hielt sie in den Armen, als sei sie eine Feder, obwohl Julian durch die Unmenge von Schals und Mantillas erkennen konnte, daß sie nicht gerade ein Leichtgewicht war.

Als sie auf ihren Füßen stand, schüttelte sie die Umhänge ab, und man entdeckte darunter eine kleine Frau von stattlichem Umfang. Sie legte die Mantilla ab und enthüllte ein rundes, gütiges Gesicht und kleine dunkle Augen, so schwarz wie Johannisbeeren. Sofort fiel sie Tamsyn um den Hals und sprudelte einen Strom liebevoller Worte hervor. Gabriel sah den beiden mit einem zufriedenen Nicken zu.

»Och, Frau, hör auf mit dem Geplapper und laß das Mädchen in Ruhe«, sagte er, als er fand, die Begrüßung habe lange genug gedauert. »Ich würde jetzt gern dafür sorgen, daß diese Sachen hier verstaut werden... ich will sie nicht offen auf der Straße stehenlassen, das ist nicht sicher.«

»Oh, es ist sicher genug«, meinte Tamsyn und wandte sich ihm zu. »Immerhin sind wir hier im Hauptquartier von Wellingtons Armee. Außerdem stehen wir unter dem Schutz eines englischen Gentlemans. Nicht wahr, Lord St. Simon?«

»Ganz gewiß«, stimmte er ihr zu. Er weigerte sich, den Köder anzunehmen. »Ich würde vorschlagen, Ihr stellt die Tiere zu *Cesar* in den Stall, und als nächstes werden wir sehen, ob Senhora Braganza noch zusätzliche Gäste aufnehmen kann.«

»Ja«, rief Tamsyn. »Wir können die Packesel abladen und alles in meinem Zimmer bei der Senhora verstauen. Dort werden die Sachen in Sicherheit sein.«

»Dann zeig uns den Weg.« Gabriel nahm die Zügel und nickte. »Kümmere dich um dein Tier, Frau.«

Tamsyn lief vor dem Zug her. Julian beeilte sich, sie einzuholen. »Wer ist diese Frau?«

»Josefa... Gabriels Frau«, erklärte Tamsyn ihm.

»Seine Ehefrau?«

Tamsyn schürzte die Lippen und dachte nach. »Das kommt ganz darauf an, wie man die Sache sieht, würde ich sagen. Sie teilt das Bett mit ihm, schon solange ich denken kann. Sie war meine Kinderfrau. Sie wird mit uns nach England kommen, als meine Aufwartefrau oder *Dueña*... wie Ihr es nennen wollt. Eine junge

Hidalogofrau hat ganz bestimmt eine *Dueña*. Ich habe an alles gedacht.«

»Ich weiß Eure Voraussicht zu schätzen«, murmelte Julian. »Also wird Gabriel auch mit uns kommen?«

»Natürlich. Er würde nicht zulassen, daß ich ohne ihn reise«, erklärte sie, als wäre das ganz offensichtlich.

»Aber er weiß noch nichts davon, nehme ich an.«

»Noch nicht«, erklärte ihm Tamsyn fröhlich. »Ich werde es den beiden heute abend beibringen. Im Augenblick macht er sich viel zu viele Sorgen um den Schatz, um auf mich zu hören. Er wird erst wieder beruhigt sein, wenn alles sicher verstaut ist.«

»Schatz?«

»Ja, mein Erbe. Es soll meinen Plan finanzieren, Oberst. Ich habe Euch doch gesagt, ich würde keine Last für Euch sein.«

Julian starrte sie an. »Woraus genau besteht dieser... dieser Schatz?«

»Es sind die Früchte eines Lebens als Straßenräuber, Sir«, erklärte sie schlicht. »Aus was könnten sie wohl bestehen? Gold, Silber, Juwelen, Dukaten, Francs. Es ist ein ziemliches Vermögen.«

»Guter Gott!« murmelte er schwach. »Hat denn die Bande von Deserteuren...«

Ihr Gesicht wurde ernst. »Natürlich waren sie dahinter her. Sie hatten von dem unendlichen Reichtum von *El Baron* gehört. Aber sie haben den Schatz nicht gefunden. Der Baron war schließlich kein Dummkopf. Nur er und Gabriel wußten, wo der Schatz sich befand. Denn er wußte, daß nur er und Gabriel das Versteck niemals verraten würden, selbst wenn man sie folterte.«

»Verstehe.« Eine weitere Antwort schien nicht nötig zu sein.

»Habt Ihr die Absicht, in einem Konvoi von Soldaten durch Portugal zu reisen?«

»Darüber habe ich noch gar nicht nachgedacht. Aber mit einer solchen Fracht würde ich denken, je mehr Schutz wir haben, desto besser.« Er verzog das Gesicht, als er an die Verantwortung dachte, eine solche Ladung durch die Berge nach Lissabon zu bringen. Portugal war eine freundlich gesinnte Nation, es war der englischen Armee dankbar für die Befreiung von Napoleon, aber in den Bergen hielten sich noch immer Räuberbanden auf.

»Oh, Gabriel wird sich seine eigenen Leute aussuchen«, sagte Tamsyn. »Und es werden ganz bestimmt keine Soldaten sein. Ich fragte nach dem Konvoi, weil ich denke, daß das keine so gute Idee sein wird. Gabriel mag keine Soldaten … genausowenig wie ich … und er kann manchmal …« Sie hielt inne. »Nun ja, manchmal ist er ein wenig unberechenbar, besonders, wenn er getrunken hat.«

»Was wollt Ihr damit sagen: unberechenbar?« Sofort erinnerte Julian sich wieder an das Gefühl des Schwertes auf seinem nackten Rücken und den Ausdruck in Tamsyns Augen, als sie mit Gabriel gesprochen hatte, in dem verzweifelten Versuch, ihn davon zu überzeugen, daß sie bei dem lustvollen Spiel am Fluß ein williger Partner gewesen war.

»Hitzig«, erklärte Tamsyn und dachte, daß dieses Wort eine starke Untertreibung war, doch die nackte Wahrheit würde den Oberst vielleicht unnötig aufbringen.

»Du lieber Gott«, murmelte Julian. Eine Reise, auf der er einen Troß von unschätzbarem Wert begleiten und außerdem die verlockende *La Violette* ertragen mußte, die ihn immer wieder schrecklich wütend machte, würde außerdem erschwert werden durch einen Mann, der gewalttätig wurde, wann immer er trank.

»Es passiert nicht sehr oft«, versicherte Tamsyn ihm. »Und Josefa versteht es, ihn zu beruhigen … wenn sie ihn früh genug erwischt«, fügte sie noch hinzu, dann waren sie schon am Haus der Senhora Braganza angekommen.

Julian enthielt sich einer Entgegnung. »Ich werde Euch hier verlassen. Wenn ich die nötigen Vorkehrungen getroffen habe, werde ich Euch Bescheid geben.«

»Oh.« Tamsyn runzelte die Stirn. »Und wann wird das sein?«

»Das werdet Ihr schon noch erfahren. Ich würde vorschlagen, Ihr beschäftigt Euch in dieser Zeit mit der Vervollständigung Eurer Garderobe. Ihr werdet ein Reitkleid brauchen und einen Damensattel. Ich hoffe, Ihr werdet in der Lage sein, *Cesar* in der Gewalt zu haben, wenn Ihr im Damensattel reitet? Wenn nicht, dann werde ich Euch ein anderes Pferd besorgen.«

Er wandte sich abrupt ab. »Gabriel, ich möchte noch ein Wort mit Euch reden … Habt Ihr die Absicht, Wachen hierfür abzustellen?« Er deutete auf die Packesel. »Auf unserem Weg nach Lissabon?«

»Nach Lissabon? Da wollen wir also hin?« Gabriel zuckte nachlässig mit den Schultern. »Dann werde ich wohl einige Männer brauchen. Ich finde sie hier in der Stadt.«

»Wir können auch in einem Konvoi von Soldaten reisen. Es gehen ständig welche von hier aus nach Lissabon, um die verwundeten Soldaten dort hinzubringen.«

Gabriel schüttelte den Kopf und spuckte auf den Boden. »Ich halte nichts von Soldaten, Oberst. Anwesende natürlich ausgeschlossen.«

»Oh, natürlich«, stimmte ihm Julian zu. »Nun ja, ich überlasse euch die Entscheidung. Ihr habt noch ein paar Tage Zeit.«

Er blickte zum Haus, wo Tamsyn und Josefa in eine angeregte Unterhaltung mit der Senhora vertieft waren, untermalt von vielen Gesten und Schulterzucken.

Gabriel folgte seinem Blick. »Die Frauen werden schon alles zu unserer Zufriedenheit erledigen, da bin ich ganz sicher«, meinte er. »Ich kümmere mich am besten zunächst einmal darum, die Sachen hier abzuladen. Ich mag es nicht, wenn alles so lange auf der Straße steht. Bis dann, Oberst.« Er wandte sich zu dem ersten der Packesel um und hob eine große, mit Eisen beschlagene Kiste von dem Rücken des Tiers.

Julian dachte daran, ihm seine Hilfe anzubieten, doch dann entschied er sich dagegen. Seine Aufgabe, mochte sie auch noch so ungewöhnlich sein, schloß nicht ein, daß er wie ein Landarbeiter schuftete. Er machte sich auf den Weg zum Hauptquartier.

Tamsyn sah ihm mit gerunzelter Stirn nach. Ihr gefiel es gar nicht, daß er sie so leichtfertig beiseite schob.

Sie überließ es Josefa und der Senhora, sich um die Unterkunft zu sorgen und ging zurück zum Tor. Dabei wich sie Gabriel aus, der mit einer weiteren Kiste auf der Schulter zum Haus ging.

»He, Junge.« Sie winkte einem kleinen Jungen zu, der auf der Straße einen Stein vor sich hertrat. »Siehst du diesen Oberst dort drüben?« Sie deutete auf Julian, der die Straße hinunterging. Der Junge nickte. »Folge ihm und gib mir Bescheid, wo er seinen Abend verbringt. Vielleicht geht er zum Lager der Soldaten zurück, vielleicht wird er auch im Hauptquartier bleiben. Komm hierher zurück und sage es mir, dann bekommst du dafür einen Cruzado.«

Der Junge grinste und lief los. Vor dem Hauptquartier, in dem sein Opfer verschwunden war, suchte er sich einen Beobachtungsposten.

Julian ahnte nichts von seinem jugendlichen Verfolger, als er Wellingtons Quartier betrat. Der Oberkommandierende war umgeben von seinem Stab. Er begrüßte den Oberst knapp.

»St. Simon, Ihr werdet mit uns essen. Wir überlegen gerade gemeinsam, was genau Ihr in Westminster für uns verlangen sollt. Sollen wir das Maximum verlangen und dann in unseren Forderungen langsam nachgeben? Oder sollen wir vernünftige Forderungen stellen, die das Ministerium nicht so sehr gegen uns aufbringen wird?«

Julian schob alle Gedanken an Tamsyn, an den Schatz und den unberechenbaren Gabriel beiseite und zog sich einen Stuhl heran. Auch wenn ihm diese diplomatische Mission ganz und gar nicht gefiel, so war er sich doch ihrer Bedeutung bewußt.

Der Junge wartete draußen, bis es dunkel war. Der Oberst erschien nicht wieder, aber eine Reihe Bediensteter betrat das Gebäude. Sie kamen aus der Küche in dem Haus nebenan und brachten Tabletts und Teller voller Essen. Durch die offenen Fenster hörte man das Klirren von Geschirr und Gläsern und die Stimmen der Männer, die zusammen um den Tisch saßen.

Der Junge lief zum Haus der Witwe zurück und klopfte an die Küchentür, die ein Stück offenstand, um die angenehme Frühlingsluft ins Haus zu lassen. Er spähte hinein und blickte in die von Kerzen erleuchtete Küche, in der Tamsyn mit Gabriel, Josefa und Senhora Braganza saß. Sie nahmen eine Mahlzeit zu sich, die wesentlich einfacher war als die, die man dem Herzog und seinem Stab serviert hatte. Doch dieser Vergleich kümmerte keinen der Menschen, die hier um den Tisch saßen.

»Ah, guter Junge«, sagte Tamsyn, als sie den Ankömmling entdeckte. Sie schob den Stuhl zurück und stand auf. »Wo ist der Oberst?«

»Er ißt mit den anderen zusammen im Hauptquartier, Senhorita. Er ist gleich von hier aus dorthin gegangen und ist seitdem nicht wieder herausgekommen. Ich habe die Tür keinen Augenblick aus den Augen gelassen.«

»Gut.« Tamsyn nickte. »Gabriel, hast du einen Cruzado für mich?«

Gabriel griff in seine Tasche und warf dem Jungen eine Silbermünze zu. »Also, was hat du nun wieder vor, kleines Mädchen?«

Tamsyn steckte sich eine Olive in den Mund und lächelte. »Es war nur so eine Vorahnung von mir. In einer halben Stunde wirst du ins Hauptquartier gehen und dem Oberst erklären, daß ich dringend mit ihm sprechen muß.«

Gabriel riß dem gebratenen Hühnchen vor ihm ein Bein aus. »Wenn du das unbedingt möchtest.« Er biß in das zarte Fleisch.

Tamsyn nickte. Sie nahm den Olivenkern aus dem Mund und warf ihn in den Garten. »Ich habe noch einige Vorbereitungen zu treffen. In einer halben Stunde wirst du gehen, vergiß es nicht. Bis dahin sind sie sicher beim Portwein angekommen.«

Sie verschwand nach oben und ließ die anderen allein zu Ende essen. Niemand schien sich im geringsten an ihren Anweisungen zu stoßen oder an der Tatsache, daß sie einfach nach oben verschwand. Die drei anderen aßen ungerührt weiter.

Nach einer halben Stunde schob Gabriel seinen Stuhl zurück. »Dann mache ich mich jetzt auf den Weg zum Hauptquartier«, sagte er.

Die Frauen nickten nur und begannen, den Tisch abzuräumen. Dabei unterhielten sie sich angeregt in einem Mischmasch aus Spanisch und Portugiesisch, den sie jedoch beide ausgezeichnet zu verstehen schienen.

Gabriel ging zum Hauptquartier. Dort marschierte er die Treppe hinauf und begrüßte den Brigademajor mit einem kurzen Nicken. »Ist Oberst St. Simon dort drinnen?« Er deutete auf die Tür, vor der der Leutnant saß.

»Ja, aber er ist beim Essen«, erklärte Sanderson mit hochmütiger Stimme. Er starrte den riesigen, derb aussehenden Besucher an, der mit lederner Hose und Wams bekleidet war und mit einem Hemd aus grobem selbstgesponnenen Stoff. Um den Hals trug er ein nicht mehr sehr sauberes Tuch. Sein graues Haar war im Nacken zu einem Pferdeschwanz zusammengebunden. »Und wer seid Ihr?«

»Das geht dich gar nichts an, Junge«, erklärte Gabriel freundlich. »Ich werde den Oberst holen.«

»Nein!« Sanderson sprang auf, als sein Besucher auf die Tür zuging. »Ihr könnt dort nicht hineingehen!«

»O doch, das kann ich, mein Junge!« Gabriel packte den unglücklichen Leutnant am Kragen und hob ihn mühelos hoch. »Aber darüber wollen wir uns gar nicht streiten. Möchtest du reingehen und mich ankündigen, oder soll ich selbst reingehen?«

Als Sanderson den Mund öffnete, um nach Verstärkung zu rufen, schob Gabriel ihn zurück auf seinen Stuhl. »Na, dann werde ich mich eben selbst ankündigen«, sagter er freundlich.

Kurz darauf kamen zwei Infanteristen atemlos die Treppe hinaufgelaufen, aber da war Gabriel bereits im Allerheiligsten des Oberkommandierenden verschwunden.

Die Männer am Tisch sahen erstaunt auf, als der Riese eintrat. Julian schloß für einen Augenblick die Augen und seufzte ergeben. Hinter Gabriel traten Sanderson und die Verstärkung in den Raum.

»Entschuldigung, Sir, aber ich konnte ihn nicht aufhalten.«

Wellington hob sein Lorgnon an die Augen und betrachtete den Neuankömmling. »Nein, ich kann sehen, daß Euch das schwergefallen wäre«, bemerkte er bissig. »Und mit wem habe ich die Ehre?«

Gabriel machte sich nicht die Mühe, sich vorzustellen. »Tut mir leid, wenn ich Euch beim Essen störe, meine Herren,«, sagte er nur. »Aber ich bin hier, um Oberst St. Simon zu holen. Das Mädchen möchte dringend mit ihm reden.«

»Er meint *La Violette*«, erklärte Julian gedehnt. Er lehnte sich in seinem Stuhl zurück und spielte mit seinem Weinglas. »Was will sie denn jetzt schon wieder, Gabriel?«

Gabriel zuckte die Achseln. »Keine Ahnung, Oberst. Sie hat mir nur gesagt, ich sollte Euch holen.«

Julian trank sein Glas leer, dann schob er seinen Stuhl zurück. »Ihr werdet mich entschuldigen, meine Herren. Eine Dame soll man nicht warten lassen.« Sarkasmus klang aus seiner Stimme, und Gabriel runzelte die Stirn.

»Das soll doch nicht etwa eine Beleidigung für das kleine Mädchen sein, Oberst, nicht wahr?«

»Diese Kreatur, die Ihr immer wieder *kleines Mädchen* nennt, Gabriel, ist ein hinterhältiger kleiner Teufel«, erklärte Julian direkt.

»Und wenn Ihr Euch mit mir über diese Beschreibung streiten wollt, dann würde ich vorschlagen, daß wir dafür nach draußen gehen.«

Einen Augenblick lang herrschte Stille, dann dröhnte Gabriels lautes Lachen durch das Zimmer, daß die Gläser klirrten. »Och, ich glaube nicht, daß ich mich mit Euch streiten möchte, Mann. Sollen wir jetzt gehen?«

Julian nickte. Er verbeugte sich vor den anderen Männern aus Wellingtons Stab und verließ dann hinter Gabriel den Raum. Sanderson und seine Männer folgten ihm.

»Also, hat sie Euch ihren verrückten Plan bereits erklärt?« fragte er Gabriel, als sie durch die von Lampen erhellten Straßen von Elvas gingen.

»Noch nicht«, antwortete Gabriel gelassen. »Sie wird es mir sagen, wenn sie es für richtig hält.«

»Und Ihr seid nicht neugierig?«

Gabriel schüttelte den Kopf. »Ich werde dahin gehen, wohin sie geht.«

Als sie das Haus der Witwe Braganza erreichten, zögerte Julian in dem kleinen Flur. Er hörte die Unterhaltung der beiden älteren Frauen in der Küche. »Wo ist sie?«

»Oben, glaube ich«, antwortete Gabriel. »Ich werde in den Garten gehen und dort meine Pfeife rauchen.« Er verschwand in der Küche und schloß die Tür hinter sich.

Julian fluchte leise. Tamsyn hatte wieder einen neuen Trick ausgeheckt, dessen war er sicher. Er blickte zu der schmalen Treppe, dann schüttelte er ungeduldig den Kopf, und ging hinauf. Laut klopfte er an die Tür am oberen Absatz. Eine leise Stimme bat ihn hinein, und er öffnete die Tür.

Auf der Schwelle blieb er wie angewurzelt stehen. Ungläubig starrte er auf das Bild, das sich ihm bot. Schwaches Licht fiel durch das kleine, runde Fenster auf eine wahre Schatzhöhle des Aladin. Auf dem Boden standen geöffnete Kisten und zeigten ihren Inhalt: glänzende Seide, dicker Samt, das tiefe Grün von Smaragden und das leuchtende Weiß von Diamanten, dunkelglühende Rubine, meergrüne Aquamarine, strahlende Türkise.

Noch während er entgeistert starrte, hörte er ein leises Lachen, das von dem schmalen Bett kam. Er blickt auf, und einen Augenblick lang glaubte er, sich in einem verrückten Traum in einem Tollhaus wiederzufinden.

Gold bedeckte das Bett, aber nicht nur das Bett. Es bedeckte auch den Körper von *La Violette.* Goldmünzen in jeder nur denkbaren Währung glänzten im Mondlicht, sie bewegten sich bei jedem Atemzug auf der milchweißen Haut ihres Körpers.

»Jesus, Maria und Josef«, flüsterte er. »Was um alles in der Welt tut Ihr da?«

»Sucht Euch etwas aus«, sagte sie, ohne aufzustehen. »Ihr habt einen Ausgleich verdient für die mühsame Aufgabe, zu der ich Euch gezwungen habe.«

Ärger stieg in ihm auf, heiß und brennend. »Ihr bietet mir eine Bezahlung an?« wollte er wissen. Er konnte kaum glauben, daß er richtig gehört hatte.

»Einen Ausgleich«, murmelte Tamsyn. »Seht Euch um. Wählt das aus, was Ihr haben möchtet.« Sie bewegte sich ein wenig, und die goldenen Münzen auf ihrem Körper klirrten.

»Ihr wagt es, mir das Geld eines Räubers anzubieten?« Er ging zum Bett, seine Augen waren dunkel vor Ärger. »Von all den beleidigenden...«

»Ihr solltet nicht gleich die falschen Schlüsse ziehen«, unterbrach sie ihn lächelnd. Ihre Augen strahlten genauso wie die Juwelen in der Kiste. Nur ihr Gesicht war nicht von den Schätzen bedeckt, und er ließ seine Blicke langsam über ihren Körper gleiten. Die kleinen rosigen Spitzen, die aus den goldenen Hügel ihrer Brüste hervorlugten, faszinierten ihn. Gold lag auf ihrem flachen Bauch. Aus dem Bauchnabel glänzte ein Smaragd, Dukaten bedeckten ihre Schenkel, und auf jedem Zehennagel glänzte eine polierte Dublone.

»Es gibt mehr als nur eine Art von Schatz, die ich Euch anbiete«, murmelte sie. »Wenn Ihr das Gold ablehnt, solltet Ihr nachsehen, was sich darunter verbirgt. Vielleicht gefällt Euch ja etwas davon.« Vorsichtig schob sie ihre Schenkel auseinander, und das funkelnde Strahlen eines Diamanten leuchtete im Licht der Sterne.

»Ihr... ihr...« Es gab keine Worte. Er blickte in die dunkle Höhlung ihres Körpers, wo die Diamanten ihn lockten.

Langsam sank er neben dem Bett auf die Knie und strich die Münzen mit den Fingerspitzen von ihren Brüsten. Er senkte den Kopf und umkreiste mit der Zungenspitze die Brustwarzen, die sich ihm verlangend entgegenreckten, schmeckte die warme Süße ihrer Haut, in die sich der metallische Geschmack des Goldes mischte.

Tamsyn lag ganz still, während er schweigend ihren Körper enthüllte. Münze um Münze schob er langsam beiseite und legte sie auf den Boden neben das Bett. Jeden Zentimeter ihrer Haut, den er bloßgelegt hatte, bedeckte er mit seinen Küßen.

Es fiel Tamsyn immer schwerer, ruhig liegenzubleiben. Sie hatte erwartet, daß er mit einer ungeduldigen, leidenschaftlichen Handbewegung die Münzen von ihrem Körper schieben würde, halb ärgerlich, halb verlangend. Doch dieses herrlich langsame Enthüllen ließ jeden einzelnen Nerv in ihren Körper prickeln. Überall dort, wo seine Lippen sie berührten, brannte ihre Haut, und das Blut floß schneller durch ihre Adern.

Er nahm die Münzen von ihrem Bauch, ließ aber den Smaragd auf ihrem Nabel. Langsam schob er dann die Münzen von ihren Schenkeln, ihren Beinen und ihren Füßen. Jeden einzelnen ihrer Zehen nahm er sanft zwischen seine Lippen. Ihre Fußsohlen streichelte er mit der Zunge, bis sie leise aufstöhnte und sich unruhig zu bewegen begann.

Julian blickte auf, ihre beiden Füße hielt er in den Händen. Die Diamanten lockten ihn von der dunklen, feuchten Höhle ihres Körpers.

»Zauberin«, sagte er leise. Es war das erste Wort, das er gesprochen hatte, seit er dieses kleine Zimmer voller Juwelen betreten hatte.

Er erhob sich von den Knien. Tamsyn wandte den Kopf, um ihm zuzusehen, wie er sich über eine der Kisten beugte und mit den Fingern durch die Schätze fuhr, suchend, auswählend. Mit einer Hand voller Ketten, Armbänder und einzelner Steine kam er zum Bett zurück. Wieder kniete er neben ihr nieder, dann begann er ihren Körper zu schmücken, dabei sahen seine Augen sie eindringlich an. Er ließ Armbänder über ihre Hand- und Fußgelenke gleiten, legte eine Perlenkette um ihren Hals. Eine Goldkette, mit

Smaragden verziert, schob er unter sie und schloß sie um ihre Taille, eine andere legte er um ihre Brust.

Dann trat er zurück und betrachtete sein Werk. Ein kleines Lächeln umspielte seinen Mund. Er blickte auf den großen, glatten Diamanten, den er in der Hand hielt, und das Lächeln erreichte auch seine Augen. »Dreh dich um«, flüsterte er mit vor Verlangen dunkler Stimme. »Aber vorsichtig.«

Tamsyn drehte sich auf den Bauch. Der Gürtel aus Smaragden und Gold preßte sich in die weiche Haut ihres Bauches, er war kühl auf ihrer erhitzten Brust.

Julian beugte sich über sie. Ein leichter Schauer durchlief ihren Körper, als er mit den Diamanten über ihren Rücken fuhr, an den Linien ihrer Schulterblätter entlang, über ihre Rippen und ihre Wirbelsäule. Sie krallte die Zehen in die Matratze, als der Stein leicht über ihr Rückgrat kratzte und über ihren Po, ihre sanften Rundungen streichelte, ehe Julian die weichen Falten auseinanderschob und den Stein in den Diamantengarten zwischen ihr Schenkel schob.

Tamsyn zog scharf den Atem ein, doch dann mußte sie lächeln. Dies war ein Liebhaber, der ihrer Phantasie gewachsen war. Doch noch immer schwieg er. Als er sich wieder aufrichtete, rollte sie herum, sehr vorsichtig, um nicht den glitzernden Garten zu zerstören. Ihre Augen glänzten noch mehr als der Schmuck auf ihrem Körper.

Mit hungrigem Blick sah sie zu, wie er sich entkleidete, so langsam, als hätte er alle Zeit der Welt, als würde sein Körper nicht vor Verlangen nach ihr brennen. Als er nackt vor ihr stand, blickte sie voll unverhüllter Begierde auf seinen herrlichen, kraftvollen Körper, der ihr deutlich zeigte, wie erregt er war. Voller Verlangen streckte sie ihm ihre Arme entgegen.

Er beugte sich über sie, preßte seine Lippen auf ihre, und in seinem Kuß lag eine wilde Besitzergreifung. Tief schob sich seine Zunge in ihren Mund. Sie schlang die Arme um seinen Hals und öffnete seiner suchenden Zunge ihren Mund, öffnete sich ihm ganz.

Schließlich zog er sich ein wenig von ihr zurück, seine Augen waren voller Begehren. Ganz langsam glitten seine Hände über ihren Körper, schoben ihre Schenkel auseinander und öffneten ihm den geheimsten Quell ihres Körpers und den Schatz, den er barg.

»Und jetzt, Schatz, gehörst du mir«, sagte er ruhig.

11

London

»Der König ist verrückt, Prinny ist ein arroganter Querkopf und der Rest sind alles Tölpel!«

Diese kurze, allumfassende Verurteilung der königlichen Familie wurde mit bedrücktem Schweigen entgegengenommen. Der Sprecher nahm einen großen Schluck Wein und sah dann reihum die Männer an, die mit ihm an dem Tisch im Palast von Westminster saßen, als wolle er sie herausfordern, ihm zu widersprechen. Er war Ende Sechzig, mit schwarzen Augen, die so hart blickten wie Stein unter buschigen grauen Augenbrauen und einer Mähne eisgrauen Haares.

»Und der Handel kostet uns verdammt viel Geld, Penhallan«, sagte einer der anderen drei Männer. Er lehnte sich in seinem Stuhl zurück und öffnete einen Knopf an der gestreiften Weste, die sich über seinem runden Bauch spannte. »Prinnys monströser Phantasie-Pavillon in Brighton! So etwas habe ich noch nie in meinem Leben gesehen. All diese Türmchen und Drachen.«

Cedric Penhallan schnaufte. »Schreckliche Monstrositäten! Und die Gesellschaft nickt und strahlt und gratuliert diesem Dummkopf auch noch zu seinem guten Geschmack und seinem Einfallsreichtum, und das Parlament bezahlt die Rechnung.«

»Genau.« Die Zustimmung kam vom Premierminister, der sich entschlossen in seinem Stuhl aufsetzte, als hätte er entschieden, daß es an der Zeit war, die Besprechung zu leiten. »Genau darum geht es hier, meine Herren. Zunächst ist da einmal Wellington, der mit jedem Postschiff eine Forderung nach Geld schickt, die Admiralität braucht mehr Schiffe, und der Palast wird mit jedem Tag gieriger. Wir können nicht gleichzeitig Napoleon bekämpfen und auch noch jeden bizarren Wunsch Prinnys erfüllen... ganz zu schweigen von den Ansprüchen, die seine Brüder stellen!«

Cedric Penhallan nahm einen Apfel aus der ziselierten Silberschale und schälte ihn sorgfältig mit dem kleinen Dessertmesser. Mit gerunzelter Stirn widmete er dem Apfel seine ganze Aufmerksamkeit, und es gelang ihm, ihn in einer perfekten Spirale zu schälen. Die Unterhaltung bei diesem Essen mit dem Premierminister und seinen wenigen engen Vertrauten hatte eine familiäre Wendung genommen: Wie konnte man die widersprüchlichen Bedürfnisse eines Landes, das sich im Krieg befand, mit den finanziellen Forderungen eines nutzlosen, selbstherrlichen Regenten vereinbaren, der nicht einsehen wollte, daß seine Forderungen nicht augenblicklich von einem unterwürfigen Parlament erfüllt wurden?

»Die Stuarts haben ihre Lektion auf die harte Art gelernt«, sagte er und verzog zynisch den Mund. »Vielleicht sollten wir dem Haus von Hanover dieselbe Medizin verabreichen?«

Seinen Worten folgte ein Augenblick des erstaunten Schweigens, dann lachten die Männer um den Tisch ein wenig verlegen. Wenn man mit Lord Penhallan dinierte, lernte man schnell die sarkastische Härte seiner Meinungen und seine Art der Abhilfe für alle Probleme kennen, aber zu hören, daß Penhallan eine Revolution und einen Königsmord vorschlug, wenn auch nur ironisch gemeint, war selbst für seine intimsten Freunde ein wenig zuviel.

»Ihr habt einen gefährlichen Sinn für Humor, Penhallan«, sagte der Premierminister. Er hatte das Gefühl, ein kleiner Tadel sei hier angebracht.

»Habe ich etwa Spaß gemacht?« Lord Penhallan zog die Augenbrauen hoch. In seinen Augen blitzte geringschätzige Belustigung. »Wie lange beabsichtigt die britische Regierung denn noch, den vulgären Extravaganzen eines deutschen Tölpels Vorschub zu leisten?« Er schob seinen Stuhl zurück. »Ihr müßt mich entschuldigen, meine Herren. Mylord«, er nickte dem Premierminister zu, »es war ein ausgezeichnetes Essen. Ich freue mich schon auf Euren Besuch am Grosvenor Square am nächsten Donnerstag. Ich habe eine Lieferung Burgunder bekommen, die Ihr unbedingt probieren müßt.«

Nachdem er sich von seinen Gefährten verabschiedet hatte, ging Cedric Penahllan in den kühlen Märzabend hinaus. Die Unterhaltung hatte ihn verärgert, doch er hatte die anderen seine Verärgerung spüren lassen und hoffte, daß er eine Saat gesät hatte in den Korridoren der Macht, die vielleicht Früchte tragen würde. Irgendwann mußte jemand der Verschwendungssucht der königlichen Familie die Zügel anlegen. Es war höchste Zeit, der Regierung ins Gedächtnis zu rufen, daß der König und seine Familie nichts anderes waren als dumme Sterbliche, die vom Parlament kontrolliert werden konnten.

Er lächelte vor sich hin, als er mit schnellen Schritten durch die Straßen ging. Für einen so großen, kräftigen Mann waren seine Schritte erstaunlich leicht. Es hatte ihm Spaß gemacht, die anderen mit seiner sorglosen Anspielung auf die Exekution von Charles dem Ersten zu schockieren. Natürlich würde er nie ernsthaft einen solchen Weg vorschlagen, das wußten die anderen so gut wie er... oder wenigstens glaubten sie es zu wissen.

Sein Lächeln wurde noch breiter, als er die Stufen zu seiner Haustür hinaufging. Er ließ seinen politischen Einfluß hinter geschlossenen Türen spielen, mehr durch geflüsterte Bemerkungen und Andeutungen als durch direkte Erklärungen. Im House of Lords sah man ihn selten eine Rede halten, aber Lord Penhallans Macht war vielschichtig und hatte einen langen Arm.

Die Haustür wurde geöffnet, noch ehe er die Hand an den Türklopfer legen konnte, und der Butler verbeugte sich vor ihm.

»Guten Abend, Mylord. Ich hoffe, Ihr hattet einen angenehmen Abend.«

Cedric antwortete nicht. Mit gerunzelter Stirn stand er in der von Kerzen erhellten Eingangshalle. Ein schrilles Quieken kam aus der Bibliothek, gefolgt von dem betrunkenen Lachen eines Mannes. »Meine Neffen verbringen den Abend zu Hause«, bemerkte er mit eisiger Stimme. Diesmal war es der Butler, der nicht antwortete.

Cedric ging mit großen Schritten zur Bibliothek und riß die Tür auf. Er verzog den Mund bei dem Anblick, der sich ihm bot. Drei Frauen, bekleidet mit wenig mehr als der Schminke in ihren Gesichtern, standen auf dem Tisch und tanzten für eine Gruppe von fünf Männern, die sich auf der Couch und in den Sesseln räkelten und Gläser in den Händen hielten.

»Onkel, wir hatten Euch nicht so früh zurückerwartet.« Einer der Männer kam unbeholfen auf die Beine. In dem betrunkenen Stottern seiner Stimme lang ein angstvoller Unterton.

»Gewiß nicht«, erklärte sein Onkel voller Abscheu. »Ich habe euch schon oft erklärt, daß ich in meinem Haus keine Hurerei dulde. Seht zu, daß diese Dirnen hier verschwinden, und wickelt eure Geschäfte im Bordell ab, wo sie hingehören.«

Er trat zur Seite und beobachtete voller Ekel, wie die Männer auf die Beine kamen und Entschuldigungen murmelten. Die Frauen stiegen vom Tisch und zogen hastig ihre Unterröcke und Röcke wieder an. Ihre Augen waren glasig vom Alkohol, in ihnen lag der Hunger der Verzweifelten.

Eine von ihnen trat auf David Penhallan zu und bedachte ihn mit einem tadelnden Lächeln. »Eine Guinee für jede, Sir«, jammerte sie. »Das habt Ihr versprochen, Sir.«

Sie schwankte zurück, als Cedrics Neffe ihr mit der Hand ins Gesicht schlug. »Du glaubst wohl, ich bin ein solcher Dummkopf, daß ich für den betrunkenen Tanz eines Sacks voller Knochen eine Guinee bezahle?« fragte er brutal. »Macht, daß ihr hier rauskommt!« Er hob wieder die Hand, und die Frau wich vor ihm zurück. Sie legte die Hand an ihre schmerzende Wange.

»Oh, wir sollten ihnen wirklich etwas geben für ihren Tanz, David«, sagte sein Zwillingsbruder mit einem Kichern, das eher bedrohlich als belustigt klang. Charles griff in seine Tasche und warf den Frauen eine Handvoll Pennys zu. Eine der Münzen traf eine Frau am Auge, mit einem Schmerzensschrei wich sie zurück. Doch dann krabbelte auch sie, genau wie die anderen, auf dem Boden herum, um die Münzen aufzuheben. Die Männer standen dabei und lachten. Sie alle beteiligten sich an dem Spiel, die Frauen mit Münzen zu bombardieren.

Mit einem Ausruf voller Abscheu wandte sich Cedric ab und verließ den Raum. Er verachtete seine Neffen, und er war nicht daran interessiert, ihre kindischen kleinen Grausamkeiten mit anzusehen. Die Frauen, die sie quälten, bedeuteten Lord Penhallan nichts, er wollte sie nur nicht in seinem Haus haben.

Er ging die Treppe hinauf. Auf dem Absatz blieb er einige Augenblicke stehen und betrachtete das Portrait einer jungen Frau, das an der Wand hing. Silberblondes Haar umrahmte ein Gesicht, das ihn mit veilchenblauen Augen ansah, mit dem gleichen herausfordernden, schelmischen Lächeln, an das er sich auch noch nach zwanzig Jahren nur zu gut erinnerte. Seine Schwester. Der einzige Mensch, aus dem er sich je etwas gemacht hatte. Der einzige Mensch, der es gewagt hatte, ihn herauszufordern, sich über seinen Ehrgeiz lustig zu machen, seine Position und seine Macht zu bedrohen.

Cedric glaubte, noch immer ihre Stimme zu hören, ihr helles Lachen, als sie ihm erklärt hatte, daß sie seine Unterhaltung mit dem Herzog von Cranford mitangehört hatte und wie interessant William Pitt es wohl finden würde, daß einer seiner engsten Vertrauten hinter seinem Rücken daran arbeitete, ihn zu entmachten. Der Preis für ihr Schweigen sollte ihre Befreiung von der Autorität ihres Bruders sein. Sie wollte die Freiheit haben, jedes Abenteuer, das ihr verlockend erschien, zu verfolgen, und, wenn sie soweit war, wollte sie selbst den Mann auswählen, den sie heiraten würde, ohne daran denken zu müssen, ob er für die Laufbahn ihres Bruders nützlich war oder nicht.

Die hübsche, lebhafte kleine Celia war zu gefährlich geworden.

Er schüttelte den Kopf und ging weiter nach oben. Die erneuten Schreie und das betrunkene Lachen aus der Halle überhörte er, als die Frauen aus dem Haus gejagt wurden und die Nachtschwärmer ihnen folgten, auf der Suche nach einer neuen Unterhaltung.

Portugal

»Also, was steckt hinter dieser Reise, kleines Mädchen?«

Tamsyn blickte zum Himmel, ihre Augen folgten dem Flug eines Adlers, der über einem Bergpaß schwebte. Seine herrlichen Schwingen hoben sich schwarz vor dem wolkenlosen Blau des Himmels ab.

»Wir werden uns an Cedric Penhallan rächen, Gabriel.« Ein entschlossener Zug lag um ihren Mund, und ihre Augen blickten plötzlich hart. Sie sah zu ihm hinüber. Sie ritten Seite an Seite und folgten dem schmalen Ziegenpfad den Berghang entlang. »Und wir werden uns die Penhallan-Diamanten holen. Rechtmäßig gehörten sie meiner Mutter, und deshalb gehören sie jetzt mir.«

Gabriel holte den Weinschlauch von seinem Gürtel und ließ einen Strahl roten Wein in seinen Mund laufen. Er kannte die Geschichte genausogut, wie Tamsyn sie kannte. Er reichte ihr den Weinschlauch. »Glaubst du, der Baron hätte gewollt, daß du dich rächst, Mädchen?« fragte er sie nachdenklich.

»Ich weiß, daß er das gewollt hätte«, erklärte sie mit ruhiger Sicherheit. »Cecile ist durch ihren Bruder um ihr Erbe gebracht worden. Er hat ihren Tod geplant.« Sie hob den Weinschlauch und genoß den kühlen Strahl Wein, der durch ihre Kehle rann. »Der Baron hat geschworen, daß sie gerächt werden sollte. Ich habe sie bei Nacht miteinander reden hören.«

Sie schwieg eine Weile und dachte an all die Abende, die sie in ihrem Bett gelegen hatte, die Tür angelehnt, und den sanften Stimmen gelauscht hatte, dem vollen Lachen des Barons, Ceciles melodischem Lachen und manchmal auch der eisigen Kälte in der Stimme von *El Baron*, wenn er ärgerlich war wegen irgendeiner Dummheit oder wenn er herausgefunden hatte, daß jemand ihm nicht treu ergeben war. Cecile dämpfte immer seine Wut, aber nie mischte sie sich in seine Geschäfte ein, und es war ihr auch nie gelungen, seine rasende Wut auf Cedric Penhallan zu besänftigen, den der Räuberbaron dafür bezahlt hatte, daß er die schmutzige Arbeit für ihn erledigte.

Gabriel runzelte die Stirn, seine normalerweise unerschütterliche Gelassenheit war gestört. Er war nicht sicher, was er von Tamsyns Plan halten sollte, denn er war nicht sicher, was der Baron davon gehalten hätte. »Der Baron hatte eine mächtige Abneigung gegen die Familie deiner Mutter«, begann er vorsichtig. »Aber ich glaube nicht, daß er dich da hineinziehen wollte. Und Cecile hat immer gesagt, daß es keinen Grund zur Rache gäbe, weil der Plan ihres Bruders so gründlich schiefgelaufen ist.«

Tamsyn schüttelte den Kopf. Sie verschloß den Weinschlauch wieder und reichte ihn Gabriel. »Aber du weißt auch, daß der Baron immer abgestritten hat, daß Cedrics Plan schiefgelaufen ist. Er wollte seine Schwester aus dem Weg räumen, und er wollte sie um ihr rechtmäßiges Erbe bringen. Beides hat er geschafft. Der Baron hatte immer die Absicht, diesen Makel wiedergutzumachen. Und da er es nicht mehr kann, werde ich es für ihn erledigen.«

Gabriels Besorgnis wuchs. »Aber Cecile hat immer die gute Seite an der Sache gesehen«, erklärte er. »Es hat niemals eine Liebe gegeben, die so groß war wie die ihre, und sie hat immer behauptet, daß es Penhallan war, der das ermöglicht hatte.«

»Cedric Penhallan hat meinen Vater für Ceciles Entführung und für ihren Tod bezahlt«, sagte Tamsyn mit ausdrucksloser Stimme. »Die Tatsache, daß sie statt dessen ein Leben voller Glück gefunden hat, mit dem Mann, den Cedric für diese schmutzige Arbeit bezahlt hat, hatte sie ganz sicher nicht ihm zu verdanken. Es ist an der Zeit, daß er für die ganze Angelegenheit zahlt.«

Gabriel schnalzte mit der Zunge und dachte nach. Der Baron hatte ihm anvertraut, daß er sich angemessen an den Penhallans rächen wollte. Man konnte sagen, daß er jetzt nach seinem Tod seinem alten Freund diese Last auferlegt hatte, weil er sie nicht mehr selbst durchführen konnte. Gabriel hatte auf jeden Fall die Verantwortung, die Tochter des Barons zu beschützen, und wenn sie sich dafür entschied, an Stelle ihres Vaters diese Rache zu übernehmen, dann hatte er keine Wahl.

Für einen Mann der Tat und weniger der Entschlüsse, war diese Schlußfolgerung beinahe eine Erleichterung. »Und wie willst du deine Verwandtschaft mit Penhallan beweisen?«

»Ich habe das Medaillon, das Portrait und noch andere Dokumente. Cecile hat mir alles gegeben, was ich brauche, um zu beweisen, daß ich ihre Tochter bin.« Tamsyn rutschte auf dem ungewohnten Damensattel hin und her. »Sie hat mir auch gesagt, daß ihr wirklicher Name Celia war. Sie hat begonnen, sich Cecile zu nennen, als sie vierzehn war, weil ihr dieser Name besser gefiel.« Ein kleines Lächeln umspielte ihren Mund, als sie in Gedanken die lachende Stimme ihrer Mutter hörte, mit der sie ihren eigenen jugendlichen Sinn für Romantik beschrieben hatte.

»Sie hat mir erzählt, sie hätte eine romantische Anwandlung gehabt, als sie noch ein junges Mädchen war, und es hätte ihren Bruder schrecklich geärgert, als sie sich weigerte, auf einen anderen Namen als Cecile zu hören.« Sie blickte zu Gabriel. »Sie meinte, wenn ich es je nötig hätte, den Penhallans gegenüber meine Identität zu beweisen, dann wäre diese Tatsache für Cedric die letzte Bestätigung, denn das war etwas, was sonst niemand wußte.«

Gabriel pfiff leise durch die Zähne und nickte. »Wenn sie dir all das gesagt hat, kleines Mädchen, dann nehme ich an, war sie nicht völlig gegen den Gedanken der Rache.«

»Nein«, stimmte Tamsyn ihm zu. »Aber sie hätte es nicht Rache genannt, sondern eher eine Wiedergutmachung.« Sie lachte leise. Ceciles außergewöhnliche Ausdrucksweise hatte den Räuberbaron immer belustigt. »Und sie hat mir auch einen schriftlichen und von Zeugen beglaubigten Bericht ihrer Entführung gegeben«, sprach Tamsyn weiter. »Wenn dieser Bericht in einer der Londoner Zeitungen erscheinen würde, bestätigt von ihrer eigenen Tochter, dann würde das ihrem Bruder einige beträchtliche Unannehmlichkeiten bereiten, glaubst du nicht auch?«

»Wenn ihr Bruder überhaupt noch lebt«, warf Gabriel ein.

»Das ist wahr«, gab sie zu. »Doch wenn er noch lebt, dann weiß ich, was ich tun werde. Wenn er nicht mehr lebt... dann kommt alles auf seinen Nachfolger an... und auch auf den Rest der Familie. Wenn die Familie nichts von Cedrics Plan gewußt hat, dann kann ich sie wohl kaum dafür verantwortlich machen. Wir werden schon sehen, was wir tun müssen, Gabriel.«

»Du redest von Erpressung, kleines Mädchen, weißt du das?«

Tamsyn schüttelte den Kopf. »Nein, ich habe die Absicht, Cedric Penhallans Betrug vor aller Welt zu offenbaren. Aber um überhaupt glaubwürdig zu sein, muß ich einen guten Ruf besitzen. Und dafür brauche ich den Oberst. Wenn ich erst einmal in die Gesellschaft eingeführt bin als der Schützling eines so hochgestellten Aristokraten, dann wird meine Geschichte sehr viel mehr Gewicht haben, als wenn sie von einer unbekannten Frau erzählt wird, die von irgendwoher kommt. Und wenn erst einmal die Wahrheit überall bekannt ist, dann werde ich die Diamanten ganz von selbst bekommen, denn sie gehören rechtmäßig zweifellos mir.«

»Und wieviel von all dem weiß der Oberst?«

Tamsyn blickte auf den breiteren, häufiger benutzten Weg unter ihnen, der vom Tal auf den Paß zulief. Die große Gestalt von Oberst Lord Julian St. Simon ritt vor den Packpferden her. Sechs abscheulich aussehende, von Waffen strotzende Reiter ritten als Eskorte neben den Pferden, das Maultier, auf dem Josefa saß, trottete langsam hinter ihnen her.

»Gar nichts«, sagte sie. »Er hat keine Ahnung von den Penhallans und auch nicht von den Diamanten oder dem Plan, Cecile umzubringen. Er und Wellington wissen nur, daß ich eine Waise bin, die ganz allein auf der Welt steht und verzweifelt versucht, ein Zuhause und eine Familie zu finden, die ihren Ursprung in Cornwall hat.«

Gabriel warf den Kopf zurück und schnaufte verächtlich. »Und auf diese Geschichte sind sie hereingefallen? Och, kleines Mädchen, du solltest dich schämen. Du bringst ja erwachsene Männer zum Weinen mit deinen Geschichten!«

»Cecile hat immer gesagt, die Ritterlichkeit eines englischen Gentlemans ist eine sehr nützliche Schwäche«, erklärte ihm Tamsyn und grinste. »Ich brauche einen Ausgangspunkt in Cornwall, und ich brauche den richtigen Zugang zur Gesellschaft. Unter dem Schutz des Obersts, in seinem Hause untergebracht, werde ich das alles haben.«

»Ich würde vorsichtig sein, was den Oberst betrifft, wenn ich an deiner Stelle wäre«, riet ihr Gabriel. »Er ist kein Mann, der es gern hat, wenn man mit ihm spielt... wie ritterlich er auch sein mag.«

»Aber ich spiele doch gar nicht mit ihm«, rechtfertigte sich Tamsyn. »Ich benutze ihn ganz einfach nur für meine Zwecke.«

»Aber das wird ihm auch nicht gefallen.«

Tamsyn mußte ihm innerlich zustimmen. »Aber er wird nichts dagegen tun können. Ich habe nicht die Absicht, in England zu bleiben, wenn ich erst einmal ausgeführt habe, was ich mir vorgenommen habe. Außerdem wird der Oberst so erleichtert sein, wenn er zu seinem geliebten Krieg zurückkehren kann, daß es ihm zu diesem Zeitpunkt wahrscheinlich ganz egal sein wird.«

Gabriel zuckte mit den Schultern. »Hoffentlich hast du recht, Mädchen.«

Auch Tamsyn zuckte die Achseln, dann hob sie grüßend die Hand, als sie sah, daß der Oberst zu ihnen hinaufblickte. Zum Schutz gegen die Sonne hatte er die Hand über die Augen gelegt.

Julian tat so, als habe er ihr Winken gar nicht gesehen. Es ärgerte ihn, daß sie und Gabriel nicht mit ihnen zusammen ritten, sie benahmen sich, als wären sie noch immer Partisanen. Er ritt daher allein, nur die dick eingepackte Josefa auf ihrem Maultier begleitete ihn. Die anderen Reiter, die zur Bewachung abgestellt waren, konnte man wohl kaum als Begleiter bezeichnen. Sie waren eine wilde Horde von Schurken und wurden angeführt von einem einäugigen Wilden, der keinen Hehl daraus machte, daß er dem englischen Oberst nicht traute. Doch sahen sie wirklich so aus, als könnten sie Tamsyns Schatz erfolgreich verteidigen, wenn es nötig wäre.

Er blickte zu dem Berghang hinauf und stellte fest, daß Tamsyn den Pfad oberhalb von ihnen verlassen hatte und daß *Cesar* sich einen Weg nach unten suchte. Sicher fand er den richtigen Weg zwischen den Büschen und den Kakteen hindurch, die an dem Hang wuchsen. Ein wenig vor der Eskorte erreichte sie den Weg. Eine kleine Steinlawine kam mit ihr herunter, die *Cesar* losgetreten hatte.

Es fiel Tamsyn nicht schwer, im Damensattel zu reiten, doch Julian hatte nicht erwartet, daß sie es auch tun würde. Sie fühlte sich im Sattel so wohl, als wäre er ihre Wiege gewesen. Es wäre allerdings interessant zu sehen, wie sie auf dem harten englischen Sattel ritt, der keine Rückenlehne hatte. Sie würde ihren exotischen, gepolsterten Sattel aufgeben müssen, wenn sie mit der feinen Gesellschaft im Hyde Park ritt oder auch über die ruhigen Landstraßen Englands, wenn sie erwartete, von den hochgestellten Leuten aufgenommen zu werden.

»Fühlt Ihr Euch einsam?« begrüßte sie ihn fröhlich und lenkte ihr Pferd auf dem schmalen Weg neben das seine.

»Ihr und Gabriel scheint eine sehr interessante Unterhaltung gehabt zu haben«, antwortete er. Eine kleine Röte stieg in ihr sonnengebräuntes Gesicht, und Julian fragte sich, welchen Grund das wohl hatte.

»Oh, ich habe ihm nur die Einzelheiten meines Planes erklärt«, meinte sie. »Ich hatte vorher keine Zeit dazu.«

»Verstehe. Und er hat Euren Plan voller Begeisterung aufgenommen?«

»Warum sollte er das nicht tun?« Auf den sarkastischen Ton in Julians Stimme antwortete Tamsyn heftiger als beabsichtigt.

»Oh, dafür gibt es keinen besonderen Grund.« Julian zuckte mit den Schultern. »Ich bin sicher, es wird ihm überhaupt nicht schwerfallen, das Leben, das er bisher geführt hat, aufzugeben, und auch das Land, das er seit so vielen Jahren seine Heimat nennt. Und selbst wenn es ihm schwerfallen würde, würdet Ihr trotzdem von ihm erwarten, daß er das tut, was Ihr wollt.« Seine Stimme klang so unbeteiligt, als rede er über das Wetter.

Tamsyn wurde rot. »Ich weiß nicht, was Ihr damit sagen wollt.«

»Mein liebes Mädchen, Ihr wißt ganz genau, was ich damit sagen will. Wenn Ihr etwas haben wollt, dann sorgt Ihr dafür, daß Ihr es auch bekommt. Gabriels Treue würde es nicht zulassen, daß er Euch seine Unterstützung entzieht, und das nutzt Ihr schamlos aus.«

»Oh, wie schrecklich Ihr doch seid!« rief sie leise aus. »Wie könnt Ihr nur so etwas Entsetzliches von mir behaupten!«

»Ihr vergeßt, daß Ihr auch mich auf Euren Hexenbesen gesetzt habt«, antwortete er genauso sarkastisch wie zuvor. »Ihr habt keinen Gedanken an meinen Rang verschwendet oder an meine Gefühle.«

Tamsyn biß sich auf die Lippen. Sie war erstaunt, daß Tränen in ihren Augen brannten bei seinen harten Worten, die sie ganz unverhofft getroffen hatten. Dabei mußte sie sich insgeheim eingestehen, daß seine Vorwürfe nicht ganz ungerechtfertigt waren. Seit dem herrlichen Abend in der Höhle Aladins vor zwei Tagen, hatten sie einander kaum gesehen. Sie hatte verstanden, daß der Oberst sehr beschäftigt damit war, die Reise vorzubereiten und den Befehl über seine Brigade einem anderen Offizier zu übergeben, deshalb hatte sie auch keine weiteren Bemühungen unternommen, ihn von seiner Arbeit wegzulocken. Doch als sie an diesem Morgen aus Elvas aufgebrochen waren, war er bedrückt und schweigsam gewesen. Sie hatte gehofft, daß ein wenig Ruhe und Zeit seine Laune bessern würde, deshalb war sie mit Gabriel zusammen einen anderen Weg geritten. Eine falsche Hoffnung, das stellte sie jetzt fest. Seine Ablehnung ihr gegenüber hatte sich nicht geändert.

Sie blinzelte ein paarmal und zwang *Cesar*, schneller zu gehen, weg vom Oberst, zuerst im Trott, dann in einem leichten Galopp. *Cesar* warf den Kopf hoch und sog prüfend den Wind ein, dann wurden seine Schritte länger, bis er auf dem schmalen, gefährlichen Weg in vollen Galopp ausbrach.

»Tamsyn!« rief Julian hinter ihr her. Das Herz schlug ihm bis zum Hals, als Pferd und Reiterin um eine enge Biegung des Weges ritten, an der die Böschung zu einer Seite steil abfiel. Dann waren beide aus seinem Blickfeld verschwunden.

»Ihr habt etwas gesagt, das sie aufgeregt hat, nicht wahr?« Gabriel war mit seinem Pferd den Abhang zum Weg hinuntergeritten und lenkte es jetzt neben ihn.

»Sie ist die bösartigste, ungebildetste Range, die mir je begegnet ist!« rief Julian aus. »Sie wird sich den Hals brechen, wenn sich das Pferd nicht zuerst die Beine bricht!«

»Nein.« Gabriel schüttelte den Kopf. »Das bezweifle ich. Dafür kennen die beiden einander viel zu gut. Was habt Ihr gesagt, daß sie sich so aufgeregt hat?«

»Nur ein paar Wahrheiten«, meinte Julian. »Das war schon lange überfällig.«

»Es ist doch jedesmal das gleiche«, sagte Gabriel mild und reichte Julian seinen Weinschlauch. »Sie mag es nicht, wenn man ihr sagt, daß sie einen Fehler gemacht hat. Mit dem Baron war das ganz genauso ... besonders, wenn er sich wirklich geirrt hatte.« Er lachte leise und wandte sich dann im Sattel um, um die Packpferde hinter ihnen zu beobachten. »Ich würde vorschlagen, daß wir noch vor Sonnenuntergang von der Straße verschwinden. Vor uns liegen ein paar gefährliche Stellen, und ich möchte nicht im Dunkeln in einen Hinterhalt geraten.«

»Diese Schufte, die Ihr ausgesucht habt, sehen aus, als könnten sie mit jedem fertig werden.« Julian reichte ihm mit einem dankbaren Nicken den Weinschlauch zurück.

»Vielleicht ... aber es hat keinen Zweck, sich unnötig in Gefahr zu begeben.«

»Da stimme ich Euch zu. Wir werden im nächsten Dorf haltmachen, in einem Gasthaus oder so.«

»Da werden wir wohl kein Glück haben«, meinte Gabriel. »Wenigstens nicht in diesem Teil des Landes.«

Sie ritten weiter. In der nächsten halben Stunde sahen sie kein Anzeichen von Tamsyn. Julian versuchte, vor Gabriel seine Sorge zu verbergen, da dieser überhaupt nicht beunruhigt zu sein schien. Der Oberst sagte sich, daß er allen Grund dafür gehabt hatte, Tamsyn so anzufahren. Sie hatte ihn dazu gezwungen, seine Brigade im ungünstigsten Augenblick zu verlasssen. Es war ihm so schwergefallen, wie nichts zuvor in seinem Leben. Wellington war mit einer Abteilung Männer nach Badajos marschiert und hatte auf dem zentralen Platz der Stadt Galgen errichten lassen. Männer waren verurteilt worden, weil sie geplündert hatten, und gehängt worden. Das hatte endlich den Rest der demoralisierten Armee dazu veranlaßt, die Stadt zu verlassen und in die Lager zurückzukehren, wo es den Offizieren irgendwie gelungen war, sie wieder zu normalen Menschen zu machen. Es war eine schreckliche Zeit für einen kommandierenden Oberst, seine Truppe zu verlassen, selbst wenn sie jetzt in den fähigen Händen des neu beförderten Tim O'Connor war, der vom Rest des Stabes unterstützt wurde.

Also war Julian an diesem Morgen, als sie Elvas verließen, ausgesprochen schlechter Laune gewesen, und er hatte sich die Gelegenheit nicht entgehen lassen, den Urheber dieser schlechten Laune zu schelten. Aus irgendeinem Grund jedoch war jetzt seine Sorge um Tamsyns Sicherheit größer als sein Ärger darüber, daß sie ihn ausnutzte, und er konnte seine Erleichterung kaum verbergen, als sie ihnen nach einiger Zeit entgegengeritten kam, in einem leichten Galopp.

»Ungefähr drei Meilen vor uns liegt ein Pueblo«, teilte sie ihnen mit. »Es ist kein sehr großes Dorf, doch gibt es Ställe für die Pferde und einen gemauerten Kuhstall, wo wir die Sachen unterbringen können. Es wäre schwierig, diesen Stall anzugreifen, wahrscheinlich könnten wir ihn mit zwei Männern bewachen. Wenn wir also mehrere Wachen einteilen, können alle ein paar Stunden Schlaf bekommen.« Sie hatte sich mit ihren Bemerkungen an Gabriel gewandt und vermied es, den Oberst anzusehen.

»Und was für eine Unterkunft gibt es für uns?« fragte Julian.

Tamsyn zuckte die Achseln. »Der Bauer hat uns seinen Schuppen und seinen Heuschober angeboten. Dort ist es sauberer als in seinem Haus, das von Ungeziefer nur so wimmelt.«

Der Oberst nickte. Sie hatten ihre eigenen Nahrungsmittel dabei, sie brauchten also nur einen Schutz vor der kalten Nacht in den Bergen. Er warf Tamsyn einen schnellen Blick zu und stellte fest, daß sie noch immer ziemlich niedergeschlagen war. Es überraschte ihn, daß sie sich seine Worte zu Herzen genommen hatte, das schien so gar nicht zu der gerissenen Banditin zu passen, als die er sie kennengelernt hatte.

»Ihr werdet mir in Zukunft gehorchen und nicht so einfach verschwinden«, erklärte er knapp.

»Mir schien, daß ich hier nicht gerade sehr willkommen war.«

»Was habt Ihr denn erwartet?« Mit zusammengepreßten Lippen starrte er auf den Weg vor sich. »Euch verdanke ich es, daß ich meine Männer unter den ungünstigsten Umständen zurücklassen mußte.«

Tamsyn knabberte mit unglücklichem Gesicht an ihrer Unterlippe, dann meinte sie: »Ich werde versuchen, diese Reise und auch... und auch alles Spätere... so angenehm wie möglich zu machen für Euch.«

Julian warf ihr einen ungläubigen Blick zu. Der Blick, mit dem sie ihn bedachte, war aufrichtig und offen. Verstand sie wirklich nicht, was sie ihm antat? War es möglich, daß ein Mensch erwachsen wurde und überhaupt keinen Sinn für gesellschaftliche Verpflichtungen entwickelt hatte? Julian holte tief Luft. Er beabsichtigte, ihr eine Lektion zu erteilen, von der er bereits im voraus überzeugt war, daß sie nicht ihren Zweck erfüllen würde.

»Eure Wiedergutmachung, meine liebe Tamsyn, mag vielleicht recht angenehm sein, aber darum geht es hier gar nicht. Ihr könnt nicht Menschen und Gelegenheiten so arrangieren, wie Ihr es wünscht, und dann ruhig Euren Körper und seine zugegebenermaßen vielfachen Verlockungen als Wiedergutmachung anbieten und erwarten, daß dann alles wieder in Ordnung ist.«

»Aber es ist doch nur für sechs Monate.«

Ein totaler Fehlschlag. Er schüttelte den Kopf und gab auf. »Es hat keinen Zweck, darüber zu reden. Ich sitze mittendrin in dieser Sache, und ich werde tun, wozu ich mich in unserem Vertrag verpflichtet habe. Wenn wir die nächsten sechs Monate mit einem Mindestmaß an Höflichkeit überstehen können, dann sehe ich das als eine außergewöhnliche Leistung an.«

Tamsyn ritt in nachdenklichem Schweigen neben ihm her, bis sie das Dorf erreichten. Es schien offensichtlich, daß sechs Monate im Leben des Obersts... ein winziger Bruchteil seines Lebens... für seine Zukunft nicht viel ändern würden, es für ihn daher keinen großen Unterschied machte, was er tat. Für sie konnten diese sechs Monate dagegen alles bedeuten. Für Tamsyn war das offensichtlich, doch der Oberst schien das nicht zu begreifen.

Die Leute aus dem Dorf kamen alle aus ihren Häusern heraus, als der Zug in den Puebla einritt. Der Bergpfad war die einzige Straße, sie teilte das Dorf in zwei Hälften. Kinder in Lumpen liefen auf die Straße, sie schrien und winkten. Schwarz gekleidete Frauen standen in den Türen der Häuser. Sie hatten ihre Schals über Mund und Nase gezogen und beobachteten sie mit dunklen, aufmerksamen Augen. Männer standen an den Toren zu winzigen, elenden Bauernhöfen, auf denen magere Hühner im Dreck scharrten und sich mit schmutzigen Ziegen um Brocken des Abfalls stritten.

Ein kleiner Bach rann den Hügel hinunter, bis in die Mitte des Pueblo, wo man einen groben Damm gebaut hatte. In einem tiefen Becken wurde das Wasser gestaut, um die Wasserversorgung des Dorfes zu sichern.

Tamsyn winkte einem Mann zu, der ein wenig wohlhabender aussah als all die anderen. Er stand an der Tür eines etwas größeren Hauses. »Er ist der Dorfälteste«, erklärte sie. »Es ist sein Schuppen und sein Stall, die wir benutzen können ... gegen ein Entgelt, natürlich.«

Gabriel stieg vom Pferd und ging zu dem Mann hinüber.

»Mit mir wird er nicht verhandeln«, erklärte Tamsyn dem Oberst. »Weil ich gekleidet bin wie eine Frau. Wäre ich wie eine Partisanin gekleidet, würde er mich wie eine ihm Gleichgestellte behandeln.«

Julian zog nur eine Augenbraue hoch und zuckte mit den Schultern.

»Wenigstens ist dieses Reitkostüm einfacher zu tragen als ein Kleid«, fuhr Tamsyn fort, weil sie eine Antwort von ihm hören wollte. »Ich trage Hosen darunter, also fühlt es sich beinahe normal an. Doch in Situationen wie dieser ist es noch immer ein großer Nachteil.«

»Gewöhnt Euch daran«, riet er ihr, wie schon einmal zuvor. Er entschied sich, auf ihre Feststellungen zu reagieren, als seien es

Klagen. »In der englischen Gesellschaft benehmen sich die Frauen nicht wie Männer... wenigstens nicht, wenn sie von der Gesellschaft akzeptiert werden wollen.«

Tamsyn gab den Versuch auf, sich mit ihm zu versöhnen. »Der Baron hat Cecile in allen Dingen als ihm gleichgestellt angesehen«, bemerkte sie heftig.

Julian warf ihr einen ungläubigen Blick zu. »Dann war er wohl ein sehr ungewöhnlicher Mann.« Er stieg vom Pferd, und noch ehe Tamsyn mit ihrer gewöhnlichen Behendigkeit von *Cesars* hohem Rücken springen konnte, hatte er sie bereits heruntergehoben. Dabei versuchte er, nicht daran zu denken, wie ihr Körper sich in seinen Armen anfühlte. Der Duft ihrer Haut weckte ein sinnliches Gefühl in ihm, das ihn ganz schwindlig machte.

»Frauen erlauben es den Männern auch, ihnen bei gewissen Dingen zu helfen, wie zum Beispiel beim Auf- und Absitzen, beim Aussteigen aus einer Kutsche und auch beim Einsteigen«, erklärte er mit der Stimme eines gewissenhaften Lehrers und stellte sie auf die Füße.

»Oh, bah!« war Tamsyns angewiderte Antwort. »Mit meinen Beinen ist noch alles in Ordnung.«

»Sicher, aber Ihr müßt lernen so zu tun, als würdet Ihr dem Mythos des schwächeren Geschlechts entsprechen, und Ihr müßt zeigen, daß Euch die ritterlichen Höflichkeiten gefallen.«

Tamsyn schaute angeekelt bei seinen Worten, und Julian begann, seinen Spaß an der Sache zu haben. »Es sei denn, Ihr möchtet die ganze Sache lieber vergessen«, fügte er lässig hinzu.

Tamsyn streckte ihm in einer kindlichen Geste die Zunge heraus. Der Oberst lachte, was sie nur noch wütender machte, dann ging er zu Gabriel, der noch mit dem Bauern verhandelte. Er sah sich um, um die strategischen Vor- und Nachteile des Dorfes zu prüfen.

»Wenn wir einen Posten an beiden Enden der Straße aufstellen, sollten wir vor Plünderern, die den üblichen Weg nehmen, sicher sein.«

»Aye, aber es gibt noch den Weg von oben«, meinte Gabriel und blickte zu dem Bergrücken hinauf, der sich über dem Dorf erhob. »Wir müssen auch den Kuhstall selbst bewachen. Die erste Wache werde ich übernehmen, mit drei von den Männern. Ihr nehmt die zweite Wache... wenn es Euch recht ist«, fügte er schnell hinzu.

»Aber wer weiß denn schon, was wir alles mit dabei haben?«

»Entweder niemand oder alle.« Gabriel runzelte die Stirn. »In diesen Gebirgsregionen verbreiten sich Gerüchte so schnell wie ein Lauffeuer, Oberst. Und es gibt überall Augen. Sie wissen vielleicht nicht, was wir transportieren, aber sie wissen, daß uns die Sachen so viel wert sind, daß wir sie bewachen, und deshalb wird es sich für sie lohnen, sie zu stehlen.«

»Nun, dann laßt uns das Lager aufschlagen, so gut es geht.« Julian wandte sich den Packpferden zu und sah, daß Josefa und Tamsyn bereits die Nahrungsmittelvorräte in den Schuppen trugen. Tamsyn trat nach dem Rock ihres Reitkostüms und murmelte etwas Unverständliches. Plötzlich blieb sie stehen, ließ ihre Last auf den Boden fallen und öffnete den Rock des Kostüms, um ihn zu Boden fallen zu lassen. Mit einem erleichterten Seufzer trat sie aus dem Rock. Darunter trug sie eine weiche Wildlederhose. Sie blickte ihn herausfordernd an, dann nahm sie den Rock unter den Arm und verschwand in dem Schuppen.

Julian entschloß sich, so zu tun, als hätte er nichts bemerkt. Langsam ging er auf die Packpferde zu.

Tamsyn und Josefa waren damit beschäftigt, auf dem Hof vor dem Schuppen ein Feuer anzuzünden und das Essen zu machen. Julian kümmerte sich darum, daß die Pferde entladen wurden, und organisierte die Verteidigung des Schatzes. Er war überrascht, wie selbstverständlich Tamsyn die häuslichen Verpflichtungen übernommen hatte. Er hatte erwartet, daß sie sich den Männern bei ihrer Arbeit anschließen und die Rolle der Hausfrau Josefa überlassen würde. Doch die beiden Frauen unterhielten sich angeregt bei ihrer Arbeit, und schon bald stieg der Duft von Kaffee in die Abendluft.

Julian ging zu den beiden Frauen hinüber. »Es duftet herrlich.«

»Polenta«, sagte Tamsyn und blickte von dem Topf auf, in dem sie mit einem großen Holzlöffel rührte. »Dort steht ein Faß Wein, das geöffnet werden muß. Würdet Ihr das tun? Die Männer sind sehr durstig und... oh, es ist schon in Ordnung, Gabriel macht es gerade.«

Josefa murmelte etwas, während sie gleichzeitig eine Pfanne voller Pilze über dem Feuer schwenkte. Tamsyn warf ihr einen schnellen Blick zu. »Oje.«

»Was ist los?«

»Nun ja, Josefa fürchtet, daß Gabriel sich heute abend amüsieren will. Sie meint, es sei schon mindestens einen Monat her, seit er ein Faß Wein geleert hat, und heute ist er auch noch in guter Gesellschaft.«

»Er würde sich doch nicht bis zur Bewußtlosigkeit betrinken, wenn er gleichzeitig den Schatz zu bewachen hat, oder?«

»Oh, bis zur Bewußtlosigkeit betrinkt er sich nie«, erklärte Tamsyn. »Er wird dann nur sehr aggressiv – wenn man ihm in die Quere kommt ... Aber der Schatz ist bei Gabriel sicher, ob er nun betrunken ist oder nüchtern, das kann ich Euch versichern.«

»Er möchte die erste Wache übernehmen.«

»Dann hat er die Absicht, sich zu betrinken«, meinte Tamsyn voller Überzeugung. »Er hat das so geplant, damit er ausschlafen kann und morgen früh wieder ganz in Ordnung ist. Rührt das bitte mal um, es darf nicht anbrennen. Ich muß dringend die Latrine suchen.«

Ehe er sich versah, hielt Julian plötzlich den Holzlöffel in der Hand, und Tamsyn lief schnell über den holprigen Weg davon, in Richtung der öffentlichen Latrine des Dorfes, die sich am Rand des Dorfes befand.

Gabriel kam mit zwei Weinkrügen auf ihn zu. »Einen Trunk, Oberst? *Santa Maria*, habe ich heute abend einen Durst!«

»Danke.« Julian nahm den Krug von ihm entgegen. »Und wie ich sehe, habt Ihr die Absicht, heute abend Euren Durst gehörig zu löschen.«

Gabriel blickte zu Josefa hinüber, die, noch immer vor sich hin murmelnd, Zwiebeln schnitt. »Die Alte hat wohl geredet, wie? Nun, ab und zu tut so etwas einem Mann ganz gut. Ich würde Euch ja einladen mitzuhalten, Oberst, aber Ihr werdet Euren Schlaf brauchen während der ersten Wache, und ich brauche meinen während der zweiten Wache.« Er lachte und trank dann mit einem einzigen großen Schluck seinen Krug leer.

»Das ist auch gar nicht meine Art«, meinte Julian. »Wenn Eure

Schufte sich betrinken, werden wir ganz schön in der Patsche sitzen, falls wir uns verteidigen müssen.«

»Oh, ich werde doch nicht mit ihnen trinken«, wehrte Gabriel ab. »Sie werden ein Glas oder zwei zum Abendessen bekommen, aber sie werden nüchtern bleiben, wenn sie nicht meine Peitsche auf ihrem Rücken fühlen wollen, und das wissen sie auch. Nein«, erklärte er glücklich. »Ich habe hier in diesem Dorf einige Freunde gefunden. Wir werden ein wenig würfeln, ein wenig Karten spielen... so etwas entspannt einen Mann.«

Julian zog eine Augenbraue hoch, doch widersprach er ihm nicht. Der Abend würde bringen, was er bringen mußte.

Nach dem Essen erschien eine Gruppe von Männern aus dem Dorf. Sie rollten ein weiteres Faß Wein vor sich her. Sie begrüßten Gabriel mit viel Schulterklopfen und Getöse, ehe sie sich in einer Ecke des Hofes niederließen, um auf einem umgedrehten Regenfaß zu würfeln.

Tamsyn und Josefa kamen vom Bach zurück, wo sie die Schüsseln und Pfannen gewaschen hatten. »Er hat also schon angefangen«, sagte sie und verstaute die Haushaltsgeräte in einer der Satteltaschen, mit so viel Geschick, daß Julian wieder einmal überrascht war. Josefa murmelte noch immer vor sich hin, sie warf den Männern in der Ecke des Hofes böse Blicke zu. Dann holte sie ihre Decke und breitete sie auf dem Boden aus, legte eine Satteltasche als Kissen darauf und legte sich hin. Sie hüllte sich in ihre vielen Schals und Mantillas ein.

Tamsyn lachte leise. »Sie läßt ihn nicht aus den Augen, wenn er trinkt und spielt. Obwohl ihm das gar nicht gefällt. Er verflucht sie mit allen Flüchen, die er kennt, wenn sie sich einmischt.«

Julian blickte zu dem samtschwarzen Nachthimmel, in dem Sterne glitzerten. Die Luft war jetzt kühl, eine frische Brise kam von den Gipfeln der Berge. »Ihr sucht Euch besser einen Schlafplatz im Heuschober.«

»Und was ist mit Euch?« Tamsyn hob eine Rolle Decken auf ihre Schulter. Sie sah darunter noch kleiner aus, doch machte es ihr keine Mühe, die schwere Rolle zu tragen.

»Ich werde mir irgendwo anders einen Platz suchen«, lehnte er ihr unausgesprochenes Angebot ab.

»Aber ich könnte für uns beide ein Bett im Heubschober bereiten«, sagte sie. Ihre Zähne blitzten weiß in der Dunkelheit, als sie ihn einladend anlächelte. »Im Heu ist es sehr gemütlich.«

»Um Himmels willen, Mädchen, wieso könnt Ihr es eigentlich nicht begreifen?« fragte er, und in seiner Stimme schwang ein wütender Unterton mit. »Macht, daß Ihr in den Heuschober kommt und schlaft Euch aus. Ich möchte noch mit Gabriel sprechen.«

Er wandte sich ab, als er den verletzten Blick in ihren Augen bemerkte, der ihn an ein kleines Hündchen erinnerte, das man getreten hatte. Dann ging er zu der lärmenden Gruppe von Männern hinüber. Gabriel blickte auf. Seine Augen waren ein wenig trübe, sein Gesichtsausdruck jedoch war freundlich. »Kann ich etwas für Euch tun, Oberst?«

Julian schüttelte den Kopf, dann zog er seine Uhr aus der Tasche. »Ich werde Euch um zwei Uhr ablösen.«

»Och, aye, das wäre großartig«, meinte der Riese und versuchte, ihm verschwörerisch zuzuzwinkern, doch statt dessen wurde es nur ein Blinzeln. »Schon lange vorher werde ich ein reicher Mann sein.« Er rollte die Würfel und lachte, als drei Sechsen fielen. »Heute abend geht gar nichts schief.« Die Männer hinter ihm lachten schallend auf, und der Dorfälteste füllte Gabriels Becher aus einem Tonkrug, der zwischen seinen Füßen stand. Wahrscheinlich war der Wein mit dem groben Brandy der Region gemischt, nahm Julian an, der im Magen brannte, wenn man ihn trank. Eine solche Mischung würde einen normalen Menschen nach nur wenigen Schlucken unter den Tisch bringen.

Er sah sich auf dem Hof um. Gabriel hatte seine Wachen klug aufgestellt. Einer der Männer stand im hinteren Teil des Hofes und überblickte von dort aus den Ziegensteig, der zum Berg hinaufführte. Zu seinen Füßen brannte eine Pechfackel, zwischen den Knien hielt er sein Gewehr. Er rauchte eine Pfeife, die entsetzlich stank. Die anderen beiden Männer standen an je einem Ende des Dorfes und bewachten den Hauptweg. Gabriel hatte sich so gesetzt, daß er sowohl den Eingang des Hofes überblicken als auch den Stall im Auge behalten konnte, in dem der Schatz verwahrt wurde.

Doch der Mann konnte nicht mehr klar sehen!

Julian entschied sich, wach zu bleiben. In den letzten vier Jahren des Krieges auf der Halbinsel hatte er schon so viele schlaflose Nächte verbracht, daß eine mehr ihm jetzt wohl auch nicht schaden würde. Er wandte sich zu dem Schuppen um.

»Behaltet das Mädchen in Eurer Nähe«, rief Gabriel ihm nach, und seine Stimme klang jetzt gar nicht mehr so undeutlich wie zuvor.

Julian warf einen Blick zurück. Gabriel nickte ihm zu. Ob er nun betrunken war oder nüchtern, die Sicherheit seines kleinen Mädchens lag ihm zuallererst am Herzen.

Julian hob zustimmend die Hand, dann ging er in den Schuppen. Die anderen drei Männer der Begleittruppe schliefen auf dem Boden. Sie schnarchten im Stroh, bis es an der Zeit wäre, die Wachen abzulösen. Julian setzte sich in eine Ecke des Schuppens, gleich neben der Leiter, die zum Heuboden führte. Dort zog er seinen Umhang um sich und bereitete sich darauf vor zu warten, bis Tamsyn eingeschlafen war.

Nach einer halben Stunde glaubte er, daß er lange genug gewartet hatte. Die ›Versuchung‹ sollte eigentlich jetzt fest eingeschlafen sein. Leise kletterte er die Leiter hoch. Tamsyn hatte die Decken ausgebreitet und sich in ein gemütliches Nest aus Heu gekuschelt. Durch das kleine, runde Fenster fiel das Mondlicht herein und ließ ihr helles Haar silbern aufleuchten. Ihr leises Atmen war das einzige Geräusch auf dem duftenden Heuboden.

Auf Zehenspitzen ging Julian zum Fenster. Von hier aus konnte man auf den Hof blicken. Er konnte Gabriel und die anderen Zecher deutlich erkennen. Alles sah so friedlich und normal aus.

Über die Schulter hinweg blickte er auf die Schlafende. In dem Heu war nur ihr silbernes Haar zu sehen. Wie konnte ein so wildes und ungewöhnliches Mädchen erwarten, in der englischen Gesellschaft einen Platz zu finden? Wie konnte sie nur glauben, daß es ihr gelingen würde, eine konservative kornische Familie, die sich ihres Standes und ihrer gesellschaftlichen Stellung nur zu sehr bewußt waren, dazu zu bringen, sie an ihre Brust zu nehmen? Es war immer noch möglich, daß sie sich im gesellschaftlichen Stand ihrer Mutter geirrt hatte, daß ihre Familie nur zum niederen Adel gehörte oder zu den Landedelleuten. Wenn das so wäre, hätte sie vielleicht eine bessere Chance. Aber diese unehelich geborene Banditin in eine englische Aristokratin zu verwandeln, war ein verrückter Traum. Es würde wesentlich länger als nur sechs Monate dauern, um solch ein Wunder zu vollbringen. Und dazu wäre auch mehr nötig als nur ein Mann, rief er sich ins Gedächtnis. Und eine Niederlage würde er nicht ertragen können, das hatte er noch nie gekonnt.

Mit grimmigem Gesicht widmete er sich wieder der Beobachtung des Hofes unter ihm. Er wußte nicht, wie lange er nach unten in die Flammen des Feuers und der Fackel gestarrt hatte, um die die Würfelspieler saßen, als er einen dunklen Schatten hinter dem Kuhstall bemerkte. Er blinzelte und fragte sich, ob das flackernde Licht ihm einen Streich gespielt hatte, doch dann brüllte Gabriel schon auf und sprang auf die Füße. Das Regenfaß vor ihm fiel um und rollte über den Hof. Wie durch ein Wunder hielt er plötzlich einen Knüppel in der Hand, den er mit tödlicher Sicherheit schwang.

Julian glitt bereits auf der Leiter nach unten, die Pistole in der Hand, als Tamsyn auf ihrem Lager hochfuhr. Sofort war sie hellwach und lauschte auf die Geräusche von unten.

Die drei Männer schliefen noch unten im Heu. Julian trat voller Ungeduld nach ihnen. Doch alles, was er von ihnen hörte, war ein lautes Schnarchen und ein gemurmelter Protest. Sein Fuß stieß gegen etwas. Es war ein Tonkrug wie der, den er auch auf dem Hof gesehen hatte. Er hob ihn hoch und roch daran. Der Krug war voll Brandy gewesen, doch Julian roch auch noch etwas anderes... auf dem Boden des Kruges schwamm ein weißer, pudriger Belag. Gabriel hatte den Männern verboten, nach dem Essen noch etwas zu trinken, doch offensichtlich hatte sie irgend jemand heimlich mit Alkohol versorgt, der vorher sorgsam präpariert worden war.

Er rannte auf den Hof. Gabriel war umringt von den Männern, mit denen er getrunken hatte. Er schwang seinen Knüppel und stieß den blutrünstigen Kriegsschrei der Highlander aus, als sie auf ihn zukamen.

Julian zog sein gekrümmtes Kavallerieschwert und stürzte sich in das Getümmel. Ganz offensichtlich kam die Bedrohung, der sie sich gegenüberstanden, von dem Dorf selbst. Er konnte die dunkle

Gestalt der Wache auf dem Boden liegen sehen. Wahrscheinlich hatte ihn der dunkle Schatten, den Julian vom Fenster des Heubodens aus gesehen hatte, überwältigt. Er nahm an, daß auch die beiden anderen Wachen an den beiden Ausgängen des Dorfes von hinten angegriffen worden waren. Aber wenn die Männer geglaubt hatten, sie könnten Gabriel mit dem gleichen Trank ausschalten, den sie auch den anderen Männern gegeben hatten, so hatten sie sich gründlich geirrt.

Der Mann war ein Löwe. Noch immer stieß er seinen Kriegsruf aus. Seine Augen leuchteten rot im Licht der Fackeln, und er begrüßte Julians Erscheinen mit einem wilden Schnaufen, das Julian richtigerweise als ›Willkommen im Kampf‹ deutete.

Die Männer wichen zurück, als Gabriel und Julian Knüppel und Schwert schwangen, und dann war plötzlich Tamsyn unter ihnen. Sie nahm sich eine der brennenden Fackeln und stieß sie dem Angreifer ins Gesicht, der gerade ein gefährliches gezacktes Messer gezogen hatte. Mit einem lauten Schrei schlug der Mann die Hände vor sein Gesicht, und das Messer fiel zu Boden. Tamsyn bückte sich und hob es auf. Und plötzlich liefen die Männer aus dem Hof. Gabriel, Julian und eine wütende Josefa, die zu Julians Erstaunen mit einem Besenstiel bewaffnet war, rannten hinter ihr her.

»*Madre de Dios*«, sagte Gabriel, als er schließlich das Hoftor hinter ihnen schloß. Er wischte sich mit dem Unterarm den Schweiß von der Stirn und grinste. »Ich glaube wirklich, daß sie dachten, sie könnten mich betrunken machen.« Er lachte laut auf. Seine breiten Schultern bebten vor Lachen.

»Sie haben mehr als nur Brandy in den Wein geschüttet«, sagte Julian. »Die drei da drüben…«, mit der Hand deutete er auf den Schuppen, »sind völlig ausgeschaltet.«

»Pedro hat eine Beule am Kopf, so groß wie ein Apfel, aber er lebt.« Tamsyn war mit Josefa zu der Wache gelaufen, die jemand niedergeschlagen hatte. »Und was ist mit den beiden anderen Wachen?«

»Hoffentlich geht es ihnen nicht noch schlimmer.« Julian sah sie mit gerunzelter Stirn an. »Das mit der Fackel war ein verwegener Trick, Ihr hättet den ganzen Schuppen in Brand setzen können.«

»Ich habe aufgepaßt«, gab sie zurück. »Und es hat geklappt.«

»Ja, das muß ich Euch lassen. Aber verwegen war es trotzdem.«

Tamsyn zuckte die Achseln. »In einem Notfall benutzt man das, was man gerade zur Hand hat.«

Dieser Logik konnte Julian nichts entgegensetzen. Er wußte, er hätte das gleiche getan. Mit einem abrupten Themenwechsel wandte er sich an Gabriel. »Es ist wohl besser, wenn wir unsere Sachen zusammenpacken, und in der Morgendämmerung einen Ausbruchsversuch machen.«

»Aye.« Gabriel nickte zustimmend. »Die anderen beiden Wachen lesen wir auf, wenn wir abmarschieren. Jetzt wollen wir erst einmal dafür sorgen, daß die drei im Schuppen wieder nüchtern werden. Es wird gut sein, wenn wir zeigen, wie stark wir sind, wenn wir hier losreiten, obwohl ich bezweifle, daß sie sich noch einmal mit uns anlegen werden. Frau, mach Kaffee.«

Ohne ein Wort ließ Josefa den Besenstiel fallen und ging zu dem Feuer, das noch immer glomm.

»Helft mir, die Packpferde zu beladen«, bat Julian Tamsyn, deren Augen im Schein des Feuers glitzerten. Sie strotzte vor Energie als Folge der Aufregung. »Ich möchte fertig sein, sobald der Himmel heller wird.«

»Sie werden uns keine Schwierigkeiten mehr machen«, versicherte ihm Tamsyn. »Sie sind nur eine Horde schändlicher Versager.« Sie grinste. »Der Baron hätte sie nie in seiner Bande aufgenommen. Seine Überfälle sind nie fehlgeschlagen.«

Julian hielt es für besser, darauf keine Antwort zu geben.

Zwei Stunden später stürmten sie von dem Hof. Julian ritt mit gezogenem Schwert an der Spitze des Zuges, Gabriel auf seinem großen Pferd bildete die Nachhut. Er schwang sein Breitschwert und brüllte seinen Kriegsschrei. Tamsyn führte die beladenen Packpferde, sie knallte vergnügt mit der Peitsche. Die drei noch immer nicht ganz wiederhergestellten Begleiter schwankten in ihren Sätteln, doch sie zeigten trotzdem ihre Waffen.

Die Einwohner des Dorfes blieben in ihren Häusern. Sie wußten, daß sie gegen einen solchen Gegner nichts ausrichten konnten. Die Reisenden fanden die anderen beiden Wachen mit blutenden Wunden am Kopf, aber es gelang ihnen, ihre Pferde zu besteigen und die Reise nach Lissabon fortzusetzen.

12

»Ich glaube nicht, daß ich Euch drei Vierpfünder geben kann, Kapitän Lattimer«, sagte der Feldzeugmeister mit kummervoller Miene. »Die *Isolde* hat erst gestern sechs mitgenommen.«

Kapitän Hugo Lattimer fiel es schwer, seinen Ärger zu verbergen. Er fuhr sich mit der Hand durch sein dichtes, kastanienbraunes Haar und blickte sich auf der Werft um. An diesem Morgen war er der dritte gewesen. Noch sechs andere Kapitäne kamen nach ihm. Sie waren alle genauso verzweifelt darum bemüht, ihre Schiffe auszustatten, und warteten darauf, daß sie an der Reihe waren, den Feldzeugmeister davon zu überzeugen, ihnen das zu geben, was sie brauchten.

»Wenn es Euch wenigstens gelingen würde, mir zwei zu geben, dann stände ich für immer in Eurer Schuld«, versuchte er es noch einmal und lächelte mit berechnender Unterwürfigkeit. »Wie geht es Mrs. Huston? Sie fühlte sich nicht recht wohl, als ich beim vorigen Mal in Lissabon war.«

Das Gesicht des anderen Mannes wurde ein wenig sanfter. »Oh, es geht ihr recht gut, vielen Dank, Hauptmann. Sie ist in guter Hoffnung.«

»Oh, meinen herzlichen Glückwunsch.« Kapitän Lattimer strahlte so breit, als handelte es sich um seine eigene Frau, die kurz davorstand, ihm einen Erben zu präsentieren. »Übermittelt ihr bitte meine besten Wünsche.«

»Ja, ja, das werde ich gern tun, vielen Dank. Also, es waren drei Vierpfünder, die Ihr haben wolltet?«

»Genau«, versicherte ihm Hugo. Er erlaubte sich nicht einmal den Hauch eines triumphierenden Lächelns. »Ich würde Euch wirklich sehr dankbar sein, Sir.«

Der Feldzeugmeister kritzelte etwas in sein Notizbuch. Er hatte das Gesicht so schmerzlich verzogen, als würde er ausbluten, dann reichte er Hugo den kostbaren Requirierungsschein. Hugo legte eine Hand an seine goldbesetzte Mütze und verließ dann die Werft, voller Freude über seinen Erfolg.

Der Morgen in Lissabon war heiß, doch es lag noch immer ein

Hauch Frühling in der Luft, der die brennende Hitze des portugiesischen Sommers erträglich machte. Der Hafen brodelte vor Leben. Feluken, Langboote und Fischerbote bahnten sich ihren Weg zwischen den gewichtigeren Handelsschiffen hindurch. Vier britische Kriegsschiffe lagen an der äußeren Reede, davon waren drei in Linie kämpfende Schiffe und eines eine schlanke Fregatte mit sechsunddreißig Kanonen.

Voller Stolz ruhten die Augen von Kapitän Lattimer auf den eleganten Linien der *Isabelle,* die vor Anker lag. Er hob sein Glas und betrachtete sie. Der Blaue Peter wehte am Vormast, bereit, eingeholt zu werden, wenn sie lossegelten. Auf den Decks wimmelte es vor Aktivität. Er nickte zufrieden. Morgen früh würden sie lossegeln und die frustrierenden bürokratischen Hindernisse des Hafens hinter sich lassen.

»Entschuldigung, aber habe ich die Ehre, mit Kapitän Lattimer zu sprechen?«

»Jawohl, Sir.« Der Kapitän wandte sich um und stand einem großen Mann gegenüber, der etwa so alt war wie er und die Uniform eines Kavallerieobersts trug.

»Oberst St. Simon.« Julian streckte ihm die Hand entgegen. »Admiral Moreton hat mir gesagt, wo ich Euch finden würde.«

Der Hafenadmiral war ein Quell ständigen Ärgers, immer wieder mischte er sich in die Pläne seiner Kapitäne ein.

»Ach wirklich?« Hugo versuchte so gut wie möglich, sich nichts von seiner Verärgerung anmerken zu lassen, als er dem Oberst die Hand schüttelte. »Und wie kann ich Euch dienlich sein, Oberst?«

»Indem Ihr mir eine Passage auf Eurem Schiff erlaubt.« Julian kam gleich zur Sache. »Wie ich gehört habe, segelt Ihr morgen nach Portsmouth.«

Es war üblich, daß ein Schiff der Armee Diplomaten und Passagiere mitnahm. »Ich sehe keine Schwierigkeiten, warum nicht?« Hugo lächelte, erfreut, daß es sich um eine so einfache Angelegenheit handelte.

Oberst St. Simon kratzte sich ein wenig verlegen am Kopf. »Nun ja, eigentlich ist es ein wenig komplizierter, Kapitän. Habt Ihr Zeit, mit mir ein Glas Wein zu trinken, dann werde ich Euch alles erklären?«

»Sagt mir«, bat Hugo, »habe ich überhaupt eine Wahl, oder besitzt Ihr einen schriftlichen Befehl von Admiral Moreton?«

»Der Admiral hat sich einverstanden erklärt, sich den Wünschen des Herzogs von Wellington zu fügen«, erklärte Julian vorsichtig. Traditionsgemäß war die Marine der übergeordnete Teil der Armee, und selbst der Oberkommandierende der Armee würde eher bitten, als einem Marineoffizier einen Befehl zu erteilen.

»Verstehe. In diesem Fall trinken wir wahrscheinlich doch besser ein Glas Wein miteinander, um den Schlag, der mich erwartet, ein wenig zu mildern«, entgegnete Hugo trocken.

»Ich bin ...« Julian räusperte sich. »Wir wohnen in der *Rose.* Der Schankraum dort ist recht angenehm.«

»Unbedingt.« Hugo war der Wechsel von »ich« zu »wir« in Julians Worten nicht entgangen.

Zusammen wandten sie sich um und wollten gerade losgehen, als eine Gestalt auf sie zukam. Sie trug eine weite, gestreifte Hose und die rote Weste eines Seemannes. Zwei große Ohrringe steckten in seinen Ohren, sein Haar war zu einem Matrosenzopf gebunden, um das er ein getupftes Tuch geschlungen hatte.

»Heh, Kapitän, Sir, ich habe ein paar Schweine für uns gefunden, richtig schön fett, und drei Milchziegen.« Er strahlte vor Stolz.

»Gut, Samuel. Nimm dir diesen Requirierungsschein und sorge dafür, daß er an die richtige Stelle kommt. Drei Vierpfünder und soviel Munition, wie du aus ihnen herausquetschen kannst.«

»Aye, Sir. « Der Matrose nahm das Pergament und warf dem Begleiter des Kapitäns einen unbeteiligten Blick zu, dann ging er in seinem breiten Seemannsgang davon.

»Samuel würde selbst in der Wüste noch ein vergrabenes Faß finden«, verkündete Hugo Lattimer, als sie in die dämmrige Kühle des Schankraums der *Rose* traten. »Ein unersetzlicher Mann.«

»Solche Männer kenne ich«, meinte Julian und deutete auf einen Tisch am Fenster. »Junge, bring uns eine Flasche Port«, wies er die Bedienung an.

Der Kapitän setzte sich und schob seine blaue Jacke auseinander, wodurch sein Schwert sichtbar wurde. Eine staubige Flasche und zwei Gläser wurden auf den Tisch gestellt, die Gläser gefüllt. Der Kapitän schüttete das erste Glas in einem Zug hinunter.

»Das erste schnell, das zweite langsam«, sagte er und füllte sein Glas erneut. »Also, laßt mich gleich das Schlimmste hören, Oberst.«

»Vier Passagiere, drei Pferde und ein Berg von Gepäck«, sagte Julian ohne lange Vorrede.

»Du lieber Gott!« Kapitän Lattimer starrte ihn an. »Wie soll ich auf der Fregatte Platz dafür finden? Die *Isabelle* ist kein großes Kriegsschiff, Sir.«

Julian hob beide Hände in einer Geste der Hilflosigkeit. »Der Admiral schien zu glauben...«

»Der Admiral ist ein alter Besserwisser, der sich in alles einmischen muß. Er hat keine Ahnung, wie ein Kriegsschiff geführt werden muß. Seine ganze Karriere hat er an Bord eines Segelschiffes verbracht«, erklärte Hugo wütend. Er füllte sein Glas erneut und goß den Inhalt mit einer schnellen Handbewegung hinunter.

Julian kannte sich aus mit Männern, die viel tranken. Ohne zu zögern füllte er das Glas des Kapitäns erneut.

»Oh, da seid Ihr ja, ich habe schon überall nach Euch gesucht! Ihr werdet erfreut sein zu hören, daß wir zwei Kisten weniger zu transportieren brauchen... oh, Entschuldigung.« Tamsyn hielt mitten im Satz inne und warf dem Mann in der blauen Uniform mit den weißen Aufschlägen, den weißen Manschetten und mit Goldknöpfen verzierten Ärmeln einen fragenden Blick zu.

»Das ist Kapitän Lattimer. Und ein Schankraum ist kein Ort für eine Dame.« Julian machte sich nicht die Mühe, seine Verärgerung zu verbergen. Er hatte gehofft, alles mit dem Kapitän erledigen zu können, ehe er ihm Tamsyn vorstellte.

»Nun, ich bin keine Dame, das sagt Ihr mir doch immer wieder«, erklärte Tamsyn fröhlich, stellte herausfordernd einen Fuß auf einen leeren Stuhl und stützte den Arm auf ihr Knie. »Guten Morgen, Kapitän. Werden wir auf Eurem Schiff reisen?«

Hugo blinzelte beim Anblick der zierlichen Gestalt. Sie hatte lebhafte veilchenblaue Augen und eine kurze Kappe silberfarbenen Haares. Sie trug ein Reitkleid, den Rock hatte sie so hoch geschürzt, daß man darunter die lederne Hose sehen konnte. *Nicht, wenn ich etwas dagegen tun kann, Mädchen.* Das schwor er sich, als er an den Aufruhr dachte, den die Anwesenheit eines solch erstaunlichen, unkonventionellen Geschöpfes bei seiner Mannschaft hervorrufen könnte.

»Um alles in der Welt, nehmt den Fuß dort herunter«, sagte Julian heftig und zog den Stuhl unter Tamsyns Fuß weg. »Setzt Euch, wenn es nicht anders geht.«

Tamsyn setzte sich auf den Stuhl und lächelte den Kapitän freundlich an. »Achtet gar nicht auf den Oberst. Er ist heute morgen äußerst schlecht gelaunt. Ich nehme an, es ist die Hitze. Mein Name ist Tamsyn.« Sie streckte ihm die Hand entgegen.

Verwirrt nahm Hugo ihre Hand. *Tamsyn, und wie weiter? Hatte sie denn keinen Nachnamen?* »Sehr erfreut, Miss Tamsyn«, murmelte er.

»Ich verspreche Euch, ich werde Euch nicht im geringsten zur Last fallen auf Eurem Schiff«, sprach Tamsyn munter weiter. »Josefa und ich können uns einen Schlafplatz teilen. Wir sind Unbequemlichkeit und Enge gewöhnt, müßt Ihr wissen. Und Ihr werdet feststellen, daß Gabriel sehr nützlich sein kann... nicht wahr, Oberst?«

»Sehr wahrscheinlich«, fuhr Julian sie an. Er versuchte noch immer, sich von der unterschwelligen Andeutung zu erholen, er leide unter einem Hitzschlag. »Wo ist er überhaupt?«

»Er schließt gerade den Handel ab, den wir mit den hiesigen Kaufleuten gemacht haben. Ich habe Euch doch gesagt, daß wir zwei Kisten weniger zu transportieren haben. Wir haben alle Stoffe und auch die kleinere Kiste mit den Juwelen verkauft. Also haben wir jetzt nur noch das Gold und die beiden größeren Kisten. Ihr habt doch sicher einen Platz, an dem wir das alles verstauen können, Kapitän?«

»Hölle und Teufel«, murmelte Hugo. Er hatte das unerschütterliche Gefühl, daß er so gefangen war wie ein Fisch am Haken. »Ihr zeigt mir besser, was Ihr alles mitnehmen wollt.«

»Kommt mit nach oben.« Tamsyn schob den Stuhl zurück und sprang voller Energie auf. »Dann könnt Ihr auch gleich Josefa kennenlernen. Sie steht gerade Wache.«

Hugo warf dem Oberst einen Blick zu, in dem verzweifeltes Unverständnis lag, doch Julian blickte jetzt noch grimmiger drein als zuvor. »Ich hatte gehofft, Euch das alles auf eine etwas sanftere

Art beizubringen«, meinte er. »Doch bei *Violette* gibt es das Wort ›sanft‹ überhaupt nicht. Sie besitzt soviel Feingefühl wie eine Herde Elefanten auf der Flucht.«

»Violette?« Kapitän Lattimers Verwirrung wurde noch größer. »Ich dachte, der Name des Mädchens sei Tamsyn.«

»Ja«, stimmte Julian ihm zu. »Ich werde Euch die ganze Situation erklären.« Er wandte sich an Tamsyn. »Würdet Ihr bitte für eine halbe Stunde verschwinden... wenn das nicht zuviel verlangt ist. Falls Gabriel zurückkommt, dann bittet ihn, zu uns zu kommen.«

»Werdet Ihr dem Kapitän alles erzählen? Denn falls Ihr das vorhabt, sollte ich eigentlich dabeisein.« Tamsyn runzelte gekränkt die Stirn. »Immerhin ist es mein Plan, und ich kann ganz sicher viel besser erklären, wie ich...«

»Nein«, unterbrach Julian sie heftig. »Ich werde Kapitän Lattimer mit meinen eigenen Worten alles erklären. Er und ich sprechen eine Sprache, die Ihr nicht sprecht. Und jetzt verschwindet.«

Tamsyn biß sich verärgert auf die Unterlippe. Dies war ihre Unternehmung, deswegen sollte sie bei einer strategischen Diskussion dabei sein. Doch dann wurde ihr klar, auch wenn die Reise über Land nach ihren Wünschen gegangen war, so würde sie jetzt ein Gast der Marine Seiner Majestät sein, unter der Eskorte der Armee. Sie hatte keine Ahnung von dieser Art zu reisen, und sie hatte auch ganz sicher nicht das Recht, Entscheidungen zu treffen oder ihre Meinung zu sagen. Und Oberst Lord Julian St. Simon würde sich die Gelegenheit nicht entgehen lassen, sie das fühlen zu lassen, selbst wenn er sie damit in der Öffentlichkeit bloßstellte.

Es war ein bitterer Gedanke. Ohne ein weiteres Wort machte sie kehrt und verließ den Schankraum.

Julian sah ihr nach, wie sie mit gesenkten Schultern davonging. Es war erstaunlich, daß ein so feuriges Geschöpf nur wegen einiger scharfer Worte so bedrückt sein konnte. Nun, sie würde sich besser daran gewöhnen. Er wandte sich seinem sichtbar verwirrten Begleiter zu. »Laßt mich Euch alles erklären, Lattimer.«

Tamsyn lag auf ihrem Lager und lauschte dem rhythmischen Geräusch des Scheuersteins auf dem Achterdeck, nur wenige Zentimeter über ihrem Kopf. Dem Geräusch nach zu urteilen, benutzten sie einen dieser schweren Granitbrocken, die mit Nägeln bestückt waren und die sie ›Bären‹ nannten. Es war beinahe Morgen. Ein schwaches graues Licht drang durch das kleine Fenster in der Schlafkammer des Kapitäns.

Sie reckte sich und drehte sich auf die Seite. Das an Seilen aufgehängte Bett schwang bei ihren Bewegungen hin und her. Es war, als würde man in einer ständig schaukelnden Wiege liegen, ein sehr angenehmes Gefühl bei dem leichten Schwanken der Fregatte, die sich in dem ruhigen Gewässer des Atlantiks bewegte. Josefa, die auf der anderen Seite des kleinen Raumes lag, murmelte einige unverständliche Worte, während sie langsam erwachte.

Dann wurde der Frieden des frühen Morgens zerstört durch das laute Schrillen der Pfeifen, mit denen der Hochbootsmann die Wachen weckte, die unter Deck schliefen. Man hörte Schritte, Stimmen ertönten im Niedergang. »Aufstehen… Aufstehen!« Die Schritte der Männer dröhnten wie Donner, als sie eilig nach oben liefen, die aufgerollten Hängematten im Arm, die in Netzen an den Seiten der Fregatte verstaut wurden.

Nach drei Tagen auf See hatte sich Tamsyn an den Lärm dieses morgendlichen Rituals gewöhnt. Josefa jedoch brummte noch immer unwillig, wenn sie mit solcher Heftigkeit aus dem Schlaf gerissen wurde. Jetzt setzte sie sich auf und hielt sich an beiden Seiten des schmalen Bettes fest, das unter ihren Bewegungen heftig schwankte.

»Ay de mi«, seufzte sie, wie jeden Morgen, und versuchte, ihre füllige Gestalt aus der schwankenden Kiste zu zwängen.

»Buenos dias, Josefa.« Auch Tamsyn setzte sich auf, doch ihre Bewegungen ließen die Seile, mit denen das Bett an der Decke aufgehängt war, nicht so heftig schwanken.

Laut wurde an die Tür geklopft, dann drang Samuels Stimme durch die dicke Tür aus Eichenholz. »Heißes Wasser, Missus.«

»Gracias, señor.« Josefa schlurfte zur Tür und zog ihren Umhang fester um ihren Körper. Sie öffnete die Tür einen Spalt und nahm dem grinsenden Samuel den Kupferkrug aus der Hand. Josefa liebte die Reise zur See nicht, und sie traute keinem Seemann.

Tamsyn saß mit hochgezogenen Knien in ihrem Bett und runzelte die Stirn. »Es ist Montag, nicht wahr, Josefa?«

»Ich glaube schon«, murmelte Josefa, während sie das Wasser in eine Schüssel goß.

»Der letzte Montag im April.« Ein beklommenes Gefühl beschlich sie. Cornichets Hinterhalt war am 28. März gewesen, und am selben Tag hatte ihre Monatsblutung geendet. Sie erinnerte sich noch daran, wie sie zusammengesunken in der Hütte gesessen hatte, mit dem Seil um den Hals, und wie sie voller Spott dem Himmel für diese kleine Gnade gedankt hatte.

Doch jetzt hätte ihre Monatsblutung schon vor fünf Tagen wieder einsetzen sollen. Sie berührte ihre Brüste und erwartete die verräterische Anspannung. Doch sie fühlte nichts. Sie war bei den drei herrlichen Begegnungen mit Julian ein großes Risiko eingegangen. Beim ersten Mal hatte sie in der überwältigenden Hitze der Leidenschaft nicht die Zeit gehabt, an Konsequenzen zu denken. Die beiden anderen Male hatte sie die Leidenschaft und Spontaneität nicht verderben wollen, indem sie an solche Dinge dachte. Dieses Problem hatte sie noch nie zuvor gehabt, doch Lord St. Simon war ja auch kein gewöhnlicher Liebhaber.

Sie hatte versucht, sich einzureden, daß die Zeitpunkte ziemlich sicher gewesen waren. Die Frauen im Dorf glaubten, daß die Möglichkeit einer Schwangerschaft groß war, wenn man in der Mitte des Zyklus mit einem Mann verkehrte. Obwohl Tamsyn ein solcher Glaube schon immer verdächtig gewesen war, hatte sie sich bis jetzt daran gehalten.

»Verdammt!« murmelte sie leise.

Mit grimmigem Gesicht kletterte sie aus dem Bett und verschwand dann in dem Gang hinter ihrem Quartier, weil sie hoffte, daß ein Besuch auf der Toilette ihr das enthüllen würde, worauf sie so dringend wartete.

Ihre Hoffnung war vergebens, so wie sie es schon geahnt hatte, und sie kam in die Kabine zurück, zog das Nachthemd über den Kopf und begann sich zu waschen. Vielleicht würde die Blutung heute einsetzen. Ihr Zyklus war nicht immer ganz regelmäßig, und fünf Tage waren nicht sehr spät. Mit heftigen Bewegungen seifte sie sich ein, dann zog sie ihre Hose an und das Reitkostüm, das ihr wenigstens eine gewisse Bewegungsfreiheit ließ, ohne daß sie gleich die Kleiderordnung des Obersts brach.

Sie hörte, wie Kapitän Lattimer in der Kabine nebenan mit St. Simon sprach. Es war die Kabine, in der der Kapitän sich tagsüber aufhielt, im Heck des Schiffes. Der Kapitän hatte seine Schiffskabine den beiden Frauen überlassen und hatte in seine andere Kabine zwei Hängematten gehängt und teilte sie sich jetzt mit dem Oberst. Gabriel hatte seine eigene Hängematte in der Kadettenmesse aufgehängt. Er verbrachte den größten Teil seiner Zeit mit dem Kanoniermeister und Samuel, mit denen er sich angefreundet hatte.

Der Frühstücksduft lockte Tamsyn in die Kajüte. Helles Sonnenlicht fiel durch die kunstvoll nach innen gebogenen Fenster. Darunter luden Bänke mit Kissen zum Sitzen ein, und an der mit Holz verkleideten Reling standen Regale mit Büchern. Der Kapitän und seine Passagiere saßen an einem reichlich gedeckten Tisch in der Mitte des Raumes. Wären nicht die beiden Kanonen gewesen, zu beiden Seiten der Fenster, so hätte es auch ein hübscher Frühstücksraum in einem Landhaus sein können.

»Guten Morgen, Miss Tamsyn«, begrüßte Kapitän Lattimer sie und rückte ihr einen Stuhl zurecht. In der Hand hielt er einen Krug mit Grog, vor ihm auf dem Teller lagen ein Hammelkotelett und gebratene Eier.

Der Oberst blickte von seinem Frühstück auf und nickte ihr kurz zu – als wäre sie nur eine flüchtige und nicht sehr angenehme Bekanntschaft. Er schob seinen Stuhl zurück und stand auf. »Ich werde einen Rundgang über das Deck machen. Wenn Ihr mich entschuldigen würdet.«

Tamsyn runzelte die Stirn. Er fand immer eine Entschuldigung zu verschwinden, wenn sie auftauchte. Nur beim Essen, wenn sie beide mit dem Kapitän zusammensaßen, konnte er ihr nicht entfliehen... doch dann sprach er kaum mehr als zwei Worte mit ihr. Tamsyn setzte sich an den Tisch, und Samuel brachte ihr ein gekochtes Ei.

»Ich bringe dann gleich ein Tablett mit Frühstück zu Eurer Begleiterin, Miss, wenn sie fertig ist.«

»Ja, danke, Samuel.« Tamsyn lächelte ihn an. Josefa bestand darauf, ihre Mahlzeiten in ihrer Kabine einzunehmen. Gabriel aß in der Kadettenmesse, zusammen mit den Oberfeldwebeln.

»Wie lange wird es noch dauern, bis wir den Golf von Biscaya überqueren, Kapitän?« Sie schlug die Spitze des Eis ab und tunkte dann, zur Belustigung des Kapitäns, eine Scheibe Toast in das Eigelb.

»Mit etwas Glück heute abend. Wie fühlt Ihr Euch, wenn die See etwas rauher wird?«

»Himmel, ich habe keine Ahnung.« Tamsyn tunkte noch einmal ihren Toast in das Eigelb. »Ich bin noch nie zuvor gesegelt, aber ich bin nicht gerade ein gebrechlicher Mensch.«

»Nein, das glaube ich Euch.« Hugo grinste. St. Simon hatte ihm eine kurze Beschreibung des Vorlebens dieses Mädchens gegeben, und es war ihm nicht schwergefallen, die näheren Einzelheiten selbst herauszufinden. Er hatte begriffen, daß der Oberst sie begleitete, zur Familie ihrer Mutter nach Cornwall, doch hatte er das Gefühl, daß noch mehr dahintersteckte. Oberst St. Simon war offensichtlich nicht glücklich über die Mission, aber Hugo war davon überzeugt, daß die Spannungen zwischen dem Oberst und dem Mädchen Wurzeln hatten, die noch viel tiefer reichten.

»Nun ja, wenn wir einen Biscaya-Witwenmacher erleben, dann werdet Ihr sehr schnell herausfinden, was für eine Art Seemann Ihr seid«, meinte er fröhlich und schob seinen Stuhl zurück. »Der Golf ist auch ohne einen Sturm schon ziemlich aufgewühlt.«

»Ich bin gewarnt, Kapitän.« Sie lächelte und trank dann mit Genuß ihren Kaffee. Eine Schwangerschaft vertrieb einem normalerweise den Appetit... wenigstens am Morgen. Doch bist jetzt war sie genauso hungrig wie sonst auch.

Der Kapitän verließ die Kajüte und ging auf das Achterdeck. Tamsyn frühstückte zu Ende, während Samuel begann, um sie herum aufzuräumen. »Weißt du, wo Gabriel heute morgen ist, Samuel?«

»Er paßt auf den Schatz auf, was sonst«, antwortete Samuel und wischte mit der Hand die Krumen vom Tisch. »Er läßt ihn nicht aus den Augen, obwohl er im Laderaum gut verstaut ist.«

»Vielleicht fürchtet er, jemand könnte sich mit einem oder zwei Dukaten davonmachen.« Tamsyn lachte, obwohl sie ganz genau wußte, daß es genau das war, was Gabriel befürchtete.

»Nicht auf diesem Schiff«, erklärte Samuel leidenschaftlich.

»Auf Kapitän Lattimers Schiff gibt es keine Diebe. Jeder von den Männern weiß, daß der Kapitän Diebe ihren Schiffskameraden übergibt, und die eigenen Kameraden können ganz schön hart mit einem Mann umgehen, wesentlich härter als der Kapitän selbst.«

Tamsyn hatte längst herausgefunden, daß das Leben auf einem Kriegsschiff Seiner Majestät so hart war wie nirgends sonst, deshalb nickte sie nur verständnisvoll, trank ihren Kaffee aus und ging dann auf das Achterdeck.

Schon in der ersten Stunde an Bord hatte sie gelernt, daß die Steuerbordseite des Achterdecks heiliger Grund war, den man nur auf Einladung des Kapitäns betreten durfte. Lord St. Simon jedoch schien eine dauerhafte Einladung zu besitzen. In der geordneten Ruhe eines Morgens auf See standen die beiden Männer zusammen an der Reling der Steuerbordseite. Der Wachposten drehte das Stundenglas alle halbe Stunde und schlug dreimal auf eine Glocke, um die dritte halbe Stunde der Wache anzukündigen. Die Pfeife eines Hochbootsmannes ertönte, und drei Seekadetten sprangen in die Takelage. Sie kletterten hinauf in die Wanten und machten einen Wettlauf zur Mastspitze, die einige hundert Fuß hoch über dem Deck des Schiffes lag.

Tamsyn reckte den Hals und beobachtete die Männer voller Neid. Die Aussicht von dort oben mußte atemberaubend sein, und so schwer sah der Aufstieg gar nicht aus. Wenn sie ihren Rock ausziehen würde...

»Denkt nicht einmal daran.«

»Oh!« Sie wirbelte herum und stellte fest, daß Julian sie beobachtet hatte. Seine Augen blickten ein wenig belustigt. Es war nicht das erste Mal, daß er ihre Gedanken erraten hatte. »Woher könnt Ihr wissen, woran ich gerade gedacht habe?« fragte sie ihn.

Er lächelte sie lässig an. »Glaubt mir, Butterblume, es gibt Zeiten, da kann ich in Euch lesen wie in einem Buch.«

»Oh, nennt mich nicht so«, wehrte sie verärgert ab.

Er lachte. Dieser herrliche Morgen besaß eine Schönheit, die für einen Augenblick seine Bitterkeit verschwinden ließ. Er wollte lieber nicht darüber nachdenken, ob Tamsyns Schönheit zu seinem allgemeinen Gefühl des Wohlbehagens an diesem wundervollen Tag beigetragen hatte.

»Ich kann nur schwerlich widerstehen, wenn die Sonne auf Euer Haar scheint.« Er strich mit der Handfläche über ihren Kopf. »Als ich noch ein Junge war, hielten die Mädchen im Dorf am ersten Mai eine Butterblume unter ihr Kinn. Und wenn der goldene Schein der Butterblume sich auf ihrer Haut widerspiegelte, sagte man, daß sie einen Liebhaber finden würden, noch ehe der Tag vorüber war.«

Tamsyn fragte sich, warum er so plötzlich seine Steifheit verloren hatte. Er lehnte sich neben ihr über die Reling und blickte über das Meer, seine Haltung war entspannt, und er war freundlich. Tamsyn beobachtete noch immer die Männer in den Wanten. Wie Affen schwangen sie sich von Wante zu Wante, doch ihre Gedanken waren bei ihrem Körper, der ihr im Augenblick einen Streich zu spielen schien. Sie fühlte sich nicht anders als sonst, aber das mußte nicht unbedingt etwas zu bedeuten haben. Und was, um Himmels willen, sollte sie tun, wenn sie nun wirklich schwanger war?

Julian warf ihr einen Blick von der Seite zu, er fühlte die Anspannung in ihrem Körper. »Worüber macht Ihr Euch Sorgen?« Er sagte sich zwar, daß ihn das eigentlich gar nicht interessierte, trotzdem stellte er ihr die Frage.

Tamsyn sah ihm für einen kurzen Augenblick in die Augen, dann wandte sie sich wieder den Männern in den Wanten zu. »Ich bin es ganz einfach leid, Däumchen zu drehen, wenn ich dort oben sein oder sonst irgendwie helfen könnte.«

Ihre Lüge schien ihn überzeugt zu haben, das hatte sie auch angenommen. Immerhin war es ja auch nur eine halbe Lüge. »Solltet Ihr auch nur einen Zeh in die Takelung stellen, meine Freundin, dann ist unser Vertrag gebrochen… sofort beendet… dauerhaft. Verstanden?«

»Wie immer seid Ihr überaus deutlich«, erwiderte sie und freute sich zum erstenmal darüber, daß sie sich stritten.

»Ich tue mein Bestes«, sagte er bissig. Er wollte sich gerade abwenden und zum Kapitän gehen, als von der Mastspitze eine Stimme ertönte.

»Segel voraus, Sir. Drei Grad Steuerbord voraus.«

Hugo hob sein Glas und blickte über das Wasser. Er konnte gerade am Horizont das Oberbramsegel erkennen. »Schickt den

Signalgast zur Mastspitze, Mr. Connaught.« Seine Stimme klang ruhig. Von der Erregung, die ihn durchflutete, war nichts zu spüren. »Ich möchte wissen, was für ein Schiff es ist.«

»Aye, Sir.«

Die Aufregung auf dem Schiff war zu fühlen, doch zeigte sie sich weder in plötzlichen Geräuschen oder Bewegungen, nur in einem aufmerksamen Schweigen. Alle Männer an Deck standen jetzt an der Reling. Die Hochbootsmänner hatten ihre Pfeifen an die Lippen gehoben, aller Augen hingen am Horizont, aller Ohren warteten auf den Signalgast, der die Flaggen des Schiffes identifizieren sollte.

Die Stimme des jungen Mannes hallte auf Deck wieder, nervöse Erregung war daraus zu hören. »Sie hat die französische Flagge aufgezogen, Sir, darauf würde ich wetten.«

»Ich wünsche keine Wetten, Mr. Grantly, ich wünsche Tatsachen!« Die Stimme des Kapitäns war schneidend, wie Diamant auf Glas. »Alles Segel beisetzen, Mr. Connaught. Wir wollen sehen, ob wir dem jungen Mann nicht helfen können, indem wir näher rankommen.«

Die Pfeifen der Hochbootsmänner schrillten. Im nächsten Augenblick schon belebte sich das Schiff. Fasziniert beobachtete Tamsyn, wie die Männer wie Fliegen in die Takelage stiegen und Segel um Segel entrollt wurde, bis die *Isabelle* unter vollen Segeln dahinflog.

»Es stimmt, Sir. Sie haben die französischen Farben gehißt«, rief der junge Mann auf dem Mast. Vor Aufregung wäre er beinahe von seinem Ausguck gefallen.

»Gut. Setzt die amerikanische Flagge, Mr. Connaught. Wir werden sie ein wenig verwirren.« Er wandte sich an Julian, der schweigend neben ihm stand. »Was haltet Ihr von der Aussicht auf einen Kampf, St. Simon?«

Julians Lächeln war Antwort genug. Er beobachtete, wie die englische Fahne eingeholt und die amerikanische Fahne aufgezogen wurde. Es war ein üblicher Betrug, nur die Flagge eines in Seenot geratenen Schiffes war heilig. Erst in der letzten Minute würde sie ihre wahren Farben zeigen, als eine Kriegserklärung.

»Alle Mann an Deck, Mr. Harris.«

Die Pfeife des Hochbootsmannes schrillte, und der Ruf ertönte: »Alle Mann an Deck!«

Tamsyns Herz schlug schneller vor Erregung, als die Wachen polternd an Deck kamen und sich den Schlaf aus den Augen rieben. Die vielen Männer, manchmal schienen sie für ein so kleines Schiff viel zu viele zu sein, kamen an Deck gestürzt. Für den unkundigen Beobachter schien es ein heilloses Durcheinander, doch sehr schnell wurde klar, daß jeder wußte, an welchen Platz er gehörte. Dann senkte sich ein tiefes Schweigen über das Schiff, jeder war an seinem Platz. Nur das Quietschen der Takelage war noch zu hören, als die *Isabelle* über das Wasser flog.

Gabriel trat neben Tamsyn, sein Gesicht war grimmig verzogen. »Diese Franzmänner werden einen Blick auf unseren Schatz werfen, kleines Mädchen, und das wird das Letzte sein, was wir davon sehen werden.«

»Zuerst einmal müssen sie gewinnen, Gabriel, und irgendwie glaube ich nicht, daß Kapitän Lattimer die Absicht hat, diesen Kampf zu verlieren und sich die Beute entgehen zu lassen.« Es gelang ihr nicht, ihre Erregung zu verbergen.

Gabriel brummte und zog sein Breitschwert, er hielt es ins Licht. Dann spuckte er auf die Klinge und polierte sie mit einem Tuch, ehe er das Schwert wieder in die Scheide steckte.

»Bereit zum Kampf, Mr. Connaught.« Die Stimme von Kapitän Lattimer war so ruhig und gelassen wie immer, doch in seinen strahlend grünen Augen blitzte ein vergnügter Funke. Auch die blauen Augen des Obersts zeigten diesen Funken. »Aber sorgt dafür, daß die Soldaten zunächst noch nicht zu sehen sind. Ihre roten Jacken würden uns verraten.« Er blickte den Oberst von der Seite an, und der zog mit einem Grinsen seine rote Jacke aus.

Das Deck wurde gewischt und dann dick mit Sand bestreut. So leise, daß es kaum zu hören war, wurden die Kanonen ausgefahren. Die Kanonenkugeln, Kettenkugeln und Kartätschen wurden bereitgelegt. Die jeweils sechs Mann umfassenden Kanonenmannschaften stellten sich neben ihre Kanonen, der Arzt und seine Helfer zogen sich ins Cockpit zurück und holten ihre Instrumente hervor. Die Seekisten der Seekadetten wurden zusammengeschoben, damit man sie als notdürftiger Operationstisch benutzen konnte.

»Das Mädchen sollte besser nach unten gehen«, riet Hugo dem Oberst. Er deutete auf Tamsyn, die noch immer wie verzaubert an der Reling stand.

»Ich überlasse es Euch, ihr den Befehl zu geben«, meinte Julian und verzog das Gesicht. »Sie ist eine Kriegerin, freiwillig wird sie nicht gehen.«

Hugo runzelte die Stirn und starrte auf die Gestalt an der Reling. Mit leicht gespreizten Beinen paßte sich Tamsyns Körper den Schwingungen des Schiffes an, den Kopf hatte sie hoch erhoben, der Wind spielte mit ihrem kurzen Haar. Energiewellen schienen von ihrem Körper auszugehen.

Tamsyn hatte die Blicke der Männer gefühlt, sie kam zu ihnen hinüber. »Ihr wolltet mit mir sprechen, Kapitän?«

»Ich dachte daran, Euch nach unten zu schicken. Das Deck einer Fregatte während eines Kampfes ist kein Ort für ein Mädchen wie Euch.«

»Vielleicht nicht, Sir.« Sie wich seinem eindringlichen Blick nicht aus, doch war ihr bewußt, daß das Wort eines Kapitäns auf einem Schiff das Gesetz war. Wenn er ihr befahl, nach unten zu gehen, so würde sie keine andere Wahl haben, als ihm zu gehorchen. Wenigstens für den Augenblick. Wenn erst einmal der Kampf begann, würde sie zurückkommen können, ohne daß jemand es bemerkte.

»Doch ich bezweifle, daß Ihr unter Deck bleiben würdet«, sagte er nachdenklich und lachte dann laut auf, als er in ihre erschrockenen Augen sah. »Das habt Ihr doch gedacht, nicht wahr?«

»Jawohl«, gab sie zögernd zu.

»Ich nehme an, ich könnte Euch für die Dauer des Kampfes im Frachtraum einsperren«, überlegte er laut. »Was haltet Ihr davon, Oberst?«

»Ihr habt das Kommando auf diesem Schiff, Kapitän«, erklärte Julian förmlich. »Ich möchte mich mit meiner Meinung lieber zurückhalten.«

Tamsyn hatte den starken Verdacht, daß die beiden Männer sich über sie lustig machten, obwohl beide so ernst aussahen wie Priester.

»Nun, ich werde Euch Euren Willen lassen«, sagte Kapitän Lattimer schließlich. »Aber wenn Ihr uns im Weg seid, dann werde ich Euch von einem Soldaten nach unten tragen lassen.«

»Darüber braucht Ihr Euch keine Sorgen zu machen«, erklärte Tamsyn mit all der Würde, derer sie fähig war, dann ging sie zu der Stelle an der Reling zurück, an der sie zuvor gestanden hatte.

Das französische Schiff am Horizont wurde immer größer, schließlich konnte man erkennen, daß es eine Fregatte war, getakelt mit Rahsegeln. Die Franzosen würden die amerikanische Flagge sehen und wären wohl für eine Weile verwirrt. Amerika stand kurz davor, England den Krieg zu erklären, es war kein Feind der Franzosen. Doch man würde auch feststellen, daß die Fregatte zum Kampf bereit war. Es würde Kapitän und Mannschaft des französischen Schiffs verwirren, doch für wie lange? Lange genug, daß die *Isabelle* nah genug kommen konnte, um eine Breitseite abzufeuern?

Sie waren jetzt noch ungefähr eine Meile voneinander entfernt. »Bringt sie sechs Strich nach Steuerbord, Mr. Harris«, befahl der Kapitän dem Navigator am Ruder. In der erwartungsvollen Stille klang seine Stimme übernatürlich laut.

Die *Isabelle* schwang langsam herum, so daß ihre Steuerbordseite dem französischen Schiff gegenüber war.

Und dann schienen die Franzosen zu begreifen. Wilde Hektik brach auf den Decks aus, während sie sich zum Kampf bereit machten; die Kanonen erschienen in den Geschützlöchern.

»Los, Mr. Connaught«, sagte Hugo leise.

Die englische Flagge erschien am Mast.

»Feuer, Mr. Connaught!«

13

Die mächtigen Steuerbordkanonen der *Isabelle* donnerten los und verursachten einen Lärm, der schrecklicher war als alles, was Tamsyn sich bisher hatte vorstellen können. Die Breitseite bestrich das französische Schiff. Als der Rauch verflogen war, erkannte Tamsyn, daß die Reling sich löste und ein großes Loch oberhalb der

Wasserlinie erschien. Schreie erfüllten die Luft, und dann ertönte wieder das laute Dröhnen, diesmal von den Franzosen, die die Breitseite erwiderten. Tamsyn starrte voller Entsetzen nach unten, wo eine Kanonkugel explodiert war und einen Schauer tödlicher Splitter über die Kanonenmannschaft regnen ließ. Und dann lief sie die Gangway hinunter. Im Laufen noch öffnete sie den Verschluß ihres Rockes und stürzte sich in das Getümmel.

Die Offiziere an den Kanonen brüllten ihre Befehle und bemühten sich, sich in all dem Lärm und den Schreien der Verwundeten Gehör zu verschaffen. Wieder feuerten die Steuerbordkanonen der *Isabelle.* Unterdessen drehte sich das Schiff langsam, um die Backbordkanonen zum Einsatz bringen zu können, während die Steuerbordkanonen neu geladen wurden.

Ein Munitionsträger lief an Tamsyn vorbei, vollbeladen mit den tödlichen Schießpulverpatronen, die aus den Führungsräumen geholt werden mußten. Sie wurden weit weg von den Kanonen aufbewahrt, bis man sie brauchte. Ein herumfliegender Splitter drang ihm in die Wange, und er ließ seine kostbare Last fallen.

Der Gehilfe des Hochbootsmannes lief auf ihn zu. Er schwang ein Tau und schrie wie ein Wilder. Der Junge schluchzte, Blut floß aus seinem Auge. Tamsyn bückte sich, sammelte die Patronen ein und lief zur nächsten Kanone, wo sie die Patronen einem der Männer aus der Mannschaft reichte, dessen Gesicht vom Rauch geschwärzt war. Der Leutnant, der die Mannschaft befehligte, warf ihr einen erstaunten Blick zu, doch dann vergaß er den eigenartigen Munitionsträger gleich wieder und brüllte seine Befehle, damit die Mannschaft eine Runde Kettenkugeln in die Takelage des Feindes abfeuern konnte.

Tamsyn begriff, daß sie jetzt einen nützlichen Platz in dem Kampf hatte. Sie lief zurück in den unteren Teil des Schiffes, die schmalen Gangways entlang, die Treppe zum Niedergang hinunter, von Deck zu Deck, bis in die Führungsräume, wo sie sich neue Patronen auf die Arme lud und dann den Rückweg antrat.

Der Lärm war jetzt so ohrenbetäubend; daß sie das Gefühl hatte, er spiele sich in ihrem Kopf ab. Sie konnte die einzelnen Geräusche nicht mehr voneinander unterscheiden, doch manchmal übertönten die Schreie alles andere. In einem Augenblick stand ein Mann noch aufrecht neben ihr, im nächsten schon wand er sich zu ihren Füßen, seine beiden Beine waren nur noch ein Gewirr von Blut und Fleisch, und die Schreie seines Todeskampfes drangen durch Mark und Bein.

Sie kniete neben dem Mann nieder. Auch wenn sie ihm nicht helfen konnte, war sie nicht in der Lage, ihn in einem solchen Schmerz allein zu lassen. Doch jemand befahl ihr grob: »Um Himmels willen, sorgt dafür, daß die verdammte Munition zur Kanone Nummer sechs kommt«, und Tamsyn stand auf und lief weiter. Sie versuchte, den Übelkeit erregenden Geruch des brennenden Pechs aus dem Cockpit nicht zu tief einzuatmen, wo der Arzt mit der Geschwindigkeit eines Metzgers amputierte. Jedes amputierte Gelenk wurde mit Pech desinfiziert, ehe der Arzt sich dem nächsten Opfer zuwandte.

Tamsyn glitt in einer Blutlache aus, als sie gerade ihre Last ablieferte. Im letzten Augenblick gelang es ihr, sich an der Jacke eines Leutnants festzuhalten. Er starrte sie an, dann befahl er knapp: »Sand.«

Sie verstand und lief zu dem Faß mit Sand, das in der Ecke stand. Mit beiden Händen streute sie Sand über das Blut auf Deck. Wieder und wieder dröhnten die Kanonen. Tamsyn duckte sich und schlug Haken, als sie weiterlief. Immer wenn sie die Möglichkeit hatte, zu dem französischen Schiff hinüberzublicken, schien es ihr, als hätte es noch mehr Takelage und Sparren verloren. Und dennoch dröhnten die Kanonen weiter und brachten eine Welle des Todes und der Verletzungen über die Mannschaft der *Isabelle.*

Hugo Lattimer versuchte, sich nicht von der Zerstörung um ihn herum ablenken zu lassen. »Mr. Connaught, die Enternetze.« Er suchte nach dem Oberst und sah, daß er bei den Soldaten stand, die sich an der Reling aufgestellt hatten. Julian hatte sich mit einer Muskete bewaffnet und schoß auf Männer aus der Takelage des französischen Schiffes. An seiner Seite stand der Riese Gabriel.

»Oberst, wollt Ihr mit an Bord des Franzosen kommen?« rief Hugo.

Julian sah, daß die Enternetze über die kurze Entfernung zwischen den beiden Schiffen schwangen. Mit einer ausholenden Bewegung zog er sein Schwert. »Aber gern, Kapitän.« Er sprang auf das Achterdeck hinunter, Gabriel blieb an seiner Seite. In dem Gewirr des Kampfes hatte Julian an Tamsyn nicht gedacht. Jetzt blickte er sich auf dem zerstörten Achterdeck um.

»Sucht Ihr mich?« fragte Tamsyn atemlos, sie stand hinter ihm.

Er wirbelte herum und starrte sie an. Ihre Kleidung war blutig, und sie war schwarz von Kopf bis Fuß. In ihrem schmutzigen Gesicht wirkten ihre veilchenblauen Augen riesengroß. Ihre weißen Zähne blitzten, als sie versuchte zu lächeln. »Sie haben aufgehört, die Kanonen abzufeuern, also werde ich dort unten nicht mehr gebraucht.«

»Was, in Teufels Namen, habt Ihr getan?« wollte er wissen.

»Ich habe Schießpulver für die Kanonen herangeschafft«, erklärte sie in nüchternem Ton. »Was habt Ihr denn geglaubt?«

Julian schüttelte den Kopf. »Ich habe keine Ahnung, aber ich hätte eigentlich wissen müssen, daß Ihr Euch ins Getümmel mischen würdet.« Tamsyn würde immer da sein, wo sie am nützlichsten war. Sie würde in einer solchen Situation keinen Gedanken an ihre persönliche Sicherheit verschwenden. Julian verspürte plötzlich den Wunsch, ihr das Haar aus der Stirn zu streichen und die Spur des Blutes eines der Männer von ihrer Wange. Er wollte mit ihr die Befriedigung eines erfolgreichen Kampfes teilen.

»Der Arzt könnte Eure Hilfe brauchen«, wandte sich Kapitän Lattimer brüsk an Tamsyn und zerstörte so die Intimität dieses kurzen Augenblicks. Dadurch ermöglichte er es Julian ungewollt, sich vom Abgrund zurückzuziehen. Aus Hugos Blickwinkel benahm sich sein weiblicher Passagier wie ein Mitglied der Mannschaft, daher schien es selbstverständlich, sie auch als solches zu behandeln.

Er zog sein Schwert. »Kommt, meine Herren.«

Tamsyn sah ihnen voller Neid zu, wie sie mit gezogenen Schwertern in die Netze kletterten und von dort an Bord des gegnerischen Schiffes. Sie beherrschte den Kampf von Mann zu Mann viel besser als dieses Abschlachten mit Kanonen. Es war nicht so grausam wie die Erstürmung von Badajos, doch war es trotzdem ein abscheuliches Geschäft.

Und es gab Arbeit genug zu tun, jetzt, wo das zerstörerische Feuer der Kanonen verstummt war. Entschlossen wandte sie sich um und ging in die Kuhl des Schiffes.

Julian sprang auf das Deck der *Delphine.* Die Männer der *Isabelle* kämpfte heftig mitschiffs. Hugo Lattimer bahnte sich einen Weg zu ihnen und lief dann zum Achterdeck, wo, wie er wußte, die französischen Offiziere zu finden waren.

Ein Schutzengel hatte seine Hand über den Oberst gehalten, denn als er sich umwandte, sah er gerade noch rechtzeitig, wie ein Offizier mit wildem Blick vom Vorderdeck auf ihn zusprang. Julian parierte den Angriff, tanzte zurück und stieß dann zu, doch sein Gegner war ein geübter Schwertkämpfer, und mit einer Mischung von Frohlocken und Grauen begriff Julian, daß ihn ein heftiger Kampf erwartete.

Gabriel schlug indessen eine Gruppe von Matrosen zurück, die mit Messern und Knüppeln bewaffnet waren. Das Breitschwert des riesigen Mannes blitzte in der Sonne, als er nach allen Seiten Hiebe verteilte und seine Angreifer in eine Ecke des Decks trieb, wo sie ihre Waffen zu Boden warfen und sich ergaben, in der weisen Erkenntnis, daß sie den Kampf sowieso verloren hatten und daß es keinen Zweck hatte, noch mehr Verletzte zu riskieren.

Nachdem Gabriel diesen Kampf zu seinen Gunsten entschieden hatte, sah er sich um und bemerkte, daß der Oberst noch immer mit dem französischen Leutnant kämpfte. Julian wurde ernsthaft bedrängt, doch er hatte die Lippen grimmig zusammengepreßt und focht mit dem Ausdruck der Entschlossenheit. Dann glitt sein Gegner in einer Blutlache aus und stürzte zu Boden.

Julian senkte sein Schwert und wartete, bis der Mann wieder auf den Füßen stand. Die beiden Männer sahen einander an, dann zuckte der Leutnant die Achseln, verbeugte sich und reichte dem englischen Oberst sein Schwert, mit dem Griff zuerst.

Julian berührte das Schwert in einer zeremoniellen Geste, dann bedeutete er seinem Gegner höflich, daß er es behalten könne. Der Mann verbeugte sich noch einmal, dann steckte er das Schwert in die Scheide, und die beiden Männer blickten sich um. Sie waren nicht länger Feinde, sondern nur noch kampfmüde Krieger.

Auf dem Achterdeck nahm Hugo Lattimer die Kapitulation des Kapitäns der *Delphine* mit genau der gleichen Höflichkeit entgegen. Auch er bestand darauf, daß sein Gegner sein Schwert behielt. Man erniedrigte keinen Feind, der tapfer gekämpft hatte, und in diesen unsicheren Kriegszeiten konnte man nie sicher sein, daß sich die Situation nicht einmal ins Gegenteil kehrte.

Julian bahnte sich einen Weg zum Achterdeck. Hugo begrüßte ihn mit einem müden Lächeln. »Oberst St. Simon, darf ich Euch Monsieur le Capitaine Delors vorstellen?«

Die beiden schüttelten einander die Hand, und der Kapitän stellte den Rest seiner Offiziere vor. Es ging alles sehr höflich und zivilisiert zu, als hätte es den mörderischen Kampf der letzten Stunde nie gegeben. Nur an dem Geruch nach Blut, dem Stöhnen der Verwundeten, den zerbrochenen Spanten und der zerrissenen Takelage, die auf dem blutverschmierten Deck lagen, konnte man noch sehen, was sich kurz zuvor ereignet hatte.

»Ich werde eine Entermannschaft an Bord schicken, unter dem Kommando von Will Connaught«, erklärte Hugo. »Zusammen mit unseren Verwundeten kann er das Schiff nach Lissabon zurücksegeln, nachdem wir es ein wenig repariert haben.« Er konnte seine Zufriedenheit nicht verbergen, als er sich auf dem obersten Schiff umsah. Es war eine gute Arbeit gewesen. Die französische Fregatte war eine fette Beute, und sie würde ihm die so dringend benötigten Mittel bringen. Die Mannschaft der *Isabelle* würde ihren Anteil bekommen, und das wiederum bedeutete, daß sie für den Rest ihrer Reise auf einem Schiff mit einer begeisterten Mannschaft segelten.

Julian verließ ihn, damit er in Ruhe seine Befehle geben konnte. Er kletterte über die schwankenden Enternetze an Bord der *Isabelle* zurück. »Dieser Kapitän Lattimer weiß, was er tut«, meinte Gabriel, der neben ihm an Deck sprang. »Wo ist das Mädchen?«

»Wahrscheinlich noch immer mitten im Getümmel, denke ich.« Sie gingen zur Kuhl, wo aus dem Chaos wunderbarerweise eine gewisse Ordnung entstanden war. Tamsyn kniete neben einem verwundeten Mann, der darauf wartete, daß der Arzt sich ihm widmete. Er hatte einen Finger verloren und schien nicht sehr beunruhigt darüber; seine Hauptsorge war, daß die Wunde nicht groß genug war, um ihn nach Hause zu entlassen.

»Ist es vorbei?« Tamsyn blickte auf, als Julian und Gabriel über das Deck auf sie zukamen.

»Es scheint so.« Julian betrachtete sie eingehend. »Ist mit Euch alles in Ordnung?«

»Ja.« Sie stand auf und reckte sich. »Ich weiß allerdings nicht, wieso. Ich weiß überhaupt nicht, wie jemand dieses Inferno überleben konnte. Es war schlimmer als alles, was ich je in meinem Leben erlebt habe.«

Julian antwortete ihr nicht. Er konnte ihr nicht widersprechen, doch waren sie beide Soldaten, und die Schrecken des Kampfes waren ihr Lebensinhalt.

»Josefa hilft dem Arzt«, wandte Tamsyn sich an Gabriel. »Er sagt, sie ist viel erfahrener als seine Helfer.« Sie wandte sich dem Cockpit zu, verhedderte sich mit dem Fuß in einer Leine und fiel der Länge nach auf das Deck.

Sie muß wirklich sehr erschöpft sein, dachte Julian und streckte ihr die Hand hin, um ihr auf die Füße zu helfen. Als sie seine Hand nicht sofort ergriff, beugte er sich zu ihr und hob sie hoch. Er verbarg seine Sorge vor ihr, sagte nur: »Ihr seid hier fertig, Mädchen.«

Tamsyn schien ihn nicht zu hören. Sie starrte auf ihren Schenkel, wo ein Splitter durch die Lederhose in ihr Bein gedrungen war. Blut floß aus der Wunde. »Seht nur! Ich bin verletzt. Es blutet.« Sie hob die Augen, und er erkannte das Entsetzen in ihrem Blick. Unter all dem Schmutz war ihr Gesicht plötzlich kreidebleich geworden.

»Oberst, fangt sie auf!« Der Befehl kam von Gabriel, der hinter ihm stand.

Tamsyn schwankte, ihre Knie gaben nach. Gerade noch rechtzeitig trat Julian einen Schritt vor und fing die zierliche Gestalt auf. »Was, zum Teufel...?« Er starrte auf sie hinunter, sie hatte das Bewußtsein verloren. Dann blickte er mit ungläubigem Gesicht zu Gabriel. »Sie muß in einen Splitter gefallen sein, aber es sieht gar nicht so schlimm aus.«

»Es ist das Blut«, erklärte Gabriel ruhig. »Das passiert ihr immer.«

»Aber sie ist doch von Kopf bis Fuß voller Blut«, erwiderte Julian überrascht.

»Aye, aber es ist nicht ihr Blut«, sagte Gabriel. »Das Kind kann es nicht ertragen, wenn es sich verletzt. Als Baby hat sie das ganze

Haus zusammengebrüllt, wenn sie auch nur den kleinsten Nadelstich erlitt. Bei schlimmeren Verletzungen ist sie gleich ohnmächtig geworden. Der Baron hat alles getan, um sie davon abzubringen, doch am Ende hat er es aufgegeben.«

»Lieber Gott«, murmelte Julian. Sie ritt wie ein Kosak, kämpfte wie ein Berglöwe, sie wich nicht zurück vor Unbequemlichkeiten und Entbehrungen, doch sie wurde ohnmächtig beim kleinsten Nadelstich. Er dachte an Cornichets Messer und fragte sich erstaunt, was es sie wohl gekostet haben mußte, ihm gegenüberzustehen, ohne zusammenzubrechen.

»Am besten ziehen wir ihr den Splitter so schnell wie möglich heraus«, meinte er. »Aber das wird noch mehr bluten als jetzt.«

»Ich hole Josefa.«

Julian trug Tamsyn in ihre Kabine und legte sie auf die Bank unter dem Fenster.

»Was ist passiert? O Gott, mein Bein. Da ist was drin!« Tamsyns Stimme hatte einen schrillen Klang.

»Wir holen es raus«, erklärte Julian ruhig. »Es ist nur ein Splitter. Ihr müßt darauf gefallen sein, als ihr gestolpert seid.«

»Aber er steckt in mir drin! Mein ganzes Blut fließt heraus!«

»Wie ich gehört habe, braucht Ihr mich.« Der Arzt klang erstaunlich fröhlich, als er in die Kabine kam. Er trug noch immer seine blutverschmierte Schürze und wurde von Josefa und Gabriel begleitet. »Oje, der ist aber groß«, meinte er mit der gleichen Munterkeit. »Den werden wir gleich herausholen.«

»Nein!« schrie Tamsyn. »Das mache ich selbst.«

»Nein, das werdet Ihr nicht tun! Und jetzt hört auf, Euch so albern zu benehmen!« Julian setzte sich hinter sie auf die Bank und legte ihren Kopf auf seinen Schoß, mit beiden Händen hielt er ihre Schultern fest. »Haltet still, in einer Minute ist alles vorbei.«

Josefa kam herüber und nahm die Hände ihres Schützlings, sie streichelte sie und murmelte leise tröstende Worte, während der Arzt mit einer schnellen Bewegung den Splitter herauszog. Blut spritzte, Tamsyn stöhnte auf und wurde noch einmal ohnmächtig.

»Guter Gott, was ist denn hier los?« Kapitän Lattimer kam in die Kammer und fand sie voller Menschen, die er normalerweise nicht in seiner Kabine willkommen hieß.

»Wir haben einige kleine Schwierigkeiten«, erklärte Julian, und in seiner Stimme klang ein leises Lachen mit. Er schüttelte ungläubig den Kopf, noch immer hielt er Tamsyns Schultern fest. »Dieses verrückte Mädchen benimmt sich wie ein zimperliches Lieschen, nur weil sie einen Splitter im Bein hat.«

»Guter Gott«, sagte Hugo noch einmal. »Nach allem, was sie während des Kampfes getan hat! Laut Leutnant Godfrey hat sie sich durch nichts einschüchtern lassen.«

»Es gibt doch nichts Seltsameres als den Menschen«, erklärte Samuel in seinem Yorkshire-Dialekt, er brachte dem Arzt eine Schüssel heißes Wasser. »Ich hole noch einen Verband.«

Tamsyn kam wieder zu sich, als der Arzt die Wunde auswusch. Sie blickte in Julians Gesicht. »Hat es aufgehört?«

Ihr Gesicht war noch immer kreidebleich, ihre Augen blickten ängstlich, und sie sah so verletzlich aus wie ein verängstigtes Kind. Ihr ganzer Schwung, all ihre überwältigende Persönlichkeit waren verschwunden, als sie zu ihm aufblickte und bei ihm Trost und Beruhigung suchte, mit einer Vertrauensseligkeit, die er nicht zu zerstören wagte.

Er lächelte sie an und strich ihr das Haar aus der Stirn, was er schon zuvor hatte tun wollen. »Es hat schon beinahe aufgehört zu bluten. Der Arzt wird einen Verband anlegen, und in einem oder zwei Tagen ist alles vorüber.«

»Es war keine sehr tiefe Wunde, Miss Tamsyn«, versicherte der Arzt ihr und streute Basilikumpuder auf die Wunde. »Es sollte auch keine Infektion geben.« Er legte einen Verband über die Wunde, und die Patientin ließ still alles über sich ergehen, langsam kehrte auch die Farbe in ihre Wangen zurück. »Wahrscheinlich wird es aber schmerzen. Soll ich Euch etwas Laudanum geben?«

»Schmerz macht mir nichts aus«, sagte Tamsyn. »Ich mag es nur nicht, wenn es blutet.«

»Nun, das wird schon bald aufhören.« Der Arzt wischte sich die Hände ab und stand dann auf. »Ich würde Euch raten, in den nächsten Tagen nicht soviel rumzulaufen. Laßt die Wunde zuerst einmal heilen.«

»Es tut mir so leid«, flüsterte Tamsyn. »Habe ich mich sehr

schlecht benommen?« Sie hatte Julian diese Frage gestellt, Verlegenheit und Furcht standen dabei in ihren Augen.

Wenn er Rache wollte, so hatte er jetzt die beste Gelegenheit dazu. Doch das konnte er nicht. Sie vertraute auf seine Hilfe, mit der gleichen Natürlichkeit und Schlichtheit, mit der sie ihm ihren Körper angeboten hatte, mit der sie ihn eingeladen hatte zu ihren Liebesspielen.

»Unerwartet ist das Wort, das ich benützen würde.« Er zog sie hoch, bis sie auf seinem Schoß saß und an seiner Brust lehnte. »Aber wir alle haben das Recht auf Schwächen.«

»Ich fühle mich ganz eigenartig«, erklärte Tamsyn und lehnte sich an ihn. »Ganz schwach und zittrig.«

»Ihr könntet ein Bad gebrauchen«, schlug Samuel vor. »Und etwas heiße Milch und Rum.«

»Sorge für heißes Wasser, Samuel«, befahl Hugo. »Bring es hier herein, hier drin ist mehr Platz. Und nimm, was du brauchst, von meinen Vorräten. Wir überlassen das Mädchen und die Frau jetzt lieber sich selbst.« Nachdem er so edelmütig auf sein Allerheiligstes verzichtet hatte, wandte er sich ab und ging. Erst als er auf dem Achterdeck angekommen war, stellte er fest, daß ihm alle gehorsam gefolgt waren bis auf einen – den Oberst.

Er zog anzüglich eine Augenbraue hoch und blickte auf die geschlossene Tür, vor der die Wache ihren üblichen Posten wieder eingenommen hatte, jetzt, da die normale Routine auf dem Schiff zurückgekehrt war. Sehr interessant dachte er, doch aus irgendeinem Grund war er gar nicht überrascht. Er wandte sich an seinen zweiten Leutnant, der das Kommando von Will Connaught übernommen hatte, nachdem dieser jetzt die Entermannschaft auf der *Delphine* befehligte.

»Wir werden eine Rumration verteilen, Mr. Denny. Die Mannschaft hat sie sich verdient.«

Ein lautes Jubeln ertönte, als dieser Befehl gegeben wurde. Hugo nickte zufrieden. In diesem Augenblick kommandierte er ein glückliches Schiff.

In der Kabine lag Tamsyn noch immer in Julians Armen, während Samuel Regenwasser erhitzte; er hatte es aus einem großen Faß auf dem Deck geholt, um damit die Sitzbadewanne zu füllen. Der Baron hatte sie auch immer so gehalten, wenn sie Kummer gehabt hatte, und Tamsyn fand es natürlich und sehr beruhigend. Sie war noch immer verlegen, weil sie wußte, daß sie sich sehr lächerlich verhalten hatte, auch wenn sie sich nicht mehr dessen entsinnen konnte, was sie gesagt hatte. Nur an die entsetzliche Panik erinnerte sie sich noch, die sie beim Anblick der Wunde gehabt hatte. Sie wußte, daß ihre Furcht unvernünftig war, doch sie konnte sie genausowenig kontrollieren, wie es ihr gelingen würde, die Wasser des Atlantiks zu teilen.

Josefa lief geschäftig in der Kabine hin und her. Sie erteilte Samuel Befehle in blumigem Spanisch, Befehle, die er grundsätzlich ignorierte, weil er die Dinge auf seine Art und Weise zu erledigen gedachte.

Nachdem Samuel gegangen war, befahl Julian der Frau: »Holt ein Nachthemd und einen Morgenmantel, Josefa, dann könnt Ihr gehen.« Er hatte gar nicht vorgehabt, so etwas zu sagen. Er hatte eigentlich seine Last auf die Bank setzen und sie in den fähigen Händen ihrer Betreuerin zurücklassen wollen. Dennoch waren diese Worte aus seinem Mund gekommen.

Josefa sah ihn an, als würde seine Anweisung nicht interessieren, doch die Autorität des Obersts schüchterte sie ein, und ihr Schützling äußerte keinen Protest. Tamsyns Augen waren geschlossen, es schien beinahe so, als schliefe sie.

»Ay de mi«, murmelte Josefa, dann lief sie nach nebenan und holte, was er befohlen hatte. Sorgfältig hängte sie alles über einen Stuhl. Dann stand sie noch unentschlossen einen Augenblick an der Tür, ehe sie ergeben mit den Schultern zuckte und verschwand.

»Ich werde die Hose aufschneiden«, erklärte Julian. Sein Verstand sagte ihm, daß es verrückt war, was er vorhatte, doch Tamsyn hatte ihm so vollkommen die Kontrolle über sich selbst überlassen, daß es nur natürlich schien, wenn er ihr half. Natürlich, erfreulich und äußerst verlockend.

Sie war so leicht und zerbrechlich wie eine Feder auf seinen Armen. Ihre erregende Sexualität, der er nicht widerstehen konnte, war verschwunden, aber sie war ersetzt worden von einer sanften Verletzlichkeit, der er genauso hilflos ausgeliefert war.

Er setzte sie auf das Kissen neben sich und zog ihr die Stiefel aus.

»Ich kann mich allein ausziehen«, verkündete Tamsyn. Ihre Stimme klang jetzt kräftiger. »Ich stelle mich nicht länger so dumm an.«

»Gut. Aber Ihr könnt das ebensogut auch mir überlassen, da ich schon einmal damit begonnen habe. Ihr solltet das verletzte Bein so wenig wie möglich bewegen.«

Ein kleiner Schauer lief durch ihren Körper, doch sie blieb ganz still liegen, als er ihr die Strümpfe auszog und dann mit seinem Dolch ihre Hose aufschnitt und sie ihr ebenfalls auszog. Sie fühlte sich sehr erschöpft, am Rande eines warmen, dunklen, verlockenden Abgrunds, und seine Hände auf ihrem Körper beruhigten sie, als er sie weiter entkleidete. Irgendwo in ihrem Kopf formte sich ein vager Gedanke, daß sie sich hier eine Gelegenheit entgehen ließ. Aus einem ihr unerfindlichen Grund war St. Simons Benehmen ihr gegenüber sanfter geworden, doch konnte sie nichts anderes unternehmen als sich ganz seiner Fürsorge hinzugeben. Der dunkle Gedanke an eine mögliche Schwangerschaft drängte sich in den Vordergrund ihrer Gedanken, aber sie konnte sich nicht so recht darauf konzentrieren, und er entschlüpfte ihr wieder.

Sie legte sich in das heiße Wasser. Ihr verletztes Bein stützte sie auf den Rand der Sitzbadewanne, während Julians Hände über ihren Körper glitten. Doch benahm er sich mit einer Selbstverständlichkeit, die eher zu einem Kindermädchen gepaßt hätte und nicht zu einem Liebhaber. Sie lächelte verträumt bei diesem Gedanken und wünschte sich noch einmal, daß sie die Kraft hätte, ihn zu größeren Intimitäten zu ermuntern, doch dann entschied sie, daß sie viel zu sehr genoß, was er mit ihr tat, um irgend etwas zu ändern, selbst wenn sie es gekonnt hätte.

»Warum lächelt Ihr?« Julian griff nach dem Handtuch. Er wußte ganz genau, daß er sich selbst nur etwas vorgemacht hatte. An dem, was er tat, was überhaupt nichts Platonisches, und als Ergebnis davon stand sein Körper in Flammen.

»Aus keinem besonderen Grund.« Unter halb geschlossenen Augenlidern hervor sah Tamsyn ihn an. Sie entdeckte die Anspannung in seinem Gesicht, den zusammengepreßten Mund. Dafür gab es für sie nur eine Erklärung, und etwas von ihrer Erschöpfung wich. »Ich fühle mich sehr schwach«, sagte sie. »Ich glaube nicht, daß ich aufstehen kann.«

Julian stieß einen leisen Fluch aus, doch er hatte damit angefangen und mußte die Sache jetzt zu Ende bringen. Er hob sie aus der Wanne und hielt ihren nassen Körper an sich gedrückt. Sie legte ihren Kopf an seine Schulter und murmelte einige unverständliche Worte. Tat sie das etwa absichtlich? Sein Mißtrauen wuchs.

Entschlossen setzte er sie wieder auf die Bank und legte das Handtuch um sie. »Ihr könnt Euch selbst abtrocknen, im Sitzen. Ich werde nur Eure Beine und Füße abtrocknen.«

Na ja, dachte Tamsyn, wenigstens hatte sie es versucht. So gut es ging, trocknete sie sich ab, und Julian reichte ihr das Nachthemd. Erleichtert atmete er auf, als ihr nackter Körper unter dem weiten Batisthemd verschwand. Er reichte ihr den Umhang.

»Zieht den auch noch an, dann könnt Ihr die Beine hochziehen und Euch gegen die Kissen lehnen«, riet er und hoffte, daß seine Stimme nichts von seinem inneren Aufruhr verriet. »Ich werde nachsehen, wo Samuel mit der heißen Milch bleibt.«

Tamsyn machte es sich bequem. Sie fühlte sich schon wesentlich besser, aber noch immer war sie ein wenig zittrig, und ihr war auch etwas übel. Sie schloß die Augen, doch ganz plötzlich riß sie sie wieder auf. Sie hielt den Atem an und lauschte auf ihren Körper. Der dumpfe, krampfartige Schmerz in ihrem Unterleib war nur schwach, doch war er unverkennbar. Hatte das schlechte Blut etwa das gute zum Fließen gebracht? Bitte, laß den Krampf nicht wieder verschwinden! Wieder und wieder schickte sie diese Worte als Stoßgebet zum Himmel und löschte so jeden anderen Gedanken aus. Bitte mach, daß der Schmerz noch schlimmer wird!

Samuel kam mit einem Tablett ins Zimmer, auf dem ein Glas dampfend heiße Milch stand. Er stellte es auf den Tisch und goß eine großzügig bemessene Ration Rum hinein, aus einer der Flaschen, die der Kapitän in seinem Schrank aufbewahrte. »Das wird Euch guttun, Mädchen«, erklärte er.

Julian hatte sich ein Glas von Hugos Rotwein eingegossen und saß jetzt am Tisch und beobachtete Tamsyn, die in nachdenklichem Schweigen an ihrer Milch nippte. Sie sah so sanft und unschuldig aus wie ein kleines Kätzchen, in ihrem weißen Nachthemd und dem Umhang, mit ihrem seidigen, silberblonden Haar. Aber er wußte es besser. Er hatte sich von ihr an der Nase herumführen lassen, und sein Körper erinnerte ihn daran, und zwar ziemlich deutlich.

Tamsyn stellte ihr Glas ab. »Ich muß zur Latrine«, erklärte sie plötzlich. Sie schwang die Beine von der Bank, mit einer Lebhaftigkeit, die ihre noch kürzliche Schwäche Lügen strafte, dann hielt sie sich schnell am Tisch fest. »Autsch«, murmelte sie, als ihr Bein zu schmerzen begann.

Mit grimmig verzogenem Gesicht hob Julian sie hoch und trug sie in die Kabine nebenan. Vor der Tür zur Latrine stellte er sie auf die Füße.

»Danke. Ihr braucht nicht zu warten. Josefa wird mir helfen.« Sie lächelte ihn an.

»Ich gehe an Deck«, sagte er heftig. »Und Ihr solltet das Bein nicht belasten.« Er wandte sich um und ging mit großen Schritten zum Achterdeck, weil er hoffte, daß die Luft seinen Kopf klären und seinen überhitzten Körper abkühlen würde.

Als Tamsyn von der Latrine zurückkam, wußte sie, daß sie bis jetzt keine Ahnung davon gehabt hatte, was Erleichterung bedeuten konnte. Ihr Herz jubelte, als sie Josefa bat, in ihrem Gepäck nach den notwendigen Utensilien zu suchen. Niemals... niemals wieder würde sie die Vorsorge außer acht lassen!

Sie schlang den Umhang fester um sich und humpelte in die Kapitänskabine zurück, wo sie es sich auf der Bank unter dem Fenster bequem machte. Sie blickte hinaus über den endlosen Ozean, der sich bis zum grauen Horizont ausdehnte. Ihr Körper entspannte sich, mit Freude begrüßte sie die Krämpfe in ihrem Unterleib, und in ihren Adern floß honigsüß die Erleichterung.

Julian kam eine halbe Stunde später in die Kabine, um seinen Umhang zu holen. Der Wind hatte aufgefrischt, und es schien, als hätten sie die Wärme Portugals weit hinter sich gelassen. »Wie geht es Euch?« Es war eine höfliche, aber unbeteiligte Frage.

»Wundervoll«, erklärte sie mit einem Nachdruck, der ihn erstaunte. »Ich habe meine monatliche Unpäßlichkeit«, sagte sie. »Sie kam zu spät, und ich hatte schon befürchtet...«

»Ich habe darauf gewartet, daß Ihr etwas sagen würdet«, meinte er ausdruckslos.

»Nun, jetzt ist alles in Ordnung«, entgegnete Tamsyn mit einem reumütigen Lächeln und strich sich das Haar aus der Stirn. »Und in Zukunft werden wir keine Risiken mehr eingehen.«

Der Oberst preßte die Lippen zusammen. Seine Augen blickten eisig, und seine Worte waren ungewöhnlich scharf. »Begreift es endlich, Tamsyn. Es wird keine Zukunft geben. Ich werde diesen Vertrag erfüllen, weil ich keine andere Wahl habe, aber weiter bin ich zu nichts bereit. Ist das deutlich genug?«

Tamsyn wandte den Kopf ab unter dem eindringlichen Blick seiner blauen Augen. Sie blickte aus dem Fenster auf das jetzt graue wogende Meer. »Wie Ihr meint, Mylord Oberst.«

14

»Der Bote hat gerade einen Brief gebracht, meine Liebe. Es sieht so aus, als sei es St. Simons Handschrift.« Sir Gareth Fortescue trat in das Frühstückszimmer und betrachtete den Brief in seiner Hand mit ungewöhnlichem Interesse. »Abgeschickt in London, bei Gott. Ich dachte, dein Bruder sei für die Dauer des Krieges auf der Halbinsel.«

Er legte den Brief neben den Teller seiner Frau und blickte voller Abscheu auf die Schüsseln, die auf der Anrichte standen. »Ich weiß nicht, wie oft ich diesem verdammten Koch schon gesagt habe, daß ich meinen Speck knusprig gebraten wünsche. Sieh dir das nur an.« Er nahm ein Stück davon auf die Gabel. »Er ist weiß und feucht, wie ein Schweinebauch.«

Lucy Fortescue errötete und schob mit einem leisen Murmeln der Bestürzung ihren Stuhl zurück. »Es tut mir so leid, Gareth, das habe ich gar nicht bemerkt. Soll ich nach Webster läuten und ihm sagen, daß er dir anderen Speck bringen soll?«

»Nein, mach dir nicht die Mühe.« Ihr Mann warf sich auf den Stuhl an der anderen Seite des Tisches und verzog irritiert das Gesicht. »Ich werde mich mit dem Lendenstück begnügen.«

Lucy zögerte; auf der einen Seite konnte sie es kaum erwarten, den Brief ihres Bruders zu lesen, andererseits wollte sie es auch nicht wagen, ihren Ehemann bei dieser bedenklichen morgendlichen Begegnung zu vernachlässigen. An seinem trüben Blick und seinem nicht gerade strahlenden Aussehen erkannte sie, daß es ihm heute morgen nicht sehr gut ging. Sie war nicht sicher, wo er den gestrigen Abend verbracht hatte oder sogar die ganze letzte Nacht. In seinem eigenen Bett war er nicht gewesen und auch ganz sicher nicht in dem ihren. Das, was sich in ihrem Ehebett abspielte, genoß sie nicht gerade, aber es war wichtig für eine Ehe, und es konnte nicht richtig sein, wenn ihr Mann sich so oft damit zufrieden gab, sie allein schlafen zu lassen.

Sie seufzte und errötete gleich darauf noch einmal, weil sie fürchtete, er hätte das leise Geräusch gehört. Gareth verabscheute es, wenn sie schlechter Laune war. Er las aus ihrer unglücklichen Haltung eine unausgesprochene Kritik und eine Unzufriedenheit mit ihrem Schicksal.

Beides stimmte, aber Lucy verbarg schnell ihre rebellischen Gefühle. Ihre Mutter hatte ihr immer wieder erklärt, daß es die Pflicht einer Ehefrau war, ihrem Mann bedingungslose Unterstützung und Gehorsam zu zeigen und das Leben, das er für sie bereithielt, fröhlich anzunehmen. Und Julian, der nach dem Tod ihres Vaters der einzige Mann war, dessen Meinung sie kannte, schien offensichtlich die Ansichten ihrer Mutter zu unterstützen. Außerdem war er von Anfang an so sehr gegen diese Verbindung gewesen, daß sie jetzt nicht mehr mit seinem Mitleid rechnen konnte, nachdem sich die Ehe mit Sir Gareth Fortescue nicht so herausgestellt hatte, wie sie sich erträumt hatte.

Doch es war wirklich ein sehr schweres Leben. Noch ein kleiner Seufzer kam über ihre Lippen. Es war sehr schwer, im Alter von achtzehn Jahren und nach einer Ehe von nur zehn Monaten, Tag und Nacht allein gelassen zu werden, während ihr Mann all seine alten Aktivitäten und Beziehungen wiederaufgenommen hatte, als hätte sie niemals neben ihm am Altar gestanden.

»Nun?«

Schuldbewußt blickte sie auf bei dem scharfen Ton seiner Stimme. Gareth sah sie mit gerunzelter Stirn an, seine Hand hatte er um einen Krug Bier gelegt.

»Wie bitte, Gareth?«

»Nun, was hat dein Bruder dir zu berichten?« fragte er.

»Oh, ich habe den Brief noch gar nicht gelesen.« Sie bedachte ihn mit einem verschüchterten kleinen Lächeln, dann öffnete sie das Siegel.

»Oh«, sagte sie noch einmal. Der Brief war kurz und knapp, wie alle Mitteilungen ihres Bruders, und sie brauchte nur etwa eine halbe Minute, um ihn zu lesen und seinen Inhalt zu verstehen.

»Nun?«

»Julian schreibt, daß er ein paar Monate lang in England sein wird. Er hat einige Aufgaben zu erledigen bei den Horseguards und in Westminster, und zwar für den Herzog von Wellington, und dann wird er den Sommer auf Tregarthan verbringen.«

»Guter Gott! Warum denn das? Ist er etwa aus der Armee ausgetreten oder was?«

»Nein, das glaube ich nicht«, sagte Lucy mit gerunzelter Stirn. »Aber er schreibt, daß jemand bei ihm ist... eine... eine spanische Dame.« Sie blickte sichtlich verwirrt auf. »Er schreibt, er schulde ihrem Vater einen Gefallen, und als dieser starb bat er Julian, seine Tochter unter seinen Schutz zu stellen und dafür zu sorgen, daß sie in die englische Gesellschaft eingeführt wird. Offensichtlich hat sie Verbindung nach Cornwall und hofft, daß ihre Verwandten sie anerkennen werden.«

Ihre porzellanblauen Augen weiteten sich, als ihre Verwirrung weiter zunahm. »Das klingt so gar nicht nach Julian, nicht wahr?«

Gareth schnaufte und lachte dann. »Wenn es ein anderer wäre als St. Simon, dann würde ich sagen, er hätte sich ein leichtes Mädchen aus dem Krieg mitgebracht, aber er ist ein solcher Verfechter des Anstands, daß er niemals die heiligen Hallen von Tregarthan mit einer ungesetzlichen Liaison beschmutzen würde.«

Lucy wurde über und über rot und nahm einen hastigen Schluck von ihrem Tee. Sie verschluckte sich, als das heiße Getränk ihr den Hals verbrannte.

»Stell dich doch nicht so an, Lucy«, sagte Gareth, nicht unfreundlich. »Du kennst doch wenigstens zum Teil die Tatsache des Lebens. Du bist jetzt eine verheiratete Frau. St. Simon hat genauso hitziges Blut wie jeder andere Mensch auch, er ist nur verteufelt prüde, wenn es darum geht, wo und wann er sich dem natürlichen Drang eines jeden Mannes hingibt.«

»Ja... ja, ich denke, du hast recht.« Lucy schob ihren Stuhl zurück und stand hastig auf. »Wenn du mich jetzt entschuldigen würdest. Gareth, ich muß mit der Köchin über das Menü sprechen.«

Eilig verließ sie das Zimmer und überließ es ihrem Mann, darüber nachzudenken, ob Lucy eine lebhafte Partnerin wäre, sowohl im Bett als auch sonst, wenn St. Simon weniger prüde wäre. Ihr Bruder, der zehn Jahre älter war als sie, war vor ihrer Ehe sieben Jahre lang ihr Vormund gewesen, und seine Vorstellung von Anstand, wenn es um das Benehmen eines Mitglieds der Familie St. Simon ging, war teuflisch streng.

Es war wirklich eine Schande. Gareth füllte seinen Bierkrug noch einmal und stellte erleichtert fest, daß sein Kater mit jedem Schluck mehr verschwand. Lucy war ein hübsches kleines Ding, und er fand ihre sanften, weiblichen Rundungen sehr ansprechend, doch sie hatte überhaupt keine Ahnung davon, wie man einem Mann Freude bereitete. Kein Wunder, daß er sich seine Freuden wieder dort suchte, wo er sie schon immer gefunden hatte.

Als die Erinnerung an den vergangenen Abend langsam durch den Nebel von Brandy wieder zutage kam, runzelte sich seine Stirn noch mehr. Marjorie hatte ihn wieder einmal gedrängt. Immer wollte sie noch mehr. Das Diamanthalsband, das er ihr geschenkt hatte, war nicht von erster Güte gewesen... die neue Schneiderin hatte keine Ahnung von ihrer Arbeit, es war absolut unerläßlich, daß sie statt dessen Lutece aufsuchte. Das Geld war nichts... nichts – jedenfalls nicht, wenn ihm wirklich etwas an ihr lag... und machte sie ihn denn nicht etwa glücklich? Viel glücklicher, als ein Mann es verdient hatte?

Gareth rutschte ungemütlich auf seinem Stuhl hin und her und erinnerte sich mit einem wohlbekannten schmerzlichen Ziehen daran, wie glücklich Marjorie einen Mann wirklich machen konnte. Aber ihr Preis war verdammt hoch, zu hoch – und er wurde mit jedem Tag höher.

Er blickte sich in dem eleganten Zimmer in dem wunderschönen Herrenhaus in Sussex um.Aus den Fenstern sah er über den weiten, üppig grünen Rasen. Das Anwesen seiner Familie war kurz vor dem Verfall gewesen, als er Lucy St. Simon geheiratet hatte. Ihre

Mitgift hatte er dazu benutzt, es zu erhalten, und es war auch ihre Mitgift, die Marjories teuren Geschmack befriedigte... oder vielmehr seine eigenen teuren Gewohnheiten.

Ein schwacher Anflug von Abscheu beunruhigte seine normalerweise gelassene Selbstsicherheit, und der erstaunliche Gedanke beschlich ihn, daß er vielleicht versuchen sollte, einige dieser Gewohnheiten abzulegen. Schließlich war er wirklich ein verheirateter Mann, wenn man es recht bedachte.

Und der Stapel Rechnungen von seinen Gläubigern wurde immer größer und größer... Schneider und Weinhändler und Schuhmacher und Hutmacher. Die Pferdehändler mußten zum vereinbarten Termin bezahlt werden, und auch seine Ehrenschulden konnten nicht warten. Glücklicherweise drängten die Geschäftsleute noch nicht zu sehr auf Bezahlung seiner Schulden; seine Ehe war jung genug, um ihn kreditwürdig zu machen. Doch der Gedanke, seinen Schwager um eine Anleihe anzugehen, damit er seine Schulden begleichen könne, gefiel ihm gar nicht. St. Simon hatte bereits einen Berg Rechnungen bezahlt als Teil des Ehevertrages.

Dabei war es gar nicht so, als würde St. Simon ihm das Geld nicht geben wollen oder als würde er eine Bemerkung über die Verschwendungssucht seines Schwagers machen. Er würde nur eine seiner buschigen, rotgoldenen Augenbrauen hochziehen und ihn mit einer so milden Ungläubigkeit betrachten, wie seine gute Herkunft es ihm erlaubte.

Nein, er konnte das nicht gutheißen, nicht, wenn es sich irgendwie vermeiden ließ. Gareth schob seinen Stuhl zurück und reckte sich. Er runzelte die Stirn, als sich langsam ein Gedanke in seinem Kopf formte und der Nebel seines Katers vom vergangenen Abend durchdrang. Warum sollte er St. Simon nicht einen Besuch abstatten im Hause seiner Vorfahren? Die ländliche Zurückgezogenheit wäre natürlich langweilig, aber es würde ihn von den Verlockungen Marjories fernhalten und auch von der Rennbahn und den Spieltischen, ganz zu schweigen davon, daß es ihm Aufschub verschaffen würde vor den Mahnungen seiner Gläubiger. Und vielleicht wäre es ja auch gar nicht so langweilig. Es könnte ganz amüsant sein, diese spanische Dame kennenzulernen, die St. Simon unter seine Fittiche genommen hatte. Irgend etwas war da seltsam… sehr seltsam.

Und außerdem würde ein wenig kornische Luft Lucy außerordentlich guttun. In letzter Zeit sah sie sehr abgehärmt aus. Sie liebte Cornwall und die Erinnerungen an ihre Kindheit. Sie würde überglücklich sein bei der Aussicht, dort ein paar Sommerwochen zu verbringen, zusammen mit all ihren alten Freundinnen.

Fest davon überzeugt, daß er ausschließlich im Interesse seiner Frau handelte, verließ Gareth Fortescue das Frühstückszimmer, um Lucy von seiner brillanten und edelmütigen Entscheidung zu berichten.

»Aber Gareth, Julian hat uns doch gar nicht eingeladen!« Lucy wandte sich von dem Sekretär in ihrem Wohnzimmer ab. Vor Schreck ließ sie ihre Feder zu Boden fallen. »Wir können doch nicht einfach uneingeladen dort erscheinen.«

»Ach, Unsinn!« Mit einer Handbewegung wischte Gareth ihre Bedenken beiseite. »Er ist dein Bruder, er wird sich freuen, dich zu sehen. Immerhin hast du ihn seit unserer Hochzeit nicht mehr gesehen, und selbst das war nur ein kurzer Besuch, er hatte es eilig, zu seinem Regiment zurückzukommen.«

»Ja… aber… aber Gareth, was ist mit dieser spanischen Dame? Wenn er gewollt hätte, daß ich zu ihm komme, dann hätte er mich darum gebeten.«

»Er wollte dich sicher nicht darum bitten, seinetwegen deine Pläne für den Sommer zu ändern, nur um ihm bei seiner Aufgabe zu helfen, darauf kannst du dich verlassen«, erklärte Gareth ihr beruhigend. »Immerhin sind wir ja erst seit kurzem von unserer Hochzeitsreise zurück.«

Lächelnd legte er einen Finger unter ihr Kinn. »Du kannst dich auf mich verlassen, Lucy, er wird dir dankbar dafür sein, daß du ihm hilfst, seinen Gast zu unterhalten. Außerdem sollte er wirklich eine Anstandsdame in seinem Haus haben, wenn er Besuch von einer einzelnen Frau hat, selbst wenn er so etwas wie ihr Vormund ist. Mit deiner Ankunft wird das alles in Ordnung kommen.«

Er beugte sich zu ihr hinunter und gab ihr einen kleinen Kuß. »Also, sei jetzt ein gutes Mädchen und arrangiere alles, damit wir am Ende der nächsten Woche abreisen können. Wir werden in kurzen Etappen reisen, damit du dich nicht überanstrengst.«

»Oje«, murmelte Lucy, als sich die Tür hinter ihrem Ehemann geschlossen hatte. Obwohl es wundervoll war, Gareth so fröhlich und aufmerksam zu sehen, so kannte sie doch ihren Bruder und wußte, daß er einen unangekündigten Besuch nicht begrüßen würde. Er war mit ihrer Wahl des Ehemannes nicht einverstanden gewesen, und manchmal hatte Lucy das Gefühl, daß er Gareth auch nicht besonders mochte. Die strahlend blauen Augen ihres Bruders blickten kühl und ausdruckslos, wenn er mit Gareth sprach oder wenn er nur in einer Unterhaltung seinen Namen erwähnte. Und er war immer übertrieben höflich zu ihm, wie zu einem flüchtigen Bekannten.

Lucy hatte ihren Bruder mit seinen Freunden gesehen und auch gehört, wie er mit ihnen sprach, und sie wußte, wie sehr er das, was er die gesellschaftlichen Frivolitäten nannte, verachtete, wie zum Beispiel Männer, die ihre Zeit und Energie in den Clubs von St. James verschwendeten und bei den Tanzveranstaltungen mit den Schönheiten und Erbinnen der Saison. Selbst von ihrem eigenen, mit Vorurteilen belasteten Standpunkt aus, fiel Gareth in diese Kategorie. Ganz anders als Julian, war er kein Mann der Tat und der Überzeugung. Doch das war wohl kaum außergewöhnlich. Julian war derjenige, der anders war, wenn man den Stimmen der Gesellschaft glauben wollte.

Sie seufzte und wandte sich wieder ihrem Sekretär zu. Sie zog ein Blatt heißgepreßtes Papier zu sich heran, das in ihrer Lieblingsfarbe hellblau war, knabberte am Ende ihres Federkiels und versuchte, taktvolle Worte zu finden, mit denen sie ihrem Bruder ihre bevorstehende Ankunft auf Tregarthan ankündigen konnte.

Was war mit dieser spanischen Dame? Wie sie wohl aussah? War sie jung? Wahrscheinlich, wenn ihr Vater sie unter Julians Schutz gestellt hatte. Es war so gar nicht Julians Art, eine solche Aufgabe zu übernehmen, aber er hatte eine sehr ehrenhafte Auffassung von Pflicht und Verantwortungsbewußtsein. Vielleicht hatte ja der Vater dieser Dame sein Leben gerettet oder eine andere, ähnliche Tat vollbracht.

Ob sie wohl hübsch war?

Und was in aller Welt würde die Gesellschaft Cornwalls von einer Frau halten, die ihnen so fremd war? Sie waren schlichte Insulaner und hatten wenig Verbindung mit der Welt außerhalb ihres kleinen Landes. Vielleicht sprach diese spanische Waise ja noch nicht einmal englisch.

Es war wirklich alles sehr außergewöhnlich. Getrieben von ihrer Neugier, begann Lucy zu schreiben. Sie erklärte Gareths Vorschlag, daß ihr Bruder vielleicht eine Anstandsdame brauchte, wenn er einen weiblichen Gast mitbrachte. Sie würde glücklich sein, diese Pflicht für ihren lieben Bruder zu übernehmen, und sie freute sich darauf, ihn nach einer so langen Zeit wiederzusehen. Sie hoffte, daß es ihm gutging und schickte ihm ihre…

Hier hielt sie inne. Was schickte sie ihm? Ihre Liebe? Nein, das klang viel zu übertrieben. Julian war zwar immer sehr nett zu ihr, aber doch auch ein wenig zurückhaltend. Nie hatte er gezögert, ihr gegenüber seine Autorität als ihr Bruder und ihr Vormund spielen lassen, bei den seltenen Gelegenheiten, wenn sie versucht war, sich gegen die strengen Regeln zu widersetzen, die er und ihre Mutter einer Tochter des Hauses St. Simon auferlegten.

Sie begnügte sich mit lieben Grüßen, bestreute das Blatt Papier mit Sand, faltete und versiegelte es und machte sich dann auf die Suche nach Gareth, der es für sie frankieren sollte. Julian würde jetzt vermutlich schon beinahe in Cornwall sein, da sein Brief das Datum der vorigen Woche getragen hatte. Ihr Brief würde also ein paar Tage nach seiner Ankunft in Tregarthan eintreffen. Zu spät, um ihr einen Rückbrief zu schicken, in dem er ihr Kommen ablehnte, und er war bei weitem zu höflich, um sie wieder zurückzuschicken, wenn sie erst einmal in Tregarthan angekommen waren.

Er konnte allerdings sehr kühl sein. Lucy schob diesen Gedanken beiseite und freute sich auf die Abwechslung, die diese Reise ihr bieten würde. Und Gareth würde in den nächsten Wochen bei ihr sein. Es gäbe keine Nächte mehr, die er mit… mit wem auch immer verbringen würde. Und vielleicht konnte sie ja lernen, ihm ein wenig mehr Freude zu bereiten… oder wenigstens so zu tun, als fände sie dieses Umschlingen ihrer Körper nicht ganz so abscheulich.

Sie fühlte sich viel fröhlicher, als sie in ihr Schlafzimmer ging, um ihre Garderobe durchzusehen und zu entscheiden, was sie für einen Sommer in Cornwall mitnehmen würde.

Ob es wohl je aufhörte zu regnen in diesem entsetzlichen grauen Land? Tamsyn stand in dem kleinen Schlafzimmer in dem Gasthof in Launceston vor dem Fenster und blickte über die grauen Schieferdächer, die vom Regen naß und glänzend waren. Es hatte nicht aufgehört zu regnen, seit sie vor zwei Wochen in Portsmouth gelandet waren. Es war kein heftiger, stürmischer Regen wie der in Spanien, nur ein ständiges nasses Nieseln, und die Kälte war so feucht, daß sie ihr bis ins Mark ihrer Knochen zu dringen schien.

Hinter ihr murmelte Josefa vor sich hin, während sie die Sachen, die sie für die Nacht gebraucht hatten, wieder einpackte. Ihr gefiel die Reise in dieses kalte graue Land nicht, wo nie die Sonne schien, doch die Tochter von *El Baron* hatte gesagt, daß sie diese Reise machen mußten, und diese Worte zählten für Josefa genausosehr, als wären sie aus dem Mund von *El Baron* selbst gekommen.

Es klopfte an der Tür, und Gabriel trat in das Zimmer. Er mußte sich ducken, um durch die Tür zu kommen. Regen tropfte von seinem dicken Umhang. »Bist du fertig mit diesem Koffer, Frau?«

»Ay de mi«, murmelte Josefa, die sich mit den Gurten und Schlössern abmühte. »Ich bin froh, wenn wir an unserem Ziel angekommen sind.«

»Sind wir das nicht alle?« erwiderte Gabriel düster. Seine große Hand lag für einen Augenblick in einer Geste des Mitgefühls auf ihrem Arm. Wenigstens war er in diesem Land geboren, doch für eine Bauersfrau aus den kahlen Bergen des nördlichen Spaniens war es ein fremdes Land. Sie schenkte ihm ein nüchternes Lächeln, dann nickte sie und sonnte sich in der überraschenden Zärtlichkeit seines Lächelns. Gabriel war ihr Mann, ihre Sonne, sie ging immer zwei Schritte hinter ihm, und sein Wort war für sie Gesetz.

Gabriel hob den Koffer hoch. »Kleines Mädchen, du wirst heute im Wagen reisen. Befehl des Obersts.«

»Seit wann gibt er denn Befehle?« fuhr Tamsyn ärgerlich auf. Es schien an diesem Morgen der Tropfen zu sein, der das Faß zum Überlaufen brachte. »Ich habe nicht die Absicht, in der Kutsche hin und her geworfen zu werden. Ich werde ganz krank dabei!«

Sie folgte Gabriel die knarrende Treppe hinunter, durch den von einer Lampe erhellten Flur und dann hinaus auf den trüben Hof des Gasthauses, auf dem die Postkutsche stand, die sie bereits von London hierhergebracht hatte. Stallknechte spannten gerade die Pferde vor die Kutsche und banden *Cesar* hinten fest.

Oberst St. Simon stand daneben und beobachtete alles. Sein Umhang war ganz dunkel vom Regen, und ein kleines Rinnsal lief von seinem breitkrempigen Hut, doch das schlechte Wetter schien ihm nichts auszumachen.

»Guten Morgen«, begrüßte er Tamsyn. »Ich hoffe, Ihr habt gut geschlafen.«

»Das tue ich immer«, antwortete sie. »Selbst, wenn die Laken feucht sind. Wird es hier je aufhören zu regnen?«

Er lachte kurz auf. »Ja, doch, irgendwann ganz bestimmt. Eines Morgens werdet Ihr aufwachen und einen strahlend blauen Himmel über Euch sehen und Sonnenschein, die Vögel werden zwitschern, und Ihr werdet den Regen vergessen haben. Das ist eine der Eigenheiten Englands.«

Tamsyn verzog das Gesicht, sie glaubte ihm nicht und hüllte sich noch enger in ihren Umhang. Ihr Haar klebte ihr bereits am Kopf.

Es ist kein Wetter für eine Butterblume, mußte Julian plötzlich mit einer Spur von Belustigung denken. Sie sah verkümmert aus und traurig. Ihr helles Haar war vom Regen ganz dunkel, ihr zierlicher Körper unter dem schweren Umhang verborgen, all ihre herausfordernde Frechheit war in diesem trüben Klima verschwunden. Doch dann begann er zu überlegen, was seine Brigade wohl im Augenblick machte, und sofort war seine Belustigung verflogen. Wenn ihr das Wetter hier nicht gefiel, dann konnte sie nur sich selbst einen Vorwurf machen.

Wie lange hatte Tim wohl gebraucht, die Männer nach den Ausschweifungen in Badajos wieder zur Ordnung zu rufen? Waren sie bereits auf dem langen Marsch nach Campo Mayor? Wer von ihnen lebte überhaupt noch? Diese Fragen gingen ihm nicht aus dem Kopf, und er mußte sich zwingen, seine Aufmerksamkeit wieder auf den verregneten Hof des Gasthauses in Launceston zu richten und auf seine augenblickliche Aufgabe.

»Ich möchte, daß Ihr heute morgen zusammen mit Josefa in der Kutsche fahrt«, erklärte er knapp.

»Das hat Gabriel mir auch schon gesagt, aber ich möchte das nicht. Viel lieber werde ich naß, als daß ich mich in dieser stinkenden Kiste durchschaukeln lasse.« Sie ging zu ihrem Pferd und wollte es von der Kutsche losbinden.

Julian hielt sie am Arm fest. »Ich muß darauf bestehen, daß Ihr Euch in die Kutsche setzt, Tamsyn.«

»Warum?«

»Wir werden das Bodmin-Moor überqueren«, sagte er, als sei das Erklärung genug.

Tamsyn runzelte die Stirn. Sie waren schon früh am vergangenen Nachmittag in Launceston angekommen, und der Oberst hatte darauf bestanden, daß sie an diesem Tag nicht mehr weiterreisten. In beinahe dem gleichen Ton wie jetzt hatte er erklärt, daß sie das Bodmin-Moor würden überqueren müssen. »Na und, Mylord Oberst?« Sie wischte sich den Regen aus dem Gesicht und sah ihn mit hochgezogenen Augenbrauen an.

»Na und, Butterblume«, antwortete er im gleichen Ton. »Ich muß Euch bitten, zusammen mit diesem verdammten Schatz in der Kutsche zu reisen. Gabriel und ich werden draußen sein, zur Verteidigung, und Ihr werdet bewaffnet und bereit in der Kutsche sitzen.«

»Oh. Dann gibt es in diesem Moor also Banditen?« Ihr Gesichtsausdruck belebte sich ein wenig.

»Wir nennen sie Straßenräuber«, erklärte er mit einem müden Lächeln. »Aber sie sind genauso wild und rücksichtslos wie Eure Banditen in den Bergen oder wie Räuberbarone.«

Tamsyn entschied sich, ihm darauf keine Antwort zu geben. »Gabriel hat meine Waffen, ich werde sie holen.« Schnell ging sie davon, ihre Schritte waren federnd bei der Aussicht auf ein wenig Aufregung, die diese entsetzliche Reise beleben würde.

Julian stampfte mit den Füßen auf, um die Kälte zu vertreiben, und schlug den Kragen seines Umhangs hoch. In Gedanken ging er seinen Vorrat an Waffen durch. *Nach Bodmin hinein und aus dieser*

Welt heraus, so nannten die Einheimischen es, wenn sie sich darauf vorbereiteten, das öde, windumtoste Moor zu überqueren. Außer den Jahren, die Julian in der Schule zugebracht hatte, war er in Tregarthan aufgewachsen, dem Landsitz der St. Simons, mit Blick auf den Fluß Fowey, und er fühlte sich genausosehr als kornischer Einwohner wie der Inhaber dieses Gasthauses in Launceston. Wie er war auch Julian in den Sitten und Gebräuchen dieses Landes gefangen. Und er liebte jeden Grashalm dieses Landes, jede einzelne Blüte der Baumhecken. Er freute sich darauf, seinen Besitz wieder kontrollieren zu können, durch das Haus zu gehen und über sein Land zu reiten. Wenn er ehrlich war, hatte sein erzwungener Landaufenthalt auch seine guten Seiten und bot ihm eine angemessene Entschädigung.

In London hatte er in Wellingtons Angelegenheiten schon einige Fortschritte gemacht. Er hatte den Lords von Westminster den dringenden Bedarf des Herzogs an mehr Männern und Geld erklärt. Sie hatten ihn mit bemerkenswerter Aufmerksamkeit angehört und ihm dann vorgeschlagen, in einem Monat wiederzukommen, um ihnen eventuell weitere Fragen zu beantworten, nachdem sie die Forderungen des Herzogs untereinander erörtert hatten. Die Räder der Regierung drehten sich nur sehr langsam, und Julian hatte auch nicht mit einer sofortigen Entscheidung gerechnet. Er hatte an Wellington geschrieben und ihm diese Neuigkeiten berichtet; im Juli würde er nach London zurückkehren und dann hoffentlich konkretere Antworten erhalten. Er wußte, daß Politik ein wichtiges Geschäft war, aber sie war gleichzeitig auch ein sehr langweiliges Geschäft für einen Mann, der den Geruch und die Geräusche der Kanonenschüsse liebte, die Herausforderungen und Entbehrungen der langen Märsche und die Späße und Anzüglichkeiten, den Mut und die Dummheit des gemeinen Soldaten. Nicht einmal die Aussicht auf sein eigenes Haus und sein Land konnten diesen Verlust ausgleichen.

Und wenn nicht dieses schreckliche Gör eines spanischen Räubers wäre, so weilte er jetzt noch immer bei seiner Brigade. Wellington hätte ihn niemals auf diese diplomatische Mission geschickt, wenn sich ihm die Gelegenheit dazu nicht so günstig angeboten hätte.

Tamsyn ahnte nichts von seinen Gedanken, als sie sich zu der vor Kälte zitternden Josefa in die Kutsche setzte und die Kisten mit Gold und Juwelen betrachtete, die neben den Sitzen untergebracht waren. Dadurch wurde der Platz in der Kutsche sehr eng. Normalerweise hatte das niemanden gestört, denn bislang hatte Josefa allein in der Kutsche gesessen. Doch Tamsyn sah ein, daß der Oberst mit seinen Vorsichtsmaßnahmen recht hatte, wenn sie ein so wildes und gefährliches Gebiet durchfahren mußten. Also kuschelte sie sich in eine Ecke der Kutsche und ließ so viel Platz wie möglich für Josefa. Ihre beiden Pistolen legte sie schußbereit neben sich. Josefa würde sie aufladen, sollten sie angegriffen werden.

Gabriel steckte den Kopf durch das Fenster. »Wir fahren jetzt los. Ist alles in Ordnung bei euch da drinnen?«

»Wie weit ist der Weg über das Moor?« wollte Tamsyn wissen.

»Keine Ahnung.« Er zog den Kopf zurück. »Oberst, das Mädchen will wissen, wie weit sie in der Kutsche fahren muß.«

»Bis nach Bodmin sind es einundzwanzig Meilen«, erklärte Julian und stieg auf sein Pferd. »Danach kann sie wieder reiten, wenn sie will. Von dort aus sind es nur noch zwölf Meilen bis nach Tregarthan.«

Tamsyn nickte zufrieden. Die Morgendämmerung war gerade erst angebrochen, bis zum Abend sollten sie eigentlich die dreiunddreißig Meilen geschafft haben; bis jetzt hatten sie auf ihrer Reise von London hierher ungefähr vierzig Meilen am Tag geschafft, allerdings auf gepflasterten Straßen mit regelmäßiger Auswechslung der Pferde.

Als sie den verfallenen Turm des Schlosses von Launceston hinter sich gelassen hatten, wurde deutlich, daß der schmale, unbefestigte Weg durch das Bodmin-Moor keine sehr gute Straße war. Es war eine uralte Route, bekannt als Zinnweg, auf dem man den Zinn und den Ton aus den Minen von Fowey durch Bodmin und über das Moor nach Südengland transportiert hatte. Zu beiden Seiten der Straße erstreckte sich das dunkle nasse Land bis zum Horizont. Struppige Bäume waren ganz krumm vom ewigen Wind, Gestrüpp aus Geißklee und Stechginster klammerten sich auf dem Torfboden fest. Der Kutscher hielt seine Pferde in einem leichten Trott, als der Weg steile Anhöhen hinaufführte und dann wieder in das flache

Moorland hinunterfiel. Die eisernen Räder verwandelten die feuchte Erde in einen See von Schlamm. Ab und zu schwankte die Kutsche und mußte beinahe anhalten.

Wann immer das geschah, fluchte der Kutscher und schlug auf die Pferde ein. Ängstlich sah er sich um, seine Donnerbüchse im Schoß. Gabriel und Julian ritten zu beiden Seiten der Kutsche. Ihre Gewehre lagen quer über ihren Sätteln, die Pistolen in den Pistolengurten waren geladen. Sie hatten die Hutkrempen hinuntergezogen und die Kragen ihrer Umhänge hochgeschlagen gegen den Regen, den ihnen der Wind ins Gesicht peitschte.

Sie ritten in grimmigem Schweigen, aber mit voller Aufmerksamkeit. Nach langen, angespannten fünf Stunden hatten sie endlich das Moor durchquert, ohne auch nur das Härchen eines potentiellen Straßenräubers zu erblicken. Und auch keine anderen Reisenden waren ihnen an diesem Frühsommertag begegnet.

Die Pferde trotteten den langen steilen Hügel hinab nach Bodmin hinein. Tamsyn sprang mit einem erleichterten Seufzer aus der Kutsche, als sie im Hof des Gasthauses anhielten. Sie fühlte sich ganz elend von dem Schaukeln, und ihr Kopf dröhnte. Sie sah sich um; unter dem ständigen Nieseln des Regens betrachtete sie die Stadt, eine Ansammlung grauer Schieferdächer und grauer Mauern, die den ganzen Hügel bedeckten.

Der Oberst stieg von seinem Pferd und kam zu ihr hinüber. Aufmerksam blickte er in ihr Gesicht. Er hatte bemerkt, daß sie blaß war unter ihrer Sonnenbräune und daß sie Schatten hatte unter ihren mandelförmigen Augen.

»Müde?«

»Nein, eigentlich nicht. Ich fühle mich, als müßte ich mich übergeben. Aber das kommt von der Kutsche. Ich kann es nicht ertragen, auf diese Art zu reisen.«

»Es war aber nötig.«

Sie zuckte mit den Schultern. »Ich habe keinen von Euren Straßenräubern gesehen, Oberst.«

»Aber die Vorsichtsmaßnahme war angebracht«, antwortete er sachlich-distanziert. »Geht in das Gasthaus und bestellt einen gesonderten Raum für uns und ein Essen. Ich werde mich in der Zeit um frische Pferde kümmern.«

»Jawohl, Mylord Oberst.« In einem gespielten spöttischen Salut legte sie die Hand an die Stirn.

»Ihr müßt lernen, einen Knicks zu machen, Butterblume«, sagte er mit der gleichen distanzierten Lässigkeit wie zuvor. »Die Hand an die Stirn zu legen schickt sich nur für Pferdeknechte und Farmarbeiter. Hausmädchen machen einen Knicks.«

»Ich bin kein Mädchen.«

»Nein«, stimmte er ihr zu. »In wahrlich keinem Sinn des Wortes.« Er ignorierte das gefährliche Aufblitzen ihrer Augen und wandte sich ab.

Tamsyn biß sich verärgert auf die Unterlippe und starrte hinter ihm her, ehe sie sich abwandte und in die willkommene Wärme und das Licht des Gasthofes trat.

Der Besitzer des Gasthofes machte keinen Versuch, sein Erstaunen über die Neuankömmlinge zu verbergen. Die rundliche spanische Dame, eingehüllt in ihre Schals und Mantillas, stieß einen Schwall unverständlicher Klagen aus, die ein riesiger Kerl in genauso unverständlichen Worten beantwortete, der außerdem noch ein Breitschwert in einer scharlachrochten Scheide um die Hüfte gebunden hatte. Die zierliche Begleiterin der beiden verstand zu seiner Erleichterung Englisch und sprach die ganz gewöhnliche Bitte nach einem gesonderten Zimmer und Erfrischungen aus. Aber auch sie sah sehr fremdländisch aus. War es das kurze Haar oder die Art, wie sie ging – mit großen, schwingenden Schritten – die so gar nicht zu einer Frau zu passen schienen. Ihr Reitkleid war ganz konventionell, doch die Art, wie sie es trug, schien ihm außergewöhnlich, obwohl er nicht sagen konnte, woran es lag.

Doch dann betrat Lord St. Simon den Gasthof, und sofort hörte der Gastwirt auf, sich weiter den Kopf zu zerbrechen. Er lief zu ihm, um den größten Landbesitzer des Gebietes zu begrüßen. Er verbeugte sich vor ihm und hieß ihn überschwenglich willkommen.

Julian zog die Handschuhe aus und erwiderte mit geduldiger Höflichkeit die Begrüßung.

»Führt uns in ein gesondertes Zimmer, Sawyer«, unterbrach er ihn schließlich. »Es war eine schreckliche Fahrt über das Moor, und wir haben Hunger.«

»Ja, natürlich, Mylord.« Der Mann lief geschäftig vor ihm her. »Und ich lasse sofort eine Flasche Burgunder aus dem Keller holen. Ich habe einen herrlichen Aloxe Corton, noch von der letzten Zusammenkunft der Herren. Möchten die... die Damen... vielleicht einen Tee?«

»Ich bekomme einen Krug Rum«, erklärte Gabriel, noch ehe Julian antworten konnte. »Und die Frau auch. Ich habe ein Loch in meinem Bauch, so groß wie einen Kanonenkugel. Wie steht es mit dir, Mädchen?«

»Tee«, sagte Tamsyn. »Und vielleicht werde ich ein Glas vom Wein des Obersts trinken, wenn er nichts dagegen hat.« Sie schenkte dem verwirrten Gastwirt ein bezauberndes Lächeln, als er ihnen die Tür zu einem hübsch eingerichteten Zimmer öffnete, das einen Blick über die Straße bot. »Das wird vielleicht meinen Magen beruhigen. Ich fühle mich so elend wie ein Hund. Das kommt nur von der holprigen Straße durch Euer gottverdammtes Moor.«

Der Gastwirt riß erstaunt den Mund auf. Mit zusammengezogenen Augen blickte er erschrocken zu Lord St. Simon, doch der meinte nur: »Wir sind in Eile, Sawyer. Bringt uns ein Tablett mit Pasteten zu den Getränken.«

»Jawohl, Mylord. Sofort, Mylord.« Der Mann verbeugte sich und verließ rückwärts das Zimmer, die Augen in seinem rosigen Gesicht waren so groß wie Untertassen.

»Meinen Glückwunsch, Tamsyn. Ihr habt es ganz sicher geschafft, Sawyer neugierig zu machen«, sagte Julian und verzog sarkastisch den Mund. »Wenn Ihr die Absicht haben solltet, Euch verdächtig zu machen und einen Sturm des Klatsches auszulösen, dann habt Ihr das gerade hervorragend geschafft, mehr, als Ihr je zu träumen wagtet.«

»Ich nehme an, eine englische Lady sagt so etwas nicht«, gestand Tamsyn verzweifelt ein.

»Im großen und ganzen nicht«, gab Julian ihr recht und warf die Handschuhe auf eine Bank neben dem Feuer. Dann zog er seinen Umhang aus. »Aber, wie meine Mutter schon immer sagte, man kann keine Seidentasche aus einem Schweineohr machen.«

»Oh!« rief Tamsyn. Ihre Empörung wischte alle Verzweiflung weg. »Ich bin kein Schweineohr!«

Gabriel stand mit dem Rücken vor dem Feuer und wärmte sich. Er lauschte dem Wortgeplänkel mit einem Ausdruck milden Interesses. Er hatte sich schon vor einiger Zeit entschieden, daß es nicht nötig war, zur Verteidigung des Mädchens einzuspringen, wenn sie unter den bissigen Bemerkungen des Obersts leiden mußte. Außerdem konnte er den Oberst sogar verstehen. Wenn man nicht mit Leib und Seele der Familie *El Barons* verbunden war, so war es nur natürlich, daß man sich dagegen wehrte, in dieses Abenteuer mit hineingezogen zu werden.

»Aber von einer Seidentasche seid Ihr noch weit entfernt«, entgegnete Julian kühl.

»Nun, das ist doch Eure Aufgabe, nicht wahr?« gab sie hitzig zurück.

Er antwortete nur mit einem lässigen Nicken des Kopfes. »Es ist meine Aufgabe, es zu versuchen. Ich habe Euch nie einen Erfolg versprochen, wenn Ihr Euch recht entsinnt.«

In diesem Augenblick kam der Gastwirt zurück und enthob so Tamsyn einer Antwort. Sie ging zum Fenster und setzte sich auf den Stuhl davor, blickte durch die beschlagene Scheibe auf die schmale Straße unter ihr und auf die Leute, die dort gingen. Der Regen schien die Menschen nicht zu stören, aber ganz sicher waren sie schon daran gewöhnt, denn hier schien es ständig zu regnen; es war wohl eine der Tatsachen des Lebens.

Während sie noch hinausblickte, hielt ein Reiter vor der Tür des Gasthofes an, ein großer Mann, der in einen schweren Umhang gehüllt war. Offensichtlich war er wohlbekannt, denn zwei Lakaien in Livree liefen auf ihn zu, um sein Pferd zu halten, noch ehe er überhaupt Zeit hatte abzusteigen. Einen Augenblick lang blieb er im Regen sthen und blickte die Straße hinauf und hinab. Tamsyn fühlte ein eigenartiges Prickeln in ihrem Nacken. Eine starke Aura von Macht und Autorität umgab diesen Mann. Dann wandte er sich ab und trat in den Gasthof. Er zog seinen nassen Biberhut vom Kopf und enthüllte eine üppige Mähne eisengrauen Haares, ehe er ihren Blicken endgültig entschwand.

Das eigenartige Prickeln nahm zu, und Tamsyn entschied, daß es seine Ursache darin hatte, daß sie fror. Instinktiv wandte sie sich um und blickte in das gemütliche Zimmer und nicht länger in den feuchten, kalten Tag draußen. Mr. Sawyer zog gerade den Korken aus der Weinflasche, während eine Dienerin den Tisch vor dem Feuer deckte. Gabriel steckte seine Nase in einen Krug mit Rum und brummte zufrieden. Er war zwar nicht so gut wie der Grog, an den er sich auf der Überfahrt mit der *Isabelle* gewöhnt hatte, aber er tat doch gut und wärmte von innen. Er blickte zu Josefa, die in einem Sessel saß und die Hände um ihren eigenen Krug gelegt hatte. Jetzt, da sie dem Regen entkommen war, sah sie nicht mehr ganz so unglücklich aus, und ihre Blicke wanderten voller Erwartung zu dem Tablett mit warmen, goldenen kornischen Pasteten, die auf dem Kaminsims standen.

Es war ein sehr stilles Mahl. Tamsyns einziger Versuch, eine Unterhaltung in Gang zu bringen, endete mit einer einsilbigen Antwort, dann versank auch sie in Gedanken. Irgendwie mußte sie es schaffen, den Zorn des Obersts zu besänftigen. Seit sie auf englischem Gebiet waren, schien dieser Zorn noch größer geworden zu sein, so als hätte ihn ihre Ankunft in seinem Heimatland endgültig davon überzeugt, daß es keinen Ausweg aus dieser verfahrenen Situation gab. Aber so verfahren mußte die Situation doch gar nicht sein. Sicher konnte Tamsyn einen Weg finden, das Ganze für ihn erträglich zu machen. Ihre Augen ruhten auf seinem Gesicht. Die Flammen warfen Schatten auf sein scharf geschnittenes Gesicht, doch auch sie konnten die harte Linie um seinen Mund nicht sanfter erscheinen lassen, ebensowenig wie das störrisch vorgeschobene Kinn. Sie dachte daran, wie er aussah, wenn er lachte, mit echter Belustigung und nicht mit dem sarkastischen Unterton, den sie in den letzten Tagen so oft von ihm gehört hatte. Sie erinnerte sich an seine überraschende Zärtlichkeit, mit der er sich auf der *Isabelle* um sie gekümmert hatte. Es mußte doch etwas geben, womit sie zu ihm durchdringen konnte.

»Wenn Ihr fertig seid, möchte ich gleich weiterreisen.« Die Stimme des Obersts klang laut in der Stille, und Tamsyn zuckte zusammen, weil sie glaubte, er hätte ihre eindringlichen Blicke bemerkt. »Ich werde zusehen, daß die Pferde eingeschirrt werden.« Er schob seinen Stuhl zurück und stand auf. »Kommt herunter, sobald Ihr fertig seid.«

Die Tür fiel ins Schloß, dann hörten sie seine schweren, energischen Schritte auf der Treppe. Gabriel und Josefa folgten ihm, während Tamsyn Ausschau nach der Latrine hielt. Als sie fünf Minuten später auch nach unten ging, hörte sie Julians Stimme.

Tamsyn blieb auf der Treppe stehen und lauschte. Etwas lag in seiner Stimme, daß sie bis jetzt noch nicht gehört hatte. Es war eine eisige Höflichkeit, die sie an die gefrorene Tundra denken ließ. Sie ging noch eine Stufe weiter und stellte zu ihrer eigenen Überraschung fest, daß sie auf Zehenspitzen ging und beinahe die Luft anhielt, obwohl sie keine Ahnung hatte, warum. An der Biegung der Treppe blieb sie stehen. Es war ein dunkler, mit Holz getäfelter Raum, der nur von einer Öllampe an der Decke erhellt wurde.

Julian sprach mit dem Mann, den sie bereits vom Fenster aus gesehen hatte. Ohne seinen Umhang wirkte er noch beeindruckender. Sein Bauch drängte sich unter der Weste hervor, seine Schenkel füllten die lederne Hose ganz aus, die Schultern in seiner Reitjacke traten hervor. Und doch schien er ihr nicht fett zu sein; er war ein kräftiger Mann, der Kraft und Macht ausstrahlte. Selbst St. Simon schien in seiner Gegenwart zu schrumpfen, dabei war Julian nicht gerade ein Leichtgewicht. Doch der Oberst war schlank und muskulös, und an seinem Körper war kein Gramm Fett...

Sie schob das Bild beiseite, das sich in ihr Gedächtnis drängte, und beugte sich vor, um zu hören, was unten gesprochen wurde. Doch gerade in diesem Augenblick blickte der grauhaarige Mann auf und entdeckte sie.

Seine schwarzen Augen zogen sich zusammen, und Tamsyn verspürte wieder dieses eigenartige Prickeln in ihrem Nacken. Sie stand unbeweglich, wie eine Fliege in einem Spinnennetz, und die Spinne starrte sie an.

Cedric Penhallan sah Celia im Dämmerlicht auf der Treppe. Silberblondes Haar, große dunkle Augen, der volle sinnliche Mund, die Lippen leicht geöffnet, die anmutige Schlankheit ihres Körpers. Doch Celia war tot. Celia war schon seit zwanzig Jahren tot.

Julian wandte sich zu der Treppe, seine Blicke folgten denen seines Gegenübers. Im Dämmerlicht stand Tamsyn auf der Treppe, eine Hand auf dem Treppengeländer. Mit der anderen Hand hielt sie ihre Röcke, sie hatte den Fuß gehoben, um den nächsten Schritt zu machen. Die Luft prickelte vor Spannung, und er hatte das absurde Gefühl, als wäre der Blitz eingeschlagen in Tamsyn und den Mann, mit dem er geredet hatte.

Natürlich war das absurd. Tamsyn mit ihrem kurzen Haar und dem fremdländischen Aussehen war ein ungewöhnlicher Anblick an einem so abgelegenen Ort, sicher erklärte sich das Interesse Lord Penhallans nur so. Julian entschied, daß es nicht nötig war, die beiden einander vorzustellen.

»Zu Euren Diensten, Penhallan«, sagte er knapp und verbeugte sich, dann ging er zu der Tür zum Hof, die offenstand.

»St. Simon.« Cedric riß seine Blicke von der Erscheinung auf der Treppe los. Sein Gesicht hatte die übliche Röte verloren. »Ich würde sagen, wir werden einander sicher noch öfter begegnen, wenn Ihr länger auf Tregarthan bleibt.«

»Das denke ich auch«, erwiderte Julian mit dem gleichen eisigen Ton. »Aber sorgt dafür, daß Eure Neffen sich von meinem Land fernhalten, Penhallan. Wenn sie auch nur mit einem Fuß mein Land betreten, kann ich für die Folgen nicht garantieren.« Ohne auf eine Antwort zu warten, ging er hinaus.

Doch Cedric hatte ihn sowieso kaum gehört. Seine Blicke gingen wieder zu der Gestalt auf der Treppe, die sich bewegte, leichtfüßig die Treppe hinunterlief und die beiden letzten Stufen mit einem Sprung nahm. Eilig schob sie sich an ihm vorbei und folgte St. Simon in den Hof.

Cedric ging zur Tür. Er beobachtete, wie St. Simon ihr auf den Rücken eines herrlichen, weißen Araberhengstes half. Dann wandte er sich ab und ging in den Gasthof zurück.

Celia war nach Cornwall zurückgekehrt. Oder Celias Geist.

Tamsyn wandte den Kopf und sah zu dem Gasthaus zurück, als sie aus dem Hof ritten. Von ihrem Onkel war nichts mehr zu sehen, doch ihr Blut rauschte. Cedric Penhallan lebte noch, und die Schlachtlinien waren gezogen.

15

Früh am nächsten Morgen erwachte Tamsyn unter einem Berg von Decken. Einen Augenblick lang war sie verwirrt. Sie hatte die Augen noch geschlossen, ihr Körper war noch nicht völlig wach, doch all ihre Sinne sagten ihr, daß sich irgend etwas verändert hatte. Hinter ihren Augenlidern fühlte sie eine angenehme Wärme. Langsam öffnete sie die Augen, aus Angst, ihre Sinne könnten sie trügen.

Die Sonne schien. Und es war nicht nur ein vereinzelter Sonnenstrahl oder zwei, das ganze Schlafzimmer wurde vom goldenen Licht der Sonne erhellt. Kleine Staubkörnchen tanzten in den Strahlen, die sich einen Weg durch das zweigeteilte Fenster gesucht hatten, und die geschliffenen Glaskrüge auf der Kommode glitzerten im Sonnenlicht wie blaue und rote Diamanten.

Tamsyn stieß die Decken beiseite und sprang aus dem Bett. Sie zog sich das Nachthemd über den Kopf und reckte sich, genoß die Wärme auf ihrem nackten Körper. Ihre Haut begrüßte die warmen Strahlen, und Tamsyn hatte das Gefühl, als hätte sie in einer dunklen Höhle monatelang einen Winterschlaf gehalten.

Sie lief zum Fenster und riß es weit auf. Mit atemloser Verwunderung blickte sie auf das Panorama, das sich ihr bot. Sie waren in der vergangenen Nacht im Dunkeln angekommen, so daß sie nichts von der Umgebung des Hauses hatte erkennen können. So schnell es ging, waren sie vor dem Regen ins Haus geflüchtet, und Tamsyn hatte nur noch Kerzenlicht gesehen, das Schatten auf die dunkle Holzverkleidung warf, Stuckdecken, Feuer in riesigen Kaminen und eine breite Doppeltreppe, die aus der großen Halle nach oben führte.

St. Simon hatte sich sofort entschuldigt, nachdem er seinen Gast und ihre Begleiter dem Hauspersonal vorgestellt hatte, und dann hatte Tamsyn sich in einem großen Eckzimmer wiedergefunden. Es enthielt ein riesiges Himmelbett, die Wände mit Stoff bespannt, und gestickte Teppiche lagen auf dem glänzenden Eichenholzfußboden. Offensichtlich neugierige, aber sehr schweigsame Diener hatten ihr heißes Wasser gebracht und ein Tablett mit Essen, während Josefa die Kleider ausgepackt hatte, die sie in London gekauft hatten. Und dann war Tamsyn erleichtert in ihr Bett geklettert. Nach all den Nächten in schlecht geführten Gasthöfen hatte sie die frischen, sauberen Laken genossen, die nach getrocknetem Lavendel rochen. Sie hatte den Schein des flackernden Feuers an der Decke beobachtet und sich über die bequemen Federmatratzen gefreut.

Jetzt blickte sie in eine ganz andere Welt. Vor ihren Augen erstreckten sich weite Wiesen, geteilt durch Beete mit blühenden Blumen, dahinter sah sie das Meer, das in der frühen Morgensonne blau leuchtete. Zu beiden Seiten dehnte sich die Küste, die hier eine tiefe Bucht bildete. Die Kreidefelsen leuchteten weiß gegen das Blau des Himmels und des Meeres.

Sie lief zu dem östlichen Fenster und riß auch dieses weit auf. Sie stützte die Ellbogen auf die Fensterbank und sah hinaus. Von dieser Stelle aus war die Aussicht genauso herrlich. Die aufgehende Sonne glänzte auf dem Wasser des Flusses Fowey; sie ließ die Boote, die in der Flußmündung verankert lagen, aufleuchten und auch die Dächer des kleinen Fischerdorfes Polruan auf der anderen Seite des Flusses.

»Wie wunderschön«, murmelte Tamsyn erfreut und atmete tief den Duft der Rosen ein, die unter dem Fenster blühten. Ihr Duft vermischte sich mit dem des Goldlacks auf einem Beet daneben. Dies war das Land ihrer Mutter, das sanfte grüne Land, das sie ihrer Tochter so oft liebevoll beschrieben hatte unter der brennenden spanischen Sonne.

Tamsyn zog ihre Hose an und ein Hemd, dann lief sie barfuß aus dem Zimmer. Im Haus war alles sehr still. Dem Stand der Sonne nach zu urteilen war es sicher erst fünf Uhr. Und außerdem war Sonntag, sicher schliefen alle deswegen noch.

Die Riegel an der massiven Haustür ließ sich nur schwer öffnen, Tamsyn brauchte ihre ganze Kraft. Doch dann öffnete sich die Tür, und sie stand auf der Schwelle und blinzelte in den herrlichen Morgen. Ihr Herz öffnete sich der Wärme und dem Licht. Der Vorhof ging nach Osten, auf den Fluß zu, und Tamsyn trat durch den Torbogen in der Mauer, die den Hof umgab, und ging dann in den Garten, der sich bis zum Meer erstreckte. Sie blickte zu ihrem Fenster hinauf und bemerkte erst jetzt, daß es sich in einem mit Efeu bewachsenen, viereckigen Turm befand.

Oberst Lord St. Simons Haus ist herrlich, dachte sie voller Anerkennung. Es strahlte Reichtum und Macht aus. Reichtum und Macht hatten im Wanderleben einer Straßenräuberin eine andere Bedeutung, sie drückten sich nicht im Besitz von Ziegeln, Mörteln und Land aus, aber Cecile hatte ihr erzählt, wie sehr die Engländer einen solchen Besitz schätzten.

Cedric Penhallan war ein »Königsmacher«. Cecile hatte ihr erklärt, daß sein riesiger Reichtum es ihm ermöglichte, weitreichenden politischen Einfluß auszuüben. Ohne den Reichtum hätte nicht einmal ein Mann mit dem gnadenlosen Ehrgeiz von Lord Penhallan diese heimliche Spitze der Macht erreichen können. Und sein Stolz auf seine Abstammung beseelte die Macht, die er über jeden ausübte, in dessen Adern das Blut der Penhallans floß, mochte es auch noch so verdünnt sein. Wie ein Schreckgespenst war ebendiese Macht auch über seine rebellische Schwester gekommen.

Aber nicht über diese Penhallan hier, dachte Tamsyn mit einem grimmigen kleinen Lächeln, als sie über die Wiese zum Meer lief, das sie lockte. Statt des gepflegten Kiesweges benutzte sie lieber den Weg über die Wiese, ihre Zehen gruben sich in das vom Regen noch feuchte Gras. Diese Penhallan hier würde den Königsmacher in die Knie zwingen, sie würde ihn mit seinen eigenen Waffen schlagen. Bei diesem Gedanken stieg wieder das Bild ihres Onkels vor ihr auf. Die außergewöhnliche Kraft, die von ihm ausgegangen war, war wie eine lawinenartige Energie, die alles niederriß, was ihr im Weg stand. Er hatte sie auf der Treppe gesehen. Und was er erblickt hatte, hatte ihn erstarren lassen. Erstauntes, ungläubiges Erkennen hatte in seinen Augen gestanden... Erkennen, und für einen ganz kurzen Augenblick auch noch ein anderer Ausdruck, von dem sie hätte schwören können, daß es Furcht war.

Aber er wußte nicht, wer sie war. Und er würde die Wahrheit auch nie erfahren, bis sie sie enthüllte – in aller Öffentlichkeit. Ceciles Geist forderte Wiedergutmachung und Rache, und sie würde schnell und hart zustoßen, wie ein Dolchstoß. Und bis dahin würde er sich, wann immer er sie sah, quälen mit dem Gedanken daran, wie ähnlich sie seiner Schwester sah, obwohl sie nicht mehr zu sein schien als eine unschuldige junge Besucherin in einem fremden Land.

Aber wieviel Kontakt würde sie mit Penhallan haben, solange sie unter St. Simons Dach lebte? Tamsyn hielt inne in ihrem tänzerischen Lauf über die Wiese. Sie hatte die Feindseligkeit zwischen St. Simon und Cedric Penhallan bemerkt. Eine tiefe Freundschaft, gemessen an der eisigen Stimme Julians, *sorgt dafür, daß Eure Neffen sich von meinem Land fernhalten, Penhallan, sonst kann ich für die Folgen nicht garantieren.* Und wer waren diese Neffen? Ihre Cousins, wahrscheinlich.

Es gab eine Menge Rätsel, aber sie würden sich alle lösen lassen. Gabriel konnte in der örtlichen Kneipe Erkundigungen einziehen. Er fühlte sich an einem solchen Ort immer wie zu Hause, und er war ein erfahrener Spion – ebenso erfahren darin, Informationen auszustreuen als auch, Informationen zu bekommen. Das Wichtigste war: Das Spiel hatte begonnen.

Mit einem zufriedenen Nicken lief Tamsyn leichtfüßig über das Gras zu der niedrigen Mauer am Rand der Wiese. Dort blieb sie stehen, ihr Mund öffnete sich zu einem erstaunten ›O‹. Das Land hinter der Mauer fiel ab. Seine weite Bucht war auf beiden Seiten von steilen Klippen eingerahmt, in ihrer Mitte bildete sie einen kleinen Sandstrand; doch was Tamsyn am meisten erstaunte, waren die herrlichen Farben, die sich unter ihr ausbreiteten. Sie blieb eine Sekunde lang stehen, dann stieß sie einen kleinen Freudenschrei aus und lief den Abhang hinunter.

Von den Fenstern seines Zimmers aus hatte Julian ihrem beschwingten Lauf über die feuchte Wiese zugesehen. Er war gerade dabei gewesen, sich anzukleiden, als irgend etwas ihn zum Fenster gezogen hatte. Jetzt stand er ohne Hemd, mit den Daumen unter dem Gurtband seiner Hose da, und betrachtete mit einem leicht verärgerten Stirnrunzeln den Kobold dort unten. Sie hatte die Kleiderregeln gebrochen, die er ihr auferlegt hatte. Es war eine Sache, inmitten einer Seeschlacht an Bord eines Kriegsschiffes die Röcke auszuziehen und sich in Männerkleidern zu zeigen, doch in dem friedlichen, altmodischen Cornwall war das etwas ganz anderes.

Es würde sowieso schon genügend Klatsch geben über ihre Anwesenheit hier, ohne daß auch noch die Dienerschaft diese Diskussion anheizte. Sicher würde sie auf diese Art in der örtlichen Gesellschaft nicht akzeptiert werden, geschweige denn in den oberen Kreisen des Adels, wenn sie in einem so schamlosen Aufzug herumlief.

Aber immerhin, wenn sie sich seinen Regeln nicht unterwarf, dann hatte er das Recht, die ganze Sache abzublasen.

Er ging aus seinem Zimmer, vorbei an einem verschlafen aussehenden Zimmermädchen, das auf dem Weg in die Küche war, um das Feuer anzuzünden, ehe der Koch und die anderen Diener erschienen. Sie verbeugte sich höflich vor ihm und errötete, weil seine Lordschaft mit nacktem Oberkörper vor ihr stand. Julian nickte ihr nur kurz zu. Er hatte sie noch nie gesehen, und er nahm sich vor, bei Gelegenheit mit der Haushälterin über das Hauspersonal zu sprechen, das in seiner Abwesenheit eingestellt worden war.

Durch eine Seitentür verließ er das Haus und ging über die Wiese. Er folgte Tamsyns Fußspuren, die im nassen Gras deutlich zu sehen waren. Die sanfte Luft des frühen Morgens, die Regentropfen, die in der Sonne glitzerten und der Duft nach Frische und Feuchtigkeit, der aus den Blumenbeeten stieg, besänftigte ihn ein wenig, während er zu der niedrigen Mauer hinunterging.

An der Mauer blieb er stehen und sah nach unten. Im ersten Augenblick konnte er Tamsyn nirgendwo entdecken. Aber sie mußte irgendwo dort unten sein, falls sie nicht eine der steilen Klippen hinaufgeklettert war, die die kleine Bucht nach beiden Seiten hin einschlossen. Doch dann entdeckte er einen Schimmer ihres silberblonden Haares, auf halbem Weg den Hang hinunter. Der Rest ihres Körpers wurde verdeckt durch die Masse purpurroten Fingerhutes und lila Rhododendrons.

Er sprang über die Mauer und bahnte sich einen Weg hinunter. »Tamsyn!«

Sie wandte sich um und winkte ihm zu. Ihr Gesicht strahlte erneut, ihre veilchenblauen Augen blickten ihn über einen Arm voller Blumen hinweg an, die sie gepflückt hatte.

»Sind sie nicht wunderschön? Ich habe noch nie etwas so Unglaubliches gesehen«, rief sie und kam durch die hüfthohen Blumen auf ihn zu.

»Eurer Kleidung nach zu urteilen, seid Ihr wohl nicht länger an dem Vertrag interessiert, auf dem Ihr so nachdrücklich bestanden habt«, meinte er, als sie bei ihm angekommen war.

Falls Tamsyn seine Bemerkung gehört hatte, so ließ sie es sich doch nicht anmerken. Sie steckte ihre Nase in den Blumenstrauß. »Wie heißen sie? Ich habe noch niemals solche Blumen gesehen.«

»Fingerhut«, sagte Julian.

»Und die Sonne scheint, das Meer glitzert. Es ist alles so wunderschön. Ich hätte nie geglaubt, daß England so sein könnte!« Tamsyn legte den Kopf zurück und ließ die Sonne auf ihr Gesicht scheinen. Ihr Hals bog sich anmutig auf dem offenen Kragen ihres Hemdes, ihre Wimpern lagen wie Halbmonde auf den sonnenbeschienenen Wangen. »Cecile hat mir immer von den kornischen Sommern erzählt, aber nach den letzten Tagen habe ich geglaubt, daß sich ihre Erinnerung wohl ein wenig verzerrt haben mußte.« Sie lachte; es klang glockenhell.

Sie strahlte eine tiefe sinnliche Freude aus. Julian fühlte sich voll davon angerührt, trotz all seiner Bemühungen, ihr zu widerstehen – sie war eine Butterblume, die ihr goldenes Haupt der Sonne entgegenreckte. Heftig schob er diesen Gedanken von sich und sagte absichtlich grob: »Habt Ihr überhaupt eine Vorstellung davon, was für ein Gerede Ihr heraufbeschwört, wenn Ihr in dieser Kleidung herumlauft? Nennt mir einen guten Grund, warum ich meinen Teil dieses lächerlichen Vertrags einhalten soll, wenn Ihr nicht die Absicht habt, auch nur die Grundregeln einzuhalten.«

»Oh.« Sie hob den Blick und sah ihn mit ihren mandelförmigen Augen an. »Es macht mir wirklich nichts aus, wenn ich diese Sachen nicht mehr tragen soll, Mylord Oberst.«

Noch ehe er etwas sagen konnte, breitete sie die Arme weit aus und warf die roten Blumen über ihn, so daß er über und über davon bedeckt war. Dann zog sie ihr Hemd aus, streifte die Hose über die Beine nach unten und stand dann nackt in dem roten Blumenmeer. Sie grinste ihn schelmisch an. »Ist es so besser, Sir?«

»Gütiger Himmel«, murmelte er, und seine verwirrten Gefühle schlugen über ihm zusammen. Alle Vernunft und jeder Widerstand waren vergessen, er war wie ein Boot, das seinen Anker verloren hat und auf einer Woge dahinsegelt.

Sie war eine Kreatur der Sonne und des Seewindes, des reichen Duftes der Wildblumen. Ihre Hände lagen auf seinen Hüften, öffnete die Knöpfe seiner Hose. Ihre Zungenspitze zeigte sich zwischen den Lippen, ihre Blicke ruhten auf seinem nackten Bauch, folgten der schmalen Linie dunklen Haares, die von seinem Nabel nach unten wuchs. Langsam schob sie die Hose über seine Schenkel nach unten, befreite sein hart aufgerichtetes Glied von dem störenden Stoff. Sie trat einen Schritt näher an ihn, preßte ihren flachen Bauch gegen seine harte, pulsierende Wärme, dann schob sie eine Hand zwischen seine Schenkel, hob den Blick und lachte ihn an. Mit der anderen Hand strich sie ihm eine Fingerhutblüte von der Brust.

»Besser so, Mylord Oberst?«

Er begriff nicht, warum er dem Ganzen keinen Einhalt gebieten konnte. Warum konnte er sie nicht von sich schieben, seine Hose hochziehen, seine harte Erregung dämpfen und sie einfach stehenlassen und zum Haus zurückgehen? Sie hatte die Regeln gebrochen – er könnte sich weigern, sich weiterhin von ihr manipulieren zu lassen.

Statt dessen blieb er stehen und sah auf sie hinunter, verlor sich in ihren Augen. Seine Lenden waren schwer vor Verlangen, bei dem Gefühl ihres sanften Leibes an seinem. Seine Hände legten sich um ihre Hüften, und ihre Brüste zitterten. Hart richteten sich ihre Brustspitzen auf und drängten sich gegen seinen Oberkörper.

Langsam sank sie auf die Unterlage roter Blüten. Ihre Hände glitten über seine Hüften, seine Schenkel, bis sie vor ihm kniete. Sie senkte den Kopf und nahm sein pulsierendes Glied in ihren Mund, kratzte leicht mit den Zähnen darüber und streichelte es mit ihrer Zunge, bis er vor Lust aufstöhnte. Seine Finger vergruben sich in ihrem silbernen Haar, er blickte auf ihren gesenkten Kopf hinunter, auf ihren anmutig geschwungenen Nacken, ihre Schulterblätter und die sanfte Linie ihrer Wirbelsäule, ihren Po und die vom Gras grünen Sohlen ihrer Füße, während sie vor ihm kniete und ihm Glück schenkte.

Mit einem tiefen Atemzug kehrte er in die Wirklichkeit zurück, dann kniete er neben ihr nieder, nahm ihr Gesicht in beide Hände und preßte seine Lippen auf ihren warmen Mund. Er schmeckte das Salz seines eigenen Körpers auf ihrer Zunge, ihre Haut duftete, er roch ihre Erregung.

Er drängte sie in die Woge der roten Blüten. Ihr Körper leuchtete rosig und cremigzart auf der Blumenmatratze. Ihre Schenkel öffneten sich ihm. Sie stieß kleine erregte Schreie aus, als er ihren Körper erforschte. Ihre Finger krallten sich in sein Haar, sie hob ihm voller Ekstase die Hüften entgegen, und sein Atem war heiß und gleichzeitig kühl auf ihrer Haut. Tief schob sich seine Zunge in ihren Mund.

Sie lächelte. Ihre Augen blickten verschleiert, Leidenschaft strahlte ihm daraus entgegen, als er sich über sie schob und seine Zunge das Tal zwischen ihren Brüsten streichelte, über ihren Hals glitt, als er ihr die kleinen Schweißtropfen von der Haut leckte und sich seine Lippen dann wieder über ihren schlossen. Seine Hände schoben sich unter ihren Körper und umfaßten ihren Po. Er hob sie hoch und drang dann mit einem tiefen Stoß in die seidige Scheide, die sich fest um ihn schloß und Wellen von Glück durch seinen Körper fließen ließ. Und dann bewegte er sich in einer Welt voller herrlicher Gefühle, er war gefangen von dem süßen Körper unter ihm und um ihn.

Wie aus weiter Entfernung hörte er ihre leisen, jubelnden Schreie, als sie sich beide dem Höhepunkt der wundervollen Erfüllung näherten, in dem sie sich verlieren würden, in dem ihre Körper zerfließen würden in das kühle Nichts purer Glückseligkeit. Und mit allerletzter Kraft klammerte er sich an die Wirklichkeit, lange genug, um sich von ihr zurückzuziehen, ehe er in der Ewigkeit der höchsten Freuden versank.

Er kam wieder zu sich, als er die heiße Sonne auf seinem Rücken fühlte. Noch immer hielt er ihren zierlichen Körper in seinen Armen. Mit einem Aufstöhnen rollte er sich herum und zog sie mit sich, so daß sie auf ihm lag und ihren Kopf an seiner Schulter barg. Sie fühlte sich formlos an und völlig gewichtslos, ihre Haut war feucht, und er war erfüllt von einer Euphorie, wie er sie noch nie zuvor in seinem Leben gefühlt hatte. Keines seiner sexuellen Abenteuer hatte ihm diese herrliche Befriedigung verschafft, dieses Gefühl der Vereinigung und des Friedens.

Sanft tätschelte er ihren Po, und Tamsyn hob mit äußerster

Anstrengung ihren Kopf. »Wie konnte das geschehen... was immer es auch war?« Sie lächelte verträumt und küßte ihn auf den Mundwinkel.

»Ich weiß es nicht«, gestand er und knetete sanft ihren Po. »Du bist nicht wirklich.«

Tamsyn lachte leise. »O doch, das bin ich, Mylord Oberst. Ich bin aus Fleisch und Blut, bis in meine Zehenspitzen.« Sie stemmte die Arme gegen seine Brust, bis sie rittlings über ihm saß. »Und um dir zu zeigen, wie wirklich ich bin, werde ich jetzt schwimmen gehen.«

»Es ist eisig kalt«, protestierte er. »Aber wahrscheinlich nicht ganz so kalt wie der Guadiana im März.«

»Genau.« Sie schwang sich hoch, mit einer Leichtigkeit, die ihre Mattigkeit zuvor Lügen strafte. »Kommst du mit?«

»Vielleicht... in einer Minute.«

Tamsyn lief davon. Julian blieb auf dem Rücken liegen, einen Arm hatte er über die Stirn gelegt, um seine Augen vor der Sonne zu schützen. Er sah den Tatsachen ins Auge. Schon wieder hatte er nachgegeben. Und solange dieser Kobold von einer Banditin in seiner Nähe war, würde er wieder und wieder nachgeben – ganz besonders, wenn sie es sich zur Gewohnheit machte, sich an den ungewöhnlichsten Orten nackt vor ihm auszuziehen, ganz ohne Vorwarnung. Vielleicht sollte er ganz einfach die Freuden annehmen, die ihr Körper ihm schenkte, als eine Art wohlverdienter Wiedergutmachung. Sie benutzte ihn, also konnte er dafür auch einen Preis verlangen. Und es war immerhin ein Preis, den sie mehr als willig zahlte.

Er stand auf und beobachtete Tamsyn, die in die sanfte Brandung auf dem kleinen sandigen Strand lief. Sie hielt nicht inne, kopfüber warf sie sich in die Wellen, von denen er wußte, daß sie eiskalt sein mußten. Sie kam hoch, um nach Luft zu schnappen, dann schwamm sie mit kräftigen Stößen zur anderen Seite der Bucht, wahrscheinlich, um die Strömung auszuprobieren.

Sie schien sich im Wasser genauso wohl zu fühlen wie auf dem Rücken eines Pferdes, doch das war wohl kaum erstaunlich, wenn man bedachte, wie sie aufgewachsen war. Er ging zum Strand hinunter und in das Wasser hinein. Er zitterte, als das kalte Wasser gegen seine Schenkel schlug. Eine Welle kam auf ihn zu, er tauchte hinein, und das eisigkalte Wasser traf seine erhitzte Haut wie ein Messer. Als er wieder an die Wasseroberfläche kam, entdeckte er Tamsyn rechts von sich. Sie hob eine Hand und winkte ihm zu, dann legte sie sich auf den Rücken und ließ sich von den Wellen tragen.

Die Sonne wärmte ihren Körper, und die sanften, schaukelnden Bewegungen der Wellen erinnerten sie an die Bewegungen ihres Körpers im Augenblick der Ekstase. Jetzt merkte sie kaum noch, wie kalt das Wasser war. Sie hatte die Augen geschlossen, und die Sonne brannte heiß auf ihrem Körper, wurde heißer und heißer und schuf ein warmes rotes Licht hinter ihren geschlossenen Augen.

Julian schwamm auf sie zu, neben ihr hielt er an.

»Komm raus, Tamsyn, es ist kälter als du denkst.«

Sie murmelte ihre Zustimmung, ohne sich jedoch gleich zu bewegen. Er wandte sich ab und schwamm zum Strand, dann lief er über den Sand und schüttelte das Wasser von seinem Körper. Er sprang auf und ab und schlug die Arme vor die Brust, während er Tamsyn zusah. Sie hatte sich herumgerollt und schwamm ans Ufer, ließ sich von den Wellen tragen.

Ja, das Liebesspiel war sicher eine Art Ausgleich für die Monate der Untätigkeit, die vor ihm lagen, überlegte Julian, der mittlerweile an der Stelle angekommen war, an der ihre Kleidungsstücke lagen, und sich die Hose anzog. Allerdings war Untätigkeit wohl nicht die richtige Beschreibung für das, was vor ihm lag. Er konnte sich nicht vorstellen, wie die Gesellschaft auf diesen außergewöhnlichen Neuankömmling reagieren würde. Sie würde Aufsehen erregen in der Gesellschaft, ehe es ihm gelang, ihr die Kanten zu glätten, und die Vorstellung, daß Tamsyn Tee im Pfarrhaus trank, unter den Adleraugen von Mrs. Thornton, ließ ihn erschauern. Unglücklicherweise mußte er allerdings auch darüber lachen. Natürlich, je eher sie ihre kornischen Verwandten fand, desto eher wäre ihm der Weg zurück zu seiner Brigade geebnet, doch die Tatsache blieb, daß er sie nicht ihrer lange gesuchten Familie vorstellen konnte, ehe sie präsentabel war.

Er seufzte. Eine Menge Arbeit lag noch vor ihm, und sein Schützling würde mitarbeiten müssen. Er glaubte kaum, daß sie begriffen hatte, was für eine Aufgabe noch vor ihr lag, doch sie würde sie bewältigen müssen.

Tamsyn kam auf ihn zugelaufen. Sie zitterte vor Kälte, aber gleichzeitig lachte sie. »Wundervoll. Ich liebe es, im Salzwasser zu schwimmen!« Sie griff nach ihrem Hemd und trocknete sich damit ab. Heftig rieb sie ihren Körper, dabei klapperten ihre Zähne und ihre Lippen waren blau, aber ihre Augen leuchteten.

Julian betrachtete sie mit leicht in die Hüften gestützten Händen. Seine Stimme klang absichtlich kühl und knapp. Er versuchte vor ihr zu verbergen, wieviel Freude es ihm machte, ihren Körper und ihre ungehemmten Bewegungen zu beobachten, als sie sich auch zwischen den Schenklen abtrocknete. »Eines mußt du begreifen: Wenn du diese Scharade wirklich fortsetzen willst, dann muß dies das letzte Mal sein, daß du dich so benimmst, während du unter meinem Dach lebst. Habe ich mich deutlich genug ausgedrückt?«

»Ich bin nicht sicher«, sagte Tamsyn nachdenklich und schlüpfte in ihre Hose. »Von welchem Benehmen redest du genau, Mylord Oberst?« Sie zog ihr nasses Hemd über und zitterte, als es an ihrer Haut klebte. »Meinst du die Kleider, die ich trage, oder daß ich geschwommen bin, oder sprichst du davon, was wir eben inmitten der Blumen hier getan haben?«

Sie knöpfte das Hemd zu und legte den Kopf ein wenig schief, als sie ihn ansah. Ihre Augen blitzten schelmisch, als sie ihm diese Frage stellte, die ihn dazu zwingen würde zuzugeben, daß er wollte, daß sie ihr Liebesspiel fortsetzten.

»Öffentliche Indiskretion, Butterblume«, erklärte er. »Davon rede ich.« Er wandte sich ab und ging den Hügel hinauf zum Garten. Die Hände hatte er in die Hosentaschen geschoben, er pfiff leise vor sich hin.

Tamsyn grinste anerkennend. Es war ihm gelungen, sich aus dieser Situation herauszuwinden, ohne irgend etwas zuzugeben, während er sich gleichzeitig alle Möglichkeiten offengelassen hatte. Sie lief hinter ihm her.

Julian blieb stehen, als er die Mauer erreicht hatte, und wartete auf Tamsyn. Die kleine feste Rundung ihrer Brust war unter dem nassen Hemd deutlich zu sehen, die Brustpitzen zeichneten sich als dunkle Flecken ab.

»Du bleibst besser hier, während ich dir einen Umhang hole«, sagte er. »Auf keinen Fall kannst du so ins Haus gehen, innerhalb einer Stunde würde die ganze Gegend das wissen. Aber ich warne dich, dies ist das letzte Mal, daß ich deine ... deine ...« Seine Augen ruhten auf ihren Brüsten, dann legte er eine Hand auf ihren Kopf und drehte sie herum. Seine freie Hand glitt über ihre Hüften und über ihren Po. »Ich bin sicher, du hast mich verstanden.«

»Es wäre schwer, dich mißzuverstehen, Sir.« In seinen Berührungen hatte etwas Beleidigendes gelegen, etwas, das ihr ein wenig rachsüchtig erschien. Tamsyn löste sich von ihm, verschränkte die Arme vor der Brust und setzte sich auf die Mauer. »Ich werde hier warten.«

Sie blickte über das Meer und stieß mit den Füßen gegen die Steine. Heute morgen war es ihr vielleicht gelungen, seinen Entschluß, nicht mehr mit ihr zu schlafen, zu brechen, doch ganz hatte sie ihn noch nicht für sich gewonnen.

Sie zuckte die Schultern und versuchte sich einzureden, daß es ihr nichts ausmachte, wie er sich benahm, solange er mit ihr kooperierte. Dennoch wollte sie sich nicht mit ihm streiten. Sie waren einander viel zu ähnlich, und sie hatten auch viel zu viele Erfahrungen miteinander geteilt – die Brutalität und den Triumph des Krieges –, und sie hatten viel zuviel Freude aneinander gehabt und das nicht nur im Liebesspiel. Tamsyn hatte das Gefühl, ein weites Land des Glücks läge vor ihnen, doch die Grenze zu diesem Land wurde bewacht durch seine Ablehnung und ihrem eigenen Vorhaben.

Sie blickte auf, zu der Klippe hin, die in Richtung des Fowey lag, dann runzelte sie die Stirn und blinzelte gegen die Sonne. Zwei Gestalten auf Pferden hoben sich deutlich gegen den wolkenlosen blauen Himmel ab. Sie waren zu weit weg, um sie klar erkennen zu können, doch sah sie, daß es Männer waren. Ihre Pferde besaßen die eleganten Formen guter Züchtung, und sie glaubte, Gewehre an ihren Sätteln zu erkennen. Tamsyn fragte sich, wie lange die beiden wohl schon dort oben standen, und wieviel sie von dem gesehen haben konnten, was sich unten in der Bucht abgespielt hatte. Das lustvolle Spiel im Fingerhutbett konnten sie nicht gesehen haben, die Blumen hatten ihnen einen ausreichenden Schutz geboten, doch die beiden nackten Gestalten, die in das Wasser gelaufen waren, waren ihnen wahrscheinlich nicht entgangen.

Während sie die beiden noch beobachtete, wendeten sie ihre Pferde und galoppierten davon. Als Julian schließlich mit ihrem Umhang zurückkam, erwähnte sie ihre beiden möglichen Zuschauer nicht, weil sie fürchtete, daß ihn diese Tatsache wütend machen würde.

»Leg den Umhang um und sprich mit niemandem, wenn du in dein Zimmer gehst«, befahl Julian ihr knapp. Er trug jetzt ein Hemd und Stiefel und sah wieder schicklich aus. »Der Haushalt ist noch kaum erwacht, mit ein wenig Glück wirst du niemandem begegnen. Nach dem Frühstück komm bitte in die Bibliothek, dann werden wir mit unserer Aufgabe beginnen. Du solltest eines der Morgenkleider anziehen, die wir in London gekauft haben. Ich möchte an deiner Haltung arbeiten.«

»An meiner Haltung?« fragte Tamsyn in einem Ton der Entrüstung, doch er hatte sich bereits abgewandt und ging mit großen Schritten auf das Haus zu. Er ließ keinen Zweifel daran, daß er ihre Begleitung nicht wünschte.

Haltung? Was um alles in der Welt konnte er damit meinen? Tamsyn lief hinter ihm her, folgte ihm durch die Seitentür ins Haus, aber er ging gleich in das Frühstückszimmer und überließ es ihr, allein und in mürrischer Verwirrung den Weg nach oben in ihr Zimmer zu gehen.

Die Tür zu Tamsyns Zimmer stand einen Spalt weit offen, und sie hörte Josefa in einer ein wenig einseitigen Unterhaltung mit einem der Hausmädchen, das ein Tablett mit Schokolade und süßen Keksen für den Gast seiner Lordschaft gebracht hatte.

Tamsyn schlang den Umhang fester um sich, so daß ihre ungewöhnliche Kleidung völlig darunter verborgen war, dann betrat sie das Zimmer mit einem fröhlichen: »*Buenos dias,* Josefa.«

»Oh, Miss.« Das Mädchen wandte sich erleichtert um, noch ehe Josefa ihren Gruß erwidern konnte. »Ich versuche gerade, Eurer Dienerin hier zu erklären, daß das Frühstück in dem kleinen Zimmer hinter der Bibliothek serviert wird, doch sie scheint mich nicht zu verstehen.«

»Nein, ich fürchte, das ist wahr«, antwortete Tamsyn und

lächelte. »Aber ich kann übersetzen, wenn es irgendwelche Probleme gibt. Unten kann Gabriel übersetzen.«

»Dieser große Kerl, nicht wahr, Miss?« Die Augen des Mädchens waren ganz rund in ihrem ebenso runden Gesicht.

»Eine sehr gute Beschreibung«, stimmte Tamsyn mit einem Grinsen zu. »Er ist ihr Mann.« Es schien besser, die übliche Lüge zu erzählen.

»Gut. Ich werde es Mr. und Mrs. Hibbert sagen – das sind der Butler und die Haushälterin«, fügte sie hinzu. »Wir waren nicht sicher, wie die Dinge liegen, Miss. Ihr seid so plötzlich angekommen, und seine Lordschaft hat nichts übrig für großartige Erklärungen.« Sie wurde plötzlich ganz rot, offensichtlich fühlte sie, daß sie bereits zuviel gesagt hatte. Schnell wandte sie sich ab, knickste noch einmal und ging dann aus dem Zimmer, mit der gemurmelten Bemerkung, daß sie heißes Wasser holen wollte.

»*Ay... ay*, ich werde die Sprache meines Mannes nie verstehen«, erklärte Josefa. »So ein Geschnatter. Ich habe dem Mädchen dreimal gesagt, daß du heißes Wasser möchtest, und sie hat mich nur angestarrt wie ein Idiot.«

»Sie versteht dich nicht, *querida*, genausowenig, wie du sie verstehst«, sagte Tamsyn und zog schmunzelnd den Umhang, das Hemd und die Hose aus. »Aber Gabriel oder der Oberst oder ich werden für dich übersetzen. Also, welches dieser dummen Kleider soll ich anziehen?«

Nackt ging sie zu ihrem Schrank hinüber und griff im Vorübergehen nach der Tasse Schokolade. Dann stand sie mit gerunzelter Stirn vor dem Schrank, nippte an ihrer Schokolade und knabberte an einem Keks.

Fünf Tage hatten sie in London verbracht, im Grillons Hotel. Der Oberst war verschwunden, nachdem sie sich erst einmal eingerichtet hatten, und er war erst wieder aufgetaucht, als es Zeit war, ihre Reise nach Cornwall fortzusetzen. Er hatte ihr eine Liste von Schneidern und Modisten und Putzmachern gegeben und ihr seine Vorstellung von der mindestens erforderlichen Garderobe einer zukünftigen Debütantin genannt. Dann hatte er es ihr überlassen, so gut sie konnte, diese Dinge zu besorgen.

Tamsyn hatte es ermüdend gefunden, eine solche Garderobe zusammenzustellen, doch war sie mit der grimmigen Entschlossenheit ans Werk gegangen, mit der sie auch jede andere Vorbereitung einer wichtigen Sache getroffen hätte. Der Oberst hatte die Früchte ihres Einkaufs am Abend vor ihrer Abreise begutachtet und erklärt, daß er mit ihrer Auswahl zufrieden sei. Alles andere und auch alle Dinge, die sie vergessen hatten, konnten sie in St. Austell oder in Losthwithiel einkaufen.

Sie hörte Geräusche hinter sich, als Mary mit einem schweren Kupferkessel mit heißem Wasser ins Zimmer kam. Sie wandte sich jedoch nicht um, sondern betrachtete weiter ihre Kleider. Sie mochte keines davon, am wenigsten das mit kleinen Zweigen verzierte Musselinkleid, das dem Oberst ganz besonders gut gefallen hatte. Sie zog das Kleid aus dem Schrank hervor und hielt es ans Licht. Es war sehr hübsch, in blassem Lila mit einem Muster dunklerer Blumen darauf und einer cremefarbenen Schärpe.

»Bah!« murmelte sie und warf das abscheuliche Kleid auf das Bett. »Ich denke, das ist das Beste.«

»Ein so hübsches Kleid, Miss«, meinte Mary und betastete bewundernd den Stoff. »Es wird hervorragend zu Eurem Teint passen.«

»Schon möglich«, stimmte Tamsyn ihr halbherzig zu und wandte sich zur Kommode, wo Josefa die Schüssel gerade mit heißem Wasser füllte.

Mit einem Lappen voller Seife wusch sie sich das Salz von der Haut. Sie genoß das Gefühl, wie ihre Haut glühte. Dann machte sie sich an die ermüdende Aufgabe, Strümpfe, Höschen und Hemdchen anzuziehen. So viele Kleidungsstücke, dabei waren sie völlig unnötig, wenn das Wetter so warm war wie am heutigen Tag. Sie zwängte sich in einen Batistunterrock und trat mit ärgerlich verzogenem Gesicht nach den vielen Falten.

Josefa zog ihr das Kleid über den Kopf, und sie zwängte mit ungeduldigen Bewegungen die Arme in die kleinen Puffärmel. Josefa schüttelte unwillig den Kopf, weil sie fürchtete, daß der feine Stoff zerreißen könnte. Das Kleid wurde zugeknöpft, die Schärpe unter ihrem Busen gebunden, und dann betrachtete Tamsyn sich im Spiegel. Sie sah wirklich gar nicht mehr aus wie sie selbst.

»Mein Haar wird viel zu lang, Josefa, du mußt es unbedingt

schneiden.« Mit den Fingern fuhr sie durch die seidige Kappe. »Es wächst mir schon in den Nacken, und die Haare fallen mir in die Augen.«

Sie war so zufrieden mit ihrem Aussehen, wie es unter diesen Umständen möglich war, als sie schließlich in das Frühstückszimmer hinunterging. Der Oberst war längst gegangen, nur ein Gedeck lag auf dem runden Tisch vor dem Fenster zum Garten. Ihre morgendlichen Aktivitäten hatten ihren Appetit geweckt, und sie war begeistert, als einer der Lakaien mit einem Tablett mit Eiern, Schinken und Pilzen ins Zimmer kam.

»Kaffee oder Tee, Miss?«

»Kaffee bitte.«

»Euer Diener hätte gern ein Wort mit Euch gesprochen, Miss. Soll ich ihm sagen, daß er warten soll, bis Ihr gefrühstückt habt?«

»Du wirst mir gar nichts sagen, Junge.« Gabriel stand an der Tür. »Und ich möchte gern, daß du mir noch ein Tablett mit den gleichen Dingen bringst. Guten Morgen, kleines Mädchen.«

Er ignorierte den Lakaien, der empört die Luft einsog, zog sich einen Stuhl heran und setzte sich. Der Lakai war entsetzt, er blies sich auf wie ein Huhn, so daß Tamsyn schnell erklärte: »Gabriel ist nicht mein Diener. Er ist eher ein Leibwächter. Ich bin sicher, Lord St. Simon wird Euch alles erklären.«

»Jawohl, Miss.« Der Mann warf Gabriel einen erbosten Blick zu.

Gabriel schien das gar nicht zu bemerken, er schob seinen Stuhl ein wenig zurück und legte beide Hände auf den Tisch. »Und ich möchte einen Krug Bier zu meinem Frühstück, bitte.«

Der Lakai hielt inne, doch dann zog er sich mit so viel Würde wie möglich zurück. Gabriels Lachen füllte den kleinen Raum, er griff nach einem knusprigen Brötchen und bestrich es mit Butter.

»Ich werde wohl einige Dinge richtigstellen müssen«, meinte er. »In diesem Haus scheint man nicht zu wissen, was man von mir halten soll. Ich werde wohl besser mit dem Oberst sprechen.«

»Ja«, stimmte Tamsyn ihm abwesend zu. »Ich habe gestern Cedric Penhallan gesehen.«

Gabriel zog die Augen zusammen. »Wo?«

»In dem Gasthof in Bodmin. Ich konnte es dir nicht sagen, weil der Oberst es gehört hätte.«

»Aye.« Gabriel versank in Schweigen, als der Lakai zurückkam und einen Krug Bier mit einem lauten Plumps neben ihn stellte, ehe er sich zu dem Küchenjungen umwandte und ihm das beladene Tablett abnahm.

»Vielen Dank, Junge«, sagte Gabriel und steckte dann die Nase in den Bierkrug. Der Lakai sah aus, als würde er im nächsten Augenblick platzen. Der Küchenjunge unterdrückte mit Mühe ein Grinsen und verschwand dann schnell, bevor Tom seine schlechte Laune mit einer Ohrfeige an ihm auslassen konnte.

»Hast du mit ihm gesprochen?« Gabriel spießte mit der Gabel einen Pilz auf und tauchte ihn in das Eigelb.

»Nein, aber der Oberst hat sich mit ihm unterhalten. Sie schienen sich zu kennen.«

»In dieser Gegend kennen die meisten Leute einander.«

»Aber ich würde behaupten, sie mochten sich nicht sehr, Gabriel. Ich würde sogar sagen, daß das noch eine Untertreibung ist.« Sie erzählte ihm ihre Eindrücke und berichtete von den Bruchstücken der Unterhaltung, die sie aufgeschnappt hatte.

»Ich werde versuchen, ein wenig mehr herauszufinden«, sagte Gabriel. »Ich frage in den Tavernen nach. Diese Neffen sind dann wahrscheinlich deine Cousins, nicht wahr?«

»Es scheint so. Es müßten die Kinder von Ceciles jüngerem Bruder sein, nehme ich an. Ich kann mich an seinen Namen nicht mehr erinnern, sie hat ihn mir einmal genannt, aber ich habe ihn vergessen. Sie schien ihn als ein nicht so wichtiges Glied in der Familienhierarchie zu sehen.«

»Mir scheint, daß nur Cedric in dieser Familie wichtig ist«, meinte Gabriel und hob noch einmal den Bierkrug.

»Bis jetzt, Gabriel«, sagte Tamsyn mit einem kleinen Lächeln. »Bis jetzt.«

»Nun, ich will verdammt sein! War das wirklich St. Simon, den wir da mit seinem Liebchen in den Wellen gesehen haben?« Charles Penhallan zielte, und sein Gewehr krachte. Eine Krähe flog von der Spitze der Klippe auf.

David grinste seinen Bruder an, während auch er das Gewehr anlegte. Krähen zu ärgern war eine langweilige Angelegenheit, aber immer noch besser, als auf Kaninchen zu zielen, und es war um diese Jahreszeit der einzig legitime Sport.

»Ich würde diese roten Haare überall wiedererkennen«, sagte er. »Und er wird ja auch nicht gerade kleiner, nicht wahr?«

»Aber wenigstens ist er nicht mehr so prüde.« Charles legte sein Gewehr über den Sattel. »Entweder das, oder er ist ein Heuchler. Doch seine Dirne hat mir nicht gerade gut gefallen. Ein knochiges kleines Ding.«

»Meiner Meinung sah es eher aus, als wäre es ein Junge.« Auch David setzte sein Gewehr ab. »Vielleicht hat sich ja sein Geschmack geändert, seit er in der Armee ist.«

Sie lachten beide. Sie hatten schmale, spitze Gesichter, schmale Lippen und kleine, tiefliegende braune Augen, die so hart blickten wie Steine. Sie waren dünn, mit scharf hervorstehenden Schultern, schmalen Oberkörpern, doch was ihnen an körperlicher Anziehungskraft fehlte, machten sie mit Boshaftigkeit wett, die sie umgab wie eine Aura. Männer wechselten auf die andere Straßenseite, wenn die Penhallan-Zwillinge erschienen. Man sah sie nur selten allein, sie redeten hinterhältig und zeigten sich allen in einer einschüchternden Art, die nicht einmal ihre wenigen Freunde an ihnen mochten.

»Ich frage mich, ob der Onkel wohl weiß, daß Simon auf Tregarthan ist«, meinte David und runzelte die Stirn. „Wahrscheinlich ist er mittlerweile aus Bodmin zurück.«

»Wenn er es noch nicht weiß, dann wird er es sicher bald erfahren. Wir machen besser, daß wir vom Land St. Simons verschwinden«, schlug Charles zögernd vor. »Wir wollen doch nicht, daß uns hier jemand sieht und dann Geschichten über uns verbreitet.«

Charles gab seinem Pferd die Sporen und ritt auf die Grenze des Tregarthan-Landes zu. Sein Bruder folgte ihm mit düsterem Gesichtsausdruck.

»Er ist prüde, und er ist ein Heuchler«, behauptete er. »Eines Tages werde ich schon dafür sorgen, daß dieser verdammte St. Simon in den Staub getreten wird.«

»O ja«, stimmte Charles ihm leise zu. »Eines Tages werden wir beide das schaffen.«

16

»Also, was willst du mir über meine Haltung sagen?« Tamsyn betrat die Bibliothek. Sie hob die Röcke hoch und setzte sich rittlings auf die Lehne des Ledersofas. Von dort aus betrachtete sie den Oberst mit einem Ausdruck intelligenter Neugier.

Julian blickte von der Zeitung auf und starrte sie an. »Setz dich nicht so hin! Abgesehen von der Tatsache, daß es unehrenhaft ist und außerdem nicht sehr elegant, wirst du dir noch den Saum deines Kleides zerreißen.«

Tamsyn schwang beide Beine zu derselben Seite der Lehne und blieb dort hocken, den Kopf hatte sie ein wenig schiefgelegt. Ihre strahlenden Augen erinnerten ihn wieder einmal an ein freches Rotkehlchen. »Ist es so besser?«

»Nur zum Teil.« Er warf die Zeitung auf den Tisch. »Damen sitzen auf Stühlen, und sie halten die Beine zusammen und die Hände im Schoß. Geh und setz dich auf den Stuhl am Fenster, den mit dem geraden Rücken.«

Tamsyn marschierte zum Fenster hinüber, setzte sich auf den entsprechenden Stuhl und sah ihn erwartungsvoll an.

»Sitz gerade. Du sinkst immer in dich zusammen.«

»Aber wieso soll das wichtig sein?« Sie war ehrlich erstaunt, nie zuvor hatte sie über etwas so Unwichtiges nachgedacht wie darüber, wie sie sich auf einen Stuhl setzen sollte.

»Weil es das ist.« Julian stand auf und kam zu ihr. Er trat hinter den Stuhl, dann legte er ihre beide Hände auf die Schultern und zog sie grob zurück. »Fühlst du den Unterschied?«

»Aber das ist doch lächerlich«, sagte Tamsyn. »So kann ich nicht sitzen, ich würde mich ja fühlen wie eine ausgestopfte Puppe.«

»Du mußt so sitzen, so stehen, so gehen und auch so reiten«, erkärte er entschlossen und ließ seine Hände auf ihren Schultern liegen. »Du sitzt im Sattel wie ein Sack Kartoffeln. Und daran ist nur dieser spanische Sattel schuld. Der ist ja eher ein Lehnstuhl als ein richtiger Sattel. Er ermuntert den Reiter ja geradezu dazu, einen krummen Rücken zu machen.«

Tamsyn sah die umfassende Kritik ihres Reitstils nicht als Teil ihres Vertrags an. Was konnte das möglicherweise damit zu tun haben, sich wie eine Dame zu benehmen? »Man kann nicht Hunderte von Meilen über unebenes Land reiten und dann auch noch wie eine ausgestopfte Puppe im Sattel sitzen«, gab sie zurück. »Und ich kann Tag und Nacht reiten, ohne müde zu werden, wie du recht gut weißt.«

»Als eine Dame der englischen Gesellschaft wird man nicht von dir verlangen, Tag und Nacht zu reiten«, erklärte er ihr. »Die schwierigste Strecke, die du wirst reiten müssen ist die Jagd, und die beginnt erst im Oktober. Vorher aber mußt du lernen, elegant im Sattel zu sitzen. Aber mit einem englischen Sattel dürfte das schon klappen.«

»Da fällt mir aber ein Stein vom Herzen«, murmelte Tamsyn, doch Julian tat so, als habe er es nicht gehört.

Er ließ sie los, ging dann um den Stuhl herum und betrachtete sie. »Stell die Füße nebeneinander, so daß die Knöchel sich berühren, dann legst du die Hände leicht in den Schoß.«

Tamsyn befolgte seine Befehle mit übertriebener Sorgfalt, dann starrte sie angespannt vor sich hin.

»Entspanne dich.«

»Wie kann ich mich entspannen, wenn ich so sitzen muß?« fragte sie und öffnete dabei kaum den Mund, nur damit sie ihre Haltung nicht veränderte.

Julian weigerte sich, darüber zu lachen. »Wenn du darauf bestehst, das Ganze als ein Spiel anzusehen, dann will ich mit dieser ganzen lächerlichen Sache nichts mehr zu tun haben. Ob du es nun glaubst oder nicht, ich habe bessere Dinge zu tun, als Gouvernante und Tanzleher für eine unzivilisierte Straßenräuberin zu spielen. Steh auf.«

Tamsyn gehorchte. Der Oberst war offensichtlich nicht in der Stimmung, sich ablenken zu lassen. Sie stand auf und ließ die Arme herunterhängen, starrte vor sich hin und wartete auf seine weiteren Befehle. Dabei versuchte sie, ein unbeteiligtes Gesicht zu machen.

»Um Himmels willen, du läßt die Schultern hängen, als hättest du einen Buckel.« Ungeduldig zog er ihre Schultern zurück. »Zieh deinen Po ein.« Mit der Hand klopfte er fest auf den besagten Körperteil.

»Man sollte denken, ich wäre aus Draht«, murmelte Tamsyn. »Mein Körper läßt sich nicht so einfach verbiegen.«

»Oh, du vergißt ganz, meine Butterblume, daß ich bei dir schon die erstaunlichsten gymnastischen Kunststücke gesehen habe«, meinte Julian, trat einen Schritt zurück und betrachtete sie kritisch. »Und jetzt lächle.«

Tamsyn schenkte ihm ein geziertes Lächeln. Sie reckte den Hals, schob die Schultern zurück und preßte die Pobacken zusammen. »So?«

»Heiliger Jesus«, murmelte er und verlor schließlich den Kampf gegen die Beherrschung. Er wandte sich schnell ab, um nicht laut aufzulachen, und versuchte, seine Haltung wiederzufinden. Er drehte sich gerade noch rechtzeitig wieder um, um ihr zufriedenes Grinsen zu bemerken. Schnell verbarg sie es vor ihm und versuchte, wieder ernst zu sein.

»Dies ist kein Spaß!«

»Nein«, stimmte sie ihm zu. »Natürlich nicht, Sir.« Doch um ihre Mundwinkel zuckte es.

»Wenn du es nicht allein kannst, dann mußt du es eben lernen«, schalt Julian. »Ein Rückenbrett sollte dir helfen.«

»Ein was?« Tamsyn verspürte nicht länger den Wunsch, zu lachen.

»Ein Rückenbrett«, erklärte er mit großem Ernst. »Man benutzt es in den meisten Schulen. Die Mädchen tragen es, festgebunden an ihrem Rücken, um ihre Haltung zu verbessern. Natürlich sind sie viel jünger als du, aber trotzdem könnte es bei dir helfen.«

»Aber das ist barbarisch!« rief Tamsyn aus.

»Ganz und gar nicht. Meine Schwester hat es auch getragen, mehrere Stunden am Tag, ungefähr ein oder zwei Jahre lang«, berichtete er mit einem Lächeln. »Ich werde in die Stadt fahren und eines besorgen. Wir werden sehen, ob du Fortschritte machst, wenn du es jeden Morgen trägst. Und wenn das nicht den gewünschten Erfolg hat, wirst du es den ganzen Tag tragen müssen.«

Tamsyn betrachtete ihn in wütendem Schweigen. Ihr war klar, daß er den ersten Schuß abgegeben hatte in einem Krieg, von dem sie geglaubt hatte, ihn zu einem Spiel machen zu können, selbst wenn ihr die Sache todernst war.

»Aber bis ich das Rückenbrett besorgen kann, werden wir etwas anderes versuchen«, sprach Julian mit höflich-glatter Unbekümmertheit weiter. Er ging zum Bücherregal und zog zwei schwere, ledergebundene Bücher hervor. »Komm her.«

Tamsyn ging vorsichtig auf ihn zu.

»Steh ganz still.« Vorsichtig legte er ihr die beiden Bücher auf den Kopf. »Und jetzt gehst du im Zimmer herum, ohne daß die Bücher herunterfallen. Du mußt den Kopf ganz gerade halten und darfst ihn nicht bewegen. Das wird auch dafür sorgen, daß du kleine Schritte machst, anstatt herumzulaufen wie ein ungezogener kleiner Hund.«

Tamsyn sog scharf den Atem ein, doch sie preßte die Lippen zusammen und weigerte sich, den Köder anzunehmen. Ihr Nacken zitterte unter dem Gewicht der Bücher. Mit grimmigem Gesicht starrte sie auf eine Stelle in der Holzverkleidung und versuchte, die Balance zu halten. Wenn Oberst Lord St. Simon versuchte, sie soweit zu bringen, daß sie ihren Plan aufgab, dann würde er schon sehr schnell feststellen, daß sie wesentlich zäher war, als er vermutete. Sie machte einen zögernden Schritt nach vorn, die Bücher wankten, doch blieben sie liegen.

Julian grinste und warf sich dann auf das Sofa und griff nach seiner Zeitung. »Eine Stunde sollte wohl genügen«, meinte er. »Und wenn du gelernt hast, den Rücken gerade zu halten, dann werde ich dir beibringen, wie du dich verneigen mußt, denn das ist nötig, wenn du bei Hofe vorgestellt werden willst.«

Das gehörte zwar nicht zu Tamsyns Plan, aber das konnte sie kaum zugeben. Julian las seine Zeitung, als wäre er der Meinung, daß seine Aufgabe für diesen Morgen erledigt war.

Tamsyn stieß einen leisen Fluch aus, doch die Flüche, mit denen sie ihn bedachte, sprach sie nicht laut aus. Sie nannte ihn einen selbstzufriedenen, widerlichen, nachtragenden, hämischen Schurken. Sie ging auf und ab und bemühte sich, die Bücher auf dem Kopf zu behalten. Einige Male fielen sie herunter, mit einem lauten Plumps landeten sie auf dem Teppich. Der Oberst hob den Kopf, wartete, bis sie sie auf ihren Kopf zurückgelegt hatte und weiterging, dann widmete er sich wieder der Zeitung.

Ihr Nacken schmerzte, ihre Schultern verkrampften sich, und

ihr Kopf fühlte sich an, als hätten die Bücher ihr ein Loch in die Schädeldecke gedrückt. Sie warf einen Blick auf die Uhr und stellte fest, daß gerade erst fünfzehn Minuten vergangen waren. Es war eine regelrechte Folter, schlimmer als alles, was sie sich vorstellen konnte, sogar noch schlimmer, als durch die brütende Mittagshitze eines spanischen Sommertages zu reiten, mit einer leeren Wasserflasche und Fliegen, die sich auf das verschwitzte Gesicht setzten. Jeder einzelne Muskel in ihrem Körper schmerzte.

Sei nicht dumm, natürlich ist es nicht so schlimm! Sie hatte schon viel Schlimmeres ertragen, obwohl sie sicher war, daß sie dabei noch nie so lächerlich ausgesehen hatte. Aber dieser verdammte englische Oberst wollte, daß sie das Handtuch warf, und das konnte sie unmöglich tun, selbst wenn sie zu diesem Zeitpunkt bereit war, ihm diese Befriedigung zu schenken.

Julian konnte ihre Gedanken erraten; sie waren in ihrer ganzen Haltung abzulesen, als ihr Widerwille mit ihrer Entschlossenheit kämpfte. Er lehnte sich zurück, verschränkte die Hände hinter dem Kopf, betrachtete sie unter halbgeschlossenen Augenlidern hervor und überlegte, welche anderen teuflischen Trainingsmethoden ihm noch einfielen. Sie sah sehr niedlich aus in diesem Kleid, dachte er verträumt, es ließ ihren athletischen Körper sanfter aussehen.

Es klopfte an die Tür. Tamsyn blieb sofort stehen und nahm die Bücher von ihrem Kopf.

Hibbert, der Butler, trat in das Zimmer. »Besucher, Mylord, Mrs. und Miss Marshall, Lord und Lady Pendragon, der Vikar und Mrs. Thornton.«

Er warf einen schellen Blick zum Gast seiner Lordschaft. Der ganze Haushalt erging sich in Spekulationen über die junge Dame, ihre fremdländische Dienerin und über den riesigen Schotten, der ein Gesetz für sich selbst war. Lord St. Simon hatte ihnen nur gesagt, daß die junge Dame unter seinem Schutz stand und den Sommer in Tregarthan verbringen würde, ehe sie im Oktober ihr Debüt in London geben würde.

Julian verzog das Gesicht. Offensichtlich war in jeder Küche in der ganzen Gegend heute morgen über die Neuigkeiten aus Tregarthan geklatscht worden. Und was in den Küchen erzählt wurde, wurde auch in die Gesellschaftsräume der Häuser getragen, mit der morgendlichen Tasse Schokolade. Die Klatschmäuler der Gegend hatten nicht lange gewartet, um selbst nachzusehen, was es mit den Gerüchten auf sich hatte.

»Ihr habt die Gäste in den Salon geführt, Hibbert?«

»Ja, natürlich, Mylord.«

»Ich werde gleich zu ihnen kommen. Am besten bringt Ihr eine Flasche des 98er Burgunders für Lord Pendragon und den Reverend Thornton. Tee für die Damen, es sei denn, sie ziehen Fruchtlikör vor. Haben wir Fruchtlikör?« fragte er dann.

»Jawohl, Mylord. Miss Lucy mag ihn sehr, wenn Ihr Euch recht erinnert, wir haben also immer einige Flaschen davon im Keller.«

»Was ist Fruchtlikör?« wollte Tamsyn wissen, als der Butler gegangen war.

Der Ausdruck des Widerwillens auf Julians Gesicht wuchs. »Ein abscheulich süßes Labsal.«

»Wer ist Miss Lucy?«

»Meine Schwester.« Er blieb einen Augenblick lang stehen und starrte sie mit gerunzelter Stirn an. »Wir werden dich ihnen vorstellen müssen, denn deshalb sind sie gekommen... es sei denn, wir könnten behaupten, daß du dich nach der Reise nicht wohl fühlst.« Er schüttelte den Kopf. »Das wird auch nur eine Ausrede für ein paar Tage sein. Wir bringen es besser hinter uns.«

»Ich bin schließlich kein völliger gesellschaftlicher Mißerfolg«, protestierte Tamsyn. Seine offenkundige Abneigung, sie seinen Gästen vorzustellen, hatte sie verletzt.

»Mein liebes Mädchen, du bist völlig unmöglich. In der Gesellschaft wirst du auffallen wie ein bunter Hund.« Er warf einen Blick auf die Uhr. »Du kannst ja noch nicht einmal richtig sitzen.« Die Falten auf seiner Stirn vertieften sich. »Ich werde gehen, um sie zu begrüßen, und in ungefähr zehn Minuten kommst du nach. Wenn ich dich vorstelle, mußt du dich verbeugen, nur ein wenig, von der Hüfte aus, so.« Er machte es ihr vor, und Tamsyn nickte ernst.

»Zeig es mir«, verlangte er und betrachtete sie kritisch, während sie die Bewegung wiederholte. »Es ist zwar nicht perfekt, aber es muß reichen. Ich werde dich als schüchtern und zurückhaltend beschreiben, wie es sich für eine Tochter eines spanischen Granden schickt, die im Kloster erzogen wurde.«

Er ging zur Tür, blieb dann aber noch einmal stehen, als erinnere er sich an etwas, worüber sie sich bis jetzt keine Gedanken gemacht hatten. »Du brauchst einen Familiennamen. Tamsyn reicht für das Hauspersonal, aber nicht für den Rest der Welt. Wie ist dein Familienname überhaupt?«

Tamsyn zuckte mit den Schultern, sie kämpfte noch immer mit ihrem Ärger. »Ich habe keinen. Mein Vater war überall bekannt als *El Baron*.«

»Dann bist du ab jetzt die Tochter des Señors Baron«, sagte Julian entschlossen. Er kam zu ihr zurück und nahm ihr Kinn in eine Hand. Sein Gesichtsausdruck war so ernst, daß es schon beinahe bedrohlich wirkte. »Nur ein einziges indiskretes Wort oder eine falsche Geste vor diesen Leuten, *muchacha*, dann ist alles zu Ende. Du wirst so schnell aus diesem Haus verschwunden sein, daß du gar nicht weißt, wie dir geschieht. Hast du mich verstanden?«

»Warum sollte ich indiskret sein?« fragte sie. »Das liegt doch wohl kaum in meinem Interesse.«

»Nein, aber vergiß es nicht, denn glaub mir, mir war noch nie etwas so ernst. Nur ein Ausrutscher, auch wenn er ungewollt sein sollte, und du bist wieder auf der Straße. Ich muß in diesem Land hier auf meinen Ruf achten, und ich habe nicht die Absicht, ihn für dich aufs Spiel zu setzen.« Sein Blick hielt den ihren gefangen, dann ließ er abrupt ihr Kinn wieder los und verließ den Raum.

Tamsyn warf die Bücher auf den Schreibtisch. Was glaubte er wohl, was sie tun würde? Dachte er vielleicht, sie würde sich ihm an den Hals werfen und ihn unzüchtig umarmen? Oder hatte er ganz einfach Angst, daß sie irgend etwas Indiskretes sagen könnte, etwas, das zu intim war? Natürlich war das möglich, da sie keine Ahnung davon hatte, was diese Fremden in einem fremden Land für angebracht hielten. Ihr Unterricht hatte dieses Stadium noch nicht erreicht.

Sie stellte sich auf Zehenspitzen und betrachtete sich in dem Spiegel über dem Kamin. Mit den Fingern kämmte sie sich durch das Haar und zupfte sich den Pony zurecht. Das Haar wurde wirklich zu lang. Wie benahm sich wohl ein Hidalgo-Mädchen, das in einem Kloster erzogen worden war?

Sie probierte ein schüchternes Lächeln aus, aber irgendwie

wirkte es nicht besonders überzeugend. Vielleicht sollte sie so tun, als spräche sie nicht sehr gut Englisch. Das würde sicherstellen, daß sie keinen unbeabsichtigten Fehler machte. Sie würde in bescheidenem Schweigen dabeisitzen, liebenswert, aber in völliger Verständnislosigkeit. Um ihrer eigenen Sicherheit willen würde sie es so machen müssen. Der Oberst hatte jedes Wort, das er gesagt hatte, ernst gemeint, und sie konnte es sich nicht leisten, zu diesem Zeitpunkt etwas Falsches zu sagen. Sie verließ mit großen Schritten die Bibliothek und ging durch die Halle in den Salon auf der anderen Seite des Hauses. Gerade noch rechtzeitig erinnerte sie sich daran, nicht so große Schritte zu machen. Schultern zurück, Po rein, Kopf hoch, Hals gerade... *Por dios!* Wie sollte sie nur an all diese Dinge gleichzeitig denken?

Vorsichtig öffnete sie die Tür zum Salon und stand dann zögernd auf der Schwelle. Sie wartete darauf, daß jemand sie bemerkte. Ihr Herz klopfte laut, und ihr war klar, daß sie den ersten Schritt zur Verwirklichung ihres Plan getan hatte. Jetzt erst, wo sie die Gruppe der Leute beobachtete, die sich am anderen Ende des Raumes aufhielt, begriff sie, welche Aufgabe sie sich selbst gestellt hatte. Nie zuvor in ihrem Leben hatte sie solchen Menschen gegenübergestanden. Eigentlich hatte sie auch noch nie auf der Schwelle eines Salons gestanden. Was würden diese Leute sehen, wenn sie sie endlich bemerkten? Eines wußte sie ganz bestimmt: Trotz ihres traditionsgemäßen Kleides würden sie eine Frau sehen, die ganz anders aussah als sie selbst. Es war nicht so sehr ihre äußere Erscheinung, die sie von den anderen unterschied, es war etwas Unbestimmtes, das sie in sich selbst fühlte, etwas, das darauf zurückzuführen war, wie sie ihr bisheriges Leben gelebt hatte und was sie von ihrem weiteren Leben erwartete. Es hob sie hervor, als hätte man ihr ein Brandzeichen aufgedrückt.

Drei der Frauen waren Matronen in mittleren Jahren. Sie waren in dunklen Satin gekleidet und trugen Spitzenhäubchen. Die jüngere, vierte Frau trug ein Kleid aus beigefarbenem Batist und dazu einen Strohhut. Trotz ihrer Jugend zeigte es sich an ihrem ganzen Körper und an der Art, wie sie ihre Kleidung trug, daß sie genauso aussehen würde wie die anderen Frauen, wenn sie erst einmal einmal deren Alter erreicht hätte. Tamsyn wußte, daß sie nie so aussehen könnte wie die Frauen in diesem Zimmer. Sie fühlte sich so fremd, als sei sie von einem anderen Stern hierhergekommen.

Lord Pendragon und der Vikar standen vor dem Kamin und schnüffelten anerkennend an dem Rotwein in ihren Gläsern. Sie waren beide korpulente Männer, mit der selbstzufriedenen Haltung, die ihnen ihre Rolle in der Gesellschaft gab. Reverend Thornton war es, der Tamsyn als erster entdeckte.

»Ah«, rief er und strahlte. »Unsere kleine Ausländerin ist gekommen!«

Der Oberst stand von einem Stuhl auf, der für seine große Gestalt viel zu zerbrechlich aussah. »Tamsyn, komm und laß dich vorstellen.« Mit ernstem Gesicht kam er auf sie zu. »Ich habe gerade meinen Gästen die unglücklichen Umstände erklärt, die dich hierhergebracht haben.«

»Perdon?« sagte Tamsyn und lächelte ein wenig ängstlich. *»No comprendo, Señor St. Simon.«*

Julian sah sie so verständnislos an, daß sie für einen Augenblick ihre Vorsicht vergaß und beinahe laut aufgelacht hätte, doch dann riß sie sich zusammen. An ihm vorbei warf sie einen Blick auf die Besucher und bedachte sie mit einem nervösen kleinen Lächeln.

Julians Hand schloß sich um ihren Ellbogen. »Ich denke, du wirst alles verstehen können, wenn du aufmerksam zuhörst«, erklärte er, und seine Hand drückte ganz fest zu. »Meine Damen, meine Herren, darf ich Euch Señorita Tamsyn Baron vorstellen.«

Tamsyn gelang es, während der Vorstellung ihr einfältiges Lächeln beizubehalten. Sie verbeugte sich wieder und wieder und fühlte sich dabei wie ein Vogel, der im Staub pickt. Sie bemerkte die scharfen, prüfenden Blicke der älteren Frauen, die alle verbindlich nickten, während sie sich lächelnd vor ihnen verbeugte. Lord Pendragons Blick allerdings war anders. Sie mochte ja unter dem Schutz von Lord St. Simon stehen, doch war sie eine junge Frau, und er betrachtete sie auch als solche. Der Vikar nahm ihre beiden Hände in seine und erklärte salbungsvoll, er hoffe, sie würde seine Kirche nicht zu seltsam finden, weil sie doch dem katholischen Glauben angehörte. Seine Kirche gehörte zum Gebiet von Tregarthan, und er würde sich freuen, ihr die Beichte abzunehmen, wenn sie das erleichterte.

Tamsyn suchte Schutz in ihrer vorgeblichen Verständnislosigkeit. Mit gesenktem Blick und einem unverständlichen Gemurmel antwortete sie ihm, dann wandte sie sich erleichtert Miss Marshall zu, die sie warm und freundlich anlächelte.

»Arme Kleine, es muß alles so fremd sein für Euch und auch so traurig, weil Ihr Euer Land verlassen mußtet.«

»Perdon?« Tamsyn warf Julian einen fragenden Blick zu. Mit zusammengebissenen Zähnen übersetzte er für sie.

»Ah, *muy amable«*, bedankte Tamsyn sich und schüttelte ihr herzhaft die Hand. Zu herzhaft, stellte sie am erstaunten Gesicht ihres Gegenübers fest.

»Tamsyn hat sich bemerkenswert gut erholt«, sagte Julian. »Setz dich, *nina.*« Er drückte sie in einen Stuhl und hörte befriedigt, daß sie scharf den Atem einsog. »Eigentlich spricht sie sehr gut Englisch, und sie versteht es auch, aber sie fürchtet sich davor, Fehler zu machen.« Er lächelte sie an, aber nur sein Mund lächelte, seine Augen versprachen Rache.

Tamsyn gelang es, ein entsprechend verlegenes Gesicht zu machen. »Der... der *Señor* ist... ist... *muy amable.*«

»Oh, ich glaube, du übertreibst«, erklärte Julian schnell. Er wandte sich an seine Besucher. »Wenn Ihr langsam sprecht, hat sie keine Schwierigkeiten, Euch zu verstehen.«

Hester Marshall nickte verständnisvoll. Langsam, laut und sehr deutlich fragte sie: »Reitet Ihr, *Señorita?*«

»Reiten?« Tamsyn runzelte die Stirn. *»A caballo? Oh, si...* es gefällt mir sehr... sehr, aber der *Señor* St. Simon, er sagt, ich mache es nicht so gut.« Sie warf dem Oberst einen betrübten Blick zu.

»Oh, ich bin sicher, Lord St. Simon wird ein ruhiges Pferd für Euch finden, auf dem Ihr üben könnt«, sagte Hester freundlich. »Wir müssen unbedingt zusammen ausreiten. Ich selbst reite auch nur sehr langsam über unsere Wege, also braucht Ihr Euch nicht zu fürchten, daß wir irgend etwas tun werden, wozu Ihr noch nicht bereit seid.«

Tamsyn schluckte, doch Julian meinte: »Das wäre doch sehr nett für dich, *nina.* Ich bin sicher, es würde dir gefallen, jetzt, wo das Wetter soviel besser geworden ist.«

»Ja, es war so trübe«, stimmte Mrs. Marshall ihm zu. »Die Farmer wissen nicht mehr ein noch aus wegen der Ernte. Wie lange wird Euer Urlaub dauern, Lord St. Simon?«

»Ich habe einige Verhandlungen in Westminster zu führen, im Namen von Wellington«, erklärte Julian. »Und der Herzog ist darauf bedacht, daß Tamsyn in ihrem neuen Land gut untergebracht ist, ehe ich nach Spanien zurückkehre. Er kannte ihren Vater. Ich habe gehofft, daß Lucy sich Tamsyns annehmen kann, wenn die Saison erst einmal begonnen hat.«

Das war Tamsyn ganz neu. *»Perdon?«* sagte sie. »Bitte... *no comprendo.«*

Wenn ich erst einmal fertig bin mit dir, Butterblume, dann wirst du nicht mehr wissen, welche Tageszeit es ist, schwor sich Julian insgeheim. »Meine Schwester«, rief er ihr mit ausdrucksloser Stimme ins Gedächtnis.

»Ah, si.« Sie lehnte sich in ihrem Stuhl zurück und schlug die Beine übereinander, dabei lächelte sie strahlend.

Lady Pendragon erstarrte in schockiertem Erstaunen, und Julian trat schnell vor Tamsyn, um das Glas des Vikars neu zu füllen. Dabei trat er ihr heftig gegen den Fuß, und Tamsyn setzte sich schnell gerade und verschränkte die Hände im Schoß.

»Wo seid Ihr erzogen worden, Señorita Baron?« wollte Lady Pendragon wissen.

Tamsyn blinzelte und runzelte die Stirn, als versuche sie zu verstehen. Dann nickte sie und strahlte. Ein Schwall spanischer Worte kam aus ihrem Mund; sie nickte und lächelte und gestikulierte, während ihre Zuhörer sie verständnislos anstarrten, bis sie endlich schwieg. Sechs Gesichter wandten sich dem Oberst zu, der mittlerweile am Kamin lehnte und die Arme vor der Brust verschränkt hatte. Seine blauen Augen blitzten sarkastisch auf.

»In einem Bergkloster, Ma'am«, erklärte er. »Es ist ein sehr strenger Orden, das Kloster befindet sich auf der Spitze eines Berges. Man konnte es nur mit dem Maulesel erreichen, deshalb haben die Schülerinnen außer den Schwestern nur sehr wenige Menschen gesehen. Tamsyns Mutter starb, als sie erst zehn Jahre alt war, und nach ihrem Tod wurde sie in das Kloster geschickt. Und als sie dann achtzehn war, schickte ihr Vater nach ihr und holte sie zu sich nach Madrid. Dort wurde sie am Hofe vorgestellt.«

Tamsyn nickte. Während Julians Übersetzung hatte sie ihre Hände im Schoß gerungen, und ihre veilchenblauen Augen zeigten ihre Gemütsbewegung.

»Leider ist Señor Baron sehr plötzlich verstorben und hat seine Tochter dem Schutz seiner guten Freunde anvertraut – dem Herzog von Wellington und mir selbst.«

»Si… si«, sagte Tamsyn und lächelte Julian strahlend an, ehe ein weiterer Schwall spanischer Worte aus ihrem Mund kam.

»Man glaubte, es sei das Beste, wenn sie nach England kommen würde, zumindest, bis der Krieg in Spanien vorüber ist«, übersetzte Julian mit ausdrucksloser Stimme. Trotz seiner Verärgerung mußte er zugeben, daß Tamsyn eine perfekte Lebensgeschichte erfunden hatte.

»Recht so«, meinte Lady Pendragon. »Was für ein Unglück für Euch, Miss Baron.«

»Vergebt mir, meine Liebe, aber wart Ihr krank?« fragte Mrs. Thornton und beugte sich vor, um Tamsyns Knie zu tätscheln.

Tamsyn sah sie einen Augenblick verständnislos an, dann antwortete sie fröhlich und wartete darauf, daß Julian übersetzte.

»Sie sagt, sie ist niemals krank, Ma'am«, erklärte er gehorsam.

»Ich dachte nur… ihr Haar… sehr ungewöhnlich.«

Wie würde sie das wohl erklären? Er stellte ihr die Frage in Spanisch.

»Oh, das war das Kloster«, antwortete Tamsyn, ohne auch nur eine Sekunde nachzudenken. »Die Schwestern bestanden darauf, daß wir unser Haar ganz kurz schneiden ließen… um der Sünde der Eitelkeit zu entgehen, versteht Ihr.«

»Sehr beachtenswert.« Mrs. Thornton nickte ihrem Mann zu, als Lord St. Simon seine Übersetzung beendet hatte. In seinem Gesicht zeigte sich keine Regung. »Wir haben oft im Pfarrhaus darüber gesprochen, daß die jungen Mädchen heutzutage viel zuviel Wert auf ihre Erscheinung legen. Hester natürlich nicht.« Sie lächelte Mrs. Marshall und ihrer Tochter zu. »Hester ist ein Vorbild… sie ist der Gemeinde eine große Hilfe.«

»Lady Fortescue wird bei Hofe Señorita Baron zur Seite stehen, Lord St. Simon?« fragte Mrs. Marshall, die das Kompliment für ihre Tochter mit einem selbstzufriedenen Kopfnicken akzeptiert hatte.

»Das hoffe ich«, antwortete Julian und nippte an seinem Wein. »Denn ich kann es kaum erwarten, auf die Halbinsel zurückzukehren, das könnt Ihr Euch sicher vorstellen.«

»Und was für eine Gefühl habt ihr über den Krieg dort unten, St. Simon?« fragte Lord Pendragon, worauf die Männer sich zurückzogen und über den Krieg sprachen.

Tamsyn saß steif auf ihrem Stuhl, während die Damen sich miteinander unterhielten. Sie nickten ihr ab und zu zu, damit sie sich nicht so ausgeschlossen fühlte von der Unterhaltung, der sie angeblich nicht folgen konnte. Sie sprachen über Rezepte für Kalbsfußgelee, über helle Spitze für ein Kleid und die Frechheit der Zimmermädchen, während Tamsyn sich anstrengte, der Unterhaltung der Männer zuzuhören und sich immer wieder auf die Zunge beißen mußte, um sich nicht in eine Diskussion einzumischen, die sie viel mehr interessierte.

»Ich hoffe, Euer... Euer Mündel... wird Euch am Sonntag zur Kirche begleiten.« Mrs. Thornton zog ihre Handschuhe an und stand auf, weil sie gehen wollte.

»Tamsyn wird in unserer Kirche den Gottesdienst besuchen, nachdem es hier keine Kirche ihres Glaubens gibt«, erklärte Julian kühl. »Nicht wahr, *nina?«*

»Perdon?« fragte Tamsyn mit bezauberndem Augenaufschlag und blickte in unschuldigem Unverständnis zu ihm auf. Sein Blick enthielt eine Warnung, und sie schwieg, während er seine Besucher zu ihren Kutschen fühte.

»Hat dieses Kind auch eine *Dueña*?« wollte Mrs. Marshall wissen, als Julian ihr in ihren Landauer half.

»O ja, eine recht furchteinflößende spanische Dame«, versicherte Julian ihr. »Und als wäre das noch nicht genug, wird sie auch noch von einem Leibwächter begleitet – einem wahren Riesen von einem Schotten, dessen Aufgabe es zu sein scheint, alle Fremden von dem Mädchen fernzuhalten, bis er sie genau überprüft hat. Ich bin sicher, das ganze Dorf wird über kurz oder lang über ihn reden. Gabriel kann man nicht übersehen.«

Mrs. Marshall dachte einen Augenblick über Julians Worte nach, dann nickte sie zufrieden. Ihre Tochter stieg in den Landauer und setzte sich neben sie.

»Auf Wiedersehen, *Señorita.*« Hester beugte sich vor und streckte Tamsyn die Hand hin. »Wir müssen wirklich bald einmal zusammen ausreiten.«

»Ja«, antwortete Tamsyn tapfer und schüttelte ihr die Hand, diesmal allerdings vorsichtiger. »Und bitte... bitte nennt mich doch Tamsyn. Es ist *muy bien,* viel schöner, *si*?«

»Tamsyn.« Hester lächelte. »Ein so hübscher kornischer Name. Lord St. Simon sagte, daß die Familie Eurer Mutter aus diesem Teil des Landes kommt. Ihr müßt mich Hester nennen. Ich weiß, wir werden gute Freundinnen werden.«

Die Kutschen rollten davon. Tamsyn stand neben Lord St. Simon und winkte ihnen nach.

»Also gut, rein mit dir!« Julian wandte sich zu Tamsyn, als die Kutschen nicht mehr zu sehen waren. Er legte ihr einen Arm um die Taille und schob sie ins Haus. »Was zum Teufel sollte das denn bedeuten?«

»Mir schien es die beste Lösung zu sein«, protestierte Tamsyn. Sie riß unschuldig die Augen auf, als er sie in die Bibliothek schob und die Tür so heftig hinter ihnen zuschlug, daß sie wackelte. »Ich hatte Angst, ich könnte aus Versehen etwas Falsches sagen oder sie vielleicht beleidigen, weil ich keine Ahnung von der englischen Gesellschaft habe, deshalb dachte ich, wenn ich gar nichts sage, wäre das besser, und du hättest keinen Grund, böse auf mich zu sein.« Sie legte eine Hand auf seinen Arm. »Du hast mir wirklich angst gemacht, Oberst.«

»Tu nicht so unschuldig«, sagte er. »Du hast dich über sie lustig gemacht... und über mich auch!«

»Nein, das ist nicht wahr!« widersprach Tamsyn. »Wenn du nur einen Augenblick lang nachdenkst, dann wirst du selbst darauf kommen, daß es die perfekte Lösung ist – solange ich nicht den Fehler mache, mich zu versprechen. Wenn ich nicht rede, kann ich auch nichts Falsches sagen, und da alle von mir erwarten werden, daß ich anders bin, wird sich auch niemand über mein eigenartiges Benehmen wundern. Und während du mir beibringst, keine Fehler zu machen, kann ich so tun, als würde ich noch Englisch lernen, und wenn ich dann mein Debüt mache... oder wie du es auch immer nennen willst, wenn ich sicher genug bin, um losgelassen zu werden, dann kann ich Englisch sprechen, ohne daß jemand sich darüber wundern wird.«

»Sicher genug, um losgelassen zu werden?« murmelte Julian. »Lieber Gott!« Er fuhr sich mit der Hand durch sein Haar und strich sich eine Locke aus der Stirn. »Du bist so sicher wie eine Kobra in einem Mäusenest.«

»Oh!« rief Tamsyn aus. »Was für ein schrecklicher Vergleich! Und was ist denn so falsch an meinem Plan? Es ist der perfekte Deckmantel.«

Julian schüttelte geschlagen den Kopf. Eigentlich mußte er ja zugeben, daß sie recht hatte, doch brachte er diese Worte nicht über die Lippen. Er ging zur Anrichte hinüber und goß sich noch ein Glas Wein ein, dann betrachtete er sie schweigend.

»Ich sage dir noch etwas«, erklärte Tamsyn ihm mit plötzlicher Schärfe. »Wenn du mich noch einmal *nina* nennst, St. Simon, dann schneide ich dir die Zunge ab!«

»Mein liebes Mädchen, für die Rolle, die du zu spielen beabsichtigst, ist das die richtige Anrede«, meinte Julian sorglos. »Ein stilles, kleines Mädchen, das sich bemüht, sich den Sitten eines fremden Landes anzupassen, das versucht, sich dem Schrecken der weiten Welt zu stellen nach Jahren, in denen es abgeschieden in einem Kloster auf einer Bergspitze gelebt und gegen die Sünde der Eitelkeit angekämpft hat.«

»Ich fand, daß es das Ergebnis sehr schnellen Nachdenkens war«, verteidigte Tamsyn sich.

»Oh, du bist ganz sicher sehr einfallsreich, *nina*«, sagte er. Um seine Mundwinkel zuckte es verräterisch, während Tamsyn wütend ihre kleinen weißen Zähne bleckte.

Er legte einen Arm um ihre Taille, als sie auf ihn losgehen wollte, und hob sie hoch. »Eine einfallsreiche, sehr schnell denkende Banditin, die jetzt auf einem fetten Pony ständig über die Wege trotten muß, weil sie gesagt hat, daß Señor St. Simon meint, sie könne nicht sehr gut reiten.«

»O nein!« jammerte Tamsyn und trat nach ihm.

»O ja«, antwortete er und grinste. »Solch einfallsreiche kleine Lügen rächen sich, *muchacha.* Du kannst jetzt auf keinen Fall auf dem Rücken von *Cesar* erscheinen.«

»Dann werde ich eben nur nachts reiten«, erklärte sie empört. »Laß mich runter.«

Er ließ sie an seinem Körper heruntergleiten. Aller Spott wich aus seinen Augen, als seine Finger ihre Brüste berührten. Und auch aus ihren veilchenblauen Augen verschwand bei dieser Berührung der Ärger. Ihre Füße erreichten den Teppich, und Julian strich mit dem Handrücken über ihre Brüste unter dem dünnen Stoff des Kleides. Sofort reckten ihre Brustspitzen sich ihm entgegen, wie immer waren sie sehr empfindsam, und ihre Lippen öffneten sich leicht.

»Hier?« flüsterte sie, und in ihrer Stimme schwang unterdrückte Erregung. »Jetzt?«

Es war noch Vormittag, mitten im Haus. Durch die geschlossene Tür hörten sie die Geräusche des Haushaltes. Julian blickte aus dem Fenster in den Garten, wo ein Gärtner Unkraut aus den Blumenbeeten zupfte.

Dann sah er in Tamsyns Gesicht, das sie ihm entgegengehoben hatte. Es strahlte vor Verlangen und Ermunterung. Sie drängte sich an ihn. Ein Schauer lief durch seinen Körper, als sie ihre Hüften gegen ihn rieb, und ihm stockte der Atem.

»Gegen die Tür«, befahl er mit rauher Stimme. »Schnell.« Er drängte sie zurück, bis sie mit dem Rücken an der Tür stand. Grob zog er ihr den Rock bis zur Taille hoch.

»Ist es das, was du willst, *Violette?*«

»Ja«, flüsterte sie.

»Und das?« Er schob eine Hand zwischen ihre Schenkel und preßte den dünnen Stoff ihres Höschen in die feuchte Höhlung. Seine Berührung brannte auf ihrer Haut.

»Ja«, flüsterte sie. Ihre Augen leuchteten, ihre Haut schien durchsichtig, während sie ganz still stand und sich nicht bewegte.

Es war verrückt. Er wurde emporgehoben von einer wilden Welle des Verlangens. Ihr Höschen fiel zu Boden, ihre Schenkel öffneten sich dem Druck seiner ungeduldigen Hände. Er schob einen Finger in sie hinein, bis sie in einem wirbelnden roten Nebel versank. Sie warf den Kopf gegen die Tür zurück, ihre Hüften bewegten sich nach vorn, drängten sich gegen seine suchende Hand.

Er preßte die Lippen auf die sanfte Kurve ihres Halses und

knabberte zart an ihrer Haut. Sie schrie auf, es war ein sanfter, weiblicher Ton, der tief aus ihrer Kehle kam. Und dann war er schon in sie eingedrungen und drängte sie noch fester gegen die Tür. Sie griff nach seinen Hüften, als er wieder und wieder in sie stieß. Das Blut rauschte in ihren Ohren, und er erstrickte ihren Schrei mit einem Kuß, ehe er ihren Mund wieder freigab.

Und dann war alles vorbei, und sie stand zitternd, mit weichen Knien vor ihm. Das Kleid klebte an ihrer schweißnassen Haut. Julian lächelte, es war ein sinnliches Lächeln der Befriedigung. Sanft fuhr er mit dem Finger über ihre Lippen, so daß sie ihre eigene Erregung schmecken konnte.

»Was würde man wohl in diesem Bergkloster dazu sagen?« fragte er. »In diesem strengen Orden in den Bergen?«

Tamsyn schüttelte nur den Kopf. Wenigstens einmal hatte Oberst Lord Julian St. Simon sie besiegt, hatte sie sprachlos gemacht.

17

»St. Simon ist zurück in Tregarthan«, erklärte Cedric Penhallan und nippte an dem Wein in seinem Glas. Er nahm einen großen Schluck und nickte dann dem Butler zu, der daraufhin die Gläser der beiden Penhallan-Zwillinge füllte. Sie saßen ihrem Onkel an dem ovalen Tisch gegenüber. Die letzten Strahlen der untergehenden Sonne fingen sich in dem Saphirring, als der Vicomte sein Glas hob.

»Wir haben ihn heute morgen gesehen.« David nahm sich eine junge Taube.

»Splitternackt, wie er im Meer gespielt hat mit seinem Liebchen.« Charles lachte leise.

»Ihr wart auf Tregarthan-Land?« Cedrics schwarze Augen glänzten. Eine weiße Linie erschien um seinen Mund.

Charles wurde rot. »Wir waren nur auf der Klippe über der Bucht. Wir haben Krähen geschossen und sind ganz zufällig vom Weg abgekommen.«

»Das war kein Zufall, Sir«, erklärte sein Onkel mit tödlicher Ruhe.

»Wir wußten nicht, daß St. Simon zu Hause ist, Onkel«, mischte sich jetzt David in die Unterhaltung ein. »Er ist schon seit zwei Jahren nicht mehr hiergewesen... nur zur Hochzeit seiner Schwester.«

»Und vor zwei Jahren wurdet ihr gewarnt, St. Simons Land nicht mehr zu betreten«, stellte Cedric fest, noch immer mit der gleichen, tödlichen Ruhe. »Und weshalb wurdet Ihr gewarnt?« Er blickte von einem zum anderen, seine schwarzen Augen sprühten vor Verachtung.

Die beiden antworteten nicht, sie beugten ihre Köpfe über die Teller. Der Butler trat diskret in den Hintergrund.

»Nun?« drängte Cedric leise. »Einer von Euch beiden wird sich doch sicher noch daran erinnern.«

Die Zwillinge wanden sich, dann sagte David schmollend: »Sie war eine Hure. Wir haben nur ein wenig mit ihr gespielt, das war alles.«

»Oh, das war alles?« Sein Onkel zog die Augenbraue hoch. Er warf einen Blick auf die Schüssel mit den Bachforellen, die in Butter schwammen, wählte die größte davon aus und legte sie auf seinen Teller. Er aß ein paar Minuten schweigend. Seine beiden Gegenüber rührten sich nicht in dieser Zeit, und die junge Taube auf Davids Teller wurde kalt unter der Sauce.

»Ist das alles?« fragte er noch einmal. »Ihr habt einem Kind aufgelauert... wie alt war sie doch gleich? Vierzehn, glaube ich.« Er sah wieder von einem zum anderen und wartete auf eine Antwort.

»Sie war reif dafür«, meinte Charles. »Ihre Mutter war eine Hure, alle haben das gewußt.«

»Oh, ich dachte, ihre Mutter wäre im Jahr zuvor gestorben«, sagte Cedric. »Ich hatte den Eindruck, daß das Kind allein mit seinem Vater lebte... einem Mann, der von den Leuten St. Simons sehr respektiert wurde. Er war einer von St. Simons hervorragendsten Pächtern. Aber vielleicht irre ich mich ja auch.« Er bedeutete dem Butler, sein Glas noch einmal zu füllen.

»Irre ich mich, Sir?« Seine schwarzen Augen blickten David an, der vor sich auf den Tisch starrte, um den blanken Haß in seinen Augen nicht zu zeigen.

»Nein«, murmelte er endlich. »Aber wir konnten das doch nicht wissen.«

»Nein, natürlich nicht.« Cedrics Stimme klang beinahe tröstend. »Als Ihr sie vergewaltigt und geschlagen habt und sie dann nackt am Strand liegengelassen habt, kaum noch am Leben, wie hättet Ihr da wissen können, daß Ihr es mit einem der Pächter St. Simons zu tun hattet, auf Tregarthan-Land.«

Der Vicomte nahm noch einen großen Schluck von seinem Wein und wartete dann mit scheinbarer Ruhe, bis das Schweigen unerträglich zu werden schien. Er schnitt ein Stück von der Taubenpastete ab und ließ es sich nicht anmerken, daß offensichtlich nur er Appetit zu haben schien.

»Natürlich konntet Ihr das nicht wissen«, wiederholte er noch einmal mit der gleichen Stimme. »Genausowenig, wie Ihr glauben konntet, daß das Mädchen irgend jemandem davon erzählen würde… daß sie vielleicht sogar wußte, wer es war, der sie einen langen Sommernachmittag lang mißbrauchte. Schließlich habt Ihr ja hier gelebt, seit Ihr Kinder wart.« Seine Stimme wurde plötzlich scharf, wütender Spott klang in ihr.

»Es ist mir völlig egal, was Ihr tut, Ihr dämlichen Idioten! Ihr könnt ein ganzes Regiment Frauen vergewaltigen, wenn Ihr das wollt. Aber nicht einmal Hunde beschmutzen ihr eigenes Gebiet!«

Die beiden sogen scharf die Luft ein. Sie wurden über und über rot und dann kreidebleich. Ihre Wut war über diese öffentliche Erniedrigung gefiel Cedric, und die Furcht, die sie dazu brauchte, ihren Ärger hinunterzuschlucken, erhöhte nur noch seine Verachtung den beiden gegenüber.

Von allen Penhallans war es nur Celia gewesen, die sich ihm widersetzt hatte.

Ganz plötzlich verlor er das Interesse daran, seine Neffen zu quälen. Das Bild von Celia stieg vor ihm auf. Und das Bild des Mädchens, das er gestern gesehen hatte. Das Mädchen, das er einen Augenblick für Celia gehalten hatte. Natürlich war das absurd. Nach all den Jahren spielte seine Erinnerung ihm einen Streich. Er hatte sich von dem hellen Haar und der zierlichen Gestalt irreführen lassen. Und dennoch besaß dieses Mädchen eine außerordentliche Ähnlichkeit mit Celia. Sie war ungefähr in dem gleichen

Alter, in dem Celia gewesen war, als er sie weggeschickt hatte. Deshalb hatte er sich auch so erschrocken.

Dieses Mädchen war mit St. Simon gereist. Er sah seine Neffen noch einmal an. Seine eindringlichen schwarzen Augen blickten jetzt interessiert. »Was habt ihr eben von St. Simons erzählt? Ihr habt ihn heute morgen mit seinem Liebchen gesehen?«

Charles und David entspannten sich ein wenig. Sie wußten, daß ihr Onkel sein Interesse an einer Bestrafung verloren hatte. »Sie waren im Meer in der Bucht, Sir«, beeilte sich David zu erzählen. »Wir konnten sie von der Klippe aus nicht sehr deutlich sehen, aber sie waren nackt. Das Mädchen war so mager, wir dachten erst, es sei ein Junge.« Er lachte leise und blickte, um Bestätigung heischend, zu seinem Zwillingsbruder.

»Wir haben schon gedacht, St. Simon hätte sich auf der Halbinsel an einen neuen Geschmack gewöhnt«, meinte Charles und verzog die schmalen Lippen.

»Sei kein Dummkopf«, sagte sein Onkel gelangweilt. »Wie sah sie aus?«

»Klein, sehr helles Haar.« Charles beeilte sich, seinen Fehler wiedergutzumachen. »Mehr konnten wir nicht erkennen.«

Cedric runzelte die Stirn und strich sich nachdenklich über das Kinn. Genauso hatte das Mädchen ausgesehen, das er in Bodmin gesehen hatte. »St. Simon bringt seine Geliebte nach Tregarthan?« Er schüttelte den Kopf. »Das ist nicht sein Stil. Wer zum Teufel kann sie sein?«

Er hatte gar nicht bemerkt, daß er die Frage laut ausgesprochen hatte, aber ihm entging nicht der schnelle Blick, den die Zwillinge einander zuwarfen. Er bediente sich von den gebackenen Kartoffeln und kaute dann nachdenklich. Schweigen senkte sich über das Speisezimmer, doch die Zwillinge fühlten sich jetzt sicher genug, ihre Mahlzeit fortzusetzen.

Wieder wanderten Cedrics Gedanken zu seiner Schwester. Er hatte in letzter Zeit kaum an sie gedacht, doch dieses Mädchen in Bodmin hatte eine ganze Fülle unerwünschter Erinnerungen in ihm geweckt. Celia war klug gewesen, mit einem wachen Verstand. Sie hätte ihm sehr nützlich sein können, wenn sie bereit gewesen wäre, sich seinem Willen zu beugen und sich mit den richtigen

Leuten zu umgeben. Sie wäre ihm in seinem Ehrgeiz eine würdige Partnerin gewesen.

Er wischte sich einen Tropfen Sauce vom Kinn. Aber Celia war so teuflisch unberechenbar gewesen, ohne jeglichen Sinn für die Familienpflichten. Und sie hatte gedroht, ihn zu ruinieren. Er hatte keine andere Wahl gehabt, als drastische Maßnahmen zu ergreifen. Wirklich schade... es hätte sehr amüsant sein können, sie jetzt als seine Partnerin zur Seite zu haben, wo er von Menschen umgeben war, die ihm nicht einmal in die Augen zu sehen wagten. Und die beiden Söhne seines Bruders...

Sie waren ein schlimmes Paar... waren es schon seit der Zeit gewesen, als er die Vormundschaft über sie übernommen hatte, als sie sieben Jahre alt waren. Aber bei dieser Geschichte mit dem Mädchen hatten sie sich selbst übertroffen. Wenn er dem Vater dieses Flittchens gegenüber nicht so großzügig seine Börse geöffnet hätte, hätte die ganze Geschichte sehr häßlich werden können. St. Simon hatte darauf bestanden, sie vor Gericht zu zerren, doch der Vater des Mädchens war mit einer angemessenen Zahlung einverstanden gewesen, dafür daß seine Tochter den Mund hielt, und St. Simon war es nicht gelungen, seine Meinung zu ändern. Damals hatte St. Simon den Penhallan-Zwillingen Rache geschworen, wenn sie es je wagten, noch einmal ihren Fuß auf sein Land zu setzen, und Cedric zweifelte nicht daran, daß er es ernst meinte.

Und eigentlich, dachte er, würde es ihm vielleicht sogar Spaß machen, dabeizustehen und zuzusehen, wie St. Simon sich an ihnen rächte. Ihr Ruf eilte ihnen voraus, wo immer sie hingingen. Kein Wunder, daß keine der angesehenen Familien daran dachte, ihnen ihre Töchter zu überlassen, trotz des Namens Penhallan.

»Bringt den Cognac in die Bibliothek«, befahl Cedric dem Butler und schob den Stuhl geräuschvoll zurück. Nach dem langen Schweigen wirkte seine Stimme und das kratzende Geräusch des Stuhls auf dem Fußboden wie ein Donnerschlag.

Die Zwillinge erhoben sich höflich, als ihr Onkel ohne ein weiteres Wort das Zimmer verließ; der Butler folgte ihm mit dem Krug mit Brandy.

Ein Lakai stellte eine Karaffe Portwein neben Charles, verbeugte sich und ging.

»Was hältst du davon, wenn wir ihm seine Frage beantworten?« Charles füllte sein Glas und schob die Karaffe über den Tisch zu seinem Bruder.

»Welche Frage?« David zog die Augen zusammen. Seine Augen waren, genau wie die seines Bruders, glasig. Auch wenn sie zu Beginn des Essens keinen großen Appetit gehabt hatten, so war doch ihr Appetit für den Wein ungebrochen.

»Die über St. Simons Liebchen«, erklärte sein Bruder, trank sein Glas leer und griff erneut nach der Karaffe. »Der Onkel möchte wissen, wer sie ist, und wir werden es herausfinden. Er wird sich sicher freuen, wenn wir es ihm sagen.«

»Vielleicht wird er uns sogar dankbar sein«, meinte David und legte nachdenklich einen Finger an seine Nase. »Aber wie sollen wir es herausfinden?«

»Wir werden sie ganz einfach fragen... höflich, natürlich.«

»Ah ja, wir werden die Dirne höflich fragen«, stimmte sein Bruder ihm zu und zwinkerte. »Aber wie können wir sie fragen, wenn es uns nicht erlaubt ist, St. Simons Land zu betreten?«

Charles dachte darüber nach. Er starrte in sein Glas, als läge darin die Antwort verborgen. »Irgendwann einmal wird sie das Land ja vielleicht verlassen. Sie kann doch nicht immer dort bleiben. Sie wird Besuche machen, Besorgungen erledigen, einkaufen.«

»Falls St. Simon sie nicht nackt in seinem Haus eingesperrt hält«, sagte David und lachte anzüglich. Einen Augenblick lang dachten sie über die aufregende Vorstellung nach, eine Frau nackt im Haus zu haben, derer sie sich jederzeit bedienen konnten.

»Doch das ist nicht St. Simons Stil«, meinte Charles schließlich, beinahe bedauernd. »Der Haushalt würde davon wissen. Und es würde nicht lange dauern, bis es in der ganzen Gegend herumgetratscht würde.«

»Irgendwann einmal wird sie das Haus verlassen müssen. Also werden wir sie sehr nett und höflich fragen, wenn wir ihr begegnen«, meinte David. »Und wenn wir sie sehr nett fragen, wird sie uns sagen, was der Onkel gern wissen möchte.«

»Aber sie wird wissen, wer wir sind«, gab Charles zu bedenken. »Und das würde dem Onkel nicht gefallen... nicht, nachdem das mit der anderen passiert ist.«

»Wir werden Masken tragen«, erklärte David. »Masken und vielleicht sogar Dominos... ja, so wird es gehen.«

»Nein, keine Dominos«, widersprach sein Bruder. »Einen Domino kannst du nicht so einfach in deiner Tasche mit herumtragen wie eine Maske. Masken kann man dagegen überallhin mitnehmen, und niemand weiß, daß du eine dabei hast.«

»Stimmt.« Sein Bruder nickte. »Wir werden sie überallhin mitnehmen, und wenn wir das Mädchen sehen, setzen wir sie auf und stellen ihr ein paar Fragen.«

Zufrieden wandten die beiden Brüder ihre Aufmerksamkeit wieder dem Portwein zu.

»Der Postbote hat einen Brief für dich gebracht.« Als Tamsyn am nächsten Morgen in die Bibliothek trat, wedelte sie mit einem versiegelten Umschlag. »Der Handschrift nach ist er von einer Frau. Schreiben alle Frauen der Gesellschaft so verschnörkelt? Muß ich das etwa auch lernen?« Mit kritischem Blick betrachtete sie den Brief. »Sehr hübsch... und dann auch noch auf blaßblauem Papier geschrieben. Ist sie deine Geliebte?«

Wortlos streckte Julian ihr die Hand entgegen und nahm den Brief an sich. Tamsyn setzte sich auf eine Kante des Schreibtisches. »Hast du noch eine andere Geliebte? Aber Geliebte ist wohl kaum der richtige Ausdruck, um mich zu beschreiben, findest du nicht auch?«

»Ich glaube kaum, daß es in der Sprache eine angemessene Beschreibung für dich gibt«, erwiderte er ironisch. »Du spottest jeder Beschreibung. Geh von dem Schreibtisch herunter. Das ist höchst undamenhaft.«

»Aber sicher, Mylord Oberst.« Sie schwang sich von dem Schreibtisch und verbeugte sich vor ihm. Dabei schob sie die Röcke zur einen Seite, stellte einen Fuß geziert nach vorn und sank mit dem Po auf ihren anderen Fuß. »Ist das tief genug für den König, oder reicht es nur für die Königin?«

Julian betrachtete sie mit einem verschmitzten Aufblitzen seiner Augen. Sicher hatte sie nicht daran gedacht, in welch verzwickter Lage ihre übertriebene Verbeugung sie bringen würde. »Und jetzt versuche, wieder hochzukommen.«

Sofort stellte Tamsyn fest, daß das ganz unmöglich war. Sie sank auf dem Teppich zusammen und blieb dort mit einem Ausdruck so gekränkter Erniedrigung sitzen, daß er nicht anders konnte als laut aufzulachen, ehe er sich seinem Brief zuwandte.

Doch seine Belustigung verschwand schnell wieder. »Ich denke, ich sollte dankbar dafür sein, daß sie ihr Papier nicht auch noch parfümiert«, murmelte er, als er das Siegel aufbrach.

»Wer?« Tamsyn kam wieder auf die Füße und klopfte ihren Rock ab.

»Meine Schwester«, meinte er und überflog die gekritzelten Linien auf dem Papier. »Hölle und Teufel! Gareth hat ihr diesen Floh ins Ohr gesetzt, das wird aus dem Inhalt ganz deutlich.«

»Was?« Tamsyn setzte sich wieder auf die Schreibtischkante.

»Meine Schwester und ihr Mann werden mir einen Besuch abstatten. Ich denke, Gareth möchte für eine Weile vor seinen Gläubigern davonlaufen und während dieser Zeit meine Gastfreundschaft genießen.«

Er blickte auf. Tiefe Linien hatten sich in seine Stirn gegraben, und sein Humor, den er noch vor wenigen Augenblicken gezeigt hatte, war verschwunden. »Ich habe dir doch gerade gesagt, du sollst dich nicht so hinsetzen.« Er gab ihr einen Klaps auf die Hüfte.

Tamsyn stand auf und betrachtete ihn nachdenklich. »Warum bist du so verärgert darüber, daß deine Schwester kommt?«

»Was glaubst du wohl?«

»Meinetwegen?«

»Genau.«

Jetzt runzelte auch Tamsyn die Stirn. »Aber warum sollte das ein Problem sein? Glaubst du, ich werde sie nicht mögen? Oder denkst du, daß sie mich vielleicht nicht mögen wird?«

Er starrte sie eine ganze Weile schweigend an. Er fragte sich, ob sie wohl ihm gegenüber nicht aufrichtig war. Doch sie erwiderte seine Blicke mit der gleichen Offenheit wie sonst. Er betrachtete ihre kleine Nase, das störrisch vorgeschobene Kinn, das Flattern ihrer dichten Wimpern und den Schatten, den sie auf ihre gebräunten Wangen warfen, und ein plötzliches, unerwartetes Aufhellen von Verlangen erschreckte ihn. In schmerzlich lebhafter Erinnerung fühlte er, wie sich ihr Körper gegen seinen drängte, er hörte ihr erregtes kleines Lachen, als sie sich dem Höhepunkt der Erfüllung näherte.

Wie konnte er wohl diese ungewöhnliche Kreatur unter dem gleichen Dach beherbergen wie seine Schwester? Lucy war so unschuldig, so gut erzogen, so zurückhaltend, eine perfekte Dame. Sie war alles, was man von einer St. Simon erwartete. Und diese uneheliche Räuberin, seine Geliebte, war in allem genau das Gegenteil.

Aber jetzt war es zu spät, um noch irgend etwas zu unternehmen. Dem Datum des Briefes nach zu urteilen, würden Lucy und Gareth jeden Tag hier ankommen. Vielleicht überquerten sie gerade in diesem Augenblick das Bodmin-Moor.

»Eins möchte ich hier noch klarstellen«, sagte er mit ausdrucksloser Stimme. »Meine Schwester wird die Geschichte erfahren, die auch all die anderen kennen. Du bist eine Waise, ein Schützling des Herzogs von Wellington, der dich unter meinen inoffiziellen Schutz gestellt hat. Zu keiner Zeit wirst du den Anschein geben, daß das nicht die Wahrheit ist. Hast du mich verstanden?«

Tamsyn zuckte die Achseln und nickte dann. »Ich habe nicht die Absicht, deine Schwester zu beunruhigen.«

»Sorge dafür, daß das nicht geschieht, denn wenn du auch nur ein falsches Wort hervorbringst, wirst du mein Haus verlassen.«

Tamsyn biß sich auf die Lippe. »Aber wenn deine Schwester verheiratet ist, kann sie doch nicht völlig unschuldig sein.«

Julians Augen sprühten blaue Blitze. »Du hast nicht das Recht und auch nicht das Wissen, ein Urteil über meine Schwester zu fällen. Du solltest versuchen, Frauen wie sie zu verstehen… die Art, wie sie erzogen worden sind, wie sie das Leben sehen. Du hast überhaupt keine Ahnung von der Bedeutung des Wortes Tugend. Um Himmels willen, deine Eltern hielten es nicht einmal für nötig, zu heiraten…«

»Wage es nicht, meine Eltern zu kritisieren!« sagte Tamsyn mit tödlicher Wut. »Laß dir eines sagen, Lord St. Simon, du mit deinem ständigen Gerede von Konventionen und Schicklichkeit und Heiligkeit und Tugend wirst niemals diese tiefe Liebe begreifen, die es gar nicht nötig hatte, von der Gesellschaft abgesegnet zu werden, um rechtskräftig zu sein.«

Sie war ganz blaß vor Wut, aber in ihren Augen las er noch viel mehr als diese Wut, sie waren so groß und so bodenlos wie ein blaues Meer. Sie wandte sich mit einer unwilligen Geste ab; jetzt lag nur noch Bitterkeit in ihrer Stimme. »Du kannst es dir nicht vorstellen, jemanden nur deshalb zu lieben, weil er der Mensch ist, der er ist, nicht wahr? Du kannst es dir nicht vorstellen, jemanden zu lieben, der nicht deinem Charakterbild entspricht.«

Noch ehe er antworten konnte, hatte sie schon das Zimmer verlassen. Die Tür schlug mit einem lauten Knall hinter ihr zu. Julian starrte auf die geschlossene Tür. Was war geschehen? Warum hatte sie ihn so heftig angegriffen? Vielleicht war er ein wenig grob gewesen in seiner Beurteilung ihrer Eltern, aber die persönliche Note in ihrem Angriff hatte ihn völlig unerwartet getroffen. Dieses Gerede von Liebe. Was ging es sie an, wen und wie er liebte?

Aber er hatte auch gehört, daß ihre Stimme tränenerstickt gewesen war. Er hatte den Schmerz in ihren Augen gesehen, den auch ihre Wut nicht hatte verbergen können, und er wußte, er hatte eine unsichtbare Grenze überschritten. Er hatte nicht das Recht, ihre Eltern anzugreifen.

Er fuhr sich mit der Hand durchs Haar und begriff jetzt erst, daß er aus Angst gehandelt hatte, aus Angst vor seiner eigenen Schwäche, die sich immer dann zeigte, wenn er mit ihr allein war. Er konnte ihr nicht widerstehen, er würde es nicht einmal schaffen, wenn seine Schwester im Haus war.

Aus dem Fenster erhaschte er noch einen Blick auf Tamsyn, die über die Wiese zur Bucht lief. Sie war barfuß und hob die Röcke, um nicht daraufzutreten. Ihr Haar glänzte im Sonnenlicht. Nie zuvor hatte er eine Frau wie sie kennengelernt. Und er würde auch nie wieder eine Frau wie ihr begegnen, nicht einmal, wenn er so alt würde wie Methusalem. Eine Frau wie sie konnte es nie wieder geben. Nirgendwo in den vier Ecken der Welt.

Tamsyn lief den blumenbewachsenen Hügel zur Bucht hinunter. Sie hatte das Gefühl, vor irgend etwas davonzulaufen, vor etwas, das sie sich nicht eingestehen wollte. Als sie den schmalen Sandstrand erreichte und ihre Zehen sich in den weichen Sand krallten und sie nicht weiterlaufen konnte, holte sie tief Luft und ging langsam in das seichte Wasser. Der nasse Sand rieb an ihren Füßen, und das Wasser war warm von der Sonne.

Sie ließ ihre Röcke fallen, die ganz naß wurden von den kleinen Wellen, als sie am Ufer entlangging. Was war geschehen? Die Worte waren aus ihr herausgeströmt, als hätte man den Deckel von einemTopf mit brodelnder Flüssigkeit genommen. Sie hatte ihre Eltern verteidigt. Das war nicht ungewöhnlich, es war unerläßlich. Aber all das Gerede von Liebe? Was kümmerte es sie, die Tochter von Cecile und *El Baron*, daß ein aufgeblasener, stolzer englischer Lord sich nur eine Zukunft mit einer Frau seiner Herkunft vorstellen konnte?

Aber es machte ihr etwas aus. Sie blieb plötzlich wie angewurzelt stehen. Das Wasser umspielte ihre Zehen, und sie starrte über das weite blaue Meer zum Horizont, wo er mit dem Himmel verschmolz. Julian konnte es sich nicht vorstellen, einen Menschen nur um seiner selbst willen zu lieben, und das schmerzte sie so sehr, daß es ihr den Atem nahm. Vor was lief sie davon? Liebte sie Julian St. Simon etwa?

Aber wie konnte das möglich sein? Sie würde nach Spanien zurückkehren, sobald sie Cedric Penhallan ruiniert hatte. Julian Lord St. Simon war nützlich für sie. Sie brauchte ihn. Und wenn alles vorbei war und ihm klar war, daß und wie sie ihn benutzt hatte, würde er wahrscheinlich den Wunsch haben, sie in der Luft zu zerreißen. Und daraus konnte sie ihm nicht einmal einen Vorwurf machen.

Sie sah sich um, als könne sie eine Antwort auf all ihre Fragen in der Schönheit der sanft geschwungenen Bucht finden, in den Wellen des Meeres, im wunderschönen Ufer und dem strahlend blauen Himmel. Sie blickte zur Spitze der Klippe, und ihr Magen zog sich zusammen. Die beiden Reiter, die sie am heutigen Morgen dort gesehen hatten, standen wieder dort. Klar hoben sie sich gegen den Himmel ab.

Sie beobachteten sie. Ein eigenartiges Gefühl der Bedrohung beschlich sie, und die kleinen Härchen in ihrem Nacken richteten sich auf. Sie wandte sich um, verließ das Wasser und ging zurück zum Haus; der Saum ihres Kleides und ihre nackten Füße klebten voller Sand.

Gabriel kam um das Haus herum, als sie gerade über die Wiese ging. Er zog die Augenbrauen hoch, als er sie sah, dann lachte er. »Och, kleines Mädchen, hoffentlich kommen jetzt nicht gerade Besucher, die dich so sehen.«

Ihre Verwirrung und ihre Traurigkeit waren ihr deutlich anzusehen. »Ich werde mich umziehen«, sagte sie teilnahmslos.

Gabriel legte einen Arm um sie. »Was ist los Kind?«

»Eigentlich nichts«, antwortete sie und bemühte sich zu lächeln. »Ich habe nur an Cecile und den Baron gedacht.« Und das stimmte ja auch, obwohl es nur die halbe Wahrheit war.

»Ah.« Er nickte und schien zufrieden. Dann drückte er sie in einer liebevollen Umarmung an sich. »Ich habe da einige Informationen, die dich vielleicht interessieren. Am Kai wurde mir eine Geschichte erzählt, von einigen Krabbenfischern.«

»Über die Penhallans?« Sofort war sie abgelenkt, und ihre Augen leuchteten neugierig auf.

Gabriel nickte. »Diese Neffen... deine Cousins. Sie sind offensichtlich Zwillinge. Komm, laß uns einen Spaziergang machen.«

Sie gingen in den Obstgarten, der auf der anderen Seite des Hauses lag. Tamsyn war bezaubert gewesen von der traditionellen Gartenanlage aus dem siebzehnten Jahrhundert. Von welchem Blickwinkel man die Obstbäume auch betrachtete, sie zeigten immer eine gerade Reihe. Es schien ihr ein interessanter Einfall für etwas so Funktionelles wie einen Obstgarten.

»Und?« fragte sie, als sie zwischen den Bäumen entlangspazierten. Gabriels Informationen riefen ihr wieder den Zweck ihres Besuches ins Gedächtnis. Es war ein einfacher und direkter Grund. Sie würde sich jetzt nur noch darauf konzentrieren, und diese verwirrenden und dummen Gefühle, die sie für Julian St. Simon hegte, würden zur Bedeutungslosigkeit schrumpfen.

»Wie es schein, haben sich deine Cousins vor einigen Jahren eines unbefugten Übergriffes schuldig gemacht... und zwar nicht nur auf das Land des Obersts.«

Tamsyn lauchte aufmerksam, als Gabriel ihr die Geschichte erzählte. Mit den Füßen trat sie nach den Grashalmen, um sich den Sand abzureiben. Ihr Magen hob sich bei dem Gedanken, daß sie mit solchen Kreaturen aus der Gosse verwandt sein sollte.

Gabriel griff nach einem Ast und drückte einen Pfirsich mit den Fingern. »Sie brauchen noch ein paar Wochen, bis sie reif sind«, verkündete er ausdruckslos, als würde die Geschichte, die er gerade erzählt hatte, ihn überhaupt nicht berühren. Aber Tamsyn wußte es besser.

»Sie haben das Mädchen wohl beinahe umgebracht«, sprach er weiter.

Tamsyn pflückte einen Holzapfel. Sie biß hinein und genoß die Säure, es lenkte ihre Gedanken von einem unschuldigen kleinen Mädchen ab, das sich in den schmutzigen Händen ihrer lasterhaften Cousins befunden hatte.

»Du wirst Bauchschmerzen bekommen, wenn du zuviel davon ißt«, meinte Gabriel. »Nun ja, seit diesem Tag hat der Oberst die Penhallans von seinem Land verbannt. Er spricht zwar mit dem Vicomte, denke ich, aber nur in der Öffentlichkeit. Sie können einander schließlich nicht ganz aus dem Weg gehen. Aber die Zwillinge halten sich fern von ihm.«

»Und was erzählt man sich sonst über meine Cou... über die Zwillinge?«

»Niemand will etwas mit ihnen zu tun haben. Sie sind Feiglinge, und sie glauben, sie könnten tun, was ihnen Spaß macht. Sie seien Penhallans, und nur das zähle.«

»Cecile hat immer gesagt, genau das habe Cedric auch geglaubt«, sagte Tamsyn nachdenklich. »Niemand könne den Penhallans etwas anhaben, nur er selbst.«

»Nun, das werden wir ändern, kleines Mädchen«, sagte Gabriel sanft.

Tamsyn blickte zu ihm auf. Ihre Augen waren beinahe schwarz. »Ja«, sagte sie. »Wir werden ihn zu Fall bringen, Gabriel. Um Cecile und dieses Mädchens willen.«

Sie erschauerte plötzlich, trotz der schwülen Wärme in dem Obstgarten, als sie an die beiden Reiter auf der Klippe dachte. Zwei Reiter. Zwillinge? Cousins? Die sie beobachteten?

Cedric hatte sie einmal gesehen. Er hatte nur einen kurzen Blick auf sie werfen können, aber vielleicht hatte dieser Blick ja genügt, um seine Neugier zu wecken.

18

»Ich hoffe nur, daß Julian unseren Besuch nicht als Belästigung empfindet«, sagte Lucy. Es gelang ihr nicht, ihre Aufregung zu unterdrücken, als die Kutsche durch das Tor von Tregarthan fuhr.

»Warum sollte er?« fragte Gareth mit einem Anflug von Ungeduld. »Tregarthan ist groß genug, um ein ganzes Regiment zu beherbergen.« Er streckte seine langen Beine in der engen Kutsche aus. »Bei Gott. Ich bin froh, wenn ich endlich diese endlose Fahrt hinter mir habe. Ich hätte mein Reitpferd mitnehmen sollen.«

Vor ihrer Reise hatte er geäußert, da er kein Pferd besitze, das es mit denen Julians aufnehmen könnte, würde er es Julian überlassen, ihn während seines Besuches mit einem Pferd zu versorgen. Doch daran wollte Lucy ihn jetzt nicht erinnern. Sie öffnete das Fenster, das sie wegen des Staubes, den die Pferde aufwirbelten, bis jetzt geschlossen gehalten hatte und lehnte sich heraus. Sie konnte es kaum erwarten, den ersten Blick auf ihr geliebtes Tregarthan zu werfen, als sie um die Kurve in der Einfahrt bogen.

»Guter Gott! Was für ein unglaubliches Tier!« rief Gareth aus, der auf seiner Seite der Kutsche aus dem Fenster sah. Er schlug auf das Dach der Kutsche, worauf der Kutscher sofort anhielt. Gareth beugte sich aus dem Fenster und starrte mit offenem Mund den beiden Reitern entgegen, die aus den Bäumen vor ihnen geritten kamen.

Tamsyn legte eine Hand über die Augen und betrachtete die Kutsche, die mitten auf dem Weg angehalten hatte. »Es muß die Schwester des Obersts sein«, sagte sie nach einer kurzen Überlegung. »Ich frage mich, warum sie wohl angehalten haben.« Sie ließ Gabriel stehen und ritt auf die Kutsche zu. »Guten Tag. Stimmt etwas nicht?«

»Dieses Pferd«, erklärte Gareth. »Entschuldigung, aber ich habe noch nie ein solch herrliches Pferd gesehen.«

»Nein, *Cesar* ist wirklich herrlich, nicht wahr?« Tamsyn strahlte und vergaß für einen Augenblick ihren Ärger darüber, daß sie ihn nur auf dem Gelände von Tregarthan reiten durfte – und was sie sich selbst zuzuschreiben hatte. »Seid Ihr Sir Gareth Fortescue?«

»Ja.« Gareth blinzelte, erstaunt über die Kombination des milchweißen Arabers und seiner zierlichen Reiterin. Ihr kurzes, silberblondes Haar leuchtete in der Sonne, und ihre erstaunlichen veilchenblauen, mandelförmigen Augen betrachteten ihn mit offener Neugier.

»Wir haben Euch erwartet«, sagte Tamsyn, beugte sich zu ihm streckte ihm die Hand hin. »Ich bin Tamsyn.«

»Oh«, sagte er. »Ja… ja, natürlich.« Er nahm ihre Hand. Julian hatte den Namen seines Schützlings nicht erwähnt, aber Gareth war sicher, daß Tamsyn kein spanischer Name war. Eigentlich hatte dieses Mädchen überhaupt nichts Spanisches an sich. »Meine Frau…« Er deutete hinter sich in das Halbdunkel der Kutsche und lehnte sich ein wenig zurück, damit auch Lucy aus dem Fenster sehen konnte.

Lucys erstauntes Gesicht erschien. »Ich habe gehört, daß Ihr Spanierin seid«, sagte sie und sprach damit die Gedanken ihres Mannes aus. In ihrem Erstaunen hatte sie ihre guten Manieren vergessen.

»Halbspanierin«, erklärte Tamsyn fröhlich und beugte sich vor, um Lucy die Hand zu schütteln. »Mein Englisch ist recht gut, wenn ich nicht nervös bin, aber wenn ich in Gesellschaft bin, scheine ich alles zu vergessen.« Sie lächelte und fuhr dann fort. »Meine Mutter stammte aus Cornwall, deshalb bin ich jetzt bei Lord St. Simon. Wir hoffen, meine Familie finden zu können, und in der Zwischenzeit lerne ich Englisch, damit ich danach bei Hofe vorgestellt werden kann. Meine Eltern sind beide tot, müßt Ihr wissen, und der Herzog von Wellington hat mich unter seinen Schutz genommen.«

»Oh«, sagte Lucy schwach. Diese Erklärung hatte sie nur noch mehr verwirrt. »Das mit Euren Eltern tut mir leid.«

Ein Schatten fiel über Tamsyns Gesicht und zeigte Lucy für einen Augenblick eine ganz andere Seite dieses lächelnden Mädchens mit dem braunen Gesicht und den strahlenden Augen. Dann sagte Tamsyn schnell: »Eine Vorstellung mitten auf einem Weg ist ein wenig unbequem. Sollen wir nicht lieber ins Haus gehen? Euer Bruder sollte jetzt eigentlich zu Hause sein. Er hat einige Besuche gemacht.«

Sie wandte das Pferd um und ritt neben der Kutsche her. Gabriel war verschwunden, wahrscheinlich war er zum Stall geritten.

Julian, der in der großen Halle Lärm hörte, kam mit gerunzelter Stirn aus der Bibliothek. Als er seine Schwester erblickte, lächelte er. »Lucy, ich freue mich.« Er gab ihr einen Kuß auf die Wange und wandte sich dann an seinen Schwager. »Fortescue. Was für eine freudige Überraschung.«

Gareth schüttelte die angebotene Hand und redete sich ein, daß er sich den ironischen Unterton in St. Simons Stimme nur eingebildet hatte. »Ich dachte, wir statten der Familie einen Besuch ab«, sagte er. »Lucy meinte, sie könne Euch helfen, Eure Besucherin zu unterhalten... wir haben Miss... Miss...«

»Tamsyn«, half Julian ihm weiter. »Tamsyn Baron. Aber Tamsyn genügt.«

»Ah ja, natürlich... natürlich.« Gareth wandte sich mit einem herzlichen Lachen zu Tamsyn um, die schweigend hinter ihm gestanden und gewartet hatte, bis die Begrüßung beendet war. »Atemberaubende Klasse, St. Simon.«

»Tamsyn?« fragte der Oberst und zog seine Brauen noch höher.

»Nein... nein.« Gareth wurde ganz verlegen, seine sonst schon rote Gesichtsfarbe vertiefte sich noch. »Das Pferd.«

Lucy blickte verlegen vor sich hin. Aus irgendeinem Grund sorgte Julian immer dafür, daß Gareth aussah wie ein Dummkopf. Er war niemals unhöflich, aber in seiner Gegenwart wurde Gareth immer unbeholfen und verlegen.

Tamsyn trat einen Schritt vor. »Mylord Oberst liebt es, Späße zu machen, Sir Gareth. Aber Ihr dürft Cesar ruhig loben, so viel ihr wollt, das macht Euch in meinen Augen nur noch liebenswerter.« Sie wandte sich an Lucy. »Lady Fortescue, Ihr seid nach der Reise sicher müde.«

»Oh, bitte nennt mich doch Lucy.« Lucy war selbst völlig verwirrt. Sie hatte entweder eine bemitleidenswerte, bedrückte Waise erwartet oder eine exotische dunkelhäutige Dame, die in Spitzenmantillas eingehüllt war und mit einem Fächer wedelte. Diese jungenhafte, selbstbewußte Frau, die Englisch nur mit dem Hauch eines Akzents sprach, war für sie eine völlige Überraschung.

»Nun, Miss Lucy, Ihr müßt erschöpft sein.« Mrs. Hibbert kam

lächelnd aus der Küche. »Kommt erst einmal mit mir nach oben, dann werde ich Euch Badewasser und Tee bringen lassen. Ich nehme an, Ihr wünscht oben zu speisen.«

»O ja, danke, Mrs. Hibbert.« Lucy entspannte sich unter der angenehmen Fürsorge der Haushälterin, die sie sogleich zur Treppe führte. Am Fuß der Treppe blieb Lucy noch einmal stehen und wandte sich um. »Tamsyn, möchtet Ihr vielleicht nach oben kommen und Tee mit mir trinken, während ich bade?«

Tamsyn warf dem Oberst einen schnellen Blick zu. Sie hatten seit ihrem Streit am vergangenen Tag nicht mehr über den Besuch seiner Schwester gesprochen, eigentlich hatten sie seitdem kaum miteinander geredet. Wie Steine lagen die bösen Worte noch zwischen ihnen. Jetzt blitzten seine strahlend blauen Augen für den Bruchteil einer Sekunde warnend auf, und wieder legte sich ein Gefühl der Traurigkeit über Tamsyn, das allerdings sofort von einem Anflug von Wut vertrieben wurde. Was er auch sonst von ihr denken mochte, sie würde ihm beweisen, daß sie kein Dummkopf war.

Sie wandte ihm den Rücken zu und lächelte seine Schwester an. »Ja, natürlich, Lucy, das werde ich gern tun. Aber ich bin sicher, wenn Ihr Euch erst einmal ausgeruht habt, werdet Ihr sicher zum Essen nach unten kommen können.« Sie konnte sich nicht vorstellen, daß jemand lieber allein in seinem Zimmer essen wollte.

Lucy dachte nach, und ihr wurde klar, daß sie nur deshalb allein essen wollte, weil sie wußte, daß Gareth und Julian das von ihr erwarteten. Eigentlich hätte sie viel lieber mit den anderen zusammen gegessen. »Ja«, sagte sie schnell. »Das glaube ich auch.«

»Gut.« Tamsyn ging mit ihr nach oben und ließ Gareth und Julian in der Halle stehen.

»Also, was ist das für eine Geschichte, St. Simon?« fragte Gareth herzlich, als die beiden Frauen verschwunden waren. »Lucy ist voller Neugier auf dieses Mädchen. Ein nettes kleines Ding, nicht wahr?«

»Dann habe ich die Freude Eures Besuches also nur Lucys Neugier zu verdanken«, sagte Julian kühl. »Komisch, denn ich hätte wetten mögen, daß Ihr Euch wieder einmal in Schulden verstrickt habt, Fortescue, und daß Ihr eine kurze Erholung von Euren drängenden Gläubigern braucht.« Er ging in Richtung Bibliothek davon. »Ein Glas Wein?« fragte er über die Schulter.

»Danke.« Gareth folgte ihm und wünschte, Julian wäre nicht ganz so kühl und scharfsichtig. »Ich muß Euch bitten, mir für die Dauer meines Aufenthaltes hier ein Pferd zur Verfügung zu stellen, St. Simon. Mein Pferd hat sich kurz vor unserer Abreise das Fesselgelenk verstaucht.«

Julian lächelte. »Aber sicher«, sagte er sofort und reichte seinem Gast ein Glas. »Etwas anderes hatte ich auch nicht erwartet.«

Gareth verschluckte sich an seinem Wein. »Lucy wird die beste Gesellschaft für das Mädchen sein«, sagte er, als er sich wieder von seinem Hustenanfall erholte hatte. »Es wird sich über ein wenig weibliche Gesellschaft freuen. Ihr wißt doch, wie die Frauen sind.«

»Ja, im großen und ganzen schon«, antwortete Julian und deutete auf das Sofa, dann setzte er sich selbst. »Tamsyn ist allerdings ganz anders.« Er nippte an seinem Wein, dann fragte er: »Und wie geht es meiner Schwester? Ich hoffe, die Ehe sagt ihr zu.«

Es war eine direkte Frage, was Gareth nicht entging. St. Simon hatte dieser Ehe nur sehr zögernd zugestimmt, er hatte Fortescues ausschweifende Art kritisiert und seine übertriebene Extravaganz, doch seine Schwester hatte gebettelt und gefleht. Sie hatte damit gedroht, dahinzusiechen, wenn sie den einzigen Mann, den sie je lieben würde, nicht bekommen würde.

»Oh, Lucy geht es recht gut«, erklärte Gareth. »Ab und zu hat sie ihre Migräneanfälle... wie die meisten Frauen. Ihr wißt ja, wie sie sind.«

»Ja, darüber waren wir uns bereits einig.« Julian betrachtete ihn nachdenklich. »Und Ihr Gareth, bewegt Ihr Euch auf dem schmalen Pfad der Tugend?«

Gareth wurde rot. »Natürlich... ich bin jetzt ein verheirateter Mann. Was ist das für eine Frage?«

»Oh, nur die Frage eines besorgten Bruders«, antwortete Julian lässig und griff nach der Karaffe, um ihre Gläser zu füllen.

Oben in Lucys Zimmer hockte Tamsyn sich auf den Fenstersitz und bereitete sich darauf vor, Julians Schwester kennenzulernen.

»Das sind hübsche Zimmer«, sagte Lucy ein wenig wehmütig, als das Zimmermädchen ihr das Kleid öffnete. »Aber ich fühle mich ein wenig eigenartig, wenn ich nicht in meinem alten Zimmer schlafen kann, wenn ich hier bin.« Sie zog sich das Hemd über den Kopf. »Natürlich ist mein altes Zimmer für ein Ehepaar nicht groß genug. Und Gareth braucht auch sein Ankleidezimmer.« Sie steckte einen Zeh in die Wanne mit dem dampfenden Wasser. »Du kannst jetzt gehen, Maggie. Ich werde läuten, wenn du mich ankleiden sollst.«

Das Mädchen verbeugte sich, nahm Lucys Kleider und verschwand damit.

»Gareth schläft in seinem Ankleidezimmer, wenn er spät nach Hause kommt, damit er mich nicht stört. Er ist sehr besorgt in dieser Hinsicht.«

»Wenn er spät von woher kommt?« Tamsyn nippte an ihrem Tee und sah zu, wie Lucy in die Wanne stieg. Sie hatte einen hübschen, wohlgerundeten Körper, mit einer schlanken Taille, schwellenden Brüsten und runden Hüften. Sehr hübsch, dachte Tamsyn ein wenig neidisch und fragte sich zum ersten Mal in ihrem Leben, ob sie vielleicht ein wenig unterentwickelt war.

»Oh, aus seinem Club oder sonstwoher. Männer sind doch nie zu Hause. Ich dachte, daß es bei verheirateten Männern vielleicht anders wäre, aber das scheint nicht der Fall zu sein.«

In ihrer Stimme schwang eine gewisse Anspannung mit, und sie begann schnell, ihre Beine einzuseifen. »Erzählt mir, wie Ihr hierhergekommen seid, Tamsyn. Mein Bruder hat das in seinem Brief nicht erwähnt. Er ist nicht gerade sehr mitteilsam«, fügte sie noch hinzu.

Tamsyn wiederholte die genehmigte Fassung ihrer Geschichte. »Ich denke Euer Bruder hofft, daß Ihr mich unter Eure Fittiche nehmen werdet, wenn ich im Oktober mein Debüt bei Hof mache«, sagte sie.

»Oh, das würde ich sehr gern tun«, erklärte Lucy erfreut. »Es wird mir großen Spaß machen, jemanden zu haben, mit dem ich überallhin gehen kann. Und mit dem ich zusammen essen kann. Gareth ißt nicht sehr oft zu Hause.« Sie sank tiefer in das Wasser und wechselte das Thema. »Ich kann Euch helfen, Euch richtig in der Gesellschaft zu bewegen, während ich hier bin ... ich bin sicher, hier ist alles ganz anders als in Spanien ... Wir sollten eine kleine

Party für Euch geben. Julian wäre sicher damit einverstanden. Es ist Jahre her, seit es auf Tregarthan eine richtige Party gegeben hat… seit meiner Hochzeit nicht mehr.«

Lucy plapperte drauflos, als würden sie sich schon ihr ganzes Leben lang kennen. Tamsyn hatte nie viel Zeit mit anderen Mädchen verbracht. Ihre Stellung als Tochter *El Barons* hatte sie in den Lagern meistens von den anderen Mädchen ferngehalten. Aber sehr oft hatte sie die sorglose Freundschaft zwischen ihnen miterlebt, und sie hatte sie darum beneidet. Lucys Geplapper schien diese Art der gemeinsamen weiblichen Erfahrung vorauszusetzen.

Schließlich stand Lucy in der Wanne auf und griff nach einem Handtuch. »Wie kommt Ihr mit Julian zurecht?« fragte sie ein wenig schüchtern. »Es ist nicht sehr einfach, mit ihm umzugehen, nicht wahr?«

»Oh, das finde ich nicht.« Tamsyn war überrascht. »Ich habe nie Schwierigkeiten gehabt, mich mit ihm zu unterhalten.« *Wenigstens nicht, solange wir miteinander auskommen.*

»Ist er sehr streng?« Lucy trat aus der Wanne. »Mit mir war er das nämlich immer.«

Ja, dachte Tamsyn, das glaube ich gern. Er setzt sehr hohe Maßstäbe für das Benehmen einer St. Simon.

»Ich bin schließlich nicht seine Schweseter«, sagte Tamsyn. »Er tut meinem Vater einen Gefallen und befolgt den Befehl des Herzogs von Wellington. Es gefällt ihm nicht, von seinem Regiment getrennt zu sein, und manchmal ist er darüber sehr verärgert.«

»Es ist nicht sehr angenehm, wenn Julian verärgert ist«, vertraute ihr Lucy an.

»Nein«, stimmte ihr Tamsyn zu. »Das ist es nicht.« Sie stand auf. »Jetzt muß ich gehen und mich zum Essen umziehen.«

»Oh, was werdet Ihr anziehen?« Lucy war gleich abgelenkt. Eingehüllt in ein Handtuch, lief sie zum Bett, wo ihre Kleider lagen und darauf wartete, in den Schrank gehängt zu werden. »Wir sollten unsere Kleidung aufeinander abstimmen, damit sie zueinander paßt.«

Tamsyn blinzelte. »Wie bitte?«

»Ja… Ihr wißt doch: Wenn ich ein rosa Kleid trage und Ihr ein dunkelbraunes, dann wird das ganz schrecklich aussehen.«

»Ich habe gar kein dunkelbraunes Kleid«, sagte Tamsyn erleichtert.

»Nein, das ist auch eine entsetzliche Farbe. Es sollte nur ein Beispiel sein.« Lucy wühlte in dem Kleiderstapel. »Also, was meint Ihr?«

Tamsyn tat so, als widme sie ihre ganze Aufmerksamkeit dieser offensichtlich so wichtigen Frage. Lucys porzellanblaue Augen blickten nicht so scharf wie die ihres Burders, aber sie hatten eine sehr hübsche Farbe. Ihre Haut war hell, und ihr braunes Haar hatte einen kastanienbraunen Schimmer; es war nicht so auffällig wie das dichte, rotgoldene Haar ihres Bruders.

»Das dunkelblaue Kleid«, sagte sie, nur um etwas zu sagen. »Wie lange seid Ihr schon verheiratet?«

»Zehn Monate.« Lucy hob das Kleid hoch, hielt es vor sich, und betrachtete sich damit im Spiegel. »Ja, das werde ich anziehen.«

»Und Euer Mann schläft in seinem Ankleidezimmer?« Tamsyn war nicht gerade für ihr übermäßiges Taktgefühl bekannt.

Lucy errötete. »Wenn er spät nach Hause kommt, ist er normalerweise beschwipst. Männer sind nun einmal so.«

Tamsyn betrachtete sie zweifelnd. »Wirklich?«

»Nun ja, ihr könnt das nicht wissen, weil Ihr nicht verheiratet seid, meine Liebe.« Lucy betrachtete sie ein wenig gönnerhaft. »Wenn man erst einmal verheiratet ist, lernt man eine ganze Menge über die Männer.«

Tamsyn kratzte sich am Kopf. Lucy war ein Jahr jünger als sie selbst, und es schien nicht so, als ob sie überhaupt über irgend etwas Bescheid wußte. Aber das war natürlich auch anzunehmen. Sie war eine tugendhafte, behütete englische Dame. Der Himmel möge sie davor bewahren, daß sie mit einigen der weniger angenehmen Seiten des Lebens in Berührung kam. »Ich glaube, die spanischen Männer sind anders«, sagte sie unverbindlich und wandte sich dann ab. »Wir sehen uns unten.«

»O nein! Ich muß mir unbedingt Eure Garderobe ansehen.« Lucy ließ das Handtuch fallen und schlüpfte in einen Morgenmantel. »Ich liebe es, einkaufen zu gehen, Ihr nicht auch? Vielleicht wird Julian uns erlauben, den Landauer zu benutzen, dann können wir einmal nach Bodmin fahren oder sogar bis nach Truro. Wir könnten uns dann farblich zueinander passende Kleider kaufen.« Sie hakte sich bei Tamsyn unter und schob sie aus dem Zimmer. »In welchem Zimmer seid Ihr untergebracht?«

»Im Eckzimmer im Ostturm.«

»O ja, das ist ein hübsches Zimmer.« Fröhlich plappernd, ging Lucy mit ihr den Flur entlang, dabei hatte sie sich fest bei Tamsyn untergehakt.

Julian, der gerade in diesem Augenblick die Treppe hinaufkam, entdeckte die beiden, als sie gerade in Tamsyns Zimmer verschwanden. Das fröhliche Geplapper von Lucy hatte er noch mitbekommen.

Tamsyn würde nicht so dumm sein, ihm zu trotzen, überlegte er, als er sein eigenes Zimmer betrat. Sie hatten ihren Streit zwar noch nicht geschlichtet, doch konnte er nicht glauben, daß sie ihren eigenen Plan aufs Spiel setzen würde, nur um sich an ihm zu rächen.

Sie war ein verdammter, aufwieglerischer, verführerischer Satansbraten. Aber sie war weder ein Dummkopf, noch war sie rachsüchtig. Er lockerte seine Krawatte, ging zum Fenster und blickte über die Wiese bis hinunter zum Meer. Warum war es ihm bloß nicht möglich, ihr zu widerstehen? Er wollte zurück nach Spanien, zu seinen Männern und seinen Freunden, die in der unerträglichen Sommerhitze kämpften und starben. Er wollte diese verflixte Räuberin vergessen... oder etwa nicht?

Er warf die Krawatte auf den Boden und zog seine Jacke aus. Den Nachmittag hatte er damit verbracht, über sein Anwesen zu reiten. Er hatte seine Pächter besucht und die älteren von ihnen – Männer und Frauen, die schon seit den letzten fünfzig Jahren auf Tregarthan lebten – ausgefragt. Er wollte wissen, ob sich jemand daran erinnerte, daß ein junges Mädchen aus einer der Adelsfamilien der Gegend verschwunden war. Doch niemand hatte ihm eine Antwort auf seine Fragen geben können. Eine Tochter der Penhallans war in Schottland gestorben. Es hatte ein riesiges Begräbnis gegeben, und die Familie hatte ein ganzes Jahr getrauert. Jeder erinnerte sich daran. Doch niemand war auf einer Reise nach Spanien verschwunden.

Julian zog seine Hose aus und ging zur Anrichte, wo er sein Gesicht mit kaltem Wasser wusch. Vielleicht war Tamsyns Mutter ja die Tochter eines weniger bedeutenden Grundbesitzers aus dem Süden des Landes gewesen, noch hinter Truro, in Richtung Penzance.

Er nahm das Handtuch und rieb sich das Gesicht trocken. Bis Oktober hatte er noch Zeit, die Familie Tamsyns zu finden. Und wenn er sie nicht finden konnte, dann war es Tamsyns Problem. Er hatte dann jedenfalls seinen Teil des Handels erfüllt.

Tamsyn, die Lucy endlich dazu gebracht hatte, in ihr eigenes Zimmer zurückzugehen, betrachtete nachdenklich ihre Kleider und bürstete ihr Haar, während Josefa geschäftig hin und her lief.

Die Gedanken wirbelten in ihrem Kopf. Sie überlegte, wie sie Lucys Ankunft zu ihren Gunsten würde nutzen können. Die Idee einer Party auf Tregarthan war ideal für das, was sie vorhatte. Es war wichtig, daß Tamsyn in der Gesellschaft anerkannt war, wenn sie schließlich Cedric Penhallan bloßstellen würde. Und es war wichtig, daß man sie respektierte, weil sie unter dem Schutz einer mächtigen Familie stand, denn sonst würde ihr niemand ihre Geschichte glauben. Wenn hingegen eine Freundin und Vertraute von Lady Fortescue, ein Schützling des Herzogs von Wellington und von Lord St. Simon ihre Geschichte erzählte, würden die Leute voller Entsetzen lauschen.

Und wenn sie diese Geschichte erst an die Öffentlichkeit gebracht hatte, wäre alles vorüber. Sie würde flüchten müssen vor dem Zorn des Obersts, in aller Eile. Sie würde seine langsam aufkeimende Liebe zu ihr aufgeben müssen und zu ihrem alten Leben zurückkehren, das ihr nur eine kahle Landschaft bieten würde.

»*Por dios!*« murmelte sie leise und machte geistesabwesend einen Schritt weg von Josefa, die gerade dabei war, ihr das Kleid im Rücken zu schließen.

»*Ay... ay... ay...!*« rief Josefa und folgte ihr. »Bleib doch stehen, *nina*.«

Tamsyn blieb stehen und starrte auf den Teppich vor sich. Wenn es doch nur einen Weg geben würde, das zu tun, weshalb sie hierhergekommen war, ohne daß der Oberst etwas davon erführe. Wenn ihr das gelänge, dann könnte sie vielleicht seine Meinung über sie ändern. Sie könnte ihm eine andere Seite der skrupellosen

Abenteurerin zeigen, für die er sie hielt. Es schien nicht möglich, daß sie so viel für ihn fühlte, ohne daß ihre Gefühle erwidert wurden. Vielleicht mußte er ganz einfach nur in sein Herz blicken, und dann würden all seine Vorurteile verschwinden.

Aber zuerst einmal mußten sie ihren Streit beilegen. Sie betrachtete sich im Spiegel, legte den Kopf zur Seite und versuchte, sich so zu sehen, wie der Oberst sie sehen würde. Sie sah eine unbedeutende Gestalt in einem grünen Musselinkleid. Er hatte sie oft genug wegen ihrer Größe geneckt, aber eigentlich nur, wenn er sich geärgert hatte. Vielleicht sollte sie einige der Juwelen tragen. Die Smaragde würden ihr vielleicht ein wenig mehr Bedeutung geben. Doch dann schüttelte sie den Kopf. Sie war, was sie war, und nie zuvor hatte sie sich deswegen Gedanken gemacht. Dennoch nahm sie sich vor, später am Abend, wenn sie erst wieder Frieden geschlossen hatten, Julian zu fragen, was er sah, wenn er sie anblickte.

Sir Gareth war der einzige im Salon, als Tamsyn das Zimmer betrat. Er wandte sich von der Anrichte ab, wo er sich gerade einen Sherry eingoß. »Ah, guten Abend, Miss… äh, Tamsyn.« Er lächelte. »Wir sind ein wenig früher als die anderen. Aber Lucy braucht sowieso immer stundenlang, bis sie fertig ist.« Er betrachtete sie von Kopf bis Fuß, und seine Augen leuchteten anerkennend auf. »Darf ich Euch ein Glas Sherry anbieten oder vielleicht ein Glas Madeira?«

»Sherry bitte.« Tamsyn waren seine bewundernden Blicke nicht entgangen. Sie kannte Männer wie Gareth Fortescue. Lord Pendragon war genauso gewesen. Solche Männer sahen für gewöhnlich alle Frauen so an, die auch nur im entferntesten Sinn verfügbar zu sein schienen. Es war wie ihre zweite Natur.

Sie nahm das Glas, das er ihr reichte. »Wie ich vom Oberst gehört habe, liegt das Anwesen Eurer Familie in Sussex. Ich bin nie dort gewesen. Ist es genauso schön wie in Cornwall?«

»Sanfter«, erklärte er. »Bei uns ist das Meer ruhiger, und wir haben die South Downs anstelle dieser verflixten Moore. Bodmin, Exmoor… und natürlich Dartmor, das liegt in Devon, aber es ist nicht sehr weit weg.«

»Auf unserem Weg hierher haben wir das Bodmin-Moor überquert. Es war ein öder, sehr unfreundlicher Landstrich.« Sie setzte sich und erwiderte seine prüfenden Blicke. Er hatte ein großes, sinnliches Gesicht mit aufgeworfenen Lippen, über denen ein buschiger, krauser Schnurrbart lag, graue Augen unter ein wenig hängenden Lidern und dunkles, lockiges Haar. Auf seine Art war er attraktiv... und das wußte er auch.

Ihr offener Blick verwirrte Gareth. Er war an versteckte Blicke gewöhnt, mit denen sein Charme abgeschätzt wurde; normalerweise zeigten Frauen ihr Interesse nicht ganz so offen. Er strich sich über seinen Schnurrbart und lächelte sie an, wobei sich seine Augen zusammenzogen.

Sehr freundlich änderte Tamsyn das Thema. »Ihr seid recht gut in der Beurteilung von Pferden, nehme ich an.«

»Darauf bin ich sehr stolz«, sagte er und setzte sich ihr gegenüber. Seine sinnlich-anziehende Lässigkeit war der Begeisterung für dieses Thema gewichen. »Aber ein Pferd wie das Eure habe ich noch nie gesehen. Ihr müßt eine ausgezeichnete Reiterin sein.«

»Der Oberst ist da nicht ganz Eurer Meinung, wenn es um dieses Thema geht«, erwiderte sie und nippte an ihrem Sherry.

»Um welches Thema?« fragte Julian von der Tür her.

Tamsyn blickte schnell auf; sie betrachtete ihn jetzt ganz mit den Augen der Liebe. Er trug seine Morgenkleidung: glänzende Schaftstiefel mit Troddeln, eine Jacke aus feinem grauen Tuch, dazu eine einfarbige Weste und eine cremefarbene Hose, seine Krawatte war schlicht gebunden. Sie war so daran gewöhnt, ihn in Uniform zu sehen, daß es einen Augenblick dauerte, bis sie sich an seine Zivilkleidung gewöhnt hatte. Sie warf Gareth, der auch zwanglos gekleidet war, einen Blick zu, doch seine Krawatte fiel in kunstvolle Falten, und er trug mehrere goldene und mit Diamanten besetzte Uhrketten an seiner Weste. Seine Jacke saß an den Schultern nicht ganz so gut, stellte Tamsyn mit kritischem Blick fest und nahm an, daß er Schulterpolster trug. Und seine Schenkel in der hautengen Hose waren ein wenig zu dick.

»Über meine Künste als Reiterin, Mylord Oberst«, antwortete sie. »Ich habe Sir Gareth erklärt, daß ich *Cesar* nur auf dem Gebiet von Tregarthan reiten darf.«

Das Lächeln, mit dem sie ihn bedachte, war sowohl schuldbewußt als auch flehend. Es verwirrte ihn. Es lag etwas darin, das er zuvor noch nie gesehen hatte. Etwas, das mehr war als das sinnliche, einladende, schelmische Lächeln, mit dem sie ihn normalerweise betrachtete. Sie nahm noch einen Schluck von ihrem Sherry, leerte das Glas, während sie auf seine Antwort wartete.

»Mit deiner Reitkunst ist alles in Ordnung, Tamsyn«, sagte er und versuchte, seiner Stimme einen leichten Klang zu geben und die Reaktion auf ihr Lächeln zu verbergen. Er wandte sich ab, um sich ebenfalls einen Sherry einzugießen. »Ganz besonders, wenn es um die Bezwingung von Bergpässen geht. Doch für das englische Land ist deine Art zu reiten ein wenig zu ungewöhnlich.«

»Kann ich auch noch etwas haben?« Sie hielt ihm das leere Glas hin.

Er füllte ihr Glas und reichte dann Gareth die Karaffe. »Ich nehme an, Lucy ist noch immer mit ihrem Kleid beschäftigt.«

»Frauen«, wehrte Gareth ab. »Ihr wißt doch, wie sie sind.«

Das scheint eine der Lieblingsbemerkungen meines Schwagers zu sein, dachte Julian bissig. Er sah zu Tamsyn und stellte fest, daß sie sich bemühte, nicht zu lachen. Seine Augen funkelten amüsiert.

»Nicht alle Frauen, Sir Gareth«, widersprach sie ihm mit lieblicher Stimme. »Spanischen Mädchen, die im Kloster erzogen worden sind, hat man beigebracht, der Eitelkeit abzuschwören. Deshalb ist auch mein Haar so kurz. Es macht viel weniger Mühe beim Ankleiden.«

»Ah… ah ja, natürlich«, sagte Gareth ein wenig verwirrt. Er betrachtete sie über den Rand seines Glases hinweg. Sie sah wirklich ungewöhnlich aus, stellte er fest. Aber sie besaß eine teuflische Anziehungskraft… teuflisch… trotz ihres kurzen Haares und der schlanken Gestalt in dem schlichten Kleid.

»Bin ich etwa zu spät?« Lucy kam in den Salon. In ihrem dunkelblauen Seidenkleid, das sich über einem Unterkleid aus cremefarbener Spitze bauschte, und mit dem diamantenbesetzten Kamm in ihrem Haar, das ihre Locken über ihre nackten Schultern ringelte, sah sie umwerfend aus.

»Es hat sich gelohnt, zu warten, meine Liebe«, erwiderte Gareth galant, nahm ihre Hand und zog sie an seine Lippen.

Lucy errötete. Komplimente von ihrem Mann war sie nicht gewöhnt. Und dann fühlte sie plötzlich die gespannte Atmosphäre in dem Raum, eine pulsierende Anspannung, als lauere etwas Verbotenes, etwas Gefährliches unter der Oberfläche. Sie betrachtete die anderen, doch konnte sie nichts an ihnen feststellen, was ihre Vermutung bestätigte.

»Sollen wir zum Essen gehen?« Julian stellte sein Glas ab und bot seiner Schwester den Arm.

Gareth verbeugte sich vor Tamsyn, reichte ihr den Arm, und zusammen gingen sie in den Speiseraum. Julian rückte einen Stuhl am Fuß des Tisches für Lucy zurecht. Überrascht blickte sie ihn an, doch dann lachte sie. »Hier habe ich noch nie gesessen. Aber ich nehme an, ich muß hier sitzen... bis du dir eine Frau nimmst, Julian.« Sie lächelte ihn ein wenig schüchtern an, dann setzte sie sich. In seinen Augen war nichts zu lesen, und er antwortete auch nicht. Schweigend nahm er seinen Platz am Kopf des Tisches ein.

Lucy war verlegen. Sie fragte sich, ob sie etwas Falsches gesagt hatte, aber sie konnte sich nicht vorstellen, daß eine so schlichte Wahrheit taktlos oder unpassend sein konnte. Sie warf Tamsyn einen Blick zu, doch die bediente sich gerade von der Platte mit den Hühnerschenkeln. Gareth genoß den Wein in seinem Glas, auch er schien nichts Ungewöhnliches an ihrer Bemerkung zu finden, also entschied Lucy, daß es das Benehmen ihres Bruders war, das sie verunsicherte. Er mochte persönliche Bermerkungen nicht.

Tamsyn jedoch hatte sowohl die Bemerkung gehört als auch das auffallende Schweigen bemerkt, das Lucys Worten gefolgt war. Vielleicht war Julian dieses Thema in ihrer Gegenwart unangenehm. Vielleicht glaubte er, es wäre unziemlich, in der Gegenwart seiner Geliebten von der Möglichkeit einer Heirat zu sprechen. Wahrscheinlich war es wieder einmal eine dieser Anwandlungen eines Gentlemans, von denen Cecile ihr erzählt hatte. Tamsyn schob diese melancholischen Gedanken von sich, nahm eines der Hühnerbeine und biß voller Appetit hinein.

Julian bemerkte, daß Gareth Tamsyn nicht aus den Augen ließ, während sie genußvoll das Fleisch von dem Knochen nagte. Sein Schwager war fasziniert von Tamsyn, und Julian verstand das. Sie sah erstaunlich erotisch aus, wenn sie an einem Knochen knabberte.

»Tamsyn, in der englischen Gesellschaft ißt man nicht mit den

Fingern«, korrigierte er sie, ehe Gareths Blicke zu auffällig wurden. »Ich weiß, daß ich dir das schon einmal erkärt habe.«

»O ja, stimmt, ich habe es vergessen.« Hastig legte Tamsyn den Knochen auf den Teller und leckte sich die Finger ab. »Mir erscheint es so dumm, Messer und Gabel zu benutzen, wenn es mit den Fingern viel einfacher geht.«

Gareth lachte laut auf. »Sehr dumm sogar«, stimmte er ihr zu. »Um diese Dinge wird sowieso viel zuviel Aufhebens gemacht. Warum sollte man nicht mit den Fingern essen, wenn man das möchte?«

»Ich nehme an, die spanischen Sitten unterscheiden sich sehr von den englischen«, mischte Lucy sich in einem etwas bissigen Ton in die Unterhaltung ein. »Es muß sehr schwer sein für Euch, an alles zu denken.«

»Das ist es auch«, erklärte Tamsyn offen. »Ich hoffe, daß Ihr mir ein wenig helfen werdet, Lucy. Ich bin sicher, Euer Bruder wäre erleichtert, wenn ihm etwas von der Arbeit abgenommen würde. Ich weiß, daß sie ihm lästig ist.«

Ihr Lächeln wurde noch breiter, als sie Julian ansah. Zwei Grübchen erschienen auf ihren Wangen. Er fragte sich, warum er sie bis jetzt noch nicht bemerkt hatte. Ihre Wangen waren ein wenig gerötet, ihre Augen strahlten. Der Lakai füllte ihr Weinglas erneut, und Julian zählte mit. Es war das dritte Glas Wein, nachdem sie bereits zwei Gläser Sherry getrunken hatte.

Während des ganzen Essens trank sie weiter. Doch die einzige Wirkung, die der Alkohol auf sie zu haben schien, war die, daß sie mehr und mehr strahlte. Julian wußte aus Erfahrung, daß Tamsyn kaum etwas tat, ohne einen Hintergedanken zu haben, und ihre Launen verfolgten den gleichen Zweck. Offensichtlich wollte sie ihren Streit beilegen.

Gareth war offenkundig fasziniert von Tamsyn. Seine Blicke folgten jeder ihrer Bewegungen, sein Lachen begleitete jede ihrer witzigen Bemerkungen, und Lucy wurde immer stiller. Tamsyn ermunterte Gareth in keiner Weise, aber das war auch nicht nötig, um die Aufmerksamkeit von Gareth Fortescue zu erlangen.

Als die Damen sich später in den Salon zurückzogen, schnüffelte Gareth anerkennend an seinem Glas Portwein. »Ein lebhaftes kleines Ding, nicht wahr? Ich habe immer geglaubt, Spanier seien teuflisch prüde, was ihre Frauen angeht... Klöster und *Dueñas* und so weiter. Aber dieses Mädchen ist so lebhaft wie alle anderen auch.«

»Ihr hattet schon immer eine besondere Art, Euch auszudrücken, Fortescue«, entgegnete Julian mit eisiger Stimme. Sein Schwager hatte viel getrunken. Sein Gesicht war gerötet, und seine Augen blickten ein wenig glasig.

»Oh, Entschuldigung, St. Simon.« Gareth lächelte breit. »Ich wollte Euch natürlich nicht zu nahe treten. Sie ist eine liebe kleine Unschuld, natürlich. Der Vater war wohl irgendein spanischer Grande, sagtet Ihr das nicht?«

»Und ein sehr guter Bekannter von Wellington«, rief ihm Julian ins Gedächtnis.

»Sehr wohlhabend, nehme ich an. Ein spanischer Grande ist immer wohlhabend, denke ich.« Gareth hatte einen Schluckauf. Er wählte eine Traube aus der Schale vor ihm. »Das habe ich wenigstens gehört.«

Es schien Julian nicht angebracht, das Thema weiter zu verfolgen, und endlich schien es auch Gareth begriffen zu haben und versank in trübem Schweigen. Die Aussicht auf lange Sommermonate in Gesellschaft seines zurückhaltenden und prüden Schwagers, ganz ohne Marjorie, schien ihm bei weitem nicht mehr so verlockend wie zuvor.

Im Salon bemühte sich Lucy, ihren Gleichmut wiederzufinden, während sie die Rolle der Gastgeberin übernahm und sich um den Tee kümmerte. »Trinkt man in Spanien auch Tee nach dem Essen?«

»Normalerweise nicht.« Tamsyn betrachtete Lucy nachdenklich. Wie es schien, brauchte Julians Schwester ein wenig schwesterlichen Rat. Die Frage war jedoch, wie sie ihn ihr geben konnte, ohne gleichzeitig zuviel zu verraten.

Lucy goß Tee ein. »Wir geben die Milch immer erst hinterher in den Tee«, erklärte sie ein wenig geziert.

»Warum?«

»Dann kann man besser die Stärke des Tees regulieren«, antwortete Lucy. »Man kann nicht wissen, wie stark der Tee ist, wenn man die Milch schon vorher in die Tasse gibt.«

»Nein, wahrscheinlich nicht«, stimmte Tamsyn ihr zu und setzte sich neben Lucy auf das Sofa. »Ich werde daran denken. Erzählt mir von Eurem Ehemann.«

»Warum wollt Ihr etwas von ihm wissen?« Zwei rote Flecken erschienen auf Lucys Wangen. Sie reichte Tamsyn die Tasse.

Tamsyn nippte an dem heißen Getränk und entschied dann, daß jetzt nicht die richtige Zeit war für Tee. »Weil ich denke, daß Ihr Hilfe braucht«, sagte sie vorsichtig und stellte die Tasse auf den Tisch. »Nach nur zehn Monaten Ehe sollte der Mann noch immer im Bett seiner Frau schlafen. Und wenn Ihr nicht vorsichtig seid, wird sich Euer Mann ernsthaft anderweitig umsehen.«

»Oh, wie könnt Ihr nur solch skandalöse Dinge sagen?« Lucy schlug die Hände vor ihre brennenden Wangen. »Und was wißt Ihr überhaupt von solchen Dingen?«

»Ich komme aus Spanien«, sagte Tamsyn ausweichend. »Wir sind wahrscheinlich in diesen Dingen ein wenig offener.« Sie stand auf und ging zur Anrichte, auf der die Karaffen standen. Sie mußte sehr vorsichtig vorgehen, wenn sie Lucy helfen wollte, doch nach allem, was sie in ihrer Unterhaltung bis jetzt erfahren hatte, zusammen mit dem Abend in der Gesellschaft von Gareth Fortescue, war ihr sehr deutlich geworden, daß die junge Lucy Hilfe brauchte. Es gab keinen Grund, daß Julian je von dieser Unterhaltung würde erfahren müssen. Lucy würde es ihm sicher nicht erzählen.

Tamsyn goß sich ein Glas Wein ein und betrachtete voller Mitleid das Mädchen, das errötet und verwirrt vor ihr saß. »Liegt Euch etwas an Eurem Mann, Lucy?«

»Natürlich tut es das!« Tränen glänzten in den porzellanblauen Augen. »Und ihm liegt auch etwas an mir.«

»Aber sicher.« Tamsyn setzte sich wieder und spielte mit ihrem Weinglas. »Aber er ist älter als Ihr und auch wesentlich erfahrener. Gefällt es Euch, wenn er mit Euch schläft?«

Lucy starrte sie benommen an.

Tamsyn nickte. »Ihr wart natürlich noch Jungfrau. Und ich nehme nicht an, daß er sich die Mühe gemacht hat herauszufinden, was Euch glücklich macht. Männer sind oft so.«

»Was wollt Ihr damit sagen?« Lucy suchte nach Worten. Es fiel ihr schwer zu glauben, was sie hörte. »Ich möchte nicht von so etwas reden... es ist schrecklich... es schickt sich nicht.«

»Um Himmels willen, Lucy! Wenn Ihr nicht darüber redet, wie wollt Ihr dann lernen, wie man einen Mann richtig liebt? Und wenn Ihr das nicht lernt, dann wird es Euch auch keinen Spaß machen und Eurem Mann ebenfalls nicht. Und dann werdet Ihr sicher in Schwierigkeiten kommen.« Sie trank ihren Wein und nickte noch einmal. »Cecile hat mir immer von der Prüderie der Engländer erzählt und daß die Frauen nichts wissen durften darüber, wie man einem Mann Freude schenkt... Als sie noch ein junges Mädchen war, war es schockierend, wenn eine Frau Spaß daran hatte, mit einem Mann zu schlafen.«

»Cecile?« fragte Lucy leise.

»Meine Mutter. Sie hätte mit Euch genauso geredet, wie ich es jetzt tue, Lucy, deshalb solltet Ihr nicht verletzt sein.«

Lucy starrte dieses ungewöhliche Mädchen an, das sie mit einem Ausdruck voller Selbstvertrauen ansah und ihr das Gefühl gab, als Patientin vor einem Arzt zu sitzen.

Noch ehe sie sich wieder fangen konnte, traten Julian und Gareth in das Zimmer.

»Lucy hat mir gerade erklärt, wie man richtig Tee eingießt«, sagte Tamsyn. »Darf ich für den Herrn Tee einschenken?«

Lucy trat zur Seite. Ihr war klar, daß Tamsyn bemerkt hatte, wie ihre Hände zitterten und ihr helfen wollte. Als Julian dann vorschlug, daß Lucy ihnen etwas vorspielen sollte, ging sie nur zögernd zum Klavier. Ihr Kopf war so voll von dem, was sie gerade gehört hatte, und nachdem sie sich bei dem Versuch, ein Volkslied vorzutragen, ein paarmal verspielt hatte, meinte Gareth mit brutaler Offenheit: »Um Himmels willen, Lucy, verschone unsere Ohren. Das klingt ja, als wäre eine Katze auf der Pirsch!«

Lucy ließ mit einem Krachen den Deckel des Klaviers zufallen. »Entschuldigung.« Sie stand auf und ging wieder zum Sofa. »Ich bin sicher, Ihr hört es lieber, wenn Tamsyn spielt. Ganz sicher zählt sie auch diese Kunst zu ihren vielen anderen Künsten.«

»Ich spiele nicht Klavier, nur Gitarre«, erklärte Tamsyn schnell und tat so, als hätte sie den gereizten Unterton in Lucys Stimme nicht gehört. Sie hatte die junge Frau geschockt, aber dennoch würde sie ihre Belehrung morgen früh fortsetzen, wenn Lucy genug Zeit gehabt hatte, zu verdauen, was sie ihr erklärt hatte.

»Wie exotisch«, murmelte Lucy.

»Nicht dort, wo ich herkomme«, antwortete Tamsyn. »Dort findet man es nicht sehr aufregend.«

»Wie viele andere Dinge auch, denke ich.«

»Möglich.«

Julian runzelte die Stirn, als er Lucys bissige Bemerkung hörte, die Tamsyn mit sanfter Freundlichkeit erwiderte, ohne auch nur mit der Wimper zu zucken. Doch Lucy strahlte Feindseligkeit aus. Er nahm an, daß es mit Gareths nur sehr schlecht verhülltem Interesse an Tamsyn zu tun hatte. Der Mann war ein Tölpel, doch das würde Lucy natürlich nicht einsehen. Sie machte vermutlich Tamsyn Vorwürfe deswegen, doch Julian mußte zugeben, daß Tamsyn wirklich keinerlei Schuld daran hatte.

Gareth räusperte sich. »Ich denke, ich werde vor dem Schlafengehen noch einen Spaziergang ins Dorf machen. Wir sehen uns dann morgen früh.« Er beugte sich zu Lucy und gab ihr einen Kuß auf die Wange. »Gute Nacht, meine Liebe. Bleib nicht so lange auf. Du hast eine lange Reise hinter dir.«

Lucy wurde erst blaß, dann hochrot. Ihr Blicke wanderten ganz ungewollt zu Tamsyn, die es geflissentlich vermied, sie anzusehen.

Nachdem sich die Tür hinter Gareth geschlossen hatte, stand Lucy schnell auf. »Ich stelle fest, daß ich tatsächlich sehr müde bin. Wenn ihr beide mich entschuldigen würdet, ich würde wirklich sehr gern zu Bett gehen.« Ihre Stimme klang tränenerstickt, und als sie zur Tür ging, fuhr sie sich mit dem Arm über die Augen.

»Schuft!« schimpfte Julian, nachdem sie gegangen war. »Ich werde, verdammt noch mal, nicht zulassen, daß er im Dorf herumhurt, während meine Schwester sich oben die Augen ausweint!«

»Ja, das war sehr gefühllos von ihm«, stimmte Tamsyn ihm zu. »Aber wenn du ihn mit Gewalt zurückholst, wird er schlecht gelaunt sein und schmollen. So ist er nun einmal.«

Julian blickte mit gerunzelter Stirn auf das Weinglas in ihrer Hand. »Warum hast du heute abend soviel getrunken? Ich dachte, das bekommt dir nicht.«

»Oh, es bekommt mir ganz gut«, erwiderte sie und fuhr sich mit der Hand durchs Haar. Ihre Augen blickten verführerisch, als sie lässig die Beine unter sich zog. »Es macht mich nur ein wenig zügellos, und es regt meine Phantasie ungemein an. Sollen wir nach oben gehen, jetzt, da deine Gäste verschwunden sind?«

Die Aussicht auf eine zügellosere Tamsyn als sonst war sehr verlockend. Ihre veilchenblauen Augen zogen ihn an, ihr schlanker Körper in dem großen Lehnsessel war eine einzige, sinnliche Einladung. Eine verführerische, exotische Einladung. Und es würde nie wieder eine Frau wie sie geben.

»Entschuldige«, sagte er und wandte sich abrupt ab. »Ich habe noch zu arbeiten, in meinem Arbeitszimmer.«

Seine Ablehnung kam so unerwartet, daß Tamsyn benommen auf die Tür starrte, die sich hinter ihm geschlossen hatte. Tränen brannten in ihren Augen, ärgerlich blinzelte sie. Sie hatte ihn den ganzen Abend über gelockt, und es schien, als würde er auch ihren Streit beilegen wollen. Aber jetzt hatte er sich so kalt von ihr abgewandt...

Doch so schnell gab sie nicht auf. Ihr Mund nahm einen eigensinnigen, störrischen Zug an.

19

Gareth ging im Mondlicht zurück nach Tregarthan und dachte betrübt darüber nach, wie wenig Ablenkung man in einem kleinen Fischerdorf in Cornwall fand. Die Gasthäuser in Fowey boten nur eine kümmerliche, äußerst kleine Auswahl williger junger Frauenzimmer, die bereit waren, sich mit einem Mitglied der Oberschicht abzugeben. Allerdings hatte die Wirtin des ›Ship‹ ihm zugeblinzelt und ihm erlaubt, ihren fülligen Busen zu betatschen, als sie sich über den Tresen beugte, um den Krug mit Gin und Wasser vor ihn hinzustellen. Doch leider war gerade in diesem Augenblick ihr Ehemann erschienen. Nach außen war er recht freundlich gewesen, doch er besaß muskulöse Arme, ähnlich wie der Riese Gabriel, mit dem er in einer dunklen Ecke des Schankraumes zusammen getrunken hatte.

Ein außergewöhnlicher Mann, dieser Schotte. Offensichtlich war er so eine Art Leibwächter, aber es war alles ziemlich seltsam.

Überhaupt, entschied Gareth und rülpste leise, wie man die Sache auch betrachtete, sie war wirklich sehr seltsam. Julian war weit weg von seinem geliebten Schlachtfeld, er spielte den Aufpasser für ein unbekanntes spanisches Gör. Natürlich, wenn der Herzog von Wellington ihm diesen Befehl gegeben hatte, war das Erklärung genug. Schließlich nahm es Julian mit seiner Pflichterfüllung sehr ernst.

Gareth entschied sich, querfeldein zu gehen. Er schwang sich über einen Zaun und blieb mit dem Fuß darin hängen. Beinahe wäre er kopfüber gefallen. Er stieß einen leisen Fluch aus und fing sich noch im letzten Augenblick. Dann ging er weiter.

Die Penhallan-Zwillinge waren im Gasthaus gewesen, sie hatten in einer Ecke gesessen und getrunken. Gareth hatte den beiden zugenickt. Er hatte es nicht für nötig gehalten, sie zu begrüßen, da sie in London nicht verkehrten. Die beiden hatten etwas verflucht Teuflisches an sich… schon seit jeher. Jeder sagte, die Penhallans hätten schlechtes Blut in sich.

Gareth schob sich durch eine Lücke in der Dornenhecke. Hinter ihm verloschen die Lichter von Fowey. Nur eine einsame Laterne schwang am Kai, falls jemand in der Nacht den Fluß überqueren wollte. Vor ihm schien es nur endlose Felder und Felsen zu geben. Er hörte die Wellen, die sich an den Klippen brachen. Verdammt, er hatte sich doch nicht etwa verlaufen? Er wäre besser auf dem Weg geblieben. Gareth warf einen Blick zum sternenübersäten Himmel, dann sah er sich um und entdeckte einen schwachen Lichtschimmer durch einige Bäume hinweg. Er entschied, daß das die Lichter von Tregarthan sein mußten.

Mit neuer Energie ging er weiter und atmete erleichtert auf, als er das Wachhaus vor der Auffhart zum Haus erkannte. Seine Taschenuhr sagte ihm, daß es gerade erst elf Uhr war. In London begann die Nacht jetzt erst, hier blieb ihm dagegen nur die Aussicht auf eine Nacht, in der er den Eulen und dem Rauschen des Meeres zuhören konnte.

Als er langsam auf das Haus zuging, fiel ein großer Schatten über seinen Weg. Sein Herz machte einen Satz. Als er herumwirbelte, erkannte er den Riesen Gabriel hinter sich, der eine Laterne in der Hand hielt. Gabriel grinste ihn freundlich an. »Ich hoffe, Ihr genießt den Abend. Diese Leute aus Cornwall sind eine nette Gesellschaft, finde ich.«

Gareth war erstaunt, daß ihn ein Diener mit einer derartigen Vertraulichkeit ansprach. »Mein guter Mann...«

»Och, aye, Junge, ich bin nicht Euer Mann... ob gut oder nicht gut«, erklärte Gabriel ihm mit unverminderter Freundlichkeit. »Und ich bin auch kein Diener. Meine Aufgabe ist es, mich um das Kind zu kümmern, so wie ich es für richtig halte... das ist alles. Also, um alle Unannehmlichkeiten zu vermeiden, würde ich vorschlagen, daß Ihr das nicht vergeßt. Jetzt wünsche ich Euch eine gute Nacht.« Gabriel wandte sich ab. Dann blieb er jedoch noch einmal stehen und blickte über seine Schulter zurück. »Ach, übrigens, Junge, ich an Eurer Stelle würde der Frau Baron nicht zu viel Aufmerksamkeit schenken.« Damit ging er endgültig. Er lief um das Haus herum und pfiff leise vor sich hin, während Gareth benommen und verärgert vor sich hinstarrte.

Gabriel hob in der Dunkelheit den Kopf. Der Schwager des Obersts war ein Dummkopf. Wenn man ihm eine Pistole in die Hand gab, würde er sich wahrscheinlich damit in den Fuß schießen. Außerdem konnte er nicht mit Alkohol umgehen. Gabriel betrat den Hof zwischen den Stallungen und ging die Treppe hinauf zu dem Zimmer, das er sich mit Josefa teilte. Ihm gefiel es hier besser als im Haus, weil sie hier ungestört waren. Außerdem erinnerte ihn das Zimmer über dem Stall an die einfachen Räume in den kleinen Häusern, an die er und Josefa gewöhnt waren.

Sie begrüßte ihn, als er gebückt durch die Tür in das freundliche, saubere Zimmer trat. Seine Frau hatte ein Talent dafür, häusliche Gemütlichkeit zu schaffen, wo auch immer sie gerade waren, selbst an den ungewöhnlichsten Orten. Gabriel hatte schon oft behauptet, daß sie sogar unter einem Kaktus ein gemütliches Heim schaffen konnte. Er sank auf das niedrige Sofa, und Josefa beeilte sich, ihm die Stiefel auszuziehen.

»Ich habe heute abend die Cousins des Mädchens kennengelernt«, erzählte er und knöpfte sein Hemd auf, während Josefa ihm seinen abendlichen Krug mit Rum füllte. Die Frau nickte nur. Ihre Augen betrachteten ihn aufmerksam, dann nahm sie ihm das Hemd ab und faltete es ordentlich.

»Ein wirklich sehr schlimm aussehendes Paar«, sprach er weiter, zog seine Hose aus und balancierte dann auf dem rechten Bein, um seine linke Socke auszuziehen. »Die beiden muß man im Auge behalten.« Er stellte sich auf das andere Bein, zog die zweite Socke aus und anschließend seine wollene Unterhose.

Josefa sammelte die Sachen auf, die er auf den Boden warf, faltete sie und legte sie ordenlich in die Kiste aus Zedernholz. Sie sagte nichts, während er laut nachdachte und ihr einige Informationen verriet, aber mehr, um die Dinge in seinem Kopf klarzustellen, als um sich mit ihr zu unterhalten. Trotzdem hörte sie zu und nickte. Er wußte, daß sie alles behalten würde, und falls er einmal Wert auf ihren Rat oder ihre Meinung legte, würde sie die Informationen gegeneinander abwägen und ihm dann sagen, was sie davon hielt.

Er trank seinen Krug leer und ließ sich dann mit einem zufriedenen Seufzer aufs Bett sinken. Josefa kletterte neben ihn in das Bett, und er griff nach ihr und barg seinen Kopf an ihrem sanften, weichen Busen. Sie gluckste leise und glücklich und schlang die Arme um ihn. Willig öffnete sie sich ihm, als er in sie eindrang.

»Du bist eine Perle, Frau«, murmelte Gabriel, und Josefa lächelte und streichelte seinen Rücken. »Aber diese Zwillinge, die muß man wirklich im Auge behalten.«

Gareths Verärgerung wurde noch größer, als er das Haus betrat und sah, daß seine neuen Schaftstiefel über und über mit Lehm bedeckt waren und nach Mist stanken. Die Halle war nur schwach erleuchtet. Eine dicke Wachskerze stand auf dem Tisch an der Treppe, zwei weitere Kerzen zum Mitnehmen standen daneben. Unter der Tür der Bibliothek schimmerte ein Lichtschein. Wahrscheinlich war St. Simon noch auf, für ihn war sicher die zweite Kerze gedacht. Irgend jemand würde schon die Haustür abschließen. Oder vielleicht brauchte man das hier gar nicht, in dieser einsamen Gegend.

Gareth zündete seine Kerze an und stampfte die Treppe hinauf. Zwei Kerzen in Wandhaltern erhellten den langen Flur. Alles war still im Haus. Er fand den Weg zu seinem Schlafzimmer am Ende des Flurs und öffnete leise die Tür. Die Vorhänge um das Bett waren zugezogen. Schwaches Mondlicht fiel durch die Sommergardinen vor dem Fenster.

»Bist du das, Gareth?« ertönte Lucys nervöse Stimme aus dem umhüllten Bett.

»Wer könnte es denn sonst sein?« Er bemerkte, daß seine Stimme nicht gerade freundlich klang, doch der Gestank, der von seinen Stiefeln ausging, war beinahe unerträglich. Er zog sie aus und stellte sie vor die Tür für den Stiefelputzer.

Er zog sich aus, schlüpfte in sein Nachthemd und machte dann einen Schritt auf das Ankleidezimmer zu. Doch plötzlich hielt er inne. Er wollte verdammt sein, wenn er auf ein angenehmes Bett verzichtete, wenn es absolut keinen Grund für ihn gab, sich schuldig zu fühlen... nichts würde ihn dazu bringen, auf dem schmalen Bett nebenan zu schlafen. Er blies die Kerze aus und öffnete die Vorhänge des Bettes. Lucy lag zusammengerollt auf der anderen Seite des Bettes, über ihr braunes Haar hatte sie ein Spitzenhäubchen gezogen. Neben ihr schlüpfte er unter die Decke. Ihre süß duftende Wärme erfüllte die dunkle Höhle des Bettes. Er streckte die Hand nach ihr aus und fühlte, wie sie sich vor ihm zurückzog.

Mit einem Seufzer rollte er auf die Seite und kehrte ihr den Rücken zu. Er war nicht brutal, doch haßte er es, wenn sie unter ihm zitterte und weinte, und er wußte, daß er ihr weh tat. Ab und zu jedoch zwang er sie beide, es zu ertragen, weil er sich aus ihrer Verbindung ein Kind wünschte. Wenn er erst einmal einen Erben hatte oder zwei, dann konnten sie dieses ganze, elende Geschäft vergessen.

Er schloß die Augen und dachte an Marjorie, an ihre wissenden Hände und ihre sinnlichen kleinen Bewegungen.

Lucy lag mit weit aufgerissenen Augen in der Dunkelheit und drängte die Tränen zurück. Sie dachte an die schockierenden Dinge, die Tamsyn gesagt hatte. Wie hatte sie nur so mit ihr reden können? Und woher, um alles in der Welt, wußte sie von solchen Dingen... ein unverheiratetes Mädchen?

Julian hatte gehört, daß Gareth zurückgekommen war. Er wartete, bis dieser nach oben gegangen war, dann blies er die Kerzen aus und verließ die Bibliothek. Er verschloß die Haustür, zündete seine

Kerze an und löschte dann das Wachslicht. Schließlich ging er nach oben. Die Kerzen in den Wandhaltern ließ er brennen, für den Fall, daß jemand in der Nacht über den Flur ging.

Seine eigenen Zimmer, bestehend aus Schlafzimmer, Ankleidezimmer und Wohnzimmer, lagen in der Mitte des Hauses. Die großen Fenster gingen auf die Wiese und das Meer hinaus. Zu beiden Seiten seiner Zimmer lagen die Turmzimmer. Gegenüber lagen einige Gästezimmer, das größte davon wurde im Augenblick von seiner Schwester und ihrem Mann bewohnt.

Er betrat sein Schlafzimmer und fühlte sich ruhelos und müde zugleich. Die ehelichen Probleme seiner Schwester bedrückten ihn, doch das war nicht der Grund seiner Unzufriedenheit. Diese rührte zum Teil aus dem Unbehagen über sein Verlangen, das der einladende Blick in Tamsyns Augen in ihm geweckt hatte, ihre katzengleiche Sinnlichkeit, als sie sich in den Lehnsessel gekuschelt hatte. Doch dies war nur ein Teil davon, der andere Teil rührte aus seiner Abscheu über seine Grobheit ihr gegenüber. Er hatte sie verletzt, ohne auch nur ein einziges Wort der Erklärung und ganz sicher auch ohne Grund. Sie hatte an diesem Abend alles getan, was in ihrer Macht stand, um den Bruch zwischen ihnen zu heilen, und dann hatte sie sich ihm angeboten, in ihrer üblichen offenen, vertrauensvollen Art, ohne eine Ablehnung zu erwarten. Er hatte das Erschrecken in ihrem Gesicht gesehen, die Tränen in ihren Augen, ehe er sich abgewandt hatte. Er konnte dieses Bild nicht aus seinem Kopf vertreiben.

Er schloß die Tür seines Schlafzimmers hinter sich, dann hielt er die Kerze hoch. Einen verrückten Augenblick lang glaubte er, ein Trugbild zu sehen, bis ihm klarwurde, daß er das eigentlich hatte erwarten müssen. Tamsyn war keine Frau, die eine Ablehnung akzeptierte, wie verletzlich sie auch war und wie sehr er sie auch verletzt haben mochte.

Nackt saß sie am Fenster im Schein des Mondes, das Kinn in die Hand gestützt, und blickte über die mondhelle, silbrig glänzende Wiese am Horizont, wo der nachtschwarze Himmel sich mit der blauen Linie des Meeres vereinte.

Und sein Puls raste… sein Blut sang.

»Da bist du ja!« rief sie fröhlich, als hätten sie nie ein böses Wort miteinander gewechselt. »Ich habe schon geglaubt, du würdest die ganze Nacht an deiner Arbeit sitzen – oder was es auch immer war.«

»Was zum Teufel tust du hier?« wollte er wissen, doch seine Stimme war nur ein rauhes Flüstern. Er kämpfte gegen sich selbst, kämpfte gegen das Wissen, daß es nie mehr in seinem Leben eine Frau wie sie geben würde. Er stellte die Kerze auf den Tisch. »Ich habe dir doch gesagt, solange meine Schwester in diesem Haus ist, darfst du nicht hierherkommen.«

»So deutlich hast du es nicht gesagt.« Tamsyn stand auf. »Außerdem liegt deine Schwester im Bett.« Sie kam auf ihn zu. »Alle schlafen, Mylord Oberst. Wer kann schon wissen, was sich hinter geschlossenen Türen abspielt?«

»Darum geht es gar nicht«, erklärte er und zog seine Jacke aus. »Meine Schwester ist ein unschuldiges Mädchen. Wir wissen, daß dir das nichts bedeutet, aber …«

»O bitte, fang nicht schon wieder so an«, bat Tamsyn. Sie war ihm jetzt so nahe, daß er die Wärme ihrer nackten Haut fühlen konnte. »Müssen wir uns denn schon wieder streiten?«

Julian blickte hilflos auf sie hinunter. Die großen feuchten Augen, das sanfte Beben ihres Mundes, ihre verführerische Stimme waren für ihn etwas ganz Neues. Er wußte oder glaubte zumindest zu wissen, wie er mit der feurigen Räuberin umgehen mußte, doch jetzt angesichts dieser sanften Tamsyn, hatte er nicht die leiseste Ahnung, wie er sie behandeln sollte.

»Sieh mal, Tamsyn«, setzte er an. »Ich weiß, es fällt dir schwer, das zu verstehen. Lucy muß dir vorkommen wie eine kostbare Blume. Eine seltene Orchidee in einem Gewächshaus, sie ist so zerbrechlich …«

»Oh, *estúpido*!« rief Tamsyn aus. Sie vergaß all ihre Vorsätze, nachgiebig, fraulich und liebevoll zu sein, weil er die Tatsachen so entsetzlich falsch wiedergab. »Zu deiner Information: Deine kostbare, zarte kleine Schwester ist vom Ehebett und von ihrem gefühllosen Tölpel von Ehemann, den du ihr zu heiraten erlaubt hast, so entsetzlich schockiert, daß es sehr unwahrscheinlich ist, daß sie sich je wieder davon erholt, wenn ihr nicht jemand die Freundlichkeit erweist, ihr die Augen für die Wirklichkeit zu öffnen.«

Julian riß sich mit einem erleichterten Aufseufzen die Krawatte vom Hals. Er starrte sie an, seine Augen sprühten Feuer. Mit dieser Tamsyn konnte er wieder umgehen. »Wenn es um meine Schwester geht, bin ich absolut nicht an der Meinung einer ungebildeten, unehelichen Range interessiert, die es nie gelernt hat, ihr sexuelles Verlangen den Konventionen zu unterwerfen.«

»Oh, bah!« wehrte Tamsyn verärgert ab. »Konventionen!« spottete sie. »Frauen haben sich natürlich den Konventionen zu unterwerfen. Gareth aber nicht, nicht wahr? Er kann herumlaufen und allen und jeder seine Gunst bezeugen, und das ist vollkommen normal.«

»Nein, das ist es nicht!« fuhr Julian sie an. Er zog das Hemd aus der Hose und warf es auf den Boden. In der Leidenschaft des Augenblicks wurde ihm klar, daß er dabei war, sich vor einer nackten Tamsyn auszuziehen und daß sie daraus vielleicht falsche Schlüsse ziehen konnte. »Wenn du es genau wissen willst, ich habe nicht viel übrig für Gareths Indiskretionen ... genausowenig wie für deine.«

»Und wie steht es mit dir?« gab sie zurück. »Zu diesen Indiskretionen, wie du sie so schön nennst, braucht man zwei. Ich habe bis jetzt noch nicht feststellen können, daß du ein absolut unfreiwilliger Partner warst, Mylord Oberst.«

Ihre Augen funkelten und ihre zierliche Gestalt war starr vor Wut. »Wenn es etwas gibt, das ich nicht leiden kann, dann ist es Heuchelei.«

»Ich bin absolut kein Heuchler, wenn es um meine Schwester geht«, fuhr er auf und streifte die Stiefel von den Füßen. »Und ich werde nicht zulassen, daß ihre Unschuld von deiner Erfahrung beschmutzt wird!«

»Beschmutzt!« rief Tamsyn aus. »Du wagst es, mir vorzuwerfen, ich würde deine Schwester beschmutzen, als wäre ich ein abscheuliches Stück Abschaum! Der einzige Mensch, der Lucy beschmutzt, ist ihr verdammter Ehemann. Soviel kann ich dir verraten.«

Sie beugte sich vor und hob sein Hemd auf. »Wenn du deiner Schwester gegenüber anständig wärst, wenn dir wirklich etwas an ihr liegen würde, dann hättest du ihr ein paar Tatsachen des Lebens klargemacht, und sie wäre jetzt nicht in einer solchen Situation. Ich wünsche dir eine gute Nacht, ich kann meine Zeit nicht mit blinden Heuchlern verschwenden.« An ihm vorbei schob sie sich zur Tür, dabei zog sie sein Hemd über.

»Du kannst nicht einfach so verschwinden! Komm zurück.« Er vergaß, daß Tamsyns Verschwinden das einzige war, was er sich gewünscht hatte, und griff nach ihrem Arm. »Das mußt du mir erklären!«

Sie riß sich los und wich ihm aus. »Das kannst du selbst versuchen herauszufinden, Sir.«

Er sprang hoch, doch im gleichen Augenblick hatte Tamsyn den Krug mit Wasser von der Anrichte genommen. Ihre Augen blitzten.

»O nein«, sagte er leise. »Wage es ja nicht!«

»Doch, das tue ich«, sagte sie und schüttete das Wasser über ihn.

Im Zimmer auf der anderen Seite des Flurs fuhr Lucy in ihrem Bett hoch, als sie ein wütendes Gebrüll hörte. »Was ist denn da los?«

»Das weiß der Himmel.« Gareth setzte sich verschlafen auf. Er war gerade dabei gewesen, in die glückliche Welt eines alkoholisierten Schlummers zu sinken. Jetzt blinzelte er und versuchte, die lauten Geräusche zu begreifen. »Es klingt, als wäre hier irgendwo eine Prügelei.«

»Eine Prügelei?« Lucy schob die Decke zur Seite. »Wer könnte sich denn um eine solche Zeit im Haus prügeln?«

Gareth lauschte und legte den Kopf zur Seite. Man hörte ein lautes Krachen, ein Gebrüll, das offensichtlich aus dem Mund seines Schwagers kam, gefolgt von dem wütenden Kreischen einer wesentlich höheren Stimme.

»Guter Gott«, sagte er noch einmal. »Es kommt aus dem Zimmer deines Bruders.« Er schwang die Beine aus dem Bett und öffnete den Vorhang. »Das ist doch hoffentlich kein Einbrecher!«

Lucy war direkt hinter ihm, als er an der Tür ankam. Sie zuckten beide zusammen, als sie hörten, wie die Tür von St. Simons Zimmer aufgerissen wurde und dann mit einem lauten Krachen ins Schloß fiel. Gleich darauf wurde die Tür noch einmal aufgerissen.

Gareth legte einen Finger auf die Lippen und öffnete vorsichtig die Tür einen Spalt breit. Beide blickten in den schwach erhellten

Flur. Mit offenem Mund betrachteten sie die Szene, die sich ihnen bot.

Julian lief, nur mit einer Hose bekleidet, über den Flur, hinter der zierlichen Gestalt von Tamsyn her. Wasser tropfte aus seinem Haar. Tamsyns einziges Kleidungsstück war Julians Hemd.

»Komm sofort zurück!« Obwohl Julian flüsterte, waren seine Worte in dem leeren Flur deutlich zu verstehen.

»Geh zur Hölle!« zischte Tamsyn ihn an. Während sie sich nach ihm umsah, wurde ihre Geschwindigkeit ein wenig langsamer.

Julian schaffte es, sie am Kragen ihres Hemdes zu packen. »So schnell kommst du mir nicht davon, *mi muchacha*!«

Mit einer schnellen Bewegung entledigte Tamsyn sich des Hemdes und lief weiter. Julian blieb mit dem Kleidungsstück in der Hand stehen.

»Fiera!« Julian flüsterte zwar noch immer, doch sein verwundertes Publikum, das sich im Schatten versteckte, hörte sowohl das Lachen als auch die Entschlossenheit in seiner Stimme.

Er sprang vor und erwischte Tamsyn. Er griff nach ihrer Taille und hob sie hoch. Einen Augenlick lang hing ihr Körper in der Luft, dann lag er über seiner Schulter. Sie schrie empört auf.

»Espadachin! Elender Halunke!« Sie wehrte sich gegen ihn, bearbeitete seine Schulter mit den Fäusten. In ihrer Wut vergaß sie ganz, leise zu sein.

»Ich an deiner Stelle würde mich geschlagen geben, Butterblume«, sagte Julian sanft, als er mit ihr über der Schulter zu seinen Zimmern zurückging. »Im Augenblick bietest du eine geradezu verlockende Zielscheibe.«

»Oh, ich werde dich umbringen!« erklärte Tamsyn. »Gabriel wird dir dein schwarzes, heuchlerisches Herz aus dem Körper reißen, und ich werde dein Blut mit meinem Hut auffangen.«

Julians Lachen hing noch im Flur, als er mit seiner Last in seinem Zimmer verschwand und leise die Tür hinter sich schloß.

»Verflixt noch mal!« murmelte Gareth und sah Lucy an. »Verflixt noch mal!« Erst recht bemerkte er, wie erregt er war und wie das Blut in seine Lenden drängte. Der Anblick von Tamsyns nacktem Körper über Julians Schulter und der Schein des Kerzenlichtes auf ihrer Haut, hatte ihn beinahe unerträglich erregt.

»Das also hat sie gemeint«, flüsterte Lucy und blickte zu ihrem Mann auf. »Sie hat gesagt, sie wüßte Dinge …« Sie hielt inne, als sie Gareths Gesichtsausdruck sah. Tief in ihrem Bauch fühlte sich ein eigenartiges Prickeln. Eine seltsame Erregung hatte von ihrem Körper Besitz ergriffen, und sie fragte sich, was das wohl sein könnte.

»Lucy«, flüsterte Gareth rauh. Er legte seine Hand an ihre Wange und sah einen verwirrten Ausdruck der Erregung in ihren Augen, entdeckte eine Röte in ihren Wangen. Konnte es sein, daß diese Szene auch sie angerührt hatte? Als sie sich nicht von ihm zurückzog, hob er sie hoch. Er fühlte ihre sanfte warme Haut, die weiche Rundung ihres Pos unter ihrem Nachthemd. Das Häubchen fiel herunter, als sie den Kopf an seine Schulter legte. Sanft ließ er sie auf das Bett gleiten.

Zum ersten Mal erlaubte sie ihm, daß er ihr das Nachthemd auszog, und als er sie dann berührte, war sie bereit für ihn, auch wenn sie sich sofort verkrampfte und ein ängstlicher Ausdruck in ihre Augen trat.

»Es ist alles in Ordnung«, flüsterte er, und es fiel ihm schwer, sich zurückzuhalten. Doch irgendwie gelang es ihm, sein wildes Verlangen zu zügeln, und als er in sie eindrang, wehrte sie sich nicht, wie sonst immer. Alles war sehr schnell vorbei, doch als er von ihr hinunterrollte, wußte er, daß er ihr zum ersten Mal nicht weh getan hatte, und die Macht der Erfüllung hatte ihn bis in sein Innerstes erschüttert.

Lucy lag nachdenklich in der Dunkelheit und lauschte auf Gareths immer lauter werdendes Schnarchen. Sie fühlte sich sehr eigenartig, aber auch angenehm entspannt. Doch sie hatte das unmißverständliche Gefühl, daß das, was sie gerade erlebt hatte, nichts war gegen das, was Tamsyn im Augenblick in Julians Bett erlebte.

Sie war also Julians Geliebte. Wie eigenartig und wie schockierend. Kein Wunder, daß sie so anders zu sein schien, kein Wunder, daß sie mit ihrer Meinung nicht hinter dem Berg hielt. Nun, morgen früh würde sie mehr von ihr erfahren. Auf jeden Fall hatte sie jetzt eine ganz neue Meinung von ihrem so überaus korrekten Bruder. Sie kicherte leise, dann drückte sie ihr Gesicht in das Kissen. In der Zukunft würde sie sich seine Ermahnungen nicht mehr so sehr zu Herzen nehmen.

Gareth war nicht sicher, wie er am nächsten Morgen seinem Schwager gegenübertreten sollte. Doch Julians Begrüßung am Frühstückstisch wurde von einem ruhigen Lächeln begleitet, und er lud Gareth sogleich ein, sich in seinem Stall umzusehen und jedes Pferd zu reiten, das ihm gefiel – mit Ausnahme von Soult.

»Auf Soult bin ich von Badajos nach Lissabon geritten«, erklärte ihm Julian.

»Wann werdet Ihr nach Badajos zurückkehren?« Gareth lud ein Gericht aus Fisch und Eiern auf seinen Teller und füllte seinen Krug mit Bier.

»Spätestens im Oktober. Ich muß im nächsten Monat noch einmal nach London.« Julian wischte sich den Mund ab und warf seine Serviette auf den Tisch. »Wenn Ihr mich jetzt bitte entschuldigen wollt, Gareth, ich habe noch zu tun.«

Er ging zur Tür, doch gerade in diesem Augenblick öffnete sie sich, und Tamsyn trat ins Zimmer, in einem hochgeschlossenen, geblümten Musselinkleid mit langen Ärmeln. »Guten Morgen, Mylord Oberst.«

»Guten Morgen, Tamsyn.« Seine Stimme klang kühl, doch seine Augen blitzten belustigt auf, als er feststellte, daß sie ein Kleid gewählt hatte, das jeden einzelnen Zentimeter ihrer Haut bedeckte. Im rauhen Liebesspiel der Nacht hatten sie beide einige Schrammen davongetragen.

»Laßt Euch nicht von mir aufhalten, Sir.«

»Das werde ich nicht. Du zänkisches Weib!« fügte er flüsternd hinzu. Er kniff sie in die Wange. In seinen Augen spiegelte sich noch immer ein Funke der Leidenschaft wider… und auch Belustigung. Er war heute morgen mit einem Lachen aufgewacht und war davon überzeugt, daß er auch im Schlaf gelacht hatte.

»Tyrann!« hauchte sie. Auch ihre Augen blitzten.

»Zankteufel!« flüsterte er und ging dann schnell.

Tamsyn wandte ihre Aufmerksamkeit Gareth zu, der so tat, als hätte er nicht angestrengt gelauscht, um die geflüsterte Unterhaltung mitzubekommen.

»Guten Morgen, Gareth. Ist Lucy noch im Bett?« Sie setzte sich und nahm eine Scheibe Toast. »Würdet Ihr mir bitte den Kaffee reichen?«

Gareth tat ihr den Gefallen. »Lucy frühstückt morgens normalerweise oben.« Er betrachtete sie eingehend. In seiner Erinnerung sah er ihren Körper, wie er in der vergangenen Nacht ausgesehen hatte. Er fragte sich, ob sie wohl einen Annäherungsversuch von ihm begrüßen würde. Das, was Julian ihr bot, konnte auch er ihr geben. Doch leider sah er keine Möglichkeit, sich ihr zu nähern, solange sie beide unter St. Simons Dach lebten. Ein Mann drängt sich nicht in das Gebiet eines anderen, solange er dessen Gastfreundschaft genießt. Doch vielleicht würde er sich ihr nähern können, wenn Julian in London war.

Dieser Gedanke zauberte ein Lachen auf seine Lippen. Ganz unbewußt strich er sich über den Schnurrbart.

Tamsyn strich Butter auf ihren Toast und fragte sich, warum Gareth so selbstgefällig grinste. Hoffentlich hatte das nichts mit ihr zu tun. Hatte er vielleicht in der letzten Nacht etwas gehört? Nein, auf dem Flur hatten sie beide nur geflüstert, und außerdem hatten zu diesem Zeitpunkt schon alle geschlafen.

Sie verließ das Frühstückszimmer, als Gareth seinen Teller gerade zum zweiten Mal mit einem Stück Rindfleisch belud. Seine bereits jetzt ziemlich füllige Taille würde so auf keinen Fall verschwinden, dachte sie, doch was die eine Frau ablehnte, liebte eine andere.

»Tamsyn, guten Morgen.«

Lucys Stimme riß sie aus ihren philosophischen Gedanken. Julians Schwester kam die Treppe hinunter, sie wirkte aufgeregt und ein wenig schüchtern zugleich.

»Guten Morgen«, begrüßte Tamsyn sie. Sie war erleichtert zu sehen, daß Lucy über Nacht ihre gute Laune wiedergefunden zu haben schien. »Ich wollte gerade einen Spaziergang machen. Möchtet Ihr nicht mitkommen?«

»O ja, liebend gern. Ich werde meinen Sonnenschirm holen und meinen Mantel.«

»Oh, das werdet Ihr beides nicht brauchen. Draußen ist es sehr warm, und ich wollte nach St. Catherines Point gehen. Man muß über die Klippen klettern, um dorthin zu gelangen, da kann man nicht noch unnützes Zeug mitnehmen.«

Lucy, die mit einem kleinen unterhaltsamen Spaziergang durch den Garten gerechnet hatte, war entsetzt über einen solchen Vorschlag, doch sie lenkte rasch ein. »Nein, natürlich brauche ich das nicht. Wolltet Ihr jetzt gleich gehen?«

»Wenn Ihr bereit seid«, sagte Tamsyn höflich.

Sie waren bereits ein Stück den Weg hinuntergegangen, als sie Gabriel begegneten, der zu Fuß aus dem Dickicht der Bäume kam. Über seiner einen Schulter hing ein Gewehr, über der anderen baumelte eine Tasche. »Wo willst du hin, kleines Mädchen?«

»Nach St. Catherines Point. Und von dort aus nach Fowey, um für Josefa Nadeln und Garn zu kaufen.«

Er nickte und lächelte Lucy freundlich an, dann ging er weiter.

»Euer Diener benimmt sich sehr ungezwungen.«

»Gabriel ist kein Diener, und ich möchte auch nicht, daß Ihr ihn je als einen solchen behandelt«, sagte Tamsyn. »Darüber regt er sich sehr auf. Er war der vertrauteste Freund meines Vaters, und er kümmert sich um mich.«

»In Spanien geht man mit solchen Dingen wahrscheinlich anders um«, lenkte Lucy ein und suchte nach einem Weg, die Unterhaltung auf das Thema zu bringen, das sie beschäftigte.

»Das kann man wohl sagen.« Tamsyn ging mit großen Schritten auf den steilen Pfad zu, der durch die Klippen führte. Lucy bemühte sich, mit ihr Schritt zu halten. Sie wehrte mit der Hand die Fliegen ab, die sie zu umschwärmen begannen, als ihr der Schweiß ausbrach.

»Ihr redet auch ganz anders über viele Dinge.« Sie waren oben auf den Klippen angelangt, und Lucy blieb stehen und atmete tief die frische Luft ein, die vom Meer unter ihnen kam. »Ich meine die Dinge, die Eure Mutter Euch erzählt hat.« Ihre Wangen waren gerötet, was nicht nur von der Anstrengung herrührte.

Tamsyn lachte. »Eure Mutter hat Euch wohl solche Dinge nicht erzählt, wie?« Sie lief leichtfüßig den Pfad hinunter bis zu einem Felsenriff, das sich über Fowey erhob, gleich oberhalb der Ruine des Forts von St. Catherine. Das Fort hatte einmal den Zugang zum Fluß kontrolliert und war der Teil der Verteidigungslinie gewesen, die Henry der Achte an der Küste errichtet hatte.

Als Lucy ihr endlich gefolgt war, hatte Tamsyn die Schuhe ausgezogen und lag auf dem Bauch. Sie blickte zu dem Fort hinunter und zu der breiten Flußmündung. Ein Schiff, beladen mit Porzellanerde, glitt gerade aus der Mündung hinaus auf das Meer.

»Nein, das hat sie nicht«, sagte Lucy, als sie neben Tamsyn in das Gras sank und sich fragte, ob die Grasflecken sich wohl aus dem hellen Batistkleid auswaschen lassen würden. »Das einzige, was meine Mutter mir je über die Ehe erzählt hat war, daß einige der ehelichen Pflichten nicht gerade angenehm seien, doch daß es meine Pflicht sei, sie zu ertragen.«

»Schließ die Augen und denk an England!« zitierte Tamsyn verächtlich und kaute dabei auf einem Grashalm. »Und ich nehme an, Euer Bruder hat auch nicht mit Euch darüber gesprochen.«

»Julian!« Lucy starrte sie entsetzt an. »Er könnte nie mit *mir* über solche Dinge reden!«

»Oh!« Tamsyn entschied, daß es zu gefährlich war, in diesem Zusammenhang über Julian zu sprechen, zu leicht konnte sie sich verraten.

»Ich weiß, es ist gar nicht anständig, daß ich gern über diese Dinge reden möchte«, begann Lucy zögernd.

Tamsyn lachte und rollte sich auf den Rücken. Sie blinzelte in die Sonne. »Anständigkeit macht das Leben sehr langweilig. Ich würde wetten, daß Gareth viel lieber eine unanständige Frau in seinem Bett hätte.«

»Davon hat er bereits eine ganze Menge gehabt«, sagte Lucy bitter, aber dann keuchte sie erschrocken auf. Sie war erstaunt, daß sie so schockierende Dinge überhaupt aussprechen konnte.

Doch Tamsyn grinste nur. »Aber wenn er eine davon zu Hause hätte, dann würde er gar nicht das Verlangen haben, sich so oft anderweitig umzusehen.«

»Und was muß ich tun, um unanständig zu sein?« wollte Lucy wissen. »Ihr scheint so viel darüber zu wissen.« Es lag ihr auf der Zunge zu sagen, was sie und Gareth in der vergangenen Nacht gesehen hatten, doch sie schämte sich zuzugeben, daß sie Tamsyn und Julian heimlich beobachtet hatten ... und sie wollte auch nicht zugeben, daß es sie beide eigenartigerweise erregt hatte.

»Ich werde es Euch verraten, wenn Ihr schwört, kein Wort davon Eurem Bruder zu verraten. Wenn er glaubt, daß ich Euch verderbe, wird er mich aus seinem Haus werfen.«

»Würde er das wirklich tun?« hauchte Lucy. Sie fand ihren Bruder ziemlich einschüchternd, doch nach dem, was sie in der letzten Nacht gesehen hatte, konnte sie sich nicht vorstellen, daß Tamsyn sich so etwas gefallen lassen würde, ohne sich zu wehren.

»Wahrscheinlich schon«, meinte Tamsyn. »Also, Ihr müßt es mir versprechen.«

»Ich verspreche es.«

Tamsyn lächelte, blinzelte in die Sonne und begann dann, der unschuldigen Braut, die ihr mit weit aufgerissenen Augen lauschte, von einigen der Freuden der Liebe zu erzählen.

Eine sehr nachdenkliche Lucy ging eine Stunde später allein nach Tregarthan zurück, wesentlich langsamer als auf dem Hinweg.

Tamsyn hingegen schlug den steilen, gewundenen Pfad zur Stadt ein. Auch sie war tief in Gedanken versunken. Es war ein angenehmes Gefühl, das Leben eines anderen Menschen in Ordnung bringen zu können, auch wenn sie beim besten Willen nicht verstand, was Lucy an Gareth Fortescue fand. Er war nicht abstoßend, aber er kam ihr faul, eingebildet und selbstgefällig vor. Das waren für einen englischen männlichen Aristokraten völlig normale Eigenschaften, wenn sie Ceciles Erzählungen Glauben schenkte. Ein solcher Mann würde sich nie damit zufrieden geben, seiner Ehefrau treu zu bleiben, auch wenn sie ihn im Bett noch so sehr zufriedenstellte. Doch Lucy würde wahrscheinlich die Liebschaften ihres Mannes eher ertragen können, wenn sie selbst nicht länger unbefriedigt war. Sie würden ihr dann weniger bedrohlich erscheinen.

Nachdem Tamsyn ihre Einkäufe erledigt hatte, wanderte sie im Sonnenschein am Kai entlang. Sie merkte nicht, daß David und Charles Penhallan sie entdeckt hatten. Die beiden Männer standen auf der Treppe zum Zollamt und unterhielten sich mit dem Zollbeamten, einem untersetzten Mann, der sich tagtäglich mit dem Widerspruch herumschlagen mußte, eine Arbeit zu tun, die seinen Interessen widersprach. Für einen Mann, der Wein und Cognac so sehr liebte wie Leutnant Barker, war es die Hölle, die Männer vom Schmuggel abzuhalten. Er war Experte darin, absichtlich etwas zu übersehen, und normalerweise ließen ihn die Schmuggler wissen, wenn es für ihn wieder angesagt war, das zu tun.

»Lord Penhallan meinte neulich, daß seine Wildhüter einen Rückgang in der Wilderei festgestellt haben, seit er auf Lanjerrick Fußangeln ausgelegt hat.« Er strich sich über seinen runden Bauch und rülpste leise. Bücklinge zum Frühstück lagen schwer im Magen, aber er konnte nicht widerstehen. »Ich überlege, ob ich es einmal Lord St. Simon gegenüber erwähne. Sein Verwalter hat sich beklagt, wie viel Fasane sie verloren haben...« Er hielt inne, als er bemerkte, daß er keine Zuhörer mehr hatte. Die Penhallan-Zwillinge waren gegangen und schlenderten jetzt die Straße hinunter.

Tamsyn lief durch die engen, steilen Straßen der kleinen Stadt. Ab und zu blieb sie stehen und blickte über die Dächer hinweg, sah in ummauerte Gärten, in denen Rosen dufteten, betrachtete die Fischernetze, die in der Sonne trockneten, und die Krabbentöpfe, die sich in den Ecken stapelten.

Könnte sie hier leben? Könnte sie die wilden Bergpässe und die darüber hinwegschwebenden Adler verlassen, den Duft des Thymians unter ihren Füßen, die eisbedeckten Berggipfel und die klaren, eisigen Bergbäche? Könnte sie die brennende Sommersonne eintauschen gegen diese sanfte Landschaft, könnte sie die Luft der Berge, die so klar war, daß sie in den Lungen schmerzte, eintauschen gegen diese laue Luft, die so mild war wie ein Frühlingsregen?

Doch die Frage war rein theoretisch. Es gab keine Möglichkeit, Cedric Penhallan bloßzustellen, wie sie es vorhatte, ohne daß Julian etwas davon erfuhr. Und wenn sie es vor ihm nicht geheimhalten konnte, dann würde sie ihn auch nicht überreden können, in sein Herz zu blicken und das zu sehen, von dem sie glaubte, daß er es dort finden würde. Also würde sie nach Spanien zurückgehen, sobald sie das erledigt hatte, was sie hier vorhatte, und sie würde die Erinnerung an einen Mann mitnehmen und an eine Liebe, die ein ganzes Leben hätte dauern können.

Auf dem höchsten Punkt der Straße verließ sie die Stadt und schlug den mit hohen Hecken eingefaßten Weg ein, der nach Tregarthan führte. Entschlossen zwang sie sich, an die Schönheiten ihres Heimatlandes zu denken und daran, wie wunderbar es wäre, wieder bei den Partisanen zu leben, ein klares Ziel in ihrem Leben zu haben. Und sie entschloß sich, diesen Wirbel an Gefühlen hinter sich zu lassen.

Sie war so tief in ihre Gedanken versunken, daß sie die beiden Männer gar nicht bemerkte, die ihr in einem gewissen Abstand folgten.

David und Charles hatten sich in den steilen Gassen des Dorfes ein wenig abseits gehalten. Immer wieder waren sie in Toreingängen stehengeblieben, hatten kleine Weg zwischen den Hütten benutzt, damit es nicht so aussah, als würden sie ihr folgen. Und während sie jetzt den verlassenen Weg entlanggingen, hatten beide die Hände in die Hosentaschen geschoben, ihre Finger schlossen sich um die schwarzen Masken, und beide zeigten den gleichen Gesichtsausdruck. Ihre Augen leuchteten auf in räuberischer Vorfreude, ihre Lippen waren zum gleichen grimmigen Lächeln verzogen.

Tamsyn verließ den Weg. Sie schlüpfte durch das Tor einer Viehweide und ging dann im Schatten der Hecke weiter. David und Charles zogen die Masken aus ihrer Tasche und setzten sie schweigend auf.

Tamsyn hörte das Brummen einer Biene in den Blüten des Geißblattes, das Rufen eines Fasans, der durch irgend etwas aufgeschreckt worden war und aus dem heranreifenden Kornfeld aufflog. Die Sonne brannte heiß, der Boden war trocken. Ein Frosch hüpfte aus dem Graben neben der Hecke. Es war ganz still, beinahe schläfrig, um sie herum. Plötzlich richteten sich die kleinen Härchen in ihrem Nacken auf. Eine Gänsehaut überzog ihre Arme.

Sie blieb stehen und wandte sich ganz langsam um. Zwei maskierte Männer traten auf sie zu. Ihre böse Absicht war beinahe körperlich zu fühlen. Tamsyn blieb ganz still stehen. Niemand war in der Nähe, außer ihr und den beiden Männern. Eine Herde Kühe hob die Köpfe und starrte sie neugierig aus ihren großen braunen Augen an, ihre Kiefer mahlten unermüdlich.

»Nun, nun«, meinte Charles, als er näher kam. »Wenn das nicht St. Simons Liebchen ist, das wir am Strand gesehen haben.«

Die Männer auf der Klippe. Waren es ihre Cousins? Tamsyn sagte nichts.

David lachte leise. »Komisch, daß St. Simon eine Hure unter dem kostbaren Dach von Tregarthan wohnen läßt… dazu noch zusammen mit seiner Schwester.« Er streckte die Hand aus und berührte ihre Wange. Charles trat neben ihn, und Tamsyn wurde gegen die Hecke gedrängt. Sie hatte keine Möglichkeit, vor ihnen wegzulaufen. Doch noch immer schwieg sie.

»Also, wie wäre es, wenn du uns jetzt etwas von dir erzählen würdest«, forderte David sie auf und kniff sie so fest in die Wange, daß die Stelle ganz weiß wurde.

Tamsyn schüttelte den Kopf. *»Perdon?«* flüsterte sie.

»Dein Name, Hure.« Er kniff sie in die andere Wange und brachte sein Gesicht ganz nah an ihres. »Deinen Namen wollen wir wissen und woher du kommst.«

»No comprendo«, flüsterte Tamsyn. Sie betete, daß man ihr ihre Furcht nicht ansah. Wenn die beiden merkten, wie sehr sie sich fürchtete, gäbe es nichts, was sie zurüchalten würde.

»Oh, spiel mir doch hier nicht die Dumme vor, Hure!« David ließ ihre Wange los und trat mit einem schnellen Schritt hinter sie. Er ergriff ihre Arme und drehte sie ihr auf den Rücken.

Tamsyn wußte, daß sie den beiden körperlich nicht gewachsen war. Sie waren zu zweit, und sie waren beide doppelt so groß wie sie, trotz der schlanken Gestalten. Wenn sie eine Waffe hätte, ein Messer, irgend etwas, dann hätte sie vielleicht noch eine Chance. Aber sie hatte nichts.

Bis auf die Nadeln und das Garn, das sie für Josefa gekauft hatte. Ihre Gedanken rasten, während sie reglos vor den beiden stand. Sie hatte das Gefühl, daß sie keinen Widerstand leisten durfte, wenn sie nicht schwer verletzt werden wollte, wenigstens so lange nicht, bis sie sicher war, daß ihr Plan klappen würde. Die beiden hatten etwas an sich, das ihr einen kalten Schauer über den Rücken laufen ließ. Sie sind noch schlimmer als Cornichet, dachte sie verächtlich. Wenigstens hatte Cornichet einen Grund für sein Handeln gehabt, einen Grund, den sie sogar verstehen konnte.

Durch die Maske hindurch sah sie das Lachen in Charles' Augen, die trotzdem so kalt und tödlich waren, wie die Augen einer Viper. Er nahm ihr Kinn zwischen Daumen und Zeigefinger, so fest, daß es schmerzte, mit der anderen Hand griff er in ihr Haar und riß ihren Kopf zu sich. Dann preßte er seinen Lippen auf ihre, in einer so brutalen Art, daß sie das Gefühl hatte, sich übergeben zu müssen. Seine Zunge schob sich in ihren Mund, bis tief in ihren Rachen. Ihr wurde schwindlig, sie würgte und rang nach Atem. Sie schloß die Hand um das Päckchen mit den Nadeln. Irgendwie gelang es ihr, sie aus der Tasche zu ziehen. Verzweifelt fühlte sie, wie ihr die Sinne zu schwinden drohten. Schnell hob sie die Hand und stach damit in die weiche Haut unter dem Kinn ihres Angreifers.

Charles brüllte auf und gab ihren Mund frei. Er schlug sie ins Gesicht. »Du gemeine kleine Hure, dafür wirst du büßen!« Ungläubig berührte er sein Kinn, wo sich ein roter Fleck bildete. Dann griff er nach ihrem Handgelenk und bog ihren Arm zurück, bis sie aufschrie und das Päckchen mit den Nadeln zu Boden fallen ließ. Er legte eine Hand auf ihre Brust, rieb mit der Handfläche über ihre Brustspitze und kniff sie lange hinein, bis er sah, daß ihr die Tränen in die Augen traten und sie ihren Schmerzensschrei nicht länger unterdrücken konnte.

»Wir wollen sie zuerst noch zum Singen bringen«, sagte David, als er die Entschlossenheit in den Augen seines Bruders sah. »Zuerst wollen wir von dir das erfahren, was wir wissen wollen, dann kannst du dich an ihr rächen.«

»Also gut, Hure!« Charles' Finger hielten noch immer ihre Brustspitzen fest. »Wie ist dein Name? Wo hat St. Simon dich gefunden?«

»Bastardo!« Sie spuckte ihm ins Auge. Die Männer zwangen sie auf die Knie und rissen ihr die Arme so heftig auf den Rücken, daß Tamsyn wußte, ihre Arme würden bei der kleinsten Bewegung brechen. Unter Tränen verfluchte sie die beiden in Spanisch, bemühte sich, die Schmerzen unter Kontrolle zu halten, damit die Übelkeit nicht die Oberhand gewann, während sie auf der harten Erde kniete, mit dem Kopf auf der Brust.

Auf einmal ertönte ein wilder Schrei, so wild und blutrünstig, daß selbst Tamsyn erschauderte. Ihre Arme wurden plötzlich losgelassen, und die maskierten Männer waren verschwunden. Benommen hob sie den Kopf und sah mit vor Tränen blinden Augen, wie sie über das Feld davonliefen, als sei ihnen der Teufel persönlich auf den Fersen.

Gabriel lief ihnen hinterher, an ihr vorbei. Noch immer brüllte er seinen Kriegsschrei, und dann blieb er plötzlich stehen. Mit einem unflätigen Fluch gab er die Verfolgung auf und lief zu der zusammengesunkenen Gestalt zurück, die jetzt im Gras lag. Er kniete neben ihr nieder. »Och, kleines Mädchen ... die erwische ich auch später noch.«

Er hob sie hoch, zog sie an seine breite Brust und schaukelte sie, als wäre sie ein Baby. Ihr Gesicht war kreidebleich, ihre Augen weit aufgerissen, und einige Minuten lang lag sie zitternd in seinen Armen. Dann schob sie sich von ihm und murmelte etwas Unverständliches. Der Geschmack dieses Mannes war noch immer in ihrem Mund. Sie wandte sich ab und übergab sich in den Graben.

»Oh, ich werde sie umbringen, ganz langsam«, schwor sich Gabriel leise und streichelte ihren Rücken, während sie auf dem Boden hockte. »Ich werde sie verfolgen, diese Halunken, und wenn ich sie erwische, werde ich ihnen mit einer Austernschale die Haut vom Leibe ziehen.« Tamsyn wußte, daß das keine leere Drohung war.

»Sie wollten wissen, wer ich bin, Gabriel.« Zu ihrer Überraschung stellte sie fest, daß ihre Stimme ganz ruhig klang. Sie richtete sich auf. »Wer ich bin und woher ich komme. Ich bin sicher, es waren meine Cousins.« Sie stand auf und rieb sich die schmerzenden Handgelenke.

»Glaubst du, dein Onkel hat sie auf dich angesetzt?«

Sie schüttelte den Kopf. »Nach allem, was Cecile mir erzählt hat, bezweifele ich, daß Cedric so etwas tun würde. Er ist ein sehr scharfsinniger Mann, und er würde nicht wollen, daß man ihm einen so schmutzigen Angriff zur Last legt. Aber ich habe offensichtlich ihre Neugier geweckt.«

Ruhig strich sie sich das Haar aus dem Gesicht und wischte Grashalme und Schmutz von ihrem Kleid. »Wieso warst du so schnell hier, Gabriel?«

Er zuckte mit den Schultern. »Es war einfach nur so ein Gefühl. Ich war unruhig, nachdem ich dich mit Miss Lucy allein gelassen hatte, ich weiß auch nicht, warum. Ich dachte, ich gehe ins Dorf und begleite dich nach Hause.«

»Gott sei Dank.« Sie nahm seine große Hand in ihre beiden Hände. »Wir werden sie schon noch zur Rechenschaft ziehen, Gabriel, aber damit mußt du bitte noch etwas warten. Es wird alles verderben, wenn du im Gefängnis von Bodmin als Mörder auf dem Schafott endest.« Sie versuchte zu lächeln, doch ihr Gesicht schmerzte von dem Schlag und den Kniffen in ihre Wangen. »Wenn wir uns an Cedric rächen, dann werden wir die beiden auch bekommen.«

»Aber vergiß nicht, sie gehören mir«, sagte er mit gefährlich leiser Stimme.

»Sie sollen dir gehören«, versprach ihm die Tochter *El Barons* im vollen Bewußtsein dessen, was ihr Versprechen bedeutete. Sie empfand kein Mitleid mit ihren Cousins.

»Und bis dahin, kleines Mädchen, wirst du nirgendwo allein hingehen. Vielleicht hat dein Onkel diese Schufte ja wirklich nicht auf dich gehetzt, aber wenn er dir erst einmal auf der Spur ist, haben wir keine Ahnung, wie weit er zu gehen bereit ist.«

»Nein«, stimmte Tamsyn ihm zu. »Ein Mann, der sich seiner Schwester auf eine so geistreiche Art entledigt hat, hat wahrscheinlich keine großen Schwierigkeiten, für ein noch eigenartigeres Verschwinden zu sorgen.«

20

»Sie spricht kein Wort Englisch, Onkel.«

»Wer spricht kein Wort Englisch?« Der Vicomte blickte irritiert hoch. Er warf David, der an der Tür der Bibliothek stand und es nicht wagte, näher zu kommen, einen bösen Blick zu.

»St. Simons Liebchen, Sir«, sagte Charles, der hinter seinem Bruder stand. »Wir dachten, es würde Euch interessieren.«

Cedric faltete sorgfältig die Zeitung, in der er gelesen hatte und legte sie neben sich auf das Sofa. »Was dachtet ihr?« Seine schwarzen Augen zogen sich zusammen. »Ich hoffe, ihr habt euch nicht in meine Angelegenheiten eingemischt.«

David trat unruhig von einem Fuß auf den anderen. »Ihr sagtet doch vor ein paar Tagen beim Abendessen, daß Ihr gern wissen würdet, wer sie ist. Wir glaubten, Ihr würdet Euch freuen, wenn wir es für Euch herausfinden.«

»Und wie seid ihr beide wohl auf diesen Gedanken gekommen, ihr Stümper?« fragte Cedric, mit jener unheimlichen Ruhe, die alarmierend war. Die beiden jungen Männer traten ungewollt einen Schritt zurück. »Seit wann habe ich euch wohl gebeten, euch in meine Angelegenheiten einzumischen? Und was habt ihr jetzt wieder angestellt?«

»Wir haben dem Mädchen nur ein paar Fragen gestellt«, erklärte David lahm. »Aber sie spricht kein Englisch... sie hat in einer fremden Sprache geplappert.«

»Aber Französisch war es nicht«, half sein Bruder ihm weiter. »Das hätten wir gemerkt.«

Cedric starrte die beiden ungläubig an und fragte sich, warum sie ihn mit ihrer Dummheit immer noch überraschen konnten. »Sie ist Spanierin«, erklärte er. »Das weiß ich schon seit mindestens zwei Tagen.«

»Oh.« Charles kratzte sich am Kopf. »Wir wollten doch nur helfen, Onkel.«

»Oh, erspart mir das«, wehrte Cedric voller Abscheu ab. »Wo war dieses Mädchen, als ihr mit ihr diese erleuchtende Unterhaltung hattet?« Seine Augen blickten die beiden aufmerksam an. »Doch nicht etwa auf St. Simons Land?«

»O nein, Sir«, versicherten ihm die beiden. »Sie war in Fowey, da sind wir ihr gefolgt und... und haben sie nach ihrem Namen gefragt.«

Cedric lehnte sich auf dem Sofa zurück und betrachtete die beiden voller Verachtung. »Habt ihr ihr etwas getan?« fragte er leise. »Habt ihr einer Frau, die unter dem Schutz von St. Simon steht, was angetan? Einer Frau, die als Gast in seinem Haus lebt? Nein, natürlich habt ihr das nicht. Natürlich würdet ihr etwas so Dummes niemals tun... *Oder etwa doch?*« brüllte er plötzlich los.

»Nein, Sir... nein, natürlich haben wir das nicht getan«, sagten die beiden Männer wie aus einem Mund. »Wir haben ihr nur ein paar Fragen gestellt.«

Cedric schloß die Augen mit einem angeekelten Seufzer. Er kannte die beiden viel zu gut, um ihnen zu glauben. Wie es schien, konnten sie keine sexuelle Erfüllung finden, ohne einer Frau Schmerzen zu bereiten. Ihr Vater hatte das gleiche Problem gehabt, und seine Frau, eine mitleiderregende kleine graue Maus, hatte sich geduckt und ihre Wunden verborgen, bis sie schließlich die Treppe hinuntergefallen war, als sie im sechsten Monat schwanger war. Niemand, der Thomas Penhallan kannte, hatte geglaubt, daß Mary wirklich aus Versehen die Treppe hinuntergefallen war. Die Zwillinge hatten seine abartigen Gelüste geerbt. Normalerweise ließen sie ihre Bosheiten an den Straßendirnen aus und belästigten nicht die Frauen ihrer eigenen Gesellschaftsklasse. Man konnte nur hoffen, daß keine Frau so dumm war, einen von ihnen zu heiraten.

Doch offensichtlich hatten sie angenommen, daß dieses Mädchen St. Simons Dirne war und deshalb für sie zugänglich.

»Außerdem wird sie gar nicht wissen, wer wir waren«, erklärte Charles mit einem Anflug von Stolz. »Wir haben Masken getragen...«

»Was habt ihr?«

»Sie konnte uns nicht erkennen... anders als damals bei diesem Mädchen«, erklärte David. »Das soll aber nicht heißen, daß wir ihr etwas getan haben«, fügte er hastig hinzu. »Es war nicht so wie damals.« Sie blickten hoffnungsvoll ihren Onkel an, als warteten sie noch immer darauf, daß er sie für ihre Umsichtigkeit lobte, wenn sie schon keine Dankbarkeit erwarten konnten.

Aber auch ein Lob schien er nicht für sie übrig zu haben.

»Macht, daß Ihr rauskommt!«

Sie flohen. Cedric starrte in den leeren Kamin und überlegte, wieviel Schaden sie wohl angerichtet hatten. Er hatte seine eigenen Erkundigungen eingezogen und hatte sehr schnell herausgefunden, daß die Frau auf Tregarthan Spanierin war, und daß sie offensichtlich unter dem Schutz des Obersts Lord St. Simon stand. Das wußte in der Nachbarschaft mittlerweile jeder. Doch dank des Herumschnüffelns seiner Neffen wußte er mehr über die Beziehung St. Simons zu dieser Frau als seine Nachbarn. Es interessierte ihn nicht so sehr, ob St. Simon mit dem Mädchen schlief oder nicht. Was ihn neugierig machte, war in welcher Beziehung die beiden genau zueinander standen und warum, um alles in der Welt, St. Simon sich die Mühe machte, seine Geliebte von Spanien mitzubringen und sie auf Tregarthan wohnen zu lassen.

Wer war diese Frau, und warum war sie hier?

Wie auch immer er die Sache betrachtete, zwei Dinge konnte er nicht ignorieren: Das Mädchen hatte eine unheimliche Ähnlichkeit mit Celia, und sie war Spanierin.

Sollte das reiner Zufall sein? Nein, Cedric glaubte nicht an Zufälle. Er glaubte an sorgfältig ausgearbeitete Pläne und an Gehirne, die genauso hinterhältig arbeiteten wie sein eigenes.

Die Entführung damals war planmäßig verlaufen, bis auf die Tatsache, daß Marianne überlebt hatte und dadurch eine Gefahr für ihn war. Doch damit war er sehr schnell fertig geworden – Angst, eine großzügige Pension und ein einsames Haus in den Highlands hatten ihr Schweigen erkauft. Sie war seit zehn Jahren tot und hatte ihr Geheimnis mit ins Grab genommen. Aber war Celia etwa ihrem Entführer entkommen? War sie geflohen... hatte sie einen Spanier geheiratet... mit dem sie ein Kind hatte?

Es ergab alles keinenSinn. Wenn sie hätte fliehen können, wäre sie nach Hause gekommen. Es wäre ihr nicht in den Sinn gekommen, daß ihr Bruder etwas mit diesem Räuber auf einem spanischen Bergpaß zu tun hatte. Und wenn dieses Mädchen wirklich Celias eheliche Tochter war, warum sagte sie das nicht einfach?

Wenn sie wirklich eine Verbindung zu Celia hatte, dann würde er etwas unternehmen müssen. Doch diese Angelegenheit wurde verkompliziert durch die Tatsache, daß sie unter St. Simons Schutz stand. Und noch komplizierter wurde alles dadurch, daß sie jetzt wußte, daß sich jemand außergewöhnlich stark für sie interessierte. Natürlich war es wirklich möglich, daß sie ihre beiden Angreifer nicht identifizieren konnte. Sie war eine Fremde, sicher hatte sie die Zwillinge noch nie zuvor gesehen. Und es gab keinen Grund, warum sie die beiden mit ihm in Verbindung bringen sollte... es sei denn, sie würde St. Simon von dem Überfall berichten. Er hätte keine Schwierigkeiten, herauszufinden, wer diese Schufte gewesen waren. Aber es gab keinen Grund, warum er das Benehmen der beiden auf Cedric zurückführen sollte. Er würde wahrscheinlich annehmen, daß sie lediglich ihre alten Verhaltensweisen wieder aufgenommen hatten.

Cedric stand auf und goß sich einen Cognac ein. Nachdenklich ließ er die bernsteinfarbene Flüssigkeit über seine Zunge rollen und runzelte dabei die Stirn. Wenn dieses Mädchen wirklich etwas mit

Celia zu tun hatte, was wollte sie dann hier? Sie mußte mit irgendeiner Absicht gekommen sein. Jeder wollte irgend etwas. War es Geld?

Nun, was immer es auch war, er würde es ja sicher sehr bald herausfinden. Vielleicht würde er es schaffen, daß sie ihre Karten offen auf den Tisch legte.

»Es würde keine große Party werden, Julian«, meinte Lucy, deren porzellanblaue Augen aufgeregt leuchteten. »Nur etwa zehn Paare oder so, und dazu die üblichen Familien. Es soll auch nicht getanzt werden, obwohl wir vielleicht nach dem Essen trotzdem den Teppich aufrollen könnten. Ich hatte auch nicht an ein außergewöhnlich ausgedehntes Essen gedacht...«

»Meine liebe Lucy«, unterbrach Julian sie. Er hob die Hand, um ihren Wortschwall aufzuhalten. »Wenn du eine kleine Party geben möchtest, so habe ich nichts dagegen. Die einzige Frage ist, ob Tamsyn schon so bald einen Geschmack auf die Gesellschaft bekommen möchte.«

»Oh, natürlich möchte sie das«, erklärte Lucy und strahlte. »Es wird überhaupt nicht schwierig sein. Alle sind so nett und interessieren sich so sehr für sie, und alle möchten sie gern kennenlernen. Du möchtest es doch, nicht wahr Tamsyn?« Nachdem die beiden Mädchen sich vor einigen Tagen ausführlich unterhalten hatten, waren sie zum vertrauteren ›Du‹ übergegangen.

Tamsyn, die Lucys aufgeregtem Geplapper belustigt gelauscht hatte, stimmte ihr zu. »Wenn du meinst, Lucy.«

»Aber du weißt doch, daß du in Gesellschaft ziemlich zurückhaltend bist und deine Englischkenntnisse vergißt«, rief Julian ihr ins Gedächtnis. Er lehnte sich in seinem Sessel zurück und betrachtete sie unter gesenkten Augenlidern hervor. »Glaubst du wirklich, daß du bereit bist, dich in die Gesellschaft zu stürzen, wenn du dich der Gefahr aussetzt, daß niemand dich versteht?«

»Aber Tamsyn spricht doch perfekt Englisch«, protestierte Gareth und wischte mit dem Taschentuch über einen Fleck auf seinen glänzenden Schaftstiefeln. »Wie eine Einheimische, würde ich sogar sagen.«

»Ah, das scheint nur so«, widersprach Julian. »Wenn sie unter

Druck steht, vergißt sie all ihr Englisch und spricht nur noch Spanisch.«

»Ich denke, ich habe meine Schüchternheit überwunden«, erklärte Tamsyn ihm ernst. »Ich werde mich benehmen können, ohne Euch Schande zu machen, Mylord Oberst.«

»Ach, wirklich?« Er strich sich über das Kinn und betrachtete sie belustigt.

Lucy blickte von einem zum anderen. Die meiste Zeit behandelte Julian Tamsyn mit einer beinahe übertriebenen Höflichkeit, und es war sehr schwer sich vorzustellen, daß wirklich passiert war, was sie und Gareth mit eigenen Augen gesehen hatten. Doch manchmal, wie gerade jetzt in diesem Augenblick, war es ein Blick oder ein Ton in ihrer Unterhaltung, der ahnen ließ, daß die beiden ein Geheimnis hüteten.

»Tamsyn würde dir niemals Schaden bereiten«, meinte sie ein wenig verlegen. »Und ich werde den ganzen Abend über an ihrer Seite bleiben und ihr helfen, wenn es nötig sein sollte.«

»Dann ist die Sache ja geklärt«, sagte ihr Bruder. Seine Stimme klang wieder ausdruckslos. »Aber erwarte nicht von mir, daß ich bei den Vorbereitungen helfe. Du kannst Hibbert sagen, daß er den Wein und den Champagner aus dem Keller holt.«

»Wir müssen geeisten Punsch servieren«, erklärte Lucy und sprang auf. »In der letzten Saison in London war das die Sensation. Amabel Featherstone hat ein wunderbares Rezept dafür. Ich bin sicher, ich habe es mir irgendwo aufgeschrieben. Mrs. Hibbert wird sicher in der Lage sein, den Punsch herzustellen.«

Sie lief zur Tür. Ihre übliche Trägheit war verschwunden. »Tamsyn, komm und hilf mir zu entscheiden, was es zu essen geben soll. Und mit den Einladungen kannst du mir auch helfen, wenn du möchtest. Es ist so ermüdend, allen zu schreiben, aber wenn wir sie heute abend fertig machen, kann Judson sie schon morgen zustellen.«

»Wann soll denn diese Party stattfinden?« fragte Tamsyn. Sie gab nur zögernd ihren Plan auf, heute abend noch mit *Cesar* auszureiten.

Lucy hielt inne und dachte nach. »Am nächsten Samstag. Wärst du damit einverstanden, Julian?«

»Oh, sicher«, stimmte er zu. »Mit ein wenig Glück wird es mir gelingen, für diesen Abend irgendwo anders eingeladen zu werden.«

»O nein!« rief Lucy entsetzt. »Wir können keine Party auf Tregarthan veranstalten, wenn du nicht der Gastgeber bist.«

»Ich glaube, St. Simon hat nur einen Scherz gemacht, Liebes«, mischte sich Gareth ein. Er stand auf und blickte in den Spiegel, um seine Krawatte zurechtzurücken.

Lucy war ein wenig verwirrt. »Komm, Lucy.« Tamsyn nahm ihren Arm und zog sie mit sich weg. »Du kannst mir ganz genau zeigen, wie man eine Party in der Gesellschaft organisiert. Die einzigen Partys, auf denen ich bis jetzt gewesen bin, waren...«

»Du bist auf Partys gewesen im Kloster?« unterbrach Julian sie schnell. In seiner Stimme lag eine Warnung.

Tamsyn biß sich auf die Zunge. Sie war kurz davor gewesen, die herrlichen, beinahe heidnischen Bräuche in den Bergdörfern zu beschreiben, wo ganze Schafe und Ziegen auf dem Rost gebraten wurden und wo die Festlichkeiten mindestens drei Tage andauerten.

»Nein«, sagte sie. »Ehe ich ins Kloster ging, noch ehe meine Mutter starb, bin ich einmal auf einer Geburtstagsparty gewesen.«

»Ach, du Arme«, rief Lucy aus. Der Gedanke schien sie zu erschüttern. »Und seitdem bist du auf keiner Party mehr gewesen?«

»Nein«, sagte Tamsyn traurig und warf dem Oberst einen Blick zu.

»Pobrecita«, murmelte er und senkte schnell den Blick, damit sie nicht sah, wie seine blauen Augen spöttisch blitzten.

»Möchtest du dir die Gästeliste ansehen, Julian, wenn sie fertig ist?« fragte Lucy und kam so wieder zum Thema zurück.

»Nein, ich lege alles in deine fähigen Hände«, antwortete er und griff wieder nach der Zeitung, ein Zeichen, daß die Unterhaltung beendet war.

Lucy nickte nur. »Ich habe ein Talent dafür, gesellschaftliche Veranstaltungen zu organisieren. In der letzten Saison haben wir einen großartigen Empfang gegeben, weißt du noch, Gareth?«

»O ja, meine Liebe«, stimmte er ihr zu. Insgeheim dachte er daran, wie entsetzlich langweilig es gewesen war. Er hatte die erste Gelegenheit benutzt, in Marjories gemütliches kleines Haus zu verschwinden. Lucy hatte den ganzen nächsten Tag bitterlich geweint, aber kein Wort des Tadels war über ihre Lippen gekommen. Das Ergebnis war ein überwältigendes Schuldgefühl seinerseits gewesen, und das wiederum hatte ihn nur noch mehr aus dem Haus getrieben, mit der Erklärung, daß er seine Zeit nicht mit einer Gießkanne zu verbringen gedachte.

Die Erinnerung daran war ihm unangenehm. Er setzte sich hin, als Tamsyn und Lucy das Zimmer verließen. Ruhelos griff er nach seinem Weinglas. Es war leer. Einen Augenblick lang starrte er in das leere Glas und versuchte, sich wieder zu fangen. Er würde es diesem hübschen kleinen Ding vergelten, nahm er sich vor. Sie war so süß und so unschuldig, das hatte er gar nicht in Betracht gezogen, als sie geheiratet hatten. Er konnte von ihr nicht erwarten, daß sie sich wie Marjorie benahm ... wie dumm von ihm, daß er das geglaubt hatte. Wenn er genauer darüber nachdachte, so wollte er es gar nicht, daß seine Frau sich benahm wie Marjorie. Ziemlich schockierend wäre das sogar.

»Ich bezweifle, daß Euer Glas sich füllt, indem ihr hineinstarrt, Fortescue.«

Die kühle Stimme seines Schwagers unterbrach seine Gedanken. Verwirrt blickte er auf. Julian stand vor ihm, die Karaffe in der Hand. »Tief in Gedanken versunken, Gareth?«

Gareths Gesicht bekam einen rosigen Schimmer. »Es ist nett, daß Lucy etwas hat, das sie planen kann«, sagte er. »Es macht sie glücklich, wenn sie etwas zu tun hat.«

Julian zog eine Augenbraue hoch und widmete sich dann wieder seiner Zeitung. Tamsyn offiziell in die Gesellschaft einzuführen, unter dem Schutz seiner Schwester, war angenehmer und auch angebrachter, als wenn er das selbst hätte tun müssen. Lucy kannte die hier ansässigen Familien sehr gut, und er konnte darauf vertrauen, daß sie mit ihren Einladungen niemandem auf die Füße trat. Sie würde dafür sorgen, daß die alten Klatschbasen, wie die ehrenhafte Mrs. Anslow und Miss Gretchen Dolby, genauso eingeladen würden wie die jüngeren Leute. Und es war ja noch immer möglich, daß sich jemand aus der älteren Generation daran erinnerte, daß vor über zwanzig Jahren die Tochter einer der Adelsfamilien verschwunden war.

Tamsyn war in dieser hinterwäldlerischen Gegend noch immer eine exotische Blume, aber wenn sie nicht soviel redete und sich ein wenig im Hintergrund hielt, würde sie den Abend mit Lucys und seiner Hilfe recht gut überstehen.

Es war interessant, daß sie und Lucy so gute Freundinnen geworden waren; alle Anspannung des ersten Abends war verschwunden. Gareth bemühte sich zwar noch immer, mit Tamsyn zu flirten, doch Tamsyn hatte ihn bis jetzt geschickt abgewehrt, und Lucy schien sich nicht länger daran zu stören. In der Tat kam sie ihm viel glücklicher vor als früher. Für ihn bedeutete das eine Sorge weniger. Aber das genügte nicht, um seine Depression verschwinden zu lassen.

Er wußte recht gut, daß der eigentliche Grund für seine Niedergeschlagenheit war, daß er hier saß, während seine Freunde und seine Männer die gnadenlose Hitze des Sommerfeldzuges erdulden mußten. Und wenn nicht ein Wunder geschah, würde er bis Oktober hier festsitzen, erst dann konnte er Tamsyn dem Leben überlassen, das sie sich hier einrichten wollte, und nach Lissabon zurücksegeln. Hoffentlich würde er noch rechtzeitig kommen, um bei der Armee zu sein, ehe sie ins Winterquartier ging.

Doch daran zu denken, besserte seine Laune auch nicht, und er wußte auch, warum. Er freute sich nicht darauf, sein Verhältnis mit der Räuberin zu beenden. In den dunklen Stunden der Nacht, wenn sie neben ihm schlief, stellte er sich vor, wie es sein würde, wenn er mit ihr zusammen nach Spanien zurückgehen würde. Er konnte sie als seine offizielle Geliebte bei sich behalten. Es würde ihr keine Schwierigkeiten bereiten, wenn sie dem Heerzug folgte, schließlich lag ihr das Lagerleben im Blut. Aber er würde sie davon überzeugen müssen, den Plan, die Familie ihrer Mutter zu finden, aufzugeben. Und das würde er ihr statt dessen bieten können? Eine Affäre über einen unbestimmten Zeitraum, ein Leben im Schlepptau der Armee, durch ein Land, das vom Krieg verwüstet war. Und wenn der Krieg vorüber war, würde er nach Hause zurückkehren müssen, würde sich eine Frau nehmen müssen und sich daranmachen, eine Dynastie zu gründen.

Es wäre nicht fair, sie darum zu bitten, und Tamsyn selbst zeigte keine Anzeichen, von sich aus so etwas vorzuschlagen.

In dem kleinen Wohnzimmer im hinteren Teil des Hauses zog Lucy sich ein Blatt Papier heran. »Ich werde eine Liste mit all den Leuten machen, die wir einladen sollten. Dabei werde ich dir erklären, wer sie sind, damit du gleich die wirklich wichtigen Familien kennenlernst.«

Tamsyn setzte sich neben sie. »Wie viele Leute willst du denn einladen?«

Lucy klopfte mit dem Federkiel gegen ihre Zähne. »Wir müssen eigentlich alle einladen«, meinte sie. »Es sei denn, wir planen eine sehr kleine, intime Zusammenkunft.«

»Und das hast du nicht vor.«

»Nein«, bestätigte Lucy und lachte leise. »Was hat es schon für einen Zweck, sich all die Mühe für nur zwanzig Leute zu machen? Julian wird nichts dagegen haben, solange wir ihn nicht mit irgendwelchen Arbeiten belästigen.« Sie begann, eine Liste von Namen auf das Blatt zu kritzeln, dabei plapperte sie munter drauflos. Sie beschrieb die Menschen, erzählte den neuesten Klatsch und schrieb immer mehr Namen auf ihre Liste.

»Das wäre alles.« Nachdem sie etwa fünfzehn Minuten lang eifrig geschrieben hatte, lehnte sie sich zurück und schüttelte ihr Handgelenk aus. »Ich glaube, wir haben jetzt jeden Namen von Bedeutung aufgeschrieben, von hier bis nach Truro. Einige von ihnen werden natürlich nicht kommen, aber sie wären schrecklich beleidigt, wenn sie keine Einladung erhalten würden.«

Tamsyn warf einen Blick auf die Liste von über hundert Namen. Sie hatte darauf gewartet, daß Lucy die Penhallans erwähnte, doch der Name erschien nirgendwo auf der Liste.

»Gabriel hat mir von einer bekannten Familie erzählt, mit Namen Penhallan«, sagte sie mit einem Anflug von Neugier in der Stimme. »Er hat in den Tavernen in Fowey gehört, wie über sie gesprochen wurde.«

»Vicomte Penhallan«, sagte Lucy. »Er ist ein sehr wichtiger Mann, doch mit der hiesigen Gesellschaft will er nichts zu tun haben. Er ist ein sehr mächtiger Mann in der Regierung, glaube ich. Ich habe ihn erst zweimal gesehen, in London.« Sie runzelte die Stirn, blickte auf ihre Liste und meinte dann: »Ich mochte ihn nicht. Er ist sehr einschüchternd.«

»Kennt dein Bruder ihn?«

»O ja, natürlich. Aber es hat da einen Skandal gegeben um seine Neffen, niemand lädt sie mehr ein … Ich weiß nicht, worum es genau ging, aber du darfst Julian nicht danach fragen, weil er mir dann vorwerfen wird, daß ich geklatscht habe, und dann wird er immer sehr überheblich und ungemütlich.«

»Aber solltest du nicht trotzdem auch Vicomte Penhallan einladen, immerhin hast du auch alle anderen eingeladen?« fragte Tamsyn gespielt und unbeteiligt und nahm sich einen Apfel aus der Schale auf dem Tisch. An ihrem Rock rieb sie ihn blank.

»Oh, er würde sowieso nicht kommen«, sagte Lucy. Sie schien sich ihrer Sache ganz sicher.

»Aber du hast doch gesagt, daß auch andere Leute nicht kommen werden, und du hast sie trotzdem eingeladen.«

»O ja, aber das ist etwas anderes. Lord Penhallan ist ein sehr wichtiger Mann, und er wird nicht erwarten, auf einen so kleinen Empfang eingeladen zu werden.«

»Hundert Gäste ist ja nicht unbedingt ein kleiner Empfang.« Tamsyn biß in den Apfel. »Mir scheint, das ist der halbe Bezirk. Wenn du ihn einlädst, wird er zumindest nicht beleidigt sein. Es ist besser, du gehst auf Nummer Sicher.«

Lucy dachte mit gerunzelter Stirn nach und blickte auf ihre Liste. »Ja, ich vermute, es könnte als Mißachtung angesehen werden, wenn ich ihn nicht einlade.«

»Dann werde ich die Einladung schreiben.« Tamsyn zog ein Blatt Papier heran. »Soll ich die zweite Hälfte der Liste erledigen und du die erste?«

Würde er kommen? Wenn er wirklich neugierig auf sie war, würde er ganz bestimmt kommen. Sie war davon überzeugt, daß nicht er die Zwillinge auf sie angesetzt hatte. Das war ein viel zu plumper Versuch für jemanden, der so schlau und hinterhältig war wie ihr Onkel. Aber Zufall war es sicher auch nicht gewesen. Die Zwillinge hatten die Sache ihres Onkels zu ihrer eigenen gemacht und sie in die eigenen, plumpen Hände genommen.

Cedric Penhallan war ganz offensichtlich neugierig auf sie, und er würde kommen.

Die Einladung erreichte Cedric am nächsten Morgen beim Frühstück. Er las sie zweimal, ein kleines Lächeln umspielte seinen Mund. Die Handschrift war kühn – nicht unbedingt eine weibliche Schrift. Ganz sicher nicht die Schrift von Lady Fortescue. Irgendwie wußte er, daß das Mädchen die Einladung geschrieben hatte, das er auf der Treppe in dem Gasthof gesehen hatte, das Mädchen mit den violetten Augen, das den milchweißen Araberhengst ritt. Er betrachtete die Botschaft genauer, suchte nach einer Verbindung zu Celia. Obwohl er nichts fand, spürte er die Herausforderung. Die Einladung war der erste Schritt.

Doch wie im Himmel paßte Julian St. Simon in die ganze Geschichte?

21

»Ich werde die Rubine auf der Party tragen«, verkündete Tamsyn, die mit untergeschlagenen Beinen auf Julians Bett saß. Wie üblich war sie nackt und beobachtete interessiert wie er sich auskleidete.

»Nein, das wirst du nicht.« Der Oberst beugte sich über die Waschschüssel und spritzte sich Wasser ins Gesicht.

Tamsyn betrachtete mit hungrigen Blicken die klaren Linien seines Körpers, den herrlich festen Po und die kräftigen Muskeln seiner Schenkel. »Warum nicht?«

Er wandte sich um, und sie verlor jegliches Interesse an seiner Antwort. Schnell sprang sie vom Bett und stieß einen leisen Schrei aus, wie ein Jäger, der die Spur des Fuchses entdeckt hat…

»Warum soll ich nicht Rubine tragen?« fragte sie eine beträchtliche Zeit später. »Sie werden wundervoll zu dem Kleid passen, das Josefa für mich macht. Es ist aus silberner Spitze, über einem Unterkleid aus cremefarbener Seide, und mit einer kleinen Schleppe. Ich habe keine Ahnung, wie ich mit der Schleppe zurechtkommen soll, immer wieder bleibt man mit den Füßen darin hängen. Wahrscheinlich werde ich damit die Treppe hinunterfallen oder während des Tanzes auf meinem Po landen.«

Julian blies eine Strähne ihres silberblonden Haares von seiner

Nase. »Das bezweifle ich, Butterblume. Du scheinst eine natürliche Begabung zum Tanzen zu haben.«

»Das ist mein spanisches Blut«, erklärte sie. »Du solltest mich einmal bei einer Fiesta tanzen sehen, mit wirbelnden Röcken und Kastagnetten und viel nacktem Bein.«

»Ein sehr angemessener Tanz für einen kleinen Empfang in einem verschlafenen kornischen Dorf«, meinte er.

Tamsyn fragte sich, ob er wohl ahnte, wie groß dieser kleine Empfang werden würde. Er schien an den Einzelheiten überhaupt nicht interessiert zu sein.

»Auf jeden Fall«, kam er wieder auf das ursprüngliche Thema zurück, »kannst du die Rubine nicht tragen, weil junge, unverheiratete Mädchen nur Perlen, Türkise, Granate oder Topase tragen. Alles, was darüber hinausgeht, würde man als vulgär ansehen.«

»Wie langweilig!«

»Sehr«, stimmte er ihr zu. »Und noch etwas darfst du nicht vergessen: Ein junges Mädchen drängt sich auf keinen Fall in den Vordergrund. Du darfst nicht tanzen, ehe dein Partner dir offiziell vorgestellt worden ist, und du darfst auch nur ein einziges Mal mit jedem Partner tanzen. Wenn du nicht tanzt, dann mußt du an der Wand sitzen, bei den Anstandsdamen.«

»Ist das wirklich dein Ernst?« Tamsyn richtete sich auf und starrte in dem schwachen Licht hinter den zugezogenen Bettvorhängen auf ihn hinunter.

»Mir war noch nie etwas ernster.« Er grinste, als er ihren entsetzten Gesichtsausdruck sah. »Aber das ist doch die Rolle, die du spielen willst, so ist es doch, nicht wahr?«

»Und dir macht es Spaß, mir das immer wieder ins Gedächtnis zu rufen, wie?« Sie warf ihm einen bösen Blick zu, doch ihre Augen leuchteten noch immer im Nachklang ihrer Liebesspiele.

»Vielleicht.« Er grinste noch immer. »Allerdings, mit mir darfst du mehr als nur einmal tanzen, da ich gewissermaßen dein Vormund bin… oh, und es wäre durchaus in Ordnung, wenn du auch mit Gareth mehrmals tanzen würdest.«

»Vielen Dank. Was für eine verlockende Aussicht.« Sie warf sich neben ihm nieder. »Oh, was ich noch sagen wollte…« Schnell setzte sie sich wieder auf. »Ich weiß nicht, wieviel dich das alles kosten wird, aber da es zu meinem Plan gehört, mein Debüt zu machen, werde ich selbstverständlich für die Kosten aufkommen. Wenn du mir also eine Rechnung geben könntest...«

»Oh, einer deiner Rubine wird wahrscheinlich Bezahlung genug sein«, entgegnete er lässig. Plötzlich mußte er wieder an die Höhle Aladins in Elvas denken, als sie ihm ihren Schatz angeboten hatte und er sie mißverstanden hatte und schrecklich wütend war, weil er geglaubt hatte, daß sie ihn wie einen angeheuerten Lakai bezahlen wollte. Doch was sie ihm angeboten hatte, war der herrliche Schatz ihres Körpers gewesen und ihre wundervoll erfindungsreiche Phantasie.

»Was ist?« Tamsyn hatte die Anspannung in seinem Gesicht gesehen, hatte bemerkt, wie er den Mund zusammenpreßte, obwohl er noch vor einem Augenblick gelacht hatte und seine Augen voll sinnlichem Vergnügen aufgeblitzt hatte, so wie sie es an ihm liebte.

Er antwortete ihr nicht, zog sie nur zu sich hinunter und schob sich über sie. Tamsyn war noch immer verwirrt durch die plötzliche Änderung in seiner Haltung, durch die Heftigkeit mit der er seinen Körper an ihren drängte, durch die Eindringlichkeit seines neu erwachten Verlangens. Doch sie ließ sich von seiner Leidenschaft mitreißen, nahm ihn in sich auf und verlor sich in dem Rhythmus seines Körpers, denn die Wochen flogen dahin und Cedric Penhallan näherte sich dem Netz, das sie für ihn ausgelegt hatte... und schon viel zu bald wäre alles vorüber.

»Du liebe Güte«, murmelte Tamsyn, als sie sich am folgenden Samstag in dem großen Drehspiegel begutachtete. Sie hatte sich mittlerweile daran gewöhnt, sich in Kleidern zu sehen, aber der leichte Batist und Musselin, den sie bis jetzt getragen hatte, hatte sie nicht im mindesten darauf vorbereitet, was sie jetzt sah. Das Kleid ließ ihre Schultern und ihre Arme frei, er war tief ausgeschnitten und enthüllte sowohl die obere Schwellung ihrer Brüste als auch das tiefe Tal dazwischen.

Nur sehr selten verschwendete sie einen Gedanken an ihren Körper, sie fühlte sich wohl in ihrer Haut, aber die Aufmerksamkeit auf diese Stellen ihres Körpers zu lenken, kam ihr beinahe unanständig vor. Sie erinnerte sich daran, wie Cecile ihr das Kleid beschrieben hatte, das sie bei ihrem Debüt getragen hatte. Es war so weit ausgeschnitten gewesen, daß fast sogar ihre Brustspitzen zu sehen gewesen waren. Und sie erinnerte sich auch daran, wie Cecile gelacht hatte, und ihre Augen hatten schelmisch aufgeblitzt, als sie ihr gezeigt hatte, wie sie mit ihrem Fächer die Aufmerksamkeit auf ihren Busen gezogen hatte, obwohl sie doch so tat, als versuchte sie bescheiden, ihn zu verbergen.

Tamsyn schluckte, sie spürte einen dicken Kloß in ihrem Hals, dann wandte sie sich zu Josefa um. »Also, wie findest du es, Josefa? Sehe ich aus wie Cecile?«

Josefas glänzende schwarze Augen betrachteten die schlanke Gestalt von Kopf bis Fuß. »Wie aus dem Gesicht geschnitten, *queridita*«, erklärte sie, und ihre Augen wurden feucht, doch dann lächelte sie und beugte sich vor, um die Falten am Rock zurechtzuzupfen und die Schleppe zu richten.

Es klopfte an der Tür. »Darf ich reinkommen?« Lucy steckte den Kopf zur Tür herein. »O Tamsyn«, sagte sie, als sie ins Zimmer trat. »Wie schön du aussiehst!«

»Unsinn.« Tamsyn errötete. »Ich bin dünn, habe viel zu braune Haut, und mein Haar ist völlig unmodern, weil es zu kurz ist.«

»Nein.« Lucy schüttelte den Kopf. »Du irrst dich. Du siehst wundervoll aus. So anders… aber wunderschön.« Sie wandte sich zum Spiegel und betrachtete sich kritisch. »Ich habe dieses Kleid eine Minute geliebt, aber jetzt erscheint es mir langweilig und glanzlos, verglichen mit deinem Kleid.«

»Unsinn.« Tamsyn lachte. »Du willst nur Komplimente hören. Schäme dich, Lucy.«

Lucy lachte verlegen und schob eine ihrer Locken an den richtigen Platz. Sie wußte, daß sie beide hübsch und elegant aussahen. Doch als sie Tamsyn im Spiegel betrachtete, dachte sie, daß deren Erscheinung atemberaubend war… vielleicht, weil sie so ungewöhnlich war.

»Also, wenn du fertig bist, wollen wir nach unten gehen. Ich bin sicher, Julian und Gareth warten schon auf uns.«

»Geh du vor«, bat Tamsyn. Sie hatte plötzlich das Gefühl, noch einen Augenblick Zeit zu brauchen, um sich zu fangen. »Ich komme in ein paar Minuten nach.«

Lucy zögerte, aber dann zuckte sie mit ihren wohlgeformten Schultern und ging.

Tamsyn trat an das Fenster und zog die Gardinen beiseite, dann blickte sie über die Wiese bis hinunter zum Meer. Es war ein wunderschöner Sommerabend. Tief hing der aufgehende Mond, die ersten Sterne blitzten am dunkler werdenden Himmel.

Cecile hatte ihr einmal ihr Lieblingskleid beschrieben. Es war aus silberner Spitze und cremefarbener Seide gewesen. Heute abend würde ihre Tochter Cedric Penhallan in den gleichen Farben gegenübertreten. Natürlich war das Kleid in einem ganz anderen Stil geschnitten. Während Cecile einen weiten Reifrock getragen hatte und ein eng geschnittenes Oberteil, trug ihre Tochter ein Kleid, das sie wie ein Hauch einhüllte. Doch ihre violetten Augen waren genauso dunkel und leuchtend wie die ihrer Mutter; gegen den blassen Glanz ihres Kleides strahlten sie noch intensiver. Ihr Haar hatte das gleiche glänzende Silberblond wie das ihrer Mutter, und sie hatte auch die gleiche schlanke, zierliche Gestalt.

Würde Cedric Penhallan seine Schwester in ihr sehen?

Sie berührte das Medaillon an ihrem Hals. Das Bild von Cecile und dem Baron, das unter dem zierlichen silbernen Filigran verborgen war, gab ihr Kraft und Entschlossenheit. Schließlich ging sie zur Tür. Ihr Schritt war fest, Energie pulsierte in jeder einzelnen Ader ihres Körpers.

Julian war in der Halle. Er wartete voller Ungeduld am Fuß der Treppe auf sie. Jeden Augenblick würden die ersten Gäste eintreffen, und er wollte sicher sein, daß Tamsyn keinen Fehler begangen hatte, indem sie sich vielleicht mit Rubinen und Diamanten behängt hatte.

Er entdeckte sie im Dämmerlicht oben an der Treppe. »Beeil dich, Tamsyn, jeden Augenblick werden die ersten Gäste kommen«, rief er ihr zu.

Sie kam eilig die Treppe hinunter, mit ihrer gewohnten Vitalität. Mit einer Hand hielt sie ihre Röcke hoch, die Schleppe wehte hinter ihr her. »Es tut mir leid, ich wollte dich nicht warten lassen.« Die letzten Stufen sprang sie hinunter. Sie lächelte ihn an und legte den Kopf ein wenig schief. »Also, wie findest du mich, Mylord Oberst? Halte ich deiner Musterung stand?«

»Guter Gott«, sagte er leise.

»Stimmt etwas nicht?« Ihr Lächeln schwand.

»Ja.« Er nickte. »Damen rennen nicht die Treppe hinunter, als sei ihnen der Teufel auf den Fersen. Geh noch einmal zurück und komm dann vernünftig die Treppe hinunter.«

»Na gut.« Mit einem übertriebenen Seufzer nahm Tamsyn ihre Röcke hoch und ging die Treppe wieder hinauf. Oben wandte sie sich um, legte eine Hand auf das Treppengeländer und schwebte anmutig die geschwungene Treppe hinunter in die Halle.

Julian stand am Fuß der Treppe, eine Hand hatte er auf das Geländer gelegt, einen Fuß auf die unterste Stufe gestellt. Er sah ihr entgegen. Sein kritisch-prüfender Blick verriet nichts von dem Wirbel an Gefühlen, den ihr Anblick in ihm geweckt hatte. Das kostbare Kleid verbarg nichts von ihrer tiefen Sinnlichkeit, die sich in ihren strahlenden Augen spiegelte und in ihrer durchsichtig schimmernden Haut. Die blassen Farben und der zarte Stoff unterstrichen noch ihre Lebendigkeit. Am liebsten hätte er sie in seine Arme gezogen, hätte seine Lippen auf die Stelle gepreßt, wo ihr Hals in die Schultern überging und hätte tief den süßen Duft ihrer Haut eingeatmet, wäre mit den Fingern durch die glänzende Kappe ihres Haares gefahren, das ihren zierlichen, wohlgeformten Kopf umhüllte.

Er wollte sie für sich beanspruchen, wollte sie in seinen Armen halten, in dem sicheren Bewußtsein, daß sie ihm gehörte. Der ganzen Welt wollte er seinen Anspruch kundtun.

Er nahm ihre Hand, als sie vor ihm stand und zog sie an seine Lippen. »Denk den Rest des Abends daran, daß du nicht wie ein junges Fohlen herumspringst.« Dann gab er ihre Hand wieder frei und ging in den Salon.

Tamsyn biß sich auf die Lippen. Komplimente hatte sie zwar nicht erwartet, aber es wäre schön gewesen, etwas mehr als nur seine schulmeisterhaften Ermahnungen zu hören.

In den nächsten beiden Stunden, während sich das Haus mit lachenden, redenden Gästen füllte, ließ Julian sie nicht aus den Augen. Sie stand neben Lucy an der Treppe und begrüßte zusammen mit ihr den Strom der Gäste, denen Lucy sie vorstellte. Er stellte fest, daß sie, obwohl sie fließend Englisch sprach, einen übertriebenen spanischen Akzent angenommen hatte, der sie nur noch exotischer und fremdländischer machte, als sie sowieso schon war. Und ihm entging nicht, daß die jungen Männer sich um sie scharten, daß sie übertrieben laut über Tamsyns Späße lachten und sie voller Bewunderung betrachteten. Und die älteren Männer nutzten die Vorzüge ihres Alters schamlos aus: Sie berührten ihren Arm, tätschelten ihr die Hand, und Tamsyn lachte sie an, flirtete mit ihnen mit einem unschuldigen Charme, der alle verzauberte.

Es war ein erstaunliches Schauspiel, stellte Julian fest. Niemand, der sie ansah, hätte in ihr die wilde, schlanke Kriegerin vermutet, als die er sie zuerst kennengelernt hatte, hätte ihre unbezähmbare Wut im Hexenkessel von Badajos geahnt oder die erschöpfte, ruhig-schwarze Munitionsträgerin auf den Decks der *Isabelle* in ihr sehen können. All diese Eigenschaften von Tamsyn gehören nur mir, dachte er in einem plötzlichen Aufwallen von Verlangen. Diese hervorragende Schauspielerin allerdings gehörte nicht hierher. Sie spielte eine Rolle, und nur er wußte davon.

Doch die wirkliche Tamsyn gehörte ihm. Und er wäre am liebsten vorgetreten, hätte sie aus dem Kreis der betörten jungen Leute herausgezerrt und vor der ganzen Welt seinen Anspruch auf sie kundgetan.

Verrückt. Völlig verrückt. Er ließ sich von ihrer Vorstellung genauso betören wie all die anderen in dem Raum. Er wußte, wer sie wirklich war. Eine uneheliche Straßenräuberin, die keine Skrupel und keinen Anflug von Moral kannte.

»Eine erstaunliche Ähnlichkeit, findet Ihr nicht auch?« ertönte plötzlich eine Stimme neben ihm.

Mit einem Ruck erwachte er aus seinen Träumen und wandte sich mit einem höflichen Lächeln der alten Dame zu, dic sich mit gebeugtem Rücken auf ihren Stock stützte. »Lady Gunston, wie geht es Euch?«

»Junger Mann, mit sechsundneunzig Jahren beantwortet man eine solche Frage nicht mehr.« Sie lachte. »Helft mir zu einem Sessel und holt mir ein Glas Glühwein. Ich weiß gar nicht, wohin dieses einfältige Ding verschwunden ist.«

Mit einem Lächeln gehorchte Julian. Letitia Gunston war aus dem Leben der Gemeinde nicht wegzudenken. Noch nie hatte sie eine Einladung abgelehnt, und ihre Begleiterin, die beinahe genauso alt war wie sie, ertrug die gesellschaftlichen Verpflichtungen ihrer Herrin genauso stoisch wie deren ständige bissige Kommentare.

»Bitte, Ma'am.« Julian reichte ihr den Glühwein und setzte sich neben sie. »Ich habe ein wenig mehr Wein zugegeben, ich weiß doch, wie sehr Ihr das mögt.«

Wieder lachte Lady Gunston, dann nippte sie an dem gesüßten, starken Wein. »Ich habe schon Schlimmeres getrunken.« Sie nickte und blickte sich dann in dem Raum um. »Eine wirklich erstaunliche Ähnlichkeit, findet Ihr nicht auch?«

»Wer, Ma'am?« Mit ihrem Stock deutete sie zur anderen Seite des Raumes. »Ich habe sie noch nie zuvor gesehen, aber sie ist Celia wie aus dem Gesicht geschnitten.«

»Ich weiß nicht, wovon Ihr sprecht, Ma'am.« Julian schien, als würde sein Blut plötzlich langsamer fließen.

Sie wandte sich zu ihm und sah ihn an. »Nein, natürlich nicht. Celia ist gestorben, als Ihr noch ein kleiner Junge wart, denke ich. Sie war ein bezauberndes Mädchen, aber viel zu lebhaft. Man wußte nie, was sie als nächstes aushecken würde.« Sie lachte und begann dann zu husten. Schnell nahm sie noch einen Schluck von ihrem Glühwein.

»Celia wer, Ma'am?« Julian war, als greife eine eisige Hand nach seinem Herzen. Er wartete auf das, was sie als nächstes sagen würde, auf die Information, die sein Abenteuer mit der Räuberin zu Ende bringen würde.

»Celia Penhallan, natürlich. Sie ist in Schottland gestorben, an irgend so einem Fieber.« Lady Gunston nickte und blickte dann wieder zu Tamsyn, die gerade mit dem Sprößling eines örtlich ansässigen Adligen tanzte. »Das Haar ist es«, murmelte sie nachdenklich vor sich hin, so leise, daß Julian sich noch weiter vorbeugen mußte, um sie zu verstehen. »Eine solche Haarfarbe habe ich vorher noch nie gesehen. Ihre Augen kann ich auf die Entfernung nicht erkennen.«

»Violett«, sagte Julian. Seine Stimme schien von weit herzukommen.

»Ah ja, das hätte ich mir denken können.« Die alte Frau lächelte.

»Celia hatte violette Augen.« Ihr Kopf sank auf ihre Brust. »Holt mir meine einfältige Begleiterin, junger Mann, es ist Zeit, daß ich nach Hause gehe«, sagte sie plötzlich.

Julian machte sich auf die Suche nach Miss Winston. Benommen bewegte er sich, wie im Traum. Dann brachte er die beiden alten Damen zu ihrer Kutsche. Der Lakai hob Lady Gunston hinein, die kleine Mrs. Winston, den Arm voller Umhänge und Täschchen, kletterte hinter ihr her. Der Kutscher legte die Hand an seinen Zylinder, knallte mit der Peitsche, und das altmodische Gefährt schwankte davon.

Julian stand an der Tür und lauschte der Musik aus dem Haus, den Wortfetzen und dem Gelächter. Lucy hat sich selbst übertroffen, dachte er. Wenn das ihre Vorstellung von einem kleinen Empfang war, wollte er lieber gar nicht wissen, wie sie sich einen richtigen Ball vorstellte.

Celia Penhallan. Cecile. Aber wie wurde aus Celia Penhallan Cecile, die Gefährtin eines spanischen Räuberbarons? Wie paßte ein Tod in Schottland mit einer Entführung in den Pyrenäen zusammen?

Wahrscheinlich wußte Cedric Penhallan die Antwort darauf.

Julian ging nach draußen und suchte die dunkle Abgeschiedenheit des Obstgartens. Eine Weile würde seine Abwesenheit unbemerkt bleiben. Im Augenblick konnte er die gesellschaftlichen Albernheiten, das einfältige Gelächter und das sinnlose Geplapper jedenfalls nicht ertragen. Nicht, bis er Ordnung in seinen Gedanken geschaffen hatte.

In ihren Adern floß also Penhallan-Blut. Das blaue Blut einer der bedeutendsten Familien im ganzen Land. Aber es war schlechtes Blut. Es war verdorben durch den rücksichtslosen Ehrgeiz des Vicomtes und durch die gemeinen und bösartigen »Streiche« der Zwillinge.

Gott im Himmel! In diesen zarten blauen Venen, die so deutlich unter der hellen Haut ihrer Handgelenke zu sehen waren, hatte sich das Blut eines Geächteten mit dem eines Tyrannen gemischt. Er dachte an ihre Körperhaltung, an das arrogant vorgeschobene Kinn, an die Art, wie ihre Augen aufblitzten, wenn sie herausgefordert wurde, an die Art, wie sie die Lippen zusammenpreßte, wenn es so aussah, als würde nicht alles nach ihrer Vorstellung gehen. Penhallan-Eigenschaften, jede einzelne. Und ihre rücksichtslose Entschlossenheit, das blinde Streben nach ihren Zielen, die Art, wie sie alle Hindernisse beiseite räumte, die sich ihr in den Weg stellten.

Doch Cedric Penhallan würde sie nie anerkennen, selbst wenn ihr Anspruch nicht zu verleugnen war. Nicht nur sein persönlicher Stolz würde verhindern, daß er eine Beziehung zu einer solchen Kreatur mit einer so unmöglichen Herkunft zugab. Nein, wenn er die Verwandtschaft mit ihr anerkannte, dann würde er auch öffentlich erklären müssen, daß der Tod, die Beerdigung und die Trauer um seine Schwester Betrug gewesen waren. Und warum um alles in der Welt, hatte er diesen Schwindel begangen? Wie Julian Cedric kannte, um einen Skandal zu vermeiden. Vielleicht war Cecile... Celia... von zu Hause weggelaufen. Vielleicht war sie nach Spanien geflohen, um den Einflußbereichen ihres Bruders zu entkommen, und Cedric hatte ganz einfach eine Erklärung für die Öffentlichkeit erfunden. Das alles ergab einen Sinn.

Julians Kopf fühlte sich an, als ob er im nächsten Augenblick platzen würde. Er verabscheute die Penhallans und alles, was mit ihnen zu tun hatte. Vor zwanzig Jahren hatte Cedric das Leben der Menschen in seiner Nähe zu seinem eigenen Nutzen manipuliert, und Tamsyn war das unvorhergesehene Ereignis dieser Tat.

Und dieses unvorhergesehene Ergebnis war gerade dabei, sein ganzes Weltbild und all seine vorgefaßten Vorstellungen über die Zukunft des Lord St. Simon von Tregarthan auf den Kopf zu stellen. Auf eine widernatürliche Art war er in das Penhallansche Spinnennetz geraten und drohte nun, sich in den alten Manipulationen zu verfangen.

Julian sah den Dingen offen und gefaßt entgegen, doch das beruhigte seinen augenblicklichen Aufruhr nicht. Es war unvorstellbar, an ein gemeinsames Leben mit Tamsyn zu denken, doch konnte er den Gedanken nicht ertragen, sie zu verlassen. Er konnte sich nicht vorstellen, wie ein Leben ohne sie aussehen würde.

Und sollte er ihr verraten, was er herausgefunden hatte? Würde es irgend etwas nützen, wenn sie es wüßte? Cedric Penhallan würde sie auslachen, er würde ihren Traum zerstören, ihre Familie zu finden, um jene Familie zu ersetzen, die sie verloren hatte.

Während Julian noch ruhelos durch den Obstgarten wanderte, fuhr Cedric Penhallan vor Tregarthan vor. Er kam absichtlich zu spät, und die Gastgeberin hatte mittlerweile ihren Platz an der Treppe verlassen.

An der großen Doppeltür des Salons blieb Cedric stehen und betrachtete die buntgekleideten Frauen, die wie Schmetterlinge durch den Raum flatterten, und ihre gesetzteren Begleiter. Die Musikanten spielten einen Walzer, und er entdeckte sofort Celias Tochter, die anmutig in den Armen einen jungen Mannes in der scharlachroten Kleidung des Regiments durch den Raum schwebte.

Cedric blieb an der Tür stehen und beobachtete die zierliche Gestalt. Celia hatte die gleichen Farben getragen, erinnerte er sich. Und auch sie hatte mit der gleichen Anmut getanzt.

»Lord Penhallan, wir fühlen uns geehrt.« Lucy kam eilig auf ihn zu. Atemlos und erstaunt begrüßte sie ihn. Ihre Blicke suchten Julian, der unbedingt diesen wichtigen Gast begrüßen mußte, doch ihr Bruder war nirgendwo zu sehen. Also verbeugte sie sich vor dem Vicomte und schüttelte ihm die Hand.

»Darf ich Euch ein Glas Wein bringen lassen … oh, Gareth.« Erleichtert entdeckte sie ihren Mann, der nur ein paar Schritte von ihr entfernt stand. »Gareth, das ist Lord Penhallan.«

Auch Gareth sah sich nach seinem Schwager um. Er fühlte sich absolut nicht in der Lage, es mit einem Mann aufzunehmen, der sich in Kreisen bewegte, die so hoch über denen lagen, in denen er verkehrte, und der ihn jetzt mit einem spöttischen Blick unter buschigen grauen Augenbrauen hervor betrachtete. Dennoch suchte Gareth sofort nach einem passenden Thema und fragte seine Lordschaft nach seinem Reitstall.

Tamsyn hatte gefühlt, daß ihr Onkel in dem Raum gekommen war. Als die Musik verstummte, lächelte sie ihren Partner an, entschuldigte sich und lehnte sein Angebot ab, sie in den Eßsaal zu begleiten.

Mit festen Schritten ging sie durch den Raum. Cedrics Blicke hielten die ihren gefangen, als sie auf ihn zukam.

»Oh«, sagte Lucy und war erleichtert über die Ablenkung. »Erlaube mir, dich Lord Penhallan vorzustellen, Tamsyn. Vicomte, dies ist das Mündel meines Bruders, Señorita Baron. Sie ist von Spanien zu uns gekommen, der Herzog …«

»Ja, ich habe die Geschichte gehört«, unterbrach Cedric sie. »Sie ist in der ganzen Nachbarschaft bekannt.«

»Natürlich, wie dumm von mir«, murmelte Lucy und wurde über und über rot.

Cedric verbeugte sich knapp vor Tamsyn. »Wie geht es Euch, Miss Baron?« fragte er.

»Oh, danke, Señor.« Sie lächelte ihn bezaubernd an, während sie sich vor ihm verbeugte. »Es ist mir eine Ehre, Euch kennenzulernen.« Ihre Hand umfaßte das Medaillon an ihrem Hals, dann sagte sie: »Bitte entschuldigt mich, ich habe jemandem den nächsten Tanz versprochen und sehe, daß mein Partner auf mich wartet.«

Ohne ihn noch eines Blickes zu würdigen, ging sie davon. Die kleinen Härchen in ihrem Nacken richteten sich auf, als sie seine Blicke in ihrem Rücken fühlte.

Lord Penhallan beobachtete sie eine Weile, dann unterbrach er abrupt Gareths ausschweifenden Bericht über ein Rennen, dem er in Newmarket beigewohnt hatte. »Gute Nacht, Lady Fortescue.« Er wandte sich mit einer für seinen Körperumfang erstaunlichen Wendigkeit um und verschwand.

»Also!« fuhr Lucy wütend auf. »Was für ein schrecklicher Mann! Wie konnte er nur so unhöflich sein? Weshalb ist er überhaupt gekommen, wenn er gleich wieder verschwindet?«

»Keine Ahnung«, meinte Gareth. »Aber die Penhallans sind alle so eingebildet … sie denken wohl, sie seien zu gut für alle anderen.«

»Aber nicht für einen St. Simon«, widersprach Lucy und richtete sich zu ihrer vollen Größe auf. »Die St. Simons sind genausogut wie die Penhallans.«

»Ja, das würde ich auch sagen«, beruhigte Gareth sie. »Aber Lord Penhallan hat eine machtvolle Position in der Regierung. Man sagt, der Premierminister tut nichts, ohne vorher seine Zustimmung eingeholt zu haben.«

»Nun, ich finde ihn abscheulich. Gott sei Dank ist er weg.« Mit diesen Worten wandte Lucy sich ab, um nachzusehen, ob die Tische im Speisezimmer wieder aufgefüllt worden waren.

In diesem Moment kam Julian durch die Seitentür ins Haus

zurück und verpaßte so den kurzen Besuch des Vicomte Penhallan. Er warf einen Blick in den Salon. Einige Gäste waren bereits gegangen, doch Tamsyn tanzte noch immer. Er ging durch den Raum und klopfte ihrem Partner leicht auf die Schulter. »Vergebt mir, aber ich möchte gern den Vorteil ausnutzen, ihr Vormund zu sein, Jamie.«

Der junge Mann gab seine Partnerin mit einer Verbeugung frei und lehnte sich dann mit einem trostlosen Blick in den Augen gegen die Wand.

»Genießt du den Abend?«

»O ja«, antwortete Tamsyn, doch sie schien abgelenkt. Er fühlte ihre Anspannung in ihrem Körper, als er den Arm um sie legte, um mit ihr zu tanzen. Ihre Augen glänzten beinahe fiebrig, und ihre Haut war sanft gerötet.

»Wieviel Wein hast du getrunken?« fragte er und schob sie von der Tanzfläche.

»Ein Glas, mehr nicht.«

»Dann ist es sicher die Aufregung.« Lächelnd nahm er sein Taschentuch und wischte ihr über die verschwitzte Stirn.

»Es ist die erste Party, seit ich sieben Jahre alt war«, antwortete sie mit einem Lächeln, doch ihr spöttischer Humor war nicht gerade überzeugend.

»Ich reise morgen früh nach London«, erklärte er abrupt. Erst als er die Worte ausgesprochen hatte, war ihm klar, was er tun würde.

»Oh?« Sie sah ihn an, und ihre Enttäuschung war ihr deutlich anzusehen. »Warum?«

»Ich muß mich um Wellingtons Angelegenheiten kümmern.«

»Aber du wolltest doch erst in zwei Wochen reisen.« Sie knabberte an ihrer Unterlippe und runzelte die Stirn. »Warum so plötzlich, Julian?« In seinen Augen hatte etwas gelegen, das sie mit großer Furcht erfüllte. Er sah aus wie ein Mann, der gerade Anstalten macht, von einer Klippe zu springen.

Julian antwortete nicht sofort, er zog sie statt dessen in eine tiefe Fensternische. Seine Stimme war leise, ernst und eindringlich. »Komm mit mir nach Spanien zurück, Tamsyn.«

Was auch immer sie erwartet hatte, das war es sicher nicht gewesen. »Jetzt?«

»Ja.« Er strich ihr eine Haarsträhne aus dem Gesicht. »Komm mit mir zurück, dann werden wir zusammen den Feldzug mitmachen. Und wir werden zusammenbleiben und Freude aneinander haben, bis der Feldzug vorüber ist.«

Bis der Feldzug vorüber ist. Ihr Herz weinte über die Endgültigkeit dieser Worte und über die Engstirnigkeit des Mannes vor ihr, der sich eine Zukunft mit einer Frau, die ihn liebte, nicht vorstellen konnte, weil sie nicht seinen Vorstellungen entsprach.

»Aber ich habe noch nicht das erledigt, weswegen ich hierhergekommen bin«, sagte sie leise.

»Bedeutet dir das wirklich soviel, Tamsyn? Was für ein Leben würdest du hier in England führen, einmal angenommen, du würdest wirklich die Familie deiner Mutter finden und sie auch dazu überreden können, dich zu akzeptieren? Das ist kein Leben für dich, und du weißt das auch.« Er deutete auf den Raum, der sich langsam leerte, und auf die Musikanten, die noch immer spielten. »Laß uns nach Spanien zurückkehren. Wir können dort zusammen sein auf eine Art, wie es hier nicht möglich ist.«

»Liegt dir etwas an mir?« Sie sprach ganz leise, und ihr Gesicht, das noch kurz zuvor gerötet gewesen war, war jetzt ganz blaß.

»Das weißt du doch.« Er berührte mit einem Finger ihre Lippen. »Deshalb bitte ich dich doch darum.«

»Aber wir werden keine gemeinsame Zukunft haben? Keine *wirkliche* Zukunft?«

Sein Schweigen sagte mehr als jede Antwort.

»Nein, vermutlich nicht«, beantwortete sie betrübt ihre eigene Frage. »Ein St. Simon könnte niemals eine Zukunft mit einer unehelichen Straßenräuberin haben. Das weiß ich.« Sie versuchte zu lächeln, aber ihre Lippen zitterten.

»Das klingt so hart«, sagte er hilflos.

»Die Wahrheit ist oft hart.« Sie trat einen Schritt zurück, und ihre Augen blickten wieder klarer. Der Tränenschleier war verschwunden, Wut und Stolz hatten ihr geholfen, sich zu fangen. Sie würde nicht zulassen, daß dieser Mann auf sie hinuntersah, daß er entschied, sie sei nicht gut genug für ihn. Die Tochter von *El Baron* und Cecile Penhallan hatte es nicht nötig, sich zu erniedrigen und einen St. Simon um etwas zu bitten. »Nein, ich kann nicht mit dir zurück nach Spanien gehen. Ich werde das tun, weshalb ich hierhergekommen bin. Aber ich befreie dich aus dem Vertrag, Mylord Oberst, da du nicht länger in der Lage bist, ihn zu erfüllen.«

Sie war jetzt eine wahre Penhallan, kalt und arrogant, und er kämpfte gegen seinen Ärger über ihre Unversöhnlichkeit an.

Steif verbeugte er sich vor ihr. »Natürlich, du kannst auf Tregarthan bleiben, solange du möchtest. Lucy wird sich weiter um dich kümmern, dessen bin ich sicher. Ich denke, du wirst sie geeigneter für die Aufgabe finden als mich.«

Geeignet! Was hatte das denn damit zu tun? Sie wandte sich ab, mit einer knappen Geste des Abschieds. »Ich sage dir Lebewohl, Oberst, und wünsche dir eine gute Reise.«

Er blieb in der Fensternische stehen, als sie durch den jetzt beinahe leeren Salon aus dem Zimmer hinausging. Insgeheim verfluchte er sich dafür, daß er so dumm gewesen war, ihr dieses Angebot zu machen, von dem er doch gewußt hatte, daß sie es ablehnen würde. Zum Teil hatte er es um seiner selbst willen getan, aber auch für sie. Es war ein verzweifelter Versuch gewesen, sie davor zu bewahren herauszufinden, wer sie wirklich war, und vor dem Schmerz, den sie empfinden würde, wenn Cedric Penhallan sie nur auslachen würde.

Doch jetzt war es vorbei, und er würde nicht erst bis zum nächsten Morgen warten, um nach London aufzubrechen. Wenn er noch vor Tagesanbruch losfuhr, könnte er zum Frühstück in Bodmin sein und das Moor bei Tageslicht überqueren.

Ohne ein weiteres Wort ging Tamsyn in ihr Zimmer hinauf. Josefa wartete auf sie, sie döste in einem Sessel am Kamin. Eifrig sprang sie auf, als ihr Schützling in das Zimmer kam, doch dann stieß sie einen leisen Schrei des Entsetzens aus, als sie in das Gesicht des Mädchens blickte.

»Ich möchte heute abend nicht darüber reden«, sagte Tamsyn. »Geh ins Bett, morgen früh werden wir drei uns zusammensetzen und reden.«

Nur zögernd verließ Josefa das Zimmer, aber sie kannte den Tonfall von Tamsyns Stimme. Oft genug hatte sie den gleichen Ton bei dem Baron gehört, und niemand hatte es dann gewagt, ihm zu widersprechen.

Tamsyn erschauerte, als ein Windstoß durch das offene Fenster hereinkam. Sie hörte das Rauschen der Brandung, als der Wind stärker wurde. Tamsyn verschränkte die Arme vor der Brust und trat ans Fenster. Wolken flogen am Mond vorbei, sie wurden immer dichter, und der sanfte Wind war plötzlich kalt und feucht geworden. Das herrliche Sommerwetter schien zu Ende zu sein.

Sie hörte Stimmen von der Einfahrt. Die letzten Gäste fuhren offenbar gerade ab. Sie beeilten sich, nach Hause zu kommen, ehe das Wetter umschlug.

Tamsyn wußte nicht, wie lange sie am Fenster gestanden und die Sturmwolken beobachtet hatte. Sie fühlte die zunehmende Stärke des Windes, er rüttelte an den Fensterrahmen und blies die Gardine um sie. Die ersten Regentropfen weckten sie aus ihrer Erstarrung. Schnell schloß sie das Fenster und zog die Gardine vor, um die unfreundliche Nacht auszuschließen, dann zog sie sich aus. Doch während der ganzen Zeit arbeiteten ihre Gedanken heftig, und endlich war sie auch in der Lage, den Schock zu überwinden.

Sie hatte nicht damit gerechnet, daß Julian alles so plötzlich zu einem Ende bringen würde. Wenn es doch nur nicht gleich nach ihrem Zusammentreffen mit Cedric Penhallan geschehen wäre, dann hätte sie vielleicht anders reagiert. Aber sie war noch viel zu sehr von dieser Begegnung gefangen gewesen, um klar denken zu können. Cedric hatte gewußt, wer sie war, das Erkennen hatte deutlich in seinem Blick gelegen, und er hatte den Fehdehandschuh aufgenommen, den sie ihm vor die Füße geworfen hatte. Sie hatte noch ein wenig mit ihm spielen wollen, hatte ihm zeigen wollen, daß sie sich in der gehobenen Gesellschaft sicher bewegen konnte. Er hatte sich fragen sollen, wie ihr nächster Schritt sein würde und woher sie kam. Und Julian hatte ihre ganze Erregung gedämpft. Wie eine Bombe hatte sein Vorschlag in ihren sorgfältig ausgeklügelten Plan eingeschlagen und all ihre Absichten zunichte gemacht. Also hatte sie statt seinen Vorschlag als Chance einer engeren Bindung zu begreifen, nur die Worte gehört und in einem Anflug blinden Gefühls gehandelt. Aber solche Gefühle konnte sie sich nicht leisten. Sie paßten nicht in ihren Plan der Rache und auch nicht in den der Liebe.

Sie kletterte ins Bett und zog die Decke bis zum Kinn.

Wenn Julian wirklich nach Spanien zurückkehren würde, dann würde sie mit ihm gehen. Eines halbes Brot war besser als gar keines, und die andere Hälfte konnte schließlich noch wachsen.

Sie rollte sich herum und blies die Kerze aus, dann lag sie in der Dunkelheit und lauschte dem Regen, der gegen das Fenster trommelte. Jetzt konnte man deutlich das Rauschen der Brandung über dem Trommeln des Regens hören. Die Nacht wurde immer noch wilder.

Sie liebte ihn, sie liebte ihn so sehr, wie Cecile den Baron geliebt hatte. Die einzige Liebe ihres Lebens... eine Liebe für das ganze Leben. Und wenn er sich ihr nur halb schenken konnte, dann würde sie sich auch damit zufriedengeben. Das mußte sie ihm sagen. Und dann mußte sie mit Cedric fertig werden... aber wie sollte sie das, unter den neuen Gesichtspunkten tun?

Am Morgen würde sie eine Antwort wissen. Wenn sie erst einmal ausgeruht war, würde sie Julian erklären, daß sie ihre Meinung geändert hatte.

Kurz vor Tagesanbruch legte sich der Sturm. In der kühlen, feuchten Luft schwang Julian sich auf Soult, seine Reisetasche hatte er hinter sich an den Sattel gebunden. Der Himmel war grau, das Meer dunkel, die Wiese naß, und auf dem Weg hatten sich Pfützen gebildet. Er blickte zum Ostturm hinauf, zu dem mit Efeu umrankten Fenster, von dem aus man die Einfahrt zum Haus überblicken konnte. Dann wandte er sein Gesicht nach Norden und ritt los.

Tamsyn stand mit dunkel umrandeten Augen nach einer schlaflosen Nacht am Fenster und starrte in den regnerischen Morgen, als Julian davonritt. Warum war er schon so früh aufgebrochen? Wie konnte er nur so dumm sein, nicht zu wissen, daß sie ihre Meinung ändern würde, wenn sich ihre Laune erst einmal gelegt hatte?

Und dann bewegte sie sich plötzlich mit äußerster Geschwindigkeit. Sie lief aus ihrem Zimmer, die Hintertreppe hinunter, zu den Stallungen und dann die Treppe hinauf zu Josefas und Gabriels Zimmer.

»Och, kleines Mädchen, nur ruhig«, ermahnte Gabriel sie und

sprang aus seinem Bett, als sie mit wildem Blick in das Zimmer gestürzt kam. »Was ist los, sag es mir.« Er legte seinen Arm um sie und drückte sie gegen seine breite Brust, so fest, daß sie gar nicht hätte sprechen können, selbst wenn sie es gewollt hätte.

Doch schließlich war sie in der Lage, ihm zu sagen, was geschehen war. »Ich muß hinter ihm her«, erklärte sie schlicht, während sie auf der Bettkante saß und die Hände im Schoß rang. »Ich liebe ihn... es ist genauso wie bei Cecile und dem Baron, es ist etwas, gegen das ich nichts tun kann. Es tut weh.« Sie blickte von einem zum anderen. Josefas Augen blickten aufmerksam, und Gabriel zupfte sich am Kinn.

Bedächtig nickte er. »Dann machen wir uns besser auf den Weg. Josefa wird hierbleiben. Sie hält nichts davon, im Damensattel hinter mir her durch das Land zu reiten.« Er blickte zu der älteren Frau, die zustimmend nickte. Es war nicht das erste Mal, daß sie auf ihn wartete, während er und Tamsyn sich einem Feldzug anschlossen oder anderweitig unterwegs waren.

»Ich werde Lucy sagen, daß wir wichtige Dinge in Penzance zu erledigen haben und daß wir in einer oder zwei Wochen zurück sein werden.«

»Du wirst also noch einmal zurückkommen, wegen Penhallan?«

Tamsyn sah ihn unsicher an. »Ja, das muß ich. Ich habe es dem Baron versprochen... und Cecile... wenigstens in meinen Gedanken habe ich das getan. Aber ich weiß nicht mehr recht, Gabriel, ich weiß nicht, was geschehen wird.«

»Och, aye, mach dir keine Sorgen, kleines Mädchen. Was geschehen soll, wird geschehen«, beruhigte er sie. »Ich würde an deiner Stelle zu Miss Lucy gehen und sie nach dem Weg zum Haus des Obersts in London fragen. Es wird besser sein, wenn wir wissen, wo wir ihn finden können.«

Tamsyn schlang die Arme um seinen Hals. »Was würde ich nur ohne dich tun... ohne euch beide.« Mit Tränen in den Augen drückte sie Josefa an sich, die sich während des Gesprächs in aller Ruhe angekleidet hatte.

»Wir sollten einige Sachen einpacken«, sagte Josefa und tätschelte Tamsyn den Rücken. »Es schickt sich nicht, eine solche Reise ohne frische Unterwäsche zu machen.«

»Nein, Josefa«, stimmte Tamsyn ihr zu und ließ sich dann von ihr aus dem Zimmer schieben. Hinter sich hörte sie Gabriels beruhigendes Lachen.

22

Das Haus am Audley Square hatte nach hinten heraus einen kleinen Garten, den man durch ein Tor von den königlichen Marställen aus erreichen konnte. Lucy hatte ihr gesagt, daß das Arbeitszimmer ihres Bruders zum Garten hin lag.

Tamsyn saß auf einer Bank in dem kleinen Park auf dem Audley Square, als die Abenddämmerung einsetzte, und wartete darauf, daß Gabriel von seiner Erkundungstour zurückkehrte. Sie war angenehm erschöpft nach einer Reise von fünf Tagen, in denen sie beinahe fünfzig Meilen am Tag geritten waren. Ihre Pferde hatten sie in einem Gasthaus in der Nähe von Charing Cross untergestellt, wo Gabriel auch übernachten würde, während Tamsyn den Oberst überraschen wollte.

Hoffentlich würde es eine angenehme Überraschung werden!

Natürlich konnte sie auch einfach zur Haustür gehen und anklopfen, doch hatte sie etwas Dramatischeres im Sinn, etwas, das der erschreckenden Plötzlichkeit von Julians Abreise nahekam.

Das Klicken der Eingangspforte ließ sie zusammenzucken und gab ihr eine Ahnung davon, wie nervös sie in Wirklichkeit war – als wäre der Mann, den sie überraschen wollte, ein Fremder... ein Mann, dessen Reaktionen sie nicht vorhersagen konnte, und nicht ein Mann, dessen Leben und dessen Bett sie in den letzten vier Monaten geteilt hatte.

Gabriel kam über den gewundenen Weg zwischen den Hecken hindurch auf sie zu.

»Nun, es scheint ganz einfach zu sein«, sagte er und setzte sich neben sie auf die Steinbank.« Das Tor von den Marställen aus ist verschlossen, aber ich kann dich ohne große Schwierigkeit darüberheben. Das Bücherzimmer des Obersts hat zwei Fenster, beide sind niedrig, du kannst dich ohne meine Hilfe zu ihnen hochziehen.«

»Ich nehme an, sie sind nicht offen.«

»Das ist möglich. Wenn sie geschlossen sind, wirst du eines davon aufbrechen müssen. Das wird aber nicht schwer sein, du brauchst nur einen Stein in ein Stück Stoff zu wickeln. Es wird sicher keinen großen Lärm machen.«

»Es sei denn, der Oberst ist in dem Zimmer«, sagte sie nachdenklich. »Aber wenn das der Fall ist, brauche ich ja nur an das Fenster zu klopfen.«

»Die Möglichkeit, durch die Tür zu kommen, ziehst du wohl nicht in Betracht, wie ich vermute«, meinte Gabriel. »Das wäre nämlich viel einfacher.«

Tamsyn lächelte. »Einfacher, aber bei weitem nicht so amüsant.«

»Aye, das würde ich meinen. Und ich denke, es wird auch nicht so amüsant sein, wenn du es im hellen Tageslicht tust.«

»Stimmt«, pflichtete sie ihm bei. »Also, laß uns etwas essen gehen, wir kommen dann zurück, wenn es ganz dunkel ist… etwa um zehn Uhr.«

Sie aßen in einem schäbigen Speisehaus in Piccadilly, und Tamsyn trank mehrere Gläser Bier, um so die kleinen Teufelchen der ängstlichen Erregung zu beschwichtigen, die in ihrem Bauch zu tanzen schienen. Sie verstand gar nicht, warum sie so nervös war. Sie kannte diesen Mann, kannte seinen Körper beinahe genausogut wie den ihren, sie kannte seine Launen und die Art, wie sich das Licht seiner Augen änderte. Sie wußte, was er meinte, wenn er seinen Körper auf eine bestimmte Art hielt, wenn sein Mund sich verzog, wenn seine rot-goldenen Augenbrauen sich hochzogen, wenn sich die Augenlider senkten und seine strahlenden blauen Augen halb bedeckten.

Doch sie kannte auch seinen Zorn. Aber warum sollte er zornig auf sie sein? Sie war doch nur hier, um ihm zu sagen, daß sie ihre Meinung geändert hatte und jetzt bereit war, mit ihm zurück nach Spanien zu gehen… daß sie ihr eingeschränktes, begrenztes Verhältnis akzeptierte, das alles war, was er ihr bieten konnte.

Gabriel redete nicht viel. Er konzentrierte sich auf seine Hammelkoteletts, doch seine gutmütigen grauen Augen betrachteten sie prüfend. Er war sich nicht sicher, ob sie richtig handelte, und wenn er die Wahrheit sagen sollte, so wünschte er Oberst Lord St. Simon zum Teufel. Tamsyn glaubte vielleicht, die Liebe ihres Lebens gefunden zu haben, aber er hätte sich gewünscht, sie hätte sich einen Mann ausgesucht, der umgänglicher war und in einer angenehmeren Lage als dieser kompromißlose englische Lord.

Wenn er nicht auf der Bildfläche erschienen wäre, dann hätte Tamsyn einen Mann wie den Baron gefunden, und sie würden jetzt alle glücklich und zufrieden in den Bergen leben und das tun, was sie gelernt haben.

Ja, der Honig würde fließen und die Schweine könnten fliegen, dachte Gabriel mit einem sauren Lächeln und holte sich aus seiner Träumerei zurück.

»Komm, Mädchen.« Er schob seinen Stuhl zurück. »Du kommst sonst noch um vor Aufregung.«

»Nein, das ist nicht wahr«, widersprach Tamsyn, doch sie konnte ihre Erleichterung, daß das Warten endlich vorüber war, nicht verbergen. »Wirst du im Marstall warten, bis ich im Haus bin?«

»Ich werde so lange warten, bis du mir Bescheid gibst, daß alles in Ordnung ist.«

Mit schnellen Schritten gingen sie schweigend zurück zum Audley Square. Die Fenster in St. Simons Haus waren erhellt, über der Vordertür hing eine Laterne. »Vielleicht hat er ja Besuch«, sagte Tamsyn. Dieser Gedanke kam ihr zum ersten Mal.

»Wenn du erst einmal im Haus bist, kannst du ja warten, bis sie gegangen sind«, riet Gabriel ihr. »Und den Dienstboten wirst du wohl ausweichen können, da es im Haus nicht so viele gibt, immerhin hast du ja einen genauen Plan des Hauses.«

»Ja.« Tamsyn fühlte in ihrer Hosentasche nach dem Plan. Lucy hatte ihr erzählt, daß Julian in seinem Haus in London nur wenige Bedienstete hatte, weil er es so selten benutzte. Es war gar nicht schwer gewesen, Lucy in eine sorglose Unterhaltung zu ziehen, und es hatte auch keinen großen Anstoß gebraucht, um sie dazu zu bringen, ihr den Plan des Hauses zu zeichnen. Das Papier knisterte jetzt beruhigend unter Tamsyns Fingern. Wenn Julian nicht allein war oder wenn er nicht zu Hause war, dann würde sie sich nach oben in sein Schlafzimmer schleichen.

In den Marställen war alles ruhig. Nur die leisen Geräusche der

Pferde und gelegentlich ein Wiehern drangen aus den Gebäuden. Der Himmel war bedeckt, aber eine Lampe leuchtete in einem runden Fenster über den Ställen, wo der oberste Stallknecht wohnte, und warf einen Lichtschein auf den Hof. Tamsyn und Gabriel schlichen geräuschlos durch das Dämmerlicht. Tamsyn hatte die Kapuze ihres dunklen Umhangs über ihr helles Haar gezogen.

Das Tor zu Julians Garten war verschlossen, wie Gabriel gesagt hatte. »Hoch mit dir.« Mit Leichtigkeit hob er Tamsyn hoch und setzte sie oben auf das Tor.

Schnell sprang sie an der anderen Seite herunter. »Im Bücherzimmer brennt Licht«, flüsterte sie.

»Buena suerte«, flüsterte Gabriel zurück und trat dann in das Dunkel zurück.

Tamsyn schlich durch den Garten. Einmal blieb sie mit ihrem Umhang an den Dornen einer Kletterrose hängen. Sie blieb stehen und löste den Stoff vorsichtig von den Dornen, wobei sie sich gegen die Mauer drängte, die den Garten umgab. Licht fiel aus den Fenstern des Bücherzimmers und erhellte gepflegte Blumenbeete und ein Stück Rasen. Sie hoffte, daß die Dunkelheit an der Mauer genügte, um sie vor etwaigen Blicken zu verbergen, falls jemand aus dem Fenster im oberen Stock sah.

Als sie sich von den Dornen befreit hatte, schlich sie weiter, bis sie sich schließlich flach an die Hauswand neben dem Fenster drückte. Es war geschlossen, aber die Gardinen waren offen. Sie trat ein Stück zur Seite, so daß sie in den Raum blicken konnte. Ihr Herz klopfte laut, und ihre Handflächen waren feucht. Sie hätte nicht sagen können, ob es Nervosität oder die Aufregung war.

Julian saß an seinem Schreibtisch, mit dem Rücken zum Fenster. Er schrieb etwas. Sein Federkiel flog über das Papier. Während sie ihn betrachtete und ihr das Herz bis zum Hals schlug, hielt er inne, lehnte sich in seinem Stuhl zurück und reckte sich. Dann tauchte er den Federkiel in das Tintenfaß und schrieb weiter. Das Blut rauschte in ihren Ohren, als sie ihn betrachtete und sich seinen Gesichtsausdruck vorstellte, wenn er sie entdeckte. Er würde sich freuen... natürlich würde er das.

Tamsyn kratzte an dem Fenster, dann trat sie in die Dunkelheit zurück.

Julian bereitete seinen Bericht vor, den er am nächsten Morgen dem Premierminister überreichen wollte. Lord Liverpool hatte um weitere Informationen über die Vorgänge und Verluste in Cuidad Rodrigo und Badajos gebeten, um so die Bitte des Peers um mehr Männer und mehr Geld besser unterstützen zu können.

Beim ersten Geräusch blickte Julian über seine Schulter zum Fenster. Wahrscheinlich war ein Ast gegen das Fenster gestoßen. Er rieb sich müde die Augen. Es fiel ihm schwer, sich zu konzentrieren, und er schien die Worte, die er schrieb, nicht zu begreifen. Immer wieder hörte er Tamsyns sinnliches leises Lachen, sah ihr schelmisches und einladendes Lächeln vor sich. Er nahm an, diese Bilder würden mit der Zeit verschwinden. Wenn er erst einmal zurück in Spanien war, hätte er kaum noch Zeit, an sie zu denken. Doch noch während er sich das einzureden versuchte, wußte er, daß es ihm in Spanien noch viel schwerer fallen würde, sie zu vergessen. Die Erinnernungen wären noch viel lebhafter in dem Land, das diese außergewöhnliche, unmögliche Kreatur hervorgebracht hatte, mit ihrem Penhallan-Blut und...

Mit gerunzelter Stirn rieb er sich den Nacken und machte sich dann entschlossen daran, seinen Bericht zu beenden.

Wieder hörte er ein Geräusch am Fenster, diesmal lauter. Er beachtete es nicht. Dann wurde das Geräusch zu einem rhythmischen Tip-Tap-Tap. Er wirbelte in seinem Stuhl herum. Am Fenster war nichts zu sehen. Ungeduldig schob er den Stuhl zurück, ging zum Fenster und öffnete es weit. Es gab weder Büsche noch Bäume, die nahe genug am Fenster standen, um gegen das Glas schlagen oder schaben zu können. Er starrte in den Garten, aber er konnte nichts entdecken.

Dann ertönte plötzlich eine unverkennbare Stimme unter ihm. »Guten Abend, Mylord Oberst.«

Er blickte nach unten. In ihrem blassen Gesicht strahlten die Augen purpurn auf. Die Kapuze ihres Umhangs war ihr vom Kopf gerutscht, und ihr silberblondes Haar leuchtete in der Dunkelheit.

»Ich dachte schon, du würdest nie zum Fenster kommen«, sagte sie, als er sie stumm betrachtete. Sie drehte sich mit dem Rücken zur Wand, legte die Hände auf die breite Fensterbank und sprang dann mit dem Po darauf. Dann wandte sie sich zu ihm und lächelte ihn an. Wenn er weniger überrascht gewesen wäre, hätte er die Ängstlichkeit hinter ihrem Lächeln gesehen. »Willst du denn gar nichts sagen?«

»Du... du Satansbraten!« Er hatte seine Stimme wiedergefunden. »Wie zum Teufel bist du hierhergekommen?« Er legte eine Hand um ihre Taille und hob sie ins Zimmer. Doch anstatt sie auf die Füße zu stellen, hielt er sie in seinen Armen, als sei sie eine Puppe. Seine großen Hände lagen um ihre Taille, ihr Gesicht war auf der gleichen Höhe wie seines. Ihr Umhang fiel zu Boden und enthüllte die Hose und das Hemd der Straßenräuberin.

»Auf *Cesar* natürlich«, sagte sie und lächelte.

»Spiel keine Spielchen mit mir, Mädchen!« Er schüttelte sie und stellte sie noch immer nicht auf den Boden, aber sie wußte nicht, ob er wirklich böse auf sie war oder einfach nur überrascht. Auf jeden Fall schien er nicht überglücklich, sie zu sehen.

»Ich mußte kommen«, erklärte sie ihm. »Du bist ohne ein Wort verschwunden, und...«

»Ich hatte den Eindruck, als hätten wir alles gesagt, was nötig war«, unterbrach er sie. »Du hast es sehr deutlich gemacht, daß...«

»Ja, aber nur, weil du mich überrascht hast«, protestierte Tamsyn, die noch immer in der Luft hing. »Woher hätte ich denn wissen sollen, daß du einfach mitten in der Nacht verschwindest, ohne noch einen Blick zurückzuwerfen?« Sie versuchte, nach ihm zu treten, damit er sie endlich auf die Füße stellte, doch schien das keine Wirkung zu haben.

»Oh?« Er zog eine seiner rotgoldenen Augenbrauen hoch. »Also war der Streit im Salon nur eine kleines Scharmützel, eine Art Vorspiel? Du sagst mir in deiner verdammt arroganten Art, daß du nichts mehr mit mir zu tun haben willst, und ich soll das als Einladung betrachten?«

»So war das doch gar nicht«, sagte sie leise. »Du warst es doch, der das Ende unserer Beziehung wollte, nicht ich.«

»Und ich habe geglaubt, ich hätte dir genau das Gegenteil vorgeschlagen«, antwortete er und ließ sie nicht aus den Augen.

So konnte es nicht weitergehen. Er hielt sie noch immer in der Luft, als sei sie eine Vogelscheuche, die mit Stroh ausgestopft war. Sie wollte verflucht sein, wenn sie sich von ihm ins Unrecht setzen ließ, wenn es doch ganz offensichtlich war, daß *er* die Schwierigkeiten überhaupt erst herbeigerufen hatte. Er war derjenige, dem der Durchblick fehlte.

»Du redest zu mir von Arroganz? Nun, ich kann dir sagen, Oberst, daß du störrisch und halsstarrig bist und mindestens doppelt so arrogant wie ich!« fuhr sie hoch.

Wütend stellte sie fest, daß plötzlich Tränen ihre Stimme erstickten. Sie wollte ihm sagen, daß sie ihn liebte, aber die Worte kamen ihr nicht über die Lippen. Sie wollte, daß auch er ihr sagte, daß er sie liebte. Er mußte sie lieben, denn sie konnte nicht das fühlen, was sie für ihn empfand, ohne daß es ihm genauso ging.

»Und du«, sagte Julian überdeutlich, »bist eine sture, verwöhnte, aufwieglerische Verführerin!« Er hatte geglaubt, akzeptieren zu können, daß ihr Abenteuer vorüber war. Er hatte geglaubt, daß sie aus seinem Leben genauso entschlossen wieder verschwinden würde, wie sie hineingetreten war, doch jetzt wußte er, daß dem nicht so war.

»Nun, dann tut es mir leid, daß ich überhaupt gekommen bin«, erklärte Tamsyn und schniefte ein wenig. »Und wenn du mich endlich runterläßt, werde ich wieder gehen.«

»Nein, das wirst du nicht, du gesetzloser Satansbraten!« Dieses herrliche drängende Gefühl der Leidenschaft überkam ihn, während er sie hielt. Er fühlte ihren schlanken, biegsamen Körper in seinen Händen, atmete den süßen Duft ihrer Haut ein und verlor sich in in ihren riesigen, unergründlichen Augen. Und in dem Schweigen, das seinen Worten folgte, spürte er die sinnliche Energie, die von ihr ausging. Er wußte, daß sie seine Erregung wie immer gefühlt hatte und daß sie selbst erregt war. Ihre Augen glänzten, Tränen hingen an den langen, dunklen Wimpern. Sie hatte die Lippen leicht geöffnet und wartete auf den nächsten Schritt.

»Man soll später nicht behaupten können, ich hätte einem geschenkten Gaul ins Maul geschaut.« Mit einer schnellen Bewegung klemmte er sie unter den Arm, so wie er es in Badajos getan hatte, und verließ mit ihr das Zimmer.

Er ging die Treppe hinauf, und Tamsyn, die sich mucksmäuschenstill verhielt, war dankbar dafür, daß sie niemandem begegneten. Julian öffnete die Tür seines Schlafzimmers, trat hinein und ließ sein Bündel auf das Bett fallen.

Er stand vor ihr und blickte auf sie hinunter, die Hände hatte er in die Hüften gestützt. Ein Lächeln lag um seinen Mund.

»Unwiderstehlich«, sagte er mit einem leicht nachdenklichen Ton in der Stimme. »Ich verstehe gar nicht, wie eine so magere, ungebildete, gewissenslose kleine Aufwieglerin so unwiderstehlich sein kann. Aber genau das scheint hier der Fall zu sein.«

Tamsyn zog verführerisch die Augen zusammen, doch sagte sie nichts. Sie hatte für den Augenblick genug getan. Vielleicht würde eine Zeit kommen, wenn er wirklich nicht länger leugnen konnte, was zwischen ihnen war, wenn er nicht länger glaubte, daß die Spannung zwischen ihnen einzig und allein sexueller Natur war... wenn er endlich in sein Herz blickte. Doch bis dahin würde sie sich mit dem zufriedengeben, was sie hatte, und unwiderstehlich zu sein war kein schlechter Start.

Sie schob sich mit den Zehen die Stiefel von den Füßen. Mit einem kleinen leisen Plumps fielen sie auf den dicken Teppich.

Dann öffnete sie die Knöpfe ihrer Hose. Sie schob sie über die Hüften hinunter und streifte sie dann mit Hilfe ihrer Füße zu den Beinen.

Julian beugte sich vor und half ihr. Nachdem er ihr auch die Strümpfe ausgezogen hatte, richtete er sich wieder auf und betrachtete sie.

»Muß ich alles allein machen?« Sie schenkte ihm ein gespielt klägliches Lächeln.

»Ja.« Unter halbgeschlossenen Augenlidern hervor betrachtete er sie. Mit den Händen auf den Hüften blieb er reglos stehen und sah auf sie hinunter.

Tamsyn zog ihr Höschen aus, knöpfte das Hemd auf und schob es über ihre Schultern hinunter, dann lag sie nackt auf dem Bett und warf ihm einen fragenden Blick zu.

»Und jetzt darfst du mir helfen«, sagte Julian. Seine kühle Stimme paßte so gar nicht zu dem Feuer in seinem Blick.

Tamsyn setzte sich auf das Bett, legte ihre Hände auf seine Hüften und zog ihn zu sich heran. Sie löste seinen Gürtel und ließ ihn zu Boden fallen. »Du hast doch nichts dagegen, wenn ich hier anfange?« sagte sie in beiläufigem Ton, als sie seine Hose aufknöpfte.

»Ganz und gar nicht.«

Sie schob die Hose über seine Hüften, so aufreizend langsam, daß es Julian noch mehr erregte. Ihre Finger strichen über seine Hüften. Sie legte die Hand auf seinen flachen Bauch, und seine Muskeln zogen sich ungewollt zusammen. Ganz langsam glitt ihre Hand tiefer, dann schob sie sich zwischen die Schenkel. Tamsyn beugte sich und küßte seinen Bauch, streichelte ihn mit der Zungenspitze, fuhr in seinen Nabel, während ihre Finger ihn kneteten und streichelten, bis er leise aufstöhnte. Sie legte ihre Hände auf seinen Po, ihre Finger packten das feste Fleisch, während sie sich an ihn drängte, so daß sein hart aufgerichteter Penis zwischen ihren Brüsten lag.

Dann legte sie beide Hände um ihre Brüste und drückte sie zusammen. Julian Atem ging schneller, als ihre rhythmischen Bewegungen schneller wurden. Mit einem leisen, lustvollen Stöhnen legte er den Kopf zurück. »Hör auf«, flüsterte er. »Um Himmels willen, hör sofort auf!«

Tamsyn lächelte nur. Ihre Augenlider flatterten, als sie ihn näher und immer näher an den Höhepunkt der Erfüllung brachte, bis sein ganzer Körper erbebte und voller Ekstase erglühte, und die Welt um ihn herum sich aufzulösen schien.

»Diablillo«, schalt er, als sein Atem wieder normal ging und er mit einem Blick erschöpfter Befriedigung auf sie hinunterblickte. »Daran bist du ganz allein schuld.«

»Ich habe festgestellt, daß du dich sehr schnell wieder erholst, Mylord Oberst«, sagte sie und grinste ihn unverschämt an, dann ließ sie sich auf das Bett fallen und zog ihn an sich.

Er küßte sie und hielt ihr Kinn zwischen Daumen und Zeigefinger. »Ich weiß nicht, was du dafür verdient hast.«

»Ich auch nicht, aber solange ich es bekomme, ist es mir egal.«

»Oh, das wirst du«, versprach er ihr und drückte seine Lippen wieder auf ihre, doch diesmal war sein Kuß lang und zärtlich. Seine Zungenspitze streichelte ihre Lippen.

»Oh! Oh, das habe ich ganz vergessen! Wie konnte ich das nur vergessen?« Ganz plötzlich stieß Tamsyn ihn von sich und sprang vom Bett auf. »Dieses Zimmer ist an der Rückseite des Hauses, nicht wahr?«

Julian rollte sich auf den Rücken. Er war nicht sicher, ob er lachen oder schreien sollte. »Gabriel, nehme ich an?«

»Ja, er wartet draußen im Marstall.« Sie lief zum Fenster und riß es weit auf.

»Sag ihm, daß er reinkommen soll«, sagte Julian seufzend.

»Nein, er muß nach Charing Cross zurück, um sich um die Pferde zu kümmern.« Sie lehnte sich aus dem Fenster, legte beide Hände um den Mund und gab eine perfekte Imitation eines Eulenrufes von sich. Dann wartete sie einige Sekunden und wiederholte den Ruf. Sofort kam eine Antwort. Tamsyn gab noch eine Reihe weiterer Vogelrufe von sich und wartete dann auf die Antwort.

Charing Cross? Weshalb Charing Cross? Aber warum auch nicht? Es hatte keinen Zweck zu versuchen, Tamsyns verwickelte Gedankengänge zu erforschen. Natürlich war es unerläßlich, daß auch Gabriel in ihre Vernehmungen verwickelt war.

Belustigt und beeindruckt von der ungewöhnlichen Art der Kommunikation am Fenster, stützte Julian sich auf die Ellbogen. Er blickte auf ihren nackten Po und verlor dann jegliches Interesse an der Unterhaltung. Sie hat wirklich einen verlockenden Po, dachte er verträumt .

»Also«, meinte Tamsyn und schloß das Fenster. »Jetzt ist alles klar.«

»Gut. Dann könntest du vielleicht hierher zurückkommen«, bat er mit gespielter Höflichkeit.

»Oh, du hast dich also schon wieder erholt!« Mit einem Grinsen kam sie auf ihn zu.

»Ich erwarte eine vollständige Wiederherstellung meiner Kräfte in etwa zwei Minuten. Und *jetzt mach zum Teufel, daß du hierherkommst*!«

Tamsyn lief durch das Zimmer und sprang auf das Bett. »Jawohl, Mylord Oberst. Ganz wie du wünschst, Mylord Oberst.«

23

Tamsyn schlief noch, als Julian am Morgen erwachte. Draußen regnete es, im Zimmer war es dunkel. Die allgemeine trübe Stimmung wurde noch erhöht durch die dunklen Eichenholzmöbel und die schweren Gardinen vor den Fenstern. Das Haus mußte dringend renoviert werden, doch Julian wollte damit warten, bis er verheiratet war. Eine Frau würde Spaß daran haben, dem Haus ihren eigenen Stempel aufzudrücken. In diesem Haus wäre das viel einfacher als in Tregarthan, das den unverkennbaren Stil von vier Generationen der St. Simons trug.

In den letzten Jahren hatte Julian so wenig Zeit in London verbracht, daß ihn der vernachlässigte Zustand des Hauses auf dem Audley Square nicht unnötig beunruhigt hatte, doch jetzt wurde ihm klar, daß er sich der Sache annehmen mußte, ehe der Verfall zu schlimm wurde. Die Aussicht auf eine Heirat lag weit in der Zukunft, daran konnte er erst denken, wenn Napoleon endlich besiegt war.

Er wandte den Kopf und betrachtete die schlafende Gestalt neben sich. Irgendwann einmal würde er sich eine Frau suchen müssen, doch er konnte sich des reumütigen Gedankens nicht erwehren, daß die herrlich sinnliche Wunderwelt, die er mit dieser Räuberin erlebte, ihn verderben würde für die Art von Frau, die eine beispielhafte Hausherrin für Tregarthan abgeben würde.

Seine Erinnerungen an die vergangene Nacht standen ihm noch immer lebhaft vor Augen, und auch sein Körper erinnerte sich nur gut daran. Es war eine von Tamsyns Eigenschaften, daß die Liebe mit ihr jedesmal wieder einzigartig war, daß sie etwas ganz Besonderes war, das als kostbare Erinnerung blieb.

Er setzte sich auf und warf einen Blick auf die Uhr. Es war sechs Uhr, und um acht hatte er eine Verabredung mit Lord Liverpool.

Tamsyn stöhnte und rollte sich auf den Bauch. Sie vergrub das Gesicht in den Kissen. »Was tust du?«

»Ich stehe auf.« Er beugte sich zu ihr und küßte sie auf den Nacken; sie wand sich, weil sein warmer Atem sie kitzelte. »Wirst du mit mir nach Spanien zurückkommen, Tamsyn?«

»Warum, glaubst du wohl, bin ich hier?« murmelte sie in die Kissen.

»Und du wirst die Idee aufgeben, die Familie deiner Mutter zu finden?« Mit einem Finger strich er über ihre Wirbelsäule.

Tamsyn hob den Kopf. »Warum hast du gesagt, daß es nicht gut wäre, wenn ich in Cornwall bliebe? Ich dachte, ich hätte alles sehr gut gemacht. Die Leute auf der Party schienen zu denken, daß ich zu ihnen passe.«

»Aber du hast doch nur eine Rolle gespielt. Wir wissen doch beide, daß du so, wie du wirklich bist, keinen Platz in dieser Art von Leben finden würdest, Tamsyn. Du würdest dich in wenigen Wochen zu Tränen langweilen, wenn erst einmal der Reiz des Neuen verschwunden ist.«

»Aber ich habe meine Rolle doch sehr gut gespielt«, beharrte sie.

»Ja, das muß ich zugeben.«

Tamsyn vergrub das Gesicht wieder in den Kissen. Er hatte recht, das war kein Leben für sie, und sie hatte ja auch nie die Absicht gehabt, dauernd hier zu leben. Aber sie konnte lernen, sich unter den richtigen Umständen anzupassen. Wenigstens hatte Julian zugegeben, daß sie sich anpassen konnte, wenn sie das wirklich wollte. Es war ein Schritt in die richtige Richtung.

»Und du hast die Idee aufgegeben, die Familie deiner Mutter zu finden?« wiederholte er noch einmal.

»Ja«, sagte sie und dachte, daß es keine wirkliche Lüge war, da sie die Familie ja bereits gefunden hatte.

Seine Erleichterung war süß. Er streichelte ihren Rücken unter der Decke. »Schlaf wieder ein, Butterblume.« Sie stöhnte bedauernd, doch hielt sie ihn nicht zurück, als er aus dem Bett schlüpfte. Er zog die Vorhänge um das Bett fest zu, dann läutete er, damit man ihm warmes Wasser brachte.

Julian kleidete sich schnell an. Er trug die scharlachrote Tunika und den Pelzumhang der Kavallerieoffiziere, dann befestigte er den Schwertgurt und schob sein gebogenes Schwert in die Scheide an der Hüfte. Er war in Angelegenheiten der Armee unterwegs, und ein Blick in den Spiegel verschaffte ihm eine tiefe Befriedigung. Es tat gut, wieder in die vertraute Kleidung zu schlüpfen, noch dazu, in einer Unternehmung, die wichtig war für die Sache, die sein ganzes Leben bestimmte. Viel lieber wäre er jetzt auf dem Schlachtfeld, doch schon bald würde er wieder dort sein. Sie würden zusammen zurückgehen, und es gäbe keinen Ärger, keine Wut mehr und auch nicht mehr das Gefühl, benutzt zu werden, das die Freude trüben konnte, die sie aneinander hatten.

Ehe er ging, hob er noch einmal den Vorhang vom Bett hoch. Tamsyn schlief, sie hatte sich von ihm weggewandt. Eine Hand hatte sie unter die Wange geschoben, ihr Gesicht war sanft gerötet vom Schlaf. Eine Minute lang stand er vor ihr und betrachtete sie. Er bemerkte gar nicht, daß er lächelte, er wußte nur, daß sie sein Verlangen schon wieder anrührte. Doch es war nicht das übliche, heiße Begehren, was er fühlte war sanfter, viel sanfter.

Er ließ den Vorhang wieder fallen und verließ das Zimmer. Leise schloß er die Tür hinter sich. Ehe er das Haus verließ, erklärte er dem alten Gefolgsmann, der sich um die Dienstboten kümmerte, daß eine junge Dame in seinem Zimmer war, der man alles geben sollte, worum sie bat.

»Jawohl, Mylord.« Der Mann verbeugte sich und hielt ihm die Haustür auf. Es war nicht das erste Mal, daß seine Lordschaft einen weiblichen Gast in seinem Londoner Haus beherbergte und zweifellos würde es auch nicht das letzte Mal sein.

Sobald sich die Tür hinter Julian geschlossen hatte, setzte Tamsyn sich auf. Alle Anzeichen von Müdigkeit waren von ihr gewichen. Sie hatte sich ganz einfach nicht weiter mit Julian über dieses Thema unterhalten wollen, und der einfachste Weg, ihm auszuweichen war, so zu tun, als schliefe sie. Wenn es irgendwie möglich war, würde sie die Familie ihrer Mutter zwischen ihnen nie erwähnen. Nach Möglichkeit sollte der Oberst vergessen, daß ihre Mutter überhaupt eine Familie gehabt hatte.

Tamsyn wußte ganz genau, was sie zu tun hatte. Wenn Julian die Wahrheit über die Penhallans herausfand sowie den Grund, der sie wirklich nach England gebracht hatte, dann wäre alles vorbei. Er würde den Gedanken nicht ertragen können, daß er ein Werkzeug ihres Betruges gewesen war, deshalb durfte er es nie erfahren. Aber da dieses Spiel mit Cedric nun einmal begonnen hatte, mußte sie es auch zu Ende führen. Sie konnte es sich nicht länger leisten, seinen Betrug öffentlich zu machen, denn das würde bedeuten, daß sie auch ihre eigene Identität öffentlich würde preisgeben müssen. Doch das wußte Cedric nicht, und die Bedrohung, die sie für ihn bedeutete, lieferte ihr eine mächtige Waffe. Wenn sie ihre Karten richtig ausspielte, würde sie die Penhallan-Diamanten bekommen.

Es wäre eine angemessene Entschädigung, und Cecile und der Baron hätten sich darüber gefreut. Und wenn sie das erst einmal erledigt hatte, konnte sie mit dem Oberst nach Spanien zurückkehren und daran arbeiten, ihre Zukunf mit der seinen zu verknüpfen.

Voller Elan sprang sie aus dem Bett, spritzte sich das rasch abkühlende Wasser ins Gesicht, borgte sich Julians Zahnpulver aus, benutzte seinen Kamm und zog sich an. Dann lief sie nach unten. Bevor sie zurück nach Cornwall reiste, um dort alle unerledigten Dinge zu erledigen, hatte sie einen Plan zur Unterhaltung des Obersts, einen Plan, der in seiner Erinnerung bleiben würde, bis sie zurückkam.

Ein älterer Mann ging gerade unten durch die Halle. Er sah auf und blinzelte erstaunt mit seinen trüben Augen, als Tamsyn die Treppe hinuntersprang.

»Guten Morgen, Ihr müßt Belton sein«, sagte sie und lächelte ihn fröhlich an. »Lady Fortescue hat mir erzählt, wie wundervoll Ihr diesen Haushalt in Schwung haltet.«

Lady Fortescue! Der alte Mann starrte Tamsyn an. Sie glaubte förmlich zu sehen, wie es in seinem Kopf arbeitete, als er versuchte, diese in Hosen gekleidete Gestalt, die die Nacht in seiner Lordschaft Bett zugebracht hatte, mit Lord St. Simons Schwester in Verbindung zu bringen.

»Wenn Lord St. Simon zurückkommt, ehe ich wieder da bin, dann sagt ihm doch bitte, daß ich heute nachmittag zurückkommen werde«, sagte sie munter und ging zur Tür.

»Jawohl, Miss«, murmelte er. Erst jetzt fiel ihm ein, daß er ihr die Tür öffnen und aufhalten sollte.

»Es ist schon in Ordnung, ich kann es auch allein, danke, Belton.« Tamsyn zog die schwere Tür auf. »Oh, es regnet schon wieder. Was für ein elendes Klima ist das doch!« Sie zog die Kapuze ihres Umhangs über den Kopf, hob noch einmal grüßend die Hand und ließ den benommenen Mann im Eingang stehen. »Bis heute nachmittag!« Und dann war sie auch schon verschwunden. Sie sprang die Stufen zum Pflaster hinunter und lief über die Straße davon, den Kopf gegen den Regen gesenkt.

Belton schüttelte verwundert den Kopf und fragte sich, ob er wohl langsam zu alt für diese Arbeit wurde. Hatte sie wirklich Hosen getragen? Seine Lordschaft mußte in Spanien einen eigenartigen Geschmack entwickelt haben, in diesem heidnischen Land, wie alle behaupteten. Er schloß die Tür und tapste zur Speisekammer, wo er für die Augenblicke des Stresses eine Flasche mit medizinischem Brandy verwahrte.

Tamsyn hielt eine Mietkutsche an und wies den Kutscher an, zum Kings Head in Charing Cross zu fahren, dann lehnte sie sich in dem Sitz zurück und überdachte noch einmal ihren Plan. Der Regen kam ihr gerade heute sehr ungelegen, da sie viel zu erledigen hatte.

Gabriel war gerade dabei, einen großen Teller mit Eiern und Steak im Schankraum zu verzehren, als sie das Gasthaus betrat. »Du kommst früh«, sagte er.

»Ja, und ich habe noch nicht gefrühstückt.« Sie zog sich einen Stuhl heran und setzte sich. »Herr Wirt, ich möchte auch so einen Teller, bitte.«

Der Wirt grunzte. In dem schwachen Licht entdeckte er einen jungen Burschen neben dem riesigen Schotten. Er verschwand in der Küche und kam wenige Minuten später mit einem jungen Mädchen zurück, das einen Teller mit Essen trug.

»Hier, Sir.« Sie knickste und warf Tamsyn unter halb geschlossenen Lidern hervor einen bewundernden Blick zu. Sie schien sich zu fragen, ob es sich wohl lohnte, dem jungen Mann schöne Augen zu machen.

Tamsyn grinste. Sie war solche Irrtümer gewöhnt, wenn es dunkel war. Sie beugte sich vor und kniff dem Mädchen in die Wange. »Ein hübsches Mädchen bist du. Wie ist dein Name?«

»Annie, Sir.« Das Mädchen errötete und wandte den Kopf zur Seite.

»Nun, dann hol mir Kaffee, Annie.«

»Aye, Sir.« Sie knickste noch einmal, dann lief sie davon.

»Och, kleines Mädchen, du solltest dich schämen«, sagte Gabriel und nahm einen großen Schluck von seinem Bier. »Du solltest das Kind nicht so irreführen.«

Tamsyn lachte nur und machte sich hungrig über ihr Frühstück her.

»Ich nehme an, alles ist gutgegangen«, bemerkte Gabriel. »Es sieht aus, als hättest du eine Nacht hinter dir, die dich hungrig gemacht hat.«

Tamsyn nickte. Ihre Augen glänzten, während sie ihr Steak mit Senf bestrich. »Wir werden bald nach Spanien zurückreisen.«

»Gut«, war alles, was er dazu zu sagen hatte. »Ich werde froh sein, wenn ich diesen Ort verlassen kann. Und die Frau auch. Aber was ist mit Penhallan?«

»Ich denke, ich werde die Sache aufgeben müssen, Gabriel«, sagte sie, ohne von ihrem Teller aufzublicken. »Würdest du etwas dagegen haben?«

Sein Gesicht lief rot an. »Du kannst tun, was du willst, aber ich habe die Absicht, mich um diese Kreaturen aus der Gosse zu kümmern, Mädchen. Ich werde es auf meine Art tun, und zu der Zeit, die mir angemessen erscheint. Ich werde deine Pläne nicht in Gefahr bringen.«

Tamsyn schwieg. Sie wußte, daß sie ihn nicht davon abhalten konnte. Für Gabriel bedeutete es eine heilige Pflicht. Er würde die Augen des Barons so lange in seinem Nacken fühlen, bis er diese Aufgabe erledigt hatte. Doch Gabriels Rachegelüste würde ihre eigenen Konfrontationen mit Cedric in Gefahr bringen, und aus diesem Grund mußte sie ihrem Onkel allein gegenübertreten. Gabriels Temperament war unberechenbar, und wenn er den Zwillingen begegnete, während Tamsyn und er bei Cedric zu Besuch waren, gäbe es keine Möglichkeit, ihn davon abzubringen, auf der Stelle mit den beiden abzurechnen. Es würde Zeugen geben für das unvermeidliche blutige Durcheinander, und Cedric könnte ihn anklagen, und dann würde Gabriel wahrscheinlich auf dem Schafott im Gefängnis von Bodmin enden.

Doch er würde ihr nie erlauben, allein zu Cedric zu gehen, wenn er auch nur im entferntesten vermuten würde, daß sie diese Absicht hatte. Also mußte er glauben, daß ihre Liebe zu Julian St. Simon ihren Wunsch zunichte gemacht hatte, sich für ihre Eltern zu rächen.

»Also, dann werden wir Josefa abholen und zurück nach Spanien reisen?« fragte Gabriel und blickte sie ein wenig mißtrauisch an.

Tamsyn nickte. »Aber erst morgen früh. Ich möchte dem Oberst zuerst noch ein kleines Geschenk machen, etwas, das ihn an mich erinnert, solange ich weg bin.«

Gabriel zog die Augenbraue hoch. »Ich nehme an, dazu brauchst du meine Hilfe nicht.«

Tamsyn lächelte. »Nein, das denke ich nicht, Gabriel.«

»Dann werde ich hierbleiben. Der Wirt hat einen recht anständigen Weinkeller, und ich werde schon jemanden finden, der mir Gesellschaft leistet.«

»Nun, dann komm bitte morgen früh bei Tagesanbruch mit *Cesar* zum Audley Square. Ich werde durch das Fenster verschwinden und dich im Marstall treffen. Wir reiten dann nach Cornwall, packen unsere Sachen und kommen mit Josefa hierher zurück.«

Gabriel nickte zustimmend. Eine so unorthodoxe Abreise war für ihn nichts Außergewöhnliches, so lebte man in den Bergen. Allerdings gab es da etwas, das ihn beunruhigte: Es lag sonst so gar nicht in der Art des Mädchens, einen Plan mit einer solchen Unbekümmertheit aufzugeben. Tamsyn wischte mit einem Stück Brot die Sauce von ihrem Teller, trank ihren Kaffee aus und stand auf. »Ich muß mich umziehen, und ich brauche Geld, Gabriel.«

Er griff in seine Tasche und zog den Schlüssel zu seinem Zimmer hervor. »Die Treppe hoch und gleich links.«

In Gabriels Zimmer zog Tamsyn eines ihrer Kleider an und wechselte die Reitstiefel gegen ein Paar Baumwollköperstiefel, die nicht halb so geeignet für das Regenwetter und die Pfützen auf der Straße waren. Sie schob ihre Reitkleidung in eine Tasche, die sie mitnehmen wollte, nahm einige Geldscheine und Münzen, die sie in ihrem Handtäschchen verwahrte und warf dann einen Blick in den fleckigen Spiegel. Schließlich ging sie in den Schankraum zurück und bemühte sich, kleine Schritte zu machen.

Annie räumte gerade den Tisch ab. Sie ließ beinahe das Tablett fallen, als sie Tamsyn erblickte. »Oooo«, sagte sie. »Ihr seid ja gar kein Mann!«

»Nein«, stimmte Tamsyn ihr zu. »Aber Ihr seid trotzdem ein hübsches Mädchen.«

»Oh, wie frech«, sagte Annie beleidigt. »Ihr habt nicht das Recht, solche Spielchen mit mir zu spielen... ein unschuldiges Mädchen auszunutzen!«

»Ich habe Euch nicht ausgenutzt«, erklärte Tamsyn. »Da ich kein Mann bin, wie hätte ich das wohl tun sollen?«

Annie schnüffelte und ging dann mit ihrem Tablett in die Küche zurück.

Gabriel saß noch immer auf seinem Platz, einen wieder aufgefüllten Krug mit Bier vor sich. »Dann wirst du also jetzt gehen?«

»Ja.« Sie beugte sich zu ihm und gab ihm einen Kuß. »Wir sehen uns dann bei Tagesanbruch.«

»Ich werde da sein.«

Tamsyn hob noch einmal grüßend die Hand, dann ging sie hinaus, in die vom Regen trübe Stadt London.

Am frühen Nachmittag kehrte sie zum Audley Square zurück. Belton öffnete ihr die Tür und sah vor sich eine ganz normal gekleidete junge Dame. Hätte sie nicht dieses auffallende Haar gehabt, er hätte nie geglaubt, daß es sich um dieselbe Person handelte, die an diesem Morgen das Haus verlassen hatte. »Könntet Ihr bitte jemanden hinausschicken, um die Päckchen aus der Mietkutsche ins Haus zu tragen?« fragte sie. Ihre Augen blickten kaum über das Gepäck hinweg, das sie im Arm trug.

»Ich werde Euch helfen, Miss.« Belton wollte ihr die Päckchen abnehmen, doch Tamsyn fürchtete, daß der alte Mann sie fallen lassen würde. »Nein, nein. Aber in der Kutsche ist noch mehr.«

Belton rief über die Schulter hinweg ins Haus, und ein kräftiger junger Mann mit einer Schürze und ledernen Hosen erschien aus Richtung der Küche. Neugierig betrachtete er die junge Frau mit dem vielen Gepäck, dann ging er hinaus und holte den Rest aus der Kutsche.

»Ist seine Lordschaft schon zurück?«

»Noch nicht, Miss. Ich nehme an, er ist zu einem seiner Clubs gegangen. Normalerweise tut er das morgens, wenn er in der Stadt ist.«

»Gut.« Tamsyn war das nur recht. Wenn Julian zurückkam, würde sie für ihn bereit sein. Sie ging nach oben. »Laßt die Pakete bitte in das Zimmer seiner Lordschaft bringen, Belton, und könntet Ihr bitte zwei Weingläser und einen Korkenzieher bringen lassen?«

Der junge Mann trottete hinter ihr die Treppen hinauf. »Legt alles auf die Couch«, befahl sie. Sie selbst ließ alles, was sie auf dem Arm trug, auf das Bett fallen. »Danke. Würdet Ihr bitte das Feuer anzünden? Es ist ein so erbärmliches Wetter.« Sie wartete, während er das Holz aufschichtete und es anzündete. Das Holz fing sofort Feuer. Ein dünner Rauch stieg empor, dann flackerte die Flamme hell.

Der junge Mann legte sorgfältig noch mehr Holz nach, dann stand er auf und wischte sich die Hände an seinem Hosenboden ab, gerade als sich die Tür öffnete und ein rotbäckiges Mädchen von etwa dreizehn Jahren mit den gewünschten Gläsern und dem Korkenzieher ins Zimmer kam. Auch sie konnte ihre Neugier nicht verbergen. Mit großen Augen betrachtete sie die außergewöhnliche Besucherin seiner Lordschaft. Eine richtige kleine Schlampe, nicht besser, als sie es war, hatte die alte Mrs. Cogg in der Küche gemeint. Maisie war noch nie in ihrem Leben einem Menschen begegnet, der nicht besser war als sie selbst.

»Wundervoll.« Tamsyn lächelte ein wenig abwesend, als der junge Mann sich mit einer ungeschickten Verbeugung empfahl und das Mädchen ihm folgte, dann flog sie durch das Zimmer und schloß hinter den beiden die Tür ab. Nachdenklich klopfte sie mit dem Fingernagel gegen ihre Zähne. Wieviel Zeit blieb ihr noch?

Sie brauchte fünfzehn Minuten, um ihr sorgfältig zusammengestelltes Picknick aufzubauen. Es gab hervorragenden Wein, wohlschmeckende Shrimps, geräucherte Austern, Krabben, Erdbeerkuchen und frische Feigen. Alles konnte man mit den Fingern essen.

Das Feuer knisterte anheimelnd. Kerzen waren angezündet, und trotz der bedrückend dunklen Möbel war es recht gemütlich in dem Zimmer. Tamsyn zog ihr Kleid aus und warf es in eine Ecke des Schrankes, zusammen mit den Stiefeln, der Unterwäsche und der Tasche mit ihrer Reitkleidung. Dann holte sie das Kleid hervor, das sie nach stundenlangem Anprobieren ausgesucht hatte. Die helle Seidenspitze schimmerte im Schein der Kerzen. Sie schlüpfte hinein, und der dünne Stoff, der in harter Arbeit von einem Dutzend der Spitzenklöpplerinnen von Chantilly hergestellt worden war, umschmeichelte ihren nackten Körper so sinnlich wie ein Frühlingshauch.

Sie trat zum Spiegel und betrachtete sich darin. Das Kleid hatte ein kleines Vermögen gekostet, doch die Wirkung, die es hatte, war genauso, wie sie es sich vorgestellt hatte. Es war so züchtig und jungfräulich wie das Nachthemd einer Braut. Die weiten, hübschen eingefaßten Ärmel reichten bis an ihre Ellbogen und lenkten die Aufmerksamkeit auf ihre sanft gerundeten Unterarme und ihre schmalen Handgelenke. Ihr Hals hob sich anmutig und schwanengleich aus drei Lagen Spitzenrüschen. Ihre mandelförmigen Augen waren groß und leuchtend, der tiefe veilchenblaue Ton hob sich wundervoll ab von der cremig zarten Haut, dem hellen Kleid, und dem silbernen Glanz ihres Haares.

Sie befestigte ein weißes Samtband in ihrem Haar. Die Wirkung war erstaunlich. Das Band verlieh ihr gleichzeitig eine kindhafte Unschuld und eine gewisse Verruchtheit, die sich nur ahnen ließ.

Tamsyn drehte sich langsam vor dem Spiegel. Ihre nackten Füße schauten unter dem bestickten Saum hervor. Der Stoff schmiegte sich an ihren Körper. Die Spitze war so dünn, daß man ihre nackte Haut darunter sehen konnte.

Sie fühlte sich wie damals, als sie die Höhle des Aladin geschaffen hatte. Das Spiel erregte sie genausosehr, wie es Julian erregen würde. Ihre Lenden waren feucht, die Brustspitzen richteten sich auf, und ihre Haut prickelte.

Sie schloß die Tür wieder auf, warf noch einen Blick über den einladend gedeckten Tisch, dann kuschelte sie sich in den großen Ledersessel neben dem Feuer.

Julian war nach einer recht zufriedenstellenden Besprechung mit dem Premierminister zu den Horseguards geritten. Er wollte sehen, ob er dort alte Freunde und Kollegen fand, die ihm nützlich sein konnten. Von dort aus war er zur Admiralität geritten, um herauszufinden, welche Schiffe in der nächsten Woche nach Lissabon segeln würde. Eine Fregatte, die einen Konvoi von Handelsschiffen begleitete, sollte von Portsmouth aus unter Kapitän Marriot am Ende der nächsten Woche segeln. Es war wohl die beste Möglichkeit, die sich im Augenblick finden ließ. Der Kapitän würde von offizieller Seite aus benachrichtigt werden, daß er auf seiner Reise vier Passagiere haben würde. Julian mußte sich die nötigen Papiere dafür von dem zuständigen Admiral besorgen, doch das würde höchstens einen oder zwei Tage dauern.

Mit frohem Mut ging Julian hinaus in den leichten Regen, wo ein kleiner Kerl für ihn auf Soult aufgepaßt hatte. Der Junge fing das Geldstück auf, das Julian ihm zuwarf, und grinste, als seine Lordschaft sich auf das Pferd schwang. Er biß in das Geldstück, um festzustellen, ob es auch echt war, dann lief er schnell davon, als würde er Julians Großzügigkeit mißtrauen.

Julian ritt nach Hause. Er stellte sein Pferd im Marstall unter und betrat den Garten. Er warf einen Blick hinauf zum Fenster seines Schlafzimmers. Es war geschlossen, doch ein warmes, sanftes Licht hieß ihn willkommen.

Unwillkürlich bildete sich ein Lächeln um seinen Mund. Sein Herz machte einen kleinen Sprung vor Freude, als er daran dachte, daß Tamsyn dort oben auf ihn wartete.

Er betrat das Haus durch die Seitentür und lief nach oben. Niemand begegnete ihm, doch das wunderte ihn nicht. Er hatte in London nie ein großes Haus geführt, und er war so selten hier, daß Belton und Mrs. Cogg die Hausarbeit mit Hilfe eines jungen Mannes für die schwere Arbeit und eines Küchenmädchens erledigen konnten. Die meisten Zimmer wurden sowieso nicht benutzt.

Julian trat in sein Schlafzimmer und blieb wie angewurzelt stehen. Tamsyns zierliche Gestalt saß in dem großen schwarzen Ledersessel, sie schien beinahe darin zu versinken. Sie lächelte, als sie ihn sah, und stand auf.

»Hattest du einen schweren Tag, Mylord Oberst?« fragte sie leise und kam auf ihn zu. »Ich habe für uns beide ein hübsches Picknick vorbereitet.«

Er starrte sie an, der Atem stockte ihm. Lieber Gott, sie trug ein Band in ihrem Haar! Und das Kleid, es war so züchtig und dennoch so unaussprechlich sündhaft! Sie sah so jungfräulich aus, so unschuldig wie ein Kind, doch ihre Haut schimmerte verlockend durch den dünnen Stoff des Kleides, das sich an ihren Körper schmiegte und die sanfte Rundung ihrer Brüste hervorhob. Ihre dunklen, aufgerichteten Brustspitzen zeichneten sich deutlich unter dem Stoff ab.

Sein Kopf wurde ganz leicht, als sie noch näher kam und ihm ihr Gesicht entgegenhob für einen Kuß. Noch immer sprachlos, senkte er den Kopf und küßte sie auf den Mund.

»Möchtest du dein Schwert ablegen?« fragte sie und trat schnell einen Schritt zurück, ehe er sie berühren konnte. »Es ist ein so häßliches großes Ding und strahlt eine so große Unruhe aus.«

Unruhe. Diese Frau war wohl das Unruhigste, was ihm je begegnet war! Doch sie löste bereits seinen Schwertgurt und legte ihn beiseite. Und das Schwert sah wirklich ungewöhnlich groß und bedrohlich aus, gegen ihre zierliche, zerbrechliche Gestalt. *Aber sie war weder zierlich noch zerbrechlich!* Belustigt sah er zu, wie sie das Schwert in die hinterste Ecke des Raumes trug und zu ihm zurückkam.

»Darf ich dir helfen, deine Stiefel auszuziehen?«

Noch immer benommen, sank er auf den Sessel, in dem sie zuvor gesessen hatte. Mit konzentriert gerunzelter Stirn setzte sie sich rittlings auf seinen Schoß, mit dem Rücken zu ihm, und hob sein linkes Bein hoch. Der sanften Rundung ihres Pos unter der spinnwebzarten Spitze konnte er nicht widerstehen. Er legte seine Hand darauf, und die Wärme ihrer Haut schien seine Hand zu verbrennen.

»Ich versuche, mich zu konzentrieren«, sagte Tamsyn, als sie es geschafft hatte, ihm den Stiefel auszuziehen. »Ich muß es auf diese Art tun, denn sonst mache ich mein Kleid schmutzig.«

»Ich beklage mich doch gar nicht«, murmelte er. Er fand endlich seine Stimme wieder. Sanft streichelte er den hauchzarten Stoff über ihrem Po. »Ich bin sicher, daß man unter diesem Kleid eigentlich noch etwas anderes trägt.«

»Das kommt wohl darauf an, bei welcher Gelegenheit man es trägt«, widersprach sie und grunzte vor Anstrengung. Sie sank auf seinen Schoß zurück und saß auf seinen Händen, nachdem sie ihm den zweiten Stiefel ausgezogen hatte. »So.« Sie warf den Stiefel zu Boden. »Jetzt werde ich dir die Jacke ausziehen, dann bringe ich dir ein Glas Wein und eine geräucherte Auster.«

»Gleich«, sagte er.

»Natürlich«, stimmte Tamsyn ihm schnell zu. »Was auch immer du wünscht, werde ich tun.«

»Und das soll ich dir glauben?« meinte Julian, doch er lächelte dabei. Was auch immer für ein Spiel sie spielte, er war nur zu gern bereit mitzuspielen. Eine Hand legte er um ihre Taille, um sie festzuhalten, während er die andere Hand unter sie schob, in die Spalte zwischen ihren Schenkeln, bis sie leise aufkeuchte und sich unruhig bewegte. Schließlich gab er sie frei. »Ich möchte nicht dieses großartige, jungfräuliche Kleid zerreißen... wenigstens«, fügte er hinzu, »noch nicht. Deshalb ist es wohl besser, wenn du jetzt aufstehst.«

Tamsyn glitt von seinem Knie und schüttelte ihr Kleid aus. »Ganz wie du wünscht, Mylord.« Sie ging zum Tisch und goß Wein in ein Glas. Das Glas und eine Platte mit geräucherten Austern in der Hand, ging sie zum Sessel zurück und setzte sich mit einem schüchternen Lächeln wieder auf seinen Schoß. Sie hielt ihm das Weinglas an die Lippen und begann dann, ihn mit Austern zu füttern. »Magst du sie?«

»Mmmm«, murmelte er mit vollem Mund. Ihr Gewicht auf seinem Schoß, der Duft ihrer Haut, das unmöglich schüchterne Lächeln und die verräterische Reinheit der hellen Spitze lenkten ihn ab. »Ich glaube, ich werde dieses Spiel genießen.«

Ihre Augen weiteten sich voll verletzter Unschuld. »Ein Spiel? Das ist kein Spiel, Mylord. Ich möchte dir eine Freude machen, ich möchte alles tun, was du von mir erwartest.«

Sie hielt ihm noch einmal das Glas an die Lippen, dann nippte sie selbst daran, ehe sie es wieder auf den Tisch stellte, zusammen mit dem Tablett mit Austern. Sie drehte sich auf seinem Schoß herum, bis sie sich an seine Brust schmiegen konnte.

Wie ein kleiner Vogel lag sie in seinem Arm. Er fühlte ihren Herzschlag an seiner Brust. Verletzlich, zerbrechlich. Und es machte gar nichts, daß er wußte, daß sie in Wirklichkeit ungestüm und kompromißlos war, eine wilde Banditin. Im Augenblick sah er nur ihre süße Unschuld, und das erregte ihn beinahe unerträglich.

Sie küßte die Stelle an seinem Hals, wo eine kleine Ader heftig pulsierte, dann rutschte sie auf seinem Schoß hin und her, so daß das Blut in seinen Lenden pochte. Ihre Stimme klang wie Musik, als sie ihm leise Worte der Leidenschaft zuflüsterte, ihn verzauberte, und es dauerte beinahe eine Minute, bis er verstand, was dieses unschuldige, zerbrechliche kleine Geschöpf sagte: Ihre Worte waren absolut nicht süß und jungfräulich, sie waren voller Begierde, Worte der Leidenschaft und des Verlangens, die ihn mit ihrer frechen Sinnlichkeit erschütterten und ihm bis ins Mark gingen, weil sie von den sanften Lippen dieses so schüchtern lächelnden Mädchens kamen.

»Du Verführerin«, flüsterte er voller Leidenschaft.

Sie knabberte an seiner Lippe, sinnliche kleine Bisse, mit geschlossenen Augen. Wieder und wieder rutschte sie auf seinem Schoß hin und her, mit voller Absicht, bis sie sein hart aufgerichtetes Glied zwischen ihren Schenkeln gefangen hielt.

»Heb deinen Rock hoch«, verlangte er mit vor Leidenschaft rauher Stimme.

Gehorsam hob sie ihren Körper gerade so weit von seinem Schoß, daß er ihr den Rock bis über die Hüften schieben konnte. Ihre Finger nestelten am Gurtband seiner Hose und erlösten seine pochende Erregung. Er umfaßte ihre Taille und drehte sie so herum, daß sie mit dem Rücken zu ihm saß. Dann schob er beide Hände unter ihren Po und hob sie ein wenig hoch, damit er in ihre pulsierende Wärme eindringen konnte.

Tamsyn zog scharf den Atem ein, als sie fühlte, mit welcher Kraft er in sie stieß; er drängte sich in sie, so weit es möglich war. Dabei hielt er ihren Po fest, während eine wirbelnde Feuersbrunst sie einzuhüllen schien, sie hochhob und dann in ihrem Unterleib explodierte. Sie zerbarst in tausend Stücke und hörte seinen Schrei hinter sich, als auch er sich dem Feuerwerk hingab.

Die Flammen im Kamin knisterten, eine Kerze flackerte. Ganz langsam kehrte Julian in die Wirklichkeit zurück. Tamsyn war gegen seine Brust gesunken. Schwach und gewichtslos, wie ein verletztes Vögelchen, lag sie in seinen Armen.

»Hexe«, beschuldigte er sie leise, als er wieder sprechen konnte, und lachte.

Tamsyn lächelte schwach. »Ich kann viele Rollen spielen, Mylord Oberst.«

»Als ob ich das nicht wüßte.« Er küßte sie aufs Haar. »Und jetzt möchte ich, daß du mich mit Austern fütterst.«

»Ich bin nur hier, um dir dienlich zu sein, Mylord«, erklärte sie unterwürfig und rutschte von seinem Schoß. »Dein Wort ist mir Befehl.«

Julian streckte sich lässig, ein kleines Lächeln lag um seinen Mund. »Mir fallen da eine ganze Menge Befehle ein, Butterblume. Ich sehe eine sehr lange Nacht vor uns.«

Es war wirklich eine sehr lange Nacht, und Tamsyn hatte nur wenige Stunden geschlafen, als ihre innere Uhr sie aufweckte, kurz vor Tagesanbruch. Julian schlief tief und fest neben ihr. Er lag auf dem Bauch und hatte den Kopf mit dem dichten, rot-goldenen Haar in den Kissen vergraben.

Sie schlüpfte leise aus dem Bett, schob die Bettvorhänge beiseite und schlich in das dunkle Zimmer. Sie war daran gewöhnt, sich im Dunkeln zu bewegen, und ihre Augen hatte sich sehr schnell an die Dunkelheit angepaßt. Die Überreste ihres Picknicks standen noch auf dem Tisch, die Möbel waren verrückt. Sie lächelte, als sie schnell in ihre Reithosen schlüpfte. Die Befehle des Obersts hatten einen großen Teil an gymnastischen Übungen erfordert.

In fünf Minuten war sie fertig, dann setzte sie sich an seinen Sekretär, um ihm eine Notiz zu schreiben. Irgendwie mußte sie einen triftigen Grund finden, warum sie mitten in der Nacht verschwunden war, ohne ihm etwas davon zu sagen. Vielleicht irrte sie sich und er hätte gar nicht darauf bestanden, mit ihnen zusammen nach Cornwall zurückzureisen... doch lag es immerhin im Bereich der Möglichkeit, und sie wollte ihn nicht in der Nähe haben, wenn sie ihre noch unerledigten Geschäfte mit Cedric Penhallan in Angriff nahm.

Mylord Oberst,
wir müssen nach Cornwall zurück, um Josefa und die Juwelen zu holen, und Gabriel hat dort auch noch etwas anderes zu erledigen. Wir werden in zwei Wochen zurück sein. Ich weiß, daß du Arbeit in London hast, deshalb wollte ich nicht, daß du uns anbietest, mit uns zu kommen. In zwei Wochen von heute an werde ich wieder deinen Befehlen gehorchen.

Fertig. Schnell las sie alles noch einmal durch. Es würde genügen müssen. Wenn er böse war, daß sie genauso schnell wieder verschwunden war, wie sie gekommen war, dann würde sie es wiedergutmachen, wenn sie zurück war. Wenigstens hatte er in der Zwischenzeit etwas, woran er sich erinnern konnte.

Sie rollte das Papier zusammen und band es lächelnd mit dem Samtband zusammen, das sie in ihrem Haar getragen hatte. Danach ging sie auf Zehenspitzen zum Bett zurück und legte es auf das Kissen neben ihm.

Julian murmelte etwas in seinem Schlaf und rollte sich auf den Rücken. Tamsyn widerstand dem Wunsch, ihm eine widerspenstige Haarlocke aus dem Gesicht zu streichen und ihren Mund auf seine Stirn zu drücken. Sie wußte, daß er schlief wie ein Soldat, die leiseste Berührung würde ihn aufwecken.

Sie schlich sich aus dem Zimmer, lief die Treppe hinunter und ging dann in das Bücherzimmer am hinteren Ende des Hauses. Sie öffnete das Fenster, kletterte über das Fensterbrett und sprang in den Garten.

Gabriel wartete bereits auf sie. Er hielt *Cesars* Zügel. »Alles in Ordnung, Mädchen?« begrüßte er sie.

»Alles in Ordnung.« Sie sprang in den Sattel. In fünf Tagen wären sie zurück in Tregarthan. Ihre Konfrontation mit Cedric würde nicht mehr als eine oder zwei Stunden in Anspruch nehmen. Die Pferde mußten sich einen Tag ausruhen. Und dann würden sie zurückkommen, und sie würde ihre ganze Kraft darauf konzentrieren, die Festung des Obersts Lord Julian St. Simon zu erstürmen.

Und falls es ihr nicht gelang, die Mauern zu durchbrechen, dann würde sie sich mit dem zufriedengeben, was er ihr schenkte, so lange, wie er dazu bereit war.

Es war ein heller Tag, als Julian erwachte. Mit ungläubigem Staunen las er Tamsyns Notiz. Zorn wallte sich in ihm auf. Stundenlang hatte sie das ausgeklügelste Spiel der Verführung gespielt, hatte ihm eine Seite von sich gezeigt, die er bis jetzt noch nicht gekannt hatte. Aber sie war eben *noch immer* eine verdammte Banditin! Warum konnte sie nicht geradeheraus sein? Warum um alles in der Welt mußte sie mitten in der Nacht aus seinem Zimmer schlüpfen, nur um etwas so Einfaches zu tun, wie ihr Gepäck und Josefa zu holen?

Ein Gefühl des Unbehagens beschlich ihn. Ja, warum? Nicht einmal Tamsyn schlug ein so unorthodoxes Manöver ein, wenn sie nicht einen sehr guten Grund dafür hatte.

Und nur ein einziger Grund fiel ihm ein: Sie wollte ihn nicht dabeihaben. Sie hatte ihm eine Nacht geschenkt, die er nie vergessen würde, und die ganze Zeit über hatte sie geplant, aus seinem Bett zu schlüpfen, sobald er eingeschlafen war. Es ergab keinen Sinn, daß sie etwas so Abwegiges tat, wenn sie nur deshalb zurück nach Tregarthan wollte, um Josefa und ihren Schatz dort abzuholen.

Ging sie etwa trotz ihres Leugnens noch ein letztes Mal zurück, um etwas über die Familie ihrer Mutter herauszufinden? Hatte sie vielleicht eine Spur gefunden, der sie folgen wollte, ehe sie England verließ?

So wie er Tamsyn kannte, ergab es eher einen Sinn, daß sie versuchen würde, das zu Ende bringen, warum sie hierhergekommen war, als einfach aufzugeben, nur weil er sie darum gebeten hatte. Oh, er glaubte sicher, daß sie mit ihm zusammen nach Spanien zurückkehren wollte. Aber vorher hatte sie noch etwas zu erledigen.

Diese verdammt ungehorsame Frau, dieser verflixte Satansbraten!

Und er konnte nicht einmal hinter ihr herreiten, ehe er nicht ihre Schiffspassage von Portsmouth nach Lissabon festgemacht hatte. Falls er fest entschlossen war, sich nicht abwimmeln zu lassen, bereit auf den Fluren zu warten, bis man ihm eine Audienz gewährte, zu drängen und die schwerfällige Bürokratie zu überwinden, dann konnte er vielleicht am Ende des Tages alle notwendigen Dokumente in der Hand haben. Aber bei Nacht konnte er Tamsyn nicht folgen, also hätte er vierundzwanzig Stunden verloren.

Warum war ihm bloß so unbehaglich zumute? Er runzelte die Stirn und starrte blicklos auf die Unordnung in dem Zimmer. Selbst wenn sie eine Ahnung von den Penhallans hatte, war das Schlimmste, was passieren konnte, daß sie Cedric damit konfrontierte und er sie mit seinem Spott erniedrigte. Was konnte schon in vierundzwanzig Stunden in Tregarthan passieren? Und außerdem war Gabriel bei ihr.

24

»Ich wünschte, du würdest nicht nach Spanien zurückkehren«, sagte Lucy untröstlich. Sie saß auf der Fensterbank in Tamsyns Turmzimmer. »Ich habe mich schon so darauf gefreut, dich in der Saison in London zu begleiten.«

»Es war auch ein ziemlich plötzlicher Entschluß«, sagte Tamsyn, die gerade ihr Hemd zuknöpfte. Sie versuchte, sich ihre Ungeduld nicht anmerken zu lassen.

»Aber was ist mit der Familie deiner Mutter? Möchtest du sie denn nicht mehr finden?«

»Dein Bruder hat mich davon überzeugt, daß es keine so gute Idee ist. Wahrscheinlich wollen sie sowieso nichts mit mir zu tun haben, falls ich sie wirklich finden sollte, und ich werde wahrscheinlich auch gar keine Gemeinsamkeiten mit ihnen haben.« Tamsyn stopfte das Hemd unter den Bund ihres Reitrockes und wünschte, Lucy würde damit aufhören, immer wieder das gleiche Thema anzuschneiden und würde sich etwas anderes suchen, mit dem sie sich beschäftigen konnte. Gabriel war nach Fowey gegangen. Einen Grund für seinen Besuch hatte er nicht genannt, aber wenn er die Zwillinge suchen wollte, so ging ihn das nur ganz allein etwas an, genauso, wie ihr Onkel nur sie etwas anging. Seine Abwesenheit gab ihr die Möglichkeit, nach Lanjerrick zu reiten, um ihrem Onkel einen Besuch abzustatten, doch Lucy raubte ihr ihre kostbare Zeit.

»Gehst du mit Julian nach Spanien zurück, weil du seine Geliebte bist?« Die Worte waren aus ihr herausgesprudelt, und jetzt sah Lucy Tamsyn mit hochroten Wangen an. Ihre Augen waren unnatürlich hell und glänzend.

»Oh.« Tamsyn setzte sich auf den Stuhl vor ihrer Frisierkommode und verzog das Gesicht. »Wie hast du das denn herausgefunden?« Sie nahm einen ihrer Reitstiefel und schlüpfte hinein.

»Wir haben euch an einem Abend gehört«, verriet Lucy, und ihr Gesicht wurde noch röter. »Und wir ... nun ja, wir haben euch auf dem Flur gesehen. Julian ist hinter dir hergelaufen.«

Tamsyn grinste, als sie sich daran erinnerte. »Warum hast du nicht schon viel früher etwas gesagt?«

»Ich... wir... wir dachten, es wäre sehr indiskret. Julian wollte offensichtlich nicht, daß jemand etwas davon wußte, weil er in der Öffentlichkeit normalerweise so zurückhaltend und kühl ist mit dir und... Oje, ich bin ja so verlegen.« Lucy lachte und preßte die Hände an ihre brennenden Wangen.

»Nein, das brauchst du nicht zu sein«, erklärte Tamsyn und zog ihren anderen Stiefel an. »Aber ich glaube, dein Bruder würde nicht wollen, daß du darüber Bescheid weißt, deshalb solltest du dafür sorgen, daß Gareth ihm nichts davon verrät.« Das erklärte auch Gareths Blinzeln, seine Bemerkungen und einige seiner berechnenden Blicke. Wahrscheinlich rechnete er sich Chancen aus, an Julians Stelle treten zu können, falls der sich zurückzog, dachte Tamsyn und zog eine Grimasse.

»Natürlich würde Gareth ihm nichts verraten«, erklärte Lucy. »Er ist nicht indiskret.«

»Nein.« Tamsyn war jedoch davon nicht überzeugt. Sie konnte sich sehr gut vorstellen, daß Gareth mit diesem herzlichen Männerlachen auf Julian zuging, ihm zublinzelte und ihn bat, ihm die schlüpfrigen Einzelheiten ihrer Beziehung zu erzählen. Aber sie konnte sich auch sehr gut Julians Reaktion darauf vorstellen, und wenn Gareth das auch konnte, dann würde er sicher lieber den Mund halten.

»Nun«, sagte sie schließlich. »Das ist einer der Gründe, warum ich nach Spanien zurückgehe.«

»Glaubst du, du wirst Julian heiraten?« Stirnrunzelnd zupfte Lucy an ihrer Unterlippe.

Tamsyn drehte sich schnell auf dem Stuhl herum, blickte in den Spiegel und rückte ihren Kragen zurecht. »Findest du, ich wäre eine gute Frau für ihn?« fragte sie statt einer Antwort.

Lucy antwortete nicht sofort, und Tamsyn wünschte schon, sie hätte die Frage nicht gestellt. »Wenn du ihn liebst, dann würdest du das ganz bestimmt sein«, sagte Lucy schließlich. »Findest du nicht auch?«

»Ja.« Tamsyn wandte sich wieder zu ihr um. »Aber ich bezweifle, daß dein Bruder glaubt, ich wäre eine passende Lady St. Simon.«

»Nun ja, du bist sehr... nun ja, sehr ungewöhnlich«, meinte

Lucy nachdenklich. »Aber ich finde, das sollte nicht ausschlaggebend sein.«

Tamsyn schlüpfte in ihre Jacke. Eine ausgiebige Beschreibung, wie ungewöhnlich sie wirklich war, würde wohl mehrere Stunden in Anspruch nehmen, und Lucy würde es sicher nicht gefallen, was sie hörte. »Geliebte macht man gewöhnlich nicht zu Ehefrauen«, sagte Tamsyn beiläufig. »Lucy, ich habe noch etwas Wichtiges zu erledigen, du mußt mich jetzt also entschuldigen. Wir sehen uns dann beim Essen.« Sie ging zur Tür und öffnete sie, damit Lucy in ihr eigenes Zimmer ging.

»Wo gehst du hin?« Lucy schien nicht gewillt, zu gehen. »Soll ich dich begleiten?«

»Nein, ich habe die Absicht *Cesar* zu reiten, und es gibt im ganzen Stall kein Pferd, das du reiten könntest, das es in Geschwindigkeit mit ihm aufnehmen kann.« Tamsyn lächelte, um ihre Bemerkung ein wenig abzumildern. Lucy war eine entsetzlich schlechte Reiterin, und Tamsyn erinnerte sich plötzlich lebhaft an den Tag vor Badajos, als *Cesar* gescheut hatte. Sie war wütend gewesen, und er hatte ihr erklärt, daß er daran gewöhnt war aufzupassen, wenn er mit seiner Schwester ausritt.

Lucy verzog das Gesicht, doch drängte sie nicht weiter. »Wir sehen uns dann später.«

»Ja.« Von der Tür aus winkte Tamsyn ihr noch einmal zu, während Lucy ein wenig bedrückt über den Flur zu ihrem Zimmer ging.

Mit einem Seufzer schloß Tamsyn die Tür und suchte dann eilig ihre Sachen zusammen.

Kopien der Dokumente, die Cecile ihr gegeben hatte, steckte sie in die Tasche ihres Umhangs, das Medaillon trug sie wie gewöhnlich um ihren Hals. Die Originale der Dokumente hatte sie in der Kiste mit den Juwelen in ihrem Schrank versteckt. Sie schob ihre Pistole unter das Gurtband ihres Rocks und band dann um jedes Bein ein Messer.

Sie erwartete nicht, daß ihre Begegnung mit Cedric Penhallan gewalttätig werden würde. Doch sie war auf jeden Fall vorbereitet, sowohl körperlich als auch geistig. Ihr Kopf war klar, ihr Herz kalt und entschlossen und voller Rachegefühle. Sie würde wie ein

Blitz aus heiterem Himmel einschlagen in die ordentliche Welt von Cedric Penhallan. Und sie würde die Diamanten ihrer Mutter verlangen, als Preis für ihr Schweigen. Das konnte man zwar Erpressung nennen, natürlich, wenn man ganz besonders moralisch war, aber sie hatte es hier mit einem Mordversuch zu tun... und der Himmel allein wußte, welche Verbrechen er noch begangen hatte in seiner langen Karriere, nur aus Ehrgeiz. Es war eine ganz gerechte Justiz. Und außerdem gehörten die Diamanten sowieso ihr.

Eine warnende leise Stimme meldete sich in ihrem Kopf und sagte ihr, daß Julian die ganze Sache als Erpressung ansehen würde, ganz gleich, wie sie sich auch zu rechtfertigen versuchte. Aber er war in London und würde nie etwas davon erfahren.

Josefa kam ins Zimmer, als Tamsyn gerade ihren Hut aufsetzte, einen recht schneidigen Dreispitz. Josefa lächelte. Sie hatte nicht mehr aufgehört zu lächeln, seit Tamsyn mit der herrlichen Nachricht zurückgekehrt war, daß sie bald nach Hause fahren würden. Josefa lief im Zimmer hin und her, räumte Tamsyns Kleid weg und schalt ihren Schützling wegen der Unordnung, doch ihr Lächeln verschwand dabei nicht.

»Josefa, ich werde ausreiten. Wenn jemand nach mir fragt, ich bin spätestens um fünf Uhr zurück.« Tamsyn drückte einen Kuß auf die runde Wange Josefas, dann verließ sie das Zimmer und lief zu den Ställen.

Fünf Minuten später war sie auf dem Weg nach Lanjerrick. Gabriel und sie waren eines Nachmittags vor einigen Wochen den Weg zusammen geritten und hatten sich dabei ein Bild der Ländereien der Penhallans machen können, ohne das Gebiet jedoch zu betreten. Das graue Steinhaus stand auf einer kleinen Anhöhe oberhalb der St. Austell Bay und war von der Straße aus gut zu sehen. Es war ein Haus mit Türmchen und Giebeln, mit einem steilen Dach und Butzenscheibenfenstern. Tamsyn hatte es auf den ersten Blick nicht leiden können. Nach der sanften, goldenen Wärme von Tregarthan war es ihr dunkel und abschreckend vorgekommen.

Sie ritt zwischen den steinernen Pfosten des Tors hindurch und dann über einen mit Unkraut bewachsenen Weg. Erregung und auch ein Anflug von Furcht liefen ihr über den Rücken, als sie immer tiefer in das Penhallan-Land vordrang. Dies war Ceciles Zuhause, der Ort, wo sie ihre Kindheit und Jugend verbracht hatte. Hatte sich in den letzten zwanzig Jahren hier viel verändert? Hatte sie dieses Haus vermißt? Tamsyn wurde klar, daß sie darüber noch nie nachgedacht hatte. Cecile war immer so fröhlich gewesen, daß es schwer war, sich vorzustellen, daß es auch für sie Dinge gegeben hatte, die sie bedauerte. Doch hatte sie vielleicht manchmal mit Sehnsucht an das Haus ihrer Kindheit gedacht, so wie Tamsyn mit schmerzlichem Verlangen an die Bergdörfer dachte und an die eisbedeckten Berge ihrer eigenen Kindheit.

Der Weg wurde breiter, er öffnete sich in einen kiesbedeckten Platz vor dem Haus. Und dann stand das Haus vor ihr, efeuumrankt. Die Mauern hatten Risse und die Fenster waren eigenartig leer, wie blinde Augen. Es schien Tamsyn eigenartig, daß ein Mann, der so reich und mächtig war wie Cedric Penhallan, seinen Besitz so verkommen ließ. Als Cecile ihr von Lanjerrick erzählt hatte, hatte sie seine Großartigkeit beschrieben, die riesigen Partys, die Jagdwochenenden und den endlosen Strom an Gästen. Aber damals hatten auch noch Frauen in dem Haus gelebt. Jetzt gab es dort nur Cedric und die Zwillinge. Wahrscheinlich bemerkten sie den Verfall nicht einmal.

Kühn ritt Tamsyn bis vor die Eingangstür, wo sie vom Pferd stieg. Und genau in diesem Augenblick öffnete sich die Tür auch schon, und ein livrierter Lakai mit einer altmodisch gepuderten Perücke trat aus dem Haus. »Habt Ihr hier etwas zu erledigen?«

»Jawohl, ich bin gekommen, um Lord Penhallan zu besuchen«, erwiderte Tamsyn fröhlich und band *Cesar* an einen steinernen Pfeiler neben den Stufen zum Anwesen.

Der Lakai sah für einen Augenblick verwirrt aus. Tamsyn nutzte diese Verwirrung und lief schnell die Stufen hinauf. »Meldet mich bitte bei dem Vicomte an.« Ohne auf eine Antwort zu warten, schob sie sich an ihm vorbei ins Haus. Schwarz-weiße Marmorfliesen bedeckten den Boden, bis hin zur Treppe, das Licht fiel aus vielen Bogenfenstern mit geschliffenem Glas. Tamsyn sah sich um, Neugier hatte jetzt ihre Angst völlig vertrieben, als plötzlich einige Windhunde erschienen und an ihr vorbeiliefen.

»Walters, was zum Teufel tut Ihr da?« Eine wütende Stimme ertönte aus dem hinteren Teil der Halle. »Macht die verdammte Tür zu, Mann, ehe die Hunde rauslaufen.«

Die Tür fiel mit einem Knall ins Schloß, und die beiden Hunde verzogen sich in dunkle Ecken.

»Wer in Gottes Namen seid Ihr?« wollte die gleiche Stimme jetzt wissen. Cedric Penhallan trat aus dem Schatten und starrte sie an. Doch als er seine Besucherin deutlich erkennen konnte, blieb er stehen.

Tamsyn hob den Kopf und sah ihrem Onkel offen ins Gesicht, genau wie bei der Party in Tregarthan. Genau wie damals erkannte sie auch jetzt seinen cholerischen Gesichtsausdruck, die ausdruckslosen braunen Augen, sein eisengraues Haar, seine Adlernase über dem vollen Mund. Er besaß eine kräftige Gestalt, doch wurde er langsam dick. Die kleinen Härchen in ihrem Nacken richteten sich auf, als sie fühlte, wieviel Gefahr von ihm ausging. Zum ersten Mal empfand sie wirkliche Angst.

Cedric starrte sie an. Minuten vergingen, in denen das einzige Geräusch das Kratzen von Hundepfoten auf dem Marmorboden war. »Wer seid Ihr?« Seine Stimme verriet nichts von seinen Gefühlen, doch ein eigenartiges Licht lag in seinen harten Augen. Er kannte die Antwort, doch wollte er, daß sie sie aussprach.

Tamsyn trat einen Schritt näher. Ein plötzliches Aufwallen von Jubel vertrieb ihre Angst. Er wußte es, und dennoch konnte er nicht glauben, was er sah. »Guten Tag, Onkel.«

»Du liebe Güte, das ist ja St. Simons Liebchen!« Noch ehe Cedric antworten konnte, hörte man die lallende Stimme von Charles Penhallan von der Treppe her. Er hielt ein Weinglas in seiner Hand, und seinen Augen blickten trübe. »Sieh mal, was wir hier haben, David. Die kleine Hure ist zurückgekommen und bittet um mehr.« Er lachte und kam die Treppe hinunter. Erst jetzt entdeckte er seinen Onkel.

»Entschuldigung, Sir. Aber was tut die Dirne von St. Simon hier?«

»Stell dich nicht noch dümmer, als du sowieso schon bist«, gab Cedric kalt zurück. Er winkte Tamsyn mit dem Kopf. »Kommt hier herein.«

Während sie Cedric folgte, bemerkte sie, daß David neben seinen Bruder auf der Treppe getreten war. Glücklicherweise war Gabriel nicht bei ihr. Die beiden Männer betrachteten sie mit lüsternem, betrunkenem Interesse. Tamsyn blickte im Gehen zu ihnen auf. »Was seid ihr doch ein hübsches Paar feiger Trunkenbolde, Cousins. Habt ihr euch in letzter Zeit mal wieder mit kleinen Mädchen vergnügt?« Dann ging sie in die große getäfelte Bibliothek.

»Woher kommt Ihr?« Cedric war an die Anrichte getreten und goß sich mit etwas unsicheren Händen einen Cognac ein.

Tamsyn beantwortete seine Frage nicht. Statt dessen sagte sie: »Ich sehe ihr sehr ähnlich, nicht wahr?« Sie fühlte, daß die Zwilinge hinter ihr in das Zimmer getreten waren, auch wenn sie sie nicht gehört hatte.

Cedric trank das Glas mit einem Schluck leer. »Ja«, antwortete er. »Wie aus dem Gesicht geschnitten. Wo ist sie?«

»Tot. Aber sie hat wesentlich länger gelebt, als Ihr es beabsichtig hattet.« Tamsyn machte es langsam Spaß, ihre Angst war verschwunden. Sie blickte zu ihren Cousins, die an der Tür stehengeblieben waren und sie mit Unverständnis anstarrten. »Lange genug, um dafür zu sorgen, daß Ihr für das bezahlen werdet, was Ihr ihr angetan habt.« Ein kaltes Lächeln umspielte ihren Mund. »War es wirklich nötig, sie umbringen zu lassen, Onkel?«

»Eure Mutter war eine sehr schwierige Frau.« Cedric füllte sein Glas erneut. Er schien beinahe belustigt zu sein. »Sie hatte die Absicht, mich zu ruinieren... sie wollte Schande über den Namen Penhallan bringen. Wenn sie nur ein ungezogenes Kind gewesen wäre, dann hätte ich sie zur Vernunft gebracht. Aber Celia hatte einen eisernen Willen... das konnte man kaum ahnen, wenn man sie sah. Sie war ein so winziges Ding.«

»Was hat St. Simons Liebchen denn mit uns zu tun?« fragte David mürrisch, weil er in seinem vom Alkohol umnebelten Verstand nicht begriff, was vor sich ging.

»Seid Ihr denn St. Simons Liebchen?« fragte Cedric, der noch immer belustigt wirkte.

Tamsyn schüttelte den Kopf. »Ganz sicher nicht. Ich bin eine Penhallan, Sir. Penhallans sind keine Huren, nicht wahr?«

Die Röte in seinem Gesicht nahm zu, er atmete heftig. Doch als er wieder sprach, klang seine Stimme genauso unbeteiligt wie zuvor. »Und was hat St. Simon mit all dem zu tun?«

»Gar nichts«, sagte sie. »Er weiß von nichts.«

»Verstehe.« Cedric strich sich über das Kinn. »Ich nehme an, Ihr habt Beweise Eurer Identität?«

»Ich bin kein Dummkopf, Sir.«

»Nein... das war Eure Mutter auch nicht.« Er lachte plötzlich. Er schien wirklich Spaß an der Sache zu haben. »Das muß man sich vorstellen! Es ist ganz typisch für Celia, daß sie jetzt zurückkommt und mich heimsucht. Und eigenartigerweise vermisse ich sie sogar.«

»Ich bin sicher, sie wäre gerührt gewesen, wenn sie das gehört hätte«, erwiderte Tamsyn trocken.

Wieder lachte er. »Ihr habt eine scharfe Zunge, genau wie sie.« Er wandte sich zu der Karaffe und füllte sein Glas erneut. »Also, was wollt Ihr?«

»Nun ja, eigentlich habe ich an die Penhallan-Diamanten gedacht«, sagte Tamsyn nachdenklich. »Sie gehörten Cecile, und rechtmäßig sollten sie deshalb jetzt mir gehören.«

»Wovon redet sie überhaupt?« wollte Charles wissen.

»Halt den Mund, du Idiot!« Cedric betrachtete Tamsyn über den Rand seines Glases hinweg. »Also hat sie sich immer noch Cecile genannt. Lieber Gott, was war sie stur!«

Offensichtlich hatte er nicht die Absicht, ihre Forderung abzulehnen. Tamsyn war verwirrt durch die Freundlichkeit ihrer Begegnung, die doch eigentlich voller Feindseligkeit sein sollte. »Ihr streitet also nicht ab, daß die Diamanten rechtmäßig mir gehören?«

Cedric schüttelte den Kopf. »Nein, ganz sicher gehören sie Euch, wenn Ihr beweisen könntet, daß Ihr Ceciles Tochter seid.«

»Ich habe das Medaillon. Und unterschriebene Papiere.«

Er zuckte mit den Schultern. »Ich bin sicher, daß Ihr ausreichende Dokumente besitzt. Genug, um mich zu ruinieren, wenn die Geschichte vom Verschwinden Eurer Mutter an die Öffentlichkeit gelangt.«

»Genau.« Irgend etwas stimmt hier nicht, aber Tamsyn wußte nicht, was es war, was sie so unbehaglich fühlen ließ. Sie hatte einen nicht zu widerlegenden Anspruch, also warum hatte sie das merkwürdige Gefühl, daß etwas nicht stimmte, nur weil Cedric ihr recht gab? Er war ein intelligenter Mann, er verschwendete keine Energie an unnütze Dinge. »Eigentlich brauche ich die Diamanten gar nicht«, sagte sie. »Ich habe genügend eigene Mittel. Cecile hat eine recht gute Partie gemacht, müßt Ihr wissen.«

Cedric warf den Kopf zurück und lachte laut auf. »Hat sie das?«

»Jawohl. Aber ich bezweifle, daß Ihr Eure Zustimmung zu dieser Ehe gegeben hättet.«

»Also braucht Ihr die Diamanten gar nicht, aber Ihr wollt sie trotzdem?«

»Wie Ihr schon sagtet, sie gehören rechtmäßig mir. Entweder leistet Ihr mir Genugtuung, um des Andenkens meiner Mutter willen, oder ich werde die Geschichte an die Gazette schicken, und das Land wird davon erfahren.«

»Du wirst ihr doch nicht etwa nachgeben?« Charles torkelte ein paar Schritte in den Raum. Etwas von dem, was gesagt worden war, war schließlich in sein umnebeltes Gehirn gedrungen. »Das ist doch Erpressung!«

»Oh, sehr gut erkannt, Sir.« Cedric applaudierte ihm. »Welche Scharfsinnigkeit! Ihr werdet doch ein Glas Champagner mit mir trinken, Nichte, um unseren Handel zu besiegeln?«

Es war eher eine Feststellung als eine Bitte, und Tamsyn zog die Augen zusammen. »Ich denke nicht, Lord Penhallan.«

»Ach, kommt schon, wir wollen doch wenigstens so tun, als wären wir höfliche Menschen«, schalt er sie. »Eure Mutter war immer sehr großzügig, wenn sie gesiegt hatte. Es ist ihr immer wieder gelungen, eine Situation mit viel Geschick und Scharfsinn zu meistern.«

Er hat recht, dachte Tamsyn. Es traf sie wie ein Stich ins Herz. Cecile hätte ihren Sieg genossen und hätte ein Glas Wein mit ihrem Bruder darauf getrunken. Sie hätte die Diamanten in die Tasche gesteckt, ihm die Hand geschüttelt und wäre dann mit einem Lächeln gegangen.

Tamsyn senkte zustimmend den Kopf.

»Wenn Ihr mich einen Augenblick entschuldigen würdet, Nichte, ich werde eine ganz besondere Flasche öffnen für diese Gelegenheit. Ich bin sicher, Eure Cousins werden Euch in der Zwischenzeit gut unterhalten.«

»Ja, eure Vorstellung von einer guten Unterhaltung habe ich bereits einmal genossen«, wandte Tamsyn sich mit eisiger Stimme an ihre Cousins, nachdem ihr Onkel das Zimmer verlassen hatte. Gabriel würde später mit ihnen abrechnen, im Augenblick würde sie ihre eigene Rache an ihnen üben. Sie stellte ein Bein auf einen Stuhl, um das Messer aus der Scheide zu holen, dann tat sie das gleiche mit dem anderen Bein. Langsam drehte sie sich zu den Zwillingen um. Sie hielt die beiden Messer zwischen Daumen und Zeigefinger der beiden Hände, so wie ihr Vater es ihr beigebracht hatte.

Die beiden rissen weit die Augen auf. Sie las in ihren Gesichtern genau das, was sie in Cornichets Gesicht gesehen hatte, als sie gekommen war, um ihm die Epauletten abzuschneiden. Dann wirbelten die beiden Messer plötzlich durch die Luft, und die Zwillinge schrien auf, sowohl vor Schreck als auch vor Schmerz. Die beiden Messer hatten sich in ihre rechten Stiefel gebohrt und das Leder durchschnitten, als sei es Butter. Die Klingen steckten zwischen ihren Zehen. Charles und David schauten ungläubig auf die beiden Messergriffe, die noch leicht vibrierten, dann blickten sie sprachlos auf Tamsyn.

»Ihr könnt von Glück sagen, daß ich milde gestimmt bin«, sagte Tamsyn mit ausdrucksloser Stimme. »Ich bezweifle, daß die Wunde sehr groß sein wird, wenn ihr eure Stiefel auszieht.« Noch immer stand ihnen die Begegnung mit Gabriel bevor, doch das wollte sie ihnen nicht verraten.

»Guter Gott!« rief Cedric von der Tür, als er begriffen hatte, was vor sich gegangen war. Seine Neffen suchten fassungslos nach Worten, wie zwei kollernde Truthähne. Noch immer starrten sie abwechselnd die beiden Messer in ihren Stiefel und die kalt lächelnde Frau an, die die Messer geworfen hatte.

»Ich war den beiden noch einen Gefallen schuldig«, sagte Tamsyn, während sich beide Männer gleichzeitig bückten, um die Messer herauszuziehen.

Cedric zog eine Augenbraue hoch. »Natürlich. Ich hatte ganz vergessen, daß Ihr ja bereits ihre Bekanntschaft gemacht hattet.«

»Ja, ich hatte das Vergnügen vor einigen Wochen«, sagte Tamsyn. Sie ging schnell auf die beiden Männer zu und nahm ihnen die Messer aus den Händen. Sie blickte auf die Spitzen. »Es ist nicht sehr viel Blut daran. Der Baron wäre stolz auf mich gewesen.«

»Der Baron?« Cedric schien fasziniert.

»Mein Vater«, sagte sie und wischte die Messer an ihrem Umhang ab, ehe sie sie wieder wegsteckte.

»Ich würde wirklich gern mehr erfahren«, murmelte Cedric. »Doch leider werden wir dazu keine Zeit haben.« Er wandte ihr den Rücken zu und öffnete die Champagnerflasche. Mit einem leisen Plopp sprang der Korken heraus, dann füllte Cedric vier Gläser.

»Ich nehme an, Ihr habt nichts dagegen, mit Euren Cousins zu trinken?« Er drehte sich zu ihr um und reichte ihr eines der Gläser. »Sie sind ein nichtswürdiges Paar, das weiß ich, aber leider kann man sich seine Verwandten nicht aussuchen.«

»Vielleicht nicht, aber ich fürchte, ich habe dennoch etwas dagegen, mit feigem Abschaum zu trinken.« Tamsyn nahm das Glas, doch ihre Augen blitzten wie blaues Eis und blickten Cedric herausfordernd an.

»Dann werden wir es lassen«, stimmte Cedric ihr zu und ließ zwei der Gläser auf dem Tablett stehen. Er hob sein Glas, sein Gesichtsausdruck war noch immer belustigt. »Auf Celia.«

»Auf Cecile.« Tamsyn nippte an dem Champagner und stellte sich vor, daß es Cecile war, die mit ihrem Bruder trank. Cedric trank sein Glas mit einem Schluck leer, und sie tat es ihm nach.

»Also, wenn unser Geschäft damit abgeschlossen ist, Onkel, dann möchte ich mich jetzt verabschieden.« Sie lächelte, als sie das Glas auf das Tablett zurückstellte, doch dann geschah etwas Seltsames. Ihr Mund schien ihrem Kopf nicht mehr zu gehorchen. Die vier Ecken des Zimmers verschwammen vor ihren Augen, Cedrics Gesicht tanzte vor ihr. Wie durch einen Nebel schien es plötzlich riesig zu werden, der Mund öffnete und schloß sich. Er sagte etwas, aber sie konnte es nicht hören.

Imbecile! Sie war zu selbstsicher gewesen! Cedric hatte den einzigen Menschen ins Spiel gebracht, der ihre Vorsicht ausschalten konnte. Cecile. Und sie war darauf hereingefallen, in ihrer Hast und ihrer Arroganz und der Sicherheit, daß ihr Anliegen gerechtfertigt war.

Gabriel! Doch das Wort blieb ihr im Hals stecken...

Cedric beugte sich über die zusammengesunkene Gestalt. Er suchte nach dem Medaillon um ihren Hals und öffnete es. Lange betrachtete er die beiden Portraits darinnen, dann schloß er es wieder und ließ es zwischen Tamsyns Brüste fallen. Er zog die Pistole aus ihrem Rockbund und die beiden Messer aus den Scheiden. »Eine junge Frau, die sich gut vorbereitet hat«, sagte er.

Dann richtete er sich auf. »Schade, meine Liebe«, murmelte er. »Aber eine Erpressung war eine schlechte Idee. Du und deine Mutter müßt wirklich immer zu weit gehen.« Er blickte zu seinen beiden Neffen, die mit offenem Mund die Szene beobachtet hatten. »Sie war mehr wert als vier von euch. Und jetzt schafft sie fort.«

»Ich b... bitte um Entschuldigung, Sir. Was... was sollen wir mit ihr tun?«

»Schwachköpfe!« brüllte er mit wütendem Hohn. »Was denkt ihr wohl, was ihr mit ihr tun sollt? Schafft sie fort! Bringt sie weg! Fahrt mit ihr aufs Meer und werft sie über Bord! Aber sorgt dafür, daß sie nicht überlebt und die Geschichte erzählen kann oder auch irgendeine andere Geschichte.« Er warf sich in einen Sessel und sah dann mit trübem Blick zu, wie Charles sich über die leblose Gestalt beugte.

»Und tut es, ehe sie wieder zu sich kommt!« sagte er abrupt, als er sah, wie Charles' Hände über Tamsyns Körper glitten. »Denkt nicht daran, euer Spielchen mit ihr zu treiben. Für euch beide ist sie viel zu schlau... wenn sie wieder zu sich kommt, werdet ihr Euer blaues Wunder erleben!«

Charles wurde über und über rot, doch er hob den kraftlosen Körper hoch. »Sollen wir die *Mary Jane* nehmen, Sir?«

»Wir können hinausrudern und sie vor Gribbon Head ins Wasser werfen«, schlug David vor. Eines seiner Augenlider zitterte. Der Schreck und all das, was er in der letzten halben Stunde erlebt hatte, saßen ihm noch in den Gliedern. »Bei den Krabbentöpfen.«

»Sie wird ein Leckerbissen sein für die Krabben.« Charles lachte. In seinen Augen blitzte seine ganze Bosheit auf, als er in das blasse

Gesicht blickte. »Keine Sorge, Sir, wir werden schon dafür sorgen, daß sie nicht mehr hierher zurückkommt.«

»Macht es nur richtig«, bat Cedric sie erschöpft. »Mehr verlange ich gar nicht von euch.«

25

»Was hat sie gesagt? Wo wollte sie hin?« Gabriel starrte Josefa an. Wut stieg in ihm auf, und seine Augen funkelten. Doch Josefa ließ sich nicht einschüchtern, obwohl ihre Unterlippe ein wenig zitterte.

»Sie hat gar nichts gesagt. Nur, daß sie ausreiten und um fünf Uhr zurück sein wollte.«

Gabriel warf einen Blick auf die Uhr an der Wand des Stalls. Es war bereits nach sechs. »Wie kam sie dir denn vor? In was für einer Stimmung war sie?«

Josefa runzelte die Stirn und dachte nach, während Gabriel ungeduldig mit der Fußspitze auf die Pflastersteine tippte. »Du weißt doch, wie sie ist, bevor sie etwas in Angriff nimmt«, meinte Josefa schließlich. »Ihre Augen haben geleuchtet, und sie hat an nichts anderes mehr gedacht als an das, was sie vorhatte. Du kennst sie doch«, wiederholte sie.

»O ja, ich kenne sie«, sagte Gabriel grimmig. »Ich bin ein Dummkopf! Ich hätte wissen müssen, daß sie diese Geschichte mit den Penhallans nicht so einfach auf sich beruhen läßt.« Er wirbelte herum und brüllte dann in einer Stimme, die einen Berg hätte erbeben lassen: »Sattelt mein Pferd!«

»Aber wo ist sie?« wollte Josefa wissen.

»Sie verursacht gerade Schwierigkeiten«, sagte Gabriel leise. Seine Augen blickten wachsam. »Allein. Und diese widerlichen Schweine sind auch da… Beeile dich, Junge!« fuhr er den Stallknecht an, der den Sattel brachte. Ungeduldig schob er ihn beiseite. »Ich mache das schon.« Seine großen Hände waren überraschend geschickt, und kurz darauf sprang er in den Sattel und galoppierte aus dem Hof.

Das Pferd donnerte über die Wege zwischen den Hecken, es schien die Ungeduld seines Reiters zu fühlen. Gabriel saß gebückt im Sattel. Seine Wut auf Tamsyn, weil sie ihn betrogen hatte, mischte sich mit Furcht. Sie war nicht zu der Zeit zurückgekommen, die sie genannt hatte, deshalb mußte ihr etwas zugestoßen sein. Tamsyn war schlau und eine gute Kämpferin, und sie machte normalerweise keine Fehler, doch hier ging es um Gefühle. Und was alles noch viel schlimmer machte: Sie hatte Angst, daß der Oberst ihr Geheimnis herausfinden könnte, deshalb handelte sie unter Zeitdruck. Gabriel glaubte nicht, daß sie unter den Umständen einen klaren Kopf behalten würde. Nur ein Fehltritt, eine kleine Nachlässigkeit genügte, um eine Frau, die gegen drei Penhallans antrat, zu besiegen.

Das Pferd bog um die Kurve und scheute dann, als plötzlich aus dem Nichts ein riesiger schwarzer Hengst erschien.

Gabriel zog die Zügel an. »*Madre de dios,* Oberst, wo kommt Ihr denn her?«

Julian antwortete nicht. Der Ausdruck auf Gabriels Gesicht ließ ihm einen Schauer über den Rücken laufen. »Wo zum Teufel wollt Ihr in einer solchen Eile hin, Gabriel? Und wo ist Tamsyn?«

Gabriel hatte keine Zeit, darüber nachzudenken, ob es in Tamsyns Interesse war, diesem Mann ihr Geheimnis zu enthüllen. Er brauchte dringend Verstärkung, und dazu hätte er sich niemand Besseren vorstellen können als den Oberst. »Lanjerrick ist die Antwort auf die beide Fragen, Oberst. Ihr kommt also am besten mit. Ich weiß nämlich nicht, was wir dort vorfinden werden.«

»Um Himmels willen, das habe ich mir gedacht!« Julian brach der Schweiß aus. Eine kalte Vorahnung ergriff von ihm Besitz. »Sie hat herausgefunden, daß die Penhallans ihre Familie sind!«

»Das hat sie schon immer gewußt«, erklärte Gabriel knapp und trieb sein Pferd erneut zum Galopp.

Der kalte, eisige Knoten der Vorahnung in Julians Brust wurde noch größer, als er Soult herumriß und hinter Gabriel herritt.

»Was wollt Ihr damit sagen?« Julian ritt jetzt Seite an Seite mit Gabriel. »Seit wann hat sie das gewußt?«

»Sie hat schon immer gewußt, daß sie mit den Penhallans verwandt ist!«

Schweigend verdaute Julian diese Neuigkeit. Der Rhythmus der donnernden Hufe Soults auf dem schmalen Weg schien den gleichen Rhythmus zu haben wie das Blut, das in seinen Adern rauschte. Warum überraschte ihn das gar nicht? »Sie hat es schon gewußt, ehe wir Spanien verlassen haben?« Er schien Klarheit zu wollen, obwohl das Bild in seinen Gedanken langsam Gestalt annahm.

»Aye. Sie war entschlossen, sich für das zu rächen, was er ihrer Mutter angetan hat.«

»Was für eine Rache?« fragte Julian benommen, während die Teile des Mosaiks langsam an ihren Platz zu fallen schienen und das wahre Ausmaß ihres Betruges sich langsam in seinem Kopf formte. Und auch das Ausmaß seiner Leichtgläubigkeit. So verzweifelt hatte er versucht, an ihre Ehrlichkeit zu glauben, an die Unschuld hinter ihrem Bedürfnis nach Schutz und Unterkunft in seinem Haus. Doch es gab keine Ehrlichkeit, es war alles nur eine kalte, berechnende Verführung gewesen, ein Lügengewebe. Vom ersten Augenblick an, da sie ihn gesehen hatte.

»Sie wollte Cedric ruinieren, um zu sühnen, was er ihrer Mutter angetan hat... sie wollte mit der Geschichte an die Öffentlichkeit gehen. Doch dann wurde ihr klar, daß sie das nicht tun konnte, ohne daß Ihr davon erfahrt, Oberst, also nehme ich an, daß sie es nur auf die Penhallan-Diamanten abgesehen hat. Eine wesentlich einfachere Rache. Das Mädchen besteht darauf, daß sie ihrer Mutter gehört haben und demnach jetzt rechtmäßig ihr zufallen sollten.« Gabriel schüttelte den Kopf. »Gewiß, sie hat so viele Diamanten, aber sie besitzt auch ein sehr starkes Gerechtigkeitsgefühl... schon immer.«

»Und dieses starke Gerechtigkeitsgefühl ist Grund für einen Diebstahl?«

»Och, sie will sie doch nicht stehlen, Mann. Sie wird die Penhallans davon überzeugen, sie ihr zu geben. Sie weiß immerhin einige dunkle Geheimnisse von ihnen.«

»Oh, verstehe. Erpressung also«, erklärte St. Simon mit der gleichen ausdruckslosen Stimme.

»So kann man das auch nennen. Aber sie ist davon überzeugt, daß sie nur das tut, was auch der Baron getan hätte, wenn er nur lange genug gelebt hätte.«

»Was für ein wundervolles elterliches Vorbild«, sagte Julian mit bitterem Sarkasmus in der Stimme. »Ihr wollt mir also zu verstehen geben, daß sie nach Lanjerrick geritten ist, um Cedric Penhallan zu erpressen, ihr die Familiendiamanten zu geben? Glaubt sie etwa, daß Cedric sie ihr so einfach geben wird, wenn sie ihn darum bittet?« Er lachte verächtlich.

Gabriel preßte die Lippen zusammen. »Der Mann ist eines Mordes fähig, und das weiß sie auch. Sie ist vorbereitet. Aber sie hätte niemals allein hingehen dürfen!« Er zog scharf den Atem ein. »Und wenn dieser Abschaum aus der Gosse dabei ist, dann steht sie allein gegen drei Männer. Sie haben sie schon einmal in die Hände bekommen – guter Gott, Mann, Ihr wißt doch, wie sie sind! Ihr wißt, was sie ihr antun können!«

Also hatte Tamsyn die Geschichte von der Vergewaltigung des Mädchens auch schon gehört. Gab es überhaupt etwas, was sie nicht wußte? Hatte es auch nur einen einzigen Augenblick gegeben, seit sie einander zum ersten Mal begegnet waren, wo sie nicht die Absicht gehabt hatte, ihn zu betrügen und auszunutzen? In London, als sie unter ihm gelegen hatte, ihn verzaubert hatte mit ihrem Liebesspiel und ihren sanften, sinnlichen Bewegungen, als ihre Augen voller Liebe aufgeleuchtet hatten und die Leidenschaft sie überwältigte... selbst da noch hatte sie in jedem Augenblick ihren eigenen gesetzlosen, betrügerischen Plan verfolgt. Und er hatte an ihre wahren Gefühle geglaubt. Der Himmel möge ihm helfen, es fiel ihm schwer, seine eigenen Gefühle für sie zu ignorieren.

Hatte sie die Absicht, ihn zu verlassen, wenn sie ihre kleine Erpressung erst einmal erfolgreich beendet hatte? Aber nein, natürlich nicht. Sie brauchte ihn ja, um zurück nach Spanien zu komnmen. Sie brauchte ihn, den blinden Dummkopf, damit er ihnen allen eine Schiffspassage verschaffte. Sie brauchte ihn als Eskorte, damit sie in der Sicherheit und den Annehmlichkeiten eines Gastes der britischen Armee reisen konnte. Und wenn sie dann zu Hause in Sicherheit war... nun ja, dann würde sie ihn verlassen. Sie brauchte ihn dann nicht länger. Hatte sie etwa die Absicht, sich eines Nachts davonzustehlen, wie ein Dieb, der sie ja auch war? Wollte sie ihn ohne ein Wort der Erklärung verlassen?

Ganz plötzlich stieg Furcht in ihm auf und drängte die Wut beiseite. Er dachte an die Zwillinge und daran, was sie mit ihr tun würden, wenn sie hilflos war. Und Gabriel hatte gesagt, daß sie sie schon einmal in den Händen hatten.

»Was wollt Ihr damit sagen, daß sie Tamsyn schon einmal in den Händen hatten?«

Gabriel erzählte ihm die Geschichte. »Aber die beiden gehören mir, Oberst, vergeßt das nicht!«

»Ich habe meine eigene Rechnung zu begleichen«, erklärte Julian grob. »Zuerst einmal mit den Penhallans ... und dann mit Tamsyn.«

Gabriel warf ihm einen schnellen Blick von der Seite zu. Das Gesicht des Obersts war wütend verzogen und angespannt, aber hinter seiner Wut fühlte er Kummer und Schmerz ... den Schmerz eines Mannes, der einen Kampf aufgibt, und den unangenehmen Tatsachen ins Auge sieht. Es erfüllte Gabriel mit einer schlimmen Vorahnung. Doch ihm fiel nichts ein, was er hätte sagen können, um den Schaden wiedergutzumachen. Tamsyn hatte gesagt, sie liebe diesen Mann, aber sie hatte diese Situation geschaffen, und nur sie konnte alles wieder richtigstellen. Wenn sie erst einmal die Gefahr überstanden hatte, in die sie geraten war.

»Ich werde mir zuerst die Penhallans vornehmen«, erklärte Gabriel. Er duckte sich über den Hals seines Pferdes, trieb es an, um noch schneller voranzukommen, als sie an die Außenbezirke des Penhallan-Landes gekommen waren. »Aber ich werde gern das Vergnügen mit Euch teilen, Oberst.«

»Wir reiten besser über die Klippe.« Julian wandte sein Pferd zu einer Lücke in der Hecke. »Ich habe nicht die Absicht, an der Vordertür des Hauses zu klopfen.«

Gabriel folgte ihm, und sie galoppierten an der Klippe vorbei auf das graue Haus zu, das aus der Dunkelheit vor ihnen auftauchte.

»Augenblick.« Julian zog die Zügel an. »Dort unten in der Bucht ist ein Licht. Wer fährt denn um diese Zeit in der Nacht mit dem Boot raus? Zum Krabbenfischen ist es viel zu dunkel.«

Oben auf der Klippe hielten sie an und blickten nach unten. Eine Laterne flackerte auf dem Strand unter ihnen. Die Wellen brachen sich am Strand, schäumend prallten sie gegen die Felsen.

»Wir sind auf Gold gestoßen, Oberst«, murmelte Gabriel und

stieg von seinem Pferd. »Ich glaube, das ist der Abschaum da unten.«

»Ich denke, Ihr habt recht.« Auch Julian stieg von seinem Pferd, dann banden sie die beiden Pferde an einem struppigen Dornbusch fest, der vom ständigen Wind vom Meer schief gewachsen war. Julian war jetzt ganz ruhig, erfüllt von einer kalten Entschlossenheit. Er wollte Tamsyn in seine Hände bekommen, und dann würde er sie mit seinem bitteren Schmerz konfrontieren... seiner tiefen Verwundung für ihre Lügen, ihren Betrug und ihre Erpressung. Aber vielleicht war sie ja gar nicht da unten am Strand. Es war immerhin möglich, daß sie mittlerweile schon wieder zurück war in Tregarthan, mit den Penhallan-Diamanten in der Tasche.

Aber irgendwie wußte er, daß es nicht so war.

Er winkte Gabriel zu, dann schob er sich über die Spitze der Klippe und fand den schmalen Weg, der sich durch Gebüsch und Geröll nach unten wand. Vom Strand aus war der Pfad durch einen überhängenden Felsen am Fuß des Weges verborgen. Als sie diesen Felsen erreicht hatten, ließen sie sich geräuschlos dahinter in den Sand fallen, um zu beobachten, was am Strand vor sich ging.

Die Zwillinge saßen im Sand, der leichte Rauch einer Zigarre, die David rauchte, kräuselte sich in der Luft. Zwischen ihnen stand eine Flasche Cognac. Am Strand lag ein Ruderboot. Sie unterhielten sich leise und lachten, und Julian fühlte, wie sich die kleinen Härchen in seinem Nacken aufrichteten. In dieser Stimmung hatte er sie schon einmal angetroffen. Entspannt, befriedigt. Sie hatten sich eine Pause gegönnt, ehe sie zu dem sich windenden, zerschlagenen kleinen Mädchen zurückgekehrt waren, das im Gras vor ihnen gelegen hatte.

Julian starrte in kaltem Grauen die Szene vor ihm an, weil er erwartete, irgendwo auf dem Sand Tamsyns silbernes Haar zu entdecken, ihre zierliche Gestalt, blaß und nackt, ihre zerrissene Kleidung, verstreut über den Strand.

Doch in dem schwachen Licht der Laterne und in dem noch schwächeren Licht des Mondes konnte er nichts erkennen.

Gabriel hatte ein Messer aus seinem Gürtel gezogen. Er blickte zu Julian, in einer wortlosen Botschaft. Julian nickte, seine Hand schloß sich um seine Pistole.

Sie schlüpften aus der Deckung der Felsen, zwei kräftige, geisterhafte Erscheinungen, und schlichen auf die beiden Männer zu.

Tamsyn lag in dem Boot, ihre Nase hatte sie gegen das Dollbord gepreßt, während Übelkeit sie in Wellen heimsuchte. Die Droge, die Cedric ihr gegeben hatte, verlor allmählich ihre Wirkung, doch ihr Kopf war noch immer benebelt, und die Übelkeit war kaum unter Kontrolle zu bringen. Trotzdem kämpfte sie mit grimmiger Entschlossenheit dagegen an. Sie ekelte sich vor dem Gedanken, in ihrem eigenen Erbrochenen zu liegen, zusammengebunden und gefesselt, wie eine Weihnachtsgans. Die Hände hatte man ihr hinter den Rücken gebunden und ein Seil an ihren Fußgelenken befestigt. Sie war noch immer bewußtlos gewesen, als man sie gefesselt hatte, aber später nicht mehr... als sie sie angefaßt hatten, ihre Bluse geöffnet, ihren Rock hochgehoben...

Sie preßte die Augen zusammen und kämpfte sich durch eine erneute Woge der Übelkeit. Bis jetzt hatten sie noch nicht mehr getan. Tamsyn hatte ihnen mit keinerlei Anzeichen zu verstehen gegeben, daß sie das Bewußtsein wiedererlangt hatte, und sie warteten darauf, daß sie wieder zu sich kam, ehe sie sich mit ihr vergnügten. Charles' lallende Worte klangen noch immer in ihren Ohren nach, sein unzüchtiges Lachen, als er gesagt hatte, daß es keinen Spaß mache, eine Tote zu schänden. David hatte etwas über ihren Onkel gemurmelt, und dann hatte auch er gelacht und seine Hand unter ihre Bluse geschoben. Danach hatten die beiden sie allein gelassen. Sie hatten sich am Strand miteinander unterhalten und gelacht. Einige Male waren sie zu ihr zurückgekommen und hatten nach ihr gesehen, doch Tamsyn war reglos liegengeblieben und hatte das Gesicht an das rauhe Holz des Dollbords gedrückt. Langsam klärte sich ihr Kopf, und sie versuchte zu überlegen, wie sie sich aus dieser Lage befreien konnte.

Ihre Lage schien genauso ausweglos wie damals bei Cornichet. Ob nun eine Vergewaltigung eine etwas sanftere Alternative zu einer Auspeitschung war, wollte sie lieber gar nicht erst überlegen. Ihr Tod war jetzt genauso beschlossene Sache wie damals auch. Wenn ihr doch nur nicht so übel wäre... aber vielleicht würden die ekelhaften Zwillinge es nicht mehr so verlockend finden, sie zu vergewaltigen, wenn sie sich über die beiden übergab.

Es war immerhin eine Möglichkeit. Sie würden sie aus dem Boot heben und auf den Sand legen müssen, da das schmale Boot keine Möglichkeit bot, sich an ihr zu vergehen. Und wahrscheinlich würden sie ihr auch die Fesseln lösen müssen. Und wenn sie sich dann übergeben müßte, wären sie vielleicht für einen Augenblick abgelenkt, und sie könnte etwas tun.

Es war ein aus der Verzweiflung geborener Plan, aber er war alles, was sie hatte. Sie lag still und lauschte, wartete auf eine Änderung in ihrem Tonfall, auf Schritte im Sand, die ihr sagen würden, daß sie näher kamen.

Was sie statt dessen hörte war ein leises Stöhnen, ein dumpfer Schlag und dann Schritte. Tamsyn wagte nicht zu hoffen, dennoch rollte sie sich auf den Rücken. Das Mondlicht fiel auf ihr bleiches Gesicht, auf die Schweißtropfen auf ihrer Stirn.

Julian sah auf sie hinunter. Es war Julian. Wie war er hierhergekommen? Er rührte sich nicht, er blickte sie nur an. Seine blauen Augen waren hart und fragend. Sie konnte seine Wut fühlen und auch seine Verachtung. Tränen traten in ihre Augen. Jetzt wußte er also alles. Sie las es in seinen Augen.

Dann stand plötzlich Gabriel neben ihm, und seine warme, liebevolle Fürsorge hüllte sie ein. »Och, kleines Mädchen, wie konntest du nur so etwas tun?« sagte er. Er beugte sich vor und hob sie hoch.

Doch Julian schob ihn sofort zur Seite. »Überlaßt sie mir.« Es war ein barscher Befehl, mit rauher Stimme vorgebracht, aber Gabriel trat sofort zur Seite.

Julian beugte sich über sie, schob die Hände unter ihren Körper und hob sie hoch. Die Bewegung war zu viel. Mit einem Aufstöhnen wandte Tamsyn den Kopf zur Seite und übergab sich auf den Sand, wobei sie seine Stiefel bespritzte.

»Es tut mir so leid«, wehrte er ab, und die Sanftheit in seiner Stimme überraschte sie beide. Er legte sie auf den Sand. Sie rollte sich zur Seite und würgte matt, während er die Seile durchschnitt, mit denen sie gefesselt war. Dann wischte er ihr den Mund mit seinem Taschentuch ab und holte die Flasche Cognac, aus der die Zwillinge getrunken hatten. Gabriel wich ihm nicht von der Seite. »Hier, trink einen Schluck.«

Sie nahm einen Schluck, der wie Feuer in ihrem Magen brannte. Und wie durch ein Wunder verschwand die Übelkeit. Sie wischte sich mit dem Arm über die Stirn und blickte hilflos zu Julian auf. Sein Gesicht war wie aus Stein, doch seine Augen blickten verwirrt.

Sie wandte den Kopf und sah zu Charles und David hinüber, die reglos im Sand lagen. »Sind sie tot?«

»Nein, sie ruhen sich nur ein wenig aus, nach einem Schlag auf den Kopf. Haben sie dich angerührt?« Seine Stimme war ausdruckslos, aber seine Augen verrieten ihr alles.

Sie schüttelte vorsichtig den Kopf. »Nicht sehr. Sie haben darauf gewartet, daß ich wieder zu Bewußtsein komme. Cedric hat etwas in den Champagner geschüttet... ich weiß nicht, was es war. Ich weiß auch nicht, wie lange ich bewußtlos war. Aber es war schon dunkel, als ich in der Bibliothek war.«

»Jetzt ist es beinahe acht Uhr.« Er wandte sich ab, als brauche sie jetzt, da sie sich wieder vollständig erholt hatte, seine Aufmerksamkeit nicht mehr. »Was meint Ihr, Gabriel?« Er stieß Charles mit dem Fuß an. »Sehr lange werden sie nicht mehr schlafen.«

»Was haltet Ihr davon, wenn wir die beiden nackt ausziehen, sie in das Boot legen und aufs Meer hinausbringen«, meinte Gabriel. »Wahrscheinlich wird man sie irgendwann morgen finden, aber was für einen Anblick werden sie dann bieten!«

»Dann mußt du aber das Boot hinausrudern«, meinte Tamsyn. »Und wie willst du danach zurück an Land kommen?«

»Schwimmen.« Gabriel grinste. »Ich werde bis hinter die Landzunge rudern. Die Ebbe setzt ein, sie wird sie hinausziehen, und bis zum Morgen werden sie weit draußen auf dem Meer sein.«

»Aber Ihr müßt dann gegen die Strömung schwimmen, und die ist hier draußen sehr stark«, wandte Julian ein.

»Das ist richtig.« Gabriel grinste noch immer. »Werdet Ihr mir helfen, sie auszuziehen, Oberst?«

»Mit Vergnügen.«

Tamsyn sah den beiden zu, bis die Zwillinge schließlich nackt und weiß auf dem Sand lagen. Sie bewegten sich beide und stöhnten auf, als Gabriel ihnen als letztes die Stiefel auszog.

»Komisch!« Gabriel runzelte die Stirn. »Wie es scheint, haben beide sich den Fuß an der gleichen Stelle verletzt.«

»Ja«, sagte Tamsyn. »Ich war den beiden noch etwas schuldig.«

Julian blickte zu ihr, sie saß auf dem Strand. Noch immer kämpfte er mit den beunruhigenden Gefühlen, die ihn überkommen hatten, als er sie in dem Boot hatte liegen sehen und sie in stillem Flehen zu ihm aufgeblickt hatte. Sein Herz hatte einen kleinen Sprung gemacht, weil sie lebte, und sein Schmerz und seine Wut waren nichts gewesen im Vergleich mit der jubelnden Erleichterung und dem Wunsch, sie in seinen Armen zu halten.

Mit kaltem Blick wandte er sich jetzt von ihr ab, um Gabriel zu helfen, die leblosen Gestalten in das Ruderboot zu legen.

Tamsyn fröstelte, obwohl die Nacht warm war. Aber die Kälte kam aus ihrem Inneren. Sie hatte in seine Augen gesehen und die Gedanken darin gelesen, als wären sie ein offenes Buch.

Gabriel zog sich bis auf seine lange, wollene Unterhose aus und schob zusammen mit dem Oberst das Boot ins Wasser. Dann sprang er hinein und befestigte die Ruder. David bewegte sich und stöhnte, seine Augenlider flatterten. »Schlaf weiter, Junge.« Mit dem Absatz stieß Gabriel ihn leicht gegen das Kinn. Für Julian hatte es wie eine leichte Berührung ausgesehen, aber David fiel sofort zurück und rührte sich nicht mehr.

Die Kraft dieses unberechenbaren Riesen durfte man nicht unterschätzen. »Ihr habt doch nicht etwa vor, die beiden umzubringen, oder?« sagte Julian.

Gabriel schüttelte den Kopf. »Ein Tag unter der sengenden Sonne wird genügen, Oberst«, erwiderte er vergnügt. »Wenn Ihr wollt, werde ich ihnen sogar ein Ruder dalassen.«

Julian warf einen Blick auf die beiden nackten Männer und stellte sich vor, wie sie in der Mittagshitze auf den Wellen dahintrieben und darauf warteten, daß ein Fischerboot sie entdeckte. Es war ein angenehmer Gedanke. »Laßt ihnen ein Ruder«, sagte er.

Gabriel nickte. »Und Ihr werdet das kleine Mädchen zurück nach Hause bringen?«

»Ich werde Ihr den Schutz meines Hauses für eine weitere Nacht bieten«, erklärte Julian ihm ausdruckslos. »Danach, da Ihr ja Eure Geschäfte hier erledigt habt, werdet Ihr meine Gastfreundschaft sicher nicht länger in Anspruch nehmen müssen.«

Gabriel runzelte die Stirn. »Laßt mein Pferd, wo es ist«, sagte er dann nur. »Ich werde meine Kleider und mein Pferd holen, wenn ich zurück bin.«

Julian stützte die Hände in den Hüften und sah zu, wie Gabriel mit kräftigen Ruderschlägen aus der Bucht hinausruderte. Dann drehte er sich zu Tamsyn um. Sie saß auf einem Felsbrocken und hatte die Hände im Schoß verschränkt und den Kopf gesenkt, als suche sie etwas im Sand.

Doch dann hob sie den Kopf. Ihre Augen waren ganz groß und blickten angespannt. »Also weißt du jetzt alles.«

Julian zog eine Augenbraue hoch. »Ich kann es nicht glauben«, sagte er gedehnt. »Gibt es wirklich keine Geheimnisse mehr, keine verbotenen kleinen Pläne, die du in deinem unehrlichen Kopf ausheckst? Du mußt mir vergeben, aber es fällt mir schwer, das zu glauben, *Violette.*«

»Oh, ein Geheimnis gibt es noch«, meinte sie bedrückt. »Aber nur eines, und das kannst du auch noch erfahren: Ich liebe dich. Ich liebe dich so sehr, daß es schmerzt. Und ich werde nie wieder jemanden so lieben wie dich.«

Sie ließ die Hände sinken. »So«, sagte sie. »Das ist alles. Ich habe dich ausgetrickst, ich habe dich benutzt. Ich habe dich angelogen, und ich habe es so eingerichtet, daß dein weiterer Lebensweg meinen Absichten entsprochen hat. Ich habe dich gezwungen, Spanien zu verlassen, und ich bin die uneheliche Tochter einer Penhallan und eines Räuberbarons. Aber ich liebe dich, mit meinem Herzen und mit meiner Seele, und ich würde meinen letzten Tropfen Blut für dich geben, wenn es je nötig wäre.«

Sie stand auf. »Aber natürlich wird das niemals nötig sein, deshalb gehe ich jetzt. Und du brauchst keine Angst zu haben, daß sich unsere Wege jemals wieder kreuzen werden.« Sie wandte sich ab und ging über den Strand davon.

»In deinem Katalog der Fehler hast du ganz vergessen, daß du dich über meine Stiefel übergeben hast«, sagte Julian.

Tamsyn wandte sich langsam zu ihm um. »Ich nehme an, das Recht hast du dir verdient«, sagte sie. »Du darfst über mich spotten. Warum solltest du auch an meine Liebe glauben? Es ist ja auch jämmerlich. Ich weiß, ich kann keine Entschuldigung und auch keine Wiedergutmachung für das finden, was ich dir angetan habe.«

»Lieber Gott«, meinte er. »Ich nehme an, diese außergewöhnliche Demutshaltung wurde durch die Droge verursacht, die Penhallan dir gegeben hat. Die Wirkung wird sicher nicht lange anhalten.«

Das war zuviel! Tamsyns Kummer und ihre Schwäche waren mit einem Mal verschwunden. Sie würde nicht als gebrochener Mensch aus seinem Leben verschwinden! Oberst Lord Julian St. Simon würde etwas haben, an das er sich erinnern konnte. »Oh, du abscheulicher Bastard! Du entsetzlicher Halunke!« Sie bückte sich, nahm eine Handvoll Sand und warf damit nach ihm. Dann hob sie die leere Cognacflasche auf. In hohem Bogen flog sie durch die Luft und traf ihn an der Schulter, ehe sie in den Sand fiel.

»Diablillo! Zankteufel! Drache!« rief Julian herausfordernd. Er grinste, als sie mit einem von Gabriels Stiefeln nach ihm warf.

»Espadachin! Scheusal! Raufbold! Unhöfliches Schwein!« gab sie zurück und suchte nach einem neuen Wurfgeschoß. »Du kannst nicht einmal eine Entschuldigung anständig annehmen!«

Julian stürzte sich auf sie, warf sie in den Sand. Er fühlte sich, als hätte ihn ein Blitz getroffen. In gewisser Weise war er wie neu geboren, sein Schmerz und seine Wut waren verschwunden. Für ihn zählte nicht länger, wie oder warum alles angefangen hatte. Was wichtig war, war das Jetzt. Sie liebte ihn. Er glaubte ihr wirklich, jedes einzelne Wort, das sie gesagt hatte. Er hatte gegen dieses Wissen angekämpft... seit Wochen schon..., und jetzt hatte er den Kampf verloren. Sie war gesetzlos, unmoralisch, aufwieglerisch, unehelich geboren und unmöglich die richtige Frau für einen St. Simon, doch das zählte für ihn nicht.

Er streckte ihre Arme über ihren Kopf und hielt sie mit seinem Gewicht gefangen. »Wann hast du gemerkt, daß du mich liebst?«

»Schon vor Wochen«, sagte sie und blieb ganz still unter ihm liegen. Sie las in seinen Augen, sah das Licht darin, und eine ungläubige Hoffnung begann von ihr Besitz zu ergreifen. »Aber ich wußte, daß du glaubtest, mich nicht auf die gleiche Art lieben zu können, obwohl ich gleichzeitig wußte, daß du mich auch liebtest... und ich hatte gehofft, wenn wir beide wieder in Spanien wären, würdest du lernen, in dein Herz zu blicken. Aber zuerst mußte ich mit Cedric abrechnen... ich mußte es tun... für Cecile und für meinen Vater. Aber ich habe meinen ursprünglichen Plan aufgegeben, ihn vor aller Öffentlichkeit bloßzustellen und zu ruinieren, weil du dann die ganze Geschichte erfahren hättest. Ich hatte Angst, du wärst unglücklich, wenn du herausfinden würdest, daß ich dich betrogen habe.«

»Unglücklich, wie? Du bist eine Meisterin der Untertreibung«, erklärte er mit verzogenem Mund. »Aber vielleicht kannst du auch eine abgemilderte Umschreibung für Erpressung finden? Natürlich nur, damit ich damit leben kann.«

»Es war keine Erpressung, es war nur eine Wiedergutmachung.«

»Das klingt schon besser. Versuch es noch einmal.«

»Die Diamanten gehörten meiner Mutter«, erklärte sie, und dann erzählte sie ihm endlich die ganze Geschichte. »Es war nur gerecht«, schloß sie.

»Nur gerecht«, sagte Julian nachdenklich. Noch immer drückte er sie mit seinem Körpergewicht in den Sand. »Ich denke, damit kann ich leben. Eine Frau mit einem Sinn für Gerechtigkeit, aber keine Erpresserin.« Er nickte zustimmend. »Ja, ich denke, damit kann ich leben.«

»Du bist sehr schwer«, beklagte Tamsyn sich. »Und ich möchte mich nicht noch einmal über dich übergeben.«

Mit einem gemurmelten Ausruf rollte Julian sofort von ihr herunter.

»Ich muß noch einmal zurück nach Lanjerrick.« Tamsyn setzte sich auf. »Mein Sinn für Gerechtigkeit ist noch nicht erfüllt ... und *Cesar* ist auch noch dort.«

Julian stand auf und zog sie zu sich hoch. »Dann wollen wir deinem Onkel mal einen Besuch abstatten.«

»Du brauchst nicht mitzukommen.«

»O doch, das muß ich«, sagte er. »Ich habe nämlich auch einen ausgeprägten Gerechtigkeitssinn.«

»Findest du es wirklich sehr schlimm, daß ich Penhallan-Blut in meinen Adern habe?« fragte sie zögernd, als sie den Pfad zur Klippe hinaufkletterten.

»Ach, ich glaube nicht«, gab er mit einem kleinen Lächeln zurück. »Deine Verwandtschaft mit einem mordenden Vicomte ist wahrscheinlich noch das Anständigste an dir.«

Cedric wartete in der Bibliothek auf die Rückkehr seiner Neffen, als es plötzlich laut an der Haustür klopfte. Er setzte sich und lauschte den Schritten des Lakais in der Eingangshalle und dem Geräusch des Riegels, der zurückgeschoben wurde.

Und dann flog die Tür der Bibliothek auf, und Julian St. Simon betrat das Zimmer. Celias Tochter folgte ihm.

»Die Schwachköpfe haben es verpfuscht«, sagte Vicomte Penhallan matt. »Ich hätte es wissen sollen.« Er deutete auf die Gläser auf der Anrichte. »Bedient Euch selbst.«

»Ich werde es nicht noch einmal riskieren, in diesem Haus etwas zu trinken«, erwiderte Tamsyn spitz.

»Oh, beim Cognac oder beim Portwein braucht Ihr nichts zu befürchten«, wehrte ihr Onkel ab. Er lehnte sich in seinem Sessel zurück und betrachtete die beiden aus zusammengekniffenen Augen. »Habt Ihr sie umgebracht?«

»Nein.« Julian goß sich ein Glas Cognac ein.

Tamsyn nahm sich einen Apfel aus der Obstschale.

»Nicht alle Penhallans sind Mörder, Onkel.« Sie biß in den Apfel. »Wo ist mein Pferd?«

»Dieses herrliche Tier steht in meinem Stall«, sagte er. »Ich gratuliere Euch, es ist ein außergewöhnliches Tier.«

»Ein Geschenk meines Vaters«, sagte Tamsyn mit vollem Mund. »Ich habe Euch doch gesagt, Cecile hat eine gute Partie gemacht.«

»Ja, das habt Ihr gesagt.« Er lehnte seinen Kopf gegen die Rückenlehne und betrachtete St. Simon. »Also, wie kann ich Euch helfen, St. Simon?«

»Alles zu seiner Zeit«, erklärte Julian ruhig und lehnte sich gegen dic Anrichte. Er nahm einen vorsichtigen Schluck von seinem Cognac.

»Ich habe mich entschieden, daß Ihr die Diamanten behalten könnt«, sagte Tamsyn. »Ich werde das tun, was mein Vater sich gewünscht hätte: Ich werde der Welt jede kleinste Einzelheit Eurer Ehrlosigkeit erzählen ... auch das, was Ihr mir versucht habt anzutun. Ich konnte es vorher nicht tun, weil der Oberst die ganze Geschichte nicht kannte, aber jetzt weiß er alles ...« Sie hielt inne und sah, daß Julian die Augenbrauen hochgezogen hatte. »Du stimmst mir doch zu, daß ich das tun muß, nicht wahr?«

»Wer bin ich, daß ich die Wünsche und die Weisheit des Barons in Frage stellen könnte?«

»Wenn du es wirklich nicht möchtest... wenn du in den Skandal mit hineingezogen wirst, dann werde ich es nicht tun«, sagte sie langsam. »Dann werde ich mich statt dessen mit den Diamanten zufriedengeben. Aber das wäre Erpressung, und ich weiß, daß du damit nicht einverstanden wärst.«

»Erpressung?« fragte er, und seine Augenbrauen rutschten noch höher.

»Wiedergutmachung. Ich habe vergessen, daß wir es so genannt haben«, meinte sie.

»Ein ausgeprägter Gerechtigkeitssinn, wenn du dich recht erinnerst.«

»Ja, das auch.«

»Also werdet Ihr das tun, womit Eure Mutter mir vor zwanzig Jahren gedroht hat?« Cedric hielt Julian sein leeres Glas hin, der sich von der Anrichte abstieß und ihm die Karaffe reichte. Cedric nickte dankend. »Ist das so?«

»Ja.«

Cedric senkte den Kopf, dann nahm er einen großen Schluck von seinem Cognac. »Da wir unsere Geschäfte nun abgeschlossen haben, würdet Ihr bitte aus meinem Haus verschwinden?«

»Aber gern.« Julian stellte sein Glas ab und ging zur Tür. »Da wäre nur noch eins... eine reine Formalität, aber man sollte auch diese Dinge nicht außer acht lassen, da stimmt Ihr mir sicher zu.« Sein Lächeln war sarkastisch, als er sich jetzt leicht vor seinem Gastgeber verbeugte. »Da Ihr Tamsyns nächster Verwandter seid, auch wenn sie das noch so sehr bedauert, nehme ich an, daß ich Euch um Erlaubnis bitten muß, wenn ich Eurer Nichte einen Antrag machen möchte.«

»Solange Ihr nicht von mir erwartet, daß ich sie zum Altar führe«, sagte Cedric gelassen. »Wenn es nach mir geht, könnt Ihr beide zum Teufel gehen.«

»Danke, Sir.« Noch einmal verbeugte Julian sich. »Komm, meine Butterblume.« Er schob sie vor sich aus dem Zimmer.

»Möchtest du mich wirklich heiraten?« flüsterte Tamsyn ihm zu, als sie durch die Eingangshalle gingen.

»Es sieht so aus«, sagte er leutselig. »Es sei denn, es ist ganz einfach mein soziales Gewissen, das mich dazu drängt, eine ehrbare Frau aus dir zu machen… aber dann«, fügte er nachdenklich hinzu, »sollte ich meine Ziele lieber nicht so hochschrauben.«

»Halunke!«

»Räuberin!«

Epilog

Madrid, Weihnachten 1812

Leichter Schnee fiel. Wie feines weißes Pulver legte er sich auf die gewundene Straße, die über die Ebene zu der Stadt führte.

Der Hauptgefreite vor dem Wachhaus zitterte vor Kälte und schlug seinen Kragen hoch. Er steckte den Kopf in den muffigwarmen Wachraum. »Es sieht so aus, als käme jemand, Sir.«

Der Leutnant wandte sich von dem Kohleofen ab, über dem er sich die Hände gewärmt hatte, und trat nach draußen. Eine kleine Gruppe von Reitern kam heran, weiße, geisterhafte Gestalten in dem wehenden Pulverschnee.

»Spanische Sättel«, sagte der Leutnant und schlug fröstelnd die Hände zusammen. »Sieht aus wie die Lady des Brigadegenerals. Ihr Pferd würde ich überall wiedererkennen.«

Die vier Pferde kamen aus dem Schneegestöber und hielten vor dem Wachposten an. Zwei der Reiter waren nicht weiter bemerkenswert, aber der dritte war ein riesiger Mann auf einem kräftigen Hengst. Neben ihm ritt eine zierliche Gestalt auf einem herrlichen, milchweißen Araberhengst.

»Guten Abend, Leutnant.« Der Reiter des Araberhengstes sprach mit einer weiblichen Stimme mit einem winzigen Akzent, und der Hauptgefreite starrte die Gestalt verwundert an.

Der Leutnant jedoch schien gar nicht überrascht. »Guten Abend, Ma'am. Ihr kommt gerade recht zum Weihnachtsball im Hauptquartier des Herzogs. Vor ungefähr einer Stunde hat er angefangen.«

»Perfekte Zeitplanung.« Tamsyn bedachte ihn mit einem Lächeln. »Ich hoffe, Ihr seid nicht den ganzen Abend auf Wache.«

»Ich habe den kürzeren Strohhalm gezogen«, meinte er und lachte bedauernd. »Aber die Jungs werden uns später unser Weihnachtessen bringen.«

»Wer war das?« wollte der Hauptgefreite wissen, als die vier Reiter weiterritten.

»Die Lady des Brigadegenerals«, sagte der Leutnant. »Ach, natürlich, du bist ja noch neu hier. Ich habe ganz vergessen, daß du erst seit ein paar Wochen bei uns bist.«

Er ging in das Wachhaus zurück und klopfte den Schnee von seinen Stiefeln. »Lady St. Simon«, erklärte er dem Mann, der ihm gefolgt war. »Sie reitet mit den Partisanen, sie ist das Bindeglied zwischen ihnen und dem Befehlshaber. Der riesige Kerl ist ihre Leibwache, er heißt Gabriel. Hüte dich vor ihm, wenn er trinkt. Meistens ist er so sanft wie ein Lamm, aber wenn er ein paar zuviel erwischt hat, ist er ein wahrer Teufel«.

»Brigadegeneral St. Simons Frau?« fragte der Hauptgefreite erstaunt. »Eine Partisanin?«

»Richtig.« Der Leutnant genoß das Erstaunen des Mannes. »Sie ist der Liebling des Regiments. Wir sind alle froh, daß sie wieder da ist.« Er lachte leise. »Sie hätte eigentlich schon vor vier Tagen zurück sein müssen. Der Brigadegeneral ist ganz krank vor Sorge, das macht ihn zu einem ganz besonders strengen Vorgesetzten.«

Brigadegeneral Lord Julian St. Simon tat in diesem Augenblick sein bestes, sehr höflich zu seiner Partnerin zu sein, mit der er die Quadrille tanzte. Der Ballsaal in dem großen Haus, das der Herzog von Wellington bewohnte, war mit grünem Laub geschmückt, das in der Hitze zu welken begann. Die Wärme des offenen Feuers in den beiden großen Kaminen zu beiden Seiten des Saales wurde noch verstärkt durch die unzähligen Kerzen, die in den Kandelabern brannten. Der Duft nach Parfüm und Pomade mischte sich mit dem Geruch der überhitzten Körper und war beinahe erdrückend, während die Offiziere der Armee auf der Halbinsel und ihre Damen sich bemühten, die Strapazen des Sommerfeldzuges zu vergessen, und sich den gesellschaftlichen Vergnügungen des Winterquartiers widmeten.

Julian jedoch machte das alles gar keinen Spaß, auch wenn seine Partnerin eine der Schönheiten des Regiments war. Die ehrenwerte Miss Beazley, die sehr wohl wußte, warum ihr Partner so einsilbig war, reagierte sehr verständnisvoll. Sie unterhielt ihn mit belanglosem Geplauder, nur ab und zu ermahnte sie ihn wegen einer

Figur in ihrem kunstvollen Tanz, wenn seine Gedanken zu sehr abzuschweifen schienen.

Die Uhr hatte gerade neun geschlagen, als die großen Türen des Ballsaals aufflogen und einen Schwall erfrischend kalter Luft in den Saal ließen. Es gab ein kleines Durcheinander, und dann lief die zierliche Gestalt so schnell wie der Wirbelwind über die Tanzfläche.

Brigadegeneral St. Simon ließ die Hand seiner Partnerin los, als seine Frau, noch in ihren Reithosen, mit einem kleinen Jubelschrei in seine Arme sprang und ihre Beine um seine Hüften schlang. Ihre Arme lagen um seinen Hals, und sie küßte ihn.

Nur ganz vage wurde Julian klar, wie unsittlich sie beide aussehen mußten, ihre Beine in der engen Hose waren deutlich zu sehen. Seine Hände lagen unter ihrem Po, er hielt sie fest, während sie ihn in voller Leidenschaft küßte, und in seinem Kopf wirbelte alles, so schwach und benommen war er vor Erleichterung.

»Ein leidenschaftliches kleines Fohlen, nicht wahr?« murmelte Wellington, dem das Schauspiel zu gefallen schien. »Eine hübsche Figur.«

»Ich denke, ich sollte Julians Platz bei Miss Beazley einnehmen«, meinte Tim O'Connor und grinste breit. »Sie sieht ein wenig verloren aus.« Er ging auf die Tanzfläche und führte anmutig die verlassene Partnerin des Brigadegenerals in den Tanz zurück.

Julian, der seine Frau noch immer im Arm hielt, trat hastig von der Tanzfläche herunter. »Wo bist du nur gewesen?« rief er aus, als sie seinen Mund einen Augenblick freigab. »Ich habe mir schreckliche Sorgen gemacht!«

»Es lag so viel Schnee auf den Bergpässen ... einige waren sogar zugeschneit.« Tamsyn lehnte sich auf seinen Armen ein wenig zurück und lächelte ihn an. »Und wir sind in ein paar Scharmützel geraten ... keine ernsthaften, natürlich«, fügte sie schnell hinzu, als sie sah, wie sein Gesichtsausdruck sich verdüsterte.

»Du hast mir dein Wort gegeben, daß du an keinen Kämpfen teilnehmen würdest!«

»Das habe ich auch nicht getan«, sagte sie. »Du kannst Gabriel fragen.« Sie küßte ihn noch einmal.

»Das werde ich.« Noch immer schien er ein wenig verärgert,

aber Tamsyn wußte, wie schwer es ihm gefallen war zu akzeptieren, daß sie wieder für die Partisanen tätig war. Um ihn abzulenken küßte sie ihn noch einmal.

»Du lieber Gott!« Julian kehrte mit einem Ruck in die Wirklichkeit zurück und sah sich um. »Wie bist du nur angezogen, bei einem Ball! Das ist schamlos!« Doch jetzt lachte er vor Vergnügen. Er legte die Hände um ihre Taille und stellte sie auf die Füße.

»Wäre es dir lieber gewesen, wenn ich erst noch eine Stunde damit verbracht hätte, mich umzuziehen, ehe ich dich wissen ließ, daß ich zurück bin?« fragte Tamsyn. Sie schürzte gespielt schmollend die Lippen.

»Nein«, gab er zu. »Wenn du auch nur eine Minute verschwendet hättest, hätte ich dir den Hals umgedreht!«

»Das dachte ich mir«, meinte sie und grinste ihn an, dann wandte sie sich zu dem Mann um, der hinter sie getreten war. »Herzog, ich habe eine Nachricht von Longa. Er wird jetzt nach Frankreich eindringen.«

»Ich bin froh, Euch sicher und wohlbehalten wiederzusehen, *Violette*«, sagte Wellington. »Das bedeutet hoffentlich, daß ich jetzt wieder die uneingeschränkte Aufmerksamkeit Eures Mannes bekomme.« Er hob sein Lorgnon und betrachtete sie mit sichtlichem Vergnügen. »Ein recht ungewöhnliches Kostüm, Ma'am für einen feierlichen Ball.«

Tamsyn bedachte ihn mit einem Lächeln. »Ich entschuldige mich, Herzog. Aber ich konnte es nicht erwarten, Julian wiederzusehen, und da er sich hier belustigte, ohne einen einzigen Gedanken an mich zu verschwenden, blieb mir keine andere Wahl.« Sie warf ihrem Mann einen tadelnden Blick zu. »Mit der wunderschönen Miss Beazley zu tanzen, Sir! Das hat mich bis ins Mark getroffen.«

Julian schüttelte den Kopf und schürzte die Lippen. »Du segelst sehr hart vor dem Wind, Butterblume.« Mit einer schnellen Bewegung klemmte er sie sich unter den Arm. »Entschuldigt uns, meine Herren.«

»Es ist nicht fair, daß du mich Butterblume nennst, wo ich dich doch nicht mehr Mylord Oberst nennen kann«, protestierte Tamsyn, als er sie aus dem Ballsaal trug, hinaus in den Schnee.

»Das Leben steckt voller Ungerechtigkeiten, meine Liebe.«

»Und dies ist eine davon«, brummte sie. »Ich hasse es, wie ein Sack Kartoffeln herumgetragen zu werden. Das ist überhaupt nicht würdevoll!«

»Aber du bist ja auch nicht gerade eine würdevolle Person«, rief Julian ihr ins Gedächtnis, als sie sich dem schmalen Haus näherten, in dem sie ihr Quartier hatten.

»Und ganz und gar keine passende Frau für Lord St. Simon, nehme ich an.«

Sie wand sich in seinem Griff, als er die Tür zu ihrem Schlafzimmer am oberen Absatz der steilen Treppe aufstieß.

»Ganz im Gegenteil. Eine perfekte Frau für Lord St. Simon.« Julian ließ sie mit dem Gesicht nach unten auf das Bett fallen.

»Eine Frau, deren nächster männlicher Verwandter den größten Skandal hervorgerufen hat, der London im letzten Jahrhundert erschüttert hat?« Sie rollte sich auf den Rücken und lächelte ihn fragend an.

»Lord St. Simon könnte sich keine bessere Frau vorstellen«, antwortete er mit gespielter Ernsthaftigkeit.

Tamsyn streckte ihm die Arme entgegen. »Und Lady St. Simon könnte sich keinen anderen Ehemann vorstellen. Im Augenblick ist sie sehr, sehr ausgehungert nach Liebe, *mi esposo*.«

Er lächelte, und das spöttische Aufblitzen seiner Augen war verschwunden, als er sich neben sie auf das Bett legte. »Du wirst nie wieder nach Liebe hungern müssen, *querida*.«

»Eine Liebe für das ganze Leben«, erklärte sie und fuhr mit den Fingerspitzen über seine Lippen.

»Gibt es denn auch noch eine andere?« Er hielt ihr Handgelenk fest und nahm ihre Fingerspitzen zwischen seine Lippen. Sanft knabberte er mit den Zähnen daran.

»Der Baron und Cecile glaubten das nicht.« Sie lächelte. Ihr Blick wurde ganz zärtlich bei seiner sinnlichen Liebkosung.

»Ein sehr vernünftiges Paar, deine Eltern«, stellte er fest, dann drehte er ihre Hand um und drückte einen Kuß in die Handfläche. »Eine Liebe für das ganze Leben, mein Liebling, und ganz ohne Einschränkungen.« Seine Zungenspitze streichelte die Innenfläche ihrer Hand und schob sich zwischen die Finger.

»Ohne Einschränkungen«, murmelte Tamsyn und kostete das Versprechen aus, das in seinen strahlend blauen Augen stand. »Also, das klingt recht verlockend, Mylord Brigadegeneral.«

»Wir bemühen uns immer gefällig zu sein, Ma'am.«